塞上文艺名家书系

癸巳冬

郑歌平

荆竹文艺论评选

荆竹 著

黄河出版传媒集团
宁夏人民出版社

图书在版编目(CIP)数据

荆竹文艺论评选 / 荆竹著.— 银川：宁夏人民出版社，2017.11

（塞上文艺名家书系 / 杨梓主编）

ISBN 978-7-227-06759-7

Ⅰ.①荆… Ⅱ.①荆… Ⅲ.①文艺评论—中国—文集 Ⅳ.①I206-53

中国版本图书馆 CIP 数据核字(2017)第 276822 号

塞上文艺名家书系 杨 梓 主编
荆竹文艺论评选 荆 竹 著

责任编辑 杨敏媛
责任校对 白 雪
封面设计 黄河浪
责任印制 肖 艳

黄河出版传媒集团 宁夏人民出版社 出版发行

出 版 人 王杨宝
地 址 宁夏银川市北京东路 139 号出版大厦(750001)
网 址 http://www.nxpph.com http://www.yrpubm.com
网上书店 http://shop126547358.taobao.com http://www.hh-book.com
电子信箱 nxrmcbs@126.com renminshe@yrpubm.com
邮购电话 0951-5019391 5052104
经 销 全国新华书店
印刷装订 宁夏精捷彩色印务有限公司
印刷委托书号 (宁)0006939

开本 787 mm × 1092 mm 1/16
印张 21.25 字数 550 千字
版次 2017 年 12 月第 1 版
印次 2017 年 12 月第 1 次印刷
书号 ISBN 978-7-227-06759-7
定价 66.00 元

序：长河潺流两山间

郑歌平

宁夏历史悠久，文化源远流长，回汉各族群众在这片神奇的土地上创造了灿烂的文化。在六盘山与贺兰山之间的大地上，黄河从古到今潺潺流过，黄河文化、回族文化、西夏文化、红色文化等相互碰撞、相互交流、相互融合，塞上大地呈现出思想艺术俱佳、风格独特多样、雄浑典雅并存的文学艺术景象。

宁夏回族自治区成立后，尤其是改革开放以来，在自治区党委和政府的正确领导下，宁夏发生了翻天覆地的变化。而宁夏文学艺术也伴随着自治区的发展而繁荣，结出了丰硕的果实。一大批有朝气、有才华、有创意的优秀文艺人才，以讴歌时代、讴歌人民、凝聚力量、鼓舞人心为己任，辛勤实践，努力耕耘。一大批优秀的文艺作品，深情讴歌了我国改革开放发展的历程，生动描写了宁夏各族人民的生活，充分展示了生活中源远流长的真善美的情愫，浓墨重彩地描绘了宁夏人民奋斗拼搏的心灵图景。宁夏文学艺术已经成为对外宣传宁夏的一个明亮窗口，一张引人关注的精彩名片。

在文学方面，20 世纪 80 年代初，历尽人生磨难的张贤亮，以其饱经沧桑之后的慷慨悲歌重归文坛，他的中短篇小说三次荣获全国优秀小说奖，并被搬上银屏。同时，一批中青年作家佳作迭出，共同推动着宁夏文学的发展。90 年代，宁夏设立了繁荣宁夏长篇作品创作的“金骆驼丛书”，活跃了长篇作品的创作和出版。进入新世纪，宁夏文学由一棵“绿化树”到“三棵树”“新三棵树”，再到郁郁葱葱的“文学林”，宁夏青年作家群集体亮相全国文坛，纷纷摘得鲁迅文学奖、少数民族文学骏马奖、文学期刊奖等，入选 21 世纪文学之星丛书、中国作协重点作品扶持项目、各种全国选刊选本等，宁夏文学创造了继张贤亮之后的第二次辉煌。

在艺术方面，各文艺家协会按照“高举旗帜、围绕大局、服务人民、改革创新”的总要求，认真履行联络、协调、服务的基本职能，以“出人才、出作品”为中心，大力举办各种展览、演出、出版、评奖、研讨、交流、采风等活动，积极参与国家级梅花奖、金钟奖、荷花奖、兰亭奖、金像奖、牡丹奖、山花奖等奖项评比，频频获奖。不仅为宁夏艺术事业赢得了荣誉，也为宁夏文化大发展大繁荣作出了积极的贡献。

为了对宁夏前辈作家、诗人文学创作成就的回顾、总结和肯定，对宁夏文联前任领导的敬重、缅怀和回忆，2006 年 10 月，由宁夏文联编辑的《石天剧作选》《李震杰诗文选》，以“霜叶红丛书”的形式由宁夏人民出版社出版发行，得到了宁夏文学艺术界的肯定和好评。

为秉承文联传统，服务文艺名家，汇集优秀作品，树立学习典范，弘扬“爱国、为民、崇德、尚艺”的文艺界核心价值观，为建设开放宁夏、富裕宁夏、和谐宁夏、美丽宁夏增光添彩，宁夏文联决定启动“塞上文艺名家书系”工程，为宁夏在全国有一定影响的国家级会员、德高望重且成就突出的文艺家，为宁夏文艺事业作出突出贡献的各个门类的领军人物，编辑出版代表性、经典性、权威性的作品选集。2014 年 5 月，“塞上文艺名家书系”工程第一辑《肖川诗选》《冯剑华文选》由阳光出版社出版；2015 年 9 月，第二辑《路展童话选》《吴淮生诗文选》《张贤亮诗词选》由宁夏人民出版社出版；2016 年 9 月，第三辑《曾杏绯国画选》《高嵩文艺评论选》《马知遥文画选》由宁夏人民出版社出版，在宁夏文艺界产生了普遍的赞誉。这次编辑出版《杨继国文艺论评选》《荆竹文艺论评选》，必将为宁夏文艺的繁荣产生积极的影响。

“塞上文艺名家书系”工程由宁夏文学艺术院负责实施。期望文学艺术院坚持“二为”方向、“双百”方针和“三贴近”原则，发挥“培扶人才，编研作品”的职能，以流芳百世为目标，选取思想性与艺术性俱佳的作品，做好资料搜集、编辑校对、设计印刷等各项工作，使书系工程成为我区文艺界的一个响亮品牌，成为外界了解宁夏文化建设的一个重要窗口，成为宁夏文艺事业大发展大繁荣的一个具体看点。

是为序。

2017 年 2 月 15 日于银川

目 录

卷四　文化研究

卷一　文艺理论

论美学

一、关于美学

美的东西多种多样，千变万化。当你去百货超市挑选花布，去电影院看电影，去郊游看满山遍野的杜鹃花或山丹花，都可以发出“多么美啊”的赞叹。但你要知道那些美又是多么的不同啊！这里面难道真的有某种共同的东西吗？科学是以寻找、发现事物的客观规律为己任。那么，“美”的现象有没有某种普遍必然的规律呢？也就是说，美究竟能不能成为科学研究的对象？古往今来，很多人都认为不能，认为美没有这种普遍的客观规律。比如，有人主张，美是主观的。每个人的观点不一样。正是“萝卜青菜，各有所爱”，各美其美，没有什么客观标准可言。中国古代的庄子就说过这样意思的话。而且，一个人的美丑观念或感受也可以随时间、地点、条件而变化，心情不同，同一对象便有美丑的差异。高兴时看它，赏心悦目；烦恼时看它，月惨云愁，怎么看也不顺眼，只觉得讨厌、丑陋。美的现象呈现出这种相对性，不稳定性，的确是事实。但这毕竟只是事情的一个方面。另一方面，唐诗宋词流传千年，至今读来仍然觉得很美；真正漂亮的姑娘，过路的人也不免要回头看一眼。如果美的相对中毫无绝对，不稳定中没有稳定，如果“美”真的完全是任意的，主观的，并没有任何客观的规定性或客观的规律标准，那一切艺术将是多余的，一切装饰也无必要。事实上，尽管美的现象既多样又易变，异常复杂，难以捉摸，却并非各美其美，互不相干，其中仍有某种共同的客观本质和规律存在。美学界大都认为美学是关于美的科学，是研究美感、审美趣味、美的欣赏、人的审美能力以及事物、自然现象和艺术作品的审美性质的科学。还认为，美学是关于艺术的哲学学说，关于艺术意识、艺术创作、艺术欣赏的哲学学说，即美学就是艺术理论。还有一种意见认为，美学不应该局限于研究艺术，主张把现实本身中的美也包括在美学的对象之内，美学应该研究现实和人的活动的一切领域中的美。不管哪一种观点，美作为科学对象，美学作为一门学科，看来不但可以成立，而且是很值得深入研究的一门学科。

既然美学是一门学科，就要研究美的本质、美的规律。那么，美的本质、美的规律到底是什么呢？有关这个问题，在现当代中外美学史上有许多理论学派与观点。

一派理论认为，美的本质就在客观对象身上。他们认为，美就是作为对象的自然物质形状、色彩、线条的一定比例、调和、配合。例如某种色调的配合使人感到美，曲线比直线美，圆形比不规则的形状美，椭圆又比圆形美，如此等等。但又有人说，这根本不对，曲线不一定比直线美，椭圆、圆之于不规则形状亦然。同样的色彩、线条在不同情况下，可以使人产生完全不同的美丑的感受。同样的红颜色在不同的情况下，可以使人有完全不同的美丑感受。所以，这一派理论认为，美丑不在对象的物质条件上，而在这些物质对象是否体现了某种精神、理想、生活意义上。受伤战士尽管肢体伤残，但体现了英雄气概，他就美。罗丹雕刻的巴尔扎克，形状似乎并不好看，却使人感到很美。人格美，精神美，生活中也常用这类词汇。但这一派理论又有人不赞成。他们认为，美并不在客观对象，而在于人们的情感、感觉、思想的客观化。有人认为，美是愉快的对象化，有人认为，美是主观情感“外射”到物质对象上的结果；你未看到英雄，也就无所谓美不美，“晓来谁染霜林醉，总是离人泪”，自然美也完全是你的情感加在它们身上的结果。所以，认为美学应该着重研究人们具有的某种特定的“审美态度”，他们认为是审美态度决定和产生美的。这一派理论在20世纪以来愈来愈占优势。

那么，这种“审美态度”又是什么呢？有人说是某种心理距离，就是说，要感到对象美，或者说，对象如果要成为美，前提条件之一是你欣赏时要保持某种与现实生活的心理距离。太靠近了或太离远了现实生活，你都无法产生美感愉悦，对象都不可能是美的。梅雨时节，不能出门，工作和游玩都不方便，确实烦人，但如果你不去考虑这些，更不去想梅雨季节的成因后果等科学问题，而只看着那“无边丝雨细如愁”，“梧桐更兼细雨，到黄昏，点点滴滴”，那不也可以唤起你的美感享受吗。如果你联想到那“小楼一夜听春雨，深巷明朝卖杏花”的著名诗句，不是还可以唤起某种甜美酣畅的愉悦心境吗。也就是说，如果你甩开对象与现实生活的利害关系，只去直观它的形式，同时也就表现了你的感情，你的这种“审美态度”，就使对象成为你的“审美对象”即美了。这一派理论说法很多，移情、距离、直觉只是其中的三说，此外还有人认为美与性爱有关，艺术是欲望在想象中的满足的说法，等等。这一派理论我不大赞成，但它也有个好处，就是它们揭示和描述了许多美的经验现象，尽管最后的理论解释不对，却提出和暴露了许多问题，值得对美学有兴趣的人去思考去研究。

美学就是研究这样一些有关美和艺术的哲学、心理学和社会学的问题。它们可以分别叫做美的哲学、审美心理学和艺术社会学，美学史上有许多哲学家从他们的哲学观念或体系出发，提出了自己的美学范畴。如在西方，柏拉图提出了“美是理念”，黑格尔提出了“美是理念的感性显现”，杜威提出了“艺术即经验”，柏格森提出了“笑是对机械性的否定”；在中国，吕荧和高尔泰认为，“美是主观的，美是观念”，蔡仪认为“美是客观的，美在物本身”，朱光潜认为“美是主观与客观的统一”，李泽厚认为“美是客观性与社会性的统一”……这些理论常常比较抽象，但很重要。因为它们所涉及、所探索、所讨论的一般都是从哲学高度提出的根本性问题（如艺术与现实的审美关系、艺术创作、艺术标准问题等）的看法。例如马克思在他的实践哲学的重要著作《经济学—哲学手稿》中提出关于“人的对象化”和“自然的人化”的观点，指出了艺术的对象是人，而“人化的自然”也就是“审美的对象”这一理论基础，这个理论的提出，提供了揭示这种或其他任何种美的本质的钥匙。对美学研究具有划时代的意义，它将是整个马克思主义美学的根本基础，表面上看与艺术创作、欣赏关系较远，实际却是关键，即指明了人的实践活动在审美关系的对象的形成中的作用。人周围的现实的感性是在世界以及作为这个世界的一部分的人，怎样具有了它们的自然属性以外的特殊审美内容；人对于现实和他自身作为现实的一个部分进行审美和审美把握的能力又是怎样生产和发展的；这种能力产生的客观前提是什么以及它的社会历史意义何在。而且，只有对社会实践及其特性、特点进行分析，才能解答这些问题。正在这方面，需要指出马克思的《经济学—哲学手稿》在美学上的巨大意义。马克思在这部著作中，分析了人类劳动作为人对周围世界的新的特殊社会关系发展的基础的客观辩证法，从而，实际上提供了一把钥匙来揭示美和审美享受这个秘密，以及解决一系列至今阻碍着美学科学发展的重大问题。如何进一步研究它，正是需要我们去努力探索的。

美学的心理学方面，它与心理学的关系就不说自明了。上面讲的“审美态度”“心理距离”等都是需要深入探索的审美心理学的重要问题。“审美态度”究竟是什么？人们在欣赏艺术或欣赏自然美时的心理状态究竟是怎样的？这种心理状态的特征、构造、形成、作用……如何？它与人们的情感、想象、知觉、理解、意愿、欲望……又有何关系？至今还都不很清楚，远远没有任何科学的答案或结论。西方现代有实验美学、格式塔心理学的美学、心理分析学派的美学、现象学派的美学等等，但离真正科学形态还很远。新中国成立后我们在这方面的介绍、研究很不够，改革开放以来相对好了许多，但仍不尽如人意，应该急起直追。

美学的社会学方面的内容也极为丰富广阔。它包括研究艺术的起源、演变与发展，包括研究生活趣味、艺术风格的同异、变化渗透或对抗，也包括对各种艺术派别、作品、作家美学鉴赏、论断与品评，它们实际上是对物态化在艺术品里的人们的审美意识、审美趣味、审美理想、审美感受的研究。为什么在特定的历史条件下，某一作品某一艺术思潮或趣味、风格会被社会所接受和流行？为什么唐诗是一种味道，宋诗又是另一种味道？为什么宋元以来山水画占据了画坛的主要地位而从前却并不如此？为什么六朝以瘦削为美而唐代妇女却以肥胖为美？为什么时装、汽车、日用品的式样层出不穷，变化多端？简洁明快的现代家具与古代精雕细刻的宁波床、太岁椅或法国路易十四时代的家具又有何审美趣味上的不同？为什么有这些不同？与社会时代的关系是怎样的？为什么现在看某些国产电影，知识分子观众大多感到不满意：交代太多，节奏太慢；然而在农村，一些农民却又嫌太快，交代太少？……所有这些，就是美学问题，它是美学的社会学问题，当然又与心理学有关。

美学不但与哲学、心理学、社会学有关，而且与教育学、工艺学、文化史、语言学……都有许多直接或间接的关系。它与艺术各门类的实践与理论——无论是电影、戏曲、话剧、音乐、舞蹈、美术、书法、工艺、建筑、文学——的关系当然就更加密切了。从各个领域、各个角度都可以提出和研究各种不同的美学问题。真是“条条大路通罗马”，可以从各种不同的方面和角度来研究美学。

经常有年轻人问：如何学习美学、研究美学？这个问题当然很大，这里只能从学习上简单地说几句。一是要学一些哲学，最好多学点欧洲哲学史（从希腊到现代）。美学一直是一门哲学学科或哲学分支，不学哲学是读不懂许多美学书的，也难以真正研究美学。二是懂得或了解一门文艺（文学或艺术的一种）。如果自己有一点实际的创作经验，当然更好。三是读一些心理学和艺术史之类的书籍。此外，看外文书也很重要，因为目前翻译过来的美学书籍还不是很多，而且质量也参差不齐。中文方面的基础书，我认为朱光潜先生的《西方美学史》(上下册）是比较好的一种，值得一读。

二、审美欣赏的概念

（一）作为一种情感体验

审美欣赏是审美经验的一种形式。它指的是审美主体对审美客体由浅入深、由表及里的静观观照、感受、理解和体验的过程，即审美主体感知和把握对象，理解对象所包含的意蕴，感受和体验对象激发的情感，从而获得审美享受的过程。

双重的情感体验。审美欣赏不是对审美客体的简单复制与观照，而是审美主体对审美客体的主动选择的关照，包括对审美经验对象的加工制作，直至新的意象和意境的创造。这种新的审美意象与意境，才是审美欣赏之真正对象。或者说，审美欣赏就是审美主体借助于想象和情感，对这种新意象和意境的内在感受和体验。因此，实际上审美欣赏，既是对作为审美对象的意象和意境的直接感受，也是审美主题自身的一种内在的情感体验。换句话说，审美欣赏既是对审美对象的情感体验，又是对主体自身审美情感的体验，是一种双重的审美情感体验。审美欣赏是联系和沟通审美对象与审美主体之中介，意味着客体审美价值的实现，主体审美需要的满足。

审美欣赏是审美主体的一种情感体验，必然带有强烈的主观倾向性。这当然不是说审美欣赏没有客观的社会审美标准，只是说作为情感体验，审美欣赏必然是主观的。在这里，审美情感体验可能与客观的审美标准一致，也可能不一致。因为审美的欣赏不同于非审美的认知。比如医生看雕塑《羊》时声称，画面中的羊的瞳孔放大，恐怕患有舔虫病，这就不是审美欣赏，而是认知。如果观照画面中形式（形象、情节），并体味形式中之意蕴，从而体验到愉悦，这才是审美欣赏。

新意象的情感体验。审美欣赏是对新意象的情感体验，就是说，主体在对客体感知观照的基础上发挥联想、想象，以形成意象和意境，进而获得对意象意境的审美感受和体验，达到情感的愉悦与升华。审美欣赏之意义，主要不在于主体从客体身上被动地接受或认知了什么，而在于主体从客体身上发现和感受到了某种使自身愉悦的东西。在这里，审美客体如自然画面里的景物或整体具象的艺术品等对审美主体来说，只是可能性的或潜在之对象，而不是现实的审美对象。要成为现实的审美对象，就必须进入审美欣赏过程，使客体的审美价值属性同主体的审美经验相结合。因此真正现实的审美对象实际上只是审美主体心目中的意象和意境。人们欣赏雕塑作品《羊》的形象时的真正的审美对象，既不是给定的那个作品，也不是天然形成的羊的形象，更不是一个真实的羊，即似是而非的身躯（如真是这样，则只能让人感到恐惧），而是通过对这一画面形象的直观观照，在审美主体心目中形成的羊神之意象。这个意象乃是客体的审美价值属性和主体审美期待相互作用的产物，是通过欣赏主体的关照、感受、体验等心理活动而再创造出的为自己欣赏的对象。在这种情况下，审美主体会在不知不觉中通过关照、想象、情感与领悟之作用，完全忘却羊这个形象似是而非的肢体。主体所欣赏到的，是一只完美无缺的羊神，甚至反因似是而非不曾出现在主体的视野感受里而使羊神之审美意象更富于无穷之韵味。

审美欣赏中的所谓观照，是对对象形式的直观感知，诱发联想、想象、理解等心理因素之渗入，从而形成新意象之过程。所谓感受，是对客体更是对新意象之观照而产生的感性、情感的反应。所谓体验，是对新意象的关照而引起的深沉持久的情感反应状态的经验。

（二）审美欣赏的心理特点

审美欣赏作为一种经验活动，同样是多种心理机能的综合活动，包括欲望、兴趣、感知、想象、理解、情感等因素参与其中，不过总的看则是感性或情感因素占据明显优势，而理性因素则渗入或沉积于情感之中。

审美以需要为动力。审美欣赏不是消极被动地参与，它首先是一种以内在的审美需要为动力的活动。审美欲望就是审美需要的直接心理表现，由欲望而引发主体带有个人选择性的审美兴趣，然后才能通过感知、想象、理解等心理活动，进入情感体验状态。弗洛伊德把审美和艺术视为人的生命欲望或性欲的实现，马尔库塞把审美看作是人的爱欲本能从压抑性生存环境下的超越和解放。他们的观点当然是错误的，但他们都或多或少看到了包括审美欣赏在内的审美活动同人的自然欲望的密切联系，看到了这种欲望是人类审美活动的一个心理动因，应当说还是有一定合理因素的。一般地说，审美欲望愈强烈，在欣赏活动中所获得的审美感受也会愈丰富。由审美欲望引发审美兴趣，是对对象的一种主动的发现与选择。即是说，并非任何客体都可以成为主体的审美对象，而只有当客体的审美价值属性表现出同主体的审美需要和和欲望相一致的趋向，才可能引起主体的注意和兴趣，才可能进入主体审美欣赏之视野，成为现实的欣赏对象或审美对象。

以情感体验为核心。情感在审美欣赏中处于核心地位，贯穿审美欣赏全过程，特别是审美欣赏过程的终结，有时还要延续，留有特殊余地。就这个意义说，没有情感，就没有审美欣赏，这是审美欣赏的最基本的心理特点。当然，审美欣赏中的情感，是与感知、想象、理解等心理机能相交融的自由情感，并非日常生活情感。这种自由情感，即审美情感，是审美欣赏实现的主要标志，没有自由愉悦之体验，很难说进入了审美欣赏过程。并且，审美情感体验，既是审美批评或鉴赏之依据，又是审美创造之基础和动力。

以感知理解为前提。审美欣赏的情感体验，是对审美对象也就是对审美意象之情感体验，而对审美意象之创造与把握是凭借感知、想象、理解等心理机能共同完成的。而就审美欣赏来说，感知、领悟更突出。通过感知的直接观照对象形式，通过领悟或理解在把握形式中之意蕴，而想象又突破形式之限制，“超越象外”，引导理解把握、品味“象外之旨”，使审美情感体验更深沉更持久，更意味无穷。

审美欣赏是一种价值性欣赏，是审美主体按照自己的审美欲望和兴趣去发现和观照对象，构造新意象的心理过程。而感知、想象和理解就是审美欣赏中最基本、最重要的心理机能，由这些心理机能构成的新意象，才为主体提供了真正的审美欣赏对象。感知是审美欣赏之第一步或出发点。感官既是一种“感知”器官，又是一种“享受”器官，具有认知和欲求双重功能。感知在审美欣赏过程中，直接为主体提供观照形式。想象是审美欣赏中心意象的建构者，它比感知更自由、更富于创造性，突破对象形式的时空限制，能给审美主体以广阔的心理活动天地。理解在审美欣赏中表现为对对象形式意蕴之领悟，激发情感进入更深沉之体验状态。

（三）审美客体的制约性

审美客体的多样性，制约和决定审美欣赏活动中各种心理机能的组合配置方式。一般说，社会审美客体更多地表现为一种实现了的目的性，其社会功利因素较突出，因而审美欣赏比较突出理解这一心理因素，想象的因素相对较弱。自然审美客体更多地突出其合目的性的规律性形式，它主要以自身之感性形式吸引审美主体，因而审美欣赏又比较突出感性因素，可以有较自由和活跃的想象，而理性则相对不明显。艺术审美客体是艺术家创造出的有意味的形式，审美欣赏要感知、想象、理解、情感等多种心理机能的和谐合作。其中艺术作品特征是空间静态的视觉艺术，审美欣赏主要凭视觉的直接观照去把握包含情感意蕴的形式与造型。有些雕塑画面上的具象造型，是动态的表现情感的视觉艺术，审美欣赏也更突出情感的把握功能，以情感为主导去感受生命情感的律动形式。有的用画面上雕刻出的各种造型符号形象和意境的想象艺术，这种审美欣赏必须要经过具象符号这一媒介，并进而凭借想象和理解去领悟那想象世界的形式意味。还有的如音乐艺术就是综合性的视觉艺术，审美欣赏要凭借视听感官，调动想象和理解等多种心理机能的综合活动，以领悟那动态意象所体现的情感意味。

审美客体的不同形态，也制约着审美欣赏。如对一般优美雕塑画面的欣赏，感知的因素就较为突出，情感和想象的技能则较为自由平缓，理解渗入其中，表现为一种和谐的审美愉悦。对崇高对象的欣赏，理解和想象则较为突出，是由感知、想象唤起情感与理解，表现为一种由对不和谐惊惧到对合目的性的必然的理解、震颤与兴奋。对悲调色彩的欣赏是感知、想象、情感与理解在激荡交错中的统一，是一种悲愤与领悟后心灵净化了的快感。对喜悦的欣赏则是多种心理机能的综合活动，是一种感知与领悟后的轻松欢快的感受。总之，不同领域和不同形态的审美客体，必然制约着审美欣赏过程中不同心理机能的组合活动，从而产生不同的审美感受，却又总是表现为一种包含着情感的心理体验，一种审美欣赏的愉悦。

（四）审美价值属性的关注

审美欣赏是审美经验活动的一种普遍欣赏。它可以是对艺术对象的欣赏，也可以是对非艺术审美对象的欣赏。现实生活和艺术领域中的客体对象，一般都会有多重价值属性，可概括为审美的与非审美的两种价值属性。审美欣赏所关注的主要是客体的审美价值属性，是对这种审美价值属性的感受、领悟和评价。

以艺术客体或艺术品而言，审美欣赏主要关注的是艺术的审美形式，或者说艺术首先应该为审美而存在。面对艺术品或投入艺术环境，审美主体一般都能同日常生活的世界“拉开距离”，为了审美而同艺术形成对象关系。当然，在现实生活中，人们又不可能纯粹以审美的态度对待艺术品，而还要关注其非审美的方面。马克思曾从审美的角度，高度评价了古希腊的史诗与雕塑，认为古希腊艺术，从某种意义上会说，至今仍是“高不可及的范本”。马克思也在许多著作中，特别是在后期的人类学笔记中，又把古希腊史诗作为人类学的珍贵原始资料加以运用。许多古代艺术品的收藏家和商人，未必都会对那些古代艺术品的审美价值感兴趣，而是更重其实用功利价值。所以对艺术品的欣赏，可以是审美欣赏，也可以是非审美的认知或获取。审美欣赏所关注的，自然还是艺术客体的审美价值属性。

对艺术品的审美欣赏，是审美欣赏的高级形式。大量优秀的艺术品，都具有恒久的艺术魅力。艺术审美欣赏中所产生的强烈的情感体验，一般也比非艺术审美欣赏要更深沉更持久。它是审美主体全部心理机能的总体投入，是感知、想象、理解和情感多种心理因素的和谐活动，即情与理交融统一的活动。艺术品是供人们进行审美欣赏的精神产品，艺术审美欣赏比非艺术审美欣赏更能培养和提高人的审美欣赏力，更能体现审美欣赏的实质。

审美欣赏是主体对客体审美价值属性的实现与肯定，审美主体的条件不同，情感体验的方式、深度与效应也就会不同。

三、审美特性

（一）审美特性的规定

审美活动必须以具有某种审美特性的作品为对象。从作品本身说，它之所以能构成审美对象，它必须具有某种审美特性或审美性质。如马克斯·德索说："我们在审美方面欣赏的一切都是对象的实际价值。纵使愉悦可能是第一情感，这一活动的根源则存在于对象的自身中。"[①]审美对象不同于其他对象，它必须具有审美价值特性并且与欣赏主体结成对象性关系。审美对象不能离开人类而独立存在。在人类出现以前，客观自然界早已独立自在，由于还没有人类，因此，它还不是人的对象。对象是相对主体而言的，没有主体人的存在，客观自然界只是一种本然的物理世界。本然的独立自在的自然界之转变为人的对象是人类长期实践的结果。马克思把这种被人类改造和利用的自然界称之为人类的"有机体"或"人化了的自然"。审美对象就是属于"人化"的自然界的客观性存在。由于审美对象能满足主体的审美需要，因此，它就是一种具有审美价值的对象性存在。

审美对象之所以具有审美特性，是由于它形式本身具有某种价值，所以客观的审美特性也可称之为审美价值或审美性质。事物的特性，是指事物本身所固有的东西，不是从外物关系中获得的。马克思曾经指出，一物的特性不是由该物同他物的关系产生，而只是在这种关系中表现出来。马克思这里说的物的特性，是指物的自然特性，它是由该物的质和量的内在规定性所决定的，它的存在与否并不取决于与他物的关系，例如磁石能吸铁，这是磁石的内在特性，是由于其内在物理结构所决定的。不管磁石在哪里，它都会有这种固有特性，然而，它只是在与铁发生吸引关系时表现出来。磁石不是由它与铁的关系中产生，只是在这种关系中得到变现，离开了这种关系，事物的特性仍然存在，故而是客观的。它不以外物与其关系的改变而改变。

事物的特性是事物本身所固有的，但事物特性的具体表现却依它与主体人的关系而发生变化，换言之，物的自然特性是一种潜在的可能性，其现实表现是多种多样的。由于审美特性不是物的自然特性而是物的价值特性，因此，这里有必要区分一下物的两种不同特性，即物本身所固有的自然特性和这种自然特性在与主体人发生关系过程中形成的价值特性。物的自然特性，如上所述，乃物本身所固有，不以主体为转移，甚至在人类还没有出现之前就存在着。价值特性与自然特性完全不同，它不是物本身所固有的，它是在与主体人发生关系的过程中形成的。可见，价值特性不是实体范畴而是一种关系范畴，它产生于人与物的主体与客观的相互关系之中，它以一定的客观化的东西为中介，并表现在这个东西上。文学艺术作品之所以能作为一种审美对象，就是因为它与主体的人发生了关系并形成了价值特性。文艺作品的审美价值，必须借助于它本身的特性才能表现出来，离开了作品所固有的特性，价值也就失去了物质的承担者。这里所谓客观化了的文艺作品，可以是物质的东西，也可以是某种精神的产物。但是这种表现为审美对象的价值特性，又不是它本身所固有的，而是在作品与主体人之间形成的一种关系存在。作为一种价值关系，主体的人对客观的作品必须有某种需要，而作品对主体也必须有某种效用。可以说，作品用自身或自身的某种特性所具有的效用，以满足了人的某种审美需要，这就形成了价值关系的基础。作品的审美特性，本质上就是这样一种价值特性，一种取悦于人或使人愉快的特性，这里需要指出，审美价值虽然表现在具有某种审美特性的作品上面，但是，只有作品在客观上被人们“欣赏”或“被消费”，它的价值才得以实现。比如由于独特的地质构造，加之亿万年的地质变迁以及各种地球物化的内外力综合作用，孕育出的珍宝——戈壁石和葡萄玛瑙；再如经过人工加工创造出来的各种玉石和多种多样的玉石手工艺作品，它们还没有真正实现其审美价值，或者说它们只具有某种审美特性，但当它们还没有被“使用”或“被消费”时，即还没有成为人们的审美对象时，它们还没有真正实现其审美价值，或者说它们只具有某种可能或潜在的审美价值，因为他们的审美价值还没有真正得到实现，对这类客观性作品即具有审美特性的对象才可称之为审美对象。

客观性作品的审美特性，只有实现审美价值的条件，而审美价值的真正实现则是作品的某种自然特性与主体发生价值关系的结果。如你看到一块玉，同是一块玉，可以引起几种不同的态度：一种是科学研究的态度，一看到玉就想到它是哪种玉，想到它在地质学中属于哪一门哪一类，它的形态特征，地质条件等；一种是实用态度，看到一块玉，马上想到它有何用处，值多少钱，用它做买卖或做什么器物，这种态度就是“占有”；另一种态度就是审美，审美的态度和科学的态度及其实用的态度完全不同，它既不问玉的实质特征和地质的演化规律、原因，也不问玉的使用价值。审美态度和科学态度及实用态度完全不同。问题是玉何以会引起审美态度呢？就玉本身而言，那是因为它具有审美特性，而这种审美特性，主要是它的形式（画面或造型）因素，例如玉的晶莹剔透，温润色泽等姿态。审美事实表明，与人的情绪、情感产生对应关系的，即能引起审美活动的主要是玉的外观形式，如各种不同的色彩、线条、形体、形态、色泽等因素而不是它的存在本身。

玉的外观形式之所以能成为审美特性，那是因为它包含着情感价值。就此，可以说玉的形式作为潜在的审美特性乃是一种情感价值形式的可能性。构成审美特性的那个情感形式，就其自身而言，情感作为内容渗透并呈现于形式之中。形式作为包含着情感的形式规定和表现着情感。二者是融而为一的。形式不仅是外观，而且是本质。

（二）审美特性与自然特性

任何事物的审美特性不是凭空产生的，它来自于事物的自然特性。作品的自然特性是多种多样，在多种多样的自然特性中可以转化为审美特性的只有的外部形式。

构成作品外部形式的因素，一般分为两部分：一部分是构成外部形式的感性因素，一部分是构成对象外部形式的组合规律，即形式规律。感性因素一般包括色彩、形体和画面造型等。这些因素是构成作品对象外部形式的重要因素(不是全部因素,因为构成具有审美特性的感性因素是对象多种物质感性特性的综合)。试想，我们这个世界如果没有色彩、音响、形体和画面（景色)，将会失去感性的光辉，将是一个昏暗的世界。色彩、音响、形体、画面作为客观对象的构成要素，它们首先是一种本然性的存在，即对象的自然特性。

任何作品的自然特性均是它依自然环境所赋予的原生性特征。大漠奇石，就是多为火山喷发后岩浆冷却生成的岩浆岩，在风蚀日晒中崩裂，又在大漠风沙的磨砺和雕琢中孕育成形，是风的手笔和写意，故又称为风砺石。石有水晶石、玛瑙石、碧玉以及沙漠漆和硅化木等。得苍天之厚爱，有异于其他地域或清雅或隽秀的不同美石与石种，大漠奇石自有其独特的自然神韵。大漠浩浩，戈壁苍苍，连带着发掘出的各种宝石，也带着浓重的风沙痕迹和苍茫豪放气息。沙漠漆颜色凝重，大气雍容；千层石参差错落，纹理清晰；木化石神秘自然，积淀着岁月的厚重沧桑。大漠的雄浑、戈壁的坦荡、环境的残酷，创造出了具有伟大自然特性的美石。构成这些美石之因素及其形式规律属于本然存在，它们是对象的自然特性，即与人（社会）无关的自生自在，因此，它们本身无善恶、美丑。审美对象的诸多自然特性(包括它的外观形式)原本是自然的东西，由于人的有意识的和自主的活动扬弃了自然存在物的自在性，使之具有了人的（社会的）特性，成为主客观的统一体。从人的实践活动，即人的存在角度看，与人具有关联的自然实体是一个多层次、多维度的复合体。作品的审美特性（由自然特性转化而来的）是与人关联的自然物的一个特殊层次。这个特殊的层次即自然对象对社会的人的审美价值。斯托洛维奇曾经指出：“对象的审美属性所包括的东西，除了它的物质以外，还有某种另外的东西”，“审美中自然以外的东西不是别的，而是审美的社会方面——对象对社会、对社会的人的客观意义”。他同时特别强调：“只有马克思主义哲学能够认清社会历史实践的作用，在这种实践的基础上形成自然和社会、社会和人的相互关系，产生现实现象的客观的社会-人的意义，同时产生它们的审美价值。”②

我们在研究文艺作品的审美特性与自然特性的关系中曾出现过两种观点：一种观点是把作品审美特性同自然特性等同起来，把作品审美对象看作是纯自然对象，所谓文艺作品的“美就在自然物本身”。这种观点实际是轻视社会历史实践和人类创造美的实践活动的作用。另一种观点则断然否认外在对象(包括自然对象)在审美中的意义，认为活动就是一种情感活动(所谓“情感的外射”)，就是“自我欣赏”，根本不需要对象。这种观点的漏洞也显而易见。前一种观点认为作品美是客观存在，美只能认识(反映）而不能创造，并习惯地把欣赏“美”视为一种同“物质”概念一样的客观存在的物质实体，把主体人的审美活动(审美评价）看作是人的意识对客观存在的“美”的反映。审美活动中当然包括认识，这样看，不是毫无道理，但是把问题太简单化了，这是以认识论框架研究美学带来的片面认识。其实，应用价值论学说研究审美现象，已为大多数人所承认与接受。客观事物的特性怎样会成为审美特性？如果用价值论观点看，这就是审美价值的特性问题。价值离不开主体的需要和欲求，以往的美学研究恰恰忽略了这一点。要解决客观对象的审美特性问题，一方面要说明对象物本身固有的某些特性，如上所分析玉作为对象外部形式的因素及形式规律等，更重要的是说明哪些特性对主体具有审美价值，即适合满足主体的审美需要。

有人喜欢用绘画色彩画面来说明自然特性与审美特性的关系，坚持认为，文艺的审美特性就是客观对象事物的某种自然特性，并且竭力说明这种自然特性与“人化了的自然界”毫无关系。这种观点的困难并不在于说明美的客观性，而在于说明审美特性如何就是自然特性？欣赏绘画色彩的天然画面造型怎样会引起美感呢？对象的某些自然特性与审美特性之间有着什么必然逻辑联系？这是美学上最难的问题，“美的本质”有多难，它就有多难。从作品对象的自然特性到审美特性之间必然有一系列的我们至今还没有完全认识清楚的中间环节。理论上需要在客观对象的自然特性与审美特性之间架起一座桥梁。在内在方面我们所能认识到的，这座桥梁就是人类的社会实践活动（基础是物质实践活动），在此基础上产生的客观对象与主体之间的价值关系。如果用社会实践观点来解决，那就是具有审美特性的对象必须经过实践认识而满足人类的使用需要，然后扩及或转为满足审美需要。

作品的自然特性是它本身固有的，它是审美特性赖以存在的对象基础。作品的审美特性乃一种价值特性，它不是对象本身所固有的，它是在对象与主体人之间形成的一种关系特性。它取决于对象对人的特定关系，没有主体的需要以及实践，就不会有对象的价值特性。同样，与不同主体人的审美需要没有联系，也就不会有审美特性。“如果金银的审美属性仅仅等同于它们的色彩属性，那么就完全没有必要使用‘审美属性’的术语。作为色彩感觉基础的电磁振动本身无疑是存在的。而审美属性之所以被称为审美属性，是因为它们‘诉诸’人的审美需要”。[③]主体人的审美需要与作品对象的审美特性（双方对应）都是在人类漫长的实践活动中形成与发生的，如果没有人的实践活动，既不会有作品对象的审美特性，也不会有人的审美需要。还是以美石为例，首先是人们把它从地下、山中发掘出来，发现它们的比值高、耐久、不易氧化等自然特性。这些天然特性可以用来作为货币贮藏的天然材料，从而它们表现出作为财富的价值。由于石的质地坚细，有不可比拟的坚韧性，并且具有光彩夺目的“天然光芒”，这些自然特性可以用来满足人的奢侈、华丽、装饰等审美需要，从而它们又表现出审美价值。“这些金属的审美价值像任何一种其他材料的审美价值一样，取决于它们在某些有具体社会效用的制品中的适用性”。[④]由以上分析可以看出，作品对象的审美特性及主体的审美需要都是经过人类的一系列生产劳动过程“创造”出来的，而不是凭主观“认识或反映”出来的。因此，可以说只有人类社会实践对自然对象的改造，才能揭示客观（包括金银）的社会作用、社会意义，然后才有审美特性，而不是相反。对客观对象的因素与形式规律都必须作如是观。任何客观对象的自然特性都可能成为审美价值，如果它们被实践改造而能满足人类需要，对社会具有意义的话。均衡对称、比例和谐、节奏等，其本身并没有美与丑，正是在漫长的历史过程中，通过实践对它们的把握而逐渐发现它们对人类具有某种社会功利价值，从而才转化为审美价值。

（三）审美价值与实用价值

1. 审美与实用的区别

世界上的任何客观对象，大都以两种形式对人存在着，一种是单纯的使用形式，即使用物品，一种是使人愉悦的审美形式，即审美客观对象。实用物品，是人类为了满足自身的生存需要而生产出来的各种物质产品，即包括各种生产工具和生活器物在内的各种物质产品。审美形式，是指人类为了满足审美需要而创造出的那种纯形式的产品，即那些供人观赏的各种艺术品及品类繁多的装饰品(包括工艺美术品）等。就它们本身的功能意义说，其审美价值与实用价值是严格区别的。因为以实用为动机而创造的实用物品，其目的就是为了满足生存必须的实际需要，因此，生产和生活的功能是它的第一的和首要的要求。它的形式设计必须服从实用功能，不能因追求形式(审美）而妨碍实用。相反，以审美为动机而创造出的审美产品，目的是为了欣赏，为了追求形式的愉悦，并且实用的因素越少，其审美品格就越高越纯。

由此看来，作为一种审美客观对象，它就像其他如花鸟鱼虫等艺术品，已不是实体性存在，而仅仅是这种存在的感性形式。因此，只是一种观照的对象，而非意欲的对象。而具有使用价值的实用物品，由于它是一种实体性存在，往往会激起人的占有欲，因而是意欲之对象。它们既可以作为物品被人使用或消费(消灭其存在)，也可能作为财物被人占有。很显然，由于实用物品是一种实体性存在，是一种意欲对象，实用价值必然联系客观的存在性质，而人们由此得到满足与愉悦也必然是实用功利的。而审美对象则不同，它是一种不关乎客观存在性质的外观形式。因此，它只是观照对象，而不是意欲对象，它不关乎客观的性质。正因为如此，主体对客观对象的存在漠然置之，仅对它观照即可以产生强烈的情感体验。这就是康德所说的人对外观形式的欣赏不关乎客体存在，不涉及欲念、功利与目的。黑格尔也曾对实用与审美之间的区别作过区分，他指出，在这种消极的关系之中，欲望所需要的不仅是外在事物的外形，而是它们本身的感性的具体存在。欲望所要利用的木材或是所要吃的动物如果仅是画出来的，对欲望就不会有用。同理，欲望也不可能让对象自由存在，因为欲望的冲动就是要消灭外在事物的独立存在和自由，要表明这些事物之所以在那里，就是为着被消灭被利用的。“人对艺术作品的关系却不是这种欲望的关系。他让艺术作品作为对象而自由独立存在，对它不起欲望，把它只作为心灵的认识方面的对象”。[5]这说明，审美客体也是“独立而自由的存在”，它激起的不是意欲冲动而是“心灵认识”。实用对象激起的是意欲冲动，并且以对它的消费、使用(消灭其存在）为前提。

2. 审美与实用的价值联系

在现实生活实践中，无论是在原始劳动中还是在现代生产劳动中，审美价值与实用价值不是绝对对立的，倒往往是互相交织、渗透的。首先，在人类的实践活动中，以实用动机的创造活动和以审美动机的创造活动互相交织渗透，即是说在实用创造中，因为交织渗透着审美的创造。由于创造活动的价值与渗透，在创造出的产品中实用因素与审美因素也必然互相交织和渗透。其意境广阔，寓意深邃，引人观之神往，品之神思，神韵无穷。它可以表现和激发人的情感。当人与作品有了接触，形成一种无功利的，形象的和情感的关系状态，就构成了一种单纯的审美价值关系。从最初的实用性逐步转向审美性，再作为主体的客观审美对象，它的表达形式与内容就发生了深刻的变化。从此，它折射的是人与世界的精神，是人的精神的外化；它反映的是人的情感，使人的心理与外在世界瞬间凝聚，所以作为一种价值，形式越来越走向审美，审美创造就成为作品内容向形式积淀的活动。厚重、大气，具有沧桑感、历史感的西部作品，形成的“以大为美，以势取胜”的审美特性，就越来越深入人心。当然，并不是一味求大，这里所说的大也指作品构图和形式体积而言。一幅小画，若有奔马、鹰击、虎啸之势，同样具有大“势”之特性；不是指体积较大，而是精致的微小作品，也别具一格，有很高的审美价值。如江南人的某些作品，珠玑密实，饱满圆润，流光溢彩；西部一些作家诗人的作品凝重内敛，雍容大气，一显王者之风的审美特性。

（四）审美价值特性

审美特性，除了以上的简要论述外，还有价值的层面。所谓价值层面，就是指人化的自然形式所显示出的具有能满足人们审美需要的“功利性”，即被公认愉悦的特性。这种能使人产生愉悦感的形式是一种价值形式，即审美价值特性。“审美特性在本质上是价值特性”，而价值通常是多种多样的……这些特性和人们的情感遇合时产生一定类型的审美经验，如美感、崇高感、悲与喜的感情等。[⑥]具有审美特性的形式不是其他什么形式，必须是能引起主体愉悦感的形式。就是说，这里所说的客观形式一定是包含着一定情感意味的形式。审美形式作为“有意味的形式”(贝尔语)，是形式情感(意味)的融合统一，情感(意味)呈现为形式，形式蕴含或积淀为情感。“美之所以不是一般的形式，而是所谓‘有意味的形式’，正在于它是积淀了社会内容的自然形式。所以，美在形式而不即是形式。离开形式(自然形体)固然没有美，而只有形式(自然形式)也不成其为美”。[⑦]

1. 情感价值

构成审美特性价值的情感，是什么样的情感？怎样来的？怎么赋予形式而成为审美特性的？这是美学理论中的一大难题。

研究表明，数千年前，中国人就已经开始用石头制作各种石器及乐器，以满足日常生活所需。在其后漫长的历史年代中，随着社会文明和历史文化的不断演进，人类生活水平的不断提高，石头之于人类，不仅仅具有实用性，也有了可观赏性，以及与人的情感发生了关系。因为审美活动就是一种情感活动，并且在审美过程中必然伴随着联想。为了解释抽象的无生命的艺术形式和自然事物为什么看上去也具有人的情感表现问题，里普斯提出了一套移情理论，用主体的经验和相似联想来解释审美情感。比如我们观看一块巨石，经验和知识告诉我们这块巨石存在着千年压力或反压力，如果我们自己的身体也处于巨石的位置时，这样一些压力和反压力也会在我们身体内产生并且会引起受压和反压的感觉。这时，实际上我们已将自己的动觉移到了巨石旁。不但如此，外物通过我们的记忆仓库唤起的这些压力和反压力的经验还会进一步引起大脑中别的区域的反应，从而产生情感经验，这些情感经验也同动觉经验一起移到外物之中。这就是“移情”，就是把“自我”(主体的生命情感活动)移植于“非自我”(对象的形式)，从而达到“物我同一”，客体形式成为主观思想情感的表现。可见，移情理论是把外物或艺术形式当作一个引起主体情感的引子。

所谓审美价值特性，就是对象的价值特性与人的审美心理发生作用时，表现出来的一种令人愉悦的感受。人的情感关照与艺术的美构成了感性与理性瞬间融一的价值关系，即审美价值特性。其实，这正如里普斯自己所承认的那样，审美欣赏并不是对对象的欣赏，而是对观赏者自身的欣赏。他说："美的事物的感性形状当然是审美欣赏的对象，但也当然不是审美欣赏的原因。毋宁说，审美欣赏的原因就在我自己，或自我，也就是'看到''对立的'对象而感到欢乐或愉快的那个自我。"⑧"客观说"与"同形说"，都似乎另辟蹊径，从外部事物的形式和人的大脑及情感结构的同型同构来解释审美价值特性。

作为价值形式，那些情感到底在哪里？怎么赋予的？这些问题都必须从人类漫长的社会实践活动中的双向进展的原理中得到解答。由于人类运用自然规律的实践活动经过漫长历史，由实用领域而逐渐扩展到精神领域(包括审美领域)，在各种门类的艺术作品中，各种显示规律的如雕塑作品在色彩、线条、形状、韵律、画面、纹路、节奏、秩序等许多侧面，因其为主体实践活动所掌握，满足各种需要而进入审美领域，人类感官把握形式的能力才发展起来，从而成为人类特有的审美能力。这一双向进展过程是在实践"人化"的前提下发生的，没有实践"人化"过程，也不会有意识的"人化"。在这两种"人化"的过程中，作品的某些外观形式，经过感觉器官的选择与统摄(这两种重要心理功能，本是在物质生产的漫长历史中发展成长起来的，随后才在精神生产中自由运用)，建立起某种知觉完形，此种作品的外在形式与主体情感活动的某种样式有着同构对应关系，因而互相应对和共鸣。在这样的艺术形式与情感之对应、连接不断重复、强化的历史过程中，主体情感便在客观、形式外观中得到凝聚、寄托、表现和传述，对象便成为主体情感的对象化、体现物和积淀物。

情感赋予主观作品形式，向形式积淀，一种心理积淀，实质是一个"自然人化"之历史积淀过程。这是一个客体对象由内容(功利)积淀为形式、由观念积淀为形式发展到由情感积淀为形式过程。那些看来并没有什么具体内容或含义的具有装饰意味的抽象几何纹样，其实当年却是有着某种明确内容或含义的，只不过它们已溶化在形式中，变得十分隐晦与曲折罢了。具有审美价值的形式，之所以不同于一般的形式，正在于它积淀了一定的社会情感，才具有情感价值。

2. 情感形式

所谓情感形式，是指审美情感不同于一般的自然情感或日常情感，它是一种理性化和形式化的情感。当然这不是说审美情感就与日常情感毫无关系。审美情感与日常情感有联系，并以日常情感为基础。如果作简要之规定，可以概括为，审美情感(情感形式)是一种理性化与形式化之情感，是理解与想象对日常生活情感予以形式化与组织化"剪裁"处理之结果。审美情感，作为一种审美状态、审美反应，乃由对象形式(客体的审美特性)作用于审美感知、想象与理解的综合活动而发生的。审美知觉阶段是审美经验过程的最初阶段，也是必然阶段。主体的生命情感是怎样移入知觉对象中去的？知觉对象为什么具有"表现性"？主体为什么会产生愉悦？其中很重要的(不是唯一的)是凭借想象之作用。在那一瞬间里，只有凭借想象(也包含理解)才能把主体的情感与生命移入知觉对象中去，也只有凭借想象主体才能产生愉悦。

主体人的情感通过各种艺术形式的审美创造活动与各种客体形式相契合而产生各种情感形式(审美客体)，即各种类型的审美经验形态，如常见的优美、崇高，悲的与喜的等多种多样的审美经验形态。从审美心理学之角度分析，这多种类型的审美经验形态是个复合构成，它是渗透着审美欲望和审美理想的多种心理要素的不同组合方式。有的是感性(感觉与知觉) 功能占突出地位，如优美感。有的是理解与想象功能占突出地位，如崇高感与悲壮感。优美感，由于它是由对象的和谐与平静的形式引发的一种适情宜性、悠然自得的轻松的情感状态与体验，各种心理要素处于适当的比例中，形成一种恰当、均衡的组合。感性功能较为明显，理解与想象之因素溶解在感知中，因而情感是平静、自由而愉快的。崇高感之心理组合与优美感完全不同。由于崇高感是巨大的、宏伟的或惊心动魄的对象形式所引起的情感体验，因此，它不像优美感那样单纯而平静的愉悦，而是极为复杂的激荡的愉悦。崇高感半含着明显的理性因素，即包含着伦理精神的激励高扬与哲理心理的深沉探索。

从审美价值、形态学分析，情感形式就是审美经验的客观化形式。无论是优美感，还是崇高感，还是其他审美经验形态，作为审美价值形态的存在，始终是审美创造，是一个情感的组织化与形式化过程。想象，是情感的逻辑，是审美意象构成的总规律。感知提供的表象，满足审美欲望，产生审美情感体验，并进一步激起新的审美欲望，产生新的审美情感体验。审美情感成为表象运动之动力，凭借想象对理解的自由关系，使表象按照情感的逻辑加工制作，即分割、连接、推移、组合、凝结等，构成新的审美意象；而这个新的审美意象恰恰是情感的形式化。想象，即情感逻辑，有意象范型之引导，因而是自觉的，又有审美欲望中非理性因素不时介入，灵感的突然迸发，因而又有不自觉性。作品情感形式化经过一系列的传达，由意象转为物象，成为审美价值特性，即审美客体。审美情感特性，就是强调主体人赋予的情感，通过审美特性，以期达到人与自然的和谐统一，从而显现出一种内容广阔，精神深邃、情感丰富、高雅厚实的地域文化空间。

3. 情感融合

审美特性的另一个情感价值特性，则是主体人对本民族共有的历史文化记忆有较强的认同感。主体人的社会生活，深受地域文化的影响，使他们与大自然没有心理距离，感觉上易于并且乐于亲近审美特性。所谓“形式追随情感”，这种审美特性的情感形式，就是用自己民族特有的地域文化历史对作品进行进一步的解读。地域历史文化是绕不过去的语境，往往在作品中极具代表性。从一部作品描述的自然特性到审美特性的转化，这就是人的审美情感在作品中的融合与变化。是主体人对作品的前后理解发生的深刻变化，由主体人自己对民族地域历史文化语境的解读，并将其感情溶化到了作品中，使解读过的作品已经不是原来的作品，而是主体人经过心理情感“再造”后的作品了。这就是情感与形式的有机融合。情感与形式之间经过相交渗透，最后达到物我一体，融合无间。

审美特性不仅有其主体性质的一面，而且还有其社会性的一面，这二者紧密相连，融为一体。既体现了审美活动中个体的特性，又通过个体体现了整个社会的共同特性。一般来讲，由于主体人有着共同的感官和心理积淀基础以及共同的社会文化基础，所以，不同的人往往可以在作品的鉴赏中形成共同的审美感受，“口之于味也，有同耆焉；耳之于声也，有同听焉；目之于色也，有同美焉”（《孟子·告子上》）。但是，这并不意味着不同的人在特定审美活动中的审美关系都是一成不变的。由于每个人的文化素养、后天的阅历不同，其审美情感也就会大不相同。但作为总体的民族地域文化生态中的个体，其情感特性与社会特性基本一致。此处不赘。

总之，审美特性由审美对象向审美存在与美本体的逻辑过渡。审美特性是指客观所具有的情感价值形式，它是从自然客体转为审美客体的必要条件。审美特性是一种价值特性，它是由客体的形式层面与价值层面两个方面因素构成的。作为审美特性的形式，并非纯自然形式，而是来自人类社会实践活动与审美活动之创造，根本上是情感的一种形式化、符号化，必定是包含着一定情感的有意味的形式。审美特性就是情感与形式之融合统一。情感与形式融合之方式包括：以审美为动机的艺术创造活动方式；以实用为动机的物质生产活动方式；审美与实用两种动机相互交织渗透的创造活动方式。审美特性有其自身之特征。这些特征可以概括为：形式的直接性，情感的表现性，超实用功利性。形式的直接性即形式呈现与感受的直接性。情感的表现性，即指形式结构潜在情感价值表现之可能性。超实用功利性，是指审美特性对实用功利价值的一定超越与摆脱。

总之，人的审美能力都是在不断审视其对象的活动中逐步形成、发展和提高的。如对于某些低级的审美趣味，可以随着人的认识能力的提高而逐渐得到修正。就像赏析作品时，我们可以解决其存在的审美偏差，尊重主体人的审美诉求，不断完善提高审美认识，就会逐步达到一种深度赏析。随着社会历史的不断进步，审美价值特性也将得到进一步的深化与发展。

四、关于审美

面对整个艺术对象，一般的读者、观赏者主要涉及的是一个审美鉴赏的问题，也就是审美的问题。所以，这里主要谈谈审美学的问题。

就整个美学而言，审美学是一个非常诱人的字眼。

追求美乃人之天性。人们总是自觉或不自觉地在湖光山色中流连忘返，在亭台楼阁中寻怡，在轻歌曼舞中陶醉，在诗词曲赋中自得……可见，美是人们的生活理想，又是人们的力量源泉。

从理论上说，审美学试图对种种审美现象进行解说，使人们对美的追求由自发变为自觉。这是一项非常艰难的任务，因为单凭理解力并不能把握美。研究对象的普遍性与复杂性，决定了审美学是一门不易掌握、较为玄奥之科学，更何况它本身还处在建设过程中。也许可以说，审美学之根本宗旨在于引领人们进入“天堂”——追求人生之诗意境界，达到人格的和谐完满；但是它的内在结构却是一座“炼狱”——这里洞穴幽深，道路崎岖，甚至气氛枯燥。

尽管如此，我们有必要鼓起勇气跨入这座炼狱。从具有爱美的本能开始，经一定的理论分析而提高认识，再回归到在生活中自觉追求美，这是一个否定之否定之过程，学习审美学是其中的一个必要环节。

如果我们从审美观念的萌芽时代算起，审美学是一门古老的科学。比较文化学的研究者们一般认为，公元前800年前后，地球上的人类经历了一次警示上的自觉，开始摆脱混沌蒙昧状态，在世界的不同地点相继出现了一大批思想家，为古代文明奠定了基础。据已发现的资料，公元前6世纪至前5世纪，古希腊的毕达哥拉斯学派就提出了“美是和谐与比例”的观点，传说黄金分割律就是由毕氏发现的；我国老子也提出了“涤除玄鉴”等命题，孔子以“尽善尽美”作为衡量艺术的标准等。公元前4世纪至前3世纪，柏拉图在《大希庇阿斯》中专论美的问题，他的学生亚里士多德更进一步，写出了西方历史上最早的具有逻辑体系的审美学专著《诗学》，大致在同一时代，孟子奠定了心学的基础，庄子提出“心斋”诸说，对审美研究都有重要意义，稍晚荀子写出《乐论》，它可看做是我国较早的审美学专论。

审美学还是一门年轻的学科。1750年，德国启蒙主义思想家鲍姆嘉通正式以美学命名自己的著作，标志着作为独立学科的审美学正式诞生。19世纪初叶，黑格尔讲审美学，本不赞成用美学称谓这门新学科，因为其原始义局限于研究感觉与情感，有些名不副实。他认为“艺术哲学”才是恰当的称谓；只是考虑到名称问题“无关宏旨”，也就沿用了人们的习惯讲法。在我国，近代学者王国维率先采用日译“美学”来称谓这门学科，已成为人们所通用。两百多年来，审美学研究的基本路线为两条：一是哲学思辨的，一是科学实证的，德国美学家费希纳分别称之为“自上而下”和“自下而上”。应该说，二者各有千秋，应当互补。

自19世纪下半叶以来，审美学的发展出现了新的倾向。一是由于费希纳大力倡导实验方法，使自下而上的研究蔚然成风。哲学家似乎从作为审美学导师的宝座上被赶了下来，人们更多地采用科学特别是心理学的方法研究审美学现象，注重对审美活动的记录、问卷、统计等。二是形成了理论多元化的格局。这种多元化主要来自研究者视角与方法的多样化；有来自哲学不同流派的，如现象学、阐释学、分析哲学等；有来自相邻学科的，如心理学、社会学、人类学、语言学等；还有来自新兴学科的，如系统论、信息论等。尽管如此，现代审美学仍然体现了走向人学的大趋势，西方近代审美学本来就已明显向人类学方向位移，现代的自下而上研究其实主要是人的审美心理研究。尼采在《悲剧的诞生》里直接就讲：“没有什么是美的，只有人是美的：在这一简单的真理上建立了全部美学，它是美学的第一真理。”应该说，这种看法把握住了现代审美学的律动。它表明“人”的进一步觉醒。

关于审美学的研究对象，学界持有不尽相同的意见，我在这里采取折中的立场略讲几句，因为此命题涉及美学理论问题，不是讲一两次课就能讲清楚的。

首先，审美学一般来说是研究人对外部世界的审美关系的。审美关系是人对外部世界的几种基本关系（功利的、认知的、伦理的、审美的）之一，是人类掌握世界的基本方式之一。客观自然物本身并不足以构成美，须赖审美主体参与创造，因此，美存在于审美关系之中，只有当人对客体作审美把握时才有美存在。其次，它应该以研究审美经验为中心环节。更具体一点说，美形成于审美过程之中，审美经验体现了审美主体与客体之统一，人们借以创造艺术、欣赏艺术，因而审美经验的分析连接着美的本体与艺术的研究。再次，这门学科必须以艺术为主要研究对象。艺术美是人们的审美意识的集中体现，是主体对外部世界作审美把握的结晶，艺术是美的领地，着眼于艺术才能保持审美学基础理论的纯洁性。事实上，中外历史上的美学家大多是从艺术负面来探讨审美问题。

相应地，审美学原理一般由三个部分组成，即美的本体论、审美心理论和一般艺术论。不过，这只是一种逻辑的划分，其实，无论从哪一部分入手，都会涉及其他部分的内容。由此容易看出，与审美学关系最为密切的是哲学、心理学、艺术学三个相邻学科。艺术学包括艺术发展史、艺术批评和艺术理论，它们为审美提供具体实例和具体观念的支持；审美学则给予艺术学以原理性质的指导。哲学以其视野的广度与深度对审美学进行提升，其观念和方法常常在这一研究领域发挥统帅作用；而作为对人类生存的终极关切，哲学的很多基本问题又需要在审美学中获得解决，所以谢林甚至将这门学科看做是整个哲学大厦之拱顶石。心理学与审美学在平行层次上相互渗透，审美是（至少首先是）心理学现象，审美学迫切需要心理学的研究成果，而迄今心理学的发展水平还远远不能满足解释审美现象的需要，审美学研究因而也推动心理学的发展。

那么如何学好这门学科呢？美学家李泽厚先生结合自己的切身经验告诫说，一是要学些哲学，最好多读点欧洲哲学史；二是至少懂得或了解一门文艺，如自己有创作经验则更好；三是要看心理学和艺术史的书籍。这三条讲的是学习条件，它们实际上是由审美学的学科位置所决定的。至于学习方法，一般认为最根本的是坚持两条原则：一是理论与实践相结合，审美现象在每一个人身上发生着，重要的是用自己的眼睛去观察，用自己的心灵去体验，并用自己的头脑去思索；二是逻辑与历史相统一，这其实是第一原则之延伸，理论体系是共时性的，实际生活则还是历时性的，共时性的理论体系应该能解释艺术和审美观念的历时性嬗变，前者从后者中产生又应该接受后者的检验。

下面，我将主要从审美主体着眼探讨审美感的滋生及其相应条件，也可以总称为审美教育。如果说审美创造致力于内在自然的人化，即在审美活动塑造主体自己，使主体成为一个审美的人——这是美学教育的根本任务，那么，审美的滋生与相应的条件究竟是什么呢？

（一）审美活动中情感的重要性

在“知、情、意”三分法中，对应于审美文化领域的心灵能力是审美活动中的情感。当然，确切一点说是“感性”，包括表象直观和情感体验。事实上，审美活动中的情感与表象是不可或缺的两维，表象发展出美的形式，情感(广义,常指以特定情绪凝结在一起的各种心理内容)，一方面构成美的意蕴，一方面还制约着美的形态的生成——使之在现实物象的基础上变异乃至重新组合。

诚然，人类所有的文化创造都需要情感，但情感在不同文化领域中地位大不一样。追求真理需要热情，但科学活动一般只需要情感作为动力，在研究结果中则尽量排除情感成分，以期客观公正。道德活动中情感的地位相对突出一些，它被看作是维持某种人际伦理之纽带，不过道德旨在建立人的族类内部的秩序，群体性的利益压倒个体性的需求，所以情感在一定范围内又不能不受到贬抑。只有在审美活动中，情感不仅是活动展开的动力，不仅参与评价对象，而且最后与对象凝为一体，构成美的形象整体。在这种意义上可以说，审美王国是情感的王国。

中外很多美学家、艺术家都极为重视情感。《乐记·乐本篇》写道：“凡音者，生人心者也。情动于中，故形于声；声成文，谓之音。”我们的前人已经认识到，音乐实际上是情感的形式化表达（情形于声，声成文）。魏晋南北朝时期，陆机提出“诗缘情”说，刘勰强调情感是“文之经”，在理论上确认了情感在艺术中的基础地位。应该承认，不同艺术形式中情感参与的状况不尽相同，例如尼采所谓的酒神艺术较之日神艺术一般说来情感更为浓烈。尽管如此，表现情感仍是所有艺术形式的共同特性。罗丹在《艺术论》里认为：“绘画、雕塑、文学、音乐，彼此的关系比常人所设想的更要接近。它们都是表现在自然面前的人的情感，只是表现的方法不同罢了。”即使在狭义上把握情感，将它看作是主观感动的形式，也无可否认情感是审美诸因素的黏合剂。优秀的艺术品之所以没有一处是多余的或游离的东西，就在于真挚的情感流注于有时看似散漫凌乱的意象之中，使之凝为一个整体，温庭筠在《商山早行》中写下“鸡声茅店月，人迹板桥霜”的诗句，罗列的事物各自独立，出于凄清情调的贯穿而形成和谐统一的审美意象。

（二）情感研究的困难

在美学中，情感的研究一直是一个相对薄弱的领域。到目前为止，人们对情感发生的生理机制、心理过程仍不甚了了，有的论者干脆把情感称作是“一种黑暗的感觉”，有的论者则愤愤不平地把它比作“灰姑娘”，虽然常被人们驱遣却不被重视。应该说，情感研究的落后状况主要由研究对象本身的复杂性所致，感情的发生兼容生理与心理、本能与习得、自然与社会诸因素，不像认识外部现象那样具有确切的逻辑形式和物化（符号）形式。对于审美情感，人们也常常觉得难以把捉。莱布尼茨认为：“鉴赏力和理解力的差别在于鉴赏力是由一些混乱的感觉组成的，对于这些混乱的感觉我们不能充分说明道理。”在他看来，美感是无数微小感觉的结合体，这些微小感觉在结果上产生效力，比我们想象的要大，形成的印象在全体上是明晰的，在部分上就很难分析了。别林斯基也认为，审美感是构成我们人类天性内在本质的虚无缥缈的不定型的情感，它“震撼诗人灵魂犹如微风吹动风神琴一般”。的确，当我们把心灵的构成也看做是云与钟的统一的时候，情感是属于云一侧的。此时，就会出现人们常说的“仁者见仁，智者见智”之现象。因为每一个人欣赏事物或艺术作品，都是在各自特有的生活、思想、感情—世界观基础上，在各自特有的心理背景下进行欣赏的，并从而感受到欣赏的对象为美或不美的。实际都是各赏其所赏，各美其所美。所以，往往各有所见，各有好恶，因人而异。这时，喜爱者说好，不喜爱者说不好。就是说：你认为美的，我可能认为不美，甚至恰恰相反。但是这种美感或审美判断之个体差异，不排除同阶级、同民族、同时代的人们，由于具有大体相同的生活基础与生活意识，又会形成某些共同性。从前曾有一则笑话，说封建社会时代，三个饱暖无聊的有钱人冒充风雅，同在某处欣赏下大雪，居然作起打油诗来，刚刚凑成以下几句：第一个说“大雪风飞满地，”第二个说“全是皇家瑞气，”第三个说“再下三尺何妨？”这时，他们苦于作不出第四句时，一个原来在那边躲避风雪，又冻又饿的穷汉，听后火冒三丈，立刻给了一句：“放他娘的狗屁！”这就充分说明，面对同一自然景物——雪，阶级立场互相对立的人们，各自的看法与感受，是多么的对立和尖锐！当然，有的人不承认这种阶级“美感”的阶级差别，比如臭虫、苍蝇都讨厌，美景鲜花都喜欢，其实，虽然表面看都一样，实际上差异很大。不同的立场看待对象的态度不同，着眼点也不同，观察的角度也会不同；或者所见对象的内容、意义之方面都会不同；等等。我们就从自然界事物雪来说吧：抛开上述那类隶属封建统治阶级下的有钱人把雪居然视为什么“皇家瑞气”而外，“风花雪月”之雪，与“雪兆丰年”之雪，从其各自作为“审美对象”所分别给予人们的感受内容而言，就是并不相同的。何况更与“千里冰封，万里雪飘，山舞银蛇，原驰蜡象”之雪，以及“一片白茫茫，打得真干净”之雪，大为异趣，各有极不相同的审美境界和意趣。就说“雪兆丰年”那句成语所反映的，对于及时而又适量的降雪，虽然农民和有钱人都喜欢，而且都喜欢粮食丰收增产，那么，他们是不是就有完全一致而毫无所区别的“共同感受”呢？其实差别还是很大的。有钱人由此而心中浮现的，是剥削量的增加；而农民浮现在心目中的，无非是吃饱饭而已！

审美心理的情感方面所谓“见仁见智”那是肯定存在的。例如，一幅苏东坡或郑板桥的墨竹国画，作者本来都是凭借其劲节凌虚、潇洒出尘之艺术形象，正寄托着所谓“君子之风”(旧说:梅兰竹菊为四君子)和他们的“节操”观念于其中的。然而，现今人们欣赏它，却不过仅仅感受其艺术形象所显示的冲霄气势，及其蓬勃新生的意象之美而已。恐怕没有谁去管那“君子之风”了。有的欣赏其优美的雅趣，有的欣赏其唯美的清趣，有的欣赏其幽趣，不一而足。

当然，认识情感之难不仅在于它本身缥缈不定，而且在于它与意识(知性)在人的心灵中含有的矛盾关系。情感与知性虽然是属于一个审美心理学、美学的共同体，但并不在同一个共同体层面上，它不能直接为意识所烛照，往往是朦胧而不可名状的。人们力图通过切身体验描述它，可是当有意识地要将自己某一刻的感情定格而加以考察时，心灵就理智化，作为对象的感情就是隐遁或至少是变态了，这就产生了严重的“测不准”问题。这个由变态而产生的“测不准”问题有时显得特别难解难分。难怪实验心理学界对人类的感情活动做了艰难的探索，现有的一些成果远远不能完满解释各种感情现象。

第一，审美感的特殊性。前面讲过，审美感是一种心灵的能力，是“知情意”的统觉性融合。这里涉及功利感、理智感、道德感、宗教感等方面；功利感与宗教感以分居最表层和最深层面而对照，理智感与道德感在并列的层次上相对应。这四类情感合在一起刚好占领了心灵之全部。由于这几个方面涉及的理论问题相当多，不能细讲，我只讲审美。

那么，审美感究竟往哪里摆？英国美学家夏夫兹博里最早提出审美判断是来自“内在的感官”“内在的眼睛”，他说：“我们一睁开眼睛去看一个形象或一张开耳朵去听声音，我们就马上见出美，认出秀雅与和谐。我们一看到一些行动，觉察到一些情感，我们的内在的眼睛也就马上辨出美好的，形状完善的和可欣羡的。”后来有人把夏夫兹博里所谓的“内在感官”称作“第六感官”。其实，“第六感官”并没有实体性的存在，不过是人们的比喻性说法。它的要义是强调仅有感官的动物性部分并不能审美，而审美又具有视听感官做出判断的那种直接性。因此可以说，审美感发生于感性领域但绝不停留于、局限于这一领域。

一方面，从整个人类心理体验来说，审美感是与功利感、理智感、道德感、宗教感相并列的一种情感类型，另一方面，审美感又不像人类其他情感那样占有自己特定的心灵领域，这种矛盾铸就了审美感的特殊性，使它与各类情感都有想通相洽之处，它的活动涉及心灵的全领域。

第二，对审美感的简要分析。审美感所有产生和宣泄的心理渠道是观审。狄德罗认为，演员流的是眼泪，但那是从大脑流出的眼泪。这就是说，情绪中能量消耗在外周或中枢两极中的一极，一极活动的加强导致另一极活动的减弱。这是一种值得探讨的假说。审美感由观审产生，由观审宣泄。这不同于功利感的占有欲望，法国美学家库申曾举例说，在一张美酒佳肴的宴席面前，享受的欲望油然而生；假如我不去想吃眼前的美酒佳肴给我的欢乐，只打量它如何安排，桌上如何陈设，美感就可能在某种程度上产生。但是应该承认，审美感也有一种精神的“占有”倾向。心理学家米尔纳曾描述自己的切身经验：“一天傍晚我注意到尘土满地的路旁有一排长着半透光树叶的大树……似乎暮色里灰白的天际显出一幅图案，就像旧铁门上的花格，又像古代抄本上的装饰图案。我突然冒出一种难以遏制的欲望，要想攫取这一图案，使它成为己有——或许绘上几笔能占有它。”这种“占有”既是主体占有客体，又是客体占有主体，但二者均未消失，只是在想象中交融。这种观审的方式也不同于理智感的认知方式，它并不寻求对对象作确切把握，且始终不离开事物表象；但认知与观审都是由对象的感性外观转向精神的把握，因此它们都要求超越直接功利关系，与对象保持一种“心理距离”，且它们都要求对对象形式格局之认同，有的美学家(如叔本华)甚至认为审美是作为“认识”的纯粹主体的无阻碍活动。观审中必有评价，二者密不可分，以致许多论者认为审美关系就是一种价值评价关系，几乎与道德互动无别。应该说审美主要是评价，但不只是评价，因为它还暗含认知因素；就是作为评价，它与道德感中的评价亦有不同，一般来说，审“崇高”、审“英勇”时道德评价的比重较大，而审“优美”、审“秀丽”则几乎“不具有任何伦理意义”(斯托洛维奇语)，确切一点说，后者一般不具有明显的伦理意义。观审中必有憧憬，二者甚至可以被看做审美感活动的两个端点：审美感总是从对有限之物的观审向对无限之境的憧憬转化。桑塔耶那说：“审美的欣赏和美在艺术上的体现，是属于我们暇时生活的活动，那时我们暂时解脱了灾难的愁云和忧惧的奴役，随着我们兴之所好，任它引向何方。”雨果在他的名著《悲惨世界》中描述了主人公冉阿让观赏夜空时的憧憬：“他在那里，独自一个人，虔诚、恬静、爱慕一切，拿自己心中的静谧去比拟太空的静谧，从黑暗中去感受星斗有形的美和上帝的无形的美。那时候，夜花正献出它的香气，他也献出了他的心，他的心正像一盏明灯，点在繁星闪闪的中央，景仰赞叹，飘游在造物的无边无际的光辉里。”

审美感的特质在于超越直接功利，不觉责任负荷，自由而有寄托。审美感有潜在的功利性。其实，没有功利性的纯粹审美是不存在的。我说的审美的功利性是广义的功利性。你比如喜欢一个美人，在想象要素中就包含着欲望，这种欲望就是“功利”。康德讲“非目的的合目的性，”是指审美不是追求直接的具体功利，但最后还是合大目的。以往文学艺术太急功近利，而且是非常具体的功利、功用，因此现在一讲社会功利就害怕，其实我说的“功利”一词是广义的，把无用之用也视为用(功利)，那么，审美还是包含有社会功利因素的。车尔尼雪夫斯基也曾经举例说，当我们欣赏“黄熟的田畴”时，尽管没有一己的功利之念，却可能有这样一种思想起潜在的作用：这田畴长出了人间的幸福与欢乐。人们特别爱听布谷鸟的鸣唱，不能说与它传达春的信息无关。但是，真正的审美感只有超越直接功利才能产生，马克思在《1844年经济学哲学手稿》中说得极好："忧心忡忡的穷人甚至对最美丽的景色都没有什么感觉；贩卖矿物的商人只看到矿物的商业价值，而看不到矿物的美和特性。"审美感与理智感的相似之处在于，前者把实体对象形式化了，后者把实体对象抽象化了，因此都达到了对直接功利欲念之超越。审美感，特别是以人为对象的审美感，是暗含了道德意义的，"情人眼里出西施"，这时的"西施"不只是形体美丽匀称，而且一定被看做是善的化身、高洁人品的体现者。

俗话说的"情人眼里出西施"，最起码包涵两层意思：一方面是说，有情人之间，由于彼此关系亲密，互相认为对方都很好，所以互相看对方也就都很美；另一方面是说，正因为有情人之间，关系亲密，容易被感情蒙蔽，往往会把彼此本来不美的对方，居然也常互相误认为很美。

其实，这样的情况，不仅对人如此，对物亦然。

就前一方面而言，可以说本来是人们对于一切事物进行"审美欣赏"而产生"美感"的一般规律。即一切事物，本来总是由于处在与人们的实际生活关系中，是个好事物——对于人们的生活起好作用而不起坏作用者，人们因爱其好，从而才觉其"顺眼、顺耳"……才感到其形象是美的。反之也一样。同时也表明：人们对于一切事物的美感，确实原本也是都以人们对于事物的爱为前提、为基础，而且始终联系着人们对于事物的爱，并且会加强、加深人们对于事物的热爱。不过，不能不看到：人们对于各种事物(包括人也在内)的爱，如果不是清醒的，与明澈理智相结合，而是盲目的、糊涂的，那就很不好、很危险，很容易被一己的个人偏爱所迷惑，被私欲、私情蒙住自己的眼睛，以致辨不清是非，那就必然好坏混淆，人妖颠倒，终于弄到错误地以丑为美，而反以美当丑的极端荒谬地步，甚至走上犯罪。岂不糟糕之至！

我们就借"情人眼里出西施"来说吧：如果心目中之"西施"，在客观世界里，真的是"西施"，倒也罢了。如果心目中的与客观世界里的，两者实际对不上号，那就只可算是愚蠢，只能成为笑柄。

这也就是说，尽管人们的审美感是与人们对于对象事物的某种一定情感态度密切不可分割地联系着的，人们的情感态度不同，常会影响人们对于事物审美之判断。换言之，即人们的主观审美感，往往会受其情感态度所左右，因而难免带有主观性。但是，人们受其情感态度所制约的主观美感，无论如何也不能改变客观事物本身所具有的美，或不美的特性。当然，基于全人类利益的道德感才是与审美感相通相洽的，如神农植五谷，大禹治水，普罗米修斯盗火等。不过人的道德评价伴随着相应行动的要求，具有责任的负荷，明知利害却不计利害去履行自己的职责，审美感一般并不要求随即行动，因为这里不涉及直接而明显的利害关系，所以不觉责任负荷。审美感总是自由的，一是因为它摆脱了功利欲念乃至某些道德观念及逻辑规范的束缚，摆脱了外在必然性之羁绊；二是因为自由意志积极活动，基于内在必然性，它追寻着人生之诗意境界，获得精神之寄托。这一特质与宗教感相似，日本禅学大师铃木大拙认为，"禅就其本质而言，是看人自己生命本性的艺术，它指出从枷锁到自由的道路……我们可以说，禅把储藏在我们之内的所有精力做了适当而自然的解放，这些精力在通常的环境之中是被挤压被扭曲的，因此它们找不到适当的通道来活动”。但审美感并不像宗教感那样皈依于一种恒定的超验的绝对之物，它使人向自己的类生活（马克思语）回归。

由审美感的指向性、所由此产生和宣泄的渠道及内在的特质等所决定，这种心理体验的特征是反应直接，有即有离，心灵净化。审美感一般从直觉中产生，人们因之提出人有专司审美的“内在感官”或“第六感官”。如果说“反应直接”为审美感与功利感的共同特征，那么“心灵净化”则是审美体验与宗教体验的相通之处。宗教心理学家认为，宗教活动中感情变化的“规律性”是从“出现消极的体验变成带有情感舒坦、缓和的积极的体验”，由此而获得“净化”效果(乌戈里诺维奇语)。审美并不以消极的体验为前导，其心理效果与宗教活动的积极体验却相类似。审美体验由于超越直接功利，因而与对象有一种心理距离，心理距离是美感的显著特征，美感与“适意”之区别，就在于它是一种有距离的快感体验；德国心理学家利普斯认为，审美体验是一种“同情感”，审美体验离不开“移情”，但不能承认，道德体验也是一种同情感，一般基于“人同此心，心同此理”而进行价值评判。由此可见，透过一次审美体验的发生结构，人们可以试图把握它与人类历史、个体生活等方面的深层关系。

两千多年前的一天，孔子首次登上泰山绝顶，眼前突然出现了一幅惊人的图画：昔日眼中巍峨耸立的群山一下变小了，低矮而微不足道；广袤无垠的鲁国疆域也变小了，狭窄而闭塞；自我是这么渺小，这么可怜……正是在这种“突然出现”之中，一幅新的图画，一幅美的图画，蓦然间从云海翻滚里凝聚起来，升腾起来：天下原来是这样辽阔，这样宏达，人生原来是这样壮美，这样绚丽，人类原来是这样意味无穷、深邃蕴藉！旧的自我涨大了，拓展了，渐渐地融合在天下、人生、人类之中，融合在新的“世界”图式之中，融合在对未来的无限憧憬之中。

“登泰山而小天下”，这就是孔子的一次审美体验。

孔子的这一审美体验并非一次就完成的。在“登泰山”这一活动之前，即在“过去”，他必定已先有了许多关于路过以及其他邻国的政治、经济、军事、社会行动、民情风俗、社会心理、地域地貌的经验(其中包括体验，审美体验)，关于个人的生活、性格、意向、志趣等的经验。这些经验一次内化在他的头脑中，在记忆的信息储藏中不断累积起来，形成了记忆意象的坚强壁垒。而在现在，当泰山绝顶所见涌入他的心中时，这些经验就被唤醒，并且积极地输入、分解、选择，纳入这些新的信息，使它们融汇起来，形成“登泰山而小天下”这一完整的审美体验。这里，既包括过去的经验的积累，也包括现在的感受的建立，同时，还包括未来的感受的预先构成。

在其他的审美体验中也有同样的情形。贾岛《寻隐者不遇》诗说：“松下问童子，言师采药去。只在此山中，云深不知处。”师父去采药，这是童子头脑中复现的过去与未来压缩到现在的问答之中了，形成过去、现在、未来三者的瞬间统一。杜甫《奉济驿重送严公》诗说：“远送从此别，青山空复情。几时杯重把，昨夜月同行。”现在对着“青山”，想到“把杯”的未来，忆及“同行”的往事。过去与未来之事纷至沓来，浮现到现在的一片空白之中。再看韩愈的《左迁至蓝关示侄孙湘》诗说：“一封朝奏九重天，夕贬潮州路八千。欲为圣明除弊事，肯将衰朽惜残年。”这是说过去之事。“云横秦岭家何在，雪涌蓝关马不前”，这是状当前之境遇。“知汝远来应有意，好收吾骨瘴江边”，这是对未来命运之哀叹。这里同样是过去、现在、未来三者的瞬间统一。

可见，在审美体验的结构中，有机地包含有三个基本层次：一是过去的历次境遇层次，我们称为历构层；二是现在的临景感受的层次，我们称为临构层；三是预构的未来感受的层次，我们称为预构层。瞬间的审美体验是历构层、临构层、预构层三者的有机统一。有机统一，意味着这是不可分割的整体。

第三，审美体验的知觉生成。知觉是审美鉴赏的起点，这几乎是一条确定不移的定律。因为任何审美都必须以知觉材料作为基础。对一个人来说，审美知觉的形成，可能是一瞬间的事情，但若把这一瞬间用“慢镜头”方法来加以处理，就会发现这是一个极其复杂、曲折和微妙的过程。这一过程可以证明审美体验的知觉的确是一种不同于普通知觉的特殊知觉。它就像一朵花那样，人们对它与周围环境之间的关系并不关心，尽管它也生长在泥土中，但我们不会去把它和土地联系起来，尽管他也和其他事物一样，它是与环境相关的，并且在时间与空间的世界里延伸到人们的知觉之外，但审美知觉把其他一切方面都忽略了，仅仅注意它美丽的外观。因此，如果说审美经验是一种揭示现实世界的方式，那么此种揭示好像只是从现象的外观上去揭示的，它并不把知觉引向超出于知觉范围之外的任何东西上去。因此，审美经验所揭示的世界是一个独立自足的世界。审美知觉往往比日常知觉更加单纯，但正由于它的此种单纯性，它也就更敏感、更尖锐。审美知觉其实也是保持了日常知觉的一些特点。因为人是社会的人，知觉信息的贮存要依赖于个人生活史之变迁，因此知觉方式存在着明显的个体差异。庶几每一种知觉都可以看作是一种个人的经验，故特定的知觉方式为个人所特有。有些人相信艺术家的知觉方式就有异于普通人，其实艺术家与艺术家之间的知觉方式也存在着明显的差异，因而才可能保证艺术创造的独创性。

五、审美知解力

审美心理活动犹如一棵大树，研究审美理想是从种子、根系方面出发的探索，研究审美趣味则是从叶片、枝条方面入手的探索。比较而言，探究审美理想多涉及形而上的领域，考察审美趣味则多为形而下的描述。按我的理解，审美理想的基本模式是由知性层面滋生的，审美趣味处于感性层面而有着无限丰富的体现模式，审美标准则是介于二者之间，它既是审美理想的凝冻，又是审美趣味的综合。如果说，终极意义上的审美理想是全人类的，那么，审美标准一般来说总是打上特定群体之印记，而审美趣味则具有鲜明的个体性特点。

审美能力，也就是审美理解力。审美能力的高低，主要决定于文化修养的深厚程度。文艺复兴时期的一些艺术大师都具有很高的审美能力，这与他们的勤奋好学、博闻强记密切相关。这些大师勤勉地观察街道上川流不息的人群的各种神态，勤勉地在工作室里解剖尸体，勤勉地研究古典作家的优秀作品。那个时期的诗人与画家的声誉都很高，一方面是由于他们的身份已同学者联系在一起，另一方面是由于他们都在坚忍不拔地创造艺术的辉煌。掌握科学与古典文化对于当时的艺术家来说都是必不可少的，他们甚至渴望得到哲学家的头衔，米开朗基罗就是柏拉图学园的成员，达·芬奇集艺术家、科学家、工程师于一身。培养审美能力，必须借鉴这些巨匠们行进的足迹。

首先，需要积累丰富的生活经验。这一是要细心观察与研究外部世界的事物，二是要深入体验和反思自身。一个优秀的领导干部，或一般的鉴赏者，往往都有这个良好的习惯。特别是对于我们当今的领导干部的审美能力来说，显得特别重要，经常要陪同外宾观看音乐、舞蹈、美术等作品的演出与展出，为了避免说外行话，就要提高自身的审美能力。

其次，需要广泛涉猎书本知识。采集世界的文化成果，接受前人审美实践经验，这是一个提高审美能力的最好捷径。一方面，要有关于审美对象本身的必要的知识储备。读其书，不知其人是不行的；看秦砖汉瓦，不知其时代精神就发现不了它们所具有的审美意味。朱光潜先生把不了解对象本身的固有意义称之为“距离太远”，认为是审美的一大忌讳。的确，由于对某些民族的历史文化不了解，观看他们的艺术品总有一种隔膜感。另一方面，就是对于自然物，也应该掌握与之相关的美的形象的必要知识。如我国文化中将松竹梅看做“岁寒三友”，象征坚毅、高洁之人格，这已成为审美惯例，若是哪个花园之一角栽上这三种植物，不了解中国文化的外国人就很难发现它的意义。

注释：

①马克斯·德索：《美学与艺术理论》，中国社会科学出版社，1986年，第134页。

②③④⑥斯托洛维奇：《审美价值的本质》，中国社会科学出版社，1984年，第80页、第81页、第74页、第237页。

⑤黑格尔：《美学》第一卷，朱光潜译，商务印书馆，1979年，第46页。

⑦李泽厚：《美的历程》，文物出版社，1981年，第25页。

⑧里普斯：《论移情作用》，见《古典文艺理论译丛》第8册，人民文学出版社，1964年版，第43页。

［此文系2012年11月1日为宁夏区党校厅级干部、县处级干部及中青年干部培训班讲稿］

文艺美学类别论

文艺美学，顾名思义，当是关于文学艺术的美学，它的研究对象，自然是文学艺术。然而，文艺美学究竟研究些什么问题，它要解决什么特殊矛盾？深究起来，却要颇费口舌。

文学艺术，无论是作为人类一种独特的活动，还是作为这种活动的特殊产物，都是一种社会现象。这种社会现象，看似寻常，实则复杂，因而，向来被多门学科的学者研究。文艺学和美学，就是所有研究文学艺术的科学中最重要的两门。

文艺学和美学的深入发展，促使一门交错于两者之间的新的学科出现了，我们姑且称它为文艺美学。文艺美学是文艺学和美学相结合的产物，它专门研究文学艺术这种社会现象的审美特性和审美规律。

那么，文艺美学和文艺学、美学之间是什么关系？他们之间的联系和区别，究竟在何？

文艺学的特殊门类

文艺美学和文艺学紧密相连，可说是文艺学的一个特殊门类。因此，要弄清文艺美学和文艺学的联系与区别，不能不先了解文艺学的对象和内容。

文艺学，专以文学艺术为研究对象，对它作全面的、综合的、系统的研究。诚然，其他一些科学也要文学艺术。例如，哲学、史学、社会学、经济学、政治学、伦理学、宗教学、心理学、语言学、符号学，以至工艺学、色彩学、印象学等等，也都这样或那样地研究文学艺术现象。然而，这些科学只是研究文学艺术的某一方面，揭示其某种关系与特殊性。文学艺术，在这里只是说明某门科学范围内的特殊规律的材料。这些科学分别研究社会规律、心理规律、物理规律等方面。然而，对于这些科学来说，文学艺术不是其主要研究对象，更不对文学艺术作综合的、全面的、系统的研究。专以文学艺术为对象，对它作综合的、全面的、系统的研究，很早就构成了一门独立的科学：文艺学。

文艺学有广、狭之别。广义的文艺学，研究对象包括所有的文学艺术；狭义的文艺学，只研究文学，成为关于文学的科学，而与艺术学相区别。我这里所说的文艺学，是广义的，既包括艺术学，又包括文学学。

文艺学的日益发展，本身也分成了许多部门。文艺学的主要部门有三个，那就是：文艺理论、文艺历史与文艺批评。

文艺批评，是三个部门中最活跃的一门，它和文艺实践有着最密切的关系。文艺批评不是一般意义上的认识活动，而是一种评价活动。它紧随着作家、艺术家和文学艺术作品，对此作出这样或那样的评价，从而以自己的评价去影响读者、听众和观众。文艺批评，反过来又作为读者、听众或观众的呼声，对作家、艺术家发生作用，使得作家、艺术家重视社会的需要，从而影响着今后的创作。因此，文艺批评是文学艺术作品的作者与受众者之间的桥梁，是创作者与欣赏者的反馈关系的中介。每个时代的文艺批评，受那个时代的文艺历史和文艺理论的制约，从一定的文艺思想、文艺史观出发去评价文学艺术；文艺批评反过来也影响着文艺理论和文艺历史。文艺批评，按别林斯基的说法，是“行动的美学”，直接或间接地表现了那个时代的美学观点、思想。历史上有许多文艺批评著作，本身既是文艺批评，又是文艺理论，并且还是美学著作。法国，伏尔泰的《论史诗》，狄德罗的《论戏剧艺术》，雨果的《〈克伦威尔〉序》；德国，莱辛的《拉奥孔》《汉堡剧评》，歌德、席勒的一些评论；俄国，别林斯基、车尔尼雪夫斯基、杜勃罗留波夫的大量文艺评论，是对许多具体文学现象所作的批评，但也阐发了自己的文艺理论和美学见解，文艺批评史、文艺理论史和美学史，都要研究它们。在中国，自古至今大量涌现的诗话、词话、文论、曲话、剧说、乐论以及小说评点等等，大多是即兴随感的文学艺术品评，与西方的文艺批评相比，缺乏严密的逻辑论证，稍有系统的理论体系。但就是这种即兴随感式的艺术品评中，也不时闪耀着文艺理论和美学思想的光辉，并且缓慢地在形成着自己独特的体系。文艺理论、美学思想在文艺批评中逐步发展，并且和文艺批评紧密结合，这些，也许是中国的传统文艺理论、美学思想的显著特点。但从世界范围看，文艺批评发展到近代，由于它同文艺创作实践的关系如此紧密和直接，已日益显示出它的独特趋向：文艺批评，作为一种评价活动，和文艺理论与文艺历史的区别越来越明显，它既不属于历史科学，又不属于理论科学，而成为类似文学艺术活动的特殊形态，越出于文艺学范围之外。如果说，文艺批评仍然还是一门科学，那也是应用科学，它有自己的历史。苏联的库列肖夫在20世纪70年代所撰写的《俄国批评史》，把文学批评作为一门专门学问予以考察，系统地阐明了俄国文学批评的历史发展过程。美籍捷克学者韦勒克在20世纪五六十年代撰写的《近代文学批评史》，更为详尽地叙述了西方近代的文学批评历史发展过程。在中国，五四以来曾陆续出现了好几部中国文学批评史，尝试把中国自古以来的文学批评的历史理出一个线索。郭绍虞不满足于此，他在撰写中国文学批评史的基础上，还曾尝试撰写中国古典文学理论批评史。但是，文学批评和文学理论尽管紧密相连，毕竟还是有区别，随着科学研究的逐步深入，包容好几门学科的中国文学理论批评史，势将分解成单独的中国文学批评史、中国文学理论史、中国美学思想史等。

文学艺术史，作为历史科学，又作为文艺学的一个部门，研究文学艺术本身的历史发展过程。世界上的文学艺术，从中到外，古往今来，浩如烟海，不可胜数。因此，对于文学艺术历史的研究，不得不分门别类地进行。如果以艺类分，有对某一艺术种类的历史研究，如文学史、音乐史、绘画史、戏剧史、电影史等等。而对下一层次艺术体裁的历史研究，就出现了小说史、诗歌史、散文史等属于文学史的更为具体的部门。甚至，每一艺术体裁还可以细分：小说史中又有白话小说史、文言小说史，长篇小说史、短篇小说史等等；绘画史中又有版画史、水彩画史、连环画史，等等。这些是由上而下的历史研究。自上而下，也可以对几个艺术种类作综合的历史研究，例如，把绘画史、雕塑史、工艺美术史等综合研究，就有了美术史。如果对所有艺术种类作综合的历史研究，就成了包容一切艺术的艺术史。综合的艺术史，产生在对各门类艺术的分门别类的历史研究基础上，反过来，又促使各门类艺术史更深入发展。如果以国分，就分别国家、几个国家和整个世界的文学艺术史。研究中国的文学艺术，就有中国文学史（细分，又有中国小说史、中国诗歌史等）、中国戏曲史、中国美术史（细分，又有绘画史、雕塑史等）、中国音乐史等等。研究欧洲地区的文学艺术，就有欧洲文学史、欧洲美术史等。研究阿拉伯诸国的文学艺术，就有阿拉伯文学史、阿拉伯美术史等。对世界各国的文学艺术作综合的历史研究，就形成世界文学史、世界音乐史、世界电影史等。如果从时代分，就有文学艺术的断代史、通史。在中国，就有中国先秦文学史、魏晋南北朝文学史、唐代文学史、宋代文学史等。研究欧洲的文学艺术历史，也可以按不同时代进行：古希腊罗马时代、中世纪、文艺复兴时代、启蒙主义运动时代等。无论研究国别国家还是世界诸国的文学艺术，都可以采取通史的形式，例如俄国艺术通史、欧洲音乐通史、世界美术通史等。

对文学艺术作历史研究，如黑格尔所说，“它的任务在于对个别艺术作品作审美的评价，以及认识从面对这些艺术作品发生作用的历史环境”（《美学》第一卷，商务印书馆，1979 年版，第 26 页）。文学艺术史，作为历史科学，从历史现象出发，理出历史线索，展示历史过程。然而，文学艺术史，还要进而探索文学艺术的历史发展规律，作出理论说明，历史和逻辑相结合。“在这种主要是历史的研究里，会出现不同的观点……像在其他从经验出发的科学里一样，这些观点经过挑选和汇集之后，就形成一些一般性的标准和法则，经过进一步的更侧重形式的概括化，就形成各门艺术的理论”（同上书，第 19 页）。

文艺理论主要运用逻辑的方法研究文学艺术。逻辑的方法，就像恩格斯所说，“无非是历史的研究方式，不过摆脱了历史的形式以及起扰乱作用的偶然性而已”（《马克思恩格斯选集》，第二卷 122 页）。在从历史上升为逻辑的过程中，文艺学产生了一些处于历史科学和理论科学的过渡形式，例如比较文艺学、文艺发生学等。这些科学，很难说只是历史科学，它也要作理论研究。在研究个别国家文学艺术的基础上，进而把不同国家的文学艺术作比较研究，探索异同，找出规律，这是历史研究，又是理论研究。如果说，比较文艺学中的法国学派，侧重于“影响”比较，因而富于历史科学的意味；那么，美国学派，扩大了研究范围，注意于“平行”比较，甚至发展为不同艺术种类之间的比较研究，这就更具理论科学的性质了。

由于文学艺术的样式、体裁、种类复杂多样，文艺理论可以分门别类地发展；文学理论，戏剧理论，电影理论，音乐理论，等等。例如，在欧美较为流行的《文学论》(韦勒克、华伦著)，在苏联一版再版的《文学原理》(季莫菲耶夫著)，都是文学理论的著作，并非囊括一切艺术的文艺理论。但是，文艺理论也可以把所有文学艺术作为一个整体对象来研究，探索文学艺术共有的性质、功能、规律，这才是确切意义上的文艺理论。把文学艺术作为一个整体对象来研究，并不妨碍文艺理论本身的多样。不仅由于研究对象的复杂，而且也由于研究方法的多样，促成了文艺理论本身的多面发展，形成不同学科。文艺理论同其他科学有紧密联系，特别同哲学、社会学、心理学和美学的关系最为密切。文艺理论侧重于同哪一科学的联系，着重于从某一种方法来研究文学艺术的某个方面，便形成了文艺理论的不同学科。于是，艺术哲学、文学社会学、文艺心理学和文艺美学，就分别或交错出现了。

过去出现的“艺术哲学”，有的是美学（如黑格尔的），有的却只是从一般哲学上探讨文学艺术中的哲学问题，法国丹纳的《艺术哲学》就是如此。让-马莉·居友的《从社会学观点看艺术》，也是从一般社会学观点来研究文学艺术的社会规律，弗里契的《艺术社会学》，哈拉普的《艺术的社会根源》，都是如此。关于丹纳（泰纳）、居友，蔡仪有过较中肯的评价：“无论泰纳也好，居友也好，他们从社会学的见地去考察艺术，至多只能是艺术研究，不能是美学；换句话说，只是艺术的属性条件的考察，而不是艺术的本质的考察。”（《新美学》，第14页）。

对文学艺术作心理学的研究，使文艺理论深入到文学艺术的创造和欣赏过程中去，接触到这种复杂现象的更微妙的方面。但是，从心理学上来研究文学艺术，有的是近于美学，例如朱光潜的《文艺心理学》；有的属于文艺学，如赵雅博的《文学艺术心理学》；有的则只是一般的心理学，例如弗洛伊德精神分析的著作。对文学艺术作一般心理学的研究，只是以文学艺术作为材料，阐明的只是普通心理学规律，并未揭示出文学艺术活动中特有的心理规律，因而，严格说，它不属于文学艺术之列。

对文学艺术的研究，不满足于一般哲学、一般社会学和普通心理学水平，要求步入哲学美学（审美哲学）、社会学美学（审美社会学）和心理美学（审美心理学）的阶梯，于是就有了文艺美学。文艺美学从美学上来研究文学艺术，深入到文学艺术的审美方面，揭示文学艺术的特殊审美性质与特殊的审美规律。

文艺理论，不只是文艺美学，也不只是文艺心理学、文艺社会学等等，它是对文学艺术作多层次、多方面研究的综合。文艺理论对文学艺术这种复杂现象，作综合的研究，从哲学、社会学、心理学、美学等各方面揭示它的多方面特性、功能、结构。从这个意义上说，文艺美学不过是文艺理论的一个部类。然而，在文艺理论的所有学科中，文艺美学处于最核心的层次。具有特殊的地位，它跨越文艺学而进入美学行列。

美学的对象

文艺美学属于文艺学，又可归入美学。

关于美学的对象，不管历史上有过多少激烈的争论，美学，时而被说成是美的哲学，时而被归结为文艺理论，但似乎谁也不否认，美学研究对象必须包括文学艺术。美学要研究文学艺术，然而美学并不因此就是文艺理论。美学曾是哲学的一个部门，然而美学发展到今天，也已成了一门独立的科学，它有自己的发展史。

美学思想，在人类早就存在，但并不构成理论科学。人类最早的美学思想，表现在古代的神话、传说中。但真正意义上美学思想，是随着理论思维的形成才开始的。古代的美学思想，是与哲学思想、政治思想、伦理思想、宗教思想等等交织在一起的，后来，又主要包含在哲学和文艺学这两门科学中。我国先秦时代，儒道墨诸家，都有美学思想，但大都和其他思想交织在一起，并不独立成美学。古希腊的毕达哥拉斯、苏格拉底、柏拉图的美学思想，也都包含在哲学体系或文艺见解中，并不独立。早于亚里斯多德《诗学》并已构成体系的公孙尼子《乐记》，主要是关于音乐的理论，但它涉及了多种艺术，甚至比艺术更广泛的领域。按郭沫若的看法，“中国旧时的所谓‘乐’，它的内容包含的很广。音乐、诗歌、舞蹈，本是三位一体可不用说，绘画、雕塑、建筑等造型美术也就包含着，甚至于连仪仗、田猎、肴馔等也可以涵盖。所谓乐也，乐也。凡是使人快乐，使人的感官可以得到享受的东西，都可以广泛地称之为乐”(《公孙尼子与其音乐理论》)。这样的著作，虽然主要是艺术论，但实际上已是美学，只是没有这样的名称而已。

在漫长的历史发展过程中，美学始终既同哲学又同文艺学紧密相连。我国的《文心雕龙》，是系统的文学理论巨著，而其中就包含着美学理论。只是，在刘勰的眼光看来，文学，包括了所有文体的文章，并不仅仅是艺术的文学，所以，它实际上是文章理论。刘勰把文章（包括艺术的文学）放在整个哲学体系中来考察，并从哲学上加以阐释，所以，《文心雕龙》带着浓厚的哲学意味。但中国古典美学，总的说来，不大注重自上而下，由哲学出发来建立理论体系，而多从具体文学艺术现象出发，由下而上，有感而发，各抒已见，在鉴赏品评中发表自己的美学见解。这同西方古典美学的发展道路不尽相同。然而，中国古典美学也在日益完善，形成体系。它逐渐从哲学、伦理学的附庸中解脱出来，形成《文心雕龙》那样的著作。以后，它又趋于由具体审美感受、未成系统的美学见解，上升为理论概括。唐宋以降，苏轼的《传神记》，严羽的《沧浪诗话》，王夫之的《姜斋诗话》，叶燮的《原诗》，刘熙载的《艺概》等，都有自成体系之势，但都不是单纯意义上的美学，而是美学和文艺理论、文艺批评相结合。到了近代，王国维、梁启超、蔡元培和鲁迅等，一方面集成了中国古典美学的传统，一方面又吸取了西方美学的成果，才逐渐使美学成为一门独立的学科，在中国发展起来。

西方的美学，长时期内也一直只在哲学和文艺学两个领域内发展，到了启蒙运动时代方形成一门独立的学科。美学，作为独立学科的名称，是由 18 世纪德国哲学家鲍姆嘉通命名的。在 1735 年出版的《关于诗歌的某些问题的哲学思考》这篇拉丁语学位论文中，鲍姆嘉通第一次使用古希腊词语，来称呼一门新的学问。1750 年，他又用这个词来命名自己的一部美学著作。从此，西方便开始沿用。所以，鲍姆嘉通被称作“美学之父”。其实，鲍姆嘉通只是“美学教父”他不过是给早已存在的一个学科确定名称。美学这门科学的确切称呼应为：审美学。它不只研究美，而是研究整个审美。只是，由于中国、日本在翻译时，把它翻译成美学，约定俗成，也就习以为常了。鲍姆嘉通虽倡导美学，但他的美学仍属于哲学。他把审美学看作是感性认识的理论。为弥补哲学向来只有逻辑学和伦理学而无感性学之不足，他因而另立审美学，从而使审美学成为哲学内的一个独立部门。

鲍姆嘉通的审美学，开创了一条道路，使得美学尽管还在哲学的范围内，但已有了相对独立的发展。沿着这条道路，康德、费希特、谢林、黑格尔等都从哲学上来研究审美。就是歌德、席勒这类文学家，他们的美学也寓有哲理色彩。整个德国古典美学，都带着浓重的哲学性质。在车尔尼雪夫斯基看来，只有德国古典美学，才称得上是真正的美学。这有一定道理，因为，德国古典美学具有严密的逻辑体系。今天，我们把德国古典美学这种以哲学见长的美学，称之为哲学美学(或审美哲学)。例如，康德的美学巨著

《判断力批判》，主要是从哲学上来论证美和崇高等。他的美学，只是其整个形而上哲学体系“批判哲学”中的一个环节：《纯粹理性批判》研究美，这样，哲学体系完备了。这种逐渐从哲学中独立出来而仍属哲学部门的美学，正是哲学美学（审美哲学）。但是，就是这种从哲学上来研究审美、极为抽象的哲学美学，也仍然离不开对文学艺术的研究。德国古典美学的集大成者黑格尔，建立了独立而宏达的美学体系，从而结束了美学作为百科全书式的包罗万象的哲学体系的时代。黑格尔的美学史哲学美学，已不满足于一般的哲学美学，而集中于研究文学艺术的审美，并且主要是研究“美的艺术”，而非一般的艺术，所以，黑格尔自称其美学为“艺术哲学”，有时更确切地说是“美的艺术之哲学”，和戈尔的“艺术哲学”，正在跨出哲学之范围，日益从哲学中独立出来。但是，黑格尔的美学，仍然主要是研究文学艺术与其他审美活动共有的一般规律，如他自己所说，“是要阐明美一般说来究竟是什么，它如何体现在实际艺术作品里”（《美学》第一卷，商务印书馆,1979年版，第23页）。黑格尔的“艺术哲学”开了文艺美学的先河，但它基本上仍属于哲学美学领域。

德国古典美学的终结，开始了西方美学的新时代：美学不限于哲学美学（它本身也仍在发展），而在哲学之外独立向多方面发展，整个西方美学，形形色色，学派林立；民主主义美学（从俄国革命民主主义美学到空想社会主义美学），相继兴起，蓬勃发展，马克思主义美学，异军突起，面目一新。

由于美学同其他科学的不同联系，产生美学的不同方法，形成美学的众多门类，文艺美学，符号学美学，生理学美学等纷至沓来，20世纪以来的美学，逐渐发展为三个基本部门：哲学美学（审美哲学）、心理学美学（审美心理学）和社会学美学（审美社会学）。（参阅李斯托威尔：《近代美学史评述》，上海译文出版社，1980年版，第121、188页）。

哲学美学（审美哲学）沿着鲍姆嘉通、康德、黑格尔的道路继续前进，对审美作哲学的探索，以便弄清审美活动的本质。看来，哲学美学今后还将继续发展，不会衰竭。随着人类审美活动的不断发展，审美现象越来越复杂，美学越深入，也就需要从哲学上作更高的、更概括的综合，哲学美学需要在更高的水平上发展。

心理学美学（审美心理学）在近代西方得到了特别的发展。德国费希纳从心理实验着手，自下而上地由审美经验出发来研究审美活动中的心理规律，从而开创了心理学美学，因而被誉为近代科学美学的创始人。自此以后，心理学美学构成了美学中的一个新的部门。随着心理学美学的发展，对审美心理的研究，已经不限于心理实验，而进入对更为复杂的审美情感、审美想象、审美趣味、审美理想等的心理分析。作为审美心理的集中而特殊的形态，文学艺术中的心理活动，当然成为心理学美学的重要研究对象。布洛的“心理距离”说，里普斯的“移情”说，桑塔耶那的“对象化的愉悦”说，都涉及艺术心理，阿恩海姆的《艺术心理学》更是如此。

社会学美学（审美社会学），是近代西方美学的又一新的部门。这个美学部门，主要是在英、法等国发展起来的，着重研究审美创造这种最重要的审美活动的性质、规律、作用和意义。文学艺术，作为人类的重要的审美活动，当然也是社会学美学的研究对象。法国著名美学家拉罗的好几部美学著作，都对审美创造活动作了社会学的考察。尼达姆的《论十九世纪法国和英国社会学美学的发展》，详尽阐述了社会学美学的历史发展轮廓。这种社会学美学，在许多国家还在继续发展。

有趣的是，哲学美学、心理学美学和社会学美学也都要研究文学艺术，然而，文艺美学，还得到了独立发展，成为一门专门研究文学艺术的审美特性和规律的学科。这不是根据个别人的命令，而是在社会实践中历史形成的。

人类的审美活动，遍及社会生活的所有实践领域。生产斗争、政治生活、道德、科学、艺术的实践活动等，都可能伴随或渗透着审美活动。人类是按照“美的规律”进行创造的，并不只是文学艺术活动才是审美活动；审美教育也并不限于艺术教育。哲学美学、社会学美学、心理学美学，以人类的整个审美活动作为自己的研究对象，而不是只研究文学艺术。它们，是要研究文学艺术和其他人类审美活动共有的审美的普遍规律。哲学美学，主要研究审美活动中的审美客体，探索审美客体的美的本质，弄清自然美、社会美、艺术美共有的性质，因而它首先是美的哲学。但哲学美学并不限于研究美，更不只研究艺术美，它还要研究美的对立面——丑，揭示自然、社会和艺术中的丑的共同本质。进而，哲学美学还要研究美、丑的变种：崇高与滑稽，悲与喜，等等。因此，哲学美学，不仅是美的哲学，还是丑的哲学，又是悲的、喜的哲学，崇高的、滑稽的哲学，等等。哲学美学当然也研究文学艺术的美、丑、悲、喜等，但它的使命不在研究文学艺术的特殊性质与规律，而是研究文学艺术和生活中的美、丑、悲、喜等的共同性质和普遍规律。心理学美学研究审美主体的心理活动的本质和规律，揭示审美心理和非审美心理的联系与区别。在审美活动中，审美主体审美客体作审美反映，这种心理过程极为复杂。审美心理学研究审美反映的过程和状态，其中当然包括了文学艺术的创造和与欣赏的审美规律。但是，审美心理学并不穷尽文学艺术的所有心理规律，而只是研究文学艺术和其他审美活动共有的普遍规律。社会学美学则探索人类社会的审美创造的本质与规律，研究人怎样从实践上去创造社会美，审美主体怎样改造审美客体产生新的审美价值。

那么，文学艺术自身与其他审美活动相区别的特殊审美性质与规律，由什么科学来研究呢？文艺美学。

近代以来，西方美学和人类实践活动有了更为紧密的联系，美学向着更为具体的实践部门纵深发展，更为具体的美学部门出现了：生产美学（技术美学、劳动美学）、生活美学、运动美学等都迅速发展，文艺美学也是如此。这些更为具体的部门美学，在哲学美学、心理学美学和社会学美学的基础上产生与发展，但不停留在审美活动共同本质和普遍规律的探索。比如，在欧美和苏联都得到蓬勃发展的生产美学（技术美学、劳动美学），就是专门研究生产活动中的审美规律的美学。随着物质生产的发展和社会审美需要的提高，人类要求把一般的生产劳动提高到审美活动甚至艺术创造的水平，不仅劳动产品要美，就是劳动过程也要成为审美活动，使人得到审美享受。生产劳动，事先不仅要有科学设计，而且要有艺术设计，就是劳动对象和劳动环境也都要符合社会审美要求。于是，专门研究生产劳动的特殊审美规律的生产美学（技术美学、劳动美学）应运而生。

随着人类的文学艺术活动的日益复杂，美学日益向这个领域深入，文艺美学也作为美学的一个独立部门而发展起来。

研究对象与内容

文艺美学的独立发展，也有一个过程。

黑格尔的美学，已深入到文学艺术内部，孕育着文艺美学独立发展之趋向。但黑格尔之所以特别重视文学艺术的美学研究，是由它整个美学思想体系的性质所决定的。在黑格尔的美学体系中，艺术美处于中心地位。在他看来，美不过是“理念的感性显现”而已，美在自然中的显现是不完善、不充分的，只有在艺术中，美才得到完善而充分的显现。艺术美高于自然美，所以，美学应该主要研究文学艺术的美。

但是，在近代，无论是形而上美学，还是形而下美学，皆十分重视对文学艺术的美学研究。车尔尼雪夫斯基认为，坚持美就是生活的观点，美学研究对象应是，而不限于艺术。在他看来，艺术美不过是生活美的苍白的再现，艺术美低于生活美。这是机械主义的美学观。然而，车尔尼雪夫斯基也仍然十分重视对文学艺术的美学研究，他的主要著作、学位论文《艺术与现实的审美关系》，不就是研究文学艺术的美学吗？可见，美学史上不一定只有形而上美学才重视文学艺术。

近代以来，有许多美学家越来越重视对文学艺术的美学研究。克罗齐（意大利）的《美学》，里德（英国）的《美学研究》，帕克（美国）的《美学原理》《艺术的分析》等，都进而考察文学艺术与其他审美现象的联系与区别。像汉斯立克这类美学家，又进而深入到更具体的艺术部门，研究音乐特有的美学性质与规律，如《论音乐的美》。普列汉诺夫、卢那察尔斯基、卢卡奇等力图用马克思主义观点来研究美学，都十分注意文学艺术，不过还没有把文艺美学单独分出来。随着美学对文学艺术的研究越来越深入、细致，在当代，不仅文艺美学获得独立发展，而且已日益分化为更具体的部门：音乐美学、绘画美学、建筑美学、舞蹈美学、雕塑美学、戏剧美学、电影美学、文艺美学，以至摄影美学等。

当代美学对文学艺术的审美本质和审美规律的了解，日益深化，从而，又进一步引起了美学对文学艺术的重视。艺术和审美有什么关系？艺术是否必定就是审美的？这些，曾经受过许多人的怀疑。但是，越来越多的人终于逐渐认识到，文学艺术同审美活动有着必然联系，文学艺术具有审美性质。问题在于：文学艺术和审美活动的必然关系何在？文学艺术的审美性质表现在哪里？至今还未有统一的看法。例如在苏联，自20世纪五六十年代以后直至俄罗斯时代以来的半个多世纪，美学家、文艺理论家中间，肯定文学艺术的审美特性的人日趋普遍，但见解却不一。有一种观点，例如波斯彼洛夫的《美和艺术》一书（六十年代专著，刘宾雁把它译作《论美和艺术》，与原意略异）中所阐明的：“艺术作品的内容，在其所有基本方面——在认识的对象、在意识形态上对对象的认识与感情评价等方面，都并无真正的审美意义。”艺术的内容没有审美性质，那么，艺术的审美性质在哪里呢？在于“艺术内容的一般特点在一部作品中完整表现的优越性”，也就是对内容所作的完整的、优越的、典型的表现。文学艺术，“以其完整的表现规定作品的审美价值”（格·尼·波斯比洛夫:《论美和艺术》，上海译文出版社，1981年版，第178、239页）。此后，又有一种观点，例如卡冈的《马克思列宁主义美学讲义》中所说的，文学艺术的内容也具有审美性质，艺术作品中具有审美内容；只是，艺术的审美内容只是艺术内容的一个因素、一个方面，它与正式内容、道德内容、科学内容结合在一起，共同构成艺术的内容。此外，还出现了一种观点，例如斯托洛维奇在《审美价值的本质》一书中所说破的，艺术的内容，其本质就是审美的，而不是政治的、道德的、科学的因素，但这些因素单独地并不能成为艺术内容，只有通过审美的，才能成为艺术内容。不管这些说法是如何分歧，但却表现了一个共同趋向：美学家、文艺理论家越来越重视文学艺术的审美性质和审美规律的研究。致力于“美的哲学”研究的斯托洛维奇，以哲学美学见长，但把文学艺术看作是人类审美关系的最集中而凝练的表现。卡冈也以哲学美学家见称，但他屡次把研究对象专项为文学艺术，在20世纪70年代写的《艺术形态学》，主要研究了文学艺术的美学。像齐斯、万斯洛夫等许多美学家，则一向致力于文学艺术的美学研究。

文学艺术是一种审美活动，是审美活动的独特形式。如果我们把文学艺术作为相对独立的社会审美现象来考察它的整体，那么，我们就会发现，文学艺术至少有三个不同层次的审美规律。

（一）文学艺术同一切审美活动共有的普遍审美规律

在所有人类活动、一切社会现象中，有些是审美的活动和现象，有些则是非审美的活动和现象。然而，人类的审美活动和现象极为广阔，遍于社会生活的各个领域：劳动生产、军事斗争、政治交往、道德活动、科学实验、艺术创造和日常生活中，皆有审美的和非审美的因素交织着。人是按照“美的规律”来创造的，一切审美现象，具有共同性，必须遵循共同的审美规律。文学艺术，不过是人类审美活动、审美现象中的一种心态，它与其他审美活动、审美现象具有共同性，遵循普遍的审美规律。就审美客体说，美、丑、悲、喜、崇高、滑稽等等，都有各自的共同本质与普遍规律；就审美主体说，审美趣味或审美理想的形成，也都有各自的普遍规律；审美客体和审美主体如何交互作用，也都有一些普遍的规律。文学艺术也离不开整个审美活动的普遍规律。

（二）文学艺术区别于其他审美活动而独具的审美规律

文学艺术是审美活动和现象的独特形态，不同于其他审美活动和现象。文艺的本质，是审美的，但又不是一般的审美价值，而是特殊的审美价值——艺术价值。艺术美同生活美（自然美、社会美）有共同性，又有特殊性，艺术美不同于生活美。文艺的功能，不仅不能为一般的认识作用、教育作用所替代，而且也不是普通的审美教育，而是一种特殊的审美教育（认识作用、思想作用则在其中折射）。文艺的构成，也不是一般的形象结构，而是一种独特的形象结构——艺术形象（或意境，或典型）。文艺是上层建筑、意识形态，但又不是一般的，而是特殊的上层建筑、意识形态，它不仅要传达人类既有的审美经验，而且要创造出新的审美经验，从而去对社会发生作用，推动人类由“必然王国”向“自由王国”迈进。

因此，美学要深入，就不只要弄清审美与非审美的区别，而且在审美领域内，还要进而探索文艺与审美的差别。

（三）文学艺术的不同样式、种类、体裁之间相互区别的更为特殊的个别规律

文学艺术的各种样式既各具特点，各规律有别。音乐、舞蹈、建筑、绘画、雕塑、戏剧、电影、文学等等，特征各异，不可替代。就是每一样式之中，又有不同的种类，例如文学，则有叙事作品、戏剧作品、抒情作品。每类之下，又可细分，例如叙事作品，又有小说、史诗等体裁。这些样式、种类、体裁，都有独特的审美特性和审美规律。美学要掌握文学艺术的全部特性和规律，势必要层层剥笋、步步深入。

文学艺术，如同一切社会现象，都具有普遍、特殊、个别这三个层次的规律。文学艺术审美规律，也有普遍、特殊、个别之分。这三个不同层次的审美规律，相互区别而又相互连接，美学的不同部门，从不同的层次上去研究它们的相互联系与区别。如果说，审美哲学、审美心理学、审美社会学着重研究一切审美活动、审美现象共有的普遍审美规律，那么，它们也要触及下一层次的特殊审美规律(劳动生产中的、社会斗争中的、科学活动和艺术创造中的特殊审美规律)，研究普遍和特殊之间的连接。文艺美学在研究文学艺术自身特有的特殊审美规律时，无疑，既不能脱离所有审美活动共有的普遍审美规律，又要联系下一层次更为特殊的个别审美规律（音乐的，舞蹈的，文学的……等待)，但它责无旁贷，必然要着重研究文学艺术共有的这一层审美规律。音乐美学、舞蹈美学、建筑美学、电影美学、戏剧美学等等，则要着重研究各种艺术样式的个别审美规律，依次推进，层层深入。

任何科学，都要在普遍、特殊、个别的连接中来研究自己的对象。文艺美学也在文学艺术的这三个层次的审美规律的连接中研究自己的对象。文艺美学，既属于整个美学，只是美学的一个部门，又有自身的相对独立性，区别于其他美学。

文学艺术，虽然是从美学上来研究文学艺术的，但也把这种复杂现象作为一个完整的对象，加以系统地研究。文学艺术，作为一种审美活动和审美现象，本身就是一个独特的“系统”。这个“系统”是由三个方面而构成的：创造出来的产品，是个独特的存在；它之所以被创造出来，又是为了满足人类的一种特殊的社会需要，它必然要由读者、听众、观众所消化，才能完成这个特殊审美活动的整个过程。创造—作品—享受，这是文学艺术活动过程的三个必要环节，而作品，则是其中的最具中心的环节。文艺美学要对这个完整过程作系统的研究，弄清文学艺术这个独特“系统”的三个方面，因而，它包括了这三个方面的美学。

第一，文艺作品(产品)的美学。文艺作品，如同一切社会产品一样，有其自身的价值、功能与构造，它又有各种不同形态。但文艺作品不同于其他物质产品，又和一般的精神产品有区别，是一种特殊的社会产品，有自己特殊的价值、功能与构造，是独特的形态。文艺作品的美学，必须揭示这种特殊产品的特殊价值、特殊功能与特殊结构，从而弄清文学艺术的独特本质。它还要研究文学艺术的不同审美特性，美与丑、悲与喜、崇高和滑稽在艺术中是如何表现的，它们同生活中的美丑、悲喜等的联系与区别何在。艺术美和生活美的关系，就是必要客体之一。艺术美中形式美与内容没的联系与区别，二者如何结合而为艺术美，等等，也都是必须探讨的问题。

第二，文艺创造(生产)的美学。文学艺术的创造，是一种活动，是一个过程。这种创造过程，本身就是一种特殊的审美活动．它既是审美创造，又是审美反映，结合着实践掌握与精神掌握。文艺创造的美学，要弄清这种特殊审美活动的过程，研究这个过程中的一些主要环节，作家、艺术家在创造过程中所使用的方法，探索在这种过程中是怎样按照“美的规律”创造的。

第三，文艺享受（消费）的美学。创造出文学艺术这个产品，是为了供人享受（消费）。只有在消费中，才能实现生产之目的，使产品具有价值。如果怕产品不能供人使用，它就是无效劳动。文学艺术的社会作用，只是在读者、听众、观众的消费中才得以完成。但文艺的消费，是一种独特的消费——审美享受的特殊形式，它本身也是一种独特的审美活动过程。

文艺享受的美学，研究文学艺术如何被读者、听众、观众所接受。这就是在当今许多国家所重视的“接受美学”。我们要弄清“艺术魅力”究竟是怎么回事，读者、听众、观众在面对文学艺术这个特殊的审美对象时，怎样引起审美体验，找出艺术享受中的审美规律。探讨文学艺术作品、创造和享受，亦即产品、生产和消费这三方面的审美规律，这就是文艺美学的对象和内容。审美现象不是孤立于其他社会现象的真空领域和封闭体系，审美现象、审美活动是整个社会生活中的一个方面。文学艺术的审美规律，离不开社会生活中的其他社会规律（经济的、政治的、道德的等等）。因此，文艺美学不能把文学艺术的审美规律（尽管它也是社会规律的一种形态）和其他社会规律割裂或对立起来。文艺美学，不是孤立于社会学、经济学、政治学、伦理学、哲学和其他科学的封闭体系，它必须吸收这些科学，以至工艺学、语言学、符号学、信息论、控制论等最新科学成果。文艺美学研究文学艺术审美的“自律”，不能离开整个社会发展的“他律”，不能轻视“他律”对“自律”的制约作用，正如研究地球的自转，不能抛开它围绕太阳的公转。但是，文艺美学要着重弄清的，乃是文学艺术这种特殊审美活动的“自律”，“他律”如何通过“自律”而发生作用，从而产生一种“合力”。文艺理论则对文学艺术的社会的、政治的、道德的、心理的、美学的种种因素作综合的、全面的研究。所以，文艺美学只是文艺理论的一个部门类，它不能代替文艺理论。 文学艺术的审美活动，也不孤立于人类其他审美活动领域，而只是其中的一种形态。因此，文艺美学也不把文学艺术和其他审美活动割裂或对立起来研究，文艺美学不是和美学其他部门绝缘的孤岛，它必须吸取其他美学部门的研究成果。它既需要采取“自上而下”，又需要运用“由下而上”的方法，分析与综合，演绎与归纳相结合。文艺美学离不开哲学美学、心理学美学和社会学美学，需要用一般来指导个别。同时，也需要从个别到一般，依靠音乐美学、舞蹈美学、戏剧美学、电影美学等具体部门美学，共同努力，从而揭示出文学艺术的普遍、特殊和个别的审美规律。因此，文艺美学只是美学的一个部门类，它不能代替美学的其他部门。

［1988年9月5日于银川风声楼］

论审美体验与艺术踪迹

一

作家艺术家在进行创作时，大致有两种体验在心灵的河床交汇对流，一个是现实体验，一个是审美体验。艺术创作要求作者从现实体验，忘我地进入审美体验。只有如此，才有可能真诚地将主体心灵依据客体对象所产生的艺术意象当作真情实景去描绘。这是真正的艺术境界。

真正的艺术境界只有进入真正的审美体验时才有可能获得。审美体验，是艺术创作过程中心灵得以充分显现的时刻，它是文学艺术创作整条线路上的一排点亮的灯盏。当然，一个作者始终未进入审美体验，并非一定不能写出作品，那是始终处于被动状态，靠逻辑运演写出来的作品，其实质是非艺术的。提出文学创作中的审美体验范畴，只是区别于那种认为创作始终是由自觉意识控制的创作论。它丝毫不意味，文艺创作过程中完全排斥理性思考，主张艺术创作的工夫就是坐等艺术意象的君临，自行置象入寂。恰好相反，理性思考在文艺创作中的巨大作用是人所皆知的。理性思考的作用，当是表现在它是艺术意象即艺术境界产生的动力。艺术意象来源于现实体验，它的每一次产生则是靠艰苦思考发动的。但是，单是思考和分辨是创作不出作品的。这说明艺术创作的造型过程，不是单一的推理性的造型过程，还存在另一种为艺术所独具的造型法则及过程。如作家艺术家在严丝合缝的思考中，突然冒出了个无拘无束的精灵，这就是艺术意象。在艺术意象出现以后，随之就给漫长的推理性的思考留出了一个暂时的空当，这就是高峰体验的瞬间状态。这时，理性思考就不再管用了。作家忘记了写小说，但并非没有写小说；画家忘了作画，但并非没有作画；演员忘了演戏，但并非没有演戏。他们忘记了自己的存在，反而文思泉涌，笔泻丹青，神采飞扬，他们似乎不是自己在体验，而是在替别人体验，或者是在一种无形的力量驱使下体验着艺术的 “再造”。这种体验形式，我称之为艺术创作过程中审美体验的它性表现 。

无论如何，现实体验与审美体验是交会互渗在一起的，罗丹曾对这种交融有一个很好的说明。他说：“艺术，就是所谓静观、默察；是深入自然，渗透自然，与之同化的心灵的愉快；是智慧的喜悦，在良知照耀下看清世界，而又重现这个世界的智慧的喜悦。”[①]此说表明作者与创作对象是一体化的，这种 “一体化”所表明的正是创作对象入主主体心灵，造成了创作主体审美体验的忘我心态。此时，具有审美价值的作品将有可能问世。读这些作品，读者会感受到艺术是通过主体感性的审美生成实现的这一中介过程。当然，艺术中介的含义并不在于艺术给出终极答案，它只使追问人生意义活动伴随人的终生；这一中介运动过程中生成的不仅是艺术的或美的世界，而是人的感性。感性的生成意味着回到人的总体感性之根。从人类学本体论看，感觉是存在和非存在的中介，感性血肉之躯内聚着历史的连续性和统一性。感受力，这是主观世界的第一道关口，外界的一切刺激 都要通过它达到我们的心灵。它是生命素质中最原始的东西。人们的千差万别，首先就在感觉力的指向性、强度、深度、广度上表现出来。在一定意义上，感受力可以作为衡量一个人生命力强弱的重要标志。感觉是人的生命本身的能表达性或表达能力，它比言说更根本、更本源。感觉不是思想，而是比思想更沉实、更浑茫、更难以捉摸，因而内在于人的根本生存域。人靠这种在自身的感受力，使那些根本说不出来的东西获得一种自我显示性。艺术正是通过人的这种感性，对人的感知方式、话语方式、语言形式和灵魂价值定向加以重新建构，达到人的感性的审美生成。艺术不仅使人那蛰伏于胎胞中的种种要素、潜能逐渐得到自由的伸展和迸发，而且直接显示人的生命意义和对人的本质的感性自我确证。在这里，体验是人的生命力的迸发。在生命本体和生命存在的形式上，只有体验才能照亮存在，才能唤醒沉睡的自我意识，达到精神内海的真实并使现代人感悟生命的意义。

艺术家的内在生命力的结构，决定其体验程度的深浅和内在价值的高低。缺乏激动而高妙的感受，丧失本真价值的追求，无力表达生命的内在精神的人，不可能成为真正的艺术家，因为他丧失了审美的体验和领悟，尽管他能依持过去的审美经验和形式技巧写出“轻盈婉转”的浮词丽句，甚至能媚俗歌唱描摹现实，然而这只能说是艺术的贫血和退化。审美体验使艺术创作充满勃勃生命力，那是一种心灵的搏斗：他认识到存在的有限和撼动心魄的创痛，关注生命的苦难之重和不可承受之轻，注目时代的风云和心灵决裂与选择的双重痛苦。故体验着的艺术家是常新的永远追求的艺术家。他扬弃媚俗、平庸和安于现状，同历史上承续现存审美经验的懒庸主义决裂，而以自己的生命和笔为自己作证：让自我成为自己，让生活成为自身命运，让写作成为生命的意义。一个大胆且勇于创新的作家，若想取得不同凡响的效果，就必须得经常从世俗的享受中超拔出来，面对永恒之物，或直面永恒缺席的生命状态，只有这样，他才能以他的独特体验创造出戛戛独造的艺术世界，以全新的审美感受重塑现代人的感受力。那种不触及情操、灵魂的所谓体验生活，将生活看成身外的客体摆在那里，让人去观察体验，实则大谬。从外部观察生活，生活则显现出一个虚实难辨的表层；从外部去体验生活，生活则成为一个意义匮乏的空壳。这种走马观花式的观察，忽略了生活的本质，使生活成了摆设，而没有成为自己的命运。这种体验没有将自己的知、情、意与生活世界及其命运的遭际融为一体，没有在主客体互动中返身透视自己的精神内海。这种缺乏内在生活意义的体验是一种无意义的体验。只有丰富的生活体验和人生经验的积淀，才能有助于审美体验的深化。换言之，审美的深层体验，是以深层的人生（生活）体验和广泛的日常生活体验为杠杆的。赫拉普钦科就否定了人们常说的“大作家一定经历丰富”的看法，他认为：“优秀作家的经历并不以丰富的外部事件见称。决 定他们精神生活的强度的不是外部事件，而是对现实的深刻体验，这种体验使得有才华的艺术家能够以小见大，见微知著，从平常的事物中看到和感觉到不平常的东西。”[②]

李煜在国破之后，对人生失落的深切体验所写出的“问君能有几多愁，恰似一江春水向东流”等词，便是将沉痛的人生体验转化为深层审美体验的结晶，而这审美体验又依赖这人生体验获得诗意的内核，化为千古共鸣的审美心态。列夫·托尔斯泰的《安娜·卡列尼娜》《复活》《一个地主的早晨》等作品中那种道德体验、宗教体验转化为审美体验的痕迹更是清晰可辨。爱情体验更是可以向审美体验转化，歌德的《少年维特之烦恼》就是在作者本人沉重体验及生死体验中诞生的。而在《浮士德》中，歌德更是绝妙地透露了审美深层体验的秘密：浮士德上下求索，在生命之烛将灭之时，“抱着高度幸福的预感，享受这个最高的瞬间”，喊出“你真美啊，请停一停”，随后便倒地阖然长逝。卢卡契认为这是歌德借浮士德之口说出了审美体验的奥秘：“把人类的祸福哀乐堆集在我胸上，用我的精神去攫取最高最深者，于是我的自身就扩展为人类的自身。”[③]故审美体验的本质在于对自身局限的不断超越。审美体验是超出常规的直觉，是心灵的味觉，也是内在的眼睛。

二

文学艺术作品集中体现了人类体验及其理解的本质。真正的艺术品最真实地表现出人类灵魂的“高峰体验”（美国当代人本主义心理学家马斯洛语）和深渊体验，最真实地显示生命和生活历史的轨迹。艺术品自足地存在着，它能够完全独立于它的创造者与研究者而存在。艺术品是“理解生活的工具”，它因显示了历史的真理，保存了主体的灵魂和生命体的复杂信息而具有本真的意义。当然，艺术中所感受到的美的东西，也不能彻底还原为日常感觉。罗曼·英伽登说：“在审美态度中，我们完全忘怀维纳斯的断臂，整个对象完美无缺，由于无臂，这雕像就更显得婀娜多姿，她的胸脯的曲线就显得更完美了。”[④]这似乎是增之一分则长，减之一分则太短。然而，“如果我们遇到像她这样的真实的断臂女人，便会体验到一阵强烈的不快”[⑤]。看来艺术确乎不能等同于现实日常生活。但是，艺术家避免为个人生存而斗争，他真切地体验灵魂的痛苦而从不欺骗和作假，艺术家是“未来生活意义的预言者”（恩斯特·布洛赫语）。故，生命只有通过意义单元的媒介作用才能把握生命，这些意义单元是超出历史长河之上的。艺术作品凝定了主体的生命。因而，艺术品更像主体而非客体。它们是意义的独立的源泉，以它们自己的方式向每个人说话。它揭示了一种意义，表达了生活。意义使作为自在存在的审美对象成为一种为我们而存在的自在自为的对象。意义是主体与客体之间的互动和包容。所以，体验不是一种盲目的生命形式，也不仅仅是情的组合，体验是一种融知、情、意为一体的总体生命形式，是情感活动与理智活动的统一，是一种寻求意义、赋予意义的精神活动。体验是显示本真、趋近真理、创造艺术、指向意义的永无尽期的过程。

体验可将人与世界截然二分的鸿沟加以填平，同时使人由意向结构进入历史，将外在观照转变为内在寻根。艺术在体验中已消泯了主客体的对峙，而达到一种全新的主客体融一的境界，即康拉德所说的那种“我在世界中，世界在我中”的境界。在体验发生的时刻，主客体的硬性边缘为意义所浸蚀，而逐渐双向渗透，最终成为意义的重赋。在这个意义上，我认为在审美体验中，不存在那种无我的与我不相干的世界，世界是我意识到的世界，成为“我”的世界，只有对我来说，这个世界是以这样的方式而向我呈现。此刻，意识使作为自在存在的对象世界具有了自为存在的特征，成为一种为我而存在的自在自为的对象。在体验这人与世界的瞬间合一的进程中，人的意向性结构呈现出多种意象指涉，在感知、想象、情感、知解的互相参与下，审美体验呈现出由初级层次向高级层次，由外部体验向内部体验，由浅层感受到深层体味的层递性和深拓性。正因为在体验中，人与世界、个体与人类、瞬间与永恒融合为一，才能目睹本真，揭示真理。真理的启示性到来，是在艺术体验中，在文艺作品中，在人的诗思创造活动中。以艺术的思考方式来揭示人生困境和解决人生问题，为处于畸形化的“断片”世界中的人提供一个超越迷茫的心境。这是当代艺术体验的精神向度，也是当代人重返本真之途。审美体验是返回本源的活动，狄尔泰一再强调体验即领悟，伽达默尔强调体验即领会你自身，其用意也正在于此。

真正的艺术是一种诗意的凝聚，一种精神的贯注，一种充盈的生命气息的律动。生命即体验，体验即突破自身生活的晦暗性，生命体验即一种指向意义的生活，审美体验即一种给出意义的艺术。艺术是重新设定生命坐标，从而使人具有达到一种审美的自由之境的可能性。故审美体验居于人类情感体验的最高层次，是人类各种体验形式交聚的核心。审美体验直接产生审美意象，并经艺术家外化为艺术形象。纵观世界文学史，我们可以看到，一切经得起检验的伟大的文学作品，从来都不是现实生活的简单映照。无论是但丁的《神曲》，还是歌德的《浮士德》，艾略特的《荒原》或是马尔克斯的《百年孤独》，这些堪称经典的作品，它们无不是作家心路历程的自我写照，即在情感体验中将“自然丘壑”变成艺术家的“胸中丘壑”，然后再变为“画上丘壑”（石涛语）。即使是以“历史学家的书记”而自诩的巴尔扎克，也绝没有满足于仅仅对历史做平面的描述。一部庞大的《人间喜剧》，对于我们来说，绝不是一个简单的社会现实的“反映”，而首先是一种人生奥秘的揭示。《驴皮记》《幻灭》《都尔的本堂神甫》《三十岁的女人》《结婚生理学》等作品，与其说是历史的记录，不如说是人类的某种象征。阅读这些作品，需要的不仅仅是历史的知解，更需要哲学的领悟。难怪勃兰克斯在《十九世纪文学主流》这部宏伟巨著中把巴尔扎克这位现实主义文学大师归于“法国的浪漫派”，我曾惊异于这种划分，深长思之，我感到勃兰克斯的划分，有其深刻的道理。当代文坛的一些作家并没有使审美主客体达到瞬间融一，也未达到高级审美体验层次，诞生出的作品仍是“自然丘壑”，而非“胸中丘壑”，直至“画上丘壑”这一审美意象，故艺术形象苍白而无光辉，平庸且又黯淡。

三

文艺作品是作家审美体验的外化形式。当作家将自己内在的孤独、痛苦、渴望、希冀凝定为艺术作品的形式时，读者便可以通过“再度体验”去同诗人的灵魂相沟通，并悟出一些诗人似未说出、却已通过他说出的内容而在读者心中唤起的东西。故在艺术的外化过程中，艺术家要把他由非审美体验转化为审美意象，再通过特定的艺术符号给予表达出来。这里的审美体验，即包括作家艺术家的美学情操、思想、意象、情感、心理等。

当一个作家艺术家把他自己的审美体验作为艺术创作的内核，并用富有个性的手法和特定的艺术符号向接受者呈现出来，这时，艺术家头脑中的审美意象就物化为具体的艺术形象。也即是说，存在于艺术家主体中的艺术内核全部物化为客体对象，此时才能构成艺术作品。这便是艺术外化中的具体过程，用石涛的话说："山川使予代山川而言也，山川脱胎于予也，予脱胎于山川也。搜尽奇峰打草稿也。山川与予神遇而迹化也，所以终归之于大涤也。"[⑥]他认为，艺术不是单纯描绘客观山川，也不是单纯表现主观的情思，而是面对山川丘壑，"望秋云神飞扬，临春风思浩荡"，在情感体验中是"自然丘壑""胸中丘壑"物化为"画中丘壑"的过程。当然，这又是一个复杂的物化过程。从艺术实践来看，艺术家在写作中不自觉地背离自己最初的构想，或者在写作中途突然出现灵感枯竭，无法继续写下去等现象，这个问题一般都会在创作过程中出现。但我这里主要考察的是艺术外化过程中的艺术内核的物化的主要内容是什么？在整个物化过程中，艺术家创作心境的主要特征又是什么？

艺术内核的物化，实际是艺术家的审美意象的物化。对于不同类型的艺术创作来说，审美意象无疑是艺术家对现实的审美体验的心，也是艺术内核的主要内容。因为审美体验作为艺术家独特的心理过程，它是以意象的果实储存于艺术家的大脑里的。关于意象，美国诗人庞德作过解释，"意象在任何情况下都不只是一个思想，它是一团或一堆相交融的思想，具有活力"，因此它是一种"理性和感情的集合体"。这个解释对于我们是有启发的。尽管艺术家在创作过程中，可以"取这个模特儿的手，取另一个模特儿的脚，取这个的胸，取那个的肩"，但是，"艺术家的使命就是把生命灌注到所塑造的这个人体里去，把描绘变成真实。"[⑦]这里的"生命"，就是艺术家通过对生活的审美体验中所获得的一种"理性和感情的集合体"，它已经超出了单纯的生物学意义上的"生命"的内容，而是包容了艺术家的思想、审美情趣和情感的一种聚合物。但是，要把这样的一种聚合物化为具体的形象，并非一件容易之事。我们当然不排斥艺术家的创作灵感对于审美意象的物化具有极为重要的作用，然而从整个艺术创作的过程来看，此现象往往并不多见。那么，在这个物化过程中，艺术家创作心境的主要特征究竟是什么呢？

艺术形象的本质并非是对现实事物本身的再现，而是艺术家在其审美体验中对现实的"再生"。在审美体验中包含着对现实的再现，但它呈现或折射的是人与现实的审美关系，而不单单是再现客体。但是就每个艺术家创作的基本过程来看，现实事物又不一定能产生象，这就要看作为作家的心理机能如何。皮亚杰说："一个刺激要引起某一特定反应，主体及其机能就必须有反应刺激的能力。"[⑧]按皮氏学说，任何外在刺激要引起人的神经反应，必须与大脑中已有"图式"（或"格局"）发生"同化"作用，外来刺激如果不能被纳入固有的"图式"，不能被"同化"人就不能作出相应的反应。故只有当作家的大脑中储存着构成形象的"图式"时，现实事物才能被"同化"，作家才能进入形象创造的境界。当然严格说来，"同化"还只是感知的普遍规律，作家艺术家自然要受这种规律的制约。然而，作家艺术家的"同化"作用，并非像一般人的感知那样完全是被动的。艺术家内在图式并不仅仅是接受外界事物的模态，处于静止状态，相反它时时处于主动运演状态，一旦外界模态渗入它的图式，它就被激起，对现实事物施加影响，甚至把自己的形态和性状赋予客观对象，这就是"移情作用"（克罗齐语），也即作家的特殊同化作用，其特点就是审美体验主动外化，这种主动性造成了物象的变异。现实事物不但在外在形态上发生量的变异，而且相应地发生质的变异。艺术家创作心境的特点首先就表现在易于把自己的艺术积累化为审美意象。一件外套，一个在看戏时突然作响的喷嚏，对一般人来说算不了什么，但在果戈理、契诃夫心里，它们却凝聚了作家于人生喜剧中酿出的沉重的悲哀。一朵花、一棵草、一座山、一阵风在艺术家心目中都有一种特殊的灵气。这种心境的特点，使物我之间本来很清楚的界限消失了。在通常人，这种界限十分清楚，这是脑功能十分正常的表现，但是在艺术家，他不但忘却审美对象以外的世界，并且忘记自身的存在，“意境两忘， 物我一体”（王国维语），达到一种悠然意远的“化境”。这也正是“艺术细胞”发达的表现。乔治·桑在她的《印象和回忆》中说我有时逃开自白，俨然 变成一棵植物，我觉得我自己是草、是飞鸟、是树顶、是云、是天地相接的那一条水平线，觉得是这种颜色或是那种形体，瞬息万变，去来无碍，我时而去，时而飞，时而潜，时而吸露，我向着太阳开花， 或栖在叶背安眠，天鹅飞举时，我也举，蜥蜴跳跃时，我也跳跃，萤火和星光闪耀时我也闪耀。总而言之，我们栖息的天地，仿佛全是由我自己伸张出来的。[9]这正是艺术家最显著的心理特点，这种物我同一的审美体验的直接成果就是审美意象的诞生。没有这种物我一体的深层审美体验，就不可能从物象上获得情感共鸣和心理同构，就原生态的“看山是山，看水是水”，诞生不了审美意象，当然也就无法创造出完美的艺术作品。

作家王蒙在谈到他写作《海的梦》时说：“有一种忘我的感觉，写的时候我充满诗情和喜悦，一切都好像是笔端自己流出来的。我一般习惯午睡以后是不大写东西，如果要写也要在冷水洗面、外出散步二十分钟、彻底摆脱大脑皮质的残留抑制作用之后。但写《海的梦》时，睡完午觉，我不能自已，脸也不洗，汗也不擦，茶也不喝，笔硬是停不下来。直到终篇，才长出了一口气，才发现自己还没洗脸呢。”故他认为“这篇东西的写作大概就是最具有‘模糊性’和‘自动性’的”[10]。“模糊性”亦即直觉性，是审美体验初发(感物起兴)之时，瞬间便感到审美对象的底蕴，即审美经验积淀对最新审美信息的一种“诗意的直觉”（卡冈语），这种直觉具有与科学的“理性的直觉”相别的模糊性，亦即是艺术家在创作过程中一种心理语境的主要特征，是艺术外化过程中的普遍物化现象。这种艺术的物化就是审美意象的具体化过程。然而从艺术创作的审美心理角度看，当主体沉浸入审美体验中，他感到心驰神往，情牵意绕，意象迭出，就会呈现出静观体味言难尽之意的心理状态。此时艺术家所要首先考虑外化出来的审美体验的主要内容，诸如艺术作品的题材、情感、人物造型、语象形态、媒介、结构等活动，这些是审美意象的主要构成部分，故它属于艺术外化的第一个层次。尽管这些内容在艺术家头脑中基本上是以具象的形态存在的，但因为它又是艺术家经过现实体验而转化为可被回味的对象后，再融入相应的造型，主体激情才被艺术地凝固、运载或外化。这样的既是具象又是抽象的艺术内核，艺术家要在整个构思阶段的知觉表象、记忆表象和审美意象中分清哪是具象、哪是抽象是比较困难的。因为这种艺术内核是类似于那些边缘不清、纷纭复杂的模糊集合的，其中有些东西确实是只可意会而难以言传的，它不可能在作家艺术家笔下一下子率直地抖搂出来。当代美学家罗宾·乔治·科林伍德描述作家这种创作心理语境过程时说：“首先，他意识到有某种情感，但是却没有意识到这种情感是什么；他所意识到的一切是一种烦躁不安或兴奋激动，他感到它在内心进行着，但是对于它的性质一无所知。”[11]这种模糊的心态是意识与无意识的统一。正因为丰富的审美经验支撑着现时的感兴、神思、兴会，所以主体想象丰富而自由，体验精深而含义模糊多义，内在意义宽泛而非确定性，这正是与人类其他体验方式(非审美体验)的相异之处。正如康德所论述的那样：“模糊观念要比明晰观念更富有表现力……美应当是不可言传的西。我们并不总是能够用语言表达我们所想的东西。”[12]可见，对创作心境来说，我们是无法用绝对精确严密的思维方式和数学公式作出精确控制，或者对构成艺术作品的各种艺术语言进行绝对精确的定量分析。因此，在艺术外化过程中，艺术家在把意象幻化成艺术形象之前，对艺术内核的全貌所具有的模糊认识，不仅是允许的，而且是必然的。也正因如此，我们才对艺术家的某些“苦衷”抱有深深的理解和同情。曹禺在谈到《雷雨》的创作心境时说，当时逗起他的兴趣的还“只是一两段情节，几个人物，一种复杂而不可言喻的情绪”，“一个模糊的影像”，故他“并没有明显地认识着我要匡正、讽刺或攻击什么”。[13]可以说，模糊性作为艺术内核物化过程中的一种普遍现象，是并不怪异的。

这并不是一个危言耸听的结论。不要说在我们日常生活中，确实存在着不少诸如“过去、现在、未来”之间分不出一条截然的界限的模糊语言，即是从人脑的思维能力和容量来看，随着人类文明的不断发展，人们感受的外部信息的日趋丰富、复杂，我们是完全可以驾驭心灵上的“模糊的东西”，并且能够相信我们有许多东西，往往是在模糊中找见了光明。对此，黑格尔是持否定态度的，他从知性的角度上分析说：“一个有教养的人决不以混沌模糊的印象为满足，他必力求把握现象，而得其固定的规定性。”[14]从而排斥了人的精神活动中实际存在着的但较为模糊的东西。而马克思与此恰恰相反，他在1857—1858年写的经济学手稿《导言》中说：“如果我从人口着手， 那么这就是一个混沌的关于整体的表象，经过更切近的规定之后，我就会在分析中达到越来越简单的概念；从表象中的具体达到越来越稀薄的抽象，直到我达到一些最简单的规定。于是行程又得从那里回过头来，直到我最后又回到入口，但是这回入口已不是一个混沌的关于整体的表象，而是一个具有许多规定和关系的丰富的总体了。”[15]马克思正是运用了这种“由抽象上升到具体”的方法，承认了人类思维从混沌的表象（感性）→经过分析的理智所作的简单规定(知性)→再经过许多规定的综合而达到多样式的统一(理性)的过程，这个过程无疑表明了一个原理：模糊和混沌正是人类思维达到高级精确程度的一个必经阶段，根本用不着排斥。因为“甚至人们头脑中模糊的东西也是他们的可以通过经验来确定的、与物质前提相联系的物质生活过程之必然升华物”[16]。艺术创作的“模糊性”不正是如此吗?不然的话，荣格怎么会说伟大的艺术作品就像梦一样：“尽管表面上一切都明明白白，然而它却从来不对自己作出解释，从来都是模糊暧昧的。”[17]

可见，作家艺术家的审美体验不仅是记忆的、感受的，而且是心理的、情感的。这种审美体验是艺术家表现的个人的生命体验，因而更接近生活的本质；心灵活动释放出一种自由的力量，去摆脱现实的压力。诺瓦里斯以为人的命运只有在心灵中才能实现，他曾经把歌德誉为“诗的精神在人间的化身”，随着歌德作品的发展他认为，“歌德和席勒关心的只是那种平庸的日常事件，因而是低劣的”[18]。自然，事件本身是无所谓优劣之分的，只有把事件（材料）放到与审美体验有关的生命实践中，才能比衡出它们的优劣。正确的答案恐怕是互补的。仅有审美表层体验而没有审美深层体验，体验是肤浅的，只有审美深层体验，体验才是明朗的，才不会只是仅仅奔向自我之外的世界，才不会遗失掉自己的灵魂。再说浅层审美体验只能仅仅深潜于心灵的陋角，只会导致自我的疲弱，等等。只有联系艺术创作过程更深层次的审美体验时，我们才感到这个问题仍有继续探讨的必要。

四

幻觉层也是审美体验里最深一个层次，它虽然最终也是可视的，但这种可视却是在无意中，如在日常幻觉和梦中进行的。幻觉材料由于它的无意识的自组织性，所以表现出极端的无序性、荒诞性、神秘性。它们并不是按照客观事物发展的顺序或理智的顺序排列的，而是跳跃，或拼凑，或倒置，或重叠；它们的形象也与正常世界的形象大相径庭，或夸张，或变形， 或篡换，或人兽同体，它们是来自黑暗世界的影子，飘忽游荡，来去无踪，神秘莫测。荣格在《心理类型》一书中曾讲述到，心理材料越是埋得深，那么它对常人就越陌生；反之，越是表面，就越益为人熟知和认同。荣格说："艺术幻觉……是来自人类心灵深处的某种陌生的东西，它仿佛来自人类史前时代的深 渊，又仿佛来自光明与黑暗对照的超人世界。这是一种超越了人类理解力的原始经验。对于它，人类由于自己本身的软弱可以轻而易举地缴械投降……这究竟是另一世界的幻觉，是黑暗灵魂的梦魇，还是人类精神发端的影像？所有这些我们既不能肯定也不能否定。"[19]正如康德宣布物自体不可知一样，荣格也认为幻觉和内心体验的本原是不可知的。"幻觉代表了一种比人的情欲更深沉更难忘的经验……无论理性主义者们怎样说，我们却不怀疑这种幻觉是一种真正的原 始经验。幻觉不是某种外来的，次要的东西，它不是别的事物的征兆。它是真正的象征，也就是说，是某种有独立存在权利，但尚未完全为人知晓的东西的表达……幻觉内容的性质究竟是物理的、心理的还是形而上的，我们用不着忙下判断，因为幻觉本身具有心理的真实性，这种真实性丝毫也不逊于物理的真实性。人的情感属于意识经验的范围，幻觉的对象却在此之外。我们通过感官经验到已知的事物，我们的直觉却指向那些未知的和隐蔽着的事物，这些事物本质上是隐秘的。"[20]从荣氏这段话不难看出，由于幻觉是产生于人的最深层的黑暗深渊，故无论从哪方面看皆超出人类的情感和知解力。

在审美体验过程中，尽管幻觉存在于作家艺术家的心理，但对其表现却必须是在人相对清醒或完全清醒的程度上实现的，深层心理现象必须由表层心理才能展现。根据幻觉，大致可以有三种写作方法可供作家艺术家采用。首先是自动写作，这是有意识地将自己的精神放松，使其处于梦寐或癫狂状态，从而让幻觉材料自动从潜意识中流出，然后及时录下。因而，这种材料基本上能保证幻觉的原始形貌、刚发掘的光泽与新鲜。其次是通过回忆来描写曾经出现过的那个幻觉，比如柯勒律治的《忽必烈汗》一诗的基本情节是根据头一晚上的梦幻写成，福楼拜《圣车的诱惑》也是梦的忆述。再次是根据梦所应有的样式进行创造性改造。这样的情况最多。反映在《百年孤独》中的种种幻觉、梦影根本就不是马尔克斯自己经历过的，而多是作者道听途说，根据幻觉特有的心理意识幻化的基本形式，对具体的艺术形象给予造型。在整个审美体验中，由于最后一种表现方式，使得作家可以按照自己的审美意图去创造作品，从而为审美体验的幻觉意识大量运用于艺术创造拓宽了道路。华兹华斯是诗歌的现实主义者，他诗论中所用的关于想象和幻想的术语虽不能等同于记忆和幻觉，但从审美体验的角度讲，他把想象看成是一种意识能力，把幻想看成是一种非意识能力，他所提出的看法与我们要讨论的范畴基本还是很按近的。德国浪漫主义则反对那种理 性的艺术思维，追求那种散漫的、飘忽的由自由联想产生的幻觉材料，他们要离开人心的表层深入心灵最深邃、最荒蛮、最幽暗的深处，发现人性的荒诞，这些不同看法实际上也表现了延续至今的两种民族素质的差异：英国人健康而肤浅，德国人病态而深刻。荣氏所认为的幻觉性艺术则表现了人类情感更深沉、更难忘的原始经验，涉及那些本质上神秘的事物。荣氏的看法在当代西方文坛中是有相当影响的，魔幻现实主义作家马尔克斯和犹太现实主义作家辛格等的作品便有意无意地表现了这种观念。弗洛伊德也认为幻觉材料显示的是个人最深刻的生活印象和早期经验，以及人本能的活动迹象。弗氏的看法也是切近事实，可被验证的，从而也更广泛地为当代艺术家所接受。当代西方的超现实主义、表现主义、意识流、荒诞主义、感觉主义甚至包括现实主义在内的一切艺术领域 的流派，都不同程度地反映或证实了弗氏的幻觉观念。

中外古今不同民族的文学发展都经历了一个由浅入深、由外至内的过程。狄尔泰认为，灵魂剧在索福克勒斯那里滥觞，但只是到了近代，文学方面才真正开始由表面的历史意义转入到深入的个人心理意义，灵魂剧后来由歌德推进。但早期占统治地位的依然是记忆型作品，幻觉型作品是近代的产物。但丁是古代幻觉型文学的最后一位作家，他的作品《神曲》半是记忆型的现实的表象材料，半是渗透着深层审美体验的幻觉材料，震动着灵魂的弦音。以后，渗透深层审美体验的幻觉意识大量融入作品中，如密尔顿、柯勒律治、霍夫曼、诺瓦里斯、爱伦·坡等。19世纪中后期，随着社会的发展，由于作家将现实体验、宗教体验、道德体验、爱情体验、人生体验与深层的审美体 验渗透交汇在一起，所以表现在当时作品中的人物性格才出现了经典型，与早期凯旋式地欢唱人的颂歌不同，后期人文主义痛感现世并不像先驱所描绘的那么美满，现实与理想的严重失调迫使人们睁开眼重新审视世界，正是这一用人文主义尺度来衡量现世所必然滋生的清醒智趣或批判意向，诱导作家尝试以日常细节来编缀富有典型性的世俗通向这一写作程式，来顶替因袭甚久的传奇色彩或浪漫情调。这也就是现实主义的崛起。[21]可见，幻觉意识是审美体验中即“高峰体验”的一种影像，进入20世纪，幻觉意识被审美体验唤起，以怪异的翅膀响亮地拍打着当代文坛，叫人不得不刮目相看。

对深层灵魂的探索，还可以从主体与客体关系中加以考察。人从一开始就有一种外倾的趋势，从外部世界发现、占有丰富自己。西方文学中的经典型人物，如西班牙的堂·吉诃德，德国的浮士德、威廉·曼士特、绿衣亨利，英国的鲁滨逊、唐璜，法国的于连、葛朗台，美国的皮袜子、马丁·伊登、柯柏马等都鲜明地烙上了外倾文化的印记。但当人们在外部受挫折，便有意无意地向内转，从而趋向心灵，人类寻求灵魂是人们在现实中失败后的选择，而近现代作家艺术家的心理内转则是人类对外部取得强大优势、富有成效地把握了外部世界之后发生的。人类孜孜地寻求外部价值，然而当他们占有之时也便是他们的空虚之时，他们突然发现，所争取到的原来不是自己真正所需的，人迷失在世界之中从而忽视对自我的寻求，有一个有着同样广大疆域，同样丰富色彩，同样深邃奥秘，却又更迷人更有价值的世界在自己的内心里。作为整体人类，他可以逐渐地将这个外部世界拢在自 己的视野和把握中，但作为个人，这却不可能，他最多只能取得它的一个极小侧面。由于此，对现实的崇拜便成了对现实的搁置，而转换为对心灵的崇拜。当现实是丑陋时，人是容易趋向内在自我的；当现实是美好时，人也不应该为这表象所陶醉，人应该不可动摇地向前走去，寻求和走向属于自我的心灵世界。这个自我心灵的世界是个自转的平面，它是由自我的多种心理规定性，如独特的感受方式，即艺术家的审美体验，独特的思维方式，即艺术家对作品的运演过程，以及独特的情感方式所决定的，人理解世界和人生体验不可能超越自我具有的特质。进而，也只有从这些自我体验的规定性出发，才能创造地把握世界。黑格尔说："任何一个无聊的幻想，它既然是经过了人的头脑，也就比任何一个自然的产品要高些，因为这种幻想见出心灵活动和自由。"㉒心灵的世界完全不同于自然的世界，它无须获得那种客观的准确性和普遍的认同性，而是要求有一种独特的生命，一种独立的精神。这样，当代作家便都殊途同归地向内转，趋向愈来越深的心理世界。这种情况在艺术中会获得不同凡俗的审美价值。它是心灵综合活动赋予感受、情绪等而构成的意象，具有创造功能，是"熔知觉、直觉、概念于一炉的想象"㉓，是感受、情感、想象、理 性融为一体的复合的心理机能。朱光潜说："世间并没有天生自在、俯拾即是的美，凡是美都要经过心灵的创造……创造是表现情趣于意象，可以说是情趣的意象化。"㉔诸如普鲁斯特、格里耶、乔伊斯、卡夫卡等一批作家笔下的人物造型。足以给世界文学的画廊，增添一种迷人的景观。

当然，幻觉状态若细论之，亦有无穷的内部结构，当艺术家的创作心境处于某种幻觉状态之中，也绝不是一种简单的无序的行为。艺术家以幻觉性情感产生的强力，同样也是艺术活动的强力，诚如列夫·托尔斯泰所言："在自己心里唤起曾经一度体验过的感情，在唤起这种感情之后，用动作、线条、色影、声音，以及词句所表达的形象来传达出这种感情，使别人也同样体验到同样的感情——这就是艺术活动。艺术是这样一种人类活动：一个人用某种外在的标志有意识地把自己体验过的感情传达给别人，而别人受到感染，也体验到这些感情。"㉕正是由于深度审美体验中的这种特殊情感作用，才使艺术内核外化为形象时，有可能由不定型走向定型，由模糊走向清晰，使艺术形象的构筑与造型最终得以完成。

纳说："在人类创造的事业中，艺术好像是偶然的产物；我们很容易认为艺术品的产生是由于兴之所至，既无规则，亦无理由，全是碰巧的，不可预料的，随意的；的确，艺术家创作的时候只凭他个人的幻想，群众赞许的时候也只凭一时的兴趣；艺术家的创造和群众的同情都是自发的，自由的，表面上和一阵风一样变化莫测。虽然如此，艺术制作与欣赏也像风一样有许多确切的条件和固定的规律：揭露这些条件和规律应当是有益的。"㉖本文以上粗略的论述，意欲揭露审美体验的几种特征在艺术创作中的表现、意义和作为认识的"条件"及"规律"，以及它所表明的创作思维的特点。不知有多少疏漏，不知是否有益，期待读者和专家指正。

注释：

①《罗丹艺术论》，人民美术出版社，1978 年，第 10 页。

②《赫拉普钦科文学论文集》,人民文学出版社,1997年,第156页。

③《卢卡奖文学论文集》第二卷,中国社会科学出版社,1984年,第541页。

④⑤罗曼·英伽登:《审美经验与审美对象》,见《当代美学》,光明日报出版社,1986年,第287页。

⑥伍鑫甫:《名画家论》,东方出版中心,1996年,第168页。

⑦巴尔扎克:《古物陈列室》《钢巴拉》初版序言,见"古典文艺理论译丛"第七册,人民文学出版社,1965年。

⑧皮亚杰:《发生认识论原理》,商务印书馆,1981年,第60页。

⑨转引自《朱光潜美学文集》第一卷,上海文艺出版社,1982年,第34页。

⑩王蒙:《倾听生活的声息》,《文艺研究》1982年第1期。

⑪罗宾·乔治·科林伍德:《艺术原理》中译本,中国社会科学出版社,1985年,第112页。

⑫阿尔森·古留加:《康德传》,商务印书馆,1981年,第113页。

⑬曹禺:《雷雨》序,见《中国现代作家谈创作经验》,山东省文学研究所翻印,1979年,第719~720页。

⑭黑格尔:《小逻辑》,商务印书馆,1996年,第174页。

⑮《马克思恩格斯选集》第二卷,人民出版社1974年,第103页。

⑯《马克思恩格斯选集》第一卷,人民出版社1974年,第30~31页。马克思和恩格斯的意思是说,审美意识和其他意识活动一样,它也是被意识到了的存在,而不是抽象精神和纯粹思维的产物。审美现象是复杂的,但它必定是审美客体在主体观念形态上的反射和回声,再模糊的审美意识也可以通过经验找到它与某种物质前提的联系。认为审美是一种先验的、本能的形式,或者认为审美是不受客体影响的主观形式,都是不正确的。

⑰⑲⑳荣格:《心理学与文学》,三联书店,1987年,第143页、第128~129页、第133~134页。

⑱参见刘小枫:《诗化哲学》,山东文艺出版社,1986年1,第130页。

㉑夏中义:《新潮学案》,上海三联书店,1997年,第11页。

㉒黑格尔:《美学》第一卷,商务印书馆,1984年,第4页。

㉓㉔《朱光潜美学文集》第二卷,上海文艺出版社,1982年,第45页、第153页。

㉕《列夫·托尔斯泰论创作》,漓江出版社,1983年,第16页。

㉖丹纳:《艺术哲学》序,人民文学出版社,1983年。

[1988年9月3日于银川风声楼]

论艺术典型观的变异

艺术典型与典型观，是两个相互联系而又有区别的概念。什么是典型观呢？它是人们对典型的概念、典型的“质、体、用”的看法，是关于典型问题的见解。典型形象在文艺史上早就存在，而科学的典型理论的确立，却经历了漫长的历史过程。

性格理论与典型理论

典型是指艺术创作中经过艺术加工的人物形象，它具有一定的普遍性。亚里斯多德在《诗学》中曾多次谈到，艺术家要刻画出人物性格，并把它作为悲剧要素中的一个重要成分来强调，但他指出的性格，有别于一般所说的典型性格。首先，他指出：“最重要的是情节，即事件的安排；因为悲剧所模仿的不是人，而是人的行动、生活、幸福……而他们的幸福与不幸，则取决于他们的行动。他们不是为了表现‘性格’而行动，而是在行动的时候附带表现‘性格’。”[①]亚氏还认为“悲剧中没有行动，则不成为悲剧，没有‘性格’，仍然不失为悲剧”[②]。他认为性格不仅是附带的东西，简直是可有可无的了。其次，亚氏虽然提出描写人物性格问题，但他认为“诗所描述的事带有普遍性”，可见亚氏所说的性格，实际上是指性格类型，虽有一定的普遍性，但并未与鲜明、丰富的个性相融合。

这种性格类型的观念，是不同于典型论的。在恩格斯之前，人们把亚里斯多德的性格理论看作是性格类型说，而不是典型论，文艺复兴之后，许多人不再把行动（情节）认为是作品的首要因素，这是对亚氏的性格论的一个发展。18 世纪古典主义作家的作品，比亚里斯多德时期的作品前进了一大步。但人物仍缺乏鲜明、丰富、复杂的个性。往往只是某种概念之图解，而只有黑格尔才在美学史上第一次提出了性格就是艺术表现得真正中心的命题。但黑格尔所说的性格的普遍性，是指先验的理念，而不是现实关系中的人的本质。这种纯形而上的性格论，也还不是科学的典型论。

巴尔扎克的典型观

较为明确地提出艺术典型问题的是巴尔扎克。他指出：“‘典型’这个概念应该具有这样的意义，‘典型’指的是人物，在这个人物身上包括着所有那些在某种程度跟它相似的人们的最鲜明的性格特征；典型是类的群体。”[③]巴尔扎克的观点仍然保留着性格类型说的痕迹，但可以看出，他所说的已经不是性格论，而是典型论。

首先，巴尔扎克认为，作家要“结合几个性质相同的性格的特点揉成典型人物”[④]。

他首次明确提出，典型人物的首要标志是由典型性格构成。

其次，在人物与事件的关系上，他既注意人物性格的典型化，同时又重视事件的典型化："不仅人物，就是生活上的主要事件，也用典型表达出来。"[5]

第三，巴尔扎克从进化论中得到启示，强调人物的成长取决于一定的环境。在创作实践中，他善于把握住人物所处的现实关系。

第四，他在强调典型性格的普遍性的同时，并强调典型性格要通过一定的个性表现出来。如果把人物"弄得一模一样，则又会成为对作家的毁灭性的判决"[6]。

第五，他虽然没有直接论述性格发展变化与个性的矛盾，却认为"想在我的作品里面找到把人看做一个完美的造物的意图的人就大错特错了"[7]。

从以上可以看出，巴尔扎克开始把性格论推向典型论。只有别林斯基在性格与典型问题上，发展了黑格尔的艺术辩证法。但由于世界观，特别是历史观的局限，典型理论中的一些根本问题，在辩证唯物论产生后才得到解决。

辩证唯物主义的典型观

马克思恩格斯总结了19世纪以前世界文艺创作的经验和理论成果，把历史唯物主义与辩证唯物主义引向艺术典型的研究，并"从美学观点和历史观点，以非常高的，即最高标准来衡量"[8]文艺作品，这就解决了典型论中没有解决的问题，确立了典型形象体系与典型形象的质、体、用统一的完整体系。马克思主义的艺术典型论同以前的性格论、典型论有质的不同。

"典型"词源上的含义是模型、范型，艺术典型不能借用此解释，应当怎样了解典型人物的本质特征、普遍性呢？马克思在批评了费尔巴哈的错误理解之后，他指出："人的本质并不是个人所固有的抽象物，在其现实性上，它是一切社会关系的综合。"[9]旧的性格类型说把人物性格作为一类人的共同性(普遍性)来理解。马克思恩格斯总结了莎士比亚、巴尔扎克等人的创作经验，指出艺术家应当"深刻理解现实关系"，并"通过对现实关系的真实描写"来完成"自己的使命"[10]。建立在唯物主义基础上的典型论，不同于性格类型说，它要求典型必须是"一定的阶级和倾向的代表，因而也是他们时代的一定思想的代表"[11]。

真实地描写现实的关系，是对一切现实主义作品的要求。这种现实关系包含阶级的、民族的、时代的、社会的关系。把人放在真实的现实关系中加以描写，才能揭示出人的本质，反映出时代的某些本质与规律。文艺作品中体现了这种关系的人物，才是典型的。因此，马克思主义的典型论，把人物性格所蕴含的普遍性，由量的普遍性（即类的共同性）发展为质的普遍性，这就抓住了典型创作中的中心问题。恩格斯更进一步要求作家要写出"典型环境中的典型人物（性格）"，即能够以其独特鲜明的个性揭示历史发展的必然趋向和主流的典型人物。

其次，马克思主义不仅从历史的观点，而且从美学的观点上对典型的塑造作了科学的论述。典型体现某种本质，揭示某种普遍性，但不是赤裸裸的证明，而是通过典型的中介，在丰富的个性、生动的情节与场面描写中自然而然地显示出来，恩格斯特别指出："古代人的性格描绘在今天是不再够用了。"[12]辩证唯物主义所说的典型，实际上是把许多人具有的代表性的性格概括出来，经过艺术加工，集中在一个人身上，通过“这一个”表现出来，这样就成了典型人物。典型人物的典型性，必须包含有代表性的性格，但这种性格又不是类型，它必须通过艺术家塑造的独特鲜明的个性表现出来。因此，只有经过概括的有代表性的性格，才能在典型人物身上兼容普遍性与个性，而这个个性不是某一单独、偶然、孤立的个别。有代表性的性格与丰富的个性的统一，由个性充分显示出来，也就是由个别表现一般，由偶然表现必然，这是辩证唯物论的典型论与性格类型说的根本区别。

恩格斯说过：“一个人物的性格不仅表现在他做什么，而且表现在他怎样做。”[13]行动是性格的外在表现，性格规定了人物特定的行动与行动方式；人物性格之间的关系，矛盾冲突又构成了情节。典型性格既不是性格概念或性格类型，又不是超脱丰富的个性而由作家编造的故事情节的“附带表现”。马克思主义的典型论，不仅科学地阐明了典型的本质、典型化的方法，而且把这些与典型的社会作用、社会效果联系在一起。

综上所述，马克思主义典型论是把典型的“质、体、用”作为一个科学的系统加以考察。典型的质，即典型在内容上所必须包含的普遍意义和体现出时代的本质；典型的体，即典型的质所寓的载体——通过典型人物的环境、个性、感情、情节、细节等形象地显示出典型的质；典型的用，即典型的认识、审美作用，典型的社会效果。离开这三者的联系，孤立地从某一方面来研究典型，都不能对典型人物作出正确的解释。

典型观与反典型论

今天如何看待马克思主义的典型观，是不是过时了呢？似乎没人正面地提出这个问题。不过吴亮同志却从另一个角度谈到了它。他认为现代派的作品表现了“典型情绪”“典型心理”，是典型发展的第三个阶段，它使“典型的含义又一次扩大了”，“是一种前进”[14]。这些观点值得研究，我们不敢苟同。

首先，现代派艺术家以反传统为旗帜，明确宣称反人物、反情节、反典型，这是人所共知的。他们认为：“主要的不是继续地增加文学作品的典型人物。……作家所需要的就是彻底忠实地写自己。”[15]写“神秘而孤立”的“自己”，“忠实地写自己”与把现实生活典型化，这是两种不同的反映生活的方法。现代派的艺术家，在探索用多种艺术形式、手法细腻地描写人的内心世界；在把握时代的节奏与色彩，以适应现代人的心理，以及在揭露资本主义世界的丑恶等方面，都有较大的创造，因而在有些国家能与现实主义的艺术家分庭抗礼。近百年来，不少国家的现实主义方法(典型化方法)与现代主义方法(非典型化方法)并存，各得其所，各自拥有一批读者与市场。这样，我们既不能因为现代派作家没有用典型化方法(即塑造典型环境中的典型人物的方法)反映现实而否定现代派；也没有必要使现代派作家削足适履，拉入典型化方法的范围之内。两种方法在某些作家、某些作品中可以互相沟通，互相渗透，但对不少作家来说，两种方法泾渭分明，水火不容。为了使文艺更好地反映生活，对两种方法的历史发展和各自特点都要很好地研究，现在做得很不够。如果我们简单地用一种方法排斥另一种方法，或者把二者混为一谈，都会有碍于对它们的深入研究，也不利于文艺创作的发展。

第二，从马克思主义典型观的确立与现代派艺术方法的兴起时间看，所谓现代派是

"典型三个历史发展阶段"的第三阶段的说法，也是不确切的。因为马克思的典型观确立于19世纪80至90年代，它与现代主义的兴起几乎在同一时代。美国学者莫莱斯·比伯在《〈尤利西斯〉和现代派时代》一书中指出：现代主义"支配着从19世纪最后25年到1945年左右的艺术和文学。"[16]西·康诺利在《现代主义运动》一书中认为，英、法、美等国的现代主义运动起于1880年。他还把现代主义运动的开始时期追溯到1858年，因为这一年龚古尔兄弟创造了"现代性"一词；而大家公认的一些现代主义的代表作家瓦莱里（1871—1945年）、叶芝（1865—1939年）、亨利·詹姆斯（1843—1926年），以及绘画中的现代派人物塞尚、高更、蒙克、康定斯基、马蒂斯等人的创作都始于19世纪50年代前后。

马克思主义的艺术典型观，同以忠实地写自己为主要特征的现代主义典型化的斗争，已进行了约一百年了，可见二者不是谁继承了谁，谁发展了谁，它们同时产生，一开始就以不同的面貌出现，并在各自的道路上发展着。用典型化方法进行创作的文艺家，只要不断地同类型化、概念化与脱离生活，粉饰现实的倾向作斗争，也可能创造出优秀的作品；用现代主义方法进行创作的文艺家，只要不断地同悲观失望情绪、脱离实际生活的倾向作斗争，并改变晦涩难懂的艺术形式与手法，也未必不能写出好作品。如果以所谓描写典型情绪，典型心理来贬低马克思主义典型化手法，那就非常有害。我们相信，在"双百"方针的指导下，把两种方法加以科学地、实事求是地分析比较，区别良莠，加以总结，吸收和借鉴其中好的有益的东西，摒弃消极有害的东西，将会有力地促进社会主义文学艺术的发展与繁荣。

注释：

①②亚里斯多德，贺拉斯：《诗学·诗艺》，杨周翰译，人民文学出版社，1984年，第21页、第146页。

③④⑤⑥⑦巴尔扎克：《人间喜剧·前言》。

⑧⑩⑪⑫⑬《马克思恩格斯选集》第4卷，人民出版社，1972年，第347页、第344页、第353页、344页。

⑨《马克思恩格斯选集》第1卷，人民出版社，1972年，第18页。

⑭见《当代文艺思潮》1983年第4期，《上海文艺》1983年第7期。

⑮娜塔莉·萨洛特：《怀疑的时代》，《外国文艺》1980年第6期。

⑯转引自《现代西方文论选》，上海译文出版社，1983年，第366页。

［1986年11月9日于银川］

论经典与襟怀

忧虑意识

在当下全球化语境中，我们的文艺家应该增强忧患意识，原因是我们的文学艺术的局面的确不容乐观。无论是文学的现实，还是艺术的发展，皆是如此。作为具有得天独厚优势的宁夏也概莫能外。从全国来看，自《红高粱》起，开始展示中国文化的愚昧落后时，我们就应该有忧患意识的警觉，更不应该为某些人的一点赞扬而沾沾自喜。

文学艺术，作为人类精神生活的一种特殊表达方式，或多或少都会表达一些人生的苦难与不幸，这并不新鲜。日本的厨川白村就认为，“文学是苦闷的象征”。审视古今中外的许多重要作品，我们会看到它们都不曾回避这个现象，只不过在表现自己文化的愚昧落后的那一面时，他们使用了高明的艺术表达方式。如马克·吐温、契诃夫等使用的是喜剧性的反讽话语；卡夫卡、加缪、萨特等使用的是荒诞的表达方式；而福克纳则选用的是温和游离的表达方式；卡尔维诺、米兰·昆德拉则更是选择了一种“以轻击重”的叙述策略，等等。他们表达生活的苦难所选择的美学视角，除艺术手法的特长以外，我想，他们在通过苦难展示自己民族的卑微、愚昧方面，是不是也有一种故意回避？故意闪开苦难对读者的直接刺激，因而带来负面的审美效应？他们对苦难、愚昧的表达，给我们并没有留下苦难、愚昧的直观效应，留下的是震撼，而且是深深的震撼与艺术的感染力。比如雨果的长篇小说《悲惨世界》，雨果在“作者序”中说：“只要本世纪的三个问题——贫穷使男子潦倒，饥饿使妇女堕落，黑暗使儿童羸弱——还得不到解决；只要在某些地区还可能发生社会毒害，换句话说同时也是从更广的意义来说，只要这个世界上还有愚昧和困苦，那么，和本书同一性质的作品不会是无用的。”我当初在看过这部小说第一遍后，就迫不及待地读了第二遍，这是二十岁左右时的感觉，以后又读了几遍已记不清了，直到可以背诵该书中的某些片段；再后来看过根据该书改编的电影后，在很长一段时间内，脑海中一直浮现着书中冉阿让、沙威、芳汀等人物的形象，甚至认为冉阿让是一个伟大的人物，在他人性深处有非常高尚的一面。

在当下文学创作中有一个现象，就是从20世纪80年代国门打开后，我们的创作走了一种西方文学的路子。那个时候，前苏联的艾特玛托夫，加西亚·马尔克斯，米兰·昆德拉，卡夫卡等，至今回响不绝，仍然在影响着中国作家的写作。可以这样说，当代一些走红作家背后都站着一位西方文学大师。看他们的作品，这些大师的影子似乎不时地在眼前晃动，甚至有些作家作品中的人物也有似曾相识之感，叙述口吻也似曾相识，作品中人物的出场、动作、行为也似曾相识，连作品的结构也似曾相识。学习西方文学，当然无可厚非，但我们感到，这么多年来的文学好像是在西方文学的阴影下匍匐前进的。这样说虽然尖刻了些，但至少说我们的文学过于关注和模仿了西方文学的一种倾向。当代德国著名汉学家顾彬干脆说“中国当代文学都是垃圾”，此言一出，舆论哗然。我理解顾彬说这个话的深意，或者可以说是一种正确的偏见。我们当下的文学为什么如此之差，我们仍然是缺少深刻的反省与检讨。我们读西方的现代小说，能读出他们自柏拉图、亚里斯多德以降的文化脉络在作品中源源流淌；巴赫金（1895—1975年）就说：“亚里斯多德、贺拉斯、布瓦洛的诗艺学贯穿着一种对文学的整体及通过这一整体所表现的所有体裁合在一起的和谐一致性的深刻感觉，他们仿佛具体感觉到这种诸体裁的和谐一致。那种诗艺学的力量表现在，不可重复的整体的完美和无比丰富。”[①]法国新小说派的代表阿兰·格里耶（1922—）干脆说：“大多数当代传统小说作者，也就是说，那些博得读者赞赏的作家，可以把《克雷夫公主》或《高老头》中大段大段的文字插入自己的作品而毫不会引起囫囵吞枣的读者的疑心……”[②]这里的话语传达了一个信息，那就是当下作品与自己民族的传统的联系问题。就是说，当下西方最新的小说作家的作品，皆与他们的传统是紧密相连的，没有被割断的感觉。而读我们的当下作家的作品，粗看尚可，细读立刻就会感觉出不少问题，最主要的就是与中国传统缺乏联系，缺少文化传承的文脉，这是相当变种的一种感受。虽然也有例外，如老舍、沈从文、汪曾祺、阿城等作家，他们与中国传统哲学有着某种联系，但很多作家的作品是没有这种联系的。读当代作家的作品，一般不必去查字典，我的意思是说，可以不必查百科词典；读外国如德、法、英、俄、美等国作家的作品，你就得熟悉他们的许多东西，否则你怎么也读不懂。如爱尔兰作家乔伊斯的《尤利西斯》，文艺家没有不知道这部作品的。这部作品的书名是从荷马史诗《奥德赛》（又译名《奥德修纪》）的主人公俄底修斯的拉丁名幻化而来的，荷马（约公元前9—公元前8世纪）这部书成于公元前6世纪，是荷马在小亚西亚一带口头流传的史诗短歌基础上综合编成的。乔氏的《尤里西斯》在叙述上与《奥德赛》相对应，故每一章也采用了相应的标题，是乔氏酝酿十多年，花了七年写成的意识流小说。并使两部史诗熔为一炉，他把但丁的《神曲》当做《圣经》那样的精神食粮，在有些章节中加以描绘，读来就宛如置身《神曲》中那阴森森的地狱。如第十七章，他借助《神曲》的布局把故事引向高潮，达到天堂的顶点。乔学家在研究第十五章时，就感觉到可以从《尤里西斯》中找到歌德作品的影子，所以若不了解作者以及他所处的历史文化语境，不了解他国的文化、历史、哲学、宗教、艺术等传统，就读不懂他们的作品，不知道他们在写什么，更无从知道他们与西方的传统联系了。他们有的作家从罗马帝国视角来写，很多话是古罗马、古希腊人说的，如果不了解是很难懂的。我们当下作家的作品，与传统几乎没有什么关系，我们从他们的作品中很难读出1949年以前的中国，一百年、二百年、三百年前的中国更是难以看到。我们的一些作品没有思想，也缺乏较高的审美趣味，有的甚至也没有生活，这是很遗憾的事情。当然，要读懂艺术性很高的作品，还必须具备与文本形式规范相对应的美学素养，才能得到艺术享受，否则便一无所获。有的作品是按照固定模式写的，缺少创造的力量。我们当代一些诗歌、散文等，对传统都是忽视的。所以，我们还是要重视本民族的东西，不要试图往往想摆脱传统，传统其实是摆脱不掉的。用列宁的话说，一个婴孩从他吃奶的那一刻起，同时也就默默地吸吮了他那个时代的制度、观念、习俗及其审美意识，亦即把那个时代的文化背景内化为自身的精神结构。每个人都不可能摆脱传统。每个人都是他们所隶属的那个文化的一部分，正像每个人的血液都流淌着他祖上的血脉基因一样。

我们要特别关注中国的经验，这种经验不仅仅是具有民族特色和地域特色的生活经验，而且是一种具有普适价值的经验。重视自己的经验，也就是重视了我们自己的文化，与我们文学艺术相关的文化传统。鲁迅如果没有从小康坠入困顿的生活经验，就没有他对于国民性的深入思考，就没有鲁迅的小说创作，就没有对于故乡人的处境与精神的深刻写照；鲁迅如果没有辛亥革命后回到中国去读古书、抄古碑，鲁迅就不可能对中国文化传统有深刻的思考与批判，更不可能有阿 Q、祥林嫂、华老栓等经典人物的诞生，当然也就不可能有文化巨匠鲁迅。废名如果没有故乡湖北黄梅浓郁宗教氛围的生活，没有中国古典文化的独特造诣，也就没有他那深刻的具有浓郁宗教意味的小说。沈从文的《边城》之所以和其他乡土小说有着很大区别，就在于《边城》背后有一种大气，一种阔大庄严，一种浑厚之感，其他乡土小说境界就比较狭窄。这种大气、阔大、庄严的浑厚之气，是北京精神对沈从文的影响的结果，是北京的文化精神影响了沈从文的精神境界后，又影响到他的乡土小说的创作，使得它就不单单是湘西文化的复现，而是在乡土记忆中实现了以北京为代表的乡土中国的另一番景象，使得沈从文的乡土小说不仅超越了同时代的乡土小说，同时也超越了他自己的乡土小说。汪曾祺如果没有江苏高邮乡镇间的生活经验，没有对儒家文化、老庄文化的濡染，也就不可能有充满人情味的故乡生活的生动写照。可以说，他们的小说都是中国文化凝成的。

令人忧虑的是，在其他艺术领域里糟糕的情况也普遍存在，如电影、音乐、美术、书法、戏剧等领域即如此。以这些年的电影为例，“大片”可以说是电影神话的实践。以 2002 年《英雄》问世为标志，这几年掀起了所谓“大片”的高潮,《英雄》《卧虎藏龙》《十面埋伏》《满城尽带黄金甲》《夜宴》《无极》《赤壁》等，还有重拍的《霍元甲》，几乎成了固定的模式，没有太多的剧情，没有完整的故事，银幕上充斥着刀剑拳脚，血雨腥风。这些，并不是基于本土生存经验，而是面对全球化语境的一种功利性盲视，是商业美学原则的配方，奉行娱乐神话的原则，追求刺激与感官欲望。《英雄》只是一个空洞的虚设的“英雄”，不是通过电影语言的叙述呈现出来的血肉丰满、真实感人的英雄，这些“大片”的制作，宣扬的是一种暴力美学、场景拜物教美学。在这个美学原则引导下，以高度符号化的中国场景对暴力、杀戮、情色等作奇观化的展现，是对“人性恶”理念的迷信的场景拜物教。

电视剧亦复如此，并不令人满意。中国 1981 年电视剧年产量 110 集，1982 年是 330 集，1984 年是 1239 集，1986 年是 2336 集……而 2007 年则已达到 529 部 14670 集，全国平均每天生产电视剧 40 集左右。据统计，包括央视在内的全国三百多家电视台积压的，基本上是不可能播出的电视剧，每年多达一万集，约三十亿资金无法收回，浪费惊人。20 世纪八九十年代，电视剧《红楼梦》《西游记》《末代皇帝》《渴望》《围城》等，一度掀起全民观赏热潮，众口争说，这是最好最深的记忆。

现在的名著改编风也很盛行：“大话”“水煮”“麻辣”乃至“情蒸”四大名著的图

书屡屡出现。有的学生家长说，有一次上小学六年级的儿子问她："孙悟空的儿子叫孙悟饭还是孙唐？"令家长哭笑不得。所以说，谁能还原历史和文化的真实？名著的故事早已被改得面目全非。说关羽脸红，原来是因为好色害羞；孙悟空偷吃"伟哥"，引发一系列尴尬；"桃园三结义"三兄弟化身营销高手；贾宝玉也成了"文革"中的造反派；林黛玉披着一头紫色长发；高俅是黑社会成员；天上的神仙聚众赌博；甚至唐僧也卷入了三角恋……孔乙己是因为偷光盘而被打断了腿；卖火柴的小女孩是因为火柴开价太高才卖不出去；《背影》中的老父亲是因为懒得走路才从铁轨上爬过去，还被"红袖章"抓住罚款；《一件小事》中的车夫是因为垂涎过路女子的美色才特意把她绊倒……这一类让人哭笑不得的"另类语文"，据说还受到一些中小学生的追捧，有学生把此当做模仿的范本，当成一种时尚。经典是一个民族历史上长期形成的价值，是心灵的滋养，是精神的升华，是文化的深厚积淀。一个民族的精神和价值主要存在于经典中。所以，在商业炒作和市场炒作中，将经典"戏说""变脸"的做法，是令人痛心的。

书画界也是如此，现在动不动就是画画表演，书法表演，边写边卖，边画边卖，完全脱离中国经验，根本谈不上是心灵的感应，完全与心灵、情感无关。我们知道，王羲之的《兰亭序》是在感情最饱满的时候而写的；《祭侄季明文稿》是颜真卿在情绪悲痛时书写的；《寒食帖》是苏东坡心情很痛苦、命运很不济的时候书写的；王铎的狂草是作为逆臣被贬的时候，甚至是良心受到谴责的时候写出来的。所以，历代的书画经典也都是心灵的产物、情感的结晶，也都是文化凝成的，所以是文化的灵魂。

文化使命

对社会发展的关注，对时代脉络的把握，对文化的传承，对民族与国家的爱与倾注，是文艺家、知识分子的天职。我们所说的文化传统，主要也就是指传统文化背后的精神连接链，当我们面对一切传统的遗存物，我们主要关注的是里面藏有我们民族文化精神的一系列密码，而不是这些物质本身。我们的文艺家要从事创作，当然要关注这些。不仅要继承和发扬，而且要添加异彩，这就是要为新的时代增添新的文化内容——时代的关怀、人类的关怀。作为文艺家与文艺工作者，优秀的作品当传递这么几个方面的信息：一是对现实社会生活的反映与批判；二是对历史和文化的揭示与扬弃；三是对人本身的存在和人性善恶的多维思考；四是对人的终极关怀。这几个方面是文学艺术的灵魂。语言、叙述、情节、结构等是文学艺术的皮毛和血肉。凡称得上作家艺术家这一称谓的，都应该具备熟练优美的文笔、流畅的叙述，以及吸引人的情节与谐调的结构，否则不属于艺术范畴。以文学为例，前些年流行的韩寒的《三重门》，只是高级中学生作文，刚刚进入了文学的外围。四流的作家，只是简单或肤浅的图解现实，不过供人消遣与休闲罢了，反腐文学、美女文学、新写实文学等，大多在这个层面。三流的作家，透过现实已窥到历史与文化的影子，像莫言、贾平凹、刘心武、余华、阿来等作家基本在这个层次，正在向人本身进军。二流的作家，直抵丰富、复杂、多维的人性，从物质层面向精神层面探索，像王蒙、陈忠实、张炜等已经接近这一境界。许多作家为什么没有生命力，就因为他们还处在时代和现实的包围之中，还没有冲进历史和文化的内核，更谈不上人性。一流的作家，是世界级的大作家，不仅穿透现实、历史和人性本身，而且关怀人类存在的意义，像卡夫卡、贝克特、马尔克斯、米兰·昆德拉、海明威等人，无不是这种境界。中国文学要想和世界接轨，没有这种要求，绝对是天方夜谭。故作家艺术家的时代性、人类性的责任担当意识，至关重要。有了这种意识与时代的民族的担当，你才能出大作品、名作品；有了名作品，你也就成真正的名家了。

作家除时代赋予的责任与使命外，我们对自己所从事的文化事业也要有责任，对文化的继承和发扬，要有一种刻骨铭心的责任才行。比如说到书法，康有为完全用碑学来解读中国的经典书法，即文人创造的书法，我不同意这种看法。回过头来说，我认为“兰亭精神”就是一种创新精神，颜真卿对王羲之的继承是以他不同于王羲之的面目出现的，苏东坡又不同于颜真卿。颜苏无疑都是王羲之最伟大的继承者与发展者。现在，提出文学艺术的创新，千年不断的发展中，其审美标准也在发展，但每一个审美经验都没有落后，也没有过时，也没有消失掉，相反却有一种提炼。所以，我们现在的书法，应该从几千年前的陶文、甲骨文、金文、篆隶行草书中沿袭过来，并且还能使用它们，传承下去。我们现在的文人再也不肯像胡适、郭沫若、钱钟书那样用毛笔写作了，他们这一代人都在运指如飞。清华大学曾经做了一次试验，要求学生用笔来写文章，居然有的学生写 10 个字就有 3 个错别字。这样下去，中国书法未来大家的产生恐怕就有问题。日本人视在公开场合用毛笔签名是一种有修养的表现。注重传统的传承与升华，亦即创新，中国文化的精神，是我们文艺家不可忘记的责任。在书法方面，我们不能有一种过分现代的情结。事实上，任何过分的导向，都将会受到历史文化精神脉络的修正。二王传统对中国书法而言是很重要的。一方面，从事中国古代思想研究的人，对经典要保持一种传承之后的创新思想；另一方面，帖学与碑学不可偏废。当代人从粗犷的民间书法吸收一些营养，从大气的碑学里面学到一些豪放之气，从雄强的摩崖石刻中学到一种气脉——真正的大气，我觉得很重要。但是，中国传统文化中精粹典雅的东西也应该进一步推陈出新，继承创造。我认为近若干年的书法实验和先锋书法，可能是对二王传统的过分忽略。在这里，我想到一个问题，文学界在讨论“文学性”的问题，戏剧界有个戏剧性，音乐界有个音乐性，电影界有个电影性，那么，书法界是否也有个“书法性”的问题？如果各个艺术门类都没有各自的美学属性，那还成为艺术吗？那就是别的东西了。当然，也就不符合艺术科学的发展规律了。书法性是什么？现在有个说法，现代书法是反书法，我认为这个说法很值得分析。书法性当然不是僵化的东西，它是二王书法传统中整合民间书法、碑刻书法等，形成的一种新的传统、新的整合。应该说，我们书法本身审美的东西不能丢掉，不能抹杀，要尊重汉字。前些年出版的《汉语大字典》，收录了 53768 个字，其字形、字音、字义都与中国文化紧密相关，都有一段神秘而有趣的故事，都具有不可低估的文化价值。《康熙字典》收字 47035 个，《说文解字》收篆文字 9353 个，汉字发展也很曲折艰难，我们一定要珍惜，增加书法的学术含量，增强线条魅力和作品文化内涵。弘扬中国文化，其中最重要的一部分，就是弘扬我们的书法文化，书法不仅有使用功能，还有艺术功能和生命陶冶功能，这是中华文化的一个非常独特之处。所以，要开拓创新，要坚持艺术学科的发展，要坚持书法性，即各个艺术门类的特性，坚持书法构成的线条的美，以及书法长久的、人文的、经典的文化美。

当然，我们经常说艺术创新，那么究竟哪些是创新？也需要深入的进行思考。是波普文化？学大寨的国画？民间剪纸？还是陈逸飞的新仕女画？或者人们常说的文人画？还是具有波希米亚情调的所谓先锋艺术？这些大都关涉中国形象，只有将中国古典艺术精神与现代形态加以体验式整合，使之既有中国经验元素，又能达到国际化审美共识。才是真正意义上的创新。说到这里，问题又出来了，什么是中国元素？中国元素是商周，还是汉唐，还是宋元明清？说得更具体一些，是殷周时期的青铜器文化，秦汉的制度文化，还是唐代的多元繁荣？还是宋代的思想，明代的城市生活，清代的学术等等？就不同历史阶段都有不同类型的高峰期，如春秋战国时期的子学，两汉的经学，魏晋南北朝的玄学，隋唐的佛学，宋代的理学，明代的新学，清代的朴学等；更专门的说，是“三刚六纪”？还是“天人合一”？比如说“天人合一”，是天和人两个方面，这个命题是“天”的势力大，还是“人”的势力大？是天为主导，还是人为主导？在观念上，恐怕是要人往天那边靠，所以古代有“顺天”“听天由命”等说法。还是冯友兰说的“天地境界”？因此，中国文化要正本清源，应该吸收历朝历代的文化因子，将一切有利于我们文化创新的文化形态都为我们所用，成为我们文化的精神资源。我们面临如何正确获得中国经验、中国元素、中国性格的问题，中国元素获得西方关注是一个机遇。我们的经验确立面临的是中国立场的问题。我们的艺术生长，最终不能寄生在中国经济上，寄生艺术不是艺术本身。现在我们实际上是应该找到我们艺术本身有多大魅力，艺术本身有多少生命力。在电影《英雄》中，秦始皇背后有一个小篆，叫“剑”。当电影放到此时，很多人非常感动。在书写的过程中，那种飘逸，那种高迈，那种洒脱，把生命都融到里面去了，所以人们才感动。还有一幕，当万箭穿过齐国写书法的那个书馆，很多孩子们夺门而逃的时候，书法老师说：“孩子们，国可破，家可亡，而书法不能丢，大家要用生命来写书法。”他把书法的书写看成是保存文化，国家亡了以后，文字还存在；文字存在，文化当然也就存在。因此，我们对自己的文化要有一种崇敬之情，有一种责任之心，才能更科学地发展文化、繁荣文化。

经典作品

中外文学艺术史上，皆是如此。如提到巴尔扎克，浮现在面前的96部“人间喜剧”其中《高老头》《欧也妮·葛朗太》《邦斯舅舅》《贝姨》等；一提到雨果，马上就想到《巴黎圣母院》《悲惨世界》《九三年》《海上劳工》等；一提到斯丹达尔，联系起来的就是《红与黑》《巴马修道院》等；提到托尔斯泰，联系起来的是《战争与和平》《安娜卡列妮娜》《复活》等；鲁迅的《阿Q正传》《故乡》《药》《祥林嫂》等；说起达芬奇，首先浮现在眼前的是《蒙娜丽莎》《最后的晚餐》；说起德拉克瓦，就有《自由领导人民》。还有莫奈的《日出印象》，梵高的《向日葵》，毕加索的《亚维农少女》，《格尔尼卡》等等。中国如唐代周昉的《簪花仕女图》，北宋范宽的《鸡山行旅图》，郭熙的《早春图》，南宋梁楷的《泼墨仙人》以及清初石涛的《搜尽奇峰打草稿》等，都是因为这些不朽名作的存在与世代相传，才让人们记住了他们那璀璨夺目的名字。当然，有时候我们读这位艺术家的作品，也会想到另外的艺术家。比如我们读高尔泰的美学，就使人能想到李泽厚的美学，因为能与李泽厚相匹敌者惟有高尔泰。虽然李泽厚、高尔泰两人的美学观点异大于同，差别甚大，但比较二人的美学思想，李泽厚显沉稳厚重，高尔泰则泼辣尖锐；李泽厚倾向于哲学思辨的阐发，高尔泰则偏重于感性经验的把握；李泽厚传统、相对封闭，高尔泰则更现代、相对开放；李泽厚常思考过去，高尔泰则时时关注未来……所以，作家艺术家只有名作的产生，才会确立奠定自己的声誉。换言之，只有伟大的作品，才能造就伟大的艺术家；反过来讲，只有深刻地反映了伟大时代风貌和具有永恒审美价值的作品，才有可能传世。如果你的作品过了十年还有人看，那就算是闯过了第一关，如果过了五十年还有人看，就有流传的可能。

那么，什么样的作品才能称得上是名作呢？我认为，第一点就是要体现艺术的创造性，即独特的审美价值，也就是艺术家独特的个人风格和独特的表现手法；第二点就是艺术的时代性，作品必须体现所处时代的精神风貌、价值观念与情感诉求；第三点就是名作的形成，还须有广泛的流传和认知基础。不朽的文学艺术名作，其影响是可以穿越信仰、穿越种族、穿越时空的；其表达的内涵又是人类永恒的主题。历代名人虽然产生的时间、国界不同，但是她们同样可以得到各个时代人们的共鸣。总的说来，伟大作家之所以伟大，主要取决于他的心灵库存，取决于其作品凝结的意蕴与情调、内容与形式，对民族乃至世界的审美——文化史发展是否具有动力性。

在中国近现代艺术史上，真正的名作可谓屈指可数。比如李可染的人物和牧牛题材的作品，艺术表现平平，没有大的发展。但他的山水作品《漓江》《井冈山》等，就是名作；同样还有石鲁的《转战陕北》。这些作品脱离了笔墨相袭的传统程式，或在大山大水中增添和强调了现代的光色效果，或采纳了以前未有的题材，对中国水墨画形式表现进行了创新，故具有鲜明的时代性与审美价值，吴冠中的水墨画作《苏醒》《高粱》也是名作。虽然对他的艺术有争议，其作品也不可能件件“名作”，但他的作品不拘于条条框框的约束，不拘囿已有的风格，能够表达主体情思，既保持了中国传统之人文诗意，也阐释了当代人之情怀与精神面貌，勇于创造，符合时代艺术美学发展的要求。因此，吴冠中及其作品，在中国美术史与世界美术史上应占据一定的地位，并影响后世学者。但是，吴冠中总是说：“笔墨等于零。”这让人很难理解，可是如果没有笔墨，那么吴冠中所有画作不就都等于零了。吴冠中的笔墨，其实很到位，也十分讲究。这是他成功的原因之一。但纵观吴冠中的画，大都是些小品，将他奉为大师，恐怕现在还难以服众。从美术史的角度看，也很难说他有什么被值得记住的作品。吴冠中原来是搞油画的，没搞出名堂，就改画国画了。吴冠中的一些小文章，写得确实不错，很有见地。所以，艺术家如果没有一种人类的关怀意识与使命感，就不可能产生名作，就不可能创造出真正的优秀作品，他就不可能成为名家。现在许多所为“名家”可以唬人一时，但经不起历史的检验。

襟怀与人格

不论在哪个行业，要想成就一番大的事业，必须具备宽大宏阔的胸襟与视野开阔的眼界，以及至高无上的人格魅力。有了这些，无论在任何艰难困苦的环境，皆能作出一流的业绩。远的不说，西南联大的天地正气就能说明问题。在抗日战争时期，艰难困苦中的西南联大就出了非常多的一流自然科学家、社会科学家，甚至出现了世界级的大家。尤其那一批教授，特色就在于一是多数具有留学西方的教育背景、对西方文化精神的体验与了解；二是有对国学的深厚根基及其对中国文化精神的深入理解；三是有较多的对西方文化融合的思考与研究；四是有相对稳定的专业，在政治上一般能接受民主和自由思想。由于他们既能熔铸古今，又能会通中西，故能具有宽容和民主精神，他们虽有派系而却不大有派系之争。不同的学派，不同的治学方法，不同的意见，不同的追求，皆可以存在，学术观点各异，并行不悖，互相争鸣，各种政治力量都无法改变它。我们知道，二战后活跃在国际科学领域中的学术权威，如杨振宁、李政道、陈省身、唐敖庆、朱光亚、王端珧、王浩、牛满江、何炳棣等，大都出身于西南联大；20 世纪 50 年代后，社科界著名人物也很多，如冯至、洪谦、殷海光、刘国光、陶大镛、王瑶、朱德熙、任继愈、张世英、王佐良、王利器、何兆武、吴晓铃、余冠英、黄南森等，多数是联大的学生辈。中国科学院从 1955 年设学部后，第一批当选的三百名学部委员中，从事自然科学研究的 190 人，其中联大的师生就有 118 人，这就是当时的情况。除联大外，直接战斗在抗日反法西斯一线的著名学者还有一批。如陈望道、郭沫若、左舜生、翦伯赞、张季鸾、王芸生、谢六逸、冯亦代、陈笑雨、茅盾、郑振铎、夏衍等近百人；这是群体性的，他们有宏大之志、坦荡胸襟、人格魅力，做学问不仅仅是为了自己，而是为了整个民族的未来。二十年代，郭沫若与成仿吾同住上海泰东书局编辑所，忍冻挨饿，为了筹办《创造周报》，郭沫若是学医的，成仿吾是学枪炮专业，但为了拯救民族，都走上了文学之路。成仿吾在泰东书局时因没有正式受聘，住了半年，没有用过泰东一分钱，连坐电车的钱都没有。与郭沫若办刊，写文章，到 1924 年才去广东大学受聘物理学兼德语教授，北伐后到黄埔军校，才好些了。

在旧时代，那些学者襟怀特别开阔，眼界也特别开阔，人格非常高尚，没有个人恩怨，没有私愤，即使遭到一些误会与不解，也能理解，更不影响做学问，也不影响他们的学术交往与朋友间的情分，人格真是高大。胡适在 1930 年 4 月 30 日致信杨杏佛说："我受了十年的骂，从来不怨恨骂我的人。有时他们骂得不中肯，我反替他们着急。有时他们骂得太过火了，反损骂自己的人格，我替他们不安。如果骂我而使骂者有益，便是我间接于他有恩了，我自然很情愿挨骂。如果有人说，吃胡适一块肉可以延寿一年半，我也一定情愿自己割下来送给他，并且祝福他。"胡适信奉的格言是"容忍比自由更重要"。这就是大师的胸襟境界与人格。

再如，著名文学批评史家朱东润先生（1896—1988 年），朱先生初次发表文史论文时是 20 世纪 30 年代初，其实朱先生已过了中国人所谓的而立之年。而以 6 岁即读私塾，9 岁入蒙，12 岁考入南洋公学附小，继而得古文大家唐文治亲授，17 岁赴英国留学，22 岁开始执教生涯。在人们看来，如此迟到的学术起步，也许正向我们暗示了一种别样的学术背景。这种经历将会给朱先生的以后埋下某种预设的伏笔，可是朱先生的特别之处究竟在哪里？仅仅是而立之后方有文章问世，就比同时代的其他学人来得晚吗？朱先生在武汉大学任教是陈源推荐的，陈源属胡适一派，中文系像刘永济、谭戒甫、徐天闵先生、刘异先生都是旧学一派。朱东润与陈源是英国留学时的同学，陈源有钱，一直读完，朱先生穷，没有读完就回来了。陈源介绍他到武汉大学教书，刘博平、刘永济二先生对他有意见，其实主要是对陈源有意见。后来朱先生到中央大学任教，胡小石对他有意见。其实，大概像胡小石、刘永济这些先生对于旧学（传统学术）理解得很深，对于朱东润先生表示出不大佩服吧！胡小石的父亲胡季石处于清末著名学者刘熙载门下，家学深厚，胡小石5岁即读《尔雅》，对张惠言的《仪礼图》也研学多遍，师从梅庵先生李瑞清。而刘永济幼年即从祖父刘长佑及其父刘思谦攻读中国文史，后从近代著名词学家况周颐、朱祖谋研习词学，深得况朱二人赏识。难怪牛气冲天。比起刘永济、胡小石的家学，朱东润先生无论师承，还是家学都要稍逊风骚。不过，这些情况倒是提醒我们，朱先生的学问出处并非一以贯之那样简单，而是有其特殊的学术背景。（这里不能展开了，如经历、唐文治的父亲授过课等）但是，有一点必须提及，就是朱先生的胸襟与眼界十分开阔，别人对他那样，他并没有留下反攻击的文字，只是暗自努力，最终达到了学术的高峰。可见，胸襟、眼界、人格是多么的重要啊！

史学家顾颉刚学术襟怀也十分开阔，一个是他毫无大师、权威的架子，鼓励学生向他发难，批评他，与学生平等讨论问题，引导学生迈上学问之路；二是识拔、奖掖、推荐自己的论敌，而且达到不遗余力的地步。国学大师钱穆的成名与命运的改变，与顾颉刚慧眼识拔密不可分。钱穆在苏州中学任教时，顾颉刚路过苏州（此前已读过钱穆的《先秦诸子系年》）时，就找钱谈话。顾说，你已不适宜在中学任教，而应该到大学教历史，遂将钱氏推荐到中山大学，后到燕京大学任教。后来，在燕京大学学报上顾钱同时发表了文章，而钱的观点与顾相反，所以，顾鼓励他继续写下去，批评顾的著作，钱写了不少批评文章发表。顾非常高兴，对于顾的这种宽大的学术胸怀和泱泱君子之风，晚年的钱穆仍念念不忘，并感激顾对他的提携之恩。钱氏晚年在《师友杂忆》中多有记载。顾氏与史学家谭其骧也是如此，谭氏在30年代还是个年轻的小伙子，为汉武帝的十三州问题二人展开书信式讨论，谭氏晚年感叹道："我两次去信，他两次回信，肯定了我一部分意见，又否定了我另一部分意见……信中的措辞是那么谦虚诚恳，绝不以权威自居，完全把我当一个平等的对手看待。这是何其真挚动人的气度！"20世纪80年代，谭氏的一个弟子在评价尊师的学术行程时说："对谭其骧来说，这次讨论则成为他进入历史地理研究领域的开端。假如不是顾先生如此热心地奖掖后学，那么，谭先生可能不会如此迅速地崭露头角，或许也不可能选择历史地理学作为自己的终身事业。"这种宽宏博大的胸襟，顾氏直到晚年依然保持着。这种例子在人文学术领域非常之多，简直是不胜枚举。像著名文学批评史家郭绍虞先生举荐王元化到复旦大学代课，王直到晚年才从别人的文章中得知此事，感叹不已，写文章赞扬郭绍虞阔大的学术胸襟；李泽厚是50年代美学大讨论时，朱光潜的论敌，但私下常到朱先生处喝酒聊天，友情甚笃，朱先生去世后，李泽厚写文悼念，高度评价其美学成就与深厚的友谊。甚至包括1958年双反运动时的所谓批判学术权威，到头来也没有影响他们之间友谊的一批学人。如李希凡、蓝翎与俞平伯，章培恒与刘大杰，袁行霈与林庚，袁世硕与冯元君、陆侃如等；当时作为批判对象主要还有游国恩、王力、王瑶、高名凯、朱德熙等；被批判者晚年在文章中都明确表示理解，有的还称赞文章写得很好，如朱光潜就称赞李泽厚文章写得好，等等。这里有个现象，就是所有的批判者的学术成就都未达到或超过被批判者的学术成就，这也正好印证了搞艺术创作或人文学科的研究，具备阔大的胸襟是何等的重要。

一个没有宽大学术襟怀的人，没有视野开阔的眼界、缺乏人格魅力的人，是不会成为一个优秀的艺术家或优秀学者的。即便生前被捧得很高，炒得很热，座次排得很前，甚至被誉为大家、大师一类，身后也会得到历史的重新评价与修正。鲁迅就曾对刘海粟的虚假作风表示不满，他说："'刘大师'的那一个展览会，我没有去看，但从报上，知道是由他包办的，包办如何能好呢？听说内容全是'国画'，现在的'国画'一定是贫乏的，但因为欧洲人没有看贯，莫名其妙，所以，这回也许要'载誉归来'。"这段话收在人民文学出版社1981年出版的《鲁迅全集》第12卷中，"刘大师"三个字打引号。注释中"指刘海粟"，"载誉归来"四个字也打了引号。刘海粟吹牛是出了名的，而且不分场合，在学生面前也吹，日本有个外相称他为老师，那不过是客气一下的尊称而已，刘海粟为了抬高自己，回来便说，我有个学生是日本外相，他拜我为师……这就太假了。刘海粟这类虚假问题很多。总的来说，他的画绝没有他自己吹嘘得那么高，更不像他的崇拜者吹得那么高。论传统功力，他远不如陆俨少；论突出风格，他远不如李可染；论艺术品质，又差傅抱石、张大千太远。所以，"大师"之害，于今为烈。中国文化的发展，必须提倡毛泽东说的"打倒阎王，解放思想"的口号，我们要对"大师"进行研究，学习真大师，剥开假大师的画皮，现其本来面目。学习真正大师的胸襟，摈弃假大师的小气，才能真正有为。

真正要具备大师气象，大师襟怀，大师人格，具有大师眼界，也并非一朝一夕之事，要不断磨炼意志，不断训练自己，一旦自己训练有素，胸怀宽广阔大，那还是不一样，包括你的气质为人及其作品，都将是另一番模样。一个艺术家，需要有文人的素质、需要艺术的乡土、需要文化的根基，就应该深入到文化中去，去解读经典，学会与大师对话，与先哲对话，先贤会教给我们那一切的。在当下，许多艺术家、作家很少对哲学理论感兴趣，甚至对经典也不甚感兴趣，自己不给自己施压。我看他们的作品，感到苍白、贫血，没有审美价值，没有思想，疲于奔命的东西太多。根本不涉及传统经典，根本不读，或读得很少。中国传统文化和精神造就了一代又一代思想家、科学家，凡是大艺术家、大科学家，皆经过传统文化的滋补。比如学者书法，就是中国传统社会中人性化的、诗性智慧的体现。近现代的文人书法大师，从于右任、沈尹默、林散之到启功、欧阳中石、沈鹏等，无一不是学问大家。为什么没有出现农民书法大师，工人书法大师？这是值得深思的。其中最主要的恐怕就是一个经典文化训练的问题，就有个胸怀、眼界和人格的问题。

从20世纪初期，蔡元培执掌北大时，就非常重视学生的基本美学训练，特别是经典传统的训练和艺术美学的训练。美育、艺术教育受到重视。于是，设立了书法研究会、画法研究会、音乐研究会等，吸引和培养了一大批人才。其后，光北大的书法高手就代不乏人：康有为、罗振玉、梁启超、沈尹默、台静农等的书法作品早已被书法界公认为大家；历届老校长的书法也都是上乘之作，孙家乃、许景澄、张百熙、严复、马相伯、李煜瀛、蒋梦麟、傅斯年、马寅初等先生的书法作品，其文化大家气息扑面而来，而蔡元培、胡适的书法作品也颇具自我面目，文化品位当属上乘。老一辈教授的作品功力深厚，而目击道存：熊十力、黄节、朱自清、梁漱溟、叶圣陶、宗白华、朱光潜、冯友兰的书札，王力、沈从文、魏建功、俞平伯、游国恩、吴组缃、王瑶、季镇淮、周祖谟、吴小如等人的作品诗文，以及张岱年、任继愈、杨辛等人的书法作品，更显示出自己深厚的学养与人格风貌。就以上讲到的郭绍虞、朱东润、胡小石等都是书法大家。所以，我说要自己给自己施加点压力，就是文艺家更要强化自己，要施以“文化压力”“经典压力啊，就是说，自己强迫自己攻克一些难点，创作也好，做学问也好，音乐舞蹈书法美术也罢，都要啃一些难啃的“骨头”，不要光捡嫩肉吃，自我放纵，不用力气地往前滑，最终还不知道滑向哪里。“文化压力”、“经典压力”，目的只有一个，那就是只有具备深厚学养和广博的文化根基，才能有自觉担当文化道义的能力，才能做一个合格的文化传播者，才能在艺术上大有作为。我在 80 年代曾经购买过郑板桥的四字书手迹，《20 世纪中国文化名人墨迹》，还有古文字学大家商承祚校订的《中国历代书艺概览》等，经常翻阅，感到非常好。学者书法家谢无量、马一浮先生总角之交，一生诗文唱和，留下大量的诗文手札墨迹，这批墨稿就很值得一品，比他们平时正式写的作品更见真性情。

当然，要开阔眼界和胸襟，需要训练，但训练也并不取决于年轻时学什么专业，或多高的文凭。完全在于后天的修为，在于自己的意志力、精神力。我们知道过去许多大学教授都是没有什么学历的，几乎都是大学者、大书法家。前面说到的钱穆、梁漱溟等都没有什么大学学历，郭绍虞只上过中等工业学校，隋唐史名家岑仲勉也是税务专科学校毕业，罗振玉罗福颐父子两代连小学中学学历都没有，却是大学教授，也是大书法家。连留学美国的胡适写的书法，你仔细看他的字，里面的欧字与颜字的功夫是很深的；像鲁迅的字，陈独秀的字，都有很深的传统功夫在其中。早年拉二胡的刘天华，1922 年 27 岁时任教于北大音乐传习所，他也没有什么学历。当时，各高校几乎都延揽过一批只有中学文凭的人去当教授。梁漱溟、刘半农、钱穆、柳诒征、商承祚、赵景深、唐兰、童书业、张舜徽等，至今仍是学界佳话。所以，完全在于意志与心智，在于对文化经典的崇敬，在于师承与心灵之会悟。有的人拜师不学师，其实辜负了老师的一片心意，甘愿浮躁，这就不行。王国维、陈寅恪作为一代大师，基于他学问的博大精深，故而造就出了一批多元人才，造就出一批学术造诣很高的弟子。如治考古学者：徐中舒、朱芳圃、戴家祥、吴其昌、何士骥、余永梁、吴金鼎；治历史学者：谢国桢、卫聚贤、刘节、蒋天枢、史念海、姚名达、方壮猷、王静如、兰文征、陈守实、王庸；治经学小学先秦诸子者：高亨、刘盼遂、杜钢百、杨筠如、侯腭；治文学者：罗根泽、陆侃如、虞君质；治语言学音韵学者：王力、黄淬伯、赵帮彦、颜虚心；治目录学者：赵万里、刘纪泽；治中国法律史者：杨鸿烈等。在师承问题上，不少学者不仅强调师承，而且注重名师，“转益多师是汝师”，就是其师道所在。在现代学者中，蔡尚思、曹聚仁、唐长儒、王利器、靳极苍、胡道静、周绍良、陈子展、傅乐成、杨廷福、斯维至、顾学颉、洪焕椿、张振佩等，所奉行的都是多师说。蔡尚思为实现其“死也要到北京去求名师”的志愿，不顾穷困、不惧长途跋涉、不在乎人地生疏，敢于给清华研究院、北京大学研究所诸名师写信，表现了强烈的求师若渴的精神，终于收到了梁启超、王国维、陈垣、朱希祖、江瀚等先生的教诲与指导，使其受益良多。胡道静有着良好的家学渊源，其父胡怀琛乃文史大家，伯父胡朴安长于考据学及古文字学，但在考入上海持志大学国学系后，仍师从多师请教。师承陈乃乾的版本目录学，还从周予同学习经学史，从吕思勉学习中国通史，从姚明辉学习历史地理学，从姜亮夫学习音韵学、敦煌学，从王庸学习地理学史，从陈守实学习因明学，从顾颉刚学习史学史，从辛树帜学习农业生物学，从蔡尚思学习思想史，从闻省学习语言学、古文字学，从胡先骕学习植物学等，你看胡朴安从事文史学研究，求了多少老师。李希凡说他在山东大学中文系学习时，两年间，一方面受教于他姐夫赵纪彬，一方面设法旁听多师授课，其中有杨向奎的中国古代史，王仲荦的魏晋南北朝史，丁山的古史考辨，陆侃如与冯沅君的中国古代文学，萧涤非的魏晋南北朝诗歌，殷焕先的《说文解字》，赵纪彬的哲学概论等。所谓自学成才者，实际上所走的仍是多师之路。在自学成才的学者中，就有梁漱溟、钱穆、董作宾、戈公振、王云五、陆费逵、唐兰、郑逸梅、黄云眉、华岗、童书业、张舜徽、严北溟、周原冰、吴江、贾兰坡、王芸生、唐弢、叶圣陶、姜椿芳等。所以说，全在于自己能否吃苦，能否得巧和心领神会，能不能下真功夫，抛开名和利的思想才行。当然，还要有对中国传统文化抱有一种非常虔敬的心态才行。

据说在韩国的汉城有一个书法研习所，每天有那么多大企业老板、金领和白领，跪在地下一丝不苟地写书法。为何跪着，他们说白天工作很累，只有晚上跪在汉代张迁碑面前虔诚地写书法的时候，心里才通畅爽快，感觉到和古人气息相通。日本小泽征尔到北京中央音乐学院听了《二泉映月》之后，说了句震撼人心的话：听中国的二胡曲《二泉映月》，是要跪下来听的，要流着泪听！小泽征尔是国际著名指挥大师。可见，东亚的韩国、日本对汉文化如此虔诚崇敬，那我们自己呢？

20 世纪 90 年代，西方诺贝尔奖作家在一个集体宣言中指出，人类进入 21 世纪时要回首孔子，从那里汲取智慧。所以我说，我们的作家艺术家，应该从脚下这片土地出发，去掉浮躁，抛弃名利，从读书、做人做起，从人格修养开始。在中国官方公布的第五次全国国民阅读调查结果中显示：在过去的一年里，在 80%的被访的干部中，在不读书的原因一栏中，称没有时间读书的占 63%，没有读书习惯的占 35.31%，不知读什么书的占 13.44%；认为读书没用或没有可读的分别占 2.81%和 9.06%。读书有这么几点好处：一是益智增见，开阔眼界；二是培养情趣，改变气质，阔大人格；三是修身养性，平衡心态；四是提高审美能力，能鉴别作品的优劣良窳等。

刘再复曾说，范曾是“再造民族魂的中华之子，创造的是真正的中国画”。“人们知道，范曾集诗书画绝于一身，画中有诗有书。”这样的文人画，当然很值得讨论。文人画是以文人之才情为支撑的笔墨功夫，仅属第二义。故画坛艺评，指责范曾用笔用墨悍稚无法，尚不足以论断其艺术品位也。欲评论文人画，须先看画文人画者是否果为文人。

范曾作画，画上的确是写了字，也常题上诗，但这是否就表示他“擅长诗书”呢？他有一副《怀素临池图》，题记谓：“庚于年冬，故国多事，与楠莉辞庙西来。”我初见大惊，以为他偶然笔误。可是他又在另一副《硕鼠图》中说他自己：“挥泪辞九庙，中心如捣杵。”这里，显然是他没有弄懂“辞庙”为何事。因为庙指宗庙，天子才有九庙，“仓皇辞庙日，挥泪对宫娥”，这是李后主的词。范曾读过这两句，遂频频用之，却没搞清词意，成了大笑话。

范曾还有一幅图，篆“青青子衿，悠悠我心，但为君故，沉吟至今”，并题云“写诗经意”。这也是误读曹操的《短歌行》。《诗经》只有前两句，何尝有此后几句？范曾还在《老人与猿》一幅画中，他画一老者持果子给猿，题字说：“山林我欲学彭咸，野果清泉侣古猿。”隐者而欲学彭咸，自应投水，岂尚能与古猿为侣？此亦误读《楚辞》。凡此皆可看出范曾的诗文造诣如何了。

无论是搞创作，还是做学问，都需要一种襟怀、眼界、人格、真诚和一丝不苟，虔诚而严谨的精神，来不得半点虚伪和假意，稍一浮躁，就会出现劣质作品，就会降低人格。故必须从读书做起，从读原典、读经典开始，从基础做起，创作同样需要“慢火慢炖”的功夫与心境，只有这样，才会有大艺术家、大作品出现。

注释：

①②《史诗和长篇小说》，见《20世纪世界小说理论经典》上册，第297–298页、第517页。

［2009年9月10日于风声楼］

艺术生命与审美形态

一

黑格尔曾经说过：“诗就是从理想中分解出来的”，反过来说，“艺术里真正是诗的东西就是我们所说的理想”。[①]文学以社会历史生活中的人为表现中心，人的理想，人对未来生活的追求和向往也恰在其中得到最为鲜明集中、最为淋漓尽致的展现。没有理想就谈不上人生，离开了人生也就失去了文学的意义。

对于文学的社会性质，从古希腊的亚里斯多德和我国先秦时期的孔子就已经开始探讨了，然而只是到了马克思才给了它一个科学而又完整的阐释。马克思主义把文艺作为一种社会现象，放在人类整个历史活动的背景上加以考察，指出文艺也是一种意识形态，其特殊性在于它是从审美关系上掌握客观世界，通过艺术形象反映社会生活的一种方式。它不同于哲学和科学，主要依靠形象思维，通过作用于人的思想感情影响社会，其中的情感、想象、理想的因素十分重要。

作为一种意识形态，文艺又必须受一定社会历史条件的制约和影响。因此文艺的创造不是文艺家主观心灵的观照或游戏，而是他们对客观现实生活的认识和反映；不是文艺家个人下意识欲望的发泄，而是他们代表一定阶级或阶层的利益而发出的愿望和呼声；不是与概念思考无关的直觉活动，而是一定世界观制约的从现象到本质的能动思维过程。纵观世界文学形象的画廊，从古希腊悲剧中的英雄，到莎士比亚笔下的哈姆雷特，从巴尔扎克描绘出的各色人物到无产阶级作家塑造的巴威尔、保尔·柯察金，我们不是可以窥见整个历史前进的轨迹及不同阶级的理想情操吗?诚如普列汉诺夫说的：“一个时代的社会精神取决于那个时代的社会关系，这一点再没有比在艺术和文学的历史中表现得更明显的了。”[②]

但是，文艺有着自己的内在发展与演化的规律，它与构成社会经济基础的物质生产方式并不是一种简单的相互对应关系，而是通过反映现实的形象方式积极地潜移默化地影响着社会和人生。“唯物史观否认艺术本身能改变历史进程，但它强调艺术在改变历史进程中是一种积极的因素。”[③]文艺在审美活动方面，在培养和提高人的审美能力，在激发对真理和理想的热烈追求，在净化人的品质和情操等方面，是别的任何东西都无法替代的。

文艺对社会现实生活的反映，是文艺家一种能动的、心灵性的再现。文艺家对生活的理解、评价和理想必然要通过强烈的情感熔铸进艺术形象的肌体之中。像何塞·马蒂说的："我不是用学院的墨水写作，而是用我自己的血写作。"文艺家的美学理想，尤其表现在塑造自己时代和阶级的英雄人物形象上。在中国古典文学作品中，就塑造了如杨家将、岳家军、梁山好汉等众多的英雄人物，同时也写出了大量的像精卫填海、梁祝化蝶等浪漫主义色彩强烈的表现理想的作品。即使是一个正面人物也没有的作品，也要在倾向上表现出某种理想。谢德林在评价果戈理的作品时说："谁也不想在《钦差大臣》中寻找理想人物，但是谁也不否认在这个喜剧中存在着理想。"在当今世界的现代派文学中，非理性主义的文学思潮占有重要的地位，他们主张反传统，反理性，用象征、意识流、荒诞等艺术手法曲折地反映了新的现实，虽说这种反映是通过作家的三棱镜或是哈哈镜观照出来的，仍然是从这个角度相当真实地表现了现代资本主义弊端及一部分人的精神面貌，寄托着作者的生活理想与社会见解。像贝克特创作的《在美好的日子里》和《等待戈多》，前者写人们诀别现在，空怀往事，生活就像一场噩梦；后者写人们幻想未来而前途渺茫，又不得不寄希望于无望。存在主义文学大师萨特也很注重文学的倾向性，主张作家应该与自己的时代紧密结合，通过小说《墙》，剧本《苍蝇》《可尊敬的妓女》等有现实意义的作品来形象地表现自己的哲学思想和人生观念。由此可见，文艺作品就是文艺家审美理想的物化形态，艺术美的特征不仅在于艺术家将主观世界中的理想美物化为供人直接观赏的对象，还被规范引导到一定的情感体验和理想境界中去，从而使人流连忘返，感悟到艺术的巨大魅力。

作品中的人物形象，从主观方面说是文艺家审美理想的产物，从客观方面说，它是社会历史中活动着的人。因此，它必然和现实中的人一样，是有着自由意志，并实践于一定的社会关系中的主体，不能没有独立人格，可以任意摆布的"模特儿"或"某种单纯理念的传声筒"。他应该有着自己独异的经历命运和性格特征，有着自己特殊的现实关系和生活目的。中外著名文学家都十分重视这个现象，既不脱离现实凭空杜撰，又不把主观的好恶强加于人，而是从生活出发，让人物在具体环境中按照自己的性格和意志去行动。当作家的创作意图与人物本身的动机行为发生矛盾时，则按照人物本身的动作修改自己的设想。如法捷耶夫的小说《毁灭》中密切克的形象，他是一个空虚伪善，极端个人主义的小资产阶级知识分子，在环境险恶、局势严重的时刻，他无耻地做了逃兵，经过一场灵魂的"悔过"之后，作者本想让他自杀，但形象自身的性格发展否定了原来的构思。作家自己说："照我最初的构思，密切克应当自杀，可是当我开始写这个形象时，我逐渐地相信，他不可能而且也不应该自杀。"④置于一定环境中的艺术形象一经塑造，本身就具有了一定矛盾冲突中行动变化的内在动机和规定性，这种内在的动机和规定性是把握了解人物命运的钥匙，它只能来自形象本身的力量而不是外来的驱使。只有尊重人物性格和意志，恪守生活本身的发展规律，才会有真正艺术形象的诞生。

二

当我们回过头去考察文学艺术历史历程的时候，就会发现，其实在原始艺术中就已经有理想的因素了。在生产力水平十分低下的史前时期，人们就借助想象，用艺术的方式对自然和社会进行不自觉的加工，产生了最早的神话与英雄传说。取天火拯救人类的普罗米修斯和射去九日为民除害的后羿，都是以幻想的方式体现了古代人类对征服自然的要求和愿望。

社会主义制度的建立结束了两千多年来阶级剥削和阶级压迫的历史，它对于人类和社会进步来说，无疑是一件具有重大意义的事件。当然，历史上所产生过的一切旧的剥削制度，都曾有过兴旺发达、生机勃勃的时期，从古希腊与古罗马的辉煌艺术中，我们可以看到奴隶制的鼎盛与繁荣，从文艺复兴的狂飙中，我们又听见新兴资产阶级的“人性解放”的强烈呼声，可是他们最终还是走向了自己的反面，被发展着的人类历史所抛弃。社会主义则与之不同，它的历史任务就是消灭阶级和剥削现象，归复人类被异化了的本性。在物质生产水平极大提高的前提下实现个人的发展与整个社会发展的和谐统一。我们可以说，社会主义不仅把握着现在，更代表着历史的未来，尽管眼前的路程艰难曲折，但它却充满着美好光明的远景。这一切反映在艺术形象中，突出地表现为现实性与理想性的统一，表现为一大批积极变革现实，推动社会前进的新人，而不像旧时代那些不满现实却又盲目冲杀的个别“社会逆子”。卢卡契说：“人物塑造的丰富和深刻依赖于整个社会进程的丰富和深刻。”⑤文学要反映这迅速变革和发展的现实就不能满足于对过去生活的抚弄，而是着力于表现当今社会生活中的一切人和事。表现真善美，鞭挞假恶丑，这是文学的生命力。

历史上任何一个时代都要求产生出能代表它那个时代精神的风云人物，都要求文艺家努力塑造出时代的典型形象。正如恩格斯在给拉萨尔信中说的：“主要人物是一定的阶级和倾向的代表，因而也是他们时代的一定思想的代表，他们的动机不是从琐碎的个人欲望中，而正是他们所处的历史潮流中得来的。”历史上不同阶级的进步作家常常把塑造时代新人的形象同探索把握历史前进的方向当作是同一过程。像屠格涅夫、车尔尼雪夫斯基、列夫·托尔斯泰、曹雪芹等人都塑造出了代表他们那个时代特征的人物。从历史上的新人来看，其“新”主要表现在不满现状，要求改变社会面貌，代表着一种新生的政治力量，在行动上他们富于反抗精神，对现存社会实行否定和破坏。由于历史、阶级的局限，他们缺乏明确的奋斗目标，孤军奋战，多是悲剧性的结局，像勇悍异常的斯巴达克斯，不知道如何去创立新的生活，一味冲杀，终于捐躯战场；奥涅金们看不到变革俄国社会的力量和道路，梦想破灭，空虚颓废，成为社会上“多余的人”；贾宝玉反抗封建礼教，冲出牢笼却又遁入空门。

当今中国社会在发生巨大变革时，新人则不同了。他们改变了以往“新人”同所处社会相对立相分离的状况，跳出了个人奋斗的狭隘圈子，把自己同社会的存在和发展紧密地联系在了一起，本身就体现着生活的主流和趋势。他们在改造客观世界的实践活动中也同时改造和提高着自身的价值，以创造性的劳动来建设物质文明和精神文明，推动着时代的前进。如果说旧时代新人的造型特征是“盲目的社会破坏者”的话，那么今天的新人造型则是“自觉的社会建设者”。我们的文学要塑造出社会主义的新人，必须全面地表现当今的社会现实生活，勇于揭露矛盾，努力表现理想，通过对客观现实关系的真实描绘，显示出人物性格面貌的理想光辉。

三

努力写好新人的理想同深刻表现社会矛盾和人物形象塑造是并行不悖的，也只有通过对错综复杂的社会矛盾冲突的揭示和展开，才能写好新人体现着时代精神及历史发展趋向的理想情操。在我们的生活当中，过去和将来的成分交织在一起，现实和理想在人的历史实践活动中相互转化，像寓言作家克雷洛夫说的一样："现实是此岸，理想是彼岸，中间隔着湍急的河流，行动则是架在川上的桥梁"。没有行动之桥，既不能达到理想的彼岸，也不能使新人理想得到显现。可见把握好在特定环境背景与矛盾冲突下人物"怎样做"的实践轨迹，就成为写好新人的契机。这样既可以防止脱离现实"把个人变成时代精神的单纯的传声筒"（恩格斯语），又可以避免只拘于枝节微末的东西，而忽视历史的必然要求。

今天的文艺新人造型应该是改革的推动者和实践者，不同于奥勃洛莫夫那种永远躺在松软的沙发上 制订行动计划的空想家。他们在性格上的主要特点是：他们是生活的强者。正像黑格尔说的："人格的伟大和刚强只有借助矛盾对立的伟大和刚强才能衡量出来，心灵从这对立矛盾中挣扎出来，才使自己回到统一；环境的互相冲突愈众多，愈艰巨，矛盾的破坏力愈大而心灵仍能坚持自己的性格，也就愈显出主体性格的深厚和坚强。"[⑥]他们即使是失败了，甚至被毁灭，也始终保持着自身性格发展的坚定性。这种坚定性正是由于一种积极的理想的力量灌注其中。《犯人李铜钟的故事》通过对荣誉军人、支部书记李铜钟在全村五百人断粮七天的严重形势下，冒着杀头坐牢的危险，说服了他在抗美援朝时的老战友、现粮站主任，借走"救命玉米"，而个人情愿充当"抢劫国家粮食仓库的首犯"的描写，生动地展现出其性格中"主导的情致"——为人民利益可以置个人于不顾，毅然以身试法的英雄情操。整个作品在苦难中洋溢着主人公闪光的信念和英勇的献身精神，揭示了"战胜敌人需要付出血的代价，战胜自己的谬误往往也需要付出血的代价"这一真理。在现阶段，李铜钟这样的社会悲剧式的人物虽然越来越少，但由于社会历史发展阶段的限制及社会制度本身的不完善性，新人的实践活动仍是充满着主客观方面的矛盾，个人被社会所否定所扬弃的现象还是存在的。目前许多作家已给予了充分的注意。他们注意了描写人物性格中的内在力，也就是黑格尔说的，作品的"情致"就是"存在于人的自我中而充塞渗透到全部心情的那种基本的理性的内容（意蕴）"，"情致所打动的是一根在每个人心里都回响着的弦子……情致能感动人，因为它自在自为地是人类生存中的强大的力量"。[⑦]如果人物性格中缺乏一贯的前后统一的力量和坚定性的话，那么，人物性格"只是抽象的，任某一种情欲去支配的，它就会显得不是什么性格，或是乖戾反常、软弱无力的性格"[⑧]。这种坚定性的"专注状态"和"凝聚力"在人同外部世界的冲突中表现得最为明显和集中，莎士比亚戏剧中的人物就常有这种坚定而又决断的性格特征。他们带着各自的经历和目标上场，在舞台上展现出广阔真实的生活画面，构设成惊心动魄的矛盾冲突，以及生动奇妙，令人莫测的情节变化，使人心情激荡，赞叹不已。像哈姆雷特，虽然没有决断，"但是他所猜疑的不是应该做什么，而是应该怎样去做"。正是在于"怎样去做"的犹豫不决，才深刻地反映出文艺复兴时期资产阶级人文主义者的致命弱点，从而使他带着自己鲜明的个性及时代和阶级的特征而成为世界文学中不朽的艺术典型。

新人在社会中所遇到的主观的矛盾，在很多情况下并不呈现出外部的直接的对立，而仅仅表现为人物内心世界的冲突，"小说的功能就在于表现内心最深处的内在生活”[9]。在这种冲突中，人物主动地以自我意志服从于社会需要，表现出人物性格的明确性，这种明确性正是一种超越个人狭隘私利的崇高信念。展现这种内心冲突的历程，可以充分揭示出所塑造的人物的理想和为更高的利益而勇于自我牺牲的高尚情操。黑格尔谈到性格的明确性的意思时说，人的性格应当是丰富的，但却不应当是杂乱的，模糊的，而“他所表现的心灵当然必须本身是丰富的，才能使它的丰富的内心生活滋养它的情致，而且不仅是停留在集中的浓缩的状态，而是要广泛地外现，提升到具有完满的形象”[10]。只有这样，才能把人物丰富多样的性格素质统一起来，使这个人物明确地成为某一种人物。黑格尔以莎士比亚悲剧中的朱丽叶为例，指出她有着各种各样的关系，在不同情境中她的性格也有各种各样的表现，“尽管有这些复杂的关系，她在每一种情境里也是一心一意地沉浸在自己的感情里，只有一种情感，即她的热烈的爱，渗透到而且支持起她整个的性格”[11]。我在这里使用新人这个概念是比较宽泛的，他们当中既有思想道德水准好的人物，也有存在着缺点毛病的可亲可笑的人物；有才能出众、修养欠缺的人物，也有道德高尚、智力一般的人物；有为人民建立不朽功绩的实干家、创业者，更多的是在平凡岗位上埋头苦干的普通劳动者。至于每个人的禀性、气质、兴趣、爱好等就更因人而异了。

人物性格有纵向时间序列上的运动变化，同时又有横向空间断面上的丰富多彩。现实生活是一个充满生气的、丰富多面的整体，它照射在人物的心灵和性格上也必须呈现多种多样的形态。因为“每个人都是一个整体，本身就是一个世界，每一个人都是一个完满的有生气的人，而不是某种孤立的性格特征寓言式的抽象品”[12]。

有作为的作家应当深深地思索、反思，执着地追求艺术个性，坚定自己的艺术信念，肯定能写出传世之作品。我相信这一点。

注释：

①黑格尔:《美学》第1卷,商务印书馆,1984年,第207页。

②③⑤伊格尔顿:《马克思主义与文学批评》，人民文学出版社,1980年，第9页、第13页、第34页。

④《和青年作家们谈文学经验》,人民文学出版社,1980年,第52页。

⑥⑦⑧⑩⑪⑫黑格尔:《美学》第1卷,商务印书馆,1979年,第227~228页、第298页、第305页、第303页。

⑨佛斯特:《小说面面观》,花城出版社,1980年,第37页。

［1987年8月20日于风声楼］

艺术知觉论

一

什么是知觉？知觉就是物质世界的事物和现象的个别特性通过感官在人的意识中的反映。我们的知觉实质上就是外部客观世界的反映。那么，什么是艺术的知觉呢？

艺术的知觉就是艺术家特有的积极的对人生、对社会、对现实世界极其细微清晰的最富于新鲜、最富于感情和吸引力的感受活动。人在欣赏审美对象时，美的形象作为复合刺激物作用于人的视听感官，引起神经系统兴奋，然后经过想象等心理活动，得到审美对象的完整造型，获得美感，这往往是在瞬间完成的。这一过程，艺术知觉却是以早已积累了与审美的对象有关的感性经验与理性认识为前提的。因此，艺术知觉的背后与内里常常包含着对事物内容、意义的理解，不同于人的感官对事物现象偶然的瞬间知觉。审美经验丰富的人比经验较少的人更能产生敏锐、丰富、深刻的艺术知觉，前者往往能在似乎平淡的事物中敏锐地知觉到美，后者则只能对美的形式产生一般生理知觉，不易发现其中的美学特性，甚至对美视而不见，听而不闻。人对审美对象的情感体验常常与在瞬间发生的艺术知觉相伴随，成为艺术知觉的一个显著特征。

艺术家的知觉是艺术家的内心世界与客观世界互相交流的媒介。是艺术家创作最初的萌芽与起因。人们常说“某人悟性不错”。这就是说，他能在平淡无奇的日常生活中，有自己独特的见解和新颖的观点。能在不为常人注意的琐事中发现生活的真谛。知觉来时，就“如绚烂的夏日的清晨降临，它刚刚赶散静夜的轻雾，四下是缀满霞株的簇叶丛。它小心翼翼地向我们的面孔吹来它于健康有益的清凉”①。因此，知觉是艺术家的创作能否成功的重要前提。你的心灵能在大量的日常生活中，在偶尔的一次巧遇、交谈或者面对赏心悦目的良辰美景，有自己独特的艺术知觉，从而获得某种启迪，引起创作的欲望；缺乏这种“知觉”，想写出好作品是难以想象的。

知觉是每个人所特有的。“笨拙的艺术家永远戴别人的眼镜”（罗丹语）。真正的艺术家应有唯我独有的对现实世界哪怕是最细微的知觉。在变化万千的各种思想、情趣稍纵即逝的现实世界中，此种知觉有时使人觉得只能意会而难以言传，它是一种心的悸动，一种难以捉摸、不可测解的谜。但正是这种奇妙现象的存在，才使你能感受到对方——不管他是何许人，身在何处——喜怨哀怒，失望与希望，从而激发出创作的欲望。

作家艺术家在进行创作时，不仅要进行艰苦的思考，而且也要借助于心灵与感官，心感身受，益深愈久，自然感情涌动，淹没理智，产生知觉。这是创作中合乎艺术规律的现象。栩栩如生的艺术造型与生气灌注的艺术生命，正是从这种逼真可感的知觉中孕育出来的。反之，不产生此类知觉，纯理性地去设计对象，营构造型，就只能是从理念推衍出发、想当然的生编硬造，必然造型就没有血肉，作品也就缺乏真实可感性。

在文学艺术创作中艺术家出现的知觉，有的直接描写到作品里，有的则不直接构成艺术造型。杜鹏程写作长篇小说《保卫延安》时，眼前出现了血染的山川河流与戈壁沙漠，还出现了自己“母亲的面容”。母亲的面容虽然没有写进小说，但并非与创作无关。作者正是从自己母亲身上“看到了中国人民悲惨的过去”②。母亲的形象，毫无疑问增强了血染的山川河流、戈壁沙漠的情感色彩，有助于作品揭示中国人民苦难的这一思想的深化。巴尔扎克一个朋友来访，正值他写《欧也妮·葛朗台》，他激动地走到客人面前痛斥道：“你，你，使这个不幸的少女自杀了！”这个少女指小说中的欧也妮。③其实，小说中的欧也妮并没有自杀，这位朋友也不会是凶手。他想必是为书中的葛朗台和查理这些暴发户激怒的。他正是怀着这样不可遏制的愤激揭露金融资本家不择手段地聚敛财富、牟取暴利和他们的灭绝人性，才使这部作品的“货币的形象”——金钱的人格化，令人毛骨悚然。

从作家艺术家创作中的情感心理角度来看，艺术知觉主要有这样几种特征。

首先是逼真性。别林斯基把艺术知觉称为“诗梦游病”，意指作家靠着知觉里的“神秘的灼见”，可以梦游般地看清人物衣服上的皱纹。④他们把现实世界和充满着自己希望和恐惧的知觉世界搅混在一起，可以活生生地看到和听到笔下人物的音容笑貌。冈察洛夫写作长篇小说《奥勃洛摩夫》时，首先就是奥勃洛摩夫的“懒洋洋的形象”映入他的眼帘；屠格涅夫动手写作之前，人物在内心里清晰到连“他用手摸摸头发或者理理胡子”都看得一清二楚。⑤

其次是喜悦性。巴尔扎克把艺术知觉产生时的心境比喻为“熔炉中火光闪闪”，他说：“这是艺术家在劳动，在静寂与孤独中展示出无穷的宝藏；你想要什么就有什么。这是忘掉了分娩的剧痛在创作中感到的无上喜悦。”⑥在作家艺术家中诉创作之苦最深切的，大概要数一生在痛苦中度过的陀思妥耶夫斯基。但他也不否认创作有幸福感。在《被侮辱与被损害的》这部长篇小说里，他说自己的幸福不在因成功而陶醉的瞬间，而是“在那些漫漫的长夜里，我沉湎于兴奋的希望和幻想以及对创作的热爱之中；我同我的想象，同亲手塑造的人物共同生活着，好像他们是我的亲人，是实际活着的人；我热爱他们，与他们同欢乐、共悲愁，有时甚至为我的心地单纯的主人公洒下最真诚的眼泪”⑦。

再一点是瞬间性。艺术知觉给作家艺术家带来的喜悦，将永远伴随着他产生之前的焦虑和它得而复失的惆怅。它产生既不容易，出现以后又是转瞬即逝的。伟大的作家和艺术家仿佛有一种甘愿经受磨难的内在倾向，他们不喜欢宁静淡泊的精神生活，却偏爱暴风雨般的灵魂搏斗，寻找焦虑不安的知觉体验。所以，艺术知觉产生的艰巨性和它存在的瞬间性，使作家艺术家把它看作是一种必须迅速捕捉的创作良机。巴乌斯托夫斯基说过，知觉就是“恰似初恋，人在那个时候预感到神奇的邂逅、难以言说的迷人的眸子、娇笑和半吞半吐的隐情，心灵强烈地跳动着”。他形象地比喻构思中的这种知觉现象为“闪电”，“闪电之后几乎立刻倾盆大雨就落到地上”[⑧]。福楼拜说：“艺术知觉，的确类似将睡将醒时的幻觉，——由于他的刹那性的特征，——他经过你的眼前，——你这时候就该贪婪地扑过去。”[⑨]

艺术知觉是艺术造型的萌芽与胚胎。借用日本美学家今道友信记述所谓未完成美学的说法，可以说艺术知觉是艺术作品的“前形象化状态”。尽管，它暂时储存在作者心灵的幽秘的殿堂里，还没有宣泄敷演出来从而构成艺术造型；尽管，我们暂时还没有看到、听到，嗅到、触摸到，因而没有闻见之快，失落之苦。但是，上述事实足以说明，这种幽灵般的艺术知觉已经使得作家艺术家激动得战栗不已了。因此，在文学艺术创作中，艺术知觉具有不容忽视的、实际的美学价值。因为文学艺术作品的诞生从根本上讲就是取决于作家艺术家的艺术知觉，没有艺术知觉，艳丽之花就不能结出艺术生命之果。古今中国文学艺术大厦里绚丽多彩的艺术生命造型都是他们艺术知觉的结晶，不论是写实型的或是理想型的或是象征性的，都是作家艺术家通过艺术知觉而创造的。但一个瞬间的艺术知觉不等于就已经构成一部作品，而是他们要想方设法，多方准备，让艺术知觉与现实世界的各种思想、理性、精神等交互作用、交互渗透、交互冲突、交互补充和交互融合，尤其是要通过不懈的理性思考，去触动艺术知觉产生的契机，以求增强艺术知觉产生的频繁性，助长它自身的延伸性。当它延伸到足以使一部作品的思想、情绪、情节、造型整合起来的时候，这部作品也就自然而然地孕育而生了。我们若能认真仔细地体察古今中外文学各种体式文本的创构，创作主体对时代精神的感受、对人物造型之间张力关系的处理、对叙事模式与创作方法的设计甚至对表述话语之选择，都或明或暗地体现出艺术知觉迸发出的理性力量在起作用，致使许许多多优秀的或经典的文学艺术文本直观上是以审美感性形态而存在，深层次则以理性精神为灵魂，艺术知觉的导向性完全蕴含在感性造型、审美意境与艺术细节之中。

二

艺术知觉之为知觉，对于作家艺术家的心理感受必然是不自觉的，这是艺术知觉最为显著的特点。从逻辑上说是如此，在具体的创构过程中，也正是艺术知觉把作家艺术家带入了一种“忘我”的状态。普希金在抒情诗《秋》中，曾谈到“诗情开始蓬勃和苏醒”的时候的感受。诗中写道：“在甜蜜的静谧中，我忘了世界，我让自己的幻想把我悠悠催眠……一群幻影朝我涌来，似生而熟，是我久已孕育的想象的果实。”作家王蒙也曾谈到艺术知觉的碎片纷至沓来，应接不暇时，他的“一个重要的心理体验”，就是“完全忘记了是在写小说”。其实，作家艺术家在进行创作时，在他们的面前有两个世界，一个是现实世界，一个是知觉世界。文艺创作要求作家艺术家从现实世界，“忘我”地进入艺术知觉的世界。只有这样，才有可能真诚地把主观心灵根据客观事物产生的知觉想象当做真情实景去描写。这是真正的艺术境界。

这并不是说，任何一部作品，它的任何部分、它的每一句话，都是在忘我状态下创作出来的。艺术境界和文艺创作，二者不是等量概念。艺术境界，是文艺创作过程中艺术心灵得以充分显现的时候——它只是文学艺术创作整个知觉线路上的一排点亮的明灯。一个作家艺术家始终未进入艺术境界，并非一定不能写出作品——那是始终处于自觉状态，靠逻辑推衍写出来的作品，其本质是非审美的。讨论艺术境界的范畴，只是为了更好地区别那种认为文学艺术创作始终是由自觉意识控制的创作论。其实，真正的文学艺术创作，丝毫不意味着此创作过程中完全排除理性思考，主张文学艺术创作的工夫不是坐等艺术知觉的君临，自行置幻入寂，而是恰恰相反，理性思考在文艺创作中的作用是非常巨大的，因为真正优秀的经典文学艺术作品“是靠思想站着的，并按照思想创造现实世界”（黑格尔语）的，坚持理性思维的文学艺术创作，就能使理性精神穿透文学艺术所表现的感性造型或客观事物，把它们作为一个开放系统的内部各要素之间的线性或非线性的相互联系及其与外在大系统的网状结构的线性与非线性联系起来把握，使内外系统从无序转化为有序，不仅文本结构中的错综复杂的叙事情节可以得到有条不紊的终结，审美感性造型也能从内外冲突交织中走向统一；并且能够依据理性原则展开知觉的想象翅膀，上天入地，精骛八极，把人世间或宇宙间的一切人、物、景纳入艺术视野，以创构艺术境界宏阔深邃的文学艺术文本。坚持理性进行文学艺术创作，就能使作家艺术家以理性精神激励或鞭策自己深入到现实世界的各种践履中，去亲身感受人生、熟悉人群、体验生命，通过不断践履去拥抱自己想表现的现实世界并与各阶层的人直接对话，真正从社会底层与心灵深处发现文学艺术创作的素材；同时可以获取生命中的新信息、新萌芽、新人物、新情感、新知觉、新知识、新思想与新理性，为文学艺术创作提供丰富厚实的储备。所以，纯粹靠“忘我”状态进行创作，那文艺创作就意义不大。理性思考的作用，首先表现在它是艺术知觉即艺术境界产生的动力。艺术知觉来源于现实世界的原型，它的每一次产生则是靠艰苦的思考发动。一首短小的抒情诗，写作其间，可能凭一个短暂的艺术知觉一挥而就，但它在写作之前，作者仍需要对现实世界加以思考才能有所感悟，油然而生诗兴。一部规模较大的作品，更不可能全部在知觉中写成，否则，鸿篇巨制经营多年的作者始终生活在想象里，不再回到现实世界中来，那是不堪设想的。但文艺创作需要进入艺术境界，其艺术知觉的产生和若干个艺术想象的衔接，就不能离开艰苦地思考。巴金说：“我想得多，人物就跟我越来越熟了，他们不停地在我的脑子里活动。”⑩巴尔扎克则更加直接地道出了艺术家的思考和忘我的艺术境界之间的因果关系：“在这些苦思苦索废寝忘餐的时刻里，任何人世间的牵挂，任何处于金钱的考虑都不在他们心上了：他们忘掉了一切。”⑪

任何成功之作的造型结局，都是自然而然，水到渠成，人不可而强之的。但文艺创作的“水到渠成”，却不像这个成语本身那么简单，正像“知觉”一词也不像词典所解释的那么简单一样。“水”总是经过不断的试验，找到突破口，引入合适的通道，最后才达到“渠成”。创作过程从“意内”的艰苦思考，到“意外”的、不由己不自知的神来之笔，恰如水之试渠。列夫·托尔斯泰为使作品造型的命运合情合理，要“推想出百万个可能的结局，只为了从那里取出百万个可能结局，只为了从那里取出百万分之一来”⑫。他费了那么大的工夫，安娜·卡列妮娜和玛丝洛娃的“结局”，终于使他大出所料，那里排除了作者的自觉意识，但人物“结局”的唯一成功，并不是人物自己争取到的，而恰恰是出自于作者的那“百万个可能的推想”。这其中的辩证关系，是值得我们思考的。

其实，文艺作品的所有精彩之笔，都起始于漫长的理性思考而终于在忘我的瞬间完成的。但在忘我的状态下创作，也未必不发生错乱与破绽，就是说，最初的艺术知觉的表现未必合情合理，未必达到了完善的程度。此时，作者就要冷静下来，再次通过理性思考加以分辨和检视。在文艺创作过程中，理性思考除了有发动艺术知觉产生的作用，还有另一个重要作用，就是判断艺术知觉本身的能量效果。它通常表现为对文学艺术造型的再斟酌，也就是对文艺作品的凝聚提升。巴尔扎克在《致洛尔·徐尔维勒夫人》（1833 年）信中说："我在修改《欧也妮·葛朗台》。我不睡觉，也不熬夜，这孩子逗得我睡不着……"[13]这是修改作品离不开艺术知觉的实例。曹雪芹"披阅十载，增删五次"，遂有《红楼梦》一书之问世。作者不可能十载一贯地处于艺术的知觉状态之下，必定有理性思考参与写作与提炼。但是，脂砚斋总括全书的创作过程，却说是作者"哭成此书"。这话与作者自述刚好相参照，作者说："满纸荒唐言，一把辛酸泪，都云作者痴，谁解其中味？"一个"哭"字和一个"痴"字，形象地概括了《红楼梦》创作过程的总体面貌，它固然不能抹杀作者的思考之功，却有力地说明此书的写作和"增删"之效，终于是在神疾意迷的情态中完成的。歌德说："每一种艺术的最高任务即在于通过幻觉，产生一个更高更真实的假象。"[14]我以为，此话道出了文学艺术创作之真谛，说明了艺术境界的特征在于"忘我"。作家艺术家一旦进入创作情境，就要由艰苦思考达到超尘脱俗，弃欲凝神，做到"忘我"。他们的心灵虚幻到什么程度，也反映了他们成熟到什么程度。作者达到了"静照"境界，就会头脑清明，文思泉涌，不假思考，一挥而就。郭沫若在《屈原》完稿之日的日记中写道："此数日来头脑特别清明，亦无别种意外之障碍。提笔写去，即不觉妙思泉涌,奔赴笔下。"[15]这就是"忘我"的艺术境界，只有在此时，文学艺术创作才进入了"最佳竞技状态"。作家艺术家以欣喜若狂的心情沉入这个境界，以各种美妙的言词盛赞此种境界，是不难理解的。

三

文学艺术创作离不开主体思考和事物分辨，但仅是主体思考和对事物的分辨还是难以创作出好作品来。这是因为艺术创作的知觉形式，不是单一的推理性的知觉形式，还存在着另一种为艺术所独具的知觉形式。创作的艰苦思考，是作为知觉主体的作者自觉进行的。作者按照自己的逻辑线索接近创作对象，思考创作对象，寻找自己认识能力与创作对象的契合点，或曰主观与客观融合之途径。列夫·托尔斯泰从百万个可能中推想出一种最佳方案，巴尔扎克面对大群人物，"研究他们的习性，分析他们的动作、探索他们的眼光"以及"声调的变化"和"表情的转换"[16]，均属自悟进行的、推理的知觉形式。文学艺术创作中的推理的知觉形式与科学知觉没有什么两样。但这种知觉形式不能贯穿文学艺术创作过程之始终。在作者严丝合缝的理性思考中，突然冒出个无拘无束的精灵，这就是艺术知觉。在艺术知觉出现以后，随之就给漫长的推理性的思考留出一个暂时的空当，这就是作者的忘我状态。此时，理性思考就不再管用了。作家忘记了写小说，但并非没有写小说；画家忘记了作画，但并非没有作画；演员忘记了演戏，但并非没有演戏。他们忘记了自己本身之存在，反而文思泉涌，笔写丹青，神采飞扬。如果不是鬼使神差，不是真的患了梦游病，就不能不说此时他们的艺术知觉活动就根本没有停止。否则，作品何以能写得下去？但是，此种艺术知觉活动往往处于不能自持之状态，似乎自意识已被他意识所替代。他们似乎不是自己在进行知觉活动，而是在替别人进行知觉活动，或者是在外界力量的驱使下进行知觉活动。这种知觉形态，就是文学艺术创作的知觉受外力驱使之表现。最早发现文学艺术创作受外力驱使这种现象的是柏拉图。他说："酒神的女信徒们受酒神凭附，可以从河水中汲取乳蜜，这是她们在神志清醒时所不能做的事。抒情诗人的心灵也正像这样……不得到知觉，不失去平常理智而陷入迷狂，就没有能力创造，就不能做诗或代神说话。"[17]这就是说，艺术创作只有突破理智的控制，超越自我意识，作者不由自主而由外力支配，才有创造力，才能作诗，才能谈得上真正的"创作"。在这一点上，可以说柏拉图一语道破了艺术心灵的实质和创作知觉的秘密。这个秘密，就是创作受外力驱使的表现。这个表现，就是忘我状态下的知觉形态。从主观方面讲，如上述，是由思考激发情感而终于排斥理智造成的。情绪亢奋，感情激越，久而久之，达到顶点，就会遵循心灵发展自律的原则，"动"极而入"静"，于是有"静照"生焉。"静照"的境界，看似忘我，并非四大皆空，那丛生的知觉正是客观万象的折光，也就是文学艺术创作对象占据艺术知觉空间，由此又可看到，感情排斥理智和文艺创作对象占据艺术知觉空间，这二者在实际上是密不可分的，是纠结在一起的。文学艺术创作的知觉呈现出受外力驱使影响的特点，正是这"两军"同时举事，内外夹击，终于互相洽合之结果。

石涛作画"心淡若无者"，显然理智不能指挥笔，这是因为"山川脱胎于予也，予脱胎于山川也……山川与予神遇而迹化也"[18]。杜勃罗留波夫把作家艺术家进入这种艺术境界称为"诗人的感应"。所谓"诗人的感应"，是诗人受作为创作对象的客观现实世界的召唤感应。他说："这样，艺术家就使自己灵魂里的内在世界与外部现象的世界交融在一起，能够通过统治着他们的精神的三棱镜来观察全部生活和自然。"[19]罗丹用一种近乎玄奥的语言，也说明这种境界是主观融合的结果。他说："艺术，就是所谓静观、默察；是深入自然、渗透自然、与之同化的心灵的愉快；是智慧的喜悦，在良知照耀下看清世界，而又重现这个世界的智慧的喜悦。[20]所有这些"迹化""感应""交融""同化"，说法不同，都表明作家艺术家与其创作对象的一体化。这种"一体化"所表明的，正是创作对象进入主观心灵，它造成了创作主体的忘我状态，同时也就带来了文学艺术创作知觉受外力驱使影响的特征。

文艺创作对象作为一种客观的力量支配作者的知觉，是有一个过程的。在这个体验的过程里，作者以自己的心灵和全部感官去体验创作对象，以自己的全部知觉机能去体验创作对象。这是一个想象的领域，也是一个知觉的体验世界，靠想象而体验，靠体验而认识，在这个审美世界里始终充溢着令人心醉神痴的激情。这是作家艺术家优于别人的一种知觉的体验能力，具有巨大的体验的穿透力。梁启超在谈到艺术创作时，把作者的生命力即知觉体验能力看成是一种迅敏、精微、深邃得近乎神秘的体验能力。他说："美术家雕画一种事物，总要在未动工以前，先把那件事物的整个实在完全攫取。一攫取住他的生命，霎时间和我的生命并合为一。这种境界，很含有神秘性。"[21]作家艺术家正是靠着这种带有情感和想象的知觉体验，推己及人，将心比心，"设身处地""体物入微"；达到所谓"物化同我""天人相应"之境界。这样，他们便以自己的全部知觉掌握了文艺创作对象，与此同时，文艺创作对象也就占据了他们的心灵，把握了他们，使他们忘记自我。

从文学艺术创作主体把握创作对象，到创作对象主宰创作主体，是文学艺术创作作为审美体验的全过程。它表明文学艺术的审美创造能力，不是要改变或重建客观事物的发展规律，而是要体验、顺应从而揭示客观事物的发展规律，只有伟大的作家艺术家才能做到这一点，只有成功的文艺作品才能显示这一点。列夫·托尔斯泰对于玛丝洛娃和安娜·卡列尼娜，鲁迅对于阿Q，就是由认识到遵照人物造型性格的活动规律处理他们各自的行动方向的。他们在人物造型面前，在客观规律面前，摆正了作家艺术家自己的位置。这是他们的伟大。巴金处理《秋》中波贞的死亡，法捷耶夫描写《毁灭》中美谛克的偷生，均改变了自己最初的构思，“一概听凭人物的哗变”（阿·托尔斯泰语），同样显示着艺术家尊重事实、尊重艺术规律的良知良能。

文学艺术创作要以认识到的客观规律为依从，这本身就是一条艺术规律。在这条艺术规律面前，我们看到一个十分奇特而又十分正常的现象：越是卓越的作家，越是写出成功的作品，刻画出成功的艺术造型，他们越不认为自己是在创作，而是人物在自己生活，自行生长。似乎是人物借了他们的头脑的一块地盘在做自己的事情。这种情形，既可以说是创作主体的对象化，又可以说是创作对象的主体化，总之是创作主体和创作对象的一体化。文学艺术创作不进入出神入化的境界，是断不会有这种自我认识和体验的。它不是对冥冥中的神灵之屈从，而是对蓬勃涌进的客观规律的确认和遵循。它不是作家艺术家的悲哀与不幸，而是他们作为人类精神之“神”的胜利。

“忘我”状态下的艺术知觉，其实是一种内在的心理体验，它“不计及”漫长的、艰苦的理性思考，忘记了呕心沥血、上下求索的烦劳，甚至忘记了现实世界，但那里并非是意识的真空、心灵的空白，那里装满了气象万千的现实世界景象，饱含着作家艺术家本人长期对现实世界的理解和体验。所以，知觉作为体验，它的形态是感性的，却包含着、散布着理性的内容。如何把这些理性内容剥离出来、沉淀出来，那是艺术批评的任务，作家艺术家可以不去回答；但理性在作家艺术家的创作中是具有某种指导性的，这种指导性在艺术知觉方式上是以某种立场、理论、规律、观点等理性精神为指导；理性的指导作用在中国现代启蒙文学、为人生文学、左翼文学、工农兵文学、革命文学、新时期文学等各个历史时期的文学艺术中均有显而易见的体现，否则这些文学艺术样态就失去了开启民智、改良人生、鼓动革命、教育人民、团结民众、推动社会变革的巨大力量，就丧失了个性解放、民族解放、阶级解放乃至人类解放的感召力量；不过理性指导不是以概念、推理、判断等理性过程出现在文学艺术创作中，作家艺术家的立场、观点、设想、意图完全融入文本结构的艺术知觉形态或造型体系里。此种理性精神之导向隐蔽得越彻底、越是含而不露，其文学艺术造型的美感就越强烈、文本的审美品格就越崇高，否则文学艺术作品便会出现理念化、说教化之倾向。文学艺术作品既然以感性的造型形态存在，那么作家艺术家投入创作而对各种栩栩如生的造型之获得，主要不是依赖理性的判断而是依赖艺术知觉的瞬间领悟，这样才能增强审美造型的感性特征；但是文学艺术创作又离不开理性的规范与理性精神的导向，因为在文学艺术当中，感性的东西是经过心灵化了的东西，而心灵的东西也借助感性才显现出来的。感性造型经过作家艺术家心灵化的过滤，又注入了他们的立场、观点，使感性造型受到理性精神的提升，感性与理性在作家艺术家心灵中通过冲突、交汇、互渗而整合为美感造型，才达到了这样的交融程度——在真正的文学艺术作品中，思想性不是以教条方式表现出来的抽象概念，而是构成充溢在作品中的灵魂，像光一样充溢在水晶体里一般。若能认真仔细地体察现当代中国文学艺术各种体式文本的创构，作家艺术家对时代精神的体验、对人物之间张力关系的处理、对叙事模式与创作方法的设计甚至对表述话语之选择，都或明或暗地体现出艺术知觉迸发出的理性力量在起作用，致使许多优秀的或经典的文学艺术文本直观上是以审美感性形态而存在，深层次则是以理性精神为灵魂，理性的指导性完全蕴含在感性造型、审美意境与艺术细节之中了。因此，作家艺术家的任务只是为我们提供了一个包含理性的审美的知觉世界。我们说，感性造型的构筑最终靠艺术知觉的触动来完成，才使文学艺术作品有了思想认识价值与审美价值，其原因就是艺术知觉作为一个复杂的系统工程呈示于作家艺术家的创作活动中，而激发艺术知觉动力机制的乃是理性精神指导下的抽象的、感性的与知觉的综合作用。文学艺术创作虽然排斥抽象思维，但抽象思维所具有的触类旁通、由此及彼、由表及里、变未知为已知、发现真理、获取规律的功能确实有助于文本的建构，特别抽象思维迸发出的新理性精神往往铸成优秀文学艺术文本的灵魂，也是作家艺术家造型方式与知觉行为运作于文学艺术创作过程中的导向。艺术知觉更是作家艺术家的一种创造性的审美心理活动，它可以对记忆中过去感知的形象经过心灵加工而产生一种新形象，它可以作为已知到未知探索新的表现天地、勘探新的主题的桥梁，它可以超越一切时空界限在自由理性的引导下由必然王国进入自由王国，推动文学艺术文本营构上创造一个个别开生面的审美境界。

关于艺术知觉，是一个很严肃的美学话题，正如巴乌斯托夫斯基所说的知觉“是人严肃地工作时的心理状态”[22]。但迄今为止，从艺术美学和哲学角度来探讨的一般都大同小异，本文对艺术知觉这一范畴提出一些意见，即是从此一角度作一粗略的论述，意欲揭示艺术知觉在文学艺术创作中的规律、意义、价值与认识条件，以及它的创作思维特点等，但并不排斥其他理论的提出。疏漏难免，有益与否，请读者和专家指正。

注释：

①⑧㉑㉒康·巴乌斯托夫斯基《金蔷薇》，上海译文出版社，1980年，第41页、第42页、第38页、第41页。

②杜鹏程《〈保卫延安〉的写作及其他》，见《人民日报》，1979年3月19日。

③见《外国名作家传》中册，中国社会科学出版社，1979年，第276页。

④《别林斯基选集》第一卷，上海译文出版社，1979年，第147页。

⑤《外国理论家作家论形象思维》，中国社会科学出版社，1979年，第104页。

⑥⑦《西方古典作家谈文艺创作》，春风文艺出版社，1980年，第315页、317页、

⑨《文学理论学习参考资料》下册，春风文艺出版社，1982年，第343页。

⑩⑮《中国现代作家谈创作经验》上册，山东人民出版社，1980年，第241页，第56页、第83页。

⑪⑬《西方古典作家谈文艺创作》，春风文艺出版社，1980年，第346页、第631页。

⑫《文艺研究》，1979年第1期，第109页。

⑭《西方文论选》上卷，上海译文出版社，1979年，第6页。

⑯《欧美古典作家论现实主义和浪漫主义》第二册，中国社会科学出版社，1980年，第147页。

⑰柏拉图《文艺对话集》，商务印书馆，1963年。

⑱《杜勃罗留波夫选集》第一卷，上海译文出版社，1983年，第184~185页。

⑲《罗丹艺术论》，朱光潜译，人民美术出版社，1978年，第10页。

⑳《文学评论丛刊》第9辑，1982年，第114页。

［1986年11月写，现略作修改补充］

人本质的理论同文学的关系

马克思针对费尔巴哈将人的本质归结为抽象的自然属性时，曾经明确地提出了“人的本质并不是单个人所固有的抽象物，在其现实性上，它是一切社会关系的总和”（《关于费尔巴哈的提纲》）。这是在人类认识史上第一次形成的关于人本质的科学结论。本质不能通过事物自身认识，它只能在矛盾中展示，因此，本质就是关系。一事物只有在与他事物的关系中才能显露出自己特有的本质。马克思之所以得出人本质是社会关系总和的结论，完全是由人类所特有的劳动的根本特征决定的。因为，劳动是改造自然的，艰巨而浩繁的斗争，依靠个人的力量无法进行，而必须同他人组成社会共同进行。这种人与人之间的社会关系及由其所形成的社会性就自然成为人本质的规定性。

有人认为，动物也常常结成某种群体，是不是也有社会关系呢？事实证明，动物的群体只是自然范畴的种族，是一种血缘的自然的联系，而不是社会的关系，不成其为社会，社会关系和社会性是人类所独有的。马克思恩格斯认为，关系是一种有意识的行为，因此，“动物不对什么东西发生‘关系’；而且根本没有‘关系’，对于动物来说，它对它的关系不是作为关系存在的”《德意志意识形态》。因此，人只要一离开人类社会而生活于动物的群体之中就将失去人的本质。众所周知的印度狼孩，虽然孕育于人体，但因长期生长于狼群中，因而只有狼性而没有丝毫的人性。

人的本质“在其现实性上是一切社会关系的总和”，这样一个科学结论包含着丰富的哲学内涵。首先，这是以人与人之间的经济关系——生产关系作为基础。而生产关系又是被生产力所决定的。因此，人的社会性又总是要受到生产力的决定性的制约。当然，生产力不是社会关系，而是反映了人与自然的关系，因而，它并不能直接成为人的本质。生产力只能通过对生产关系的制约来影响人的本质。因此，如果用科学的语言表达，就是作为经济因素的生产力与生产关系总和的生产方式是人的本质的决定因素。这是马克思主义关于人本质的理论与资产阶级关于人本质的理论的根本区别之一。因为，承认人的社会性，这不是马克思主义者的发明，资产阶级理论家对此也是承认的。但马克思主义的历史唯物主义却坚持社会存在决定社会意识的基本观点，主张生产方式是一切社会现象的终极原因，人的本质也主要由物质生产方式决定。马克思和恩格斯在《德意志意识形态》中指出：“个人怎样表现自己的生活，他们自己也就怎样……因而，个人是什么样的，这就取决于他们进行生产的物质条件。”因此，只有既承认人的社会性，同时又承认生产方式是这种社会性的基础，才能正确地理解社会关系总和的命题，从而科学地揭示人的本质。

其次，它是和人与人之间的政治关系作为其中心内容的。列宁认为，政治是经济的集中表现。这样，在现实社会中人与人之间的经济关系就集中地表现为政治关系。而在阶级社会中的政治关系即主要是阶级关系。因此，在阶级社会中作为人的本质的社会性也就主要表现为阶级性。在阶级社会中，人的思想都要受到阶级关系的制约，都会不同程度地被打上阶级的烙印。但它们中有的关系又并不完全被阶级关系所包含，还有着自己的相对独立性和特有的内容。因此，只有既承认阶级关系对思想关系的制约和决定作用，又承认思想关系的相对独立性，才能既坚持了唯物主义，又坚持了辩证法。

然而，人的本质的理论同文学的关系极其密切。文艺家们经常引用高尔基关于“文学是人学”的著名谈话。我们认为作为“文学是人学”的命题是正确的。因为，文艺是美的集中表现，而只有人才创造了美并最集中地体现了美。对人本质的探讨就直接关系到对美的本质和文艺的本质的认识问题。这是一个十分重要的课题。应有专文进行更详细的讨论。在这里，我们只想初步地涉及一下哲学文学对人的本质的表现中的几个问题。

巴人同志在 1957 年 1 月号天津《新港》杂志发表的《论人情》一文被批判之后，“人的本质就是阶级性”的理论就占了绝对的统治地位。于是，共性等于阶级性，性格等于阶级性的理论也就同时产生。十年“文化大革命”当中更是发展到了登峰造极的地步。粉碎“四人帮”后开始冲破“人的本质”这个禁区，创作上逐渐涌现了一批较为深刻地揭示人的情感和心灵的优秀作品。但文学中对人本质的表现也出现了一些问题，在一定程度上表现了思想理论上的混乱。最突出的就是某些作者明显地受到抽象的人本质理论的影响。表现之一就是热衷于表现某种抽象的“生物人”。中篇小说《在同一地平线上》（《收获》1981 年第 6 期）就将现时代社会上人与人之间的关系描写成动物界的生存竞争关系。作者借人物之口说道，“不管人们承认不承认，不管每一个人在用什么样的速度、节奏活着，整个社会，跟大自然，跟生物界一样，都被安排在生存竞争的和谐之中，都是生存竞争。自然界是这样，人和人也是这样”。作者还以赞赏的口吻特别地描写了男主角如何像孟加拉虎一般机警、灵活、勇敢、残忍地施展种种手段，去击倒别人。而他与爱人的关系也“总像是两只虎住在一起，雄虎和雌虎！”他们因此而冲突、争执，以至离异。在这里，我们明显地听到了英国资产阶级哲学家霍布斯的论调：“人对人像狼一样。”还有一种情形就是在作品中追求一种抽象的“人”与“人道”的主题。《苦恋》就以画家凌晨光的遭遇提出了人权问题，甚至借助天上的大雁飞出的“人”字来进行暗喻，最后以凌晨光死前在草地上爬出的“?”号提出人权在哪里的责问。中篇小说《晚霞消失的时候》（《十月》1981 年第 1 期），则是以具体的形象表现出一种“淳厚、正直”的善良品质。主人公之一的楚轩吾原为国民党高级将领，曾经在淮海战场上同我军“对垒”，有着一段“罪孽深重”的历史。但他却具有“淳厚正直的天性”。作者为了宣扬这种抽象的“人”的“天性”，不惜将一切阶级斗争都说成是对“善”的破坏，最后借女主人公南珊和泰山老和尚之口鼓吹出世的宗教思想，宣扬什么宗教只求“善”，不求“真”，公然使“善”脱离社会功利的必然规定，并宣扬什么只有在宗教中才能寻求到人的天性所要求的“善”。

以上这些作品，很明显地存在着错误倾向。其错误在于完全离开了马克思关于人本质“是一切社会关系总和”的历史唯物主义的科学结论，堕入了历史唯心主义的泥潭。事实上，在现实世界上根本就不存在什么“抽象的人”。“纯粹生物的人”，而只有具体的社会的人。一切人的一切思想情感都是某种社会关系的产物，而不是来自虚无缥缈天界和先天性的生物遗传。因此，《晚霞消失的时候》所表达的超时空的“淳厚正直”的“善”是根本不存在的。而《在同一地平线上》所描写的人与人之间如猛虎般的生存竞争关系，只不过是对现实社会关系的一种曲解。这种动物性的竞争关系的确曾经有过，但绝不是普遍存在于以公有制为基础的社会主义社会，而是恶性蔓延于资本主义世界。它正是所有制生产关系的产物。正是在这种私有制的经济关系，特别是资本主义的经济关系的基础之上，才形成了人与人之间以追求财产为目的的赤裸裸的竞争关系，所以说，离开具体的社会和经济条件，在文学中追求抽象的人和人性，都是违背现实主义原则的。

在谈到以上这个问题时，我们还需注意另外一点，那就是文学对本质的反映是决不同于哲学和经济学，它不论在形式上、内容上都有着自己的特点。看不到这个特点，就会抹杀文学的特性，就会导致庸俗的“极左”倾向。所谓共性等于阶级性的观点，就是这种倾向的表现之一。它所导致的直接后果就是公式化、概念化作品的产生。从形式上看，哲学、经济学等社会科学是以概念、批断、推理等理论的形式来表现人的社会本质的。而文学则是运用具体可感的形象的样式来反映人的社会本质。人的社会本质与具体可感的形象是直接统一在一起的，亦即是渗透、溶化于形象之中的。因之，人本质的丰富多样性，绝不是社会科学的概念条文所能包容。因为，生活中的形象本来就是丰富多样的。正如黑格尔所说：“每个人都是一个整体，本身就是一个世界，每个人都是一个完满的有生气的人，而不是某种孤立的性格特征的寓言式的抽象品。”（《美学》第一卷）这样，就使性格的各个侧面有的同本质的关系较密切，有的则较远，有的从表面上看甚至是“纯偶然”的。但是不管怎样，它们都是从不同的角度或多或少地表现了本质的某一个方面。例如，《钢铁是怎样炼成的》这部小说所描写的英雄人物保尔·柯察金，就不仅有叱咤疆场、英勇对敌的一面，而且也有过同资产阶级小姐冬妮娅热恋的幼稚和因伤残而闪过自杀念头的动摇。正是这一切极其丰富多彩，甚至看似矛盾的性格侧面，才活灵活现地突出了一个无产阶级青年英雄的令人可信的形象。《高山下的花环》不仅塑造了梁三喜这样的英雄形象，而且还独具匠心地创造了“全团挂号的牢骚大王”靳开来这样的形象。靳开来在临终咽气前也并没有讲什么“豪言壮语”，而是要求最后看一眼“全家福”。这个些细节看似有悖于英雄本质，但却恰恰从另一个角度烘托了英雄热爱党、热爱祖国的高尚品质。因为，他的“牢骚”正说明他不满于工作中的缺点而热切地期望各项工作能搞得更好，而临终前的看“全家福”则通过对生活的无限眷恋反衬出毅然为国捐躯的崇高性格。只有写出这样丰富多样的性格，才是真正做到了恩格斯所说的“每个人都是典型，但同时又是一定的单个人，正如老黑格尔所说的，是一个‘这个’”（《致敏·考茨基》）。从内容上来看，文学对人的本质的反映侧重于心灵深处的情感领域，在人与人之间的关系上则重于表现悲欢离合的情感纠葛。这就是爱情、友谊、亲子至爱等各种题材在文学史上历久不衰的重要原因。没有情感就没有美，当然也就没有文学；文学家不但在创作时要动情，而且其表现内容也是侧重于感情的。古往今来，被历史所承认的艺术品，都既记录了艺术家真实的情感，又能够深深地感染欣赏者，而成为不朽的。文艺的基本规律和特点之一就是以情动人，优秀的艺术品的不朽的美学价值就在于它通过人们的情思来折射客观的美。在我国文学史上，陆机有“诗缘情面绮靡”之说，刘勰强调“情者，文之经也”，刘熙载也提出“文，心学也”的精辟见解。以情论文，正是我国文学的一大特色。当然，文学对人物情感的表现绝不是孤立的，而是建立在坚实的政治与经济基础之上的。《红楼梦》正是通过宝、黛、钗三者之间的爱情纠葛而展现了广阔的社会背景，揭示了封建社会末期的经济、政治、道德伦理的关系。《高山下的花环》虽以赵、梁两家的深情厚谊为线索，但都真实地展现了我国与越南小霸的特殊斗争，新时期军内、党内的矛盾，以及社会主义事业的发展。这二者是相辅相成的。

在今天，我们只有坚持马克思主义关于人本质的理论，才能写出无愧于时代的优秀作品来。

［1983 年 7 月 22 日于银川］

论艺术与自由精神

当你读到但丁《神曲》和惠特曼《草叶集》的时候，当你读到古希腊悲剧和莎士比亚的悲剧的时候，当你读到歌德的《浮士德》、易卜生的《人民公敌》、海明威的《老人与海》的时候，当你读到屈原的《离骚》、文天祥的《正气歌》、鲁迅的《野草》的时候，就如同你听到贝多芬的《第五交响曲》和《第九交响曲》，如同你看到米开朗基罗的雕塑《大卫》《摩西》一样，你一定会感受到有种深沉、自由、壮烈的东西挟雷携电，向你扑面而来，咬啮你的心灵，震撼你的肺腑，令你颤悸、激奋、热血沸腾、逸思飞舞。它，就是伟大的自由精神——这是人类反抗命运的自由激情，是人类在挫折中倔强地前行的吭育之声，是视死如归的殉道者们非人工所能建造的纪念碑。它凝聚着人性的庄严、信念、智慧和力量，实现了那些伟大的艺术的自由精神中最光彩照人的人类学内核。

自由精神，正如美国当代批评家柯列根所说："不是叫人逆来顺受无所作为，而是一种抓住不放斗争到底的精神。"[①]更明确地说，它就是一种自由的精神，一种为自由而生、为自由而死的精神。

马克思曾指出，人和动植物一样，作为自然的、有形体的、感性的、对象性的存在物，是受动的、受制约的和受限制的，但更重要的却是人"赋有自然力、生命力，是能动的自然存在物"[②]。正是这种能动决定了自由自觉的本质，表明"人是一个能够向世界无限开放的人！"[③]表明人有可能赋予必然以自由的形式，便自然向人生成！

但是，自然向人的生成，必然王国向自由王国的生成，却是一个饱含忧患、千难万险的漫长的悲剧性进程。卢梭说过："人生来是自由的，但却无不在枷锁之中。"这是对人类困境的生动描述。自由在枷锁之中，自由又要突破枷锁，因而自由人"他的命运是悲剧性的，既是自然的一部分，又要超越自然。他开始发觉，死亡是他的最后命运……"[④]对于相当多的人来说，承担自由所带来的重负、辛苦，是太沉重了，所以他们宁肯在加锁之中生存，逃避自由，推诿掉自由的责任，安时处顺，知足常乐。然而，"人要求自由，但是非屈服不可。只有悲剧英雄却拒绝作这样一种妥协！"他们把自由认作是人的第一个需要，第一个权利，第一个义务，因而"对于自由的、自己主宰自己的生物来说，向命运盲目屈服，总是使人感到耻辱、有伤尊严的"[⑤]。这些悲剧英雄、自由人格就是凭着一股人的傲气、人的倔强，执着地追求着自由，无限关怀着自由的实现。这已是永恒的自由精神。

当然，这些悲剧英雄所追求的自由，并非指把握了必然性的那种自由，而只是"由于自身的本性的必然性而存在，其行为仅仅由自身决定的东西"[⑥]。也即是说，这还只是一种主体的自由与客体的必然往往处于尖锐的对立中，一方面是主体要自由地选择自由的道路，安排自己的命运，另一方面则是客观的必然要强制地决定人的道路和人的命运，而悲剧英雄则在这种强制面前，巍然挺立、反抗到底，直至最后毁灭。因而，对他们来说，“‘是自由的’并不意味着获得一个人所希望的，而是独自决定他所希望的，换言之，成功对自由来说是不重要的”[⑦]。他们就是这样，充满了那种想使自己成为他想成为的那种东西的勇气，顽强地保持自己本质的连续性和独立性，“放弃自己的自由，就是放弃做人的资格，就是放弃人类的权利，甚至就是放弃自己的责任”[⑧]。他们为了维护这种自由，拒绝一切幸福的诱惑，置生死于度外，深信只有通过冒生命的危险才可能获得自由。因而，自由成为他们生命的归宿，生命只是通向自由的手段、桥梁、中介，导向自由的生命才有真实的人的生命，而“不自由，毋宁死”遂成为他们生命的最高信念。

所以，在埃斯库罗斯的剧本中，普罗米修斯尽管被缚在高加索的悬岩之上，鹰啄食着他的肝脏，但他仍不愿低下自己高贵的头颅。他向天神宣布，“我宁肯被搏在岩石上，也不愿作宙斯的忠顺奴仆”。在萨特的剧本《苍蝇》中，虽然具有无上权威的众神之神朱庇特要俄瑞斯忒斯放弃他复仇的自由，但他却庄严地回答：“大自然里已经划出了成千条道路，条条都通往你那儿，但是我只能走我自己的路，因为我是一个人。”屈原尽管被贬斥、流放，但他在《离骚》中仍悲愤疾呼“亦余心之所善兮，岂余心之可惩!”还有裴多菲在那首名诗中所写的“生命诚可贵，爱情价更高；若为自由故，两者皆可抛!”这些，都是自由精神的光辉体现，自由就是用生命来向命运搏斗、向权威挑战，用生命来维护人的尊严、人的权利。

虽然，人的生命是宝贵而又短暂的，但自由精神却把人的生命的意义昭示出来，因而越是自由便越是显示出人性的伟大，“只有自由地去死才能赋予存在以至上目标”[⑨]，也只有自由地去生才能赋予存在以最高价值。是自由使人的有限性与世界上其他一切事物的有限性区别开来而成为属于人的有限性，因而从这种为自由而生为自由而死的自由精神中，我们所观照到的正是对象化了的真正的人的本质。

自由精神是一种超越精神。自由才能超越，超越就是自由。超越就是意味着那些自由人格与现实规定性的终极不和谐，意味着他们永远处在流浪寻觅之中。

黑格尔曾经说过：“人死于习惯，这就是说，当他完全习惯了生活，精神和肉体都已变得迟钝，而且主观意识和精神活动间的对立也已消失了，这时他就死了。因为一个人之所以在活动，是因为他还没有达到某种目的而在争取达到目的时候，他就要创造自己发挥自己。”[⑩]自由人格就在于他永远清醒地意识到他不能沉湎于习惯的生存中，而总是要悬置一个属于明天的理想，并为争取达到这个理想的目的而不断地创造自己发挥自己， 他们总是永恒地否定着他的已成而肯定着他的将成，否定着他的昨天和今天而肯定着他的明天，注定要终身忙碌、风尘仆仆，注定了要像俄底修斯那样长年漂泊、无家可归。所以对于他们来说，“最重要的因素是具有敢说个‘不’字，敢于不服从权威的命令和公众舆论的勇气；这种人不再处于熟睡状态，而成为人；他觉醒了，并失去了无能、无用之感。亚当和普罗米修斯是两个伟大的叛逆者，正是他们的‘罪行’解放了人类。但是，具有说声‘不’字的能力，从意义上讲也蕴含着说声‘是’的能力。对上帝作出‘肯定’也就是对所有想奴役、剥削和愚弄人的那些人的否定。”[11]弗洛姆的这段话，精辟地描画出了自由人格在不断超越中生成的轮廓。他们对现实的“不”的否定就同时也是对理想的“是”的肯定，所以他们总是无限关怀他们的理想，为了这一个又一个的明天含辛茹苦，直至生命的最后时刻。上穷碧落下黄泉，拣尽寒枝不肯栖，“路漫漫其修远兮，吾将上下而求索”，便是他们这种无限趋向未来的心态的写照。

然而，希望是无穷无尽的，未来总在流动，因而，明天始终都只是起点，而不是终点，没有极地，也没有归宿。从这个意义上来说，他们所追求的理想始终都只是一种无法实现的幻想，因为实现了便不再是理想，理想总是未曾实现的。但正如美国当代剧作家奥尼尔所说：“生活本身是微不足道的。只有幻想促使我们去斗争，去希望——去生活！把成功狭隘地理解为享有——这是绝路！……当人在追求不可企及的东西时，他注定是要失败的。但他的成功是在斗争中，在追求中！当人向自己提出崇高的使命，当个人为了未来和未来的高尚价值而同自己内心和外在的一切敌对势力搏斗时，人才是生活所要达到的精神上的重大意义的范例。”[12]自由精神的人格，正是这样的一种范例，他们不断超越，不断创造，不断在肯定中否定，在否定中肯定。这就像加缪在他的《西西福斯神话》中所写的那样，每一次西西福斯都全身绷紧，竭尽全力地推动一块巨石，经过漫长的、用没有天空的空间和没有纵深的时间来度量的努力，终于把巨石推上了山顶。但一会儿这块巨石又轰轰隆隆重新滚落到下面的世界中去。于是，他又要向平原走出重新开始他伟大的劳作。虽然巨石永远在滚动，虽然痛苦无休无止，但西西福斯却没有卸下这副担子，而是不断地推动着巨石走向明天，显示出他比石头更加强大，而“登上顶峰的斗争本身足以充实人的心灵”[13]。

超越精神还会使自由人格的人感到寂寞、孤独。因为他们往往超越了现实性，满怀着希望早早地孑然前行了。不仅前面荆棘丛生、无路可寻，而且后面也没有随从和同伴，感受到的只能是旷野中萧森的八面来风，是远远地掉在后面的同类的诅咒的利箭。但是，他们仍然既不停下脚步，更不把头转回去，除了一直往前，别无选择。这就像鲁迅给我们描绘的那位过客，他困顿疲惫、衣衫褴褛，尽管他知道前面也许只是一片坟场，尽管他也知道停下来或者转回去，他就会不再受苦受难，但是却有一个更伟大的声音召唤着他、引诱着他，着魔似的奔向那遥远的不可知的地方去。所以他总是对自己说，“然而我不能！我只得走。我还是走好吧……”

的确，超越的精神赋予了这些悲剧英雄们一颗动荡不安的灵魂，因而歌德笔下的浮士德才会同魔鬼靡非斯特下这样的赌注：“假如我对某一瞬间说：/请停留一下，你真美呀！/那你尽可以将我枷锁，/我甘愿把自己销毁！”因而他才“要每天每日去开拓生活和自由，/然后才能够作自由和生活的享受。”正是超越构成了他们的本质，存在就在于创造，而停留就意味着不在、意味着死亡。超越的生活尽管痛苦，尽管最终也许进入不了上帝的天堂，但超越和创造本身就是人生的意义和幸福。因而，那些身背着十字架的具有自由人格的英雄们，似乎正在这样歌唱，这样欢呼着：

“痛苦、欢乐、失败、成功，我都不问，男儿的事业原本要昼夜不停。”（歌德《浮士德》）

“像我一样吧！在万象变幻中，做永远创造、永远生气勃勃、永远热爱现象之变化

的始母。”（尼采《悲剧的诞生》）

自由精神也是一种殉道的精神，一种自我牺牲的精神。马克思指出：“……在人类，也像在动植物界一样，种族的利益总是要靠牺牲个体的利益来为自己开辟道路，其所以会如此，是因为种族的利益同特殊个体的利益相一致，这些特殊个体的力量，他们的优越性，也就在这里。”[14]席勒也曾说过：“真理就总是要制造殉道者。”的确，人类的每一寸进步，都是以无数个体利益、个体生命的牺牲为代价换来的。而在这些被牺牲的个体中，有一部分人则是自觉地选择了这种牺牲。自由英雄、自由精神的人格便是这样的殉道者形象。

他们深知人生有限，而对这有限生命的认识，他们与西蒙·波娃所说是相似的：“一个人从诞生之时起就开始走向死亡。但是在生与死之间存在着生命”[15]既然生与死，都不以人的意志为转移，都是不可避免的，那么只有生命属于人，人的意义就不能以生与死的距离来衡量，而只能以生与死之间人如何存在来衡量，正是这种意识，使他们深信，“死的到来的时间同一个人生前做了什么事相比，是无关紧要的”[16]。因而，他们并不把死亡看作是一种惩罚，一种对生命意义的否定，相反，他们反倒把慷慨赴死、从容就义视为一种奖励，一种对生命意义的终极肯定。他们把如何生看得远远比何时死更为重要。既然死亡总是个体生命的绝对断裂，那么唯有把生命纳入无限的人类进化的流程中去才会得到超升。正像黑格尔所说的那样：“精神的生活不是害怕死亡而幸免于蹂躏的生活，而是敢于承当死亡并在死亡中得以自存的生活。精神只当它在绝对支离破碎中能够得全其自身时才赢得它的真实性。……精神所以是这种力量，乃是因为它敢于面对面地正视否定的东西并停留在那里，精神在否定的东西那里停留，这就是一种魔力，这种魔力把否定的东西转化为存在。”那些自由英雄所拥有的正是这种敢于在否定的东西中停留，在死亡中停留的魔力，正是这种魔力使他们的灵魂得到超升，使他们从有限进入无限，从个体的毁灭转化为族类的永恒。真正是“即使在他的生涯短促瞬间和最微小部分，他也能够遇到某种神圣的东西，足以补偿他的全部奋斗和全部苦难而绰绰有余”[17]。这就像别林斯基在分析埃斯库罗斯的伟大悲剧《普罗米修斯》时所说的那样：“普罗米修斯注定要开始一件伟大的事业，而不是去结束它；他不过是共同事业的赎罪的祭品，却不是洋洋得意的胜利者；他把意识向前推动了一下，如果没有他，这意识会停滞不前而发僵，可是，他还没有看到意识所导致的结果，他开始了斗争，可是注定他不会看到全面的胜利。普罗米修斯从天上窃得而传授给人间的火，是个什么东西呢？——这是把人们从动物性直感状态的僵死的梦境中唤醒起来的思想意识。……人的意识被唤醒了——宇宙是宙斯的覆灭已经是不可避免的了，不管或早或迟，他的圣坛总归是摇摇欲坠了。”[18]尽管自由英雄注定了看不到全面的胜利，而只是赎罪的祭品，但是他所开始的伟大事业都是方兴未艾的。因而他的毁灭，正是人类自由本性实践生成过程中的生产性开支，他的生命已融进了这个过程中和全人类的努力之中，生存的意义得到了无限的扩展和延伸。

所以，自由英雄们，常常把理想、把信仰、把事业看得比生命更加重要，他们总是英勇地背负起人类的沉重十字架，用生命来“赎罪”。因而，普罗米修斯成了被马克思称为的“哲学历书上最高尚的圣者和殉道者。”莎士比亚笔下的哈姆雷特主动地肩负起了纠正那个“全盘错乱”的时代重任。高尔基《伊则吉尔老婆子》中的丹柯，抓开了自己的胸膛，举起他那颗燃烧的心，引导着众人穿过黑暗的丛林。费尔巴哈说过：“没有痛苦的实体是一种没有根据的实体，只有能感到痛苦的东西才值得存在。只有具有丰富的惨痛经验的实体才是神圣的实体。没有痛苦的实体不是别的，仅仅是一种无感觉、无物质的实体。”[19]自由英雄，就是这样一种具有丰富的惨痛经验的神圣的实体、值得存在的实体，他们敏锐地感受着痛苦，又主动地承受着痛苦，明知山有虎，偏向虎山行，沧海横流，方显出英雄本色，他们“在悲剧的残酷中自我肯定，坚强得足以把苦难当作快乐来感受”[20]。希腊悲剧中的俄狄浦斯、安提戈涅，莎士比亚的哈姆雷特，歌德的浮士德、易卜生的斯托克曼医生(《人民公敌》)、海明威的桑提亚哥(《老人与海》)，便都是这样把痛苦当作欢乐，把死亡看作奖赏，从边缘状态中去肯定人生的自由精神。美国批评家西华尔指出：

在劝善喜剧和讽刺作品中的人物：“我思索，所以我存在”；建功立业的人（史诗）：“我行动，或者征服，所以我存在”；敏感的人（抒情诗）：“我感受，所以我存在”；信仰宗教的人：“我信仰，所以我存在”；悲剧人物和他们都不同。……他的人性的本质却通过受难才表现出来：“我受难，我情愿受难，我在受难中学习，所以我存在。”[21]

我受难，故我存在——这句话最充分地体现了自由精神是一种殉道精神的特质。自由精神的人格正是在受难中冉冉升起，俯视着我们，把我们从恬静、舒适而又平庸、琐屑的梦幻中惊醒，一睹什么才是真正壮丽的人生！什么才是真正无限的生命！

自由精神还是一种逆进的激情，在这里，超越精神、殉道精神必须以激情的形式表现出来，这是一种“迅速地控制着一个人，像暴风雨般进行的，以意识的显著变化、对行动的意志监督失调（失去自我控制）以及有机体的整个生活活动的变化为特征的情绪过程。”[22]正是这种激情，才显示了自由英雄们那种一往情深、义无反顾、百折不挠的心理特征。

激情实际上也是一种热情，黑格尔说：“热情这个名词，意思是指从私人的利益、特殊的目的，或者简直可以说是利己的企图而产生的人类活动，——是人类全神贯注，以求这类目的的实现，人类为了这类目的，居然肯牺牲其他本身也可以成为目的的东西，或者简直可以说其他一切的东西。”[23]黑格尔的这段话明确表明，首先激情来自“利己的企图”；最后为了实现这类目的人们甚至可以牺牲其他一切的东西，包括革命。这三方面，完全与属于自由精神的逆进激情相适合。所谓“利己的企图”，指的是某种自觉自愿的，从自己出发的企图。但却决不能仅仅理解为自私的企图或个人主义的企图。马克思曾指出：“我们必须从‘我’出发。从经验的、肉体的个人出发。……要我们的‘人’成为某种真实的东西时，我们必须从‘我’出发。”[24]他和恩格斯还讲道：“在任何情况下，个人总是‘从自己出发的’。”[25]这说明，马恩都认为人类活动的真正动机，必须从个体、从感情出发。而不是从原则，从理性出发。一切利他的企图，一切自我牺牲的理想必须转化为自觉自愿的企图和理想才可能成为一种激情。自由精神的人格所表现的逆进激情，无一例外都是来自这种自觉自愿的企图，所以他们才能为理想的实现，敢于血肉相搏，把目的的实现看作是他们本质的实现，才会产生不可动摇的决心和信心。而且这类目的“尽管受到否定，仍然永不妥协地执着于迫切实现自己”[26]。

在这种动机的驱使下，自由人格往往兴奋不已、躁动热烈，全神贯注、一意孤行地以全部身心肯定着他们的追求。这种势不可挡的激情，恣肆汪洋，一发而不可收，而且，越是遇到阻碍它就越是强烈。它把自由英雄引向了势不两立的矛盾冲突之中，引向了奥尼尔在一部剧本中引用的一句话“不是死鲸，就是平船底上的洞”那样的极端状态中，也就是引向了自由的壮烈结局。欧里庇得斯悲剧中的美狄亚，正是被复仇的激情所驱使，残酷地杀死了自己的爱子。莎士比亚剧中的奥赛罗，被嫉妒的火焰所吞噬，扼杀了他最热爱的妻子。曹禺《雷雨》中的繁漪，爱深恨亦深，是她不顾一切地拉开了周、鲁两家人死亡的帷幕。曹禺《原野》中的仇虎，也是在复仇欲望唆使下，促成了焦家的家破人亡。这种激情，往往使这些自由人格失去冷静，失去严格的理智调节，而采取一种偏激的、热烈的、极端的方式来实现他们的目的，而且不达目的誓不罢休，充分显示出人所蕴含的巨大的力量和惊人的智慧，显示出他们“灵魂的伟大”。而这正是艺术的自由精神的一个重要特征。正如朱光潜所指出，甚至邪恶都可能转化为悲剧（即自由）精神的崇高，因为对于自由来说，致命的不是邪恶，而是软弱。自由精神的意义不在于它的道德说教，而在于它对人所具有的巨大的情感力量，和在这种情感驱动下所产生的无穷的勇气 和智慧的渲染、强调和赞颂。俄狄浦斯、李尔王、麦克白斯、斯托克曼医生、繁漪、仇虎都是这样，在逆境中，他们反而更加坚强、更加坚定、更加一往无前，就像黑格尔在《美学》中热情称赞的那样：“人格的伟大和刚强只有借矛盾对立的伟大和刚强才能衡量出来，环境的互相冲突越多，越艰巨，矛盾的破坏力就越大，而心灵越能坚持自己的性格，也就越显出主体性格的深厚和坚强……因为在否定中保持住自己，才足以见出威力。”[27]

的确，在自由人格看来，他们的理想、愿望本身具有最高的价值，其他一切都必须服从这种价值。所以，为了实现这种价值，他们往往不惜一切代价，不顾一切阻碍，就是奉献生命也毫不可惜。所以，浮士德为了遍尝人间苦乐，竟然把生命用来与魔鬼下赌注。麦克白斯为了能登上国王宝座铤而走险，踏上绝路。屈原为保持高洁，投进汨罗江。文天祥怀着拳拳爱国之心，唱出了“人生自古谁无死，留取丹心照汗青”的千古绝唱。他们都把原本可以成为目的的生命当作了一个更高的手段。在他们看来，生命本身无所谓意义，只有用它来追求一种理想，实现一种理想时，它才有意义。理想的激情，为这些自由人格造就了一种自由的人生态度和人格心理。

可见，正是在逆境中，才显示出了自由精神、自由文化真正的力度和强度，“如果没有强度，没有人那种过分的激情，是有他狂热地坚持扮演自己设想的角色，那就只能有一出悲剧的轮廓而没有活生生的东西……”[28]任何一部充溢自由精神的作品，都必然表现出发自那些自由人格灵魂深处的狂风暴雨时的激情。依靠它，这些人格、这些作品才能像磁石般抓住我们、敲击我们、 震荡我们，使我们感受到自由生活的无穷魅力而激动不已。

如果说，古希腊把人从自然中解放出来，文艺复兴把人从宗教中解放出来，都高扬了人的伟大和信心的话，那么自19世纪以来把人从理性中解放出来，则极大地动摇了人的尊严和自信。在现代人看来，当年那个“万物之灵长，宇宙之精华”的人，目前却只是一个欲求的主体，“好比躺在伊克希翁的风火轮上，好比永远以妲娜伊德的穿底桶在吸水，好比是水深齐肩而永远喝不到一滴的坦达努斯”[29]。一切搏斗都是徒劳的，一切希望都是肥皂泡似的梦，一切存在都是荒诞，一切都令人恐惧、烦恼、恶心。海明威在他的《丧钟为谁而鸣》的题词中写到“……请你永远不要再问，丧钟为谁而鸣：它是为你敲响！”在这片末日氛围中，许多人惊呼着：自由精神衰亡了！

但是，人却是倔强的，人能够意识到自身的匮乏和虚弱，因而也能够为克服这种匮乏和虚弱而无限劳作、无限努力。就像维纳所言：“我们是注定要灭亡的行星上遇难船只中的旅客。然而即使在行将沉落的船上，人类的庄严和人类的价值不一定消失，相反必须得到更多的重视。我们将走向深渊，但即使在临死的时候我们也应保持人类的尊严。”[30]因此，实际上自由精神在现代文学艺术中并没有消失，许多作品仍然以极大的热情歌颂着人同命运的搏斗，歌颂着人的自由精神，歌颂着人的追求奋斗，歌颂着人对死亡和痛苦的蔑视，歌颂着人敢于说声“不”字的那种傲气。尼采《查拉图斯特拉如是说》中大善大恶的“超人”"；海明威《老人与海》中那位“就是打不败他”的桑提亚哥；萨特《苍蝇》中那位走自己路的俄瑞斯忒斯；加缪《鼠疫》里“在与困难的较量中显出自己本色”来的里厄医生；甚至就是《等待戈多》中戈多和狄狄那种对戈多的执拗期待，不都蕴含着人们不愿放弃自由、放弃希望、放弃抗争的精神吗?在现代西方文学那里，你的确常常听到那种“完了——”的叹息，但你也会常常听到另一种声音“没完——完了——没完”，这就是现代人自由精神的重要特征。这使我想起美国现代著名作家福克纳在接受诺贝尔文学奖时所说的一段常常令我兴奋激动的话：“我拒绝接受人类的末日。……我相信人不仅能挺得住，他还能赢得胜利。人之所以不朽，不仅因为在所有的生物中只有他才能发生难以忍受的声音，而且因为他有灵魂，富于同情心、自我牺牲和忍耐的精神。诗人、作家的责任是描写这种精神。作家的天职在于使人的心灵变得高尚，使他的勇气、荣誉感、希望、自尊心、同情心、怜悯心和自我牺牲精神——这些情感正是昔日人类的光荣——复活起来，帮助他挺立起来。诗人不应该单纯地撰写人的生命的编年史，他的作品应该成为支持人、帮助他巍然挺立并取得胜利的基石和支柱。”[31]人类只要拒绝接受人类的末日，那么自由精神就不会死亡。尽管现代人类已不再相信那种廉价的理想主义和乐观主义，但人类仍然需要生存，需要维护人的尊严和人的价值，需要像人一样存在，因而自由精神，作为一种“支持人，帮助他巍然挺立并取得胜利的基石和支柱”是不朽的。

然而，在现代中国文学里，自由精神是空谷足音。或者是以哀怜为主的小人物自由，或者是过分壮烈的英雄“自由”，仍然缺少这种裹挟着自由精神、超越精神、殉道精神的逆境激情。而当前的文学艺术，谈天说地、论古道今的作品，崇羡古风、迷醉风情的作品，似是而非、清静无为的作品，怡然自得、孤芳自赏的作品，雕琢矫情、玩物丧志的作品则越来越多，似乎我们民族在烈火中涅槃的痛苦历程不值得文学艺术去表现，似乎我们脚下这片新旧交替的自由地带不值得文学去开垦，似乎人类的命运和前途不值得文学艺术去探询和追问，似乎生存在一种琐屑平庸、片面畸形的泥沼之中的人们，不值得文学艺术去超升！这原本正是产生伟大的自由文学艺术作品的时代，尽管我们希望文学艺术世界依然那么丰富多彩，但我们也呼唤自由精神在文学艺术中复活新生。

最后，我们借用尼采的一段话来作为文章的结束吧：“我们想象一下，这成长着的一代，具有如此大无畏的目光，怀抱如此雄心壮志；我们想象一下，这些屠龙之士，迈着坚定的步伐，洋溢着豪迈的冒险精神，鄙弃那种乐观主义的全部虚弱信条，但求在整体的完满中‘勇敢地生活’——那么，这种文化的自由人物，当他进行自我教育以变得严肃和畏惧之时，岂非必定渴望一种新的艺术，形而上慰藉的艺术，渴望自由，如同渴望属于他的海伦一样吗?……”㉜

注释：

①柯列根:《悲剧与悲剧精神》,引自陈瘦竹等著《论悲剧与喜剧》,上海文艺出版社,1983年,第37、50页。

②马克思:《1844年经济学-哲学手稿》,人民出版社,1972年,第120页。

③舍勒:《人在宇宙中的地位》,贵州人民出版社,1986年,第49页。

④弗洛姆:《逃避自由》,工人出版社,1986年,第9页。

⑤席勒:引自余秋雨《戏剧理论史稿》,上海文艺出版社,1983年,第424页。

⑥斯宾诺莎:《伦理学》,商务印书馆,1986年,第4页。

⑦萨特:引自《现代外国哲学》,上海社会科学出版社,1983年,第213页。

⑧卢梭:引自《从文艺复兴到19世纪资产阶级哲学家政治思想家有关人道主义人性论言论选辑》,商务印书馆,1966年,第405页。

⑨海德格尔:《存在与时间》,三联书店,1986年,第33页。

⑩黑格尔:《法哲学原理》,商务印书馆,1961年,第171页。

⑪弗洛姆:《在幻想锁链的彼岸》,湖南人民出版社,1986年,第190页。

⑫奥尼尔:《美国作家论文学》,三联书店,第247页。

⑬加缪:《文艺理论译丛》,中国文联出版公司,1986年,第407页。

⑭《马克思恩格斯全集》26卷,人民出版社,1972年,第125页。

⑮西蒙·波娃:《所有的人终有死》,引自《现代哲学》第6辑,上海社会科学出版社,1984年,第332页。

⑯阿·尼柯尔:《西欧戏剧理论》,中国戏剧出版社,1985年,第154页。

⑰⑳尼采:《悲剧的诞生》,北京 三联书店,1986年,第127、第383页。

⑱别林斯基:《希腊腊三大悲剧家研究》,中国社会科学出版社,1986年,第174页。

⑲费尔巴哈:引自《18世纪末19世纪初德国哲学》,商务印书馆,1960年,第594页。

㉑西华尔:《悲剧的形式》,引自陈瘦竹等著《论悲剧与喜剧》,上海文艺出版社,1983年,第52页。

㉒彼德罗夫斯基:《普通心理学》,人民教育出版社,1979年,第410页。

㉓黑格尔:《历史哲学》,三联书店,1962年,第62页。

㉔《马克思恩格斯通讯集》第1卷,人民出版社,1972年,第9页。

㉕《马克思恩格斯全集》第3卷,人民出版社,1972年,第515页。

㉖马斯洛:《走向存在的心理学》,云南人民出版社,1987 年,第 6 页。

㉗朱光潜:《悲剧心理学》,人民文学出版社,1983 年,第 96 页。

㉘黑格尔:《美学》第 1 卷,商务印书馆,1984 年,第 227 页。

㉙阿瑟·米勒:《推销员之死》,引自《外国现代剧作家论剧作》,中国社会科学出版社,第 289 页。

㉚《维纳著作选》,钟韧译,上海译文出版社,1978 年,第 26 页。

㉛《美国作家论文学》,三联书店,1984 年,第 368 页。

㉜尼采:《悲剧是如何诞生的》,三联书店,1985 年,第 274 页。

[1986 年 4 月 8 日于银川]

艺术家的孤独与创造

一部人类精神史，就是杰出的思想家、哲学家、文学家的孤独史。他们的一生，都是在孤独中度过的。他们的奇迹，都是在孤独中创造的。这一普遍而又富有世界性的哲学现象，深刻地启示着我们去探索他们的孤独与创造之间的哲学联系。

心理学的研究表明，在一般的社会交往中，人们总是强烈地倾向于喜欢和自己相似的人，“异端”则因缺少相似性而受排斥。创新意识与独创性是哲人们受排斥和孤独的主要原因。正是创新意识使得他们不得不有异于众人，有异于既成的文化传统，这样，他的受排斥、他的孤独是必不可免的。由于创造就是探索前人所未尝涉足的问题，发现前人所未尝发现的真理。因此，哲人的创造性也就带来了他的超前意识。而由于超前，社会和大众也就越加排斥他，他也就越是孤独。在现实的世界里，没有人可以跟他交谈，没有人能理解他。人们往往只能理解现实存在的东西，任何新的创造都是超前的，因而也往往不被理解；超前性越强，不被理解就越深。这就是许多伟大的文学家哲学家以及他们的创造成果往往只有后世人才能作出公正评价的原因。在这个意义上说，越是伟大的文学家、哲学家往往越孤独，平庸的人是不孤独或较少孤独的。

马斯洛认为，“自我实现倾向于做个与众不同的人，因为他们受多心世界指导”。弗里德曼在《社会心理学》一书中指出：没有独立性和自我意识的人甚至会违背常识性的真理，去迎合群体的谬误，更不用说有什么创造性的成果。“从众者有感觉卑下的倾向，缺乏能力，缺乏自信，同时还对自己的特性与人格缺少良好的判断”，“从众者有顾到别人而疏忽自己的倾向”。合群导致自我意识和独立性的丧失，而自我意识的丧失又进一步强化了合群的倾向。合群的人因为自我意识的缺乏而不能确定自己的行为和情感。因而往往依赖于社会对此确定或矫正自己的行为或情感。缺少自我意识而合群，合群而更加缺少自我意识，这种恶性循环的意识，是常人所难以逃脱的魔圈。一些文学家、哲学家、思想家却从魔圈里逃脱出来了。他们付出的代价是极度的孤独。他们不得不与“从众行为”进行激烈的斗争。如果说，从众的真正意义是个人向团体压力让步，并与群体的判断、信仰与行为相契合，那么，这些哲人常常不得不坚持自己的独立，坚持与群体的不一致，因为创新意识告诉他，过分的从众不啻丧失创造性，而缺乏创造性则无疑自绝于一切科学的伟大事业。一个所思、所感与常人无异的人，怎么会在他的笔下流出刷新人类灵魂的崭新文字？如果帕斯卡尔放弃“无限的探求”，怎么会有诗意思维的结晶——《思想录》的旷世？萨特如果是改变了他的“冲突性”的人格，怎么会有鸿篇巨制问世？如果梵高在家人和社会的压力面前不是义无反顾，置身漂游，怎么会给欧洲绘画史带来革命？

常人是害怕孤独的，是没有勇气独立的。常人的最高理想是做一个四平八稳的“乡愿”。他们考虑的是：我的行动和思想符合大众的要求吗？我有什么出格的地方吗？一般人在童年或少年时，只知“发乎情”，不知“止乎礼义”。年龄一大则学会了“伪饰”，学会以外在的“规范”来抑制感性的冲动，并美其名曰“成熟”。天才人物的伟大就在于，他的个性气质是不可改变的。面临要么被群体排斥而孤独地创造，要么被俗人拥抱而自己也流为庸俗之辈的两难困境，哲人们毅然地选择了前者。科学必须创新，创新难免孤军奋战，这个逻辑真有些令人亦喜亦悲。在某种意义上说，伟大哲人的孤独是自取的，因为他们不肯改变个性，改变个性的痛苦要远远大于孤独的痛苦。许多哲人都自愿地选择了孤独。可见，孤独使人面对自身，孤独的氛围是自我反思的最佳氛围。但孤独的真正深刻的意义在于：只有在孤独中才有精神自由。孤独为哲人们提供了自我观照与发展个性的最佳环境。因此，哲人因其特殊的个性而导致了孤独，又因其孤独而强化了特殊的个性。

一般来说，自我意识愈强、个性愈突出，他们的创造也就愈出现奇迹。卡夫卡、艾略特是孤独的探索者；梵高是在孤独的探索中发现了对大自然特别是对阳光的特殊艺术感受的；还有卢梭、伏尔泰、施莱格尔、叔本华、弗洛伊德、陀思妥耶夫斯基、克尔凯格尔、马塞尔、布洛赫、弗洛姆等大师的哲人风格，是与他们在孤独中炼就并强化的自我意识是一致的。凡此种种，都说明哲人孤独是不可避免的，是他们的创新意识、超前意识、自我意识的必然产物。也是所有这些人格特征的必要前提。

孤独只是一种生存方式和生存状态，而孤独感则是内心的体验。一个远离人群而独处的人不一定有孤独感，孤岛中的鲁滨逊够远离人群了吧，但他似乎感到并不孤独。我们通常所说的孤独，常常包含两层意义，一是就生活方式而言，一是就内心体验而说。前者是外在的孤独，是旁人眼中的孤独；后者是内在的孤独（亦称孤独感），是对孤独的内心情绪体验。于是就出现了相反相成的两种情况：离群索居却怡然自得；跻身群体反寂寞难耐。拜伦可以作为后者的代表。成名后的拜伦频频出入于伦敦社交界，诗才与容貌更使贵族妇女们纷纷拜倒在他的脚下。但拜伦仍是孤独的，这是一种内在的孤独体验，是由精神上的优势所带来的难以沟通的痛苦。这种现象有似于心理学上讲的“权宜的从众”（又称“敷衍”）：表面上与群体保持契合、合群，但骨子里却与众人格格不入，保持自己的独立和追求。这种情况是常见的，文学家哲学家有时屈服于外在的各种压力，并不公开宣称自己的独立，但其内心却依然有强烈的自我意识和寂寞之感。这就造成了表面上的合群与实质上的孤独的矛盾。所以，孤独感的产生依赖于渴望理解与沟通的强烈和这个渴望不能实现的矛盾。只有害怕孤独的人才有孤独感。在心理学家看来，这是一种心理的失衡，是两种动机的冲突产生的痛苦。如果结合人生观看，心理的失衡产生于：使他的人生理想得不到实现和肯定，而又不能转向为己的人生标准或放弃自己的个性追求以与流俗合而为一。失去了价值观念的稳定，必定产生内在心理平衡的丧失。这种失衡的情绪表现，则是孤独感的产生。哲人正是这样的一批孤独者。哲人的悲剧不仅在于他们背弃于同类，还在于他们不能抛弃同类。博大无私的爱是哲学家文学家的最大财富，也是他们的最大特征之一。爱，使他们有合群的强烈倾向，有与人类沟通心灵、交流感情的强烈愿望。孤独并不是他们之所愿，他们是需要理解的。正因为可以理解，所以存在着人类共同的精神，所以人类历史得以延续和发展，所以理解乃是进入人类世界的过程。德国19世纪哲学家狄尔泰在描绘了人类的孤独之后，接着就论述了对于理解的思考。他认为，如果没有理解，便不能构成人类历史，精神世界便是荒芜的，便谈不上生活的可能性，表达与意义皆不复存在。可以说，理解是对于生活的再创造，它使人类沟通的表达具有了意义，使精神世界成为一体，使历史成为现实，使人成为人类，使生活成为永恒。“生活需要理解，理解啊，生活的人们!”这是狄尔泰对世界的呼喊。可见，痛苦的呻吟足以说明无人理解是何等的难以忍受！爱人类，希求与人类融为一体而又不得不独自咀嚼孤独的痛苦，这不正是历代哲学家文学家的最大悲剧吗？先哲的一腔热血与激情就因无人理解而默默地、永远地带进坟墓吗？

法国著名哲学家帕斯卡尔一生都在不断追求，所以他就越是不被人理解，这种不安分就越是体现出一种力求彻底、追求无限的精神，他力求超越自己的局限而达到无限。正是在面对无限时感到了自己的有限、自己的孤独与恐惧。正是孤独，所以无人理解，所以探索的冲动才加倍地强烈。一个没有探索精神的人是不可能成为哲学家和文学家的。越是孤独，就越是探索，心里过于宁静的人，同样也不会有探索的冲动。人的需要越是得不到满足，往往就变得越加强烈，需要产生的动机也就越不可抑制。可见，满怀激情而又郁积未发的心理状态是探索的最佳状态，孤独感正是这样一种状态。

思想家、哲学家、文学家是太爱人类而反被人类抛弃的，法国作家罗曼·罗兰说过：“谁热爱人类，谁在必要的时候就一定要同人类作斗争。”当然，这里有两个说明。首先，这里说的人类只是某个特定的时代、特定范围内的人类，人类从最终的意义上说是能理解伟大的作家的，会承认作家是自己的优秀儿女。作家最终都是孤独的，因为后人会理解他。反过来，作家为了对得起未来的人类、觉悟了的人类，往往与当时的人类进行斗争，这是为人类服务的更好的方法。“与人类作斗争”，只有从这个意义上理解才是全面的、深刻的。艺术绝不是人类的敌人，他与人类斗争是为了唤起人类，给人类以自由的心灵。索伦·克尔凯格尔正是为了丹麦劳动民众的觉醒，才那么深刻沉痛地揭出他们的病根。而且一旦哲学家、文学家确立了为人类的最终觉醒、为未来的人类写作的纲领，他就会大大加强对孤独的忍耐力，他会甘于暂时的寂寞与不被理解，会超越短暂的尘世考虑与得失之忧，而给人类留下丰富的精神财产。

我们把孤独作为一种特殊的审美心理状态来考察，就会发现：这种心态与心理学上讲的“沉思”状态相似。“沉思”，是意识进入异常状态的一种心境。它的特征是：意识主体排除了来自外界及内心的各种干扰，专注于特定的对象，从而在对象身上发现平时发现不了的深刻意蕴。克雷奇等主编的《心理学纲要》中说：“东方有一种典型的比喻，把精神比作山间的湖水，水面经常受强风的激动，观察者自我向湖里看去。只见撞击着的波浪。如果风平浪静下来，因而湖面静止不动，观察者就会看到那环绕着湖水的高耸山脉的映像以及隐藏在湖下面的任何珍宝。风代表着那些不让我们真正了解我们自己和周围世界的经久不变的欲望和思想。按照这种类比，沉思是学会平息精神激动的一种方法，以便能知觉到现实和人的较微妙、较宝贵的方面。”平息激动，就是让心静如镜，虚以待物，排除各种外界的、内心的干扰，从而悟出深刻的哲理。孤独心态如果说并不即是沉思状态，也是有助于进入这种状态的最佳预备心态。

我以为可以从审美视角的方面加以考察。克雷奇等人还认为，“沉思”状态“试图通过长时间把注意力集中于单一事物，来训练沉思者形成一个总焦点或心理单一针对点，在我们的正常意识状态中，这种集中几乎是不可能的，因为思维和情感是自发地不断从一个事物转移到另一个事物上去”。“外部世界一切知觉不是通过强迫驱逐而是通过集中注意所向往的事物，而暂时从意识中排除出去。同样的，所有内部心理活动停止了，但是无任何特别内容的纯意识和明净感依然存在。”而孤独正是有助于这种意识的形成。当我们面向烦乱的世界时，各种信息刺激着我们的感官，各种杂念纷扰我们的心智，以致不可能形成稳定的审美视角，指向我们的感觉和思维不能不走马观花式地从一个对象跳到另一个对象，从而不可能把某一特定对象从纷繁的背景中孤立出来加以观赏。而当我们进入孤独之境时，各种刺激和杂念从脑海里悄然隐退，对象孤立出来了，并显现出平时不可见的深刻意蕴和诗意情调。同时，孤独还有借助于把主体从实用功利的眼光中解脱出来，进入审美状态，这就有可能专注于对象的美。实用功利是一种最大的不自由，是日常生活加诸于主体身上的最大束缚，但一旦进入孤寂状态，一种新的环境、氛围有助于主体进入心灵的自由境界。

人类是什么时候走出自然界并返身把自然界当做自己生存的环境来看待？只有当你孤身独处时，外界对内心的干扰消除了，实用功利的束缚解除了，你的心灵已向整个宇宙敞开，如果说你在使用观念的支配下进入百货商店时，你就会发现各种商品的奇异的美。在孤独的心态状况下，各种纷繁的杂念再不来打扰你，你可以天马行空地驰骋你的想象，你的心灵是自由的，你再也不被暂时性的实用念头支配，从而进入宇宙和人生活的最深之沉思。沉默，如果你认为它是一种表达，你就承认了有一种不可言之说。事实上，沉默本身就是一种不可言说的表达，常常比说具有更大的表现力。当一个人于子夜进入心灵的自由境界，大片大片的星群被他摄入眼帘。一切骚扰都停止了，杂念消退了，他面对的正是永恒宇宙和生命的最高启示。

人生活在现实世界中有两种孤独，一种是表层的外在的孤独，一种是深层的内在的孤独。《孟子·梁惠王下》有云：“幼儿无父曰孤，老而无子曰独。”推而广之，命运坎坷、离群索居、漂泊他乡等一般情况下，所感到的孤独属于表层的外在的孤独感，它是机缘的、具体的。一旦人非物换、时过境迁，就有可能消除。而文化的熏陶、社会环境的影响和经历的磨炼，加上你先天的气质，形成一种独特的个性，这种独特的个性常常使你得不到老人的理解，因而内心产生难以排遣的孤独感。这种孤独一旦产生，就难以消除，即使身处人海之中或沉湎于儿女之情及陶醉于荣誉之时，也不减分毫，只有忘我于文学艺术的、哲学的情思创造之中，才能有所解脱。这是一种深层的内在孤独。但是，如果说从人与人之间的冷漠关系中摆脱出来，只是对人的社会性孤独的超越，那么，人还有一种孤独，即宇宙性的孤独。人作为社会的一员，如果被社会所遗弃，就会像一个孤儿那样感到孤独。但这时他还可以走到自然宇宙中去，因为在一个孤独者的眼中，大自然特别富有人情味。当文学家、艺术家博大深沉的爱在同一类得不到肯定时，当它与人类交流感情的欲望得不到实现时，往往会产生一种泛爱的现象：爱山、爱水、爱花、爱草、爱天边的白云、爱白云下面的牛羊……贝多芬说：“世界上没有一个人像我这样爱田野。我爱一株树甚于爱一个人。”在维也纳时，贝多芬每天沿着城墙绕一个圈子。

在乡间，从黎明到黑夜，他独自在外散步，不戴帽子，冒着太阳，冒着雨。“全能的上帝！——在森林中我快乐极了！”贝多芬快乐了，他超越了痛苦和孤独。创作了《田园交响曲》《月光》等优美的对大自然的赞歌。由此可见，只要在大自然的宇宙中感受到了爱和温暖，就会很快忘却社会性的孤独。但天地浩茫，光阴似箭，宇宙是不会属于自己的。因为在整个宇宙中，地球只是那么渺小的一丁点儿；而在地球中，人的生命又是那么微不足道；在宇宙不尽的时间中，人的生命是短暂的，对这种渺小与短暂的内心体验，就是宇宙性的孤独，它集中反映在人的时空意识上。

历代先哲们都呼唤过宇宙，在他们的世界里有着深邃而广袤的宇宙意识。他们的呼唤与感叹，是一种对整个宇宙的哲理性感受，是对永恒的人生之谜的探索。这正是最为深沉的孤独意识。这种孤独意识是孤独者面对永恒的宇宙时引发的。它往往表现为主体对自身生活价值的迷惘，是人生须臾、天地无穷的浩叹。克尔凯戈尔一生都没有摆脱他的孤独意识，正是孤独才使他忧郁不安，使他避离社会众生，形影相吊地度过短暂的人生。他把周围的一切都视为对自己的威胁，唯一使他感到亲切的只有宇宙。他还不无伤感地说：“我像一棵孤独的树，兀然向上，孤身只影，只有鸟雀在枝杈上筑巢。”在天才的哲人意识里，人的生命不过像流水，转瞬即逝，永恒的只是那星星、月亮，青春不老，光照万代。这种忧患感、迷惘感、失落感和不在感，是全球性、永久性的孤独，是根本性的孤独。因为一个清醒的人总不免要感到天地的无边与个人的渺小，时间的不尽与生命的短暂。当然，他们的孤独感是以对自然宇宙、对生命的热爱为前提的。他们往往不去追随理性之神的欢乐的队伍，像太阳升起在天空，却偏偏从大地的下面喷出浓密的烟尘，预示着生命在运动中枯竭、委顿，让可言说的光照总是坠落在不可言说的黑暗之中，宣告一个世纪的结束，一个世纪只好重新开始……

一个对宇宙和生命麻木不仁的人，绝不会有执着的追求与空灵敏感的诗心。一个人越是热爱大自然和生命，就越是感到人生之短暂，人对大自然之美的享用能有几时呢？一个人只有在孤独的时候才能达到精神之超越与灵魂之自由。深刻的孤独者，不会满足于对现实世界的思考。他必须站在更高的层次上感受人生与宇宙，与彼岸对话。而这正是伟大的先哲们所以孤独的原因之一，因为这彼岸世界绝非常人所能进入，也是哲人为了精神的自由不希望别人进入的。自由来自孤独，孤独便是对短暂狭小的失控束缚的超越。

现代人是孤独的，现代工业的飞速发展，给人们带来了精神的压抑和人格的畸形发展。人们失去了与过去那种充满人情味的自然本身的联系，被严密地编织成团体，被纳入某个区、某个单位、某个组织，人们被控制、被操纵。所有这一切，逐渐剥夺了人的选择权利，抹杀了人的创造性，造成人们相互间冷漠甚至敌视隔离。正如美国心理学家奥尔波特所说的：“在一个加速理性化的、彻底系统化的社会中，我们都被标上号码了——这是毫不夸张的。用计算机号码，来证明你的存在。”在人类社会中，人们感到自我被压缩的越来越小，以至于无。孤独感能够产生巨大的创造力。表层的外在的孤独感相信终究有一天能够解脱。然而，对于那种广大、深远、具有历史感和具有根本的永恒的哲学意义的孤独感，我们应该给予最大的敬佩。因为它可以把人类引向高尚的境界。

［1987 年 3 月 19 日于银川］

文艺创作摭论

一

善于运用语言艺术来进行人物造型，是作家的基本素质。19世纪俄罗斯戏剧大师奥斯特罗夫斯基认为：“塑造典型的第一个必要的艺术条件便是忠实地给予典型人物的传达方式，就是说，他的语言甚至口语的癖性。”当作家们获得了生活素材，进入了艺术构思与创作的时候，语言无疑是“第一个”至关重要的条件。只有用丰富多彩的文学语言来塑造人物，人物才能迸发出生命的火花。

我们说，音乐是讲究音响和旋律并以此来抒发感情，陈述故事，塑造人物和表达主题的；美术讲究色彩和线条，文学则是语言的艺术。没有语言，就没有文学。用什么样的文学样式写作，就要用什么样的文学语言来表现。就同一类文学作品来说，所表现的生活内容、思想感情、风土人情、人物性格不同，所运用的语言风格也就不同。戏剧语言大师莎士比亚的作品一般来说都有他自己的语言风格，但写不同类型的作品时，所采用的语言也是不同的。同样是剧本，《罗密欧与朱丽叶》与《威尼斯商人》所运用的语言就大不相同。道理很简单，反映不同性质的矛盾冲突，需要不同的艺术手法；不同的艺术手法，就需要不同的文学语言来描绘和表现。

一般来说，文学作品的语言是否具有鲜明的个性特征，是否有强烈的艺术感染力，这是构成作品有无艺术生命力的基本要素之一。在锤炼艺术语言方面，许多艺术大师给我们作出了榜样。长篇小说《三家巷》里的林开泰在作品中的一言一语，都十足地表现出了他那恶少的架势和神态。“这只表……有人出过八十块钱，我都没卖给他。你们知道吗？当初，一个英国人把它送给一个美国情妇，那美国的鬼婆把它送给一个法兰西的小伙子，那法国的年轻人娶了一个葡萄牙姑娘之后，不久……”这些话只能出自林开泰之口，是他特定的恶少身份，及其空虚卑下的精神状态的直接产物。长篇历史小说《李自成》中的尚炯在面见牛金星谈心时说：“常言道，‘无欲则刚’。弟在人前一不求官，二不求名，三不求利，何必违背自己良心，说些假话？”只有一生磊落，一心协助闯王李自成打江山的尚神仙，才能在此时此地说出这样的话来。以上例证说明，在一部文学作品中，不论你描写的是正面人物还是反面人物，作家如果不选择、提炼出准确恰当的语言来表现，那就很难创造出典型环境中的典型人物来。

在现实生活中，人们都在不同的环境中生活，说话、发议论，无不带有自己的个性特征。表现在文学作品中的这种个性特征，给读者的印象必须是实际生活中“熟悉的陌生人”的个性特征。否则，读者不相信你所描绘的事物、艺术典型。但是，我们有些文学作品的人物语言，却往往以“概括”掩盖了个性，以社会上流行的“普通话”模糊了性格的差异，以作者个人的身份、口气冲淡了作品中人物的身份、思想、性格等。还有些文学作品的语言矫揉造作，烦琐冗长，一连串的形容字眼，弄得读者既疲劳又难辨别。契诃夫曾在致高尔基的信中批评过这种现象，并打了一个精辟的比喻。他说：“如果我写‘这个人坐在草地上’，这就容易懂，因为它清清楚楚，不妨碍注意力。要是我写‘一个高高的、窄胸脯的、身量中等的、留着棕色胡子的人，坐在绿色的、已经被行人用脚践踏过的草地上，一声不响地、心虚地、战战兢兢地往四下里看’，那就相反，这句话变得不好懂，使脑筋感到吃力。它不能一下子进入人的脑筋，小说却必须一下子，在一秒钟里，印进人的脑筋。”契诃夫的这个形象的比喻，应该成为我们在文学创作中如何把握运用语言的一面镜子。

在文学创作中，人物语言必须具有鲜明的个性特征和艺术魅力。但是，要达到这种高度熟悉的程度，就要下苦功学习语言。这是古今中外艺术大师们经验的总结。他们诚恳地告诫后人，要“使人们相信你所描写的故事是真实的”，要达到“企图所要达到的目的”（亚里士多德语），你必须要“熟悉各阶层人物的语言，然后创作才能有成功的希望”（小泉八云《论创作》）。据说萨克雷掌握的语汇有五千个左右，拜伦、雪莱掌握的有八九千个语汇，而莎士比亚使用的语汇竟达一万六千之多。可见，掌握和善于运用丰富、生动、优美、富有个性特征的语言来塑造人物，已经成为作家成功的一个秘诀。不然的话，奥斯特罗夫斯基也不会把语言说成是创造典型形象的“第一个”艺术条件。

二

文艺作品要创造简洁，枝蔓不繁。契诃夫的作品既没有直接描写俄罗斯黑暗的官场内幕，甚至也没有写将军的举动是那么的暴虐，但是，社会存在决定着人们的心理、精神，切尔维亚科夫一系列不寒而栗、卑躬屈膝、令人发笑的行动，却像三棱镜一样，折射出了时代的面影，从中我们窥见了沙皇反动统治者暴戾恣肆、专横跋扈、鱼肉百姓的反动本质，窥见了下层小官员卑微怯懦、胆小怕事、苟安求生的庸俗灵魂，更强烈地感受到 19 世纪末叶俄罗斯反动的社会势力造成的人与人的畸形关系。

人物行动的描写，有时要间以人物语言的配合。如《三国演义》第 42 回，赵云在长坂坡突重围救出阿斗，在路边树下见到刘备，送上正在怀中安睡的小儿，“玄德接过，掷之于地曰：‘为汝这孺子，几损我一员大将！’”这里行动有行动之妙，话语有话语之用。行动是突出的，显示的是轻视自己的孺子；话语是亲切的，表现的是对忠勇将军的珍爱。

写动作，最难之处是写出行动的精确性，即使大体相似的行动，也因人的性格特点不同而不同。我们有时在一般平铺直叙的作品中，看到的常常是这样的行动，如某某“笑着说”，“大声地说”，“激动地说”，“高兴地说”，等等，然而，实际上除了“说”之外，并没有显示出别的特点来。而真正的文学大师就不是这样。

契诃夫善于从人物的性格出发，敏锐而精确地捕捉人物行动中最独特、最典型的部分，展开充分的刻画，以显示出人物性格最本质的东西。同是单纯无邪，坠入苦海，而又不堪忍受的苦孩子，在万卡和瓦尔卡（《瞌睡》）的具体行动上，就有着完全不同的表现。万卡以偷偷给爷爷写信的方式诉说当学徒之痛苦，表达对自由的憧憬。13 岁的瓦尔卡白天疲于奔命，服务于东家，夜阑人静，哄着娃娃不能寐。她瞌睡难忍，只好掐死摇篮中的孩子，“赶快地往地板上一躺，高兴得笑起来，因为她能睡了”。这两种互不雷同的行动，都极切合人物的身份、经历和当时的思想感情，有着鲜明的个性特征，决不可相互更易。

契诃夫撷取人物典型的行动细节，塑造出的具有鲜明个性的艺术浮雕，有着强大的艺术生命力。另外一点就是契诃夫对人物行动的描写是灵活的，发展变化的，能准确而传神地显露人物在不同时间、地点、气氛下的精神状态。《胖子和瘦子》就是最好的例证。这里就不加详细论述了。

三

搞文学创作的人，常常遇到这样的苦恼：摊开稿纸，却不知从何处落笔，往往写了几句，感到不满意，又写，又不满意……几个小时过去了，桌上废纸一大堆，还是写不出一个好开头。真是“万事开头难”啊！

中外古今的许多作家都经常为作品的开头绞尽脑汁。北宋的苏轼，为了使《潮州韩文公庙碑》一文有个好的开头，接连写了好几十遍开头，经过反复比较和考虑，最后才选以“匹夫而为百世师，一言而为天下法”来作该文的开头，俄国的列夫·托尔斯泰在写《安娜·卡列尼娜》时，一连写了好些个开头都感到很不满意，在多次的修改中才定了“幸福的家庭都是相似的，不幸的家庭各有各的不幸”这样一个著名的开头。据说，在托尔斯泰档案馆有 15 个《战争与和平》的开头异文。前辈大师们的这种严谨的写作态度，几百年来一直被传为佳话。

一部文学作品如果没有个好的开头，一开始就会使读者看而生畏。据苏联名作家费定《早年的欢乐》改编的影片《初欢》的一开头，就能猛烈地震撼你，也会让你慑服：车站上，一个中年的工人革命家马上就要上火车——被流放到边远地区了。他的妻子玛丽亚前来送行。丈夫：“……回去替我吻吻孩子，久久地吻吻孩子。”妻子：“好，我一定替你久久地吻吻孩子……”她的声音颤抖得厉害，泪水盈眶，再也说不下去了。火车飞驰远方。玛丽亚和她的同伴——一个老布尔什维克——沉重地走到了家门。门刚推开，强烈的、撕裂人心的音乐突然爆发了，观众望去，只见那桌上摆着一具小小的棺木，下面点着一盏昏暗的油灯——孩子早已死了。但是玛丽亚却没有让丈夫知道。她还没有哭，及至老人向她低声说了一句：“是的，你学会了沉默。”这时，她再也抑制不住内心的伤痛，哇的一声，扑在孩子的尸体上号啕大哭起来……

这个开头，就像第一粒跳跃的火种，迅速地在观众心灵中炸裂，燃烧！当你在电影院坐上几分钟，你的心就会全部交给它，你也便会进入作品的艺术世界……

实际上，只要苦心思索，巧妙下笔，作品的开头是可以写得千姿百态的。有的开门见山，以直接、明快为其特点；有的含蓄蕴藉，包藏曲折隽永的内涵；有的高屋建瓴，就像把一瓶水从高楼屋脊上向下倾倒；还有的一石击水，以精警的短语或诗词作提纲挈领式的点题，宛如激起层层波澜。托尔斯泰的《战争与和平》，是用人物讲话开始的，《安娜·卡列尼娜》则是用作者的口气讲述起来；高尔基的《马尔华》的开始是写风景；哈代的《德伯家的苔丝》则用人物描写。总之，开头是各种各样的，并没有一定的限制，不同的题材可以写出不同的开头，即使同一题材的作品，出自不同风格、气质和艺术素养的作者之手，也不尽相同。大师们的妙笔所以能见运用之巧，主要是在于他们用心体察，刻意求新。怎样写好开头，日本作家小泉八云在创作时却主张可以从最感兴趣的部分开始，“不一定开始写的文句，就作为文章的起头。可以抓住事件最动人的部分开始写，即使这部分是在中间，或者在末尾，都没关系，写好之后，再将各个场面连在一起”。大师们的这些经验之谈，对我们写好开头是有不少启示和帮助的。

四

笑，在日常生活中，有时可能是喜悦的情态，有时也可能是表达愤懑、悲切的感情。反映在文艺作品中，笑是表情达意的细节描写。鲁迅曾评定果戈理的小说是“含泪的微笑”“以不可见之泪痕悲色，振其邦人”（《摩罗诗力说》）。

文艺作品中的笑，也与现实生活一样丰富多彩。鲁迅笔下的孔乙己的处境是不幸的、悲剧性的。然而，孔乙己在小酒店内外人们的哄笑中走来，又消失在哄笑声中，仿佛他的存在，只给人们一种笑料。孔乙己一到店，所有喝酒的人便都看着他笑，有的叫道：“孔乙己，你脸上又添上新伤疤了！”他不回答，对柜里说：“温两碗酒，要一碟茴香豆。”便排出九文大钱。他们又故意地高声嚷道：“你一定又偷了人家的东西了！”孔乙己睁大眼睛说，“你怎么这样凭空污人清白……”“什么清白？我前天亲眼见你偷了何家的书，吊着打。”孔乙己便涨红了脸，额上的青筋条条绽出，争辩道，“窃书不能算偷……窃书！……读书人的事，能算偷么？”接连便是难懂的话，什么“君子固穷”，什么“者乎”之类，引得众人都笑起来，店内外充满了快活的空气。鲁迅准确、具体地揭示出生活中的矛盾现象，揭示出了人物性格错综复杂的因素。

在特定的典型环境中产生的笑，能有力地表现和刻画典型人物的性格。这方面，在罗贯中的笔下表现的颇为突出。《三国演义》第 54 回中描述了曹操中了诸葛亮的计谋，一败再败三败，仍不服输。三次有声有色的笑，充实了曹操的蛮横形象。兵败乌林，“操见树木丛杂，山川险峻，乃于马上仰天大笑不止”，说：“吾不笑别人，单笑周瑜无谋，诸葛亮少智。若是吾用兵之时，预先在这里伏下一军，如之奈何？”结果笑出了个赵云，惊得几乎坠马，败走葫芦口，又“仰面大笑”，结果笑出了个张飞；逃到华容道，“马上扬鞭大笑”周瑜、诸葛亮是“无能之辈”，话声未落，关云长横刀拦住去路。这“三笑”，生动形象地刻画出曹操目中无人，骄横跋扈的一面，和这强权人物维护自己尊严而自欺欺人的另一面。写得有理有据，绘声绘影，活灵活现，栩栩逼真。

作家是这样，其他艺术家也不例外。戏剧、舞蹈演员善于从眉间刻画内心的笑；漫画家擅长用夸张的构思和简洁的线条描绘戏剧性的讽刺笑料；相声演员以幽默诙谐的双关语，马戏团的小丑用特有的手势博得听众或观众的哈哈大笑，而他们自己却不笑。笑得其所，自然生色，一经绘声，便呈异色。

五

风景描写是一种很普通的艺术手段，它的作用是交代作品中人物活动的环境，渲染气氛，烘托人物的思想感情与性格特点。因而，它不是什么装饰品，而是整个作品的有机构成部分。在世界文学史上，凡被公认的优秀小说，风景描写都是很成功的。

列夫·托尔斯泰在《战争与和平》中写安得雷看见树林边上一根老槲，又高又大又老，“它那巨大的，无衣被的，怪特的手和爪不对称地伸张着，在那含着微笑的白桦中就像立着一位年老的，顽固的怪物。只有少数看来像是死了的，常青的槲树，在森林中点缀着，而这株槲树，不高兴屈服于春天的蛊惑，不愿看见春天，也不愿看见太阳”。使安得雷觉得槲树是在表示了一种意思：它什么都过了，春天与它毫无意味。因而联想到自己的一生，也像老树似的，“一生之中不再有所企求”。只过着自己的残生罢了。等到第二次再过树林的时候，“完全变了形的老槲树垂着滋润浓绿的天幕，微微地摇动着，在斜晖中颤漾。扭曲的指头，臃肿疥结。老年性的忧悒和怀疑——什么也看不见了。从那没有枝条的，粗糙的，经过了百年星霜的树皮中，有叶子迸出，那样的滋润，那样的娇嫩，令人难以相信那上了年纪的家伙能够产生出她们”。安得雷看见之后，“突然之间来了一种难以言喻的欢悦与再生的春的情怀”。这些风景描写，使安得雷在生活中所过的美满时期全都回忆起来，于是安得雷觉得“人生三十岁是还没有过去的”，应该重新开始新的生活。

可见，成功的风景描写往往是与人物当时的思想情绪分不开。正如茅盾所说：“一段风景描写，不论写得如何动人，如果只是作家站在他自己的角度来欣赏，而不是通过人物的眼睛，从人物当时的思想情绪，写出人物对于风景的感受，那就是变成没有意义的点缀。”风景和室内布置的描写，时常被用来加强特定的气氛。在读一部小说时，也许在还没有和人物见面之前，作家就先把读者引入一个有独特风景的环境之中，使读者和出场人物缩短了感情距离，便于更贴切地来观察人物的举止笑貌，这是常有的事。我国著名作家孙犁的小说《荷花淀》中有一段写水生女人等妇女在淀中遇敌时的风景，写得很有特色。“她们牵着那不知道有几亩大小的荷花淀去，那一望无边际的密密层层的大荷叶，迎着阳光舒展开，就像铜墙铁壁一样。粉色荷花箭高高地挺出来，是监视白洋淀的哨兵吧!”在这里，女人们的心里是多么渴望整个水淀霎时变成千军万马的歼敌战场。那么“铜墙铁壁”和“哨兵”的幻觉正是她们的心声。

不论在托尔斯泰的笔下还是在孙犁的笔下，自然景色的描写，都是为了表现人物的思想感情和性格特点。其实，何止写人物呢？孙犁就说过：“各种事物都有它的极致。虎啸深山，鱼游潭底，驼走大漠，雁击长空，这就是他们的极致。这是形色神态和环境的自然结合的相互发挥，这就是景物一体。典型环境中的典型性格，也可以从这个角度来理解吧，这也是艺术上不容易遇到的一种境界。”这些话是深得艺术“情致”的。总之，风景描写是文学作品中的一个重要组成部分，我们应当避免那些浮泛的、艺术作用不大的描写。它能展示的画面应当让人物性格更加鲜明，让情节发展更加自然，并充分反映出人物之间内在的、本质的、必然的联系。就像契诃夫所说的那样，“风景描写只有在适当的时候，在它能……像音乐或音乐伴奏的朗诵那样向读者传达这样那样的心情的时候，才合适，才不至于把局面弄糟。”②愿我们文学作品中的风景描写也能够像古代诗篇一样，既悦人以景，又感人以情，做到“思与境偕”，又服人以理，发人遐思，达到“心与理合”。

六

眼睛——心灵的窗户。英国著名女作家夏绿蒂·勃朗特说：“灵魂在眼睛中有一个解释者，时常是无意的但却是忠实的解释者。”托尔斯泰和鲁迅都是“画眼睛”的高手。

也有一些人对“画手”很感兴趣。美国女摄影家伊·阿诺德的名作《出生后的第一个五分钟》，在西方报刊上发表欢数之多，打破了单幅照片的采用纪录。这幅照片画面极为简单，只有母亲和婴儿的两只手，但大手接触小手所构成的语言和所表达的情感，又是何等的丰富！

奥地利作家斯蒂芬·茨威格的中篇小说《一个女人一生中的二十四小时》，可称得上是“画手”的名篇。这位观察细微的作家是这样描与一个青年赌徒的手的：一旦接触他人押下的金钱，“像是受到炮弹震撼，痉挛虬结的筋肉顿时松懈，抖抖索索的手指一齐张开了”；当处在忽败忽胜的境界中，“根根筋肉如像喷泉，一时突起一对降落，塑雕式地表现出情绪回荡的节奏”；在遭遇失败，而又不甘失败之时，“那两只手作出一个分外惊人的动作，它们猛跳向半空，仿佛要抓住一件看不见的东西，随即跌落下来……忽地一下又活转过来……像野猫一般在身上爬来爬去，忽上忽下，忽左忽右，神经发作地蹿遍了所有的衣袋，想在什么地方发现一个被遗忘的金币”。这是何等精彩的传神之笔！这岂止是一只手，简直是一个丑陋的灵魂！通过手的表现，使读者已经看见了赌徒可憎面目，从而去揣度赌徒的心理和性格。

由此可见，在文学作品中表现人物的心理活动上，眼和手都具有各自的妙处。眼的一扑一闪，尤可传神；手的一曲一伸，也恰能达意。一双眼睛能蕴含人物心中的千言万语，十个手指，也无不牵扯着人物思维的每根神经。恰当地使用“画眼睛”与“画手”的方法，来侧面描写人物的心理活动，往往比正面地描叙或一任人物尽情地表白更简练、更含蓄、更丰富，使读者循着作品中人物的眼、手等动作，烛微探幽，去把握人物的性格特征。问题在于如何表现，怎样表现得富于特点，因为“在艺术中，有‘性格’的作品，才算是美的”。

七

20世纪之初，被誉为“现代舞蹈之母”的美国女舞蹈艺术家邓肯，以其新颖自然而象征色彩极浓的舞蹈风靡整个欧洲大陆。她冲决僵化的舞蹈语汇，淋漓尽致地表达内心感情的灵性，勇于创新。她说：“我们的舞蹈动作是从大自然的源泉中得来的……我尽可能把赋予整个自然以美和生命的那种森严的永恒性，吸收到自己的舞蹈中来。”在外师造化的同时，她还着魔般地借鉴其他艺术：留恋于法国罗浮宫的绘画、雕塑模仿古画上的人物，琢磨舞蹈动作；潜心于书海之中，几乎读完了巴尔扎克的九十多部作品，研究古希腊花瓶上的图案，揣摩罗丹的作品，从那里寻找失去的舞蹈语言……她的舞蹈表演被人们赞美为维纳斯再世。

法国雕塑家罗丹，在观看邓肯的舞蹈时，眼里闪出异彩，迅速取出黏土，捕捉邓肯的舞态，并且还为邓肯画了多幅舞蹈速写。为此，罗丹与邓肯结下了忘我之交，并感慨地说："她的艺术对我的工作所起的影响，大于过去我所感受到的任何灵感。"

钢琴家傅聪擅长演奏19世纪波兰"钢琴诗人"肖邦的作品，尤其是那些乡愁如织，柔情似水，佳期如梦，略带几份淡淡的哀愁的乐曲更为得心应手，具有独特的东方色彩和意境，轰动了国际乐坛。据他本人说，他自幼迷恋唐诗宋词，这种艺术熏陶，使他对西方古典音乐大师的作品，别具一格地赋予了中国式的理解，演奏时富有诗一般的神韵，充分再现了作曲家旋律所创造的境界。

艺术，具有净化人的灵魂，陶冶人的情操的功能，这是共性。但是各自又独具个性，有着自己的规律。然而艺术之间并不相互排斥，而是相互连在一起的，和谐地凝成了五彩缤纷的艺术大家庭。邓肯、罗丹、傅聪等名家的实践，不正说明了艺术之间是相互印证，相互呼应，相互渗透，相互补充么？大凡有所建树的艺术大家，均是善于借鉴各种艺术，勇于汲取其精华，使之熔为一炉，他们是集各类艺术于一身的高手，这也是之所以能攀上艺术高峰的一个重要因素。

八

文艺创作，贵在创新。艺术上的独特创造是文艺作品生命的活力，发光的火种。如果文艺作品中没有创造出新东西，它就失去了艺术的生命力。

宋人欧阳修曾说："诗家虽率意，而造语亦难。着意新语工，得前人所未道者，斯为善也。"在中外文艺史上，凡流传千古，脍炙人口的佳作，无不具有推陈出新、独特创造的特征。我国浩如烟海的唐诗中，该有多少是写送别朋友这一题材的，但就是这一平常的题材，在我们一些大诗人的笔下，却能生花吐玉，另创新境，各臻其妙。王维的"杨柳渡头行客稀，罟师荡桨向临圻。唯有相思似春色，江南江北送君归弦"《送沈子归江东》)。想象奇特，委婉缠绵，竟把相思之情赋予了大自然无涯的春色。李白的"李白乘舟将欲行，忽闻岸上踏歌声。桃花潭水深千尺，不及汪伦送我情"（《赠汪伦》)。寓情于物，情深谊长，连那桃花潭水也不及友人的深情厚谊。王昌龄的"寒雨连江夜入吴，平明送客楚山孤。洛阳亲友如相问，一片冰心在玉壶"（《芙蓉楼送辛渐》)。比喻新颖，真切自然，坦露出一颗多么晶澈纯净的心灵。岑参的"轮台东门送君去，去时雪满天山路。山回路转不见君，雪上空留马行处"（《白雪歌送武判官归京》)。则是意境壮阔，含蓄深邃，令人回味无穷。这些诗读来美妙清新，叫人心醉神往，就在于他们"意新语工"，能去陈俗，出新意，虽写同一题材，却给人以新鲜之感。这样的优秀之作，其艺术魅力是强烈的，千百年来，美的光辉不灭。

法国大雕刻家罗丹说过："拙劣的艺术家永远戴着别人的眼镜。"列夫·托尔斯泰说："从诗中来的诗不可能感染人们。"《修辞通鉴》中说："作诗最忌蹈袭"，"随人作诗终后人"。古今中外的大师对文艺创作都提倡有胆有识，勇于创新，反对坠入窠臼，因袭前人。因袭模仿、剽窃雷同是文学创作的大敌，缺乏独创的作品犹如无源之水，无本之木，是没有生命力的。它只能把创作引入令人窒息的死胡同。巴尔扎克说："第一个形容女人像花的聪明，第二个再这样形容的是傻子。"这"第一个"正是一切文艺家应毕生努力追求的。

新，首先来自作家对生活深刻的观察，创新的前提是作家真切的体验。在此基础上，才能有自己独特的感受和新的发现。上举唐代诗人如果没有那种强烈真切的感受，是无法提炼出那样好的作品的。一个真正的艺术家应该按照他亲身经历或深刻的感受去写，而不是按照书本或别人教他的那样去写，“文，心学也。心当有余于文，不可使文余于心”（《诗概》）。我们千万不可使自己作品的表现多于自己的感受。

这里提出了文艺创新从何入手的问题。有人讲，首先要选好题材；题材新，才能使文艺作品创作出新的境界。我以为除此之外，创新更应着眼于思想内容的创新，善于发现别人所未想，别人所未见的东西。只有创作出新的艺术形象来，才能永远活在读者的心里。

九

明代画家石涛有一句名言：“搜尽奇峰打草稿。”他是一个山水画家，要使自己的山水画画得奇伟壮丽，不认真探奥搜奇，那是办不到的。

在文学艺术创作上，最忌讳平淡无奇，艺术需要强烈，强烈与平淡是格格不入的。因此，自古以来，文学家、艺术家们都十分注意避免一个“平”字，而煞费苦心地在“奇”字上下工夫。

屈原的长诗《离骚》，高远神妙，奇伟瑰丽。他上天入地，探奥搜奇，在人们面前展现出一个美丽神秘、碧海蓝天的境界，虽神灵鬼魅到处游荡，但并不使人感到他们有什么威严，倒是觉得屈原在骑龙使鸟，叱咤风云神怪，咒骂天地不仁……从而给读者以强烈的艺术感染力。在古典戏剧、小说中，都是重视奇特的情节。汤显祖的《牡丹亭》（“还魂记”）里的柳梦梅和杜丽娘的恋爱故事就很“离奇”。至于小说《西游记》的情节，那简直是奇中之奇了。为了满足读者和观众的好奇心理，后来一些文学艺术家干脆把小说、戏剧称为“传奇”，例如《今古奇观》《拍案惊奇》等。现当代的一些优秀作品，也总是以它不同凡响的思想、情节，引人入胜；《狂人日记》《阿Q正传》《女神》等，都具有奇特的吸引力。

“用笔不灵看燕舞，行文无序赏花开。”我们的作家艺术家要使自己的作品摆脱一般化、模式化，避免平庸呆板，就得探索事物的奥秘，展开幻想的翅膀。奇特是幻想的结果，幻想是以生活为基础的。从丰富的生活出发，引起奇妙的幻想，才能创作出奇伟的作品。相传，屈原在流放期间，看到神庙的壁画龙飞凤舞，心有所得，引起了幻想，才写下了天文地理、博物神话、无所不涉、奇伟瑰丽、高远神妙、发人深思的《天问》。我们常常看到这种情形，盛产某种物品的地区，如果艺术家把那种物品表现于艺术品中，必定有过精彩之处。这就叫做“耳濡目染，熟能生巧。”

“但肯寻诗便有诗，灵犀一点是吾师。夕阳芳草寻常物，解用却为绝妙词。”袁枚这首诗，形象深刻地说明了生活是引起幻想、产生灵感的基础，从平淡中求得奇异，是把奇特建立在现实的社会生活基础上，决不能脱离社会生活，一味追求神奇。

十

在文艺创作中，究竟有没有灵感存在？列宁在谈到民间文学的时候曾说，作家可以从民歌中“吸取创作的灵感”（《列宁论民间文学》），回答显然是肯定的。那么，灵感又是如何产生的呢？苏联著名作家巴乌斯托夫斯基曾经说，灵感“有时需要刺激”，有时候是“一次邂逅、一句记在心中的话、梦、远方传来的声音、一滴水珠里的阳光或者船头的一声汽笛……这种刺激”（《金蔷薇》）。正是由于这种刺激，使作家突然来了灵感，产生了强烈的创作欲望。

法国著名作家罗曼·罗兰24岁那年，有一次登上罗马郊外的霞尼古勒山，俯瞰夕阳照耀的罗马城，仰观满天绚丽的彩霞。就在这一刹那，这位富于“灵感”的年轻人，仿佛瞥见了克利斯朵夫这个人物从地平线上涌现出来，额头先出土，接着是眼睛及身体的部分，他的面影虽不很清晰，但是罗兰却觉得像贝多芬，又像自己，再凝神细看，又不完全像……后来，作者在《回忆录》中说：“就在这儿，《约翰·克利斯朵夫》开始孕育。”法国当代著名作家约翰·福尔斯，一次在海边散步，远远地看见一个年轻女人站在荒凉的码头上，孤单单地眺望大海，于是他的“灵感”一来，马上创作出了轰动一时的《法国上尉的情人》。

灵感——是“刺激”的爆发点。

那么，什么是文艺创作的灵感呢？我们说，作家、艺术家在创作过程中，常有“神来”之笔，这种“神来”绝不像柏拉图所说的什么“神灵凭附”；而是平时的苦心经营，功夫所到，自然水到渠成；也是经过千锤百炼之后，熟能生巧，所必会产生触类旁通。俄国著名画家列宾说，所谓灵感，“不过是顽强地劳动而获得的奖赏”。德国大诗人海涅深有感触地说：“人们在那儿高谈阔论着天启和灵感之类的东西，而我却像首饰匠打金锁链那样地精心劳动着，把一个个小环非常合适地连接起来”（《西方古典作家谈文艺创作》）。可见，灵感就是创作活动中的辛勤劳动。《约翰·克利斯朵夫》的诞生，就是作者22年艰苦劳动的产物。作者先是进行构思，勾勒轮廓，积累笔记，然后又逐步写出全稿，使这部“音乐小说”成为当代欧洲最有影响的作品之一。

罗曼·罗兰之所以能创作出不朽的具有世界影响力的伟大作品，当然并非单靠霞尼古勒山观赏夕阳所生发的灵感，那一刹那间的“灵感”的迸发，只不过是标志着作品的胚胎已在作者胸中获得生命，并逐渐成长而已。如果作者没有企图写一部以法国16世纪宗教战争为题材的“心理史”的计划准备，没有深厚的生活基础、丰富的生活素材、长时间的构思和孕育，恐怕再上10次霞尼古勒山也不一定能使他创作出如此有影响的作品来。正如尽管看到了珍珠的闪光，如果不潜到深水里，也绝不会拿到珍珠一样。事实证明，灵感——这一智慧的火花，绝对不会在“懒汉”的脑海里闪光。

当我们知道了大师们是这般辛勤地劳动“积累”，也就不难理解他们“灵感”的突然发生和“神来”之笔了。总之，艺术家的生活经验愈丰富，素材积累愈充足，也就愈容易被某些事物而触发产生灵感。灵感是种子吸足水分，抽芽破土的一刹那，是婴孩坠地的第一声啼哭，它靠九十九分的“汗水”加“一分”媒介而发生。有志于文艺创作的朋友们，把希望的种子埋在地下吧，吸足水分、养料、热量，它就会发芽开花的。

生活之树是常青的，灵感永远属于热爱生活、勤于实践的文艺勇士。

十一

大凡写出一部成功的文艺作品，从生活到构思，从初稿到完成，作家都经历了艰辛劳动、不断提炼和反复修改的过程。

俄国诗人普希金的创作态度十分严谨。他的一个朋友曾看过他写的一些草稿，上面涂改得都无法辨认了。托尔斯泰在他的长篇巨著《复活》中对卡丘霞·玛丝洛娃的肖像描写，就经过了二十余次的反复修改。鲁迅为了使文章发挥更大的战斗作用，他不仅在写作时花了很多的精力，而且在修改时也下了很大的苦功，他写的小说《肥皂》，不到七千字的原稿，竟修改了一百四十五处，难怪他在总结自己的创作经验时说："写完后至少看两遍，竭力将可有可无的字、句、段删去，毫不可惜。"马雅可夫斯基在强调诗的锤炼时也说："诗歌的写作——如同镭的开采一样。你想把一个字安排妥当，那么，就需要几千吨语言的矿藏。"

每个人的认识不是一次完成的，修改的过程也是去伪存真、去粗取精的过程。托尔斯泰对卡丘霞·玛丝洛娃的肖像描写，修改到第十一次，他看后仍然不满意。因为这时他被各种思想矛盾所困惑，于是便索性搁下笔，走出书房，重新冷静地考虑整个作品的主题思想和人物的命运。当他逐渐地意识到《复活》的写法，应从同情农民的生活着手的时候，才感到豁然开朗，才解决了如何塑造卡丘霞·玛丝洛娃的形象这个问题。即使是明确了主题思想，他还是从第十二次开始一直修改到第二十多次。鲁迅的"忍看朋辈成新鬼，怒向刀丛觅小诗"，最初是"眼看"和"刀边"，后来才改成"忍看"和"刀丛"的。这一改动，更富于感情色彩，增强了全诗的思想深度。事实证明，修改是不断深入提炼主题的必不可少的环节。

艺术是没有止境的，修改还要有韧劲。巴尔扎克在修改自己的作品时所付出的劳动和心血，并不比写初稿时花费的少。他常常是把排印出的校样当作初稿看待，他曾多次将原稿推翻，另起炉灶，重新再写，他还把作家修改稿子称之为"文艺烹调工作"，托尔斯泰的《战争与和平》修改十五次，《红楼梦》增删十次，宋朝欧阳修还把写好的诗文贴在墙上靠窗户的地方，饭后茶余，随时修改，有时全篇改得不留一字，到了晚年，又把自己过去的文章从头到尾地重新改写一遍。作家老舍的《春华秋实》前后修改了十次。对待创作，古今中外的文学大师们竟是这样严肃认真，一丝不苟，精益求精。

近年来，一些青年人的创作热情颇高，这是值得提倡的，但有的人缺乏修改的毅力。有的作者急于求成，发表欲望强烈，但稿子写完后不加修改，甚至连生字还要空在稿纸上，就急忙投寄编辑部，还有的作者认为修改是个别字句的问题，无关大局。有的作者的稿子改过一两次，编辑再让修改，就不太高兴，甚至背后骂街，等等。这些现象说明，有的同志对创作还缺乏严肃认真的态度，这是很不好的。

多改出佳篇，华章苦中来。让我们踏踏实实，埋头苦干，当一名"文学烹调师"，写出更多的优秀作品来。

十二

诗人是一个造世主，他是所创诗的独立世界的主宰。这主要是由于，诗人作为创造主体，较之于其他任何认知世界的主体创造者，其知觉意识都居于最高层次。就探索世界、认识生命的人类总体生存意义而言，诗人与哲学家是同等层次的。同样，从这个意义上观察两者的生存性质：哲学家是探知、预测种种关于世界存在的关系，思维与存在的关系，世界同一性问题，事物发展的规律性，人类认识的实质与途径，等等；诗人是对生命衍化世界最深层、最本质意义的审视与反照。哲学家建造的是一个理论认识系统，探知对象更在于以现实存在为基础不断演进的物质世界，途径基于各自认识论、方法论的不同；诗人建立的是一个多极功能的知觉系统、感应系统，表现对象更在于一个精神的、灵魂的世界。这种知觉活动更依赖于某种隐秘而复杂的超前意识。就各自功能系统的结构而言，每个哲学家都在精心构建自己的向心结构的理论体系，逐步形成固形化的认识区域，因而在哲学领域较之其他学科领域更缓慢、更艰难地发生着新旧的更易、变迁；而每个诗人都自觉或不自觉地形成多向度、多极性思维空间，其结构多具放射性、耗散性。在这个空间领域里，诗人最热衷、最具深层意义的工作是，观照人生，反思历史，超越有限，寻求自由。所以，从上述大致线路可以得出如下结论：哲学家在拼命描绘世界并预测未知，而诗人则更在追踪发掘人性，启迪生命智慧。

诗人与哲学家在整个人类生存世界中同样负有最艰巨的使命。事实上，往往由于哲学对世界存在的超前认识与艰深奥义，才致使其创造者常受攻击，也正由于诗对生命世界、精神领域的超前意识，以及表现过程中的某种隐秘，而终使其创造者备遭责难。

审美对象内在结构的隐秘性，并不单纯停留于审美对象（诗作品）内部，它首先表现在诗的构成过程中。也就是说，诗的全部隐秘性，在于诗人心理结构与诗作内在结构之间那种“非直接因果”的隐秘关系。要解开现代诗的内部结构，首先要努力解开创作主体构成诗的复杂心理过程。

诗的构成基础是情感（或情绪）。这便是诗最多隐秘也最多误解的最根本的原因。诗的构成环境是一种特定的心理氛围，是一个飘忽不定，难以把握，稍纵即逝的特别机遇。它的控制与把握只能靠诗人主体意识领域里那种因多种感受基础，多种思想积淀交互作用而生发的某种朦胧理念。这是诗的创作过程的潜在导线，它具有模糊性、不确定性。它是一种更贴近思想本质的超常感受，但它绝不是明晰的思想认识与纯粹的理念。

在当代，诗人不再是顺延传统审美惯性，不再以定向思维方式扫描生活表象世界，而能够独立地对全部现存的人类社会生活进行透视、提升。于是，当代的全新时空造就了当代人的新的基础意识。由于这种意识快速而不规则地注入人们的心理空间，便使得人们暂时不能从一种心理定势中摆脱出来，不能对这种骤然增生的复杂心理意识进行澄清，而是相对模糊、朦胧，甚至含混、紊乱的。这在当代青年身上体现得尤为突出。他们情绪焦灼，意识复杂，各种复杂的意识又造就了多彩的情绪。这是多诗的季节。也正因如此，新一代诗人不再追求诗歌创作的即兴性、演示性、点滴性，而是在真诚的困扰、迷惘中拉开距离，促使意识积淀化。种种多向性、多变性复杂意识经积淀而转化为可把握的情绪意识流，然而它同样具有多变、多向、多层次的特性。所似，当这种情绪意识表现在诗中，就不可能再是什么系统，不再具备任何具体的完整性，而是一个空间——多维、多层、多变空间。这其中的氛围世界无所谓完整不完整，境界也不再守定传统的完形意境“标准”，而是残缺的、片断的、零散的“诗境”（意象群）自由结合体。其中不可避免地出现结构上的大跳跃，语言时空跨度拉大造成空白。所以，概而言之，诗所构成的不再是思想“核”体，而是情绪“集体”。

这无疑是一个极复杂的、具有多种功能多种内涵意义的“团”体，是一团色彩变幻闪烁、内在结构灵活多变、具指意象（物象）与抽象意象（概念）巧妙组合的放射性“气体”团。这种情绪意识团具有强大的裂变、扩张能力，因此也便无法将之压成一颗“球”核。以往传统的诗歌构成中有一重要之法，即凝练法，实则压缩法，力求形式短小，欲得“微言大义”，“意浓味醇”。实质上，这依然是形式对内容的一种强制，是形式化的表现。诗歌内容——以诗人主体情绪为基础——诗人自身就有一种自然表现（外观）的要求，人为的过分压缩，就像把松酥的面包挤压为压缩饼，根本上已失去了面包的存在意义。因为面包自身要求有一个合理的外部形式，人为的挤压作用必然造成其构成因素的损伤、变形，破坏了构成面包的全部内容成分（如选料搭配、营养比例、加工程序等），也同时破坏了体积美感。而且，新时期大量的诗歌证明，诗的力度以及诗的内蕴不只是因为外压才能产生，因为构成诗的毕竟不是空气，而是比全部现存生活为基础提升出的复杂情绪、情绪意识本身更有相当的能力，而开放初期背景下的现代情绪意识更是如此。

除此之外，造成诗的内部结构复杂的另一个不可忽视的原因，便是新诗语言中语法的全新构造，词汇的自由沟通，语意的纵横恣肆，致使诗的语言迅速成为一种最具创造性的语言。这也便导致了诗中情绪集团的极大的裂变能力。于是乎，那种过于短小的形式已成为现代复杂意识的“紧箍咒”，而必然又需要与新的内容相对应的最恰当的诗歌语言形式来取代之，所以，诗歌艺术的变革首先在于形式而非内容，因为任何形式都容易获得稳固特性，而成为艺术发展的第一障碍。

十三

唐朝诗人王维后期的一些山水田园诗，尽管所表现的思想情调并不值得称许，然而，我仍爱读它。

王维后期的诗歌，主要描写他自己的幽居生活和山水田园风光，这些诗，不仅数量多，而且有很高的艺术成就。苏轼说：“味摩诘之诗，诗中有画。”这个评价，是十分精当贴切的，它道出了王维诗能够征服读者的力量所在。试读《江汉临眺》：“楚塞三湘接，荆门九派通。江流天地外，山色有无中。郡邑浮前浦，波澜动远空。襄阳好风日，留醉与山翁。”又《终南山》：“太乙近天都，连山到海隅。白云回望合，青霭入看无。分野中峰变，阴晴众壑殊。欲投人处宿，隔水问樵夫。”两首诗，一写临水，一状登山，气象纷呈，画意盎然，既有山河的雄伟，又有景色的变化，给读者玩味不尽的诗意与美感享受。但是，光说“诗中有画”，显然还未道尽王维诗的高明之处，因为他的诗除了鲜明、活泼的视觉形象外，还富有可感的听觉形象。例如：“竹喧归浣女，莲动下渔舟”，“细枝风乱响，疏影月光寒”，所显示的声息、动态，仿佛可闻可见，其间美的情态和美的音响，实为一般画幅所不具。

由王维的诗，想到我们当代新诗创作的现状。无可否认，我们的新诗创作在真实地反映生活，努力创造美的灵魂、美的情态、美的境界方面，是很有成就的，因而赢得了读者。但是，近两年来，一些报刊所登载的诗歌，质量并不太高，一些诗歌作者往往企朿求所谓的思想性去取悦读者。诚然，正确健康的思想内容毫无疑问是诗歌的灵魂。但诗如一座包藏思想内容的高超的语言艺术的“建筑物”，它的一切，不仅是善的，而且应是美的。汪国真的诗也不过是仅限于校园尤其是中学校园的一阵骚动而已，在整个诗坛并没有什么所谓“轰动”。汪国真的出现并设有引起文化、理论界的关注，因为他的诗是出现在中国诗坛高潮之后的小诗。艾青说过：“一首诗的胜利，不仅是那诗所表现的思想的胜利，同时也是那诗的美学胜利。而后者，竟常常被理论家所忽略”（《诗论》）。讲到创作，后者也往往被现在的诗人们所忽略。

说实话，现在的诗歌在求“真”和求“善”方面，取得了些进展。但在求“美”方面，却显得很不够。“美”，往往是“真”和“善”的最好向导，诗歌的创作过程，既是求真、求善的过程，也是对美的不断追求的过程。王维的山水田园诗，为什么千余年来，从未担心有失去读者的“危机”呢？一个根本的原因，就是他的诗歌所显示的“美学的胜利”。由此，我们的新诗作者们，是否可以得到某种有益的启示呢？

十四

诗歌和音乐都通过一定的声音作用于我们的听觉，都偏重于抒情。为了抒情，就不得不使声音具有强烈鲜明的节奏，并使这种节奏呈现为一种律动，从而形成了各种不同的旋律。诗、乐、舞，在古时候是分不开的，这三者的抒情性最强，节奏感与韵律感也最强。它们的共同性就是其抒情性，亦即其音乐性。新诗既是诗，那它必然也就具有音乐性。

新诗的音乐性主要体现在节奏和韵律上。正是强烈鲜明的节奏和美丽、多变的韵律，使新诗（特别是抒情诗）有了某种听觉形象，从而有了音乐的魅力。请看郭小川《厦门风姿》中的两节诗：“厦门——海防前线呀，你究竟在何处？/ 不是一片片的荔枝哟，就是一行行的相思树；/ 厦门——海防前线呀，哪里去寻你的真面目？/ 不是一缕缕的轻烟哟，就是一团团的浓雾。/荔枝林呵荔枝林，打开你那芬芳的帐幕，/知我者，请赐我以战斗的香甜和幸福/相思树呵相思树，用你那多情的手儿指指路/爱我者，快快把我引进英雄的门户！”这两节诗，句子都比较长，音节也多，句子中间用逗号或语气词“呀”“ 哟”隔开，这就在声音上造成了更大的停顿或延长，这样，诗就呈现出一种舒缓柔和的节奏，这种节奏运用了音乐上的拖长方式。莱辛在《拉奥孔》里讲过：“诗要和音乐结合时，就不能很凝练，它的美不在于用尽可能少的字去表达最好的思想，而在于用一些最长的最柔软的字，用音乐所用的那种拖长方式，把每个思想表达出来，才能产生出某种类似的效果。”这个看法是有道理的。新诗的音乐性正是通过一定的节奏和韵律表现出来。

新诗的节奏是由于诗歌语言中的停顿和语言的轻重，以及韵脚的变化所造成的。它既是语义上的，又是语音上的。世界万物都在运动，这种运动都是合规律的，有一定节奏的。诗歌的节奏正是大自然和人类社会生活节奏的一种反映，它特别受到人们情感节奏的支配和制约。

构成诗歌音乐性的因素除了节奏之外，还有韵律。其实韵律不过是一种放大了的节奏。它表现为诗句之间、诗节之间的一种节奏关系。不论是隔句韵也好，音韵也好，都使诗歌从总体上具有一种节奏感，从而形成旋律美，使诗歌的音乐性更丰富。比如戴望舒的《雨巷》，每节均六行；脚韵，首尾两节是二，三六相叶，二四两节是三、六叶，五六两节则是三、五、六叶，用的又同是一个“唐”(ang)韵，因而显得极为密集。而且还兼用了内韵，像行中的“徨”“长”“望”“香”“彷”“像”“旁”，都与脚韵相应，读起来就觉得音乐感很强。如第六节：“在雨的哀曲里 / 消了她的颜色 / 散了她的芬芳 / 消散了，甚至她的 / 太息般的眼光 / 丁香般的惆怅。”虽然每个音韵的数还欠严整，但大致谐和。诗的最后一节与第一节相同，首尾照应，读完全诗，给人以连绵不绝、余音缭绕之感。这些都明显的是受了新月诗派的影响。戴望舒的《古神祠前》像《我的记忆》一样，也突破了行的匀称，字的均齐。如果说《我的记忆》还有一些自动跑来的脚韵，那么这首诗脚韵几乎就见不到了。诗中以柔婉的语言，虚实相生的意象，生动地表现了诗人“思量”的细微变化。诗人的微妙情绪，随着形象的变化而长消，时急时缓，时高时低，时现时隐。一种微妙的音律从这些字行和虚无缥缈的意象里流散出来，袅袅回旋，这是一种潜在的音乐，一种以“内在律”，与当时盛行于诗坛的“外在律”是不同的。因此，他更有韵味，也更美。

戴望舒所追求的“内在律”，有些类似郭沫若倡导的“情绪的自然消涨”，但也略有不同。他的追求里似乎带有全官感或超官感的东西。在内在律的路上走了一段，基本上又回到了半格律的还有艾青、何其芳等人，这个问题很值得探讨。

总之，韵对新诗来说是有很大作用的，但又不能说有韵的才是诗，无韵的便不是诗。有些无韵的诗味也很浓，音乐性也很强。有些气魄宏大、感情自由奔放的诗，不押韵反而更好。像郭沫若的一些诗就是如此。田间的《给战斗者》也几乎是没有韵的。但这些诗尽管没有韵，可是它们的内在节奏和外在节奏都很强烈，我们读起来就会觉得它们是诗，而不是散文。

从以上分析中，我们可以看，节奏和韵律是新诗音乐性的主要特征，特别是节奏更为重要。诗可以不押韵，但决不能失去节奏。为了使新诗具有更大的美感教育作用，讲究音乐性是十分必要的。

十五

单纯，就是不枝不蔓、无杂质、纯洁真挚，这是诗的基本素质。艺术创作的基本规律之一，就是从复杂的生活现象中提炼出单纯的艺术形象，以单纯表现复杂。作为各种文学样式中最简短、最精炼的诗，既不像小说、戏剧那样较全面地描绘广阔的生活画面，也不像散文那样纵笔逞情，随意点染，它要求以少胜多，以一当十，最集中地反映生活。一言以蔽之曰：诗更应该单纯。

诗的单纯，主要表现在立意、意境和语言三个方面。

“大凡作诗，必须立意”(黄子肃《诗法》)。关于立意，王夫之曾生动地比喻道：“无论诗歌与长行文字，俱以意为主。意犹也帅。无帅之兵，谓之乌合。（《夕堂永日绪论内编》）这既强调了立意的重要性，同时又指出意既为“帅”，“帅”就不可多立。一般来说，短小的诗篇，特别是抒情诗，最好一首一意。“意多乱文”（魏际瑞《伯子论文》），对诗来说，尤应注意。

诗贵意境，“有境自成高格，自有名句”（王国维《人间词话》）。所谓意境，从创作的角度来说，就是浸透着作者真情实感、含蕴深厚、具体可感的艺术境界。意境单纯，主要是要意象简洁。艾青的经验是：“以一个意象来表明一个感觉和观念”（《我对新诗的要求》）。有的诗中，往往出现多层意象叠合。但这类诗，在使用意象时，必须有所节，并且每一意象应紧扣中心凝聚在一起，成为意境的有机组成部分。驰骋想象，肆意铺排，势必会冲淡诗味，破坏意境的整体美。诗反映生活，总是间接地暗示，直接如实地描绘，费力而不讨好，而象征性地加以启发，却容易起到事倍功半的效果。人们好用镜子比喻文学，从某种意义上说，诗最好应是泛出异彩的折光镜。因此，诗创造的意境，不仅要奇幻多姿，而且应明朗清晰，易于启发人、感染人、陶冶人。“一件艺术品能够作为真正的艺术品，只有当人们看它的时候，能够实在唤起人们的愉悦，觉得作者完成了一件美的作品”（托尔斯泰语）。如果像有些人那样，认为“诗只是谜，让你猜我手中的谜吧”（俞平伯语），一味追求多层折射，莫测高深，或囿于一鳞半爪，令人无从想象，就使诗歌丧失了艺术的感化功能。当然，现代诗有它深刻的文化背景，不能一概论之。需要指出的是：单纯并不强单调、单薄，单调与单薄源于贫乏，而单纯却是从丰富中提炼出来的精品。它如同多面的水晶石，晶莹透亮，洁净中蕴蓄着风采，有限中包孕着无限。所以，外国一位作家说：“单纯比光辉、缤纷的色彩，孟加拉的晚霞、星空的灼烁，比那好像强大的瀑布、像整个由树叶和花朵作成的尼亚加拉瀑布的皮上有光彩的热带植物，对内心的作用还大。”当然,我们提倡诗的单纯，不应排斥其他的风格和特色。春回大地，和风送暖，各种花都应竞相开放。因此，我们不能把单纯视为容量小、表现手段薄弱加以否定。单纯，作为诗的基本素质，将来如何，不敢妄言，但现在仍然是否定不掉的。不仅如此，由于创作的状况，我们还要加以强调。

十六

人们常用“绘声绘色”“有声有色”来称赞歌语言的形象化。这就是说，诗人在状物写景时，总是既善绘影又善绘声；在古人的诗篇里，不仅有色，而且有声。如《诗经·小雅》：“伐木丁丁，鸟鸣嘤嘤，出自幽谷，迁于乔木。”我们好像听见深山峡谷中上下呼应、组成合奏的鸟鸣声和伐木声。再如《周南·葛覃》：“黄鸟于飞，集于灌沐，其鸣喈喈。”我们又像听到了从灌木丛中传出一群黄莺的和鸣声。《诗经》里有很多写声音的诗句都是直接采用拟声词的。这一表现手法，后来的诗人也一直沿用。杜甫的《兵车行》中有“车辚辚，马萧萧，行人弓箭各在腰”的诗句，“辚辚”是车轮的声音，“萧萧”则是马鸣的声音，也是对声音的摹写。清朝吴锡麒的一首写农村风光的诗：“彭彭魄魄打麦声，哑哑轧轧缫车鸣。映依挑饭下田去，树上一鸡啼午晴。”这首诗句句有声，也是靠直接模拟手法生动地写出了农忙时的喧闹场面。

诗人们还经常用比喻手法借其他事物的声音来表现所写的声音，这主要是为了把声音写活。白居易在《琵琶行》里用急雨声、私语声、珠落玉盘声、鸟鸣声、流泉声、瓶破声、刀枪交接声、裂帛声作比喻，既真切又传神地表现出了起伏变化的琵琶声。把无形的声音写得好像有形可见。这种表现手法。古人称为“喻声类型”，就是把听觉转化为视觉或其他感觉。

还有些诗篇或诗句，往往不去正面描绘声音是怎样的，却只是从侧面着笔，写在声音的感染下出现的景象。这就是所谓取影的手法。如李益的《听晓角》一诗：“无数寒鸿飞不度，秋风卷入小单于。”这是诗人写塞上的飞鸿听了秋风中传来的“小单于”曲也为之徘徊不进，从而表现出声音的魅力。在运用这一手法上写得更富有浪漫主义色彩的是李贺的《李凭箜篌引》：“吴丝蜀桐张高秋，空山凝云颓不流。江娥啼竹素女愁，李凭中国弹箜篌。昆山玉碎凤凰叫，芙蓉泣露香兰笑。十二门前融冷光，二十三丝动紫皇。女娲炼石补天处，石破天惊逗秋雨。梦中神山教神妪，老鱼跳波瘦蛟舞。吴质不眠倚桂树，露脚斜飞湿寒兔。”诗中除“昆山玉碎”句是用浪漫主义的比喻手法写箜篌的声音外，其余篇幅都是离开声音本身来描绘外界反映的。诗人以丰富的想象从人间写到天上，从空山凝云、湘妃泣竹、冷光照射，写到石破天惊、鱼跳蛟舞、吴刚不眠、露湿寒兔，把我们带进一个又一个奇异而美丽的境界，显示了曲调的哀感、声情的激越。

由于诗人们所处的时代不同和各自对生活所作的独特判断，所以他们的诗都具有鲜明而殊异的艺术个性，虽都写声，但不是千声一调，值得我们学习和借鉴。

十七

在我国文学发展的历史长河里，诗歌是主要的流脉。诗歌创作的兴盛繁荣，刺激了文艺批评。于是，评论诗歌的笔记体短札——诗话，也随之发展起来，成为我国古代文学批评理论中不可缺少一的一部分。“诗之有评，犹医之有方也。评不精，何益于诗；方不灵，何益于医！”古人的诗话虽多则百余字，少则几十字，却能深入浅出，以少胜多，对诗歌的创作提出许多有胆有识的见解。因此，《四库全书总目提要》把诗话词话列入诗文评内，与刘勰的《文心雕龙》、钟蝶的《诗品》并列，不是没有道理的。

欣赏诗歌，写作诗歌，应当首先了解诗歌这种文学形式的特征。《毛诗序》中写道：“诗者，志之所之也，在心为志，发言为诗。情动于中而形于言，言之不足故嗟叹之，嗟叹之不足，故咏歌之……”这里，毛苌对诗歌言志抒情的基本特征作了相当好的概括。

诗歌创作，贵在创新。为此，《白石诗话》中有句名言：“人所易言，我寡言之；人所难言，我易言之；自不俗。”这是多么大的气魄！严羽在《沧浪诗话》中则主张“学诗先滌百俗：一曰俗体，二曰俗意，三曰俗句，四曰俗字，五曰俗韵。”可见古人对“俗”是十分厌恶的。李笠翁在《曲话》中语重心长她说：“东施之貌未必丑于西施，止于效颦于人，遂蒙千古之诮。”这是多么坦率的忠告！

要创新，就要付出艰苦的劳动。贾岛所谓“两句三年得，一吟双泪流”；孟郊所谓“如何不自闲，心与身为仇”，这都是创作甘苦的自白。倘若不肯下功夫，而向往以“太白斗酒诗百篇，东坡嬉笑怒骂，皆成文章”，势必难以成就。

对于诗歌的表现手法，写作技巧等方面，古人在诗话中留下了许多精辟的论述。例如，欧阳修在《六一诗话》中记载了词家梅圣俞的话：“必能伏难写之景如在目前，含不尽之意见于言外。”确切地指明了诗歌中景物描写的要求。关于炼字炼意的关系，《昭昧詹言》中录有一则诗话：“古人不废炼字法，然以意胜而不以字胜，故能平字见奇，常字见险，陈字见新，朴字见色。”这比某些单纯以一字论工拙的观点，显然高出一筹。再如严羽关于“语忌直，意忌浅，脉忌露，味忌短，音韵忌散缓，亦忌迫促”的归纳，不只适用于古典诗歌创作，对现代诗歌同样有指导价值。

另外，古代诗歌在写法上也有其鲜明的特点，值得借鉴。言简意赅，便是一个显而易见的特点，这里无需再作引证。生动形象，则是另一个特点。例如，评论苏轼和柳永二人的词风，俞文豹在《吹剑录》中借幕士的话说：“柳郎中词，只合十七八女郎，执红牙板，歌‘杨柳中词，晓风残月’。学士词，须关西大汉，铜琵琶，铁绰板，唱‘大江东去’。”这就把柳词婉约、苏词豪放的风格勾画得惟妙惟肖。

古代诗话中，还对历代一些著名诗人作品的高下、风格的异殊、渊源和变迁等进行了大量的探讨和论述。中华人民共和国成立以来，有关方面出版了一些诗话专集。像魏庆之的《诗人玉屑》、胡应麟的《诗薮》、方东树的《昭昧詹言》、胡震亨的《唐书登鉴》等，都是一些较为大型的诗话汇编。今天，这些诗话除作为研究我国古代文学批评史的重要资料外，对于我们学习诗歌创作，欣赏古典诗词也颇有帮助。

注释

①②《契诃夫论文学》，人民文学出版社，1958年，第27页、第299页。

[1980年3—6月陆续写就]

文学卮言

要建立一种生命哲学

众所周知，文学艺术所关心的是活生生的人而不是抽象的人，这对长篇小说创作来说更为如此。作家不只是截取生命的某一横断面，而是从历史的角度对生命进行思索。人的命运、人的生命史和心灵史始终是作家关注的中心。作家无论是创造典型形象还是象征形象，总是力图发掘形象所具有的深广历史意义。因此长篇小说的许多形象不只是代表一个民族的时代精神风貌，而且具有一种世界意义，甚至具有一种人类学意义。如堂·吉诃德、冉阿让、玛丝洛娃、于连、贾宝玉、孙悟空等。作家所创造的人物只要揭示出心灵的深度，就具有人类意义。张炜《古船》中的赵炳这个形象之所以可以视做一个时代的表征，正是作家深入发掘的结果。张炜把一个受苦出身的农民成长和蜕变的历史置于一个广阔的多维的社会背景，从而展示出作家心灵的深度。这就告诉我们，长篇小说创作不能满足人物生活故事的铺叙，而应该洞悉人的复杂心理感受，并将这种心理复杂性表达出来。

优秀的长篇小说并不只是依靠善良的愿望所能创造出来的，它需要真正的才能和思想。因为那种原生态的材料早已为人们所熟知，那种在结构、叙述上的怎样翻新出奇均无法掩饰思想的贫乏。在南台的《一朝县令》中，作家捕捉到了几个极有意义的主题。如曹兀龙、冯彦虎等所置身于特定的政治文化结构中各自不同的精神体验；吕翠儿受制于乡村文化规范而形成的独有的农民心理，渴望自己幸福而又不得不委身于人。还有许多散点式的描写，力图表现出西北独有的封闭性精神的特征，这些主题如果进行深刻发掘，可以写出新中国政治文化和西北高原人精神文化的变迁史，但是南台放弃了对这些主题的深入开掘，而始终叙述官场争斗之谜和那段政治历程这双重历史演化的踪迹，结果使历史故事和生活故事戏剧性地自由地展示在作品中，但南台的思想精神并未获得飞跃和升华。可见，长篇小说创作必须遁人心灵的深处，写出人的心灵史，写出民族的心灵史，写出当代人的心灵史，从而展示其历史真实。如果只是满足于当代生活的阐释，而没有一种历史的透视感，那是不可能有深度发现的。因此，长篇小说的深度发掘不只是一种当代思想的探索，还应该是一种历史的探索。在当代长篇小说中，不乏这种历史性探索，但我感到大量的长篇小说创作并未使作家们获得一种穿透历史的视野。只有那种在现实与历史之间进行探索的长篇小说才具有震撼人心的力量。在讨论长篇小说的时候，有人习惯于把《一朝县令》看作是一部史诗。事实上,《一朝县令》基本上是纪实的。

《一朝县令》的大量客观纪实，显示了作家很好的生活素养。曹兀龙、冯彦虎、文戈、吕翠儿可以视作中轴人物，他们在政治上的结盟、分离，与社会政治文化相承，又与封闭的精神文化相关，杨子厚则代表着另一个阶层。南台较好地把握了一种历史真实，那就是变动的中国社会人的地位的变迁。南台对长篇小说的规模，多头绪人物处理社会、家庭和宗法意识以及那种浸入骨髓的传统意识，都展示出乡土中国的一种生活。但是，我感到作家还是缺乏一种穿透历史的视野。即南台依然遵循一种对现象的纯客观叙述而缺少他那双清醒的冷眼对中国乡村的深重批判，不肯对这种历史的硬核作一种思想解析。这就使作者过于像一个历史的中间人和一个讲故事的耄耋之人，却未对这段历史做出任何有力的评价，而评价又是如此急迫。那种恶性循环的背后有一种精神的毒素，作者在这里显然把思想历史评判的权威又让给了思想史家，而且思想家过于关心典籍，并不愿破解人心的这种历史，因而，这种现象背后的本质就被永远放逐了。由于作家缺少这种历史的穿透力，所以对这种深重的历史循环只能做一种宿命的阐释，甚至只能给政治的兴衰置入一种命定的色彩。一个水泉县的兴衰纪实，一种历史的现象，这种兴衰后面的内容，南台显然是放逐了。其实，许多关键性问题，都是因为我们过于重视外在生活现象的实录而放弃了内心的评判所失去了表现的意义，这就使长篇小说缺乏深度。与之相反，陈忠实的《白鹿原》对我们这个民族历史的把握才真正显示出一种深度，陈忠实带着民族的感性和人类的良心去探讨中国历史，他力图穿过这段历史的秘密，作者那种善于提炼并把握本质的激情在作品中充分显示了出来。他关注一切细枝末节和普通民众的历史并给予关照，他写民族心史紧紧围绕白嘉轩与鹿子霖两家而展开叙述，由此像车辐般向外辐射，作家的评判之声在作品中占据着主导。既作为历史的见证人，又作为民族之子，这双重的视角，使他获得了真正穿透视野的力量。具有诗人般激情昂奋的独白显示出一种思想家的历史的深度。从而真正严肃地表达了作家的生命体验。这种体验既包含作者的思想观念，又包含着作家的历史意识。所以，陈忠实的长篇小说更接近于史诗，他继承了黄土高原的抒情精神。陈忠实驾驭长篇小说进行思想探索是较为深刻的，他那种现实主义的精神在艺术创作中获得了充分的证明。相比之下，南台显然在长篇小说的结构处理上缺乏理性的意图，处处留下纯客观纯自然的痕迹。南台在建立自己的精神哲学方面显然不如陈忠实那么善于进行内心独白和抒情，但是南台对长篇小说叙述的改造取得了成功。尽管《一朝县令》过于细碎、繁冗，但是作者在思想探索上具备了长篇小说的规模。他对那个特殊的年代说乱了的主题做出了独创性发现，通过官场铁幕、人间百态展示出人性的灾难，这也是一种心灵探索的深度。

长篇小说的作者绝不是一个历史的叙述者，更不是一个历史的旁观者，必须是历史的评判者和思想的表达者，这是长篇小说走向深度的关键，作家那种独有的思想意识和思想观念的建立是长篇小说成功的关键。作家既要有一种对命运的把握力，又要建立一种生命哲学的信念。生命的哲学只有在生命的体验和生存的自信以及存在的勇气中才能真正建立。只有如此，才能创作出巴尔扎克所说的“小说被认为是一种民族的秘史”的大作品来。

走出乌托邦的迷宫

回眸当代中国文坛，我们已经看到相当一批作家放弃了文学的不纯动机，那种发表出来的东西在很大程度上不能称为文学。他们的作品缀满了光环。然而，假若文学徒劳地被神圣光环所罩住却没有真正的内容相配，那么这种文学也就徒有虚名，历史将证实它的丑陋面目。

当然，时代却有另一种事实，那就是伴随着商品经济市场带来的物欲膨胀，使更多作家愿意把写作当做一种营生，这种营生填补了作家做生意上的低能。在一大批作家走向商品市场的同时，我们才真正发现了一小批真正在一定程度上纯粹的写作者。他们不参与市场，他们平静地安分地工作，他们在业余时间自然需要写作；或者除了玩之外，他们专业性地写作。无疑，正是这样一批人的存在诉说了创作的纯粹；至少在相当大程度上他们的写作代表了一种纯的出现。也正是由此，文学在中国出现了希望。

说到底，文学仍是无可改变它“人学”的本质，它归根结蒂要关怀人类面临的困境。任何一门艺术，假如它不是为了说明“人”的话，它就没有理由存留于世。因为万物都在说明人，没有人的参与，万物也便失去了存在的意义。文学只有关注人的存在，没有人的在场，文学便走向虚无之埂。所以说，为了纯粹的艺术而艺术恰恰代表的是一种乌托邦的出现，它忽略的是人类共同面临的困境，它对人类的困难视而不见，这与其说是一种纯粹的写作，不如说是一种不负责任的没有良心的写作行为。尽管这种姿态令人惊悚，但它带给人们的更多是一种冷漠的形式与外表，忽略的则恰恰是当代情境与人们不可缺少的心灵。这一缺席严重阻挠了作家走入中心意义的事件。对于一个作家而言，任何对当代情境的漠不关心都将成为无能的标记。重新对历史上任何一位伟大的作家与作品进行考证，我们都可以发现一个事实，那就是每一位伟大的作家都与他对当时情境的热切关注息息相关。一个作家能够写作，首先在于他活着；而同样，一个作家能够写出热切关怀人类生存的作品与他自己的生存态度以及对生活关注是分不开的。一个对生活没有思考能力的人，他的作品是值得怀疑的。它不外乎就是缺乏深度，而深度又恰恰是每一部伟大的作品不可或缺的。

我们知道，人活着本身纯属不易，人活得也并不轻松。一个作家假若对活着漠然无视，他只能同时对生命缺乏关怀，那么他也就产生不出什么震撼人心的作品。因为人首先是心灵的，其次才是物质层面的。而文学作品在很大程度上是滋养人们精神需要的，而既然是精神产品就自然应当为人的心灵负责。没有良心的写作与练字无异，这种作家只配得写字匠的称号。当然，看一篇作品是否纯粹脱离心灵与精神并不在于看作家本身，而在于作品本身是否与作家关注生存与终级相一致。不否认许多作家一投身创作就被游戏的激情所怂恿而忘却心灵的沟通，只要看一看作品，我们就会发现当代文坛存在的一个严重事实，那就是作品与作家那良好愿望的脱轨。很多作家都渴望表达出一种生存真实，甚至希望用形式探索来达到对生存哲学的本质沟通。不管作家对生存本身存在什么样的思考，他都希望能用笔表达出来，只是，有些作家做到了，而有些作家却没办法把这种思考贯通于作品之中。他们往往一操作起来就与心灵相隔遥远，事与愿违。这实际上说明了形式上的操作很难与人的心灵相沟通，就是博尔赫斯这样的大师，他所能做到的也极为有限。他营造的更大意义上是一座乌托邦式的形式迷宫，他可以把自己隐蔽于其中，而于真正的出路则是没有的。因此，它是一座封闭式的宫殿，没有入口也没有出口。人们生存其中仅仅在于它那精巧迷人的结构与图像式寓言，一旦人们不再执迷于这些，他就只能走向绝望，因为它不存在出路。正是这样一种封闭式的自足麻醉了许多人的心灵，他们不再关心人类生存的苦难，也不会关心生存的意义问题。因此说，形式在很大程度上是不能代替对精神的追求的，它们并不对精神与心灵负责。对心灵负责的只能是文学的精神本身，一个作家丧失了对文学精神的追求也就证明了他创作的失败。因为这精神也正是人类灵魂得以栖息的家园。在这样一个文学精神日益枯萎的时代里，灵魂栖息的家园被放逐，人们面临的是无家可归的悲惨遭遇。一大批文学天才的光辉笼罩着如此巨大的人类生存阴影，他们笔端痛诉了神圣的失落，家园的不可再返。无疑，这是道出了人类信仰失落之后无家可归的漂泊感与空虚状。

在失去灵魂之后的写作图景中，我们便只有看到一种无奈，一种绝望与黑暗的诉说。这里面没有赞美，没有和谐，没有平静，一切都显得狂乱、残酷、冷漠、绝望，苦闷与彷徨。由此出现了一种处在“魂”里的极致，人们把这种文学捧为极致也就并不奇怪。然而，人们毕竟不能天天活在这样的图景之中，人们毕竟还有一种向上的欲望，他们需要摆脱，需要圣、光、义、爱的甘露。于是，人们又往往渴望重新回到古典名著所建造的神性氛围中，在那里享受一种安宁与和谐。这也就是一种“灵”的需要，人们不能没有“灵”的感觉。没有了它，“魂”便只剩下苦难与焦虑而没有享受与快乐。因此，人们渴望这种真实的需要，只有它才能达到永恒。

真正的文学或者说伟大的文学一定是有“灵”参与的“魂”的极致，因为只有“灵”里的良心、直觉及与神的交通才能穿透人的心灵并给人以神性的引导。正是在这个意义上说，我看到了中国文学的希望和前途。因为已经有少数作家真正让“灵”参与了“魂”的写作，而这在国外则又同样是稀罕的。可以看到，这样的作家写出来的作品纯然出现了一种超越性，它不仅能够令人感动，而且能够指引人的心灵往前。这无疑是一次奇迹，是一次久违了的文学体验，我们看到，文学重返神圣的日子已经快到来了。

这正是我们所期待的文学的新状态，只有这个新状态才值得我们称举与钦佩。也只有这样的状态，我们的灵魂才能得到真正的栖息，才能不再漂泊流浪。

渴望爱情

在当代中国，我们已经很难找到高贵的文学，灵魂的重量在减轻，知识分子的精神危机转嫁到情欲危机上面，从而沦陷到了艳情与虚无主义的泥淖之中。在文学中，爱情越来越缺乏神圣性的经验品格，作家们亦越来越忽略了爱情的真实本质，而沉浸在一种虚假的变异的幸福之中。这实在是一些低质量的爱情故事所具有的基本面貌。

事实上，在20世纪90年代的文化语境中，尽管为以爱情为本位来展开对当代知识分子生存本相的探查提供了一种最为直接而有效的指认方式，但他们却在观念里完成了对爱情的亵渎和嘲讽。苏童的短篇小说《白樱桃》在这方面颇有代表性，纯真的邮递员与忧郁的白衣病人之间就产生了一种浪漫的爱情遐想，当邮递员内心中的爱情期盼越来越具体化时，女病人却在他的眼中变得越来越遥不可及，小说到最后，女病人被证明是一个死去多时的人，出现在邮递员眼中的只不过是虚假的鬼魂而已。苏童这样处理小说的结局，正好指证了爱情在非真诚的时代里是一个幻想。在这种幻想里，如此不存在的爱情只能为人们提供一种永远无法兑现的心灵代偿。在皮皮的长篇小说《渴望激情》里，剔除一切与爱情有关的诗性激情，整部作品只剩下生活事实。在这样一种放弃了全部精神想象的生存环境里，尹初石、戴乔、王一、康迅等人的爱情生活都纠缠在一种三角情爱关系上和日常琐事上，它宣告了浪漫主义理想主义的彻底失败。在当代作家的笔下，爱情由于缺乏一个神圣存在作绝对的位格，使爱情显得缺乏力量，他一时遭受到苦难的进攻，就立刻要傍依在性上，借助性的假想力量来反抗苦难。其实，缺乏终极参照的痛苦都是有限度的。我们可以在池莉的小说中察觉到这种限度。当池莉的眼光一旦与现实平视时，她所持守的价值原则就被压制在与现实平面生成的基础上，甚至在现实形态之下，在她的作品中站立起来的便只有一些非存在的事物，连文化批判的力量都难以建立。《不谈爱情》里的庄建非、吉玲等人的爱情生活无法摆脱家庭纠葛和琐碎之事，这同样是一种爱情理想的破灭。

当然，也有另外一些作家试图在自己的写作中企及有关爱情的想象这一目标，如余华、王安忆、北村、赵玫等。只是这些作家在试图重建爱情本质的路途上，共同呈现出一种迷乱的气质。余华与苏童都必须在虚拟的历史中才能实现对爱情的关怀，使爱情失去了现实的可能性；王安忆笔下的爱情到后来只能傍依在一种假想的理性话语方式上，与其说爱情被话语所表达，不如说话语创造了一种爱情；北村、赵玫都出示了一个共同的难题：爱情在，但却是不可能的。这些作家都还不能站在颂扬的立场上，重铸一个时代的爱情信念，他们的迷失，都来源于同一个原因，真正的爱消失后，现实的爱情便失去了参照；真正的精神家园丧失后，坚持爱与被爱都是一个空洞的姿态。北村的几个爱情小说有力地揭示了这一境遇的实质。《张生的婚姻》《伤逝》《玛卓的爱情》等中篇小说中，北村探查的不是爱情在日常生活面前的困窘，而是现今时代的爱情由于失去了同一性的源头，爱情的双方便失去信任的根据。失信带来了失爱的境遇，所以玛卓后来的自杀表面看来是她那神经症人格所带来的结果，事实上，更隐在的原因还在于人与人之间失去了爱，共同的信任基础缺席了。那个爱情之乡在哪里呢？即使存在，又该以怎样的方式抵达呢？就像卡夫卡的难处一样，有天堂，但是没有路。所以，在我们的境遇与我们所盼望的家乡之间，存在着一个广阔而无法逾越的地带，中国当代作家在这一迷津地带间盲然而徒劳地奔走了多时。

作家们要善于拒绝乌托邦式的爱情幻念，去除一切遮蔽物，洞悉爱情的本质。海德格尔说，我们时代的贫乏本质就在于痛苦、爱情与死亡的本性没有显露。当我们对自身的眼泪、哭号和疼痛都无法看清时，又怎能实现对它们的根本超越呢？如果我们对这个时代有一颗祈求神圣复归的颤抖的心，首先渴望的一定是用爱的情怀来抚慰那些孤苦无告的灵魂。

文学的永恒

一部文学作品的成功与否，除了塑造出典型，特别是典型人物外，还应该看作品是否塑造了人的某些抽象的类本质的形象的造型。如杰克·伦敦的《热爱生命》，这是列宁十分喜爱的小说，他在病中曾嘱托克鲁普斯卡娅找来读给他听。其实，这部小说中并没有太多的社会背景与时代特征，故事简单，意旨也不丰富，但作品着力强调了一种求生的执着与顽强，这是人面对困难时所应当表现出的特征。作者塑造了一种生命力很顽强的造型，也是一种生命精神的造型，读者无一不感受到，小说中所描写的与狼搏斗的人就是一个鲜活的生命体。又如海明威的《老人与海》，写了一位老人同大海拼搏的过程，表达了这样一种信念：人可不是造出来就要给打垮的，可以消灭一个人，但就是打不垮他。老人所持的这种信念，体现了人的蓬勃刚强的生命力，也是一种对生命精神、拼搏精神的造型，是绝不屈服的男子汉精神的艺术造型。在作品中，老人成为某种普遍精神的象征，他有无姓名显得无关紧要。

许多具有永恒艺术生命的作品，都包含着一个不朽的灵魂，即人类普遍的心理图式，某种经验式样或情感造塑。这是一种抽象的心理形式，可以作为某种心灵状态的标本“范本”。任何一个人的情感都可以借用作品文本来表达。作品提供的这种情感造型具有高度的焕发性，因而能引发大多数读者的情意冲动。如李后主的词，之所以有永恒的魅力，不是源于人们对一个亡国君主的悲观同情，而是来自词所表现的那种怀念追悔的情感造型。读了他的词，人们会感到：这才是真正的悔恨，任何有“一失足成千古恨”的人都可用李后主的情感造型（悔恨的造型）来宣泄自己的悔恨。“路漫漫其修远兮，吾将上下而求索”，这是人的一种不断探索的情感造型，“问君能有几多愁，恰似一江春水向东流”，这是无边愁绪的造型，这就是“愁”。这些千古传诵的名句无一不表现了人类的某种历史积淀形成的文化心理结构，无一不是将感情定型为一种高度普遍性的生动意象，最容易唤起人们内心的情感冲动，最适合于人们心理宣泄之需求，从而获得更多的人去接受、欣赏和理解。

求真、求善、求美，这亦是人类永恒的心理需要，能够以一定的艺术造型来展示真善美的作品，就必然因此而享有永恒的艺术生命。如沈从文的先说，似乎够不上典型环境，人物当然亦不具备典型性格的特点。但其作品仍然收到了人们的喜爱，究其原因，乃在于他提供了一种人的美的纯基本性的造型。翠翠就是美的化身，就是美的造型。沈从文的小说还给出了一种乡间纯朴民情的造型，正是这些艺术造型，唤起了人们内心良知的共鸣，满足了人们欣赏的心理需求，小说因而也就具有了广泛持久的影响。《西游记》中的孙悟空，是人类自由的愿望的造型。中国古人认为像孙悟空这样就是自由的，孙悟空无所不能，长生不老，不但是古人对人的理想，又何尝不是今人的生命的愿望。因此，孙悟空形象能够成为不朽的艺术形象。

还有许多成功的作品触及了人性的未知领域，犹如心理学家对人的心理规律的发现那样，作家对人性奥秘的探索与发现，往往与科学上的发现相类似。这种对于人性本质的新开掘、新揭示，往往能够引起人们的惊奇，甚至震惊，从而引发读者的反思。如塞万提斯对于人生荒诞感的发现。他笔下的堂·吉诃德，这是一位人类自身具有荒诞特征的最初的艺术造型之一，类似于我国上古神话中的夸父。个人有限的智慧和力量与现实力量相比，永远是微不足道的，这就决定了任何具有英雄意识的个人的奋斗结局都永远是悲剧性的，其改变现实的奋斗过程都将永远是荒诞性的，荒诞感是任一历史人物的必有特征。历史发展的最后结局也许是合理性的喜剧性的，但其过程中的每一阶段的结局总是荒诞的悲剧式的。在这里，荒诞一词绝不是贬义的，恰恰相反，这是人类自身能够得以自我肯定的必然方式或必然的表现。艺术家必须去发掘人物身上的荒诞性的一面。鲁迅塑造阿 Q，意在“揭示病苦，引起疗救的注意”，也是他对国人的一种劣根性的独到发现。因此，阿 Q 在某种意义上说，也正是对精神胜利法的造型。一些优秀作家所发掘的关于人性的一些认识或规律，甚至可以被当作一种心理科学的知识。陀思妥耶夫斯基的许多小说，在某种意义上可说是反映了人类自身心灵的复杂性。他笔下的人物，大多内心曲折，情感多变，种种念头纠缠不已。这些其实就是小说的情节。像这样对人类心灵自身复杂性的揭示，极易引起读者的想象。

“得意忘言”与“得言忘意”

我们在阅读一部文学作品时，首先进入视界的是作品的语言。我们知道，文学主要是靠语言来创造一切的。文学主体性的各个方面，从客观主体之移入语言，到创作主体之使用语言，再到欣赏主体通过语言、玩味语言以感知艺术的内蕴，在所有这些过程中，都体现出语言的独特功能和独特的审美价值。一部文学史，也可以说是文学语言与文体的发展史。文学主体性得到充分发挥的时期，也就是文学繁荣昌盛的时期，一切新的创造最后都要体现在新的语言当中。当某种语言显得陈旧时，新的语言就要出现。先秦时期的诸子散文是非常精美的，那是那个时代的开放性的哲学思想、学术思想造就的。那时的文学的主体性发挥较好，语言的调子淋漓鲜活。韩非的峻洁，庄周的恢宏，老子的诡幻，荀子的质朴。唐代韩柳又是一变，他们从骈俪之风中翻出来，文以载道。韩的气势盛大，柳的意境探邃。进入 20 世纪后，文学的语言亦发生了翻天覆地的变化。

其实，语言的表现是具有无限性的，正是它的无限性才向作家的主体敞开了大门，使作家自己丰富的精神世界得以表现。只有作家的主体性得到充分的发挥，语言的功能才能充分发挥。主体性越强，创造的新成分也就越多。法国新小说派强调语言的创造力而完全否定“再现”，是太有点过了头。但是我们过去过分强调再现而不给表现留有应有的位置是不对的。尤其是，我们没有注意到凡是经过语言再现的生活均打上了主体的印记。对此，卡西尔说得比较恰当。他说：“如果我们认为语言具有创造的和构造的功能，而不是单纯的复制的功能，那么我们就会做出完全不同的判断。假如这样的话，具有上至重要性的就不是语言的‘功’，而是语言的‘能’。”此处所谓“能”即指它的效应，它的反响和作用。语言可以传“言外之意”，这就是“能”大大超过“功”。钱钟书在《谈艺录》中举水底青山和镜中图画更为好看之例时，说“窃谓斯语足供谈艺持‘反映论’者之参悟也”。也就是说经过语言媒介的创造作用所使然。

语言是文学存在的形式。读小说就是读一连串的语言，写小说就是写一连串的语言。词语、句子，还有结构。结构是大的句段之间的搭配关系，也还是语言。人物、情节、细节、抒情，阿 Q 的辫子、三仙姑的脂粉、王一生的棋道，打死陈小手的团长骂人“这小子，太欺负人了！日他奶奶！”统统是语言。因此我们可以说，文学是以语言为手段的。但是，文学中的语言又有其独特的审美价值。亦有人说“得意忘言”。确有此种情况。不但在哲学领域中如此，读小说时也是如此，情节紧张，令人屏息；真相大白，破饶重圆。“意”已尽得，何复记其“言”也。当然，“得意”而不“忘言”者也有，反过来说是得言而忘意者。小桥流水，心有灵犀，石破天惊，摇尾乞怜，愚不可及，这是“忘意”以后才广为流传的。但鲁迅《秋夜》开头，“一株是枣树，还有一株也是枣树”，《孤独者》结尾“惨伤里夹杂着愤怒和悲哀”，他们会离开特定的“意”而盘桓于读者的心中，甚至获得独立的生命的吧？当然，比这更突出的例子还多的是。即使在当代小说佳作中，读者办能找到这种“得言忘意”的句段。越是美学价值高的作品，越不乏这种现象。请想，一位作家呕心沥血写下的文章，到读者手里，一经得其意便可忘其言，那同商品说明书或电视节目介绍还有什么区别？那真要使天下的作家同声共哭了。

圆睁 20 世纪，我们不难发现，在西方哲学史上已被认为是一个“分析的时代”，一个爆发了“语言学革命”的时代，对语言的自觉意识，是这一时代哲学的重要成果之一。所以李泽厚也说“20 世纪的哲学基本上是语言哲学”。无疑，这个背景亦在直接影响着文学的发展。哲学家们醒悟到，语言从来都横亘在主客体之间，它是人类认识世界、交流信息的工具。由此，我们欣赏文学而忽视语言的特性，犹如看了一出缺少主角的戏剧，是一种舍本逐末、买椟还珠的做法。

我的批评观

文学批评，究竟是科学还是文学？这是一个看起来简单但事实上又十分令人困惑的问题。读中国古代文艺批评，给人一种审美体验的感受，文学性强烈；而新时期以来一些文艺批评，标明各种各样的自然科学术语、模式、图表等等，似乎又很像一般的科学。究竟怎样看？郭绍虞先生在《中国文学批评史》中早就指出：“文学批评必须在文学相当发展之后，才能产生，才能发展，才能完成。”鲁迅也说：“没有创作，将批评什么呢？”可见，文学批评活动，是在批评主体与广义对象客体（客观现实）和狭义对象客体（以创作为中心的批评对象）的三维联系中发生的。构成这种三维联系的三个因素又相互构成一种双向循环运动。在三维联系和三组双向循环运动中，文学批评既受到两种客体的制约，又获得主体的能动作用，显示出多方面的规定性，也就形成了它的一些主要特点。对此，必须作一番深入的考察，才能对认识这个问题提供一把钥匙。

另外，常见的种种批评观所选取的视角，种种批评定义所标示的向度，多半都是视点对准客体的角度和趋于对象的指向。在这样的视角和指向范围内，文学批评常常被理解为“文学的批评”，文学的批评又往往被等同于作品的批评或如小说的批评、诗歌的批评等等。在注目客体的批评视野之内，人们看到的是文本批评、结构批评、风格文体批评；指向对象的批评界说，也径自把在批评对象中全然没有发现作品的批评，定义为“没有文学的批评。”作为把握批评的一种角度和方式，它是需要的。但这并不意味着对批评的把握只应该有这么一种角度和向度。只要调转一下视点，变换一下方向，我们就可能在“作品的批评”一旁见到另外一些“批评”。假如选取一种注目批评主体的视角，那么我们该能看到一种“批评家的批评”。这一提法，作为一种批评视角和批评界定，可聊作其他批评之补充。即它突出了批评中人的因素、行为主体的因素，可与文本批评之类强调物的因素、客体因素的批评观互补；它突出了实践的因素、运动的因素，即批评家的批评成为实践者的特定实践，可与看重状态、看重现时因素的形式批评等互补。基于这一批评视角的特点和长处，我们也不能简单套用在批评与某事物间画等号的格式来规定它，更不能排除别的批评定义。因此，我认为批评家的批评，充其量也只能做些富有弹性的预设，而不是做一个硬性的规定。

批评从观念、方法的一端与科学衔接，又从语言、文体的另一端与艺术相通，再要说批评是什么或者不是什么，就更难了。我更倾向于把批评设定为，批评家所从事的特定的活动。

总之，我的批评体验，是在记忆中零零碎碎能够连成一气的，大致是自己曾经写过的一些批评文字与学术札记。或许，这些写作活动能够构成我的思想过程。首先是面对文学现象和文学作品的刺激而产生了想说话的欲望，然后把它说出来。于是便有了我的批评。文艺批评与禅宗一样，需要一种体验。批评家必须具备深刻而敏锐的审美体验能力，才能对作品作一番非常有力的穿刺，并从作品的整体上烘托出、再现出文学作品所包含的美感氛围。批评家的审美经验越丰富，他对作品所包含的美学内涵的体验也就越深刻。文艺批评的实践性要求批评始终倾听当代生活的脚步声，并从中汲取批评的激情，使其与文学创作同步发展、同步探索，并把文艺批评带到一个无限开阔的境界。以上便是我对于文艺批评的片言只语。

[1997 年 11 月 7 日]

卷二　文学批评

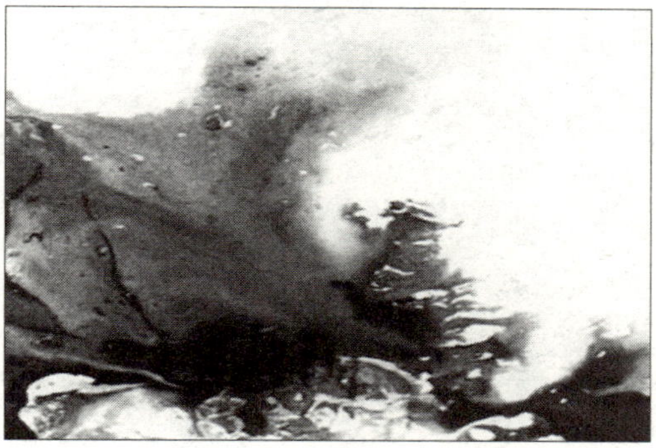

杨梓诗歌意味造型论

一、暗示与寓指构成意味造型之特有本质

阅读杨梓1993年以前或早期的诗歌创作，关于意味的创造，是其明显的美学特征之一。意味造型，是为了能够传达出某种意味之寓意。这决定了意味造型之本身，要具备透射此种意味之功能。但是，意味造型之所以区别于其他特征造型的是其传达寓意之方式，乃暗示与寓指的——不能也不应该直接体现出它的寓意。此一点，构成了杨梓意味造型之特有本质，也构成了诗人杨梓意味创造的特有本质，成为他诗歌意味造型与意味创造之重要标志之一。

杨梓经历了1980年代中国的诗人与诗歌创作之崛起运动，对这场运动与这场运动带来的独特的艺术传达方式，杨梓始终持一种平视态度，既不仰慕，也不鄙视。我始终认为，杨梓是一个在形而上诗学殿堂里不断“游荡”的诗人，他应该是一个人生派的中国诗人，他不仅反复强调诗与人生的直接关系，而且强调诗与民族的一致性。他说“文艺不分国界，我骨子里纯粹是民族的，血管里流着炎黄子孙的血。我的诗，是从《诗经》里流过来的”[①]。（以下凡引《杨梓诗集》诗文，不再注明出处）可见，杨梓在意味化诗歌造型中，是继承与发扬了传统诗歌艺术美学精髓的。在他的意味造型艺术中，包含着个性化与概括化两个对立面，并且将此统一。在暗示形式中，个别与一般、个性与共性之联系是由诗人本身建构起来的；它们之间本来没有必然联系，只是诗人从特定的审美角度，把握到了它们的某种相似点，才构建了一个富有主体色彩的二重联结机制，创造出意味造型。这就是黑格尔所揭示的：“意义与形象既然相互分裂……就不是一种绝对必然的互相依存的关系，因此二者之间的关联就不是客观地存在于事物本身，而是一种由主体造作成的。”[②]（黑氏此处的“造作成”三个字下打了黑点）因此，在意味化造型中，个别与一般、造型与观念是要发生关系的，但由于二者不同质，其关系也就不是必然的，唯一的，不可改移的。同时，杨梓在意味造型艺术方面，有意地保持意味造型之暗示性，乃至难解性，成了杨梓1993年初以前诗歌创作中营构意味造型的自觉追求。我认为，在诗歌中应该永远存有一种难解之谜，诗歌的目的在于唤起所有事物，而不能只有其他目的。所谓的“唤起所有事物”，就是要把意味造型方面不求形似、不求全面展示生活之特点揭示出来。正是这一点，造成了杨梓诗歌创作意味造型的模糊性与暗示性，从而不能直接地说明生活与表达意蕴。故，让诗像谜一样地难解，正如作家哑弦在他的诗集序中所说的：“他的诗，不被世人理解，他从不乞求。”这对于杨梓来说，正

是一种应该提倡的、应该达到的诗歌艺术的至高境界。我认为，不求明了，既是诗，也是诗人之特质。应该说，从古至今的中国诗歌美学的发展皆表明了一个特质，那就是诗歌艺术最忌讳“说明”，诗人也最忌讳求人了解。求人了解的诗人，多如一个街头的卖唱者，不能算是纯粹的诗人。杨梓就一直坚持认为，“诗就是诗，一切解释都是多余，我向来不解释自己的诗。”三十岁之前就在诗坛闻名的杨梓正是把意味造型中的暗示性与难解性，作为一种诗歌美学追求进行了有效的实践。由此可知，意味造型这种美学特性，是杨梓的一种对于艺术创造方式的理解所形成的特有的诗歌创作现象。然而，我们绝不能把杨梓诗歌创作的美学趋向作片面的理解与讨论，以为杨梓的创作主张，就是把诗歌与生活拉开，就是切断诗歌与接受者的关系。意味造型暗示意图，却并非要制造“谜”。意味造型之创造，仍然带有与现实世界对话，与读者对话之社会色彩。区别只在于：它比具象创造之对话交流更多一点深奥性与抽象性。故，杨梓极力地保持意味造型之暗示特质，目的不是让人“看不懂”涵义；如此构思，只不过是在人们走向理解之道路上，设置一些必要的曲径罢了。设置曲径之目的，既是激起穿越此曲径的人们的更大自信心与更大探索力，亦乃培养穿越此曲径之人对于生活的更高层次的观察力与思考力。卞之琳有一段话，颇能表达出意味造型创造时之良苦用心。他主张诗歌创作要有独到的特点，但独到不是让人摸不着，看不清。他说：“旧材料，甚至于用烂了的材料，不一定不可以用，只要您能自出心裁，安排得当。只要有新的，聪明的安排，破布头也可以造成白纸。‘化腐朽为神奇’并非绝对不可能。所以我们说有‘内容’，不如说‘言之有物’，说‘有物’毋宁说‘有独到之处’。但‘独到之处’，并非标新立异，在文字上故弄玄虚或者把字句弄得支离破碎，叫人摸不着头脑，假若您自己感觉不具体，思路不清，不能操纵文字，不能达意，那没有话说，要不然，不管您含蓄如何艰深，如何复杂的意思，一点窗子，一点线索总应当给人家，如果您并非不愿意他理解或意会或正确的反应。”③

意味造型的创造，是把一个谜交给读者，是把读者带进一片迷蒙，但它又不是仅仅只把一个无解之谜交给读者，让读者在无解之谜中沉沦，欣赏不到诗之内涵，体验不到诗之生命价值。其实，杨梓在意味造型营构之时，他就已经留下让人进入他的世界，直至内层通道，在他留下的“窗口”中窥探他创作的隐藏奥秘。亦即是说，诗人并非停留在幻想之色彩形式上，而是要创造出诗之含义；同样诗人也不能停留在含义上，而是要以形式来表达自己的思想。所以，对于高明的创造者与高明的欣赏者而言，诗的意味造型不仅仅只是一个谜。虽然理解意味创造，没有什么通天大道可循，但曲径通幽，还是更能增加接受者的审美志趣。我发现，意味造型之营构，是杨梓按照意味美学之透射志趣设置的。也就是说，杨梓对意味造型之营构，总是以其能够成为意味造型并能传达意味美学为目的。因此，意味造型之营构虽以能否成为谜而作为成功之一种权衡手段，同时，它也以如何才能更好地破译出这一谜底作为其营构之目的。其实，诗歌艺术在其真正的语言造型中，能够使我们感觉到一种非常新鲜的、令人回味无穷的、一时又无法言说的就是那种所谓有“意味”的东西。无论清晰与否，直接与否，总是有一种“艺术无限”的东西体现与揭示出来，让读者在接受中感到美滋滋的一时难以自拔。故，杨梓在意味造型中所考虑的是两个相向流程。一个是谜的建构流程，一个是谜的解构流程。建构流程，是谜的隐蔽流程；解构流程是谜的意义之敞亮流程。能建构又解构，能隐蔽又敞亮，正好是杨梓诗歌创作意味造型特有的含蓄隐晦之美，却又让我们能够领略其奇妙之处。这就是杨梓诗歌创作之特质，也是他意味造型可以顺利地透射其内涵的内在机制。由于他诗歌创作的意味造型的非实在性始终不能抽去，故意味造型应该是其基本前提，是把实在之物变成不实在或不那么实在之物。这也正是杨梓诗歌创作之意味区别于具象的本质之一，因而也应该是他的意味造型在其营构中遵循的自我美学法则之一。

就大体的诗歌创作路向而言，杨梓为了实现透射寓意的目的，他在意味造型的营构方面做到了多个方面的某一点。多个方面是：或者离开实在而至超越，从而使接受者不被实在之关系与涵义所束缚，能够在超越实在之情况下，去思考诗歌的意义。或者脱离具象而进入抽象，面对具象，只能得出很具象的思想成果，进入抽象，就能包括具象、消解具象而得到有关社会与人生之抽象思考的哲理成果。或者从此岸到彼岸，不能让接受者只知观照眼前之物，要安排必要之途径，让接受者明白应当通达彼岸，才达到了理解诗之目的，此时，读者身在此岸，看见的是眼前世界，心却在彼岸，想的是那遥遥之远方。有了诗人如此之美学营构，读者的想象力不是被诗歌作品桎梏了，而是被诗歌作品激活了。因为诗人“不愿扼杀读者的再创造”（杨梓语）。这就必然会产生意味造型的创造者——杨梓的一种美学期待：读者积极参与作品中去“再创造”，去探索诗歌艺术背后之奥秘。这不一定就是意味着所有寓意之谜皆可轻而易举地被揭破，但揭破意味造型的寓意之谜，领略意味之美，应当说是具备了充分的条件与可能性。意味造型之意义，是在其营构之中被世人奇妙地、悄然地释放过的。这是杨梓意味造型营构的匠心所在，也是我们理解他诗歌作品之关键所在。

二、借助音乐的节奏与旋律进行意味造型

杨梓 1990 年初以前的诗歌创作的另一个特征，就是充满了音乐的节奏与旋律，这也符合中国音乐文学的传统，也符合诗人自言“我的诗是从《诗经》里流过来的”之表白。他的诗歌创作正是借助于音乐的节奏与旋律，进行意味造型中实现寓意透射的重要艺术表现手段之一。近现代音乐文学史家朱谦之在其名著《中国音乐文学史》中说：“只有浩然一片的音乐世界，而在音波反复曲折的地方，却成了绘画的假象而表现，就是绘画世界……音乐世界是晦暗模糊的，绘画世界是细致刻画的；音乐世界是暗示的世界，绘画世界是描示的世界。所谓宇宙生命的大流，就是这样声色相通，官觉交错地来表现情感，创造伟大的艺术世界的。”朱谦之复引潘梓年《文学概论》一书中之一段话说：“人们的生命是一个流，不断地向着一个永久流去，也有时聚成大海，波浪拍天；有时汇为小河，慢声低唱；有时受着太阳吐金光；有时常对明月发笑；更有时蒙了云雾，现出凄惨的颜色。然而他终究是个流，永远不断的生命之流。这个流反映在声音上成为音乐，反映在色线上成为绘画，反映在形体上成为雕刻，反映在动作上成为舞蹈，反映在文学上便成为文学。”④这些简明扼要的论述，且将文学艺术的源泉呈现在我们的眼前。文学艺术的源泉就是作家诗人胸中的“真情之流”（朱谦之语），就是音乐在文学艺术中之活动体。对于在诗歌中创造意味造型的杨梓来说，把音乐与诗歌创作巧妙地融合在一

起，进行全方位的思考与营构，是他很突出的一个美学特征。我认为在中国当代诗人中，杨梓是一位很唯美而又最富有灵性的诗人之一，他同时也是一位对意味造型艺术富有强烈追求与创造的诗人之一。他认为在诗歌创作方面，要“给形象的和抽象的事物都赋予生命，让每一个词汇都能跳跃自如，把一粒沙尘当作新生的婴儿，诗也就有了灵气。我写诗，往往把一切都看成了有血有肉有灵魂的人，常常把一切都看成我自己。”他说的“让每一个词汇都能跳跃自如”，就是指音乐的节拍、音符和韵律。音乐的节拍、音符、韵律是被诗人置于诗歌创造的首要位置来加以观照的。按照杨梓的认知与融合，诗对音乐之借用，正是诗向自己审美极限发展的必要一步。诗人善于运用节拍、音符、韵律等元素在诗中之表现，这些元素是他诗歌美学上非常得力之助手；也许只有在诗的音乐中灵魂才最接近崇高之目的——在诗情爆发力到来之时力争达到的崇高目的，即意味造型最美的创造。我读杨梓的诗，总觉得他的诗里有音乐，而且旋律、节拍音符与节奏非常突出，时而明快，时而舒缓，时而温婉，时而强烈。他的诗与音乐之融合，就其意义而论，会促使其诗的发展获得更为广阔的天地。我一直认为杨梓是从音乐、绘画等艺术门类中吸取诗歌创作知觉最多的诗人，尤其是音乐，成了他意味造型创造中改变诗艺之重要手段，于是，在他的诗中不断充满了自由、新颖、轻灵，但不乏深邃之思想意蕴。我们试想，不是引入一个单调的叠句，而是使每个事物，每一片风景，每一种灵魂之状态均有其叠句；我们可以从他诗的每一个段落中去体认；而在他的很多诗之结尾，所有被我们体验到的词汇标记融合在一起，均形成一种富于旋律的“真情之流”，最终出现反衬与叠句对照相遇之结果。所以在我看来，杨梓的诗就有了朱谦之音乐文学理论中所说的，这个世界就是一个永远不息的“真情之流”之效果。真情之流从其传播音乐之韵律，如《庄子·齐物篇》所谓“天籁”“地籁”“人籁”，“宫商虽千变万化，却都是大自然的音乐之流之一波”[⑤]。杨梓之所以会在诗歌创作中运用意味造型，就是因为意味造型在他的诗歌创作实践中作用很大。原因有二：一是表明音乐对于意味造型创造而言，极其重要。意味融合音乐对于其意味造型有着很大的潜在影响力。二是杨梓在其诗歌创造中融合音乐，其营构之意图相当明显。其中一种特定的旋律，不仅或多或少地暗示一般的意味造型，它还表明蕴含着一种特定的思想、理念与美学。杨梓通过创作实践来对于音乐与文学融合的认同，表明了他试图借助音乐之力来创造富有魅力的诗歌，他把音乐性作为诗歌创作的至高境界来追求。他在《舞蹈的夏》一诗中写道：“黄米色的月 / 穿过南窗的槐树 / 轻轻又轻地飘进小屋 / 我感到夜的长发 / 忧伤四溢…… / 我拧亮第一颗昏星 / 抱起她的一沓素笺 / 潜入最深最沉的音乐 / 与她共舞…… / 没有雨的夜晚 / 感受不到生命的况味 / 我从最冷落的一角 / 走进雨乡 / 让所有的痛苦与幸福 / 都在心头淅沥 / 让浸泡于水中的月色 / 照亮每一个前方 / 雨/越下越大 / 从莫斯科郊外传来的乐曲 / 在我波浪的心底响起 / 我跟随雨点的节奏 / 为她独舞。”我在读此诗时，蓦然想到贝多芬的“月光曲”，似乎听到了“月光曲”优美恬静的旋律，杨梓时而在用一种很印象的写法，表现月光运行与心的交响乐。我想象诗人创造的意味造型缓缓射在空间的月光波之震动，与南窗的槐树轻轻飘进小屋的浮动的调和及雨声之响动的振波，捧着一沓素笺，让浸泡在水中的月色的运行律动之幻影一起共舞。可见诗人对音乐之重视。故音乐乃诗之本质的一个层面，是杨梓诗歌创作的重要内容之一。由此，我们完全可以说，诗人心怀着从音乐中寻找着实现自己创作目的的强烈愿望：要把意味造型的创造上升到音乐创造之高度，使意味造型具有音乐般的魔力。

那么，为什么在意味造型之创造中，诗人会那么如此巧妙地融合了音乐呢？

原因就在于音乐对诗歌创作之介入，使得意味造型变得虚无缥缈与空灵悠远了。一方面是：虚无缥缈与空灵悠远，淡化了意味造型之实在性；另一方面是：虚无缥缈与空灵悠远，为读者提供了对意味造型理解时展开更大想象的可能性，意味造型对于音乐之借用，正是对于音乐的抽象性、不实在性与非确定性之借用。音乐提供的东西，正是意味造型创造中所欲达到的东西。从杨梓的许多诗中，皆可以看清音乐本质的此一点。正因为音乐所追求的是意味多于真实(实在)，所感受的内在性也多于外在性，所激发的不确定性因素也多于所暴露的确定性因素。故，先验论美学得出结论说，音乐深入到世界的精髓之中，因为自然与精神确实是在无条件之中的，一旦音乐表现了自然与精神事件的此种统一，它便向我们暴露了事物的本质。音乐不同于语词符号，或者用在意味造型艺术中的寓意符号，音乐的声音，在它们的符号中是不明晰的。音乐不能指明与详述它所唤起的内涵，此事实已成为有关音乐内涵意义理论化尝试的一个基本困境，而经常被学者引证。但从另一方面来说，内涵的此种灵活性乃一种特长。因为它使音乐能够表达那些可能被叫做超现实的神话之本质，以及在人类生存中主要的与充满生命力的经验之本质。其实，所有内在之事物都是悦耳动听的，它们自然而然地表现为音乐，使音乐之含义更深了一层。比如杨梓在《野黄昏》中写了一组以动物为意象载体的诗，非常玲珑剔透，意味造型十分鲜明，很耐读。有谁能用逻辑语言表现出那么一种富有音乐性的诗歌对我们所产生的效果呢？这是一种不能言喻的，莫测耐嚼之言语，它将我们引导到无限之边缘，并使我们向此类意味造型画面长久凝视！故，音乐被杨梓有意自觉巧妙地植入了他的诗歌意味之中；诗歌意味，从他那里获得的就是一种强化意味造型特征性的美学力量。对于音乐的利用，在杨梓诗歌意味造型中很明显，他的诗与音乐卓有成效之融合是其意味造型之突出表现手法。他在《野黄昏》中写了近二十种动物，此组诗一直以来让我喜欢。我觉得人世间不管什么动物植物或零碎的泥土瓦片，到了杨梓的笔下皆能变成有滋有味的诗歌美篇。别的不说，就说此组诗中的以《乌鸦》《苍蝇》《蚊子》《蛤蟆》等写成的诗作，就非同一般。因此类动物平常是被人所唾弃的，但到了杨梓笔下皆成为好诗。还是书归正传。此一组诗是杨梓诗与音乐融合的成功之作。尤以《乌鸦》最为突出。我觉得凡是读过《乌鸦》这首诗的精彩段落之人，皆会被那刻意使用的“杨梓式”词句之力量所打动。可以说在汉语诗歌中，人们很少使用此种方法。我的意思是说，为达到某种美学效果而采用的合理手法，或者说从无诗人未有意识地使用过此种真正巧妙之方法。确如此，杨梓的成功在于他如此谙熟读者之心理，了解读者灵魂之共鸣出自对于不同音符的感知之上。他发挥了此一点，遂使他的诗作有了不可思议的美学力量，既实现了自己所确定的意味意义之传达，又把此种意味意义巧妙地随着“杨梓式”特有的语词、语韵所产生的乐感输入到了读者的心中。《乌鸦》本属于那种表达忧郁情思之诗作，忧郁之句调和低回之旋律，正好成为其内涵之恰切载体，烘托着忧郁情思去深入读者之心。《乌鸦》之创造，乃诗之美的创造，也乃音乐之美的创造，两种美的融合，成就其为一个杰作。

杨梓的这一组以不足挂齿的动物为题材的诗，是用鲜明的节奏创造出于烘托着心中对某种愿望未果之失望感。这对引发诗之意味，起到了至关重要的作用。此组诗的表达的是失去人的爱与生命力以后，在行善或放逐的过程中都会有一种无依无靠感。那些思想处于游移不定的时候，正是在此组诗中引发的。此组诗没有指向某种目的的人为的节奏，诗的语言就像少女青春期的爱情一样，充满了某种好奇，显得铿锵有力。诗人在《鹰》中开始的几行诗里，通过鹰在苍空有力的盘旋、心跳般的节奏，用诗行中安排的对称的重音表达出鹰的生命感。“顿时 / 群鹰荟萃 / 拉开暴风雨的前奏 / 大漠立刻萎缩 / 缩成餐桌抑或温床 / 西山 / 恍若老妪 / 每一道皱纹里 / 都填满痉挛 / 这是怎样的一段序幕 / 鹰和牛之间绝对真空 / 太阳不是红烛/无泪可洒……”此处的声音似乎还是微弱的，节奏也是平缓的；接着诗人写道：“不同羽翼的鹰 / 因相同的俯视 / 铺平一片默契 / 随即卷起几股青云 / 集中射向很肉感的目标 / 予以覆盖……”此处的“不同羽翼的鹰”显得非常默契，相互很有共鸣感；鹰在“此时无声胜有声”的语境中，被大漠卷起的青云，覆盖在一片和谐的目标上；此时，“群鹰甩开翅膀 / 放纵长脖 / 伸展血红色的目光，用利爪撕破一层层挣扎，狂妄无度地瓜分空间，贪得无厌地疯吃时间 / 淋漓无止地宣泄饥荒 / 闪电之间 / 远景被彻底摧毁 / 在如火燃烧的大漠上 / 一堆牛的化石 / 顿生水草”。在这些诗句中，由辅音与元音组成的时高时低的奇特音律，使我们感觉到在干燥的荒漠戈壁那里，似乎确实有许多鹰在贪得无厌地宣泄饥荒，让如老妪的每一道皱纹里的西山“顿生水草”，让昔日的草原不再成为荒漠，它欲传达出垦荒者的悲凉，荒漠失去草原绿色这样一个具有普遍社会意义的人生体验，就成功地借助于“鹰”的这个利爪、血色目光的意象，与垦荒者踯躅莫慌的画面的刻画描摹，获得了实现。所以,《鹰》能够让我们感受到诗中鹰的凶猛意象与垦荒者的凄凉心境的统一。如《野黄昏》这组诗，如果在一般诗人笔下，必定是写成“恶”的意味，但在杨梓笔下，的确是以音调的悦耳、流畅、悠扬为其音乐性之特点反而成了他的美学追求。诗人杨梓让其本就不足挂齿的“动物”（如苍蝇、蚊子、老鼠、乌鸦等)来表达和谐、悦耳、优美与灵动，就是欲借此种特殊的物象所具有的音乐性来表达他的特殊的思想感情。生命永远富有活力与个性，那么，表现生命之音乐，又怎么能够不以同样的形态出现呢？在此，我们只有对杨梓诗歌艺术之惊羡，而不能因其诗作表面没有写到音乐就不能认定他诗中强烈的音乐性。其实，诗人杨梓对于诗中音乐性之独识，恰恰佐证了他的诗歌作品对于音乐性之践履。杨梓甫一步入诗坛就不是随便滥用音乐性、不依赖音乐性的诗人，但他却是一位决不放弃音乐性的诗人，只要音乐性是与诗歌作品之意义相关联，他认为就是有价值而值得利用的。他在《杨梓诗集》跋诗中曾说：“我喜欢屈原、陶渊明、杜甫、李商隐，也喜欢艾略特、帕斯、马尔克斯、艾特玛托夫，还有梵高、贝多芬、萨特、海德格尔等。他们每一个人都是一条大河，我只取一瓢饮之，而不愿意掉进某一条河流。”这里所引诗人“喜欢”的大诗人大音乐家大哲学家，就是想说明在音乐的各种特点中，与诗人关系最为密切的就是节奏感与结构感。我想杨梓的诗歌作品可能会非常接近类似音乐的东西，由此造成他的诗节奏十分鲜明，结构十分明晰。这就是我在读他每一首诗作品的时候，往往首先就感到是在以一种特定的节奏映入眼帘，而后才用词语表达出来，而且这种节奏已经助我在解读杨梓创造诗之意味与造型。我认为这种经验并非我个人所独有。诗中主题之回复运用与在音乐中一样自如。可能会出现这样的诗，它像是用几组不同的乐器来发展主题；可能会出现如此之过渡，它与交响乐或四重奏中的乐章发展相似；也有可能用对立法则来安排这些素材。杨梓在《野黄昏》中的音乐性选择是独特的，证实了节奏的和谐，甚至音乐性表达的特有位置。这种诗的音乐性实践与其他诗人的艺术表达是不同的，杨梓在他的意味造型诗的音乐追求上非常“唯美”，又达到了相当之拓展。他在诗中显示出了意味造型之音乐性，可以在十分宽泛之音域范围里，作更大自由之选择；只要每一种选择与处理是恰当的，它均会成为诗歌创作之有机部分。

以中国当代诗人杨梓的意味造型来看，他的诗对音乐的摄入，一开始就显得十分自然与成功。这不仅使得他诗的语词形体，变得如水如空气一般流动婉转起来，也使他的诗之情思内涵，变得如烟如云飘忽不定起来，从而完成了意味造型之创造，达到了暗示之意图。他的《永远的家》就是一例。“酒是一种孤苦 / 烟头/明灭不定 / 闪烁一串浅浅的跫音 / 谁的情语 / 犹如阳光及火柴 / 擦过盛满激动的裸体 / 只为那一销魂的挣扎 / 熊熊燃烧 // 有位似曾相识的女孩 / 捞出酒中之月 / 竖起一块无名的碑 / 在飘雪的西部 / 为流浪汉 / 建起一个温暖的家”。这里显现的是借酒浇愁的传统审美意象，诗歌抒发的是人生无常之感慨愁怨。诗人之意象选择，对这一情缘非常有作用。似乎是空寂之夜月街角，明灭未定的烟头，散发着犹如阳光的微光，那销魂之挣扎在熊熊燃烧，皆在传达着一种无以言表之人生愁绪与无奈之感。但是很明显，此酒之意象营构，却是十分稀疏的，它留下了巨大的非意象空间，充塞其间的是音乐。舒缓之节奏，构成的低回婉转之旋律，已把诗人之一腔愁怨，化入了诗的空气中，吹进人之心头。故,《永远的家》不是以意象取胜之诗，而是以诗中之音调、节奏、旋律的合理营构取胜的。欣赏如此之诗，你大可不必一开始就进行思考，只要你随着诗之音调、节奏、旋律一起震动你的心灵，你的身心就会慢慢升腾，飘飘欲仙，在生命转化为音调、节奏、旋律之际，体验到诗中意象之真谛。你未必同意诗中之倾向，也未必要进入诗中之世界，却又难免不因此诗之撩拨，此音乐之感染，也与诗人一起去轻轻地感伤一番，去细细品味人生之底蕴。我们在杨梓诗中，通过铿锵之音节，似乎得到了一股催眠的力量，歌咏的是人类有时感到“烦”之无奈、情感之阴影、生活之梦幻与“酒”引发出来的精神上的飘飘欲仙的“远方”……此乃诗人作品给我们留下的精髓之一。其中“酒”给我们带来的一股催眠的力量，说明诗之音乐般的魅力。《永远的家》是诗亦是歌，把杨梓以音乐入诗、以音乐来创造诗之意味所需要的朦朦胧胧、恍恍惚惚之美学力量之意图，表露无遗。《野黄昏》一组诗中的《兔》尤为出奇制胜。全诗云：

“当生命的追求达到顶点 / 死亡，便会尾随而来 // 是你饥饿的追逐 / 使我孤立于天空的边缘 / 背对着你 / 俯/视 / 深不可测的现实 / 所有的感觉 / 大幅度滑坡 ，爱与恨 / 被足迹洒成一首小诗 // 那时，你和我 / 对立于多梦的峡谷 / 我就不再生产梦幻 / 而同你一起展销疲劳 / 在这座风化了的石山 // 爬山，是你给我的选择 / 使我找到脱落的自己 / 为了剔除平庸 / 留下一声精神的感叹 / 我为你支出 / 整整一生的孤苦 // 在山巅，我淡然回眸 / 你 / 是恋人是猎人还是死亡 / 我 / 还能拒绝你半次吗 / 还能从山上滚下来吗”。

这是一首诗行排列与梦幻飘荡有机融合之诗作。通过对于梦幻之模拟，创造出的梦幻律动，消除了诗中语词与意象造成之视觉感，给人一种听觉之印象。故，此乃一首由语词营构之音乐之诗也。看起来，它有时“孤立”，“孤立”得只有梦幻之感觉，这梦幻之感觉如“兔”一般，或在天空之边缘，或在峡谷树梢间流连，或在山巅游荡。然而，由于此诗已成为音乐，意欲激起的已是人的音乐感，故其已把意义交给了节奏，交给了音乐。因此，当人们被诗作品的音乐、魔力，带到山巅峡谷时，已心入空谷，感染上了荒凉之感；带到遥远的云山梦幻时，已身在云山，感染上了寂寥之感；带到梦幻化为故乡或化为石山，感染上了悠远无边之感。唯其此诗“孤立”“孤苦”，诗作在此才成了引发人们产生荒凉、寂寥、悠远无边之感的触发器。不孤立、不孤苦，人的联想、人们的体验，反而会被束缚住不能自由驰骋。故，此首诗不是没有意义，而是借助音乐，表现了它的意义——一种特殊的情感体验。其总的情感基调，应该是忧郁加抗争。忧郁的是无奈，抗争的也是无奈，它并非人类之劣根性，正是灵魂自由时可能有的一种反应；对于永恒所产生的瞬间感，对于自然界之萧瑟所产生的疲倦感。诗人在梦幻中听到了这个启示，也就利用梦幻的苍白之律动，驱散不尽之余韵，表达了此种情感。此首诗之成功，正是在于诗作品已把音乐之朦胧、抽象与不确定性的美学性质发挥到极致而所致。我觉得诗的音乐性游离于价值之外，否则，我们哪能读到具有杰出音乐美的诗，可是，我很少遇到这样的好诗。我如此解读这首诗（不仅仅局限于此首诗），是因为诗人的作品是用音乐打动我心，从而被其价值自然而然俘获的诗。这就告诉我们，解读杨梓诗时要注意他诗之营构特点，对于音乐性很强的诗，要从音乐特性入手，舍此而其他，易犯解读诗不公之病。杨梓很多意味性的诗歌作品对于音乐之利用，都是那样的广泛、妥帖、有机，在他的许多诗作品意味创造中，亦达到极高之境地。

前文说过，杨梓目睹了1980年代中国诗人与诗歌之崛起运动，但他并没有沿着那些所谓“朦胧诗”之路径走，而是锐意革新当代诗歌传统，另辟蹊径，走了一条自己的诗歌创作之路。他1993年初以前的诗歌作品明显具有未来性，有些抒情断章实在是写得美极了，令人醉不释手。诚如诗人在《杨梓诗集》跋诗中自己所言：“我的诗，正如诗友所说：离诗坛越来越远。但我知道：我不是落伍就是超前，我不是传统就是现代。或者说：我在努力把传统与现代熔于一炉。关键是：我能成为自己，这是我的欣慰。”从杨梓的解说与界定来看，他在这里倡导的诗歌理想，可以称为超前诗、传统诗、现代诗或杨梓（成为自己）诗。我认为他的诗绝对是现代诗、超前诗、杨梓诗。但不论如何认定此种诗，说其中已被意味思维浸润，已是不容否认之点。因为杨梓诗歌作品的最主要特征，是与具象写实传统的分离与融会。他在强调超前意识的诗作其实是更加具有“非个人”之特点时，他实际上也肯定了诗歌的音乐性在意味造型与传统及现代的融合中所起的作用。他告诉人们不要忘记人生有“峡谷、梦幻、石山、平庸、感叹、孤苦、死亡”等一类情绪时，诗人之潜在意思是说人与世界、人与生命、命运之间还存在着鲜明强烈之对应。此对应，运用暗藏在诗中的音乐性来表达是再恰当不过了。很明显——只能用音乐性来进行诗的意味创造与揭示。故，诗人认为具有意味造型特征的某些具有音乐属性的未来诗歌，将“让每一个词汇都能跳跃自如，把一粒沙尘当作新生的婴儿”，尽力表达人与世界、人与命运之间之关系，表达他的思想与他的梦幻，让诗有灵气。此处“一个词汇能够跳跃自如”与“一粒沙尘当作新生的婴儿”，就很富有音乐的节奏感与符号性。应当说，诗人如此之实践，并且在美学上作如此之一种选择，乃走向意味创造之必然一步。依此来看杨梓的诗歌创作，其中的音乐意味是很浓的。他的组诗《野黄昏》与《无宝镇》，就是这样的代表作。“晚秋的碎石 / 靠在墙壁的余晖/遮掩着废墟的微笑 / 像吉普赛的流浪之歌 / 陶醉　在小镇的手上跳跃 / 在完整的破碎中穿梭 / 从红门的缝隙滚滚而来 / 一片繁荣的呕吐 / 或跃于渊……面对无数生灵堆积的岛国 / 一个民族的灵魂在流血 / 我在为谁流亡 / 在充满迷梦的现代荒原……空茫的祖训如无魂之躯 / 我扛起哲人的头骨 / 把沉甸甸的钟声 / 抛向风吹草低的西山脚下 / 伴随行云流水的琴声 / 如泣如诉地飞舞……鸟群，元素之间的符号 / 飘向没有足迹的荒芜之界 / 它们不知道一扇扇小窗 / 隐藏着残忍的花瓣 / 它们的哀鸣悲壮而且神圣 / 如石而落似海而倾 / 麻雀弱小的翅膀 / 不再栖满黄昏的枝头 / 鸽哨消逝于和平深处 / 大雁的南北之行 / 被锐利的目光切断 / 那只小女孩的丹顶鹤 / 重陷绝迹的泥淖 / 凤凰，不死的火鸟 / 只活在城市的语文课本里 / 所有的飞翔都在流失 / 向天国流失……”（《红门：启开与关闭的瞬间》）。红门与沉甸甸的钟声一样，是个意象——音乐符号的意味……刻画的对象心理活动的整个过程与红门之暗示紧密相关，它不仅使音乐旋律的节拍飘然而下，还使隐喻暗指之范围有所延伸。红门的音乐性之意味义是多重的，当其与不同的对象结合时，它有不同的意味。拿“小女孩”的丹顶鹤、不死的凤凰火鸟来说，她暗示人类生活中从未找到的一种启示，那就是人类的每一个个体都将流逝在天国，人类的精神或永无止境地活在“城市的语文课本里”。此时的诗歌内容与节拍的大幅度跳跃，恰似音乐的旋律过渡一样——人类的精神我们已无法看到它的实有存在，只能从“城市语文课本里”去寻找与阅读——从音乐声中去聆听和阅读；此时的诗人，已经完全摒弃了写实主义的叙述手法，此诗融入了音乐的多个“声音”与多个“声部”——并不在有意识的或是潜意识的层次进行独白，而是代表了20世纪中国一个市民阶层特定对象整体生活的多个部分，这多个部分说明了不同的基本个性对于精神体验之反应。所以，实际上，《红门：启开与关闭的瞬间》，是通过多个不同层级的心理细节的音乐性运演，展示了人的生命之全过程；从诞生、成长、成熟到衰亡，此诗乃诗之音乐，亦乃音乐之诗，将其看作是杨梓音乐文学之代表，当是有理由和恰如其分的。

在杨梓的此种意味之作中，音乐对于意味造型之营构与意味寓意之透射，依然是出奇般的重要。《杨梓诗集》共分四辑八十多首诗，或生命的四个阶段。每一辑都有一段抒情的引诗，它支配着全辑的内容。在这些引诗中，并不出现任何对象，它们分别描写不同景色在不同语境中不同时刻的种种变化。此景色围绕着各种不同的植物、动物，以及人文景观，或山脚下的一幢房子，雨水引发的洪水一阵一阵地涨落，大雁早出晚归地飞翔，花朵盛开又凋谢；透过窗户所看到的种种物体，例如“在圣洁的西山 / 有我永远的等候与追求 / 凝望天涯之路 / 我，必将触到自己里的自己”。这些富有灵动深思的艺术知觉随着“唯一的绿色”的变化以不同的形态出现在不同的引诗中。整个技巧富有音乐感：各种物体都变成了表达不同主题的音响，忽强忽弱，相互交织，轮流突出。这些抒情引诗，是杨梓诗歌中造型最为生动之部分。故，完全可以把杨梓的这些诗看成既是一部音乐文学，又是一首诗。所以说杨梓诗的结构具有音乐结构之特点，是符合诗的律动事实的。《无宝镇》里的许多诗正是用其音乐结构，犹如交响乐一般地展开了它对生命历程的抽象复制与共振推导。把生命之过程，生命之回环往复，生命之奋进与活力，生命之痛苦与死亡之纠结，表现殆尽，唱出了一曲生命之歌。

《天涯路》《无宝镇》等诗中融会贯通的音乐，实际上源于杨梓的自觉营构。考察杨梓的创作过程会发现：诗人一边在把诗作品置诸意味化之统摄之下，一边也在把诗作品置诸音乐化之统摄之下，这不是巧合，而是巧构。在此，意味之虚拟性呼唤音乐，音乐之抽象性、模糊性强化着意味。此乃令人赞赏之一种美学张力。关于意味，诗人表达的是对具象摹写之否定。诗人让每一个词汇都富有诗的灵气，亦即是说，在杨梓的诗中，一切无用的、没有生气的、多余的抒写统统被取消；全力以赴抒写那些大千世界变幻莫测之瞬间，不管它包含什么内容。姑且认为那个瞬间是双向、知觉、黄河、古峡、大山的呼喊之结合。无用的、没有生气的抒写，是有由于包括了不属于那一瞬间之因素；写实主义者的此种可怕的叙事方式——从吃午饭描写到吃晚饭——是虚假的、不真实的，不过是因循守旧罢了。杨梓为自己已能讲出好多诗作品的由来，也能让虚拟的对象回顾过去与瞻望未来，但是他不愿意这样做。他认为世界上每一位大诗人“都是一条大河，我只取一瓢饮之，不愿掉进某一条河流”；他说“要写出诗味，就把树写成会流泪的”，“诗就是诗，一切解释都是多余”的。杨梓终于走到了意味的空旷，不让诗之由来、细节把诗充塞得太满。关于音乐性，亦为其营构中用尽心力谋求的目标。在他早期的诗歌作品中鲜明地交织着诗与音乐的关系。他的许多诗都在转化为一系列莎士比亚式（莎氏式独白一般被学界解读为“沉思型、抒情型、雄辩型”）的戏剧独白，关键是要使诗作品随着“流浪”的节奏均衡地不断重叠出现。我读他的诗，庶几就是在亲耳聆听贝多芬的四重奏，突然就觉得贝多芬音乐中的田园、月光、森林，以及旋律中奔放的激越、舒缓、悲怆、雄壮、狂放等进入视觉与听觉，那些音乐情景似乎尽收进来，而不让我的阅读中断。这是杨梓的个性，也是他的自我挑战。我感到他对诗的语词、结构、布局，就是像音乐段落中的安排一样，不管音乐旋律如何变奏，都把重音落在主题上，让重音结束作品。《幻化》以“裂谷，是我乾坤 / 月岛，如我梦境 / 随意地卧雪而眠 / 忽见芳月中的仙岛 / 荡漾于清幽的碧落 / 一种万物之外的光波 / 自我的灵魂之隙迸涌而出 / 天海一色”结束全诗，其作用就是两方面的，既取得了音乐般的效果，也在此音乐般的效果中把主题随即输入进了人们的心中，而让人震颤不已。故，可以说杨梓诗的音乐性结构，正是他为其诗作品所欲表达的生命精神寻找到的恰当的节奏形式。我细琢磨杨梓的诗歌创作，与音乐的关系极为密切，极为直接，其中出于意味之目的而设置的节奏感、主题音乐，对于意味造型之践履亦是很有益的。他的《致小水鸟》里因时序变化而产生的波光感；在《墙：沉默的玫瑰》里不断出现“在没有日期的孤岛上”，用信笺做成的“闺房”，“住着你和我的玫瑰 / 海的音符为你翻飞 / 春的雨露为你飘落”的主导音乐，均是例证。此一切说明了意味营构融合音乐，是其重要途径之一。分析杨梓诗歌中之意味造型，特别是寻觅意味之寓意，不注意音乐之作用，不愿意从音乐之角度感受它，皆可能是一种失误。音乐与意味太接近了，从音乐角度去感受杨梓诗歌之意味，势不可免。不过，要提请读者注意的问题是：在杨梓有的非意味诗歌创造中同样也有对音乐之融合，但它主要是对音乐美感之融合，音乐只是它的外在装饰，或者只是它的局部之要素，它对音乐之融合，很少是对本质之融合，故杨梓诗歌非意味的创造中兼有音乐成分以后，它仍然还是诗，仍然还保持着语词的硬性与触角。意味的创造一旦与音乐结合，它就与音乐本质化一，它是诗，却已是音乐与诗歌之融合——音乐的文学；它有语词，而语词已被音乐软化，更像音符。因此，在研究分析杨梓诗歌文学与音乐关系时，我们不能忘记了这样一条原则：当诗歌中融合了音乐，不仅是出自美感的需要，而且也是出自意义的需要，这里的音诗融合，就有了意味之色彩。反之，只有美感的需要，而无意义的需要，此时之融合，只有方法之意义。意味造型之营构对于音乐之融合，正是相互占有，并且应当是发生在本质层面上的相互占有，亦即本质占有与本质化合。只有如此，音乐才能名副其实地成为意味寓意之载体，带着意味寓意升华，让人们从中谛听到来自意味核心的那种意义之强劲震荡，领略到意味造型的深藏不露的精深内涵之微妙启示，从而走向意味，与意味之义对话交流，把意味之义化为生命之一部分。

三、通过意象的惨淡经营创造意味造型

通过意象的惨淡经营来创造意味造型，是杨梓诗歌创作的基本走向，也是他诗歌意味寓意透射之基本路径。因为意象真正之功用是：它既可作为抽象之物，也可作为意味，即思想的荷载体。这就是说，意象对于稳定地凝聚意味寓意与呈示意味寓意，都是行之有效的。因此，它实际上也成了透射出杨梓诗歌意味寓意的一块三棱镜，闪烁着奇光异彩。只要你会解读，善于解读，你就能从杨梓的诗歌创作中把握到那种体现了意味寓意的特殊光束。故，一个创造意味造型的诗人，总是不忘用其笔下的意象来为他的作品说话，而作为读者，我从其意象入手来阐释其作品之寓意，似乎已是曲径通幽之正确入口处。就意象营构对于意味寓意透射之特点来看，反映在杨梓诗歌的意象创造上，有几种方式值得关注：

（一）主导意象的设置。主导意象是指处于杨梓诗歌作品中心位置的意象，它对全篇作品具有统摄作用。离开此，杨梓诗歌作品就会散乱破碎。故，若把杨梓诗歌看作是一串珍珠，主导意象就是其贯穿珍珠的红线；若把杨梓诗歌作品当作是一个完整的轮辐，主导意象就是轮轱。杨梓在其诗歌创作中实现意味寓意要依靠意象来实现，他更乐意以主导意象来达到其目的。因此，杨梓对于主导意象之选择常常是十分用心而独具特色的。他把欲表达的寓意赋予主导意象，正是他这位诗人由自我走向作品，又有作品走向读者之途径之一。杨梓的诗歌创作中以意象为表达方式的作品很多，几乎俯拾即是。比如《杨梓诗集》中的开篇《爱诗者——都是上帝之子》不但是如此之作品，而且也特此表明了他的整部诗集都是如此。在开篇诗中，将诗与人间的各种关系都因上帝而定。在诗人心中，爱诗者就均是上帝之子，不管你是物质的贫民，还是痴情似火才情横溢之人，诗是不分时空，不分男女老少，它“只把灵感赐予诚挚的爱者 / 拒绝一切罪恶之手”，因为“诗是阳光的雨露 / 是精神之梦的源泉 / 你潜心追求于诗 / 诗就会陪伴于你 / 缘于诗 / 你的心就会得以复苏 / 会以全新而博大的力 / 爱一草一鸟 / 爱你所不爱的人 / 用你的爱 / 包容天空与海洋 / 你就会感到 / 苦涩深处的一丝甘甜 / 这就是上帝的爱”。在这里，我们看到诗简直是太伟大了，诗成了拯救人类的上帝——阳光、雨露，是精神之梦的“源泉”，这就成了爱诗之人的骄傲。诗既然成了爱诗之人的上帝，那爱诗之人自然就会把诗视作是人类的神明之光，视作祛灾祈福的吉祥之物了。在这里，爱诗之人把诗当作是包容天空的海洋，即便是在苦涩深处，也会感到一丝甘甜；“诗，会开掘你 / 让你看见

另一片纯天静地 / 诗会广阔你 / 让你的爱放射出恒久的光芒 / 诗，会拯救你 / 让你踏上通向辉煌的坦途 / 爱诗 / 这是你最超然的选择”。你看，这就是诗人将诗当作上帝的爱。诗与上帝的融合，与复苏的人心之融合，与一草一鸟之融合，与传统习惯之融合，说明了诗可以显现人类现代世界伟大文明之意味。在人们还没有普遍醒悟过来的情况下，虽有少数先觉者意欲摧毁一个无爱的世界，可无爱之世界仍然存在，甚至深藏于人们的灵魂之中，仍然不会熄灭，还必将受到崇奉。故，在杨梓的开篇诗中，不断借用“上帝”这一主导意象——诗的语境中已传导出在无爱的世界里人们意识的顽固与延续性。杨梓是一位对旧的无爱世界持严厉批判态度的诗人,《杨梓诗集》开篇诗《爱诗者——都是上帝之子》正是这一思想的深刻表征。杨梓的这一意象既准确又鲜明饱满地把无爱世界思想的凝滞不变与历久不衰之特点，作了相当深刻的暗示。

在《黑嘴唇》一组诗中，显示了杨梓主导意象营构十分明确之目的。诗人在题诗中写道：“有位名叫小水鸟的女孩 / 飞翔于我的梦里梦外 / 我为她写诗 / 她成了我的第二母亲。”在这里，杨梓的主导意象是各种不同意象之间围绕一个“爱”与“她”产生之焦点。这《爱的独语》里的主导意象是：“我面对世界”已经打开了浪漫的自己，敢于在人们面前“吻她夜一样的双唇 / 尽管热吻是一次死亡 / 但也是一次真正的复活”。因此，这爱能不能真正复活，成了问题的焦点。从整个组诗作品与后面的诗作品看，诗人是完全“复活”了爱这个主题。这本身并不包涵多少社会意义或社会价值。诗人描述“爱”以后产生的疯狂般的快乐与不可抑制的自豪，是诗人为自己找到了他想找的东西：“爱是幸福的痛苦 / 情是抹不掉的记忆”，在有一个生命的季节，当捧起“她”清秀的脸庞时，才看清“她”是诗人生命之全部。诗人想幻化为《野草一束》中的一个“守门人”，独自观察 “她”睡得那么的香甜；此时那种本质的泪水从心底流出，诗人幻化的自己站在了“她”的睫毛上“看门”，有喝不完的酒。他想呼喊，想喊来世界上一切英雄好汉与一切专会向生活玩耍的光棍坏小子，在这里与其试比高下。他想告诉无病呻吟的诗人与冒充高深之学者：这里才是一个充满爱的圣地，才是一个能揭露虚伪的、严酷的精神之地。他的胸中正升起一股勇敢，升起一股男子汉之气概。诗人将“爱”与守门人、无花果、孤独、烟灰缸、桥、鞭炮、雪人、猫、青鸟、坟头树、水鸟、城堡等置诸个体的高处，却又让个体超越了它，实际是运用超越那看似不可超越的爱与所有之纯属个体之行为，展示了个体生命能否不断超越自我之精神求索，自我的精神高地！由此可知,《野草一束》并非一种自然高度与难度，它寓意的是人的生命的某个高度，人的精神的某个极限，人的活力的某种高蹈。跨越“爱”的一束野草，就是跨越自我，征服野草，也就是征服自我。“野草”囊括的主导意象之营构，把杨梓对于高亢激越、不断追求的生命力之认同与倡导，作了画龙点睛式的创造，也作了光彩四溢之透射。

我认为对杨梓意味造型之创构之理解，往往就是寻找到诗作品的主导意象。一旦确定了主导意象，并能从中探挖进去，诗人在其中蕴含的寓意也就豁然开朗了。诗人在《野草一束》中，像是童话传说诗一样，理解此诗之关键，就是要以“野草”所囊括的主导意象为对象加以阐释。其实，对杨梓整个诗歌作品之解读与阐释，皆离不开其主导意象，我只是为了叙述之便任意挑选几首来佐证罢了。就说“眼睛”营构了太极图上的鱼被活活拆开：一是一阴一阳地被镶嵌在这里；一是他们本就是天生之一对，皆讨厌黑暗，热爱光明，却被大鼻子遥遥隔开。“天生的一对”又均厌恶黑暗而热爱光明，说明上天已赐予爱，遂成新人；但偏偏被活活拆开，一阴一阳，成为两界，最终鱼不能游到一起，常有魂儿游出；那样的鱼，在任何江河湖海里也是“泪水涟涟”，即便是有声音轰烈地震荡于水面，它也要变作缄默无声了。它一面为了表白而沉默了所有的节日，又不管你能否听到它急切的呼喊，它都要在今宵必须点燃自己。它告诉自己：无论如何也要喊破苍天，红遍大地，新的爱的世界就要在内心诞生了（《鞭炮》）。人类的一切憎恶、郁闷、愤懑、苦痛与烦恼，皆会在它的“眼睛”里冰消雪融，从而充满永远的青春与永远的快乐。为了实现这个愿望，与“烟头”保持一种不远不近的距离，小憩的时候给别人让了路而自己无路可走，只能默默返回小屋，打开红皮日记整理往事，那时的故事接踵而来：有创造的幸福，有成功之喜悦。然而，每一段故事毕竟都是一场梦，都是幸福之悲伤；但还是坚强了爱的意志，仍然呼唤着心中之爱，认真地完成了旋转的白云深处的一个雪人，就像是完成了自己一样，有杨树作证它们依偎着雪人，捕捉心灵深处最动人的那一瞬（《雪人》）。天晴了雪人依然存在，像梦一般不断重温。此意味着什么呢？意味着人类不能完全在世俗之生活中得到自救。杨梓通过不断叠出的意象，意味着人在心灵之中，只能造出心灵之爱，虽然单纯之爱并不能够真的拯救与解放人的心灵；但总意味着人可能会一时离开尘世而超越凡俗，却有时又缺乏忍耐与坚强以永远超越尘世与凡俗。诗人似乎听到了“爱”的召唤，并为其所屈服，正是听从了心灵之召唤，为爱与心灵所屈服。当人为这“爱”之声所牵引所羁绊时，他不可能达到其生命之最高境界与精神的至上顶点。诗人向往的是超越尘世之心灵自由，可是诗人又深深地体味到尘世与心灵无法隔断，故诗人以向往之爱而无果，暗示了此种超越而又无法超越的人类困境与因此种困境而产生的某种心灵与精神的紧张感。我们应当注意的是，杨梓诗歌作品的主导意象的意味寓意之透射，不是单一不变的，而是丰富多样的。诗人围绕着主导意象之衍变，展开了多方面的意义延伸。如此，主导意象的意义透射不仅没有丧失，并且它还可以处于多种意义之中心，构成一种意义之网。在《鹰》《丹顶鹤》《雁》等诗中的主导意象就有如此之综合特点。“鹰”乃生命力与创造力之意味寓意，含有自由与成功之深刻意味。诗人以“鹰”命题，并以鹰的命运与人的命运相互映照，就是要通过这一意象来透射诗之主调：只有不懈追求自由与胜利，严防重复历史的悲剧，才能到达生命创造之顶点，完成自身的价值实现。然而，对于不同物象来讲，鹰的不同变幻，透射出来的意义也就不同。在牛的身上，展示的是勤劳、憨厚、勇敢而庄严，行走在草原的荒漠，饱受磨难却又不屈从于高飞的鹰之烘托；它是一只真正的、自由之鹰，也是一只成功的幸福之鹰。荒漠与苍穹之阻力没有阻挡住她勇敢的决心，一切悲剧也没有使其放弃“拉开暴风雨”的前奏，“卷起的几股青云”也没有摧毁它的意志。它深刻地理解了它和牛之间绝对的意义：“闪电间 / 远景被彻底摧毁 / 在如火燃烧的大漠上”。鹰与牛，均是一个胜利的精灵，一个占领苍空，一个死守着荒漠大地；是信心的精灵，创造者的精灵，是来自现实世界又驾驭现实世界之强者。丹顶鹤则是另一种境况。它面对一如既往如此平静的小河与芦苇荡，仍然翱翔于蓝天；它知道那个温柔的女孩在哪里，它就是日夜追逐小女孩的那个“人”之化身。丹顶鹤追求纯粹的爱，它有过成功，有过在沼泽地里的苦苦挣扎——发出微弱的鸣叫，最终还是缓过气来，带着一颗圣洁的灵魂悄悄地起飞了。所以，丹顶鹤是现实世界的成功者的代表。作为“雁”，她也应当高飞，但它被罪恶的目光“击落”了，它一颗血淋淋的头从这座城市的上空陨落了。诗人写道：“那双最最可恶的目光 / 到底隐于何处 / 是街旁的树下 / 是阴暗的墙角 / 还是罪恶的窗口 / 我要找到 / 我一定要找到 // 南归的大雁 / 寻找越冬之处的雁 / 向着太阳飞翔的雁……”这里的“鹰”“丹顶鹤”“雁”之间的关系非常特殊。其实，都是诗人设置的一个勇敢顽强、不屈不挠、善良文明的“活标本”，创造的一个意味寓意深邃之艺术生命。它们被诗人抒写为翱翔于天空的“鹰”“丹顶鹤”“雁”，都是喻指有血有肉的当代现实世界中能够勇于走出荒漠，走出大山深处的勇敢之辈，是能够率先寻找到有爱的崭新世界的代表。杨梓的此类意味造型的创造设置，可谓“三象”一用，或综合为一“象”多用，一“箭”三雕，不仅透射“鹰”等的基本意味，而且透射出了“鹰”等可能有的集中共同命运特征所包含的集中不同之寓意。真正的鹰、丹顶鹤、雁，同是一种由生命对应的不同的胜利者。诗之主导意象的营构，是简约的，又是丰赡的。此乃对主导意象透射功能的一种极大之拓展与充实。主导意象之选用，不仅是杨梓诗歌创作的艺术匠心问题，也是牵涉杨梓的诗歌美学风格与艺术成就问题。主导意象不仅能够主导一首诗歌从而透射其寓意，也可以主导一个诗人，透射此诗人之基本美学走向，并确立起艺术创作风格。杨梓与其《黑嘴唇》《野黄昏》《天涯路》《无宝镇》等，均是明证。正是拥有了主导意象，才使杨梓的诗歌创作路径非常清晰，美学风格非常奇特，令人十分喜爱。也正是这些主导意象，透射了杨梓那隐秘的内在情思，成了他所特有的意味造型标志。

（二）重复意象的设置。重复意象是指相同的意象，出现于诗人作品之不同段落。它不像主导意象那么突出，那么引人注目，但是通过重复之作用，却能发挥相当重要之作用，把接受者的视线引导至此意象中以体悟其蕴藏之玄机。它不一定能够统摄作品，却能强有力地支撑作品。就一些重复意象之选用来看，若其与题旨关系很紧，对主要事件或物象的阐释至关重要，此意象被重复以后，所产生的透射强度往往与主导意象相近。重复意象之设置，乃仅仅次于主导意象之一种透射手段。它总是提醒我们注意它，从中截获诗人在此间灌注的意味寓意。重复意象乃意味寓意有效地释放的一种不可忽视的审美方式。杨梓的《墙：沉默的玫瑰》《水域》《红门：启开与关闭的瞬间》《上帝的泪》等诗，在利用墙与水中的各种动物意象进行寓意透射方面，堪称典范。墙的意象，水的意象，红门的意象，上帝的意象，在诗人作品中不断反复出现。

墙的意象初次出现在“纷纷崛起于喧嚣 / 仿佛是音乐舒展的语言”；“我面对墙的躯体 / 使梦幻与现实脉脉相望 / 相望成鸟 / 感冒的墙芬芳如是”，在充满了白杨树的斑驳的压缩空间里，“一道盲者的栅栏 / 一扇被风干的窗 / 都凝聚着思虑的冰花 / 狼一样的霓虹灯，放大着空虚的形象与声音 / 广告，无声的敌人”。“我”置身期间，以其喧嚣，舒展，芬芳，自信，代表着人类在当代高度发展的今天显示出的一种艺术个性。此时的人们洋溢着自豪与自信心：对于自古以来的平庸生活与封建等级差别，“我”不屑一顾，在生命的废墟上照样亭亭玉立；在万花筒般的现实世界中，一些精致的文化精髓仍然在“铜味中长出新芽 / 你告诉我 / 春天来了”。此时的中国大地，仿佛一切都开始萌发或者兴旺，唯独“我”自己还觉得一切刚刚开始。通过现实世界的变革，人们开始思索着一直横亘在眼前的那道墙；反对那种自卑自轻的观念，我们自己本身就是推动历史前进的原动力，现实是基础，思想才是创造一切的力量。在许多人的心里还被“墙”的思维意识占据着的现状，诗人感叹道：人们啊，你应该意识到自己有力量完全不被这道墙所束缚住。人们是墙中之人，却有完全不被墙所围所阻挡的感觉，个体的、人的生命力依然是十分旺盛的。初次的墙的意象的出现，与诗人的思索以及所虚拟之对象发生了联系，认识到“墙”意识的威力。

墙的意象再次出现的时候，已使情况有所改变，墙的威力初试锋芒。因为墙在默默地繁殖，被墙围起来的人已经穿越了自己的大脑，走出了围墙之外，尽管还能叩响墙的回音之壁。当然，所有人不会都走出墙外。也许，即便是走出墙外之人，但心仍然在墙内，仍然弯腰坐在床边，姿态也许就像罗丹的《思想者》；但脸上仍然带着忧郁的神色，或者再次叩响墙濒危的声音。诗人感到人们的认知其实已经深入了一步，人们已经感到自己确实走出了墙，或最起码一只脚已经迈出了墙外。面对现实世界，很多人开始重新选择一方风水宝地，重新调整栖息之地，不再走入古人的梦中。人们要凭借自己的力量与他人的合力去给墙一个属于它的秘密。墙的意象已发挥了很大的威力作用，由于个别思想先行者的反抗，此种威慑并未达到顶点。人与墙之间的对抗不仅鲜明而且处于激烈的思想冲突之中。面对现实世界之墙，人与墙之间只对抗不仅明显而且处于激烈的冲突与较量之中；面对墙，人们表达的是其不屈的精神，是人们欲走出墙外世界的自我思想观念发生了激烈的碰撞。“喧嚣、栅栏、霓虹灯、废墟、铜味……”就很能体现当下现实世界发生变革出现的种种泥沙混杂的那个现象！“墙，在默默地繁殖 / 砌入我墙中的你 / 已经穿越了你空白的脸”——这些促使人们尽快走出纷繁复杂的思想意识牢笼，寻求墙壁的影子移至遥远的驿站，“希望与失望结伴而来 / 渗透到我沉落的前程里 / 一缕幽光洞穿深厚的岁月 / 我感到你 / 是精神世界的中心”。人们意识到了自己已走投无路，本来自己是墙，自己管理自己，自己管理世界，现在自己不是墙了，现在需要坐在天空下，驱逐忧烦，一时意识混乱，不知所措，似乎只能用半截烟头之光，去照亮感觉世界之一角，看见并走向阳光下昂首瞻望的“向日葵”。在此首诗中，诗人引领人们进入的已不是一场具体的自我意识冲突与斗争，而是一个深邃的遥远的历史时空。此暗示了诗人崇奉的一种哲理：人类从其最初时刻起，就面临着它的生存困境。诞生与毁灭，创造与破坏，爱与恨，前进与后退，先知与后知，传统与现代，保守与创新，构成了它那难以愈合的双重性。从诗中传达出的墙与人的知觉体验看，或者说，从人的被动性看，此处甚至可以说，诗里还有一种更大的意味意义与神秘感：人能理解宇宙吗？人能理解世界吗？人能认识他们自己的命运吗？其实，此诗之营构虽然与诗人对现实世界的某种失望有联系，不过，面对现实世界，道德沦丧、文化危机，只是引发诗人之想象，完成他的意味造型的一个触发点。

当第三次墙的意象出现的时候，人们已经深陷墙中的眼睛，变形的茶与咖啡，如一叶白帆弯弯曲曲地升起，人们完全清楚地意识到了又被墙壁弹来弹去，再一次把人们的想象远景砌入自己的墙里，此时的人们就像一块压缩的馅饼，任凭你来品尝。谁来品尝？你也在没有日期的孤岛上，用自己的信笺砌成闺房，在等待海的音符与春的雨露呢！最终，地平线上的青铜之风，撕碎了人们的防线，天空碎成瓦片，就连墙上的自画像也倒向了玫瑰的墓丛，并且流出血来。诗的喻指非常明了：人们面对变革的现实，思想意识总是有反复，变来变去，人们会感到又重新回到了历史的原点，冷酷的现实将人们的希冀撕得“碎成瓦片”。不过，思想者的力量会点燃这历史之火，烧毁旧有的意识——人们从此不再砌墙。诗之最后，是在人们最难忘的日子与地方，不但不再砌墙，而且让玫瑰花香在心与心之间，自由飘荡。

三次墙的意象的重复出现，说明了这样一点：当时代发展到了一个新的转折点的时候，不论人们多么有决心，多么有魄力，他都无法战胜墙从而走出墙的限制与束缚。墙的意象贯穿于全诗，实际上诗人是在为现代人面临变革时期的生存状况画像：人们的传统意识是很强的，不是轻易能够被新鲜事物所动摇的。虽然他们自以为充分地发展了自我个性，对自我的前景充满乐观精神，以为命运之咽喉已被自己扼住，创造了一切，最终却又发现自己正在生活的旋涡中——现实世界的墙中。人们没有个性，没有多大前景，命运被异己的力量所操纵，航向十分遥远而看不清。在《墙：沉默的玫瑰》中，墙的意象的重复，把社会对于个体之人的挤压，暴露无遗；也把人失去了自我的命运的孤独感，抒写殆尽。如果说，一开始“墙”还是人的存在属性，紧接着又来两次重复，让人无法摆脱墙的桎梏，那么，人的属性已经显得确凿无疑。诗中最后的“不再砌墙 / 让最初的玫瑰的芳香 / 在心与心之间 / 自由飘荡”，正是人们暂时还不能摆脱异己力量控制的意味抒写，尽管现实生活的玫瑰芳香，可以在人们的心里自由飘荡。墙的意象的重复出现，可以说是诗人良苦用心之用——把诗对于人的困境的思考与答案，很尖锐，也很突出地告诉了读者。在意味性诗歌作品中，此首诗不算是一首难解的作品，这与其墙的意象之用，联系紧密。

同一意象之重复，在杨梓不同诗歌作品中均有所采用。如《游于止水》《水域》中的“水”的意象，《野黄昏》组诗中反复出现的各种动物意象，《黑嘴唇》组诗中的“无花果”“烟灰缸”“猫”“青鸟”“ 坟头树”等意象，也都各有所蕴，各有其意。在杨梓早期诗歌创作中，这些重复意象的地位都显得特别重要，直示题旨，均是对于诗歌作品的整体补充，或起着透射部分寓意之作用，对理解作品有所提示。这些意象在不同语境中的奇妙出现，给不同对象的命运，笼罩上了神秘而又无法抗拒的宿命色彩。生存是热闹的，这是生活中的喜剧。可谁又能逃脱生存中希望之破灭与生命之结束呢？此乃生活中之悲剧也。其实，人们本就生活在大千世界的悲喜剧之中。出现于 1980 年代末与 1990 年代初的中国人，大多数人均以维持性的现状生活着，正是“墙”等意象所凝聚的悲哀气氛所显示的意蕴。故，杨梓诗歌作品中的“烟灰缸”“烟头”的意象，暗示了人们对于现世界所带来的困境之无奈，烟头与烟灰缸意象，基本是现实世界中人在烦忧时之替代物，烦忧时抽烟沉思、眺望；“墙”之意象，暗示人们的思想意识中总是有一道“墙”，似乎是无法逾越的一道墙；成群动物意象等的不断出现，皆在暗示把人引向对于生命，对于现实世界前景与结局的某种思考。在《艺术作品的本源》里有一段话集中地说明了海德格尔所理解的世界：“世界不是数得清或数不清的、熟悉或不熟悉的现成事物的单纯聚集。但世界也不是一个仅只想象出来加到万物总和上的观念框架。世界成其世界，它比我们自以为十分亲近的那些可把捉可感知的东西存在得更加真切。世界从不是立在我们面前供我们直观的对象。只要我们在诞生和死亡、祝福与诅咒的路径上被迷狂地拥入存在，世界……就是我们臣属其下者。凡我们的历史的本质性决断降落之处，无论我们采纳它还是抛弃它、误解它还是重新寻问它，总就是世界成其世界之处。一块石头是无世界的。植物和动物也同样没有世界。”[6]也就是说，海德格尔所谓的“世界成其为世界”，它比我们日常所感知到的许多事物更加真实与亲切，只要我们从诞生、死亡、祝福、诅咒的路径上感到已经拥有世界之存在，世界就是我们的臣属其下者。杨梓所营构的“墙”“烟灰缸”“烟头”等意象，其实也是同海德格尔所言之“石头”“植物”“动物”等意象是同构同质的，它们同样没有世界；可生存于现实世界中的人一旦与现实世界中的物发生某种联系，它就有了自己的世界，也就有了同人类共生共长的命运了。杨梓暗示：人与人之间的尊重与理解，人与世界万物的共生共存，皆应当是现实世界之一部分，而且具有人性特点。组诗《野黄昏》，对于传导诗中蕴含着的现存世界，是有相当功用的。许多重复叠加的意象，均在表达此一意蕴。所以，重复意象在杨梓那里是一种穿插性的意象设置。从此一意象到到此一意象之重复之间，他留有很大的非重复意象的美学空间，在此一空间中，诗人展开了各种各样的抒情描述。诗人设置的意象之重复出现是实适的，有强度的，并在其重复之中，构建起了包括此种美学空间在内的相互之间的联系与共振。故，杨梓诗歌的重复意象，出现的频率恰切，拥有足够的强度，足以把读者吸引住，诗的自身选择又足以表达了其诗之寓意，它在意味之透射中，起到了不可忽略之作用。

（三）逆变意象的设置。逆变意象是对意象进行反处理：由某一意象日常之预定的性质及意义，转向它的非同一般的特殊的性质及意义之揭示。故，杨梓的逆变意象带有创造者的极强的主体色彩与技巧性。它总是显得不太实在，使人们从其怪异中探寻隐藏期间的独特寓意。具象的创造很少使用它，因为不合常情。但意味的创造者杨梓钟情于它，因为这对透射意味之义既很方便，又易引起读者注意。我在前面分析过的一些意味诗歌，就有逆变意象的营构。他的“墙”，不是墙，而是阻碍人们奋勇前行的精神之墙；“烟灰缸”“烟头”，表达为燃烧过人们的心灵之爱，凝聚过人们的精神之光；“青鸟”，表达了人们在残冬时节对爱情与生命之渴望；“坟头树”，则是表达人的一生对美的追求的激情之渴望。对于意味造型之营构来说，其逆变意象已成为杨梓超常性意味思维之一部分。通过对事物原有性质的裂变，赋予了此一事物以超常的意味。逆变意象，常常就被诗人的意味创造所追寻。

我感到，逆变意象在杨梓诗歌创作中分为两种：即半逆变意象与全逆变意象。半逆变意象是指意象的原有性质与内涵受到干扰，因而发生一定程度的意义逆变，但新增性质与意义并未完全取代原有的性质和意义，而是原有的与新增的共同拥有这一意象。半逆变意象就其已逆变之部分而言，已对原有性质与意义提出了挑战，进行了裂变，故此逆变部分，也就变得咄咄逼人，使人甫见而即深感此中之奥义，因而成为审美关注所无法回避的一个十分灼热之光点。诗人的《唯一的绿色》，提供了“绿色”的半逆变意象，诗这样写道：

“那片草原 / 已成为垦荒者的病历 / 我站在绿色之外 / 看阴云浮动 // 我常常深入自己 / 游牧昔日的羊群 / 呼吸鞭梢上的风声 / 把小溪抱在怀里 / 弹一曲不尽的失眠 / 那个找不到的梦 / 就这样绿在远方 // 又一片草原/被耕得千孔百疮 / 每一道犁痕 / 只长昏暗的剧痛 / 我的泪流不到那里 / 就已干涸 / 所有的种子 / 都在土里沉默如金 / 流氓的垦荒者 / 野餐了

最后的牛羊 / 留下一片荒凉 // 当我从心底逃出 / 冬天就真的来了 / 我只是一株弱小的野草 / 在随风起伏的大漠上 / 淡淡地绿着”。

作为对于当代中国社会的思考，绿色显然是一种意味造型。诗人一往情深地热爱着它，但也非常痛心地看着它所上演的一幕幕悲剧。故诗人在把自己内心深处对其深爱之情吐露出来之际，也很自然地吐露了他自己的迷惑与不解。诗人把绿色看作是“唯一的绿色”，又把绿色比作“找不到的梦”，将富有弹性、饱含养分的绿色与千孔百疮、干涸荒凉并置，不仅仅是一种审美上的对照，而且是对绿色某种程度上的质变所作的揭示。因此，从唯一的绿色到变为垦荒者的病历，从充满活力的那片绿色草原到这些绿色变为昏暗的剧痛，诗中绿色意象的半逆变处理，透射与传递出的是对某种定型的当代中国社会的习惯性认同之否定。此种习惯性之认同总是盲目地、乐观地只看到世界发光之一面，把此种发光夸大为一种社会之唯一特征。绿色意象的半逆变则暗示人们，他们生存的社会与时代则是一个充满矛盾的社会与时代，有希望，也有痛苦，有生命之创造，也有生命之毁灭。此乃当代中国现实世界之写照也。发光与无光、建造与破坏、美与丑赫然并列。它不是世外桃源，而是裂变着的人间。我一直认为杨梓是一位具有探索性的中国当代诗人，这从他的许多诗中皆可见出。在其组诗《野黄昏·牛》中有着对于牛意象的半逆变营构。全诗三节二十二行。前两节是写给牛的礼赞，诗人赞颂牛、颂扬牛的朴实无华与默默耕耘的勤奋劳动，给人类在荒原上树立了一道无需修饰的风景，给人类以坚毅与勇敢，说牛的一生“敢于背叛遗传的犁痕”，“拉起这辆不能再破的历史”，“在没有路的路上蠕动着”，尊重人类，鼓励人类勇敢地背叛愚昧、笨拙，去追求与创造一个崭新的世界，是创造之根本。此类意象折射出的主题，我们曾在唐代诗人李峤的《牛》、柳宗元的《牛赋》、陆归蒙的《牧牛歌》、明代诗人李东阳的《北原牧歌》与现代诗人臧克家的《老黄牛》等诗中均已接触与体验过。在此一方面，杨梓的牛意象创造，融汇了传统与现代、日常与非日常、习俗与非习俗等寓意元素，然而杨梓不愧是探索性诗人，他在超越传统、超越日常、超越习俗。他总是暗示美好、暗示吉祥、暗示勤劳勇敢朴实无华的华夏民族精神的意象，就在全诗的最后一节，失去了它的万道光环，变得很普通、很平淡：“只是你应该想到 / 此刻不该停留 / 以免心中的荒原 / 被爱你的庖丁们开垦 / 被大块大块地拍卖”。此段转折新奇的意象——对牛的奉劝，不仅仅把牛从高高在上，传承祖业的精神的天空位置拉到了地上，而且指明牛只是被人类利用之物。此种将牛意象进行逆变处理的意图是什么呢？这就是要让人们跳出对于“牛”的盲目崇拜，来体认牛在其单调重复的行程中的无聊与被人们利用之可悲。“在赞美与咒骂之间 / 你的步伐 / 日益沉重 / 日益迟钝 / 日益缓慢”，此短短的描述，就揭示了“牛”那没有自我、没有选择之特性。我认为《牛》对于牛意象的半逆变处理，表达了诗人对于伟大、对于现实世界革新渐变的人本主义的辩证思想：伟大有渺小，渐变有不变，勇敢有怯懦，勤劳有懒惰，此是真正的现实世界真理。半逆变意象之营构，对于修补、补充诗歌创作的原有意义，又突出诗歌创作的新增意义，是一种很好的传导方式。

全逆变意象者，乃指意象之原有性质及意义被新增性质及意义完全否定也。新增意义取代原有意义，成为此一意象之真正内涵。此种诗歌创作在美学上的反照性（与对照相对而言）处理，主要用于表达事物性质之突变。但由于突变总是给人以突兀之感，因而也就达到了奇妙的艺术效果，引发人们去思考产生突变之原因，以及突变本身之人本寓意。全逆变意象，使用得当，可以给读者一种奇特、意料之外的“华丽的转身”之感，从而更大地释放诗之内涵。杨梓在《你为何想家》一诗中，非常有力地表达了这一审美特质。此首诗有点“自传色彩”之痕迹。它探讨艺术与现世界之间的审美距离。此诗营构与全逆变意象创造不可分割，甚至可以说此诗本身就是一个巨大的全逆变意象。故诗之全部突转与抒情叙述，是围绕一个主要的全逆变意象而展开的。诗中的“流浪汉”在一个凄苦之夜，一阵荒凉从心头掠过；此时“鹊桥已断”，苍穹只有两颗燃烧的星，寺院之残垣断壁上似有一幅阴阳之合体画，放射着图腾的未来之光，“我”伫立于前，蓦然觉得“你”在画中；“我”用双手翻遍山川，已是天荒地老，“你”才像出水的芙蓉，绽放无边无际的温柔，“我”纵身入水游过去，家在远离乡国的地方如婴儿般诞生了。为此，“我”坐北向南，为“你”当一次皇帝。此时的流浪汉深深感到，在不惜一切代价的追逐“你”的过程中不料成功了。这个成功就是诞生了一个温暖之“家”。然而，在家与现实世界里，他们却没有收获。“流浪汉”流下一串串泪珠，全是倾诉不尽之真情，真的几乎连每一句话皆能滴出鲜血，因为“你还是废除了我”，并没有让“我”为你当一次皇帝；此时，太阳还是昨天的太阳，月亮还是昨天的月亮，“我”还是安然地向西走去……流浪汉视“家”为高于一切的神圣之物，对于幻化中的你，不予接纳，把此段经过翻山越岭得到的“家”中之温馨，当作是母亲去虔诚地爱——成为人生的“插曲”，此导致我爱你的不辞而别，想为你当一次“皇帝”的梦，也成为泡影。虽然天地万物没有丝毫的变化，但“家”却失去了；图腾的未来生命之光不会熄灭，这思想之光，美学之光，造型特征，栩栩如生，光彩四溢，可心爱与追逐的“家”则成了没有生命活力的泡影——而再次去见村头的白杨。此种巨大的反差营构，并非为了造成蒙太奇的艺术效果，它也启示人们去思索，去判断，对于人而言，是现实生活——家重要，还是凝聚一种强大的内在精神更重要？此处杨梓使用了全逆变意象，把精神之凝聚与现实家园之向往相对照，把心中之爱与追逐不到的痛苦相对照，透射的是人类的精神世界应当高于一切，但现实世界之存在状态似不可逾越，并从“家”之建构转向抒写现实之残酷，弃精神之高大而突显“家”之痛苦，透射的是人类在面对现实世界，究竟如何建立自己的家园，可自己的家园又是什么呢？建立自己的家园与自己内心追逐的强大精神动力又是什么呢？究竟什么东西应当高于一切？此全逆变意象性质的寓意思想在诗中，传达得十分清晰与引人注目。

在《天涯路》《大荒野》《大裂谷》等几组诗中，杨梓营构的全逆变意象是以连环式方式出现的。即第一个逆变意象显现了第二个逆变意象，由两个全逆变意象共同暗示了一个所指。第一个出现在“大荒野”里的“暗示”中，“我”在荒野中穿行，风在雨后的晚霞里穿行，车却在艰涩的淫雨中穿行；烟在变形的石缝里穿行，血在睡与死之间穿行，魂却在漆黑的泪水里穿行；第二次，我一个人“深入”地走进荒野，是一个男人与一个女人走进荒野，一群人走进荒野；“遁迹”着从死的夹缝中穿过，这是最后的荒野，“我终于成为自己”，所有荒芜的偏僻，都被饥荒的日子开垦而留给了历史，“诞生”的绿色在燃烧，荒野仍在蔓延……在《大裂谷》中亦复如此：“我”走进古铜色的裂谷，岁月沦陷了秋天的步履，红尘之路的尽头，亦真亦幻地浮动；“我”来到了岩洞口，聆听陨石的语言，岩洞依然纯净；“我”剩下最后一颗灵魂，看见月光的女孩在裂谷飞翔，百合花的手在岩洞飞翔，火山的洪流在体内飞翔，瞬间闪电摇曳，风车的翅膀掠过“我”碎裂的荒野，“我”终于摘到了那朵永恒的雪莲，闭上眼睛走进岩洞之深渊……“我”从此开始“超逸”现实世界，跨过断层的昨天与明天，向生命之空旷徐徐张开巨大而燃烧的红唇；如蛟龙腾飞，“我成为雪中的莲”，飞跃智慧之谷，此时，一片绿海随群鹰起伏，轻翔抑或沉落；蓦然回首，“我”发现一只不死的青鸟，从魔幻的天庭掠过；再一次“幻化”为一枚燃烧之莲叶，抑或一块闪着红晕之壁画，也许是一座洞窟如家之荒山，在大海上空与雪共舞。此刻，诗人感叹道：“这是冬的最末之时 / 我终于远离飞尘之所 / 接近至尊至圣的婵媛之岛”了，去聆听空谷之跫音，吟风伴浪而来的供佛的短笛悠然之声；此时的裂谷是“我”的乾坤，月岛是“我”的梦境。随意随地卧雪而眠，忽有一种万物之外的光波，从自己的灵魂之隙奔涌而出。这是指什么呢？诗人究竟要告诉人们什么呢？实际上，是诗人暗示所谓的荒野文明早晚要衰亡的意指。很多人成年累月地生活在荒山野岭里，被生活击倒而又缓缓爬起，正是荒野文明无以自救之暗示。“我”不辞辛劳跨越荒野，终于看到了雪莲，正寓意我们人类自己心中只要充满玫瑰般芳香的希望，增强意志力，不懈追求，就一定能摘到冰山上的雪莲；寓意人类只有依靠自己、凝聚人类不屈不挠的精神，才能获得现实世界之重生。以“大荒野”与“大裂谷”中人们不断穿越荒野，穿越高山峡谷去寻求大爱，寻求自由，寻求精神自救，就是生存于荒野之中的人对荒野之外——遥远的未来文明的深深向往与认同，是这两个逆变意象之内在意蕴。以“我”之不屈不挠之精神跨越荒野，越过高山峡谷看见雪莲之心情，感受到了“雪莲”身上的崇高气质与纯净高贵的崭新文明的意味。笔者之所以不遗余力地研究探讨杨梓的这些诗歌作品，正是与对诗人此两个逆变意象之创造感兴趣分不开。笔者的理由是：因为此两个逆变意象在诗人的诗歌美学中占有非常重要之位置。由于生存者是诗之叙述者，情境的见证人，经验之总结者；衰亡者是诗之中心语境、情境之发动者，提供经验的情境起因。然而，杨梓诗歌美学的主导意象是与这两个逆变意象显然处在新文明与旧文明的关系之下，有关诗之思想正是从此得出，但这还不够恰切。由这两个逆变意象透射出诗人作品整体美学思想之某一部分，显然是已经实现了。在杨梓早期诗歌创作中，将旧转变为新，将死之物转变成生之物，又将生之物转变成死之物，即拟人化的动物寓意，如凤凰涅槃般的青鸟，已将不同文化之内涵，作了淋漓尽致的渲染与剖白。那在日常生活中很被轻视的“苍蝇”“蚊子”“乌鸦”等，看似毫无价值可言，但在杨梓的诗中也正蕴含着巨大的生命力；那被宣传得如火如荼的“霓虹灯”文化现象，看似统领一切，征服一切，其中表征的正是腐朽与毁灭，已无多少生命之热力。杨梓对于大千世界万物所涵盖的文化的严峻思考，对于现代文明的一腔热情与向往，可谓借此两个逆变意象作了成功的意味暗示，说透与言尽了。

（四）随伴意象的设置。随伴意象者，乃附着于诗中主要对象主要事件之一种意象也。用于表达主要对象和主要事件的某种内涵。故，对象和事件融合为一的统一性，乃随伴意象之必备条件之一。所谓随伴意象之设置，是从主要造型或主要事件的某一特定内涵出发，对此一内涵起暗示作用之营构。随伴意象对于杨梓诗歌美学意蕴之透射，是相当直接与清晰的。在上文中列举他诗中之“大荒野”“大裂谷”，以及“百合花”“雪莲”

等意象与人的关系，皆可视作是随伴意象的作用。“大荒野”“大裂谷”的出现，暗示了人们对走出荒野、向往外面世界显示的各种坚忍不拔之精神，与战胜自我意识中的忧郁、彷徨、恐惧、怜悯等思想及其不同对象、不同阶层之间命运预示得极为清晰明了。我认为，下述几个方面随伴意象之运用，也是杨梓随伴意象设置上颇为典型之例证。

一是在杨梓的组诗《黑嘴唇》中，不少诗皆是“寓情花草，托意爱情”的抒情佳作的意象创造的根本出发点。故《黑嘴唇》中形成了花草意味与爱情意味两大系统。花草暗示用以表征抒情造型的崇高、操守、坚韧、气节，男女暗示用以表征抒情造型的理想、追求、向往、失败等。其中，花草树木的暗示，在寓意和揭示造型的高洁、坚定操守时，正是通过意象的随伴，把造型的此种优美崇高德性映照得富有光彩。《黑嘴唇》的抒情造型总是与芳香美丽的花草树木为伴。“一朵黑色的花 / 隐藏于无花果中 / 每当我闭上双眼 / 她都会绽放 / 芬芳我暮色的尽头”（《无花果》）。“几多春夏秋冬 / 从一枚树叶上走来走去 / 芳草被羊吃掉一茬 / 又嫩绿一片”（《读信》）。奇花异草充当了抒情造型之配饰，不仅使其拥有一个美丽的外表，更表明了他对美的向往，对德性的追求。“抓起两团火一样的雪 / 丰满于雪人的胸脯 / 你为我和雪人 / 摄取了最动人的一瞬 // 天晴了，雪人依在 / 在我们爱情的照片上 / 你和我，均已融化”（《雪人》）。这是对传统耿介崇高男女双方之赞美，其实亦是对众芳能够围绕自我，自我可以置身于众芳之中的热情向往。尽管这是对爱情浪漫的向往，实质仍是对于男女双方自我爱美修德之激励。芳草被羊吃掉一茬，又嫩绿一片，希冀它们枝叶繁茂，可以适时收获时，诗的造型已借助于种植芳草洁木，把他试图创造出一片美好情景的内在思绪和盘托出。虽然这美好的憧憬有时让抒情造型感到“孤独”，有陌生的女孩在心里出出进进，有爱的季节仍然是无人敲门。但抒情造型与芳草树木、风雨飘雪的关系并未中断；草木、雨雪之随伴，却变得更为紧密与内在了。不仅爱情更加牢固，而且抒情造型亦以草木花卉、雨雪白云随伴。“雪的背景如旋转的白云 / 我完成一个雪人 / 像完成我自己 / 你依偎着雪人 / 将自己整个抛出 / 有白杨树作证”（《雪人》）。他完成了个人的背景造型，让白杨树作证，表明他的爱没有改变。“我想忘掉你 / 原来是一直在想你”；“有落叶飞舞 / 哪怕没有你的书信 / 我的生命深处 / 依然有你”；“信还在路上 / 我推开寒窗 / 把目光搭在树梢 / 缠住仅有的一枚树叶 / 陪我相思”；“雪还在飘着 / 你用心织成的毛衣 / 暖我的冬夜 / 我用红灯笼的纱巾 / 罩你……”他以树叶为信使、冬雪为爱的纯净，其芬芳沁人心脾，其色彩炫人心目。应当说，由于杨梓把花草树木、雨雪白云意象当作抒情造型之品性、修养之意味表征，抒情造型对于美好之向往、对高尚纯洁的追求之精神特征，借助于这些芳草树木、雨雪白云，得到了非常好的表达。伴随着抒情造型的这些花草树木、雨雪白云意象，恰如抒情造型内在品性在其身外所绽放的绚丽之花。有了此花，不仅抒情造型之外在美实现了，他的内在美也被外化而楚楚动人、皎皎不变，从而展现了抒情造型追求自我修养、自我完善的那种勃发充盈之生命力。如此，在杨梓的《黑嘴唇》等多首诗中，诗人以每组特定的意象始终伴随着一对人物，使得人物的精神品性得到了有力的喻示。在此方面，杨梓的创造，可谓足为后来之楷模也。

二是杨梓的组诗《天涯路》里的“岁月老人”，随伴意象，因意因象因物因情因思而设，各个不同，又各个恰到好处，创造出了随伴意象系统分布的美学效果。“岁月老人”主要抒写了一位老人与他的羊群以及他的生存处境与状态。诗人为了把这位老人所处的现实处境传导给人们，遂选用了几个很特别的意象，以表达老人所处境况的无力、无能与无奈。老人面对一群蹲成一圈如栅栏的恶狼，“我”似乎看见老人与他的羊群四散而逃；荒地裂成无血的伤口，老人无力而又无奈，老人待在祈雨的草棚搜出几粒种子勉强种下，并不指望秋天有什么收获；尽管不分昼夜守护着尚未破土的幼苗，有暴风雨袭来，老人还是稳如南山；到了秋季，那一片一片的土地干枯了，唯有老人的向日葵依旧金黄，老人的希冀就如一轮太阳高挂中天；在南山一侧有一片美丽如画的杏林，从青至黄，显现着人们的期待；杏林不老，但孤独的老人用他自己的生命、坚毅与生生不息的精神抚慰着那片杏林的鸟鸣，轻拂着杏林的每一片叶子，适逢杏子成熟的时候就会传来老人不眠的笛声，此笛声像从天外驾云而来；可是人们不敢走进杏林，只靠着自己，想着那构成石碑的脚印，注视着今年的最后之果，人们在竹篮一角，看着红得楚楚动人好像婴儿的脸庞——凝聚了所有的开始与未来。这些随伴意象的建构，暗示了大山深处人们的本质：处在如此恶劣的环境，人们是无力生存的。故人们虽然坚忍不拔，不屈不挠，但也还是无能为力。这也表明了老人作为此环境生存的代表者，本身也无能为力，成为恶劣环境的牺牲者，除了心中那生生不息的精神外，并不能获得改造现实世界的实践操作能力。老人，乃老一代人之代表——把“羊群”“杏林”“向日葵”等当作自己心中的希望，当作自己生命之延续，当作他们这一代人一生之全部——甚至是未来命运的选择。杨梓以此作为老人——人们的寓意标志，可谓运用得当，恰到好处。这把一个生存于恶劣环境的人们的无力性、无奈性作了典型的揭示与高度凝练之概括。

“苍蝇”一诗的随伴意象是人们“失去了最后的空间”，那黑压压的“蝇群”，是那位圣者剧烈的“绞痛”。此一意象源自在一个寒冬的“黑夜”里，欲塌的那间小屋洞穿晚秋的苍蝇。但这个意象一经出现，即与现实世界交相互衬。在“黑夜”里，人们出门的念头生于萌芽，只好捧起别人的“风流”反复注释；但今夜不同，只因这只苍蝇饥饿于圣者的心间；人们没有清香，也没有腥臭可留，只有一杯淡淡的水，映照出“苍蝇”滚圆的眼睛，苍蝇很活跃，它仿佛为人们复活了一切，仿佛还能给人们的生活带来某种诗性，但它并未获得什么本领。这就注定了苍蝇毕竟是苍蝇，只能享受人类的遗留物，而不能自给；只能有贪婪之本性，而不能有坚强的谋求。即使它忍饥挨饿，略有自谋生路的一点希冀也会成为泡影。它一直在人们的眼皮底下飞来飞去，在人们的耳畔嗡嗡地叫着，人们打苍蝇——往往正是打在自己流血的思想上……苍蝇的这一随伴意象，暗示了当代人的心理、性格、情绪等，诗人所描写的苍蝇活动的时空范围很小、很实，一切均集中于一个寒冬之夜，如实的抒情描绘塞满了这一空间与占尽了此一时间，但小屋、锅盖、书与书签等，却把我们领进的是一个需要展开无限想象的空间世界。“蚊子”一诗的随伴意象也是如此。它与“苍蝇”的随伴意象均有异曲同工之妙，甚至是同一思想之延伸。蚊子就如飞翔的灾难尾随人们而来，蚊子咬人奇痒与剧痛，犹如钻杆向人们心底一寸一寸加深，人们紧抱着大地，保护着自己寻找光明的眼睛，人们似乎无法逃避，“就让吸血者蜂拥而至吧”！诗人意味造型的思想状态的详细剖白与将苍蝇与蚊子惟妙惟肖的呈现，更加强了这个世界的实在性、原生性与虚幻性。这又怎能不让读者的想象之翅在此沾惹沉重而难以飞驰呢？杨梓在随伴意象的创造中，以苍蝇、蚊子作为暗示，大都对诗中虚拟对象性格进行意念化处理，便于在集中的富有特征化的性格抒情描绘上，指向意味寓意。“苍蝇”“蚊子”等意向正是此一方面之典型。诗中有回忆，有穿插对比，有着内在的心理活动，其特征化的随伴意象折射的行为，获得了充分的抒情描绘。这些随伴意象所折射的现实世界人们的生存命运与生存状态，强烈地激发了阅读者联想的神经，诗的某些言外之意，纯为诗人的指点。诗中成功的随伴意象设置与营构，均含有某种深刻的意义。苍蝇、蚊子这一随伴意象，围绕着它展开的多方面的抒情叙述，造成了此一意象的高度凝练与突出，从而使人产生暗示联想。这正好表征了只有诗人创造的随伴意象的寓意越是丰满深邃，那么此种意象创造才能有着某些方面的强化，整个诗歌作品均有着随伴意象之巧妙设置，这些诗才能成为暗示性诗作，此种意象才是暗示性的意象，它才能达到暗示一个更大更深远的思想情感之目的。

三是一个随伴意象可以表征一个对象所处的双层关系中，此时，随伴意象达到一箭双雕之目的。如杨梓笔下的一群“鼠”肆无忌惮，“穿过月亮的缝隙 / 光明正大地做爱”，“血，紊乱了天地的自然相配 / 欲望繁殖”；诗人呈现给我们的眼前世界，就如巨潮将世界渐渐吞噬，让猫也无奈，似乎就在无穷的鼠嘴里，也为自己的命运而挣扎……诗人的羊群也无路可走，四散觅草；放羊的爷爷知道山外是“海”，他只在山里放羊；他寻遍深山野岭寻找丢失的鞋子，但只发现到处都是“十字路口”和眼前的“霓虹灯”，就像一群恶狼的眼睛闪着绿光；人们看到爷爷坎坷的命运，始终没有找到自己的幸福；爷爷的每一声叮咛，每一声叹息，都分明是连绵不断的山峦，似乎每一座山顶都立着一块石碑，上面镌刻着血红的大字：“山外的世界很大。”“鼠”之意象，表征随着商业大潮的翻滚，一些污泥沉渣伴随而来，现实世界的很多现象就如鼠一般，一夜之间胆子无比大，无所不敢；思想无比空，一夜之间失去了羞耻感；有的人似乎一夜之间无所不能，无所事事，只顾自己的“口味”了。“羊”之意象，通过“爷爷”坎坷的命运，展示了人们普遍意识到“山外的世界很大”的向往。随着现实世界变革力量的不断强大与深化，人们纷纷要走出大山深处，去看看遥远的山外世界，寻求命运之途。眼前的“十字路口”没有迷惑他们，眼前的“霓虹灯”没有遮蔽他们的思想。诗人设置的“鼠”“羊”，以及诗中刻画的各种对象造型意象，真可谓义以象出，象使义生，含义丰富，又一切尽在不言中，达到了既建构又解构，既包孕又释放之美学效果。

如前所述，杨梓煞费苦心营构的意味造型，既是为了描述与解释世界，也是为了把这种描述与解释告知他的读者。尽管他诗中的随伴意象虽然大多只与诗中的某个对象相关联，由于这些对象往往是他诗歌创作中之关键对象，故他用随伴意象来透射寓意，是其诗歌意味造型之重要途径之一，也说明他的创作行为是一种有着特定目标的审美活动，接受者在解读他的诗歌作品时，对于随伴意象千万不可忽略。

四、运用传导提示透射作品的意味寓意

以有效的传导产生映照力来透射诗歌作品的意味寓意，也是杨梓意味造型营构中常用的方式之一。所谓传导，指的是诗人通过有意之安排，点破诗之涵义。这与诗人意味创造中融合于音乐与意象来透射思想的方式比较起来，乃是对于意味寓意的较为直接、较为明白的言说。但是此种传导，不应该看作是诗人对诗的非审美的解析；传导应当是

符合艺术规律的，自然而然的。如果打个比方的话，可以把传导看作是诗人有意设置的窥视作品意涵之窗口，可又要这个窗口开设得恰到好处。唯其如此，才既能帮助读者理解诗之内蕴，又不显得是对诗的艺术性的消解或解构。故，杨梓诗歌意味创造中的传导，是与意味造型之意蕴密不可分的一种创造设计。我们瞩目于此，对于阐释、把握他的某些意味性诗歌，确是一条捷径。

我认为，杨梓运用传导提示意味寓意的第一种方式就是利用诗歌作品中的某些对象之口，将意味寓意点破。这是一种最直接的透射方式，这可分为两种类型。第一类，以旁观者的视角、识见、口吻来对意味物作出言说。此大都出现在意味物自身失去了自己评价自己的能力，而诗人又不愿意让读者去揣摩作者寓意，或诗人担心读者会对意味物的理解产生审美偏差，此时，诗人通过作品中的其他对象，对意味物造型进行某种巧妙的阐释。诗人的组诗《岁月老人》中的“老人”，本就是一个意味寓意之设置。诗人只叙述老人的生存境遇与羊群、饿狼之间的关系，并以“西北风”“向日葵”“最后的杏子”等物来加以意味寓意衬托；最后，诗人深情地描述了老人一生在深山峡谷里留下的脚印犹如一座石碑，人们看着山里最后的成熟之果，凝聚着人们的初心与未来。诗人这就交代了老人的一生，他不是生存于物质丰富的现代都市，而是在贫困荒野峡谷中守望着自己的一点希望，最终给后人留下的乃是如石碑般的脚印，老人在衰老落后文明属性上了却了自己的一生。荒山峡谷是老人的精神故乡，羊群、杏子等野果是老人的希望，故在荒山峡谷中他虽然如向日葵般“高挂中天”，但他的精神依托没有失去，他的精神生命没有枯竭，所以可以延续。诗人面对当时的社会历史情境，在诗中告诉人们一旦离开了自己的精神家园，与精神营养之源断绝了联系，由离开脚下土地而远走他处的世界，人们就成了精神上的无家可归者，其精神生命也就必然随之死亡。故诗中的“老人”之殁蕴含深义，老人之去，代表着一个时代土著人的缩影，一种生存方式之结束，一种精神生命之完结，也就是意味着旧文明之远去与新文明之呼唤，整个《岁月老人》表达的就是通过“老人”的意象来透射意味造型之寓意，实即表征的是现代社会人们所面临的生存境遇，这一切发生在老人坚守的荒凉家园；而荒凉的家园里的“老人”，一开始诗人发现的就不是一个物理对象的世界，就是一个诗的美学意象的世界——一个由“岁月老人”表征的各种意象组成的世界；只有通过这些意象材料的媒介与中介，我们才能把握诗人的真实意图与历史与对象，对时代发展的可能性与普遍性的揭示，恰恰才是此首诗所把握的深刻价值的独特性之所在，由此承接了时代与历史发展的逻辑性。“老人”不能够影响后人，正是落后的文明不能再支配现实世界的意味寓意。第二类，由诗人作品中的重要对象对诗歌作品的传导意蕴进行言说。由此可见，原本意指不够 清楚的诗歌作品意蕴就会如拨云见日一般，豁然开朗。如果说，在诗人未言说之前，读者是雾中看花，朦朦胧胧，那么，在诗人言说之后，读者就是在雾散以后，把花看得明明白白，清清爽爽。诗人的《水域》中创造的“水”这一主导意象即属此类。此“水”能成为人们生活之全部，人们“唯一的灵魂的碎片 / 如枯叶漂浮于水面”；“残存的思维”可以“沉于水底的水底”；人们已经习惯了立于水一样的大地，凝视水一样的天空；人们的爱情、希望、梦想、追求、向往，皆可像水一样的等待；人们的酸甜苦辣，像日历般一页一页地撕去的岁月，均如水一样的感觉；人们要想喝一口 “有味道”的水，要想创造一个新世界，就要像水一样游过十八道弯，就要经历八十一次磨难，才能守住自己的精神家园，才能登上高达而肃穆的西山，重新在自己心中塑造一座“西山”，“在此创造自己/循环往复地创造”。水代表着什么呢？诗人是按照意味造型方式创造出来的，又按照意味寓意透射之必要来点破了此一谜底。水是人类的生命血脉，也是人类的希望；人们应该像水一样，自由自在，要爱就爱，要恨就恨，不怕一切艰难险阻，自古以来自由表达着自己的性情，没有任何束缚，没有被文明来捆绑，没有虚伪，没有欺诈，没有阴险，没有矛盾，也没有苦恼；“曾经冰雪覆盖雪莲怒放的西山/曾经白鸟齐鸣佛光普照的西山/已被人迹污染/世界，失去最后一块净地”，最终还是被水一洗而净。这就是诗人给我们的交代。在《水域》中，诗人一方面描写了“水”中世界的人们的爱情、追求、向往、奋斗、牺牲和人们的各种生存现实，在诗人描写的对象世界里，敢爱敢恨，勇于追求新的生活，向往崭新的文明世界，一些落后的礼教与束缚正在挣脱与消亡。另一方面又描写了“水”的细腻、温婉、敢作敢为，这些都是自然流露，生命强悍而雄健。各种不同的水性对比，表征了随着时代发展一些旧的落后的文化习性应该摒弃，人类只有从其新的富有生命力的最纯真、最充沛的源头汲取精神养料，它才能获得新生。诗人在诗之结尾的“交代”，正是对于此种意蕴之明确提示；而诗人之“交代”又有着特殊意义。因为诗人对于人类现实世界的发生、发展状况的了解、研究很深入很准确，由其在通观时代历史发展以后，选择“水”作为当下人类生存之寓意，更具说服力。故，就《水域》而言，由其来揭示当下人类生存之秘密，来确定当下人类生存之方式，来规定当下人类生存之行为，是很恰当的配置。如若由诗中的其他任何一位对象来言说“水”之个性特征，虽可同样揭示诗之意蕴，却缺少现有诗所达到的力度。这就说明，直接的传导依然是一个包藏匠心的艺术表达问题，完全有可能分出高下，比借用对象之口点破意蕴要稍微隐蔽一些的，是纯粹的意味营构，亦即“卒章显其志”。杨梓诗的大部分篇章均用于意味体的创造，此时之寓意秘而不宣。然而，在诗之结尾部分，诗人又对寓意有所释放，让读者由此线索生发开来，获得对诗的意蕴之体认。尽管此时诗人所给予的线索，还不一定是对诗寓意的明言真语，然而给了读者一根线索，无疑就是给了读者走出意味寓意的迷宫之机会。一个成熟的读者，没有诗人的提示线索，可能会对诗之理解束手无策，可一旦线索在手，你就会展开想象的翅膀，就能把意味诗的寓意捕捉住。所以，卒章显其志，往往是杨梓为创造意味造型，又为了给读者以提示而常用之手段。此一点，大致有两种情况。

一种情况是，诗的前半部分虽然对寓意有所提示，露出了理解诗之线索的端倪，但诗人努力保持着直至结尾，才把这根线索完全交给读者，至此，读者才完全握住这根线索而对诗展开更深入的解读，原本在诗前半部分获得的某些印象，得到集中与加强，从而明朗化，意味寓意遂被揭破。杨梓的组诗《野黄昏》中的《乌龟》一诗即是如此。从诗之开头，我们即感到诗人在此所写之乌龟，已非自然界的野生之龟。因为乌龟沿着小溪逆行到此，使其产生了“旧梦破了新梦”的感觉，此处产生的旧梦新梦感，显然是人才具备的。故此首诗在其开头部分，已使人感到这是一首“托物言志”之作，而非单纯的“写物诗”。不过，仅凭此一点，似还不够，读者不能从中了解诗之寓意。诗作品进一步展开了对于乌龟之感受的描写，就是沿着这一线索而作的必要补充和延续。如乌龟感到自己失去了路，失去了自由自在的场所，只能在桎梏中旋转，让自己的躯体永远饥饿，一任灵魂进入大海拼搏，就把乌龟的生存环境作了有力的交代。由此可见，乌龟的生命正在冰消瓦解之中。但是，我以为只有进入诗的最后一行，此诗之寓意，才能被诗人最后钦定而变得完整与准确把握。“让自己拥有另一种自由”这一陈述就是对于全诗之总结。从乌龟的感觉上来说，这是它的最后感觉，既然有形的只能变成无形的，表明一切都已消失，属于乌龟的只有虚幻。此除了强烈地昭示着生命之死亡之外，并无他解。故如果说，此诗写乌龟运用的是以龟喻人，以龟写人这一手法的话，那么，诗作品实际在此透射的就是这样一种意味寓意：人在被困之际，精神必将随之死亡；生命属于自由，但失去自由也就失去了生命。诗人在揭示此一寓意时，有意采用了节节推进，层层传导，最后以总结之方式，吸引着读者与他一起去体验这一精神死亡之心灵历程，在受到这一巨大的冲击以后，再以水到渠成之力量，把此种体验揭破而赋予它以思想之形态。

另一种情况是，诗直至结尾，才把理解寓意之线索抛给读者。在此之前，诗着力描写刻画的是意味造型本身。此时的意味造型描写，有时不免给人以某种写实性的感受。只是等到结尾的线索出现，阅读才产生了重大转折，原来的写实感荡然无存。读者因此进入的不是一个具象世界，而是一个意味世界，不是由具体造型的固有特性来理解诗之寓意，而是从具体造型之上游离开去，追索它的对应意义。与上述情况比较起来，如此的卒章显其志，给人以石破天惊之感，它给读者带来的往往是不期而遇之震颤，曲折求索后之顿悟。杨梓的《第五个季节》一诗，看似只是写景之作，但至最后，则把诗人写她像水鸟一样栖于我心，融化了我的孤独后的爱情体验，交给了读者。这一转折，就改变了诗中所出现的诸多意象，如洁白、连衣裙、水鸟的性质，使它们都成了美好事物的意象。诗人的《舞蹈的夏》亦有同样的风格。直至最后一行，乃至可以说是最后之词语“我跟雨点的节奏 / 为她独舞”，才告诉了人们这首诗要表达的是什么。读者只是读到此处，才弄清楚前面在一种形态中出现的所有意象，其目的就是使读者感觉到“她”去了南方后，“我”在烈火中的相思，让所有的痛苦与幸福都浸泡于水中的月色，去照亮每一个前方。所以，《舞蹈的夏》这首诗的渊源不仅是描绘了一幅逝去爱以后的悲凉景象，而是以独特的方式把一些意味通过造型凝聚起来，在读者心中把诗人之体验重新创造出来。杨梓诗的魅力与此不无关联。他擅于不断地累积意象，又不零星地点破这些意象的寓指，直至最关键的最后一行或最后部分，才把这些意象的寓指揭示出来，这就使他的诗有一种巨大的凝聚力，并凭借此巨大之凝聚力，穿透诗歌诸多意象之外壳，使诗之寓意进入读者的心灵深处。在这一点上，最能体现杨梓此种手法的是其《零点：我穿过一座无梦的城》，此诗有《宵征》《幽思》《兼程》《停泊》《祈求》《旋里》组成。此组诗的营构出人意料，它使人处于一种最大而又最具震颤力的审美张力之中。诗在开篇《宵征》中，描写的城市是一座空心之城，每一个沦陷的家里都挤满了风暴。尤其是那青鸟的精神，早已逃出永远的喧哗，街灯如鼠，散发着病的苍白与气味，更增加了诗所传导的那种腐烂气息的浓烈程度。但是，诗人一点也没有对你说明他的丝毫用意，甚至也可以说，诗人也根本没有向他最亲爱的人预作某些暗示。此时，诗像是一种自然主义的记录，诗人表达只在于尽其手法的高明，把这个记录弄得完整全面，使人产生身临其境之感觉。然而，在随后的几节诗中，诗人笔锋突转，从病态苍白意象上返回，直指他的心爱之城，在城的美丽中看到了人们从残喘的边缘经过，走向黄沙飞石之城外，土坯房成为他们唯一的小憩；城在今日，成为他人的气味。至此，诗对城的详备抒写，已非简单的记录，这里渲染的是城里无居的景象，其意味暗示之深意在于它不仅吞噬丑陋、邪恶，也将吞噬美丽、善良。生命终归要完结，美与丑一样，均将烟消云散。唯一令人欣慰的仅仅是人们可以保持对于美的追求与向往，把美的形态、美的神髓藏于心底。杨梓在其诗歌创作中惯常运用的“卒章显其志”之手法，就是他的意味性诗作比较容易为读者所理解的一个重要原因。他乐于把读者引进诗歌寓意含蓄之暗夜，可最终他又举起了烛照此暗夜之电光，让读者在经过一段思考之后寻找到前进的方向。杨梓早期的诗歌创作，当属于意味创造的明朗化一脉。

在意味传导的范围内来体认杨梓“诗歌中的诗歌”（注：诗人特用两种字体标明），或称“叙事中的叙事”，是一种比上述两类传导均隐晦一些的传导方式。“诗歌中的诗歌”是指在大诗歌中安排一首小诗歌，用此小诗歌所表达的“小叙事”来对大诗歌所演示的“大叙事”，进行必要的诠释。故，此小诗歌、小叙事把大诗歌、大叙事的内涵披露出来。因此，创造出凝练精粹的小诗歌与小叙事，往往是意味造型创造中的一项必要设计；而理解意味，同样是不能忽略此小诗歌与小叙事之存在。以小见大，见微知著，是此刻不应该忘记的。在杨梓《上帝的泪》一诗中，他就安排过如此的一首“小诗歌”。这就是“我”所讲述的那年自己的经历。那年“我”沉默得太久，死一般蜷曲于被人们遗忘之角落，那年的鸟衔走了所有的秋天；留给自己的全是遗憾之霜，“我”为她摘象征冬天的芦花而刺破了手，鲜血染红了无雪的冬天而回到自己的小屋，弯曲的叹息如回荡的轻音乐；“我”曾寻访天涯海角，给整个世界传染思念，她就像山间的枫树为“我”芬芳地红着，又好像用天空的琴弦，为“我”弹奏海蓝色的乐章；那年的雨还在下着，在晴天的日子丢失了她送的那把伞，但他们终于相逢在多年不遇的黄昏里，“我”故意碰断她柔弱的目光，才看清她的明眸；那年的一个敏感之夜，他们一起去寻找太阳，追赶太阳；那时的林涛稀释着月色，所有的绿色都在为她缤纷，“我”穿过阑珊疏影去凭吊他们那段不死的情节，注视她不尽的春树暮云，只见她的雷电屹立于浪尖，“我”在她的温柔中窒息……这首意味造型传导的“诗歌中的诗歌”，可以看作是诗中对象“我”的整个命运之缩影。“我”持久地追逐着她的踪影，可什么也没有追逐到。她的芳姿永远也让“我”看不见，也没有团聚的那一天。因此，“我”实质上就是那个被社会扭曲的心，把你们的丑恶全部曝光于自然，触摸这个一触即碎的世界；为一个使命从早到晚奔波，从黄昏到黎明为上帝思索。“我”看见痛苦，看见昼夜的眼睛，看见眼睛里的罪恶……这个叙述，表明了我们普通人的命运就像自然界的灾祸一样如出一辙。上帝也无可奈何——它拯救不了人类；人类同样也得不到上帝的呵护。上帝是人们的一种幻觉，一种心灵之希望与寄托而已。人类本就有一片天地，一片净土，要想拥有幸福与快乐，就只能靠人类自己——爱情、婚姻、家庭，社会、理想、未来均是如此。诗人在此更深层地透射出了显示世界中的某些虚伪、丑恶以及扭曲的心灵与自由、博爱的对立。这就是杨梓在诗中所说的：“我用丧失痛觉的手与诗 / 触摸这个一触即碎的世界 / 愿你们的姓氏永远流传 / 愿我的爱情为你们歌唱 / 自始至终……让阳光重新照耀

万物 / 森林和草原茂盛地成长 / 飞禽走兽尽情地歌舞 / 我可爱的孩子们 / 拥有幸福与快乐 / 我献给未来的诗 / 拥有世界”。这就把现实世界的真善美与假丑恶揭破了，真善美战胜了假丑恶。《上帝的泪》的抒情叙事，正是诗人心中这一思想之“物化”。我们要理解此诗中的诗人，要理解此诗中的所有对象与意象的价值与人类的关系，此诗中的诗，均是不可多得的线索。此诗的隐晦之中透射出的一束耀眼的理解之光，抓住它，就是抓住了《上帝的泪》的意义与价值。

诗人的另一首诗《母与子》，我也觉得意味造型颇为独特鲜明，诗中之意象寓意也颇为复杂，给读者带来许多猜想。好像你从诗的任何一节或任何角度均可以切入，可结论往往是令自己也不甚满意，即结论不能覆盖整个诗之丰富含量。说其是批判现实，诗又大量描写了自然界；说其是自然界之寓言，它又把诗中对象刻画得惟妙惟肖；现代工业的文明，它写了；风靡世界的虚假与伪劣，它也写了；有对人类精神之探讨，可又有对人类丧失传统根基的表现。进入诗之途径究竟何在呢？这虽然是一个较难确定的问题，可诗人在诗中安排的一些叙事，当引起读者的高度重视。因为它们均是诗之点睛之笔。诗人在诗中叙述了在某一个被历史遗忘之地方，“我”正式宣布离开了她，从此开始了背叛的第一步；然后“将爬行的痕迹葬入黑夜的黑夜”，对她的践踏，不断沉重，不断坚硬，不断冷酷；路——由饥饿逐步成为草绳、皮带、钢索，紧紧地将她捆绑，囚入牢不可破的空气之狱，与心的太阳永无相望之日；而此时的她——最大的希望竟然是让“我”的希望不再幻灭。这是为什么呢？诗人写道：“我看见她的皮肤 / 完美如黎明前的太阳 / 诞生过神话的大河 / 闪现过诱惑之梦的光泽 / 我也看见欲望的我 / 用钢铁的文明的手 / 阴森森地抚摸着她 / 仿佛昏鸦于没有人烟的空谷 / 以她的肚脐为中心 / 一任猛士音乐的伤口 / 辐射状扩散 / 献血迸涌 / 脂肪流失……”读到此处，你会感觉到诗人所描写的“我”与“她”，并非是个体的“我”与“她”。我与她，完全是诗人的一种意味寓意之传导对象，他们分别代表的是新旧文明的较量——人类与社会、人类与现代文明、人类面对旧文明的衰败与解体时所面临的选择。诗中的文句语词时而热烈咆哮，时而冷峻寂寥，时而飘逸洒脱，时而隽永沉思，总有一种很奇特挺峭的格调，全诗洋溢着一种含蓄半吐之意义，还有一种时而淡淡时而浓烈之意味寓意之色彩，构建了一种独特别样的风格，使人读来便有种悲凉之愉悦。在此，诗人为了一个整体的意味造型，在诗中为我们提供了那么多的意象、细节、特征与现实世界的关系，对象的行为与心理，等等，就是为了通过这些不同因素的综合作用，使得意味造型清晰具体，丰富完整，有举一反三之效果。诗人在全诗的稍后写道：“当我从噩梦中醒来 / 心，长满了残酷的手 / 指挥着我整天整夜地劳作 / 挖坑，放炮，掘进 / 最终打穿她缀有音符的鼓膜 / 打开了我摇滚的通道 / 在她身体的空气中 / 没有形状地剥削 / 砸烂各种形状的骨头 / 连最坚强的牙齿也被炸碎 / 然后运出 / 渊源不断地运出 / 掏空一个混沌的部位 / 我又向下一个部位进军 / 她的关节已经脱落 / 她的躯体已经瘫痪 / 她的精神之柱面临倒塌 / 堆积如山的骨骼 / 有的被铸成了乞望之像 / 象征一个值得纪念的虚无 / 有的被化成了水 / 向她的鼻腔哭泣着冲击去 / 有的被烧成了灰 / 灰又长成了恶之花的树 / 我躲在灰色的树荫下 / 预谋下一次行动……”此处我要说的是，杨梓在这首诗的意味造型过程中，关于个别与具体意象之设置，别具一格。对个别、具体意象进行整体的简化，是杨梓此诗意味造型创造的主要手段。诗人的“母与子”，所暗示的母亲——土地乃至地球，就是千百年来经久不衰的人类优秀传统文化；子——人类自身，人类要爱护自己，走出自己，创造自己，让自己不遭到外来侵蚀，要爱护自己的文化不被灭亡，不被中断，这“一切的一切，还在期待着新的开始”。如果说，在杨梓的此首诗中，成功的意象使审美对象变得丰富复杂，闪耀着五光十色，那么，在诗人成功的意味造型中，审美对象则是使他的丰富复杂与五光十色，变得凝练、精纯起来，以形成某种汇集着万千光束的“焦距”。如此观，杨梓的意味造型的整体简化律，至少有两方面值得注意：第一方面，造型的原生性消退。所谓造型的原生性，乃指审美对象逼肖现实世界之本来形态，以致此审美对象的原生性可以从诗中走出来，汇入芸芸众生之行列。杨梓诗的母与子等均是此类充满活力的造型。把他们与芸芸众生相阻隔的仅仅是文本；在人的实际心理上，他们已经凭借自身之力量，跨越了这层阻隔，与芸芸众生生活在一起，活在人们的口头与心里。以为刻画的造型，已经不再与现实世界保持各方面的直接关联。政治、经济、环境、人与人的关系，家庭与婚姻等制约个人的因素，在此不是变得无关紧要，就是变得影响力不大。结果，此类造型虽然还不是神怪，但已经给人以游离生活与虚幻突兀之感，使人无法在它之中，直接看到无限丰富的生活现象。第二方面，杨梓的诗歌意味造型的个性内涵由繁趋简，由多趋一，由分散到集中。意味的造型不再着重抒写造型的内在个性的各个侧面，以及这些不同侧面的矛盾、命运与相互影响，相互渗透及相互依存。强化抒情个性的某一方面，使其突出深邃，高度集中，而敢于舍弃其余方面，成为意味造型的个性化表达手法。因此，杨梓诗歌的意味化所主张的整体简化方式，实际起到了把诗歌艺术造型与社会生活的原态特征分离开来之作用。他的诗歌的意味化造型，具有完全意义上的创生特点——非生活原有。此恰如观音菩萨坐在莲花宝座上，看起来他(她)是人，具有人的某些特征，但又没有人的具体实在性与生动性。一个莲花宝座托着他(她)，就已将其与尘世生活作了无形的隔离。故诗人杨梓意味化创造之喻象已是一个超越世俗的虚像、幻象。在此，杨梓意味化遵循的是这样一条原则：当他的诗越接近真实，则它的意味性便越稀薄，他的诗就越接近一种真实的记录；当他的诗越远离真实，并在一种完全虚幻的假设的状态下营构秩序，则它的指向性就越强，思想性也就深邃，让全诗进入了一个意味的造型世界。为了走向意味世界之路，诗人的创作确实需要超脱一些，空灵一些。要说杨梓意味化仍然不违背诗歌真实的话，此诗的真实性应当是一种精神上的真实性，它绝不否定意味化对于现实世界所采取的这种以超越为特征的创造方式。变得不那么“像”现实，甚或完全不“像”现实，此种诗歌造型难以在现实世界中实指出来。对于人类精神方面而言，此种诗歌意味造型应当不是陌生的；但对人类的日常感知而言，此种诗歌意味造型肯定不熟悉。一个读者，若要把握住杨梓诗歌的意味造型，就要超越他的日常感知，达到对于诗的意味造型的精神观照与审美顿悟，才能豁然开朗，与其产生交流对话。而把握现实世界的实有诗歌意味造型，虽然也需要精神之激发，对应与共鸣，但感知此种意味造型之熟悉感，乃是从一开始把握这类造型时，就一直伴随并有所强化的。这就说明，杨梓诗歌意味化的喻象与现实世界的具象属于两种审美创造方式：一则以改制生存原态来创造诗歌世界，一则以生存原态来创造诗歌世界。二者均源自现实世界，但与现实的关系又有疏密远近。杨梓诗歌整体之简化与充分的整体化，正是此二者对现实世界的态度，对个性表达的根本区分。这正是诗人意味化之造型创造过程，杨梓自觉追求的审美效果，就是意味化造型创造之表达。在此一点上，杨梓十分突出。他的诗歌常常给人以梦魇般之感觉。故阅读它们往往像在夜游，扑朔迷离，异彩纷呈，却难以确定坐标与寻找路向。这也就如散文家哑弦在《杨梓诗集》序中所说的：“他的诗很怪，既不像台港诗，也没有大陆朦胧诗第三代诗的味道。”而诗人自己也在诗集跋中引读者的话说，他自己的诗“离诗坛越来越远”。这正好表明，诗人之诗的这种模糊性，很顺利地就把读者引入一个意味造型世界。诗人笔下的那个“母与子”“上帝的泪”“红门：启开与关闭的瞬间”“墙：沉默的玫瑰”“逆流之河”“西风——精神的故乡”，等等；诗人这些早期的诗歌作品，意味造型庶几融入其诗之全部。上举之诗，很充分地反映了诗人的此一创作意图。诗人通过取消诗中之对象实指，可以让其所指十分广泛，从而成为人或人类之意味造型。意味造型创造上的某种程度、某个方面的有意忽缺，虽使对象变得不那么具体、完整，不那么像故事似的完整，但是，忽缺之中必然包含着某种特征的强化，这就为指向诗的意味世界之意义提供了途径，暗示了方向。如果杨梓将“母与子”写成一对具体的人，完整的人，把“红门”写成一个具体的红门，把“墙”写成一个具体的墙，如同现实世界中真实存在的人、物那样详备、明确、实在，那么诗只能给人一幅生动的社会世俗图景，难以完成一幅含有不尽之意的抽象画的创作，难以让那些有阅读能力的读者，循着诗人的指引，去发掘多义的哲理性内涵。有人曾说，做一个诗人就意味着要善用隐喻。最伟大的诗人总是最擅长于隐喻的。杨梓的诗歌创作，证明了他正是如此一般的一位善用隐喻的诗人。

我们从杨梓意味化的诗歌世界的抒情对象来看，诗人明显是不倡导“直陈其事”的，诗人主张尽可能的简化、纯化；突出某一方面的特征而尽量消除多方面的成分。于是，迷离、神秘、隐晦，拉大了它与现实世界之距离。“直陈其事”的诗歌世界较易把握，而意味寓意性的诗歌造型世界较易引起争议，其原因之一正在于此。如此，表面上看来，意味化的“直陈其事”被简化，似乎给鉴赏者造成了一定困难，然而，它提供的乃是更大的想象空间。在相比较的意义上来说，对于读者的想象力，杨梓的意味化的造型不是藩篱，不是制造迷途，而是以其简化形态，托着读者上升、飞驰、神游，从而顺利地由此诗歌的显性含义，过渡到隐性含义，从对喻体之领略，过渡到对喻义之顿悟。我的观点是：酷肖现实世界的不是诗歌美学的唯一标准，它只是“直陈其事”的一个准则。“游离”现实世界的不是诗歌美学中的不良倾向，而是意味化的一个必然条件。在杨梓的诗歌美学中，从现实世界向意味化过渡，是他诗歌世界由现实世界向想象世界之过渡，亦乃其思想内涵由现实具象性向着高度抽象性之飞升。我们不必担心此种“游离”会脱离现实世界，其实，它是从更高层面上与现实世界之对接与统一。由此，我认为杨梓是一个具有高度自觉意识的喻象创造者，也是一位很会创造喻象的当代诗人。

那么，《母与子》的意味化造型，究竟体现在哪里呢？我感到，此诗主要在于诗人所建构的抒情对象的造型具有十分突出的特征化意味倾向。正是此种特征化意味稀释了此诗的暗示性而提升了诗的意味性。首先，在《母与子》的抒情诗中，对象身份失去了对于对象性格的制约作用。诗叙述母与子作为特有的类型关系特点，如在一个被历史遗忘之角落，母亲——她遭到践踏，遭到捆绑，但她仍希望子——我们人类的希望不再幻灭。但诗对母与子的抒情揭示，并非是为了揭示母与子的不断分离、不断相望、不断抚摸的造型特点，而是借此创造一个以20世纪90年代初国人所面临的生存竞争为主要语境中的母与子造型。在此，母与子的主要特征抒情描绘，与其说是为了完整地表达母与子的深刻而设置的，不如说，诗提供母与子的造型面貌，是为了强化他们身上所具有的硬汉精神而进行的以此自我验证。诗如此抒情，意在向人们昭示这一点，即母与子能否克服他们所面临的“欲望之手”“钢铁文明的手”，对他们的“掠夺”？诗中主要笔墨抒写母与子极力证明人的尊严与力量的一面，就是人人强烈感觉到所面对的不是一个在为自己的生存而勤劳着的人，他们已是一个带着诸多不利条件，却渴望创造世界的一对“母与子”的造型。人的身份在此是不存在的，故实在不对人的个体产生任何直接的制约作用。个体对于身份的此种偏离，就使母与子有了相当的抽象化色彩，不再是一个具体的完整的母与子造型，而成了暗示人类所面临的困境、无奈，勇气、毅力、决心与机智的代表者。故在《母与子》这首诗中，诗人虽说是在写如题所示的母与子，实际上却是在写人类与大地。诗人已把“母与子”的个体抽取而空，这对母与子就收缩凝住成为人类与大地的暗示。从人类这个角度去理解母与子，去看母与子，恰恰是人对自身的某种光荣与尊严的一种守护。

其次，母与子与自然世界之关系，已非实在客观之关系。人类与自然界之客观关系，一直以来是以人类对自然界之掠夺来建构的。此诗抒写母与子的无奈与被迫，面对人类的开发、破坏、掠夺等生存境遇状况，谁也无法避免。诗人的此种抒情笔触，弥漫全篇，引人注目，确切地说，诗作品通过母与子的传导让人们深入地思考现实世界所面临的处境，这才是支配母与子行为的根本原因。母与子生存行为很快地就有了浓厚的自我力量之确证色彩。此诗非常紧凑地抒写了母与子的挣扎、奋进、开掘、守护之过程。在此过程中，“子”为了探寻人类生存的奇迹源头，挖掘本源的文明遗迹，不惜日夜地劳作；面对强大的现实世界，“母”的关节已经脱落，躯体已经瘫痪，精神已经倒塌；诗中说：“我清楚地知道 / 我在建设一项空前的工程 / 林立烟囱于她风的小屋 / 就地取材 / 加工生产 / 随时出售 / 风靡世界的虚假与低劣 / 让她的肺叶 / 在黑的废水中挣扎……”最后，诗人接着抒写了“母与子”在现存秩序中的“喘息”与浸泡于不尽的“污水之夜”，她的大动脉梗塞，血向心房逆流，肌肉一块一块萎缩，器官一个一个停止转动，他们虚拟一个天堂——回眸自己的繁华与荒凉……面对这些，诗人所体悟到的现实境况与自己孜孜以求的人生理想之间有明显的差异，一般来说，诗人与生俱来就是理想型的，在其诗歌创作中，诗中存有一种理想境界。由于此种理想性，再加上杨梓特有的敏感性，使得他比一般人更容易感受到既定文化现状的种种局限、压抑与现实世界的某种不公，因而在此表现出一种强烈的批判意识。正是这种批判意识，才导致了诗中母与子在“黑水中挣扎”之局面。紧接着，诗人借母与子而予以自我内心之叩问。这就意味着杨梓不只是敏于感应现实世界人们生存境遇之载体，而且同时反省叩问产生之主体或本源。这里我想说的是，杨梓诗歌意味造型最内在之根源乃是诗人对自我存在及其困境最深切之体验。诗从现存实利开始，又超越了现存实利，而变成了确证自我价值的机会，变成了人的个体性由渺小走向伟大，由怯懦走向坚强的磨炼过程。这样，母与子的行为，对读者而言，也就变得十分纯粹了：它不是把读者引入具体的实有功利性思考，而是由此一纯粹之行为本身与行为过程发散开去，从而体悟其中之隐含喻义。在《母与子》的诗中，母与子实际上已经成为人类面临现实世界如何守护自己的纯净天地与精神家园之借代暗示。从诗的抽象意义看，此种超越之结果，对于读者去思考它的暗示之义而非“直陈其事”之实在之义，起到了重要的传导作用与稳定作用。如果诗人将母与子为了生存而始终维系在功利层面上，维持在一个为个人生存奋斗对于事物、物质的渴望上，那么，这对 “母与子”也就只能是一个充满实在意义的谋生者而已。但诗人删除了这一现存实在性，让诗作品成为一个透视着更大意义的意味行为了。

再次，从《母与子》的某些意象观，诗作品庶几处处闪耀着意味造型之光。 “太阳”与“大河”在母与子的梦中反复凸显并闪现过光泽，就不仅仅是母与子早年记忆表象之复活，而是母与子对力量与希望之怀念、向往与崇拜。“太阳”与“大河”在诗中已是一个寓意性的暗示，它在诗中的不同要素节点上出现，可以说是对于诗内容的一种意味性黏合。此种黏合把置于黏合之中的各种内容熔铸成为一个总体部分，从而使得那些内容服从于意味造型之意图。故我认为“太阳”与“大河”意象的每次出现，均带有某种点题之效用，均带有解释、收拢其他内容而将它们置于意味之光的照耀之下之效用。诗人最后以凯旋“将她无眠的声带划破 / 紧接着横渡红河之谷”的笔触，绝不是一般的比喻，尽管古典文学大家顾随说过“天才，多用比也”⑦。的话，但我认为诗人杨梓在此设置的意象是给读者的一种规定：只有从此一点上方能观照诗之全篇，理解全篇。“掏空一个混沌的部位 / 我又向下一个部位进军”。很明显，此诗以现实世界为依据，为人们能自由地摆脱实有生活之局限，而从人类历史发展之高度去理解现存世界提供了必要的氛围与传导。在此，诗人杨梓对夸张、抽象造型之使用，作为一种有意为之的审美手段，它成了从假象的逻辑进入审美的意味世界的入口处。相反，如果写得实实在在，近似于现实世界之真实记录，那么意味性便会消退，诗反而只能以其特定画面，提供有限的特定意味，而不能与无限的普遍意味相关联。因此，意味造型，是杨梓诗歌美学的一个重要艺术贡献。

总之，在《母与子》中，对象个体的抒写有着很深的意味性，抒情之线索有着明朗的意味性，诗中之意象运用也充满了意味性，那又怎么不让人从中感到意味性呢？打个比方来说，《母与子》既然通过某种强调、突出、虚化与抽象而不够写实，削弱了造型的实在性，在它之中有意或无意地铸造了一个有着指向性的“豁口”，要让读者的眼光仅仅停留在造型本体上，而不通过这个豁口去作纵深与广远之游弋，已不可能。《母与子》的诗已被我们当作意味深邃的诗歌来阅读接受了，从意味造型方面获得诗歌美学意义之寓意，实属难免。说起诗歌美学中的意味，并不在于诗人自己的意图，不在于诗人说自己的这首诗是有意味的诗。有时诗人说自己的诗是有意味的诗，但读者看了以后觉得并没什么意味；有时诗人说自己的诗没有什么意味，但读者却恰恰可以读出蕴含极为丰富的意味来。我相信不少读者在阅读杨梓的诗《母与子》的时候，会从不同的视角得到丰赡的思想意义。我们能够理解《母与子》所表达的当代社会文化语境中人们的那种思想震颤与那样的处境。如当代社会的政治、经济、文化冲撞，给人们带来的各种困惑与生存竞争，人们所面临的孤独、压力、困惑等挑战越来越激烈。此种意味造型本身已经给我们提供了丰富的人生内涵与思辨价值；诗的概括力极强，诗之内涵与审美张力很大，给读者留下了巨大的思考空间。此诗之内涵，乃是综合地表达了社会人生，传导与扩大了人类的思想空间，从而步入一个审美的现实世界。杨梓无论是在思想感情上，还是艺术审美空间上，都是倾向于深思而又奔放的格调，他热烈地爱恋着脚下的这片土地，他又为诗中对象曾经的言行感到痛苦，感到羞愧，同时，也感到无怨无悔，并感到为获得一枚闪烁着原始光芒的奖章而凯旋；诗中抒写的20世纪80年代末至90年代初，现实世界已是一幅多么真实、多么动情的美好图景；我们从诗中可以看见诗人可能伫立沉思，也可能踯躅而行，若有所思，但均在深邃地叙述着当下社会的现存境遇与发自内心的情思。诗人的一片向往之情，一颗赤诚之心，跃然纸上，又跃然于读者的脑海之中。故意味造型者的杨梓，同样也是一位擅长于具象创造，写实描摹，直接体现思想情感的当代实力派诗人。他不仅会把读者引领到一个无限远大，无限深邃的宇宙时空中去，也会把读者带到一个实实在在的对象与社会事件面前，让你揣摩此对象与此社会事件的实际的人生意义，让你能够感同身受。因此，从杨梓的《母与子》等多首诗中，我们均能读出一种带有十分鲜明的艺术追求精神、探索人类自审意识的美学力量。他的诗整体抒写中流露出来的荒野意识、天涯意识，乃是他对当下人类现实世界困境的高度敏锐的直感把握。诗人通过他的诗已经感到，解决当下人类困境的方法，不是掠夺式的，不是破坏性的，应当是人类的自我约束，自我完善，是人类的大爱，用大爱的力量来统摄一切，才能解决人类之困境。此一基本思想，在他的《母与子》等诗中，正是以其鲜明的意象所蕴含的思想被我们所体认。故他的《母与子》等诗熠熠生辉的“诗眼”，从此心灵“窗户”里，你尽可领略到那深邃心灵中所蕴藏的无尽秘密。

应当说，通过以上对杨梓《母与子》等诗的三种传导方式的分析研究，可以得出这样的结论：杨梓诗的传导是有效的，依赖传导，读者进入他诗歌美学思想核心的可能性大大增强了，读者对他的诗歌寓意之理解程度也大大加深了。然而，任何事情都不可能是绝对的。由诗人安排、发出的传导会对阅读产生影响，此乃必然。可同时并不能排斥接受者在其阐释他的诗歌美学思想时，会对诗人的传导提出疑义。产生诗人之传导与接受者疑义之间差异的原因有二。其一，诗人之传导大都还是含而未露的，即诗人虽然有意予以点题，可其点题由于带有造型性、间接性与有限性之特点，仍然给接受者阐释诗歌美学思想提供了广泛的自由度。其二，读者阐释诗歌美学思想时，不是从诗人的立场出发，而是从自己对人生之理解出发，故阐释杨梓诗歌美学思想有着接受者的自主特点，这使读者往往越过诗人的传导而直接地以自己的阐释作为诗之寓意的内涵，这自然会出现读者与诗人之间美学思想之分歧。因此，我的结论是：阐释杨梓的诗歌美学思想时，应当尽力在具象之外再求喻象，在喻象之外再求具象，或者，在具象之中包含喻象，在喻象之中涵容具象，这是杨梓意味造型创造的一种独特的富有生命力的格局。其实，在漫长的世界诗歌史上，能够提供各种各样的意象造型，艺术风格，而每一个意象造型，每一种艺术风格，庶几与具象和喻象密不可分。它们之间联系可能会有程度上的差别，却无绝对分离。由此可见，杨梓诗歌作品在设置传导以后，并非必然地产生出如传导意图那样的一致性理解效果。此与其言乃传导之失败，不如言此乃传导之常态，在诗中出现此分歧符合意味造型阐释，也常常伴随歧义这一亘古长存之规律。而且，从多数情况看，传导乃读者之良好的“领航人”，因为传导往往来自诗人之有意为之，与诗人创造意味造型之整体架构密不可分。故，借助于传导为接受者打开的窥探诗歌美学思想之窗口，让人总是能够从诗中读出某种十分重要的秘而未宣之内涵。

注释：

①杨梓：《杨梓诗集》，香港天马图书有限公司，1993年。

②黑格尔：《美学》第2卷，商务印书馆，1979年，第118页。

③《李健吾文学评论选》，宁夏人民出版社，1983年，第99页。

④⑤朱谦之：《中国音乐文学史》，世纪出版集团 上海人民出版社，2006年，第19页、第18页。

⑥转引自陈嘉映著《海德格尔哲学概论》，北京 三联书店，1995年，第61页。

⑦叶嘉莹笔记，顾之京整理：《顾随诗词讲记》，中国人民大学出版社，2010年，第157页。

[（1994年、1995年陆续草写，2017年夏整理修改。本文是《杨梓诗歌美学论》中之一节，将杨梓诗歌创作大体分为四个阶段，即1986—1993年为第一阶段，《杨梓诗集》出版；1993—2006年为第二阶段，《西夏史诗》出版；2006—2012年为第三阶段，《骊歌十二行》出版；2012年至今为第四阶段，正在创作《时间献诗》）]

宁夏诗人人格类型摭论

——《宁夏诗歌选》序

波澜壮阔的社会现实生活是诗歌创作的源泉，这是相当正确的论断。但社会现实生活作为诗歌创作的源泉不会自动流溢出来成为诗歌作品，它必须经过诗人之“开掘”，诗人之“沟渠”，诗人之“拦截”，诗人之“积蓄”，诗人之“翻腾”，诗人之“吸取”，诗人之“过滤”，最后才能成为诗歌作品。在此，诗人作为创作的主体之人格就直接作用于创作过程，从而影响诗歌作品之面貌与品质。同样的社会生活质料，在不同人格的诗人那里，会变幻出主题不同、蕴含不同、格调不同的作品来。我们甚至可以说，有什么样的诗人人格，就会有什么样的诗歌作品。

实际上，一个诗人生活在社会中，总要扮饰一个或多个社会角色，由于每个人所扮饰的社会角色不同，那么他或她就会有自己的特殊之人格，也就必然会以此人格为视点来观察生活，视点不同，观察到的事项也就不同。例如，许多诗人皆面对宁夏这片土地，但在贺兰山、六盘山、黄河两岸等地所观察到的宁夏是截然不同的，甚至以为这是几个不同之省份。从学理上讲，角色之视点与角色之环境构成不同的透视景观。诗人之人格就犹如观察宁夏这片土地时不同之视点，他们对生活之感受与理解皆有自己的“人格视点”。进一步说，解读一个诗人或作品之情形亦复如此。一个诗人的一部作品就是一个地域，这个地域是客观存在，但一个诗人一般只能从一个视点来观察它们，政治的，历史的，社会的，形式的，心理的，皆为不同之视点，皆可以窥视到诗人或作品之一角，却无法把握全部。诗人杨梓编选《宁夏诗歌选》这部书时，选择了“全面”之视点，我所说全面之视点，是说这部书囊括了从晚唐至今的180多位诗人创作的350多首古体诗和20世纪以来出生的250多位宁夏诗人之1000余首作品，这的确是一个“全面”之视点。就阵容而言，已经十分壮观。它必然可以揭示出别的视点无法揭示出的宁夏诗歌作品与诗人之另一面貌，另一番景象，另一种风格，另一种意义。我以为这部诗选的价值主要就在这里。

一、中国古代文学史是一部诗歌史

中国是一个诗的国度，宋元以前的文学史，基本上是一部诗歌史。闻一多在其《文学的历史动向》中就说：“从西周到宋，我们这大半部文学史，实质上只是一部诗史。但是诗的发展到北宋实际也就完了。”闻一多先生还认为，宋元诸家“都是多余的，重复的，以后的更不必提了”。他还说：“我们只觉得明清两代关于诗的那许多运动和争论，都是无谓的挣扎。每一度挣扎的失败，无非重新证实一遍那挣扎的徒劳无益而已。本来从西周唱到北宋，足足两千年的工夫也够长的了，可能的调子都已唱完了。”[①]鲁迅则说：“我以为一切好诗，到唐已被做完。”[②]就一部整体中国文学发展史而言，闻一多与鲁迅的这个说法大体不错。但就其具体区域性的文学发展状况而言，可能还略有所不同，比如宁夏的诗歌发展状况就略有微差。从《宁夏诗歌选》一书的古体诗部分来看，基本给予了正面回答。该书所选大都为宋元明清以后诸家诗歌作品。说明宁夏诗歌作品在宋元以后多少“唱出”了一些“新调子”来。诚如时论所公认：“唐诗多以丰神情韵擅长，宋诗多以筋骨思理见胜。”[③]宋之与唐，本无可轩轾，实乃艺术趋新规律之合理体现，若合诗境与词境统观，毋宁说是后来居上。宁夏诗歌在先秦两汉至隋唐，基本上是一些士人、将军之类征战或路过此地留下的一些诗歌作品，就本土而言却鲜有诗作流传下来，到了宋元明清以降，才有一些诗歌作品行世。人所共知，作为诗的哲学或哲学的诗，禅宗之引进与诞生，及其向民间尤其向士庶知识分子阶层渗入，使中国传统的心理本体更加深沉了，这就是说，禅使儒、道、屈骚之人际——生命——情感更加哲理化了。凡此在唐诗中已有所折射，到宋则反映得益深益显。到宋经由理学之生发，不论表现的如何曲折，在总体上还是可以看到在吸收了庄屈禅之后的儒家哲学与华夏诗歌美学实已达到了最高峰。于是，在这里所追求的，不只是气势磅礴（儒）或逍遥九天（庄）之雄伟人格，也不只是凄楚执着或怨愤呼号之炽热情感（屈），而更是某种精灵透妙之心境意绪，从而境界、韵味，便日益成为两宋及其以后的诗歌作品之重要特色。元明清以后，乃中国古代后期诗歌发展之另一高峰，所有诗歌创作实践，实已总结了唐宋两次诗歌高潮，而又启开了步向封建末世之端倪。事实已经证明了非闻一多先生所言之“多余的，重复的”现象了；再从诗歌艺术之前进运动与基本风貌上看，由宋代季世至清代中叶，逐渐从古典诗歌艺术之目标演化，适应着元明以降商业空前之繁盛，城市消费日渐发达，市民阶层逐步兴起，一种新的社会潮流在悄然运行，它自然要闪烁折射到诗歌创作领域。在哲学上，从王阳明“致良知”心学之解体过程，王艮提出“百姓日用即道”之命题；到刘宗周言“道心即人心之本心”，李卓吾之“童心”说……从明嘉靖到乾隆，诗歌潮流，五花八门，或提倡平易（公安派），或追求艰涩（竟陵派），却共同呈现出对儒家传统诗教之脱离、超出、违反，甚至背弃。自元明以后以城市为中心而形成的古白话，更为诗体之多样化提供了载体，除传统的诗词歌赋以外，更风行诸宫调，散曲、小令、套数、山歌、小调、鼓书、弹词以至杂剧、传奇形形色色之歌诗剧等。总之，如上所述的宋元以后之诗歌创作及哲学基础，形成的创作主张与审美趣味，在中国诗歌流变之长河中形成了又一次高潮，并出现了一个历史性之转折，亦即从古典和谐走向近代崇高之开端。而宁夏的古代诗歌创作，大体经历了从无到有至晚唐以后的创作普泛化到精致化之过程；这些，皆已非闻一多先生所言之“无谓的挣扎”和“挣扎的徒劳”了。当然，如果说“挣扎的失败”，则是这个开端终竟成为一朵未能结出硕果之浪花，尽管是巨大之浪花，还是为入主中原之清政府的保守主义文化政策所梗阻，正如元明以来的资本主义萌芽为清政府“雄才大略”之铁蹄所践踏一样。中国近代化之历程并未从这里起步，没有能够与西方的“文艺复兴”并驾齐驱，徒令千古扼腕兴叹耳！

至于《宁夏诗歌选》中所收入部分今人所写之“古体诗”，由于当今古体诗词所置身的文学、文化生态语境不同，所创作的古体诗词所反映的思想性、艺术性也就千差万别，这就决定了它们必然会呈现出不同的风貌，就像湖中不同之景色，也如同长江、黄河上下游不同之景观。只要我们按照中国古典诗歌艺术创造的审美标准去认真打量，观察其价值立场，并将其纳入整体宁夏诗歌创作之视野，与宁夏整体诗歌创作之文化生态、文学语境结合起来作如是观，其艺术质量与文学地位亦不难估量。首先是一些老作家写的古体诗，其次是一些政界名人与各行各业知识分子所写的古体诗。他们创作古体诗的一些题材选择，往往有感于对现实生活中的某些重要事件（节日），或重大工程项目开工、竣工等，作品均是作者的宏观感受与情感印象，一般不对细腻生活具象作出审美价值判断。从古体诗歌作品所表达的主题与审美感受观之，作者的人格均呈现为一种政治型与人文型相融合的人格特征。此处不赘。那么，究竟如何评价这一部分古体诗词创作，这是需要认真研究的问题。当然，作为全面展示一个区域性的一部整体文学发展历史面貌的诗歌作品集，今人写的古体诗词理应一并纳入观之，唯此方才符合文学发展之规律与事实真相。下面，我着重就《宁夏诗歌选》的现当代部分，并从诗人人格之角度，谈一点个人的粗浅看法。

二、诗人人格之构成因素

中国的20世纪，是一个天翻地覆的世纪。在这个伟大世纪里，中国人民不屈不挠，浴血奋战，终于推翻了封建主义、帝国主义和官僚资本主义三座大山，建立了人民当家做主的新中国。新中国成立以后，在长达半个世纪的社会主义进程中，面对国际国内纷繁复杂的现实局面，以及极“左”思潮之干扰，中国人民进一步经受了锻炼与考验。在这个大浪淘沙的伟大世纪，一代一代的中国诗人、作家，以及各个不同的个性与人格，在文学舞台上扮饰了不同之角色，宁夏的诗人、作家当然也不例外。他们怀着民族新生与祖国富强之梦，以笔为武器，投身革命大潮，高歌猛进，英勇奋斗。他们悲愤于时代与个人之苦难，抒发不平，长歌当哭；他们或处于守旧心理，为封建传统文化之衰落唏嘘不已；他们或固守心灵之宁静，在爱与美之梦幻中聊以自慰……一部20世纪的宁夏诗人人格史，实际上，也是一部现当代宁夏诗人不同类型的形成史、演化史、发展史。其中，既包含着文学艺术自身发展之奥秘，也体现了宁夏诗人在时代发生剧烈变革之岁月里，面对新旧文化、中西文化冲突而艰难选择之过程。作为人类社会之成员，每个人皆离不开特定的生存环境。正是特定的生存环境，直接决定着诗人之人生观和价值观，并进而影响其创作动机、审美理想、艺术追求等人格构成。客观生存环境又可具体分为社会环境、文化环境与自然环境三个方面。

社会环境无疑是影响诗人人格之第一要素。在20世纪的宁夏诗歌史上，我们会看到，将诗歌作为变革现实之工具，一直是许多诗人主导的人格特征，而这正是由这个世纪以来中国的特定社会现实决定的。在举世闻名的“五四”新文化大潮落幕之后，王亚凡、李震杰、朱红兵、罗飞、姚以壮、刘和芳、路展、吴淮生等这样一些历史的风云人物，虽然个人经历不同，气质类型不同，最初的人生理想不同，但却正是由于民族处于危亡的严峻现实，激励着他们不约而同地拿起了文学的武器，为民族之新生呼号呐喊，上下求索。抗战与解放战争先后爆发之后，他们更是感应时代之召唤，走出家庭，走出村寨，到了民族解放战争之前列，在强敌压境之大背景下，以不可遏制的爱国激情，形成了声势浩大的抗战诗歌浪潮。由于历史进程本身之曲折，使他们的人格也随之起伏变化。“为了陪伴战士的欢笑，/ 为了点缀海岛的风光。/ 战士守护的地方，/ 岛花总在开放”（王亚凡《岛花》）；“屋子里又沉闷又黑暗 / 我站在楼窗前 / 望见自然壮阔的远景 / 就想起从远方寄来的 / 温暖的信息”（李震杰《春天》）。在黑暗、残酷的现实面前，诗人仍然怀有一种对未来美好和希望之期盼。这些诗歌作品，正是诗人人格状态的显现。由此可进一步看出，不论诗歌观念如何革新，社会现实毕竟是决定诗人的人格追求及诗歌去向之关键因素。

20 世纪的宁夏，也是一个文化产生剧烈变革之时代。随着最后一个封建王朝的崩溃，延续了数千年的传统文化走向解体，文化反思遂成时代之热点之一。正是这样的一种文化、语境，同样也在深深地影响着宁夏诗人之人格。许多诗人痛切地感到了自己浸泅其中的封建文化之腐朽，他们将目光投向十月革命之后的苏联与“五四”新文化运动之思潮，希望从中找到民族文化新生之出路。这些诗人，虽然有着反对封建文化、追求民主自由、为民族新生而奋斗之共同志向，但因其接受的文化影响不同，又形成了他们各个不同的文化人格。这些诗人由于较早接受了马克思主义的影响，形成了革命的文艺观。在此后漫长的中国历史进程中，与中国革命的性质相关，马克思主义文艺思想虽然日渐占据主导地位，但其他一些文化人格，也一直在产生着重要影响，从而构成了 20 世纪宁夏诗歌艺术发展的丰富与驳杂。

影响诗人人格的另一个重要因素是自然环境。在一些个性温和，向往爱与美的诗人中，我们会看到，在他们的心灵深处，常常铭刻着特定的自然环境影响之印记。在年轻时就从上海支边来到宁夏的刘和芳，曾经这样自述过塞上这片热土对其心灵人格的影响：“腾格里是一匹奔腾狂啸的野马 / 沙坡头像魔术师给它戴上了笼头 / 一块小小的翡翠 / 凝聚了人类智慧 / 说梦幻，却是实实在在 / 说真实，但又难以想象 / 不是人间奇迹 / 怎招来无数人为之惊叹”（《沙坡头，腾格里沙漠的绿洲》）。自幼生活在淮河边上的吴淮生曾经这样描述自己的人格状态：“心头的翳云 / 任浪花冲洗 / 我轻轻地把阳光 / 搂进袒露的怀里 / 漂着，不怕随波逐流 / 反正离不开大地 / 漂着，凭它浪打水击 / 我原想拥抱礁石 / 忽然，我竟也化为海水 / 和身边的江洋融合为一 / 大海是我的无限扩充 / 我是大海浓缩的一滴 / 黄昏，我还不想离去 / 仰看瞑然而合的天地 / 那天上的第一颗星 / 可是我在海里的影子？”（《海水浴》）显然，刘和芳虽然年幼时也生活在安徽、上海一带，但他感到塞外戈壁热土对他的诗人人格影响是巨大的，“一块小小的翡翠，凝聚了人类智慧”，西北黄土高原之深厚阔达，锻造了诗人坚强的人格心理特征。吴淮生博爱而又旷达圣洁之人格心态，与大海之间有着无法割裂之联系。也正是透过这样一种自然环境对人格之影响，我们或许可以更为全面地理解诗人何以会在不同时代的亢奋激进而终至于对自我人格意趣之向往，其中恐怕不仅仅是政治与文化方面的原因。

三、20 世纪宁夏诗人的主导人格类型

20 世纪的宁夏诗人，尽管有着复杂多变的人格，但从主导人格动机与创作活动的外在表现来看，大致可分为从政治动机出发、从文化动机出发以及从超越现实的动机出

发这样三种基本类型。

首先，是政治型人格。在波翻浪涌的20世纪的历史进程中，实用功利性的政治人格，一直在文坛上占据着主导地位，一直在影响着宁夏诗歌的发展。在不同的历史时期，许多诗人，正是由于更多地受到了社会环境中政治因素之影响，形成了强烈的现实责任感和政治使命感，使他们能够积极投身于社会变革之前沿，成为呼风唤雨之时代弄潮儿。这在20世纪50年代以前出生之诗人更为明显，他们从改造社会，拯救民族危亡的政治人格出发，以诗歌为武器，积极投身于政治活动。有些诗人，如朱红兵、罗飞、姚以壮、路展、刘和芳、王世兴、高深、张贤亮、丁文等人，则首先是以革命活动分子或共产党员之身份，出现在历史舞台上的。在后来漫长的社会主义革命道路上，又有许多诗人，从不同的方向，会聚到社会主义建设的洪流之中，如杨克兴、高琨、秦中吟、张涧、万里鹏、肖川、马乐群、贾长厚、井笑泉、杨少青、刘国尧、蔡锦启、王庆等人；还有从青年时代先后在宁夏工作或军营服役的如雷抒雁、乔良、邓海南、陈幼京、殷实等。这些诗人，有的虽曾有过超越政治的、对纯净的艺术天地或宁静的书斋生活之向往，但新中国成立以后火热的社会现实生活，终于打破了他们平静之心灵，使之放弃了原有的个人梦想，走上了社会主义建设的第一线，有的来到宁夏之后，终生留在了这片土地上。

新中国成立以后，在伟大的社会主义、共产主义政治理想之激励下，不论是一些在新中国成立前夕就已经成名的老诗人，还是一些刚刚登上文坛之新秀，更是将政治意识置于诗歌创作观念之首位。他们一方面自觉地遵循文艺“为政治服务”之原则，努力为新时代而歌，同时也逐渐为社会生活中某些新的弊端而忧虑，不时产生出以文学干预政治的冲动，从而酿成了一幕一幕的文坛悲剧。新时期以来，文艺观念虽然大为开放，但关心政治，仍是许多宁夏诗人之基本人格特征。诸如轰动一时的“伤痕文学”“反思文学”“改革文学”等，正是这样一种政治人格特征之显现。

由于人类社会本身之特点，决定了政治在人类社会历史进程中的巨大作用，特别是在阶级斗争或民族矛盾尖锐之时代条件下，在历史发生重大转折之关头，政治将构成社会运转之轴心。诗歌之价值，不论怎么说，是不可能完全超越于现实功力价值之外的。因此，从古今中外文学发展史来看，那些真正杰出的文学大师，往往既有着深厚的文化哲学-逻辑素养，同时又有着密切关注现实的政治使命感。宁夏现当代文学史上的朱红兵、姚以壮、李震杰、罗飞、路展、刘和芳、吴淮生、肖川、秦中吟、贾长厚、刘国尧、马乐群、屈文焜等人的诗歌成就，正是建立在这样一种文学价值与政治价值并重之基础之上的。新时期以来，杨梓、杨森君、梦也、白昌万、马钰、邱新荣、导夫、贾羽、冯雄、单永珍、马占祥、米雍衷、唐晴、虎西山、权锦虎、杨建虎、郭静、阿尔等一大批诗人，也正是以良好的文学素养以及关注现实的政治激情，建立了自己的诗歌业绩。在这些诗人之笔下，许多作品，不仅有着较高的文学审美意味，而且富有催人奋发、唤人觉醒之作用。事实证明，一位不关心政治，力图逃避现实的诗人，是难以写出真正为人民大众所喜爱、具有久远的生命活力的作品的。近些年来，宁夏文坛看起来之所以轰轰烈烈，异彩纷呈，但缺乏震撼人心之力作，重要原因之一便是：在目前我们这个正处于剧烈变革之时代里，许多作家诗人，已经淡漠了应有的思考现实、关心国家命运、关心民族命运的政治激情。

当然，我们也应该注意到，一个缺乏深厚文化哲学-逻辑素养的作家诗人，如果只是片面地追求政治效应，同样会影响文学的成就。在20世纪的宁夏文学发展史上，我们看到有个别诗人，正是由于片面追求政治功利，导致了下笔匆忙，来不及精雕细刻，致使其诗歌作品往往政治激情有余而艺术蕴藉不足。尤其在新中国成立以后，由于简单化的“为政治服务”被确定为文学创作的至高无上原则，忽视了文学应有的审美价值，从而成为极“左”政治思潮之牺牲品。故而当我们站在真正的文学艺术的审美维度，回首历史，面对百年来浩若烟海之文学报刊，难以计数的文学书籍的时候，又会深深地感到精品太少之遗憾。

其次，是人文型人格。新时期以来，在从传统社会形态向现代社会形态演进之过程中，造就了一批这样的诗人：他们赶上了一个改革开放的好时代，古今中外经典著作之解禁与大量西方名著之翻译出版，使他们有机会系统阅读经典，触摸大师之灵魂；文化开放又使他们接触了大量引进的西方文化思潮和迥异于“文化大革命”中的封闭式政治教育，这就使他们对“文化大革命”中的封建专制文化教育在某种程度上具有了一种更为清醒的批判意识。如此的新型文化涵化，自然也使他们形成了一种独特的人文型人格，即他们心怀匡时救弊之忧患意识，向往个性解放，在文化艺术创作上反对“文革”遗风，而期望通过人性之爱，通过艺术美的感染，来化解人间之纷争与仇恨；通过宣传文化学术开放，来消除社会之不平与社会的某种阴暗面。在宁夏现当代诗歌发展史上，许多诗人正是以此种人格投身于改革开放大潮之中的。从主导倾向来看，表达出来的也主要是这样一种人文型人格。这里，主要以20世纪30年代至40年代末出生的一批诗人为主，如高深、张贤亮、万里鹏、丁文、雷抒雁、肖川、井笑泉、王庆等，他们中间有的虽然也曾积极投身于新中国成立初期的社会主义建设运动，但与更注重于政治变革的早期宁夏诗人不同，其出发点是恰遇改革开放大潮带来的文化变革。1983年，大陆人道主义精神之倡导，以及自然人性理念之催生，诗人力图以此为基础建立新的道德伦理，用以反叛违忤人性、无视自由、压迫与戕害人民群众的封建思想，改良诗歌伦理不探究生命感觉的一般法则和人的生活应遵循的基本道德观念，营构具体的道德意识与伦理诉求。正是出于这样一种对人的个性自由之肯定，在改革开放初期，众多诗人挺身而出，抨击专制与野蛮，张贤亮干脆抛开当年《大风歌》之经典遗韵，一跃跨入小说创作之殿堂，最终实现了这一梦想。但也有一些诗人意识到文化改造之艰难，终于改换门庭，投身其他行业。当然，还有一些诗人也许由于经历过太多无谓之争斗与陷害，早已产生了对人性沉沦之痛恨，而几乎自发地萌生了对超越政治的人性美之向往。他们经历“文化大革命”以后，重新拿起诗笔，想到的就是用文学“燃烧这个民族被权势萎缩了的情感，和被财富压瘪扭曲了的理性”④。在后来的创作道路上，他们也一直力图与政治保持距离，只希望通过富于人性意味的诗歌创作，来恢复民族之生机。在改革开放浪潮中，他们一方面从一个知识分子应具有的现实责任感出发，关注现实变革，同时仍希望诗歌不要成为简单宣传现实的工具，主张诗人应用自己美妙的笔绘制出生命存在中一切美丽的东西。这并不是说，这些诗人不关心现实变革，而是说，诗歌不但要关注现实变革，同时也不能忽略作为诗本身所具有的特殊审美要求。但他们当时为何很少谈诗之文体呢？那“实在是没有这样的实力。或说没有这样的资本”（孙郁语）。后来，这些诗人逐步认识到了孔子“不学诗，无以言”之道理，意思是“不学《诗经》，不会讲话。他懂得文采的重要”。木心说：“我以为，有时候文字语言高于意义”（木心：《文学回忆录》，广西师范大学出版社，2013年版，第138页、775页）。这些认识理念，可以说抓住了文学的“牛鼻子”，是诗的最重要审美价值所在。

在20世纪50年代至60年代初出生的一些诗人中，在关于人道主义、异化问题的探讨中，在一度兴盛的“寻根文学”中，我们看到的也是宁夏现当代诗人的人文型人格。一些诗人的创作实质，力图从人性回归之文化角度，思考中国现代社会发展之曲折。这些诗人之人格特征是：他们不再满足于“伤痕文学”那样，着重从政治角度控诉极“左”思潮导致的灾难，而希望通过现实生活的本质，从民族文化心理的历史积淀中，寻找推动中国社会进步之契机，厘清与批判其中的消极因素，促进中国当代社会之发展与进步，同时实现宁夏现当代文学发展之深层突破。在杨梓、杨森君、梦也、马钰、单永珍、白昌万、虎西山、马占祥、杨建虎等人的诗歌作品中，我们看到的正是这样一种人文型人格。比如杨梓在《西夏史诗》中，力图通过对历史文化的挖掘与唤醒，重振为现代文明压抑而萎缩了的人性；杨森君、梦也、王怀凌、唐晴、米雍衷、单永珍、李壮萍、安奇、郭静等人的诗歌作品，都是通过对边塞、戈壁、大漠、平原普通人的道德伦理抒写，揭示与批判了由于民族保守人格而造成的愚昧、野蛮以及严重后果。这样一种人文型人格，对于推动中国社会的进步，对于丰富宁夏现当代诗歌作品之内涵，刷新文学观念，繁荣整体文学创作，无疑发挥了重要作用。在他们的作品里，具有俯瞰人类生存状况的宏阔视野，具有更高层次的哲学之光的照耀，不但没有受到简单化政治目光的制约，反而使诗歌作品向着纵深方面发展。

三是超然型人格。由于个人经历、气质类型及环境影响之不同，也有许多诗人，不像政治型人格的诗人那样暴风骤雨，风雷激荡；也不像人文型人格的诗人那样有着改造社会的清醒动机，而是避居一隅，力图超然于世事纷争，多专注于诗歌作品之性灵功能、审美功能，以及自我对现实人生之体验，表现出一种平和、安静之境。20世纪70年代至90年代出生的新一代年轻诗人，一般都是在90年代后陆续活跃在诗坛上的，他们注重诗歌的性灵、旁观与超脱之表达，对时代政治之表现则相对较为淡漠，显现出来的则主要是一种超然型人格。这一批诗人主要以杨建虎、郭静、阿尔、刘乐牛、马占祥、泾河、林一木等为代表。他们一般多关注于乡村乡野之人情世故，宗族血脉，乡风土俗，邻里关系，民间之爱，此乃诗人之主要表现题材范围。他们没有经历过“文化大革命”之畸形时代，也缺少前代诗人昂扬激愤之情怀，他们从小受到了静谧恬淡的自然环境之熏陶，紧接着就受到了改革开放后的多元文化精神之影响，骨子里形成的则是一种洒脱自如的气质。故而在诗歌创作中没有政治思想的锋芒，表达出来的则是潇洒、闲适、清淡与超然物外的“审美功能”。与20世纪50年代和60年代出生的诗人相比，表现出的则是更为异乎寻常的超然人格特征。当然，这些年轻诗人虽然向往恬淡美好的艺术心境，但也并非不食人间烟火，仍不乏大爱之情，他们通过乡村乡野人情世故之抒写，相当开阔豁达地表达了20世纪末新型的乡村伦理和宗族伦理之血脉亲情，以及华夏民族文化的精神面貌。仅从“天凉了！深秋的土豆在土里/呐喊　梦与梦碰撞/一道道

白光　从返潮的记忆中跃出”（郭静《拾土豆的人》）这样一类作品的诗意语境中，仅从浑然天成、自由随意的诗歌结构中，我们也足以感受到一种飘逸之情怀。

从文学实践来看，超然，当是有利于诗歌创作之人格之一。一位诗人，只有在痛切体验生活之基础上，又跳出生活本身之匡拘，如同王国维在《人间词话》中所指出的需“入乎其内”，又“出乎其外”，才能获得正常之创作人格，才能更好地进入艺术创造之境。正因如此，20 世纪以来特别是改革开放以来的宁夏诗人的作品，虽然在中国诗坛上并不曾引起很大轰动，且作品数量也不算很多，但从艺术角度来看，他们的诗歌创作所达到的高度，却不是许多轰动之作所能比拟的。当然，从历史上看，情况又是复杂的，由于文学创作的价值往往又是与时代要求密切相关，尤其是在民族处于较大政治转折的时候，超然情怀又必然会导致在特定历史语境中之创作缺乏应有的时代感染力，甚至丧失应有的是非标准，从而影响作品的整体价值。因此，像中国现代文学史上的林语堂、张爱玲等一些作家，尽管依凭超然人格，使某些作品达到了较高的艺术境界，但毕竟缺乏历史的深刻与凝重。至于我们现在有些刚刚步入诗坛的年轻诗人，其创作往往以“小桥流水”“风花雪月”“哼哼唧唧”的一种“超然”人格显现，由于本来就不是以深切的生活体验为基础的，就更谈不上有多少文学价值了。

四、面向未来

从 20 世纪宁夏诗人的主体人格来看，多方面的缺乏也在制约着诗歌艺术的发展。首先，一流诗歌的创作，需要诗人具备崇高之人格精神，即有着对社会、时代以及整个人类负责的精神。只有如此崇高之人格，才有可能创作出真正崇高的诗作，诚如 1800 多年前古罗马时代的朗基努斯所言：“崇高是伟大心灵的回声。”相反，如果只是满足于个人自娱或拜金主义的私利动机，是不可能写出真正成功之作的。在中国现代文学史上，我们可以看到，有的诗人、作家，虽不无文学才华，但正是因其缺乏高尚之人格追求，而影响了其文学成就。有的甚至丧失了人格，沦为历史的罪人。在近些年来的中国文坛上，我们也可以看到，有的诗人、作家，也因其淡漠了对文学应有的崇高与圣洁之精神追求，公然主张“逃避崇高”“游戏人生”，他们降格以求，粗制滥造，涉笔低俗，而陷入了琐屑与无聊之境。这些缺乏崇高人格之事实，自然影响中国当代文学的进一步发展。其次，成功的诗歌创作，需要诗人有着建立在广博的知识结构基础上的博大的宇宙胸襟与凌空高蹈之文化眼光。只有如此，才能站在人类历史某种意义的制高点上，以主体理性之光辉，以自由之人格，更为清晰地投射现实人生，从而创作出具有宏阔的审美境界与深远的人生况味之作品。第三，成功的诗歌创作，需要诗人有一种执着于艺术探索的人格精神，即对诗歌本身之钟爱与痴情。只有如此，才能孜孜不倦，潜心以求。而我们的有些诗人，却往往浮躁不安，急功近利，常常以非文学之人格面对文学。尽管有的功利目的是高尚的，但从文学自身之价值规律来审视，如果缺乏对艺术本身之悉心探求，此类功利目的，也许可以化为有着重要意义的宣传读物，却很难成为高质量的文学作品。在我们宁夏的现当代诗歌发展史上，可以看到这样的诗人，他们虽不乏对土地和人民之赤诚，但其作品艺术粗糙不堪，存在着公式化、概念化、标语口号化之弊端。时过境迁，今天重新审视这些作品，它们更多体现的往往是文学的史料价值，而不是文学自身应有的审美价值。

反观20世纪，宁夏诗歌经历了一个变革创新的世纪，兴旺丰收的世纪，成绩显著，诗人辈出，值得我们认真去研究和总结。诗人杨梓费神精心编选的《宁夏诗歌选》，旨在系统地展示这个世纪的诗人队伍和诗歌成果，把几乎所有诗人的代表作品奉献给读者。读者将会在阅读过程中，看到宁夏诗歌是怎样沿着一条崎岖曲折的道路从传统走进了现代，将会看到宁夏诗歌发展的转型、创新、继承、探索之历史，将会看到近百年间众多诗人怎样用心血汗水浇灌润泽了宁夏的文学园地。我们期待21世纪的宁夏诗歌在过去成绩的基础上，再创辉煌。是的，随着当今时代政治环境的日益清明宽松，宁夏诗人的人格也日益自由，这毫无疑问为宁夏诗歌艺术的发展提供了难得之历史机遇。虽然文学市场并不怎么令人乐观，然而事实上，那些真正经得起历史检验的世界文学名著、中国文学名著，仍在赢得最大范围的读者。这说明，读者并没有丧失对那些真正有价值的文学的兴趣。不管世界发生怎样的变化，我都坚信：诗歌将与人类共存！

是所望焉。谨以序之。

注释：

①《闻一多全集》第10卷，湖北人民出版社，1993年，第18页。

②《鲁迅全集》第12卷，人民文学出版社，1981年，第612页。

③钱钟书：《谈艺录》，中华书局，1984年，第2页。

④沈从文语，见吴立昌著《沈从文传》，上海文艺出版社，1993年，第49页。

［2014年9月8日中秋节于银川风声楼］

从接受美学角度看刘国尧的诗歌创作

任何一部文学作品，都有它的二重性，即作为创造物定型的客观存在和作为审美接受活动的主观存在。我们所称之为美感的东西，从其指向来说，是一种接受。但在审美对象的构造和我们的感情兴奋之间始终存在着一种联系，这种联系使我们的审美接受最终达到了一种境界。如果说，诗是人与自然、社会的临界点的话，那么，接受便是读者与诗的临界点。这样，作为一个诗人，他的存在与我们的接受之间，是不是就没有任何距离呢？他产生的背景和他继续存在的背景是不是前后一致呢？这些对我们的欣赏和批评有什么影响，或者说，评价一位诗人是以什么为标准？在评述刘国尧的诗之前，我们首先提出了这样一些问题，它将有助于我们对诗歌美学问题的深入探讨。

刘国尧是新时期以来出现在我国诗坛上的一位有影响的青年诗人（现已进入中年）。他带着属于他的年龄的对生活的应有思考和对历史的深刻反省走向他的读者。在他身上，体现着我们民族的昂扬的热情奔放的精神。生活“毕竟响起了明快的节奏/毕竟萌发了勃勃生机”，他这样说：

“历史用高反差叠印的立体蒙太奇/向世界展示一个正在富足的民族”。(《序幕已经拉开》)热情紧压在思考之中，希望深藏在历史之中。如果说他不是以他诗的天赋打动我们的话，那么，他能深深震撼读者心灵的，正是这种精神。他在诗中灌注了他自己，他的向往和信念也就随着他的诗传达给了读者，而读者在他的诗中立即辨别出的正是诗人自己。他的情感没有被扭曲，他没有向他的祖国讨还什么，而是面对西北高原，作出《不！我不是旅游者》的回答：

“我来，是为继续他们的焦虑和开拓！/大西北啊，祖国一片开开阔阔的大地，/决不是向世界炫耀原始美的化石。/要创造一个现代美学的奇迹，/抹去地球上这片中世纪的枯黄颜色！/——哦！我的热腾腾的大西北哟，/请接受赤子的恳求，快给我重担！”这是一种深刻的恳求，而不是简单的希望。这一切都来自他对祖国大西北真挚而持久的爱，因而这种恳求本身就蕴藏着力量和行动。他把新时代的生活比作“书与绿色的论文/悠悠飘拂的碧绿的纱巾”；“火车鸣笛飞驰而过/告别干涸，告别燥热/钢轨上奏响的/是一支关于绿的音乐/是一首关于绿的歌”。(《塞上：绿色的奏鸣》)

他的诗吹散了人们积存已久的“浑黄的记忆”情绪，他的诗映现了这个刚刚起步的新的时代，映现了碧绿的新的生活。他的诗是及时的、真切的，他属于这个时代。

从刘国尧身上，不难看出六十年代初期一些诗人的影响，这使我们看到了历史的延续性，而从他的诗的内容上又切实反映出时代的演变。刘国尧与上一辈诗人一样，都怀着对祖国中兴的期望与依赖，都把这块古老土地的命运看作个人的命运，又都把那些实实在在的创业者作为诗的审美理想。他们前呼后应，召唤我们一起“拥抱大西北寥廓与豪壮的诱惑”。但他们又是不同的，对刘国尧们一代来说，这种差异就显得尤为重要，倘若没有这种差异，我们可以说，刘国尧是不存在的。刘国尧早期的诗，从形式上看，排列都是很规整的，但作为接受者，仍然能发现他和上一代诗人之间的极大差异。我们看到今天的诗人是怎样缩短与读者之间的距离的，他在摄取现代人生活的同时，自己也迅速地站到他们中间去。在下面这首诗的题目上，诗人的意图已经很明确了：《别学我，新来的徒弟》。在一个大时代来临的时候，他想到了自己，他要变革自己，他召唤“徒弟”就是在召唤自己，他要求别人就是首先要求自己的：“这古老的动作莫非还要带进二十世纪末？！/ 那么当 2000 年的黎明时刻，/ 你会难过！发现自己扮演了一个悲剧角色。/ 别学我，别学我的师傅，/ 别学我师傅的师傅 /，只是把发烫的汗珠捧献给贫穷的祖国。”他把自己作为一个普通人置于群众之中，这不但没有使他被别人所淹没，反使抒情主人公形象更具感染力。因为诗人愈是把自己沉下去，“我”的直接性就愈大，其内涵也愈大。这时，诗人虽然只是在说一些平常的事情，这些事情或形象都会涵盖许多本来与自身毫无关系的东西，而读者就可据此联想，进行属于自己的接受活动。他站在他们中间，让他们来塑造自己。这一点，是刘国尧不同于前辈诗人的地方，他无疑的是属于我们这一代。

对现实的关切本身，也就蕴藏了对未来的关切，这是必然的。如果不是这样，如果没有这种对未来的意向，他的诗的力度就将被削弱。从他的诗中，我们可以看出他的生活哲学，即热情的、乐观的、进化论的哲学理性，他正是在这种实践理性的激发下产生了充沛的热情。

“昏睡不属于你脚下的土地同的角度加以描绘，从而增强了政治抒情诗的演说性效果。他是觉醒的，清醒的，他知道他的过去甚至今天都还是空白，只有寄希望于未来。他无疑又属于未来。

直接的现实性，是刘国尧诗歌创作的特色。在这一点上，他对诗的现实性基准已不仅仅是一般要求，而是全部的、深刻的表现和追求。这种关切在他的诗中已经达到了阐释的程度，而诗本身的创造性想象和这想象的主体性则退居其次。他不是把感受——对情景的、命运的、现实和历史的感受作为诗所追求的效果，而是把阐释——哲理性、观念性等当作了诗的效果。刘国尧的诗是很值得一读的，他诉诸读者知觉和理性的东西是明确的。不过读者不会以此为满足，他们不会满足于“我知道”，因为不通过诗他们也能知道，他们期待的是“我感觉到”或“我体验到”，是要获得一种意会状态。诗人只有激发读者的想象，用诗的氛围笼罩他们，才能使他们全神贯注，沉浸进去，超脱出来，而不是一目十行，过后即忘，这样才能实现作品的意图。那么，我们从刘国尧的诗中是否感觉到什么或体验到什么吗？这便是诗的接受性课题了。

如果可以把诗分成本文与接受两部分的话，那么我认为，诗的本文就应当是各种感受性结构，而不是阐释性框架。感受性是一种意会状态，而阐释性归根结底仍是以逻辑为前提的。感受性结构，它暗含着可能实现的种种解释的萌芽，它把意象之间的部分留给了读者，如同在坐标系上的各个点，它们暗含了各种各样的图形，因为连接它们的曲线是各种各样以至无穷无尽的。这种形式，使读者能够根据历史，个人的美学趣味以至此时此刻的心境，种种不同的方式来完成作品的理解，使读者在作品面前始终是一个主动者，不会因搜寻不到作者的动机和原意而苦恼和恐慌。因为作者完成的只是一个结构和轮廓，只是本文解释的一部分，这样读者便有充分理由参与作品的创造过程，而批评家也不再是被动地解释作品了。那么，一首优秀的诗篇自然就只能是一种表现性的形式，它是通过对那些构成自然事件的描述，意在赋予读者的想象，并让读者从自己的角度，依照自己的方式去观看，这时意象才具有特有的外延力，而这时所用的概念也都有了可塑性，以至可以说是意象。相反，陈述或是论述都不能避免解释的单一性，只会堵死读者的想象。

刘国尧的诗是及时而真切的，他给读者最强烈和深刻的印象，即是诗人对现实与未来的乐观精神，无论在他的政治抒情诗还是哲理诗中都包含了这样一种情状。当我们放下他的诗集的时候，也许我们已经记不起几行他的诗句，但这时我们却已获得了一种心情，这种心情竟使我们不由自主地想做一件事情，想伸展一下我们自己，我们好像听见了隐隐的雷声，期待一场大雨和雨后的宁静……这是刘国尧诗的感受性。如果他追求的正是这种感受性的话，他会成为一位优秀诗人的。说真的，对一个真正读诗的人来说，他不会在任何一首诗里寻求知识或教诲，仅仅给读者一个震动，而不是诗的目的，哪怕这震动是巨大的。诗要创造的是意境，永远如此。对感受来说，意境其实就是幻想，通过语言造型形成的幻想，它在心灵四周造成一种氛围，它使心灵受到一次浸染，感到一次超越。我们完全能够从诗的接受上分辨什么是诗。如果我们读过一首诗，它没有在我们眼前造成一种幻想，它就没有为我们提供再创造、再想象的条件；它只是在说明一些真实的情况如信念、情感及知识等等，尽管它中间蕴含了多少热情，诗人用了怎样的独特语言，我们又怎敢贸然接受呢？

这里可以指出，刘国尧的诗是倾向于阐释性的，这在他的诗中则表现为演说或辩论，一种热情的辩论，这与他的实践理性即生活哲学是极相吻合的，他的诗正是热情与理性的结合物。当然他不是第一人，这种影响可能来自很远，从英国的雪莱，苏联的马雅可夫斯基，智利的聂鲁达，到我国的郭小川等。《序幕已经拉开》说明了他创作的这种倾向。

一般来说一首诗给我们的第一印象，都好像是在陈述某个事件。这就容易造成一种错觉，似乎诗人是在寻求一种最为有效的叙述方式，那么归根到底诗人都是为了找到一种属于他自己的情感语言，以自己的情感带动读者的情感，从而引起读者的共鸣。在诗评里，也常常出现这样的词语，即“感情真挚”“语言隽永”，似乎这就是诗的极致。我们在刘国尧的许多诗中都感受到了这一点。从上面这首诗可以看出，诗人只是在说明一种情况。诗人用了许多形象加以渲染，以获得它的真实效果。这并不影响我们肯定它是有价值的一首诗。诗并不是一种美化过的陈述或论述，诗所呈现出的绝不是个人的价值判断，也不是通常人们所说的情感，语言仅仅是作为材料使用的。尽管诗人捕捉了许多形象并运用了借代和通感（“中南海签发了长效月票”）及语言上的矛盾（“生活蔷薇色的序幕”），以造成层次感和加强诗句之间的相持力，但诗人在这里终于没有达到表现，而是在论述，因为这首诗的主旨是后者，而不是前者。所以，诗的前后结构完整，形象的感知力特别强烈。我们应该知道，在论述中出现的形象都是带有概念性的，而作为概念的形象也就自然没有自己的丰富性和可塑性，我们何不能把这里的形象“灯光”“洗衣机”“冰箱”“酒吧”“茅屋”“月票”“瞳仁”等换成相应的概念性词语呢，在这里，它们只能使论述更加形象可感，却不能赋予我们的想象以种种意象，它们在诗中的联系，并不能造成一种幻象。因为诗人在这里叙述的是真实的情况，这是自然的真，而非诗的真，他不是在创造一个表现性的形式，因此，形象在这里就不能上升为意象。有些诗歌理论认为，诗人都要把自己的信念传递给读者，在与读者的情感共鸣中，最终把自己伦理的、哲学的、宗教的判断传达给他们。这就错了。我认为，诗要造成的是他自己的完整世界。看起来它是在向我们陈述或论述某件事，但它是在通过语言的高度造型力量，勾画一个轮廓，陈述或论述在这里都化为了表现的方式。这轮廓或形式对读者来说又是一个创造的蓝本，他们可以根据这些意象之间的矛盾，松弛与紧张，平衡与不平衡，造成各种有形无形的幻象和新的生命形式。

强调感受性就是强调诗本身。诗必须打破读者的期待水平，只有在感受性结构上才能实现这个要求。如果说这是我感受到的，对别人来说就是一种意外。感受是一种意会状态，意会状态人人各异，所以不用担心别人也感受到，而阐释性终究是以逻辑为基础的，逻辑是推论的方式和手段，不是说热情的辩论不能作为诗的方式和手段。不是说热情的辩论不能作为诗的内容和题材，关键在于如何把它们转化为感受性，在诗的感受性结构中，成为意象和自我形象。这与文学反映社会，反映历史的问题一样，关键在于如何把历史性与现实性转化为诗的感受性，马雅可夫斯基的长诗《列宁》是为悼念列宁的逝世而写作的，所以至今还有生命力。它的生命力就在于，它最终使我们感到，列宁的名字仅仅是一个象征，它象征着人类美的要求和历史进步的力量，象征着整个俄罗斯的民族精神和奔赴光明的意识，它象征着消除了病痛的躯体和康复的心，象征着面包和盐。这时候，列宁的名字对读者已无关紧要，而是这种深刻的、热烈的感受占据了他们，史诗不是事件的堆积，而是在于引起对历史的感受。同样，雪莱的《解放了的普罗米修斯》、惠特曼的《林肯总统纪念集》、聂鲁达的《伐木者，醒来吧》都有异曲同工之处。这些诗，虽然都是辩论的，充满理性热情的诗篇，但最终达到的效果又使它们没有导向仅仅成为阐释。

我们在刘国尧的诗中也看到了这样的意图，即历史感向现实的扩张和现实性向历史的深化。这是逆方向的两股运动，它们在一首诗中同时发生，形成环流，最后达到交融，其效果就是高度的感受性。他达到了这一点？他达到了应该达到的境界，他的许多抒情诗，都具有某种史诗性。这种扩张和深化在刘国尧的诗中是充厚的，都达到了应有的广度与深度。以组诗《永不失落的童年》中的《哦，我的彩陶罐》一诗为例：

“后来，后来彩陶罐被踩碎了，/ 在那个连吉祥老人也难幸免的夜晚，/ 连同罐里珍藏着的 / 我对病中同学的惦念，/ 我对受灾乡村的心愿，/ ——我的快活和我的梦幻。// 暖融融的节奏。水灵灵的画面。/ 我在寻找什么？怀揣这张存款单。/ 在这五光十色的大千世界，/ 面对人生辽远的地平线……”一切都被丰富化了，诗人把彩陶罐这个形象的深刻内涵开掘了出来，已经不是简单的彩陶罐了。这个形象具有很大的外延的力量，即形成一个“宽意象”，也就是向外扩张和延伸。自身能够完整独立存在，没有给人以图解之感。历史感与现实性在这里得到融会贯通，诗人的意图藏在了深深的背后。

刘国尧的诗，引起了很大的反响，获得了成功（尽管他的报告文学也获得了同样的成功，但我现在只谈诗），那决定于产生她的背景。在这点上，已经充分肯定了其创作的积极意义。但我开始提出这样的问题：产生她的背景与她继续存在的背景是否一致？不一致，是必然的。将会发生什么情况，批评家怎样评价同一位诗人呢？就只能根据审美者对诗的本质的要求，尽管这要求自身也在演变。否则诗就会出现危机，就会被绑在时代与事件的车轭上，稍纵即逝。接受美学并不要求诗人与读者的一致。由于读者的不同经验和时代变迁，必然会产生二者之间的距离，但是这中间有一点是不变的，即诗人要给予读者的是诗，读者所要获得的也是诗。这样一来，诗人及其作品存在的前提就不再是许多文学史家误认为的社会的、历史的背景，而是另一种东西，即表现或感受性。这是从创造和接受两方面来说的，对诗人它是表现，对读者它是感受。这篇文章，就是从诗的接受这个角度来讨论的。

恐怕国尧不尽同意我的观点，那是无关紧要的。我首先是一个读者，也是从接受美学这个角度来读他的诗并加以评价的。这样对我来说，也会感到轻松和愉快，因为我在积极参与他的创造活动，按照我的审美趣味与期待水平理解、鉴赏他的作品。国尧不仅创作诗，也写了大量的报告文学，他的报告文学文字优美，富于哲理，除了现实生活的题材之外，还探索思想的领域和历史的领域。这是他的同时代诗人所没有的。读他的诗，也读他的报告文学，就能更加真切地了解他的创作和他的思想。

［1988 年 2 月 6 日于银川风声楼］

论长篇小说《上海人》的审美品格

由人类自身和现实世界构成的现实生活具有众多的真实面，所以不同时期、不同地域、不同作家对它的认识也就必然会有层次和程度的不同，因而也就构成不同时期、不同地域、不同作家的现实主义文学的不同形态和审美特征。只有从作家认识和反映现实生活的不同层次不同程度上，才能真正把握以致区分不同作家的审美形态。

上海和香港两栖作家吴正的长篇小说《上海人》在对现实生活真实面与审美层次的把握上，体现出空前的多层面，使现实生活在种种新的价值观和价值判断的多棱镜前面呈现出复合化的本质真实体。由此使得《上海人》在反映生活本质真实与美学价值的程度上显得异常深入。根据《上海人》所呈现的现实生活本质真实与美学价值的层面和程度，相对可分为以下诸种具体形态。

综合艺术的张力

人们把戏剧、电影称为“综合艺术”，也就是说，它们是把话剧、舞蹈、音乐、绘画、建筑等各种艺术样式综合在一起的。小说是一种运用文学语言的叙事性的文学样式，显然不是“综合艺术”，但可以是“艺术的综合”，即能把各种艺术的一些因素吸收到小说中来。吴正的小说《上海人》显然是“综合”了绘画、戏剧、音乐、诗歌的某些特征。美国的费里德曼说：“人们不应该忘记了音乐对意识流小说的重要贡献，其贡献至少不亚于伯格森发明的新的时空关系，和弗洛伊德提出的利用整个意识领域的方法（这也许是追随德国和英国的浪漫主义作家的看法的结果）。小说中应用音乐是法国象征主义者的产物，是根据瓦格纳‘艺术综合’的主张培育出来的。这里提出的小说的‘艺术综合’，是一个很重要的艺术现象。我们的理解，“艺术综合”即“综合艺术”，值得深入地探讨。”①

别林斯基也在著名论文《一八四七年俄国文学一瞥》中提出“长篇和中篇小说现在居于其他一切别的诗的首位，它们包括了一切艺术文学”，“是最广泛的，包罗万象的一类诗”，“其中结合了一切其他类别的诗”。他在此已阐明了小说综合一切艺术文学的特点和能力。现代小说发展越来越证明这个见解的正确和深刻。长篇、中篇以及短篇小说确能广泛地、包罗万象地结合多种样式的艺术，包括戏、诗、散文、音乐、舞蹈、雕塑、绘画、书法、建筑、园林等。小说有一个坚实的胃，它把各种艺术吞下去之后能很好地消化掉，化为自己的营养。小说的“综合艺术”具有最广阔的天地。

小说的画意表现。小说的画意是可以实现的，就像别林斯基所说：“果戈理不是书写，却是描写；他的刻画流露着现实的生动的色彩。你可以看到并感觉到这种色彩。”[②]这段话说得很有道理。

首先，就小说的审美共性来看，艺术作品中的审美信息是一种情感信息，它相应地要求任何艺术的传递媒介都必须具有可观性和可感性。而比较起来，可观性又比可感性具有更重要的意义。以现代心理科学的观点来看，视觉的意义在于：任何现象不能在我们的视角中同时留下明确的印象，那么主体对该对象的把握就会产生一种“失重感”。实验的结果是：一个人同时或先后用视觉和另一感觉器官接受两个矛盾的信息，那么他总是对视觉信息作出反应。所以，为了使作品的审美功能释放出饱和性能量，即便是最抽象的表现艺术，也设法增强自己的可观性。小说《上海人》的画意也正是由情感与形象的这种统一性决定的。否则，就像莱辛在《拉奥孔》中所说的那样：“没有图画感会使一位最生动的诗人也变成一个讲废话的人。”

其次，就小说的审美个性来看，作为一种独立的一门艺术样式，小说的价值在于：如果说吴正的诗是一架对人类心灵的奥秘进行微观透视的显微镜，那么他的小说《上海人》则是一面对宇宙世界的规律进行宏观扫描的广角镜。吴正是一位富于“艺术冒险”精神的作家，他既不是传统意义的专讲故事，也不是说没有完整的情节和人物性格，而是没有传统定义所说的那种情节和人物。可见，正面展示人的生活风貌而不是仅仅抓住人在一瞬间的微妙感受加以铺张抒发，这便是作为“再现艺术”的小说区别于“表现艺术”的诗歌的审美个性。由此也就同样地决定了在小说中，离不开对具体形象的生活景象的描写与刻画。只有当小说通过语词构筑起自己的变焦镜头，它才能在艺术这个大家庭中获得堂堂正正的居民证，并担负起巴尔扎克所说的舒卷时代风俗、揭示社会本质特征的审美品格。

我们指出《上海人》有一种画意并非宣告与绘画争夺“控制权”，而是使我们了解《上海人》绘画性的自身特点。

第一，《上海人》把心理世界转换为物理世界。譬如章晓冬接受汉迪生考试钢琴一场的开始，章晓冬的两只手都移到了低音部的上方，突然他们同时落在了键盘上，三角琴发出了一声震动大厅的怒吼，“在吼的回声还未消失时，一连串的清脆的音粒就从高音部上弹跳出来，颗颗晶莹圆润：这是肖邦的一首著名的练习曲”。当汉迪生将一份乐谱放在她眼前，她粗粗翻阅了一遍就开始演奏，“弹奏者表现得十分精确，娴熟的琴艺更使曲调中不由自主地渗入了一种古典式的情绪……”我们知道声音是声波作用于人的听觉器官后产生的一种刺激信号，虽然现代物理基本粒子学说已经证明像这种声光物质具有一种“波粒二象性”，但这大大低于我们正常视觉的阈限，在日常经验中它不过是一种感觉而已，并不具有明确的视觉形象。但在这里，章晓冬那美妙的琴声如同神话中逼人的小精灵，不但“可闻”，而且“可见”了。这是因为语词毕竟是一种思想符号，它不仅可以概括大千世界的物质对象，还可以概括冥冥心灵的感觉因素，将人们的主体感受直接传达出来，造成一种赏心悦目的审美意境。正式通过语词媒介的这种转换，主体的心理世界可以不受限制地展现在我们面前，获得一种物理世界的实际效果。“一代上海人到底怎么样的呢？他明确提出这个问题来反问自己。他的结论是：当然不是全部，他们中的一部分会成材的，会成好材，甚至会成以前多少代上海人无法成的材……”这样的描写使作者（人物）的内心情绪体验以一种物理对象的方式被我们所把握。这无疑是《上海人》之画的一种特殊表现。

第二，《上海人》将想象的世界转换成现实世界。比起绘画来，这部小说对人的内心幻想的展示似乎更胜一筹，原因就在于这部小说中的画有一种“间接性”，即它是通过主体的审美想象的“破译”而实现的。而这也决定了它的两大特点：一是它具有主观性，审美主体的想象往往是从自己的经验积累出发，以自己心目中的理想图景去点化、揣摩小说中的形象。譬如我们在阅读《上海人》时，从文字上推见了章晓冬这一个人，长长的披肩发，雪白的白纱礼服，身材颀长、清瘦、美丽、寂寞的女性，或者别的什么模样。二是它具有模糊性，《上海人》在第一章里描写章晓冬的美貌：“白皙的皮肤，希腊式的脸形，一头光泽的秀发会令人联想起外国画报中的某位明星。她的表情是矜持的，她的眼神是含蓄的，其中总是闪烁着一种不屈的光彩，这正是她那颗不肯妥协的心灵所推开的两扇窗户。她很美丽吗？是的，她的确很美丽，但这似乎是一种不到正常温度的冷冷的美丽……”作家的描绘全面而详尽，仍无法使我们完整、清晰地想象出这个美丽的令人倾慕的章晓冬的真实模样，因为这些描绘与比喻都十分模糊。而正是这种模糊性所产生的那种雾里看花的感觉使得我们觉得这位美人既是美不胜收，又似乎尽收眼底；不动声色地消除了想象世界中理想与现实的矛盾。

第三，《上海人》的图画可以画丑为美。罗丹有句名言：“在自然中一般人所谓‘丑’，在艺术中能变成非常的美”，艺术家“只要用魔杖触一下，‘丑’便化成美了”[③]。这话固然不错，但从严格的意义上说，真正将丑的事物最大限度地正面展示给我们的，只有在小说中——在《上海人》中。比如罗丹的“欧米埃尔”和委拉斯凯兹的“塞巴斯蒂安”都是美术史上有名的“丑”的形象，前者是一个老妓，后者是一个侏儒。但推敲起来，这两个丑角身上并非毫无美的因素，这些美的因素在于他们的内在心灵、身世，也在于其外在的构图造型符合平衡、对称的绘画形式美原则。概言之，绘画中的丑是相对意义的丑，它的直观性决定了这门艺术在展示丑的对象时必须有所选择、有所克制，即必须限制在审美主体的感觉阈限所能忍受的范围内。相形之下我们看到，小说家“却有本事把最不堪入画的东西描绘成有画意的东西”[④]。黄金富在对章晓冬近乎野蛮的性生活，为了在大陆挣钱竟不顾法律。这个金钱世界孕育出来的形象，再丑陋无比，也不会狰狞到让读者神经崩溃的程度。从这个意义上说，我们无法反驳莱辛的这一见解：“只有诗人才有一种艺术技巧，去描绘反面的特点。”[⑤]这同样是因为小说图画的间接性造成了一种“间离效果”，使得我们可以避免直接接触这种丑时所会产生的刺激。

第四，《上海人》的语言还“同时组成一幅音乐的图画，这不是另一种语言可以翻译出来的”[⑥]。著名瑞士语言家索绪尔指出，语词符号中的音响（“能指”）“不是单纯物质的声音，而是这声音的心理印道”[⑦]。因而它往往能在我们的感觉系统中造成一种“声音表象”。在李正之快要踏上香港土地时，作者是这样描写的：“正之到达两拱铁架桥身的交接处了。那儿，就在桥面上，有一条约十厘米宽的不锈钢长条拦腰把桥身切断，这儿就是中国与整个西方世界的分界线了——正之，就像所有曾从这里跨过去的人们一样，不需要任何提示都能明白这一点。”“突然，正之停止了向前的脚步，一个九十度角度的转身，他向着那两拱铁桥架的相衔接的中央走去，那儿有一块视野不受遮挡的间隙。而那条不锈钢长条正从其中通过。”从这段精细的描绘我们看出，整个语句的叙述调子呈现出一种“阶梯”形，即由弱到强，由低到高，层层迭进，从而在读者心理感受上划出一条高耸的曲线。这段关键性的描写，使人物形象便由这语调曲线的折射而形成。在吴正的长篇小说中，这种语调曲线往往以一种“语势”的方式对语义形象进行铺排和强化，造成一种绘形造影的效应。

虽然用语言文字描绘的图画并不一定就能转化为一幅物质的图画，但在《上海人》中，意象可以“最大量地、丰富多彩地并存在一起而不至于互相掩盖、互相损害，而实物本身或实物的自然符号却受到空间和时间的局限而不能做到这一点”[⑧]。我们读小说是把小说完全作为艺术来欣赏的，我们寻求的是感情的激发和共鸣。“正之的思想混乱透了，而他感情的负荷则已积累到了忍受的极限，似乎只要再加添上一克的砝码它就会全线崩溃。”“朝夕相处的父亲啊，不仅由血肉组成，而更重要的是由感情与思想组成的父亲；是已将人世间的万能都存入了他的脑库中去了的父亲！”读了这段文字，不但可以感到正之的心情是沉重的，而且读者的感情也会与正之一起“全线崩溃。”这就是感情的力量。感情即使我们审美主体产生审美的兴趣，而且也决定着被描写客体的“清晰度”；由于感情的沟通，使得画面变得可亲可见了。由此，我们得到了《上海人》描绘的第三条规律，即老舍先生说的：“小说是些图画，都用感情串联起来。图画的鲜明或暗淡，或一明一暗，都凭所要激起的情感而决定。”[⑨]

概括地说，通过简洁明快的语句写出主体感觉世界中的客体，这就是吴正在自己的作品里荟萃油画的主体感、图画的笔墨情趣和漫画的深刻寓言的途径。他也像老托尔斯泰那样，创造出了令人想伸手去触摸的图画。

构成和促进《上海人》综合艺术魔力的条件是多种多样的。这主要是作家艺术素质的全面提高，他们探索的勇气和创新精神的增强，创作自由的成风，小说和其他各种艺术的繁荣和发展，中外艺术交流的广泛，读者审美心理的变化等。正是多因素的共同“合力”推动下，《上海人》的“综合艺术”才成为可能。这主要有以下几个原因。

首先是《上海人》内容的要求。小说有自己的艺术形式、艺术特征，可以发挥出独有的反映生活的特长，但它也有自己的局限，而其中有不少所谓局限是由传统的凝固的模式造成的。当所表现的内容无法在原有的框架中容纳时，原有的表现手法不足使用时，就要求冲破老形式、老模式，创造新的表现手法。这种冲破、创造尽管要靠作家的独辟蹊径，但也不排除对各种艺术样式的借鉴、吸收。大家知道，小说早先是从写故事起步的，而专注于故事情节往往会淹没人物，使作为生活主体的人难以具有形象的可感性，于是从绘画、雕塑、传记文学中受到启示，加强了人物外貌和性格的刻画。吴正的《上海人》是一个很突出的例子。这部小说所包含的内容在时间上空间上都有非常大的跨度，它包含了8年，包含了上海、香港，学校、家庭，但由于吸收了诗歌、绘画、戏剧、电影等多种艺术手法，把如此丰富的内容凝缩在不太大的篇幅中。如果吴正仍死死地固定于小说既定的形式、写法，势必把小说引进狭窄的胡同。

同时，作家艺术个性、艺术素质如何，对小说的“综合艺术”有着直接的关系。如果一个小说家同时又喜爱、懂得其他艺术——诗、戏剧、散文、绘画、雕塑、音乐等，是个多方面的艺术行家，是一个多面手，那么他在写小说时，就会自觉不自觉地把其他艺术综合进来。虽然有的多面手艺术家有意不让姐妹艺术合流、交融，但也实在难以做到。吴正既是诗人，又是小说家，他的《上海人》洋溢着浓郁的诗情；吴正又是音乐家、画家，所以，他的《上海人》字里行间都流淌着音乐的旋律，一会儿悦耳、深沉，一会儿辽远悠扬；他的字里行间都有画意，他的每个片断都是一幅十分精美的画。作品是作家“心智的果实”（歌德语），创作总要经过作家的头脑、心灵，小说家的艺术修养、艺术素质越全面、越高，小说综合艺术的魔力也就越大，运用也就越自如，越是天衣无缝。当然，这里离不开作家的自觉程度和主观努力，如作者吴正所说：“我是用写诗的方法进行小说创作的。”“我认为诗、音乐、画三样东西根本就是一样东西。”他又说：“我根本没有什么创作技巧，这种创作技巧在我来说无非就是自己的感受。”显然有意为之，其效必著。但从创作心理学说，一个小说家存在了多方面的艺术修养，在观察生活、构思作品时往往会自然而然地用“综合艺术”，这就是所谓“统觉”，统觉就指由当前事物引起的心理活动同自己的知识经验相联系、相融合，从而更明显更多样地理解事物的意义的现象。在创作过程中，统觉的内容包括了能动用的一切已有的认识成果、感情积累等，也可把已有的这种艺术修养包括在内。如吴正直言不讳地声称是“用写诗的方法进行小说创作的”，他肯定会带着诗的艺术要素去观察、去构思、去写作。我们不能要求小说家成为艺术品“全才”“通才”，但应当提倡小说家尽可能去多接触诗、画、音乐、戏剧等等，切不可关闭亲近姐妹艺术大门。面对各种各样的艺术，小说家的态度还是“党同喜异”好，鄙弃百艺，独尊小说，是不足取的。

而且，从《上海人》综合艺术的分析看，还由于各种艺术之间本来就存在着共同的特征。作为同一艺术家族的各个成员，他们虽然各有自己的面孔和个性，但也有共同之点，这就是他们相通、相融的基础。唐代书法家张旭观看公孙大娘舞剑而悟书法，吴道子画壁请裴将军舞剑以助壮气，我们古人的艺术实践早已有了证明。问题在于它们共同特征到底是什么。苏珊·朗格有一段话：“在艺术中每一种事物都是创造的，它们永远不是现实中搬来的，正是由于这一基本特征，才使得所有种类的艺术的基本创造物融合无间（即使它们具有了相似性），也正是由于这一基本特征，才使得各门艺术可以互换（或置换）。”[10]如果我们对这段很有启发的话加以必要地引申，那么，凡是艺术总是“按照美的规律”创造出来的，总是根据艺术家所感受到、体验到、认识到的思想感情创造出来的。因此各艺术之间的相互启示、渗透、综合、融化是完全合乎艺术内在规律的，是不足为奇的。报告文学的时代精神，杂文的哲理，诗的意境，散文的氛围，古时代情节安排，话剧的冲突，电影的特写，美术的画面，音乐的旋律等，这些都能很美地、很富于感情地创造出艺术，小说就能按自己的需要综合进来，化为自己有生命的机体。这个现象也有人称之为“艺术同化”。

由于吴正在综合艺术方面有着独特的才能与方式，使得他的长篇小说《上海人》有着极其独具的魅力，也大大扩充了小说的艺术表现力。《上海人》显然不同于一般小说那样对人物和环境作冷静的客观的精雕细刻，和注意情节的起伏跌宕，而是把情节稀释了，淡化了，其中的人物、环境、情绪、情调，冷热交融，虚实结合，造成了一种艺术真实感和艺术空灵感的辩证统一。这不能不说与借鉴抒情诗、写意画、音乐等有关。

另外，由于《上海人》的艺术综合的巧妙，作品给人以多样化及多种感受。有的人说吴正的小说过于“自传化”了，“太拘泥于‘真实性’了，因而读来不禁有些淡单之感，用一句常用语，即不大解渴。没有给读者提供想象深远的条件”。我们对此看法颇有异议，因为我们感兴趣的主要不是《上海人》在传统意义上的小说观念和定义，而是小说的综合艺术和给人以多种审美感受。现在的小说有写故事情节的，也可以没有什么故事情节的；有写人物性格的，也可以有表现人物心理、情绪的；有“全知全能”的叙述的，也可有以从人物主观感受的角度叙述的；有层次分明的，也可以有交错迭合的；有单线结构的，也可以有复线放射结构的；有纪实性的，也可以有空灵的；有现实主义的，也可以是浪漫主义或其他什么主义的；有中国化写法的，也可以有中西结合的；诸如此类的小说都应有合法的地位。小说给人以太“什么化”了，都应是正常的、允许的。如果给人以“淡单之感”很深的话，那么正是这部小说所要达到的效果。优秀的小说应该是一百个读者看了就有一百种不同的各种各样的感受才是。小说的路总是广阔一些好。有了广阔的空间，树木才能充分地施枝展叶。

还有一点，是《上海人》给读者带来了审美观的变化。任何艺术作品一旦问世，就是一种社会存在，必然要对社会发生影响——包括思想的、道德的、审美的影响。《上海人》的艺术综合，促进了小说内容、形式的变异。当一种新的写法的小说出现时，往往会格外引人注目，“有时候不合格的东西正因为不合格而得人喜爱”（西班牙的洛仑·台·维加的话），读者在喜爱中自然接受审美观的影响。有时也有不同的情形。《上海人》一出来时，也显然有不同的看法，有“不习惯”的说法。新样式的小说从定型的小说硬壳中钻出来，难免不顺眼，不习惯，但只要是真实的、美的，总会生下根来。从不顺眼到顺眼，从不习惯到习惯，正是反映了读者审美观的变化、发展。吴正的长篇小说《上海人》同别的有生命力的事物一样，有自己独特的审美价值与内涵。

时空跨度的共鸣

一部小说，不论它是单纯的故事情节还是复杂的故事情节，其本身的结构总是引入空间和时间两个向量。时间和空间在小说中往往互相呼应、互相参与、互相碰撞、互相转换，使作品中的内部运动和外表宁静之间产生着张力。

我们不妨把空间居据的东西称为“事物”，把时间状态上发生变化的称为“事件”。“事物”是能量的聚集，力的式样；“事件”是衡量变化的尺子，速度的象征。事物所以能够转换其空间居据，也是一种时间的流动，因为它从一处移至另一处时耗费了时间；事件所以能转换其时间位置，也是一种空间的位移，因为一处移至另一处时改变了地点。这样，当两个物体变动它们在空间的相对位置时，时间关系就被空间关系所取代，空间关系也被时间关系所取代。还有一点是一致的，那就是时间的流逝和空间的延伸相随相生，两个物体在时间和空间中变换位置，都需要一段空间和时间。在《上海人》中，李正之没到香港之前的李圣清居据一端；正之到了香港后与乐美的分隔；到了香港后的正之与晓冬的各居一方等。这种“事件”的秩序和“事物”的位移，以及时空之间的互相依存互相转换，启发着读者的审美感受。尽管时空本身有其客观规律，然而，人们对时空的秩序与转换的感受毕竟孕有明显的主体感情色彩。晓冬与正之在一起无论是交谈还是沉默，从心理感受上讲，总觉得时间太短，时间过得太快；而晓冬与黄金富在一起时，总有度日如年的感觉。世界之大乃至无穷，但对一个多愁善感、精神空虚又居据小方寸间的孤独者来说，天地似乎小得多。对时空的感受也随着人物的处境和情绪的变化而有所变化。《上海人》正是在客体与主体的对应中，通过时间与空间复杂而又无限的意象的创造，为读者提供一个在自己是时间与空间里再创造的天地。

一般来说，人类世界的存在，应该包含有三种水平和层次。即自然的存在，现实的（社会的）存在和审美的存在。与此相应，就存在着三种时空形态：自然时空、现实时空和审美时空。对三种时空形态的把握，就产生了三种时空意识或心理时空。

自然时空是最基本的时空形态，它不以人类意志为转移，有其绝对性。但时空又与一定的运动方式相联系，所以根据相对论，它又是可变的，有其相对性。

现实时空是人类社会生活的存在形式，它以自然的时空为基础，同时又赋予自然时空以人的尺度和社会内容。吴正在《上海人》中所对时空跨越的描写以及他自己或主人公在现实生活中的时空意识，如时间的快慢、空间的大小，都是按一定的感受标准进行判断的，渗透着他们的生活经验。他们只有把时空从社会生活中抽象出来，才能作为自然时空来把握。人类正是运用自己的实践能力，使自然时空服从于社会生活的发展，转化为社会时空。而随着社会时空主体性的发展，人类就将在更大程度上超越时空限制，进入自由王国。

《上海人》中的现实时间是在当时历史条件下形成的人的时间尺度，是当时社会生活发展的标度，正之、乐美、晓冬等日常的心理时间就是对它的掌握。在原始人类向文明人类过渡的时期，自然时期还没有被精确掌握，主观心理时间（现实时间）是主导的时间意识。在文明社会中，人类一方面掌握了自然时间，同时又发展着现实时间。现实时间凝结着一定自然时间内人所占有的价值（物质财富和精神财富），它体现为一定的生活节奏，标志着一定的生活密度。所以，爱因斯坦举例说明相对论：“如果你在一个漂亮姑娘身旁坐一个小时，你只觉得坐了片刻；反之，你如果坐在一个热火炉旁，片刻就像一小时，这就是相对的意义。”这是现实时间相对论。随着社会生活的加速发展（占有财富的增加），现实时间会变慢（延长了），从人的感觉上说，就是时间变快了（缩短了），因为我们希望它更快、更长。反之亦然，空虚、无聊和痛苦，标志着占有价值的否定，因而现实时间变快（缩短），从人的感觉上说，就是时间变慢（变长）了，因为我们希望它更快些、更短些。这就是说，无论从社会还是个体角度，心理时间的评价形式与现实时间的尺度相反，而实质是一致的。

现实空间标志着人类活动领域的发展水平。文明人类在科学地把握自然空间的同时，实际上不断拓展着自然空间，从而缩小着现实空间，使主体与客体更加接近。如晓冬从香港与黄金富通电话，马上就感到好像是在面对面地说话，两个人的空间立即缩小。从这一点上讲，这标志着社会生活和人类自身的发展。心理空间是对现实空间的主观体验，当主客体关系亲近时，我们就觉得近，反之就觉得远。

随着社会的发展，人类征服自然的能力和创造财富的能力的增长，时间与空间对于人就日益减少其限制性。人的寿命的延长是有限的，但一生中所占有的人的本质力量（人的价值）却是可以无限增加的，从而就接近于进入自由时间。随着人类活动领域的扩大和能力的增强，空间最终也消失其限制性，人实际上就进入了自由空间。

审美世界作为自由的精神领域，完全消除了主客体的对立，自然时空被征服了，现实时空被超越了，产生了自由的审美时空。审美时空是超越时空的自由领域，是人的存在的理想方式。从章晓冬坐在窗前，琴盖打开着，她的手在键盘上不假思索地滑过，一曲《少女的祈祷》像一条澄清得一眼见底的小溪，汩汩地流出来。“她的眼却望着隔着广阔海面的，裹在中午蓝色日光中的茫茫苍苍的尖沙咀区。她似乎能见到正之正从那些曲巷横街上穿过，他正行色匆匆，他的目标是尖沙咀区码头。一条渡船靠泊上了码头，她又似乎见到了正之搭上了船，船开始横越海面。”这就是作家描绘了这种消除时空限制的自由境界。审美时空同时就是审美的心理时空，它对人没有外在情，是自由的精神生活本身的形式。

审美时空以自然时空物质承担者和最低层次，如章晓冬坐在窗前时的形象如画的空间、大小，她弹奏的《少女的祈祷》这首乐曲的时间长度，由此形成了空间艺术与时间艺术的区分。离开自然时空，就不会存在审美时空。审美时空又包含着现实时空的层次，它主要体现于再现艺术所展现的社会生活所占据的时空：通过在香港这块土地上，描绘“上海人”，作家却打破了传统的许多清规戒律，占据了相当广阔的现实时空。《上海人》的审美时空是在自然时空、现实时空基础上实现的超越形式。

从空间关系上说时，《上海人》成为审美对象时，就以香港——上海为界，由现实时空独立出来，成为一个无限的、自由的空间。更重要的是，我们不但相信这部作品展示了一个真实的空间，而且消除了与主体的距离、界限，使意识可以自由驰骋。这就是超自然、超现实的审美空间。从时间关系上说，再现艺术和时间艺术，尽管占有一定的自然时间，表现一定的现实时间，但最终给我们造成的心理时间却是自由的。我们丧失了时间意识，进入永恒之中，以致结束时好像从梦中惊醒。

现实时空的可变性、相对性影响着审美时空。更重要的是，在审美创造中人可以能动地改变现实时空形式，增大审美时空的容量和自由度。《上海人》打破了现实时间序列，运用传统与现代结合起来的手法组织情节，制造时间幻觉等等；空间上运用梦境、幻觉创造非现实的空间，造成空间的自由变换，乃至运用“时间倒错”（此时彼地或彼时此地的配合），制造一种新颖独特的审美境界。这种情况固然与西方流行的美学传统有关，但它对现实时空的大幅度突破却具有普遍的意义。

“窗外那段狭窄的马路被各种类式的，高高矮矮的，长长短短的私家车、的士、小巴和巴士塞满了。喇叭高鸣着，晕目的车头灯再为那一片灯光的织网加多了一道的线头。正之是临窗而坐的，他爱把他的头斜靠在那道将他与户外的那片喧嚣和炎热绝缘开来的厚玻璃上，但他的目光却一刻也不肯休息地射向那方亮着‘华都夜总会，电梯楼20号’的灯光招牌的大厦入口处，他望眼欲穿地盼能见到一位穿着白色纱衣裙的女性的身影会在那里出现。”

吴正先生描述的这种语言特征，是由时间性的音乐结构向空间性的绘画结构转移；他对正之的描写，许多语言、动作、行为本身是没有意义的，但经过排列、组合、拼加构成了某种意义。在上面这段文字里，我们看到，作者所描写的极像一个又一个电影镜头，作为正常人的逻辑思维似乎被排除了。其实，作者把无形的话语凝固在有形的空间结构里，使现实和回忆交织成一幅情景交融的画面。

“他们的四瓣烈唇还不曾有过零点一秒的分离，他俯下身去，把她移位到床的中央，然后慢慢地将她手放下去，但她的两条手臂却展伸出来，紧紧地抱住了他的头颈，她不想他的嘴唇与她的相脱离，因为她已经预感到这会是分开的时候了。”

这段没有引完整的话的层次极为丰富。其实它的主干只是一句话：她用嘴唇去说一连串无足轻重的话语。“他”与“她”的嘴唇交融在一起的时候，他们的情绪和心理状态，同时还夹杂着许多往事的回忆。

在《上海人》中，吴正采取了“纵横发展”的绘画式的写法，先勾勒出草图，然后这里一层，那里一笔，层层加厚，笔笔加深，由主干时时向四面八方延伸扩展，使得线性发展的文字叙述具有了绘画般的共时性和多面性。同时也造成了审美上的新颖独特。在《上海人》中，情节的组合还是很有迹可循的，但它是基本上按照人物的感觉走的，这也是作者不同于传统小说的独到之处。它又是有迹可循，但又不十分像传统小说那样从结构、情节上十分完整，又不是从头到尾塑造一个“变大全”，而是每个人物各有自己的特点，按照感觉、情绪，拼凑出一幅幅画面。

那么，吴正为什么既要遵循传统的构思法而又要叛离古典小说正常的思维方式，情感表达方式和叙述方式去进行这种文字的探险呢？他的“用写诗的创作方法进行小说创作”与思维“就像织毛衣一样”的方法实际上存在着某种本质关联或递进关系：即作为诸多事件、景象、心理活动向作者涌现出来的色彩斑斓的画面，究其实质乃是作者处于一个“不断地钩线”“全凭自己的感觉创作”的产物。在他看来，如此才能更真实、更准确地描绘客观世界的原生态，表现自然与事物的自身状态及其不以人的主观意志为转移的本性。在这里，作者对故事的完整性，人物塑造的典型性都被滤掉了，笔下只有道德评价、思想情感和心理意念，这似乎是主观世界的纯粹之物。这种叙述方式和空间结构不禁令人想起虚无主义的鼻祖、中国先哲庄子所谓“用心如镜”的名言，它显然与价值失落的时代背景契合一致的。在传统的现实主义小说中，世界固有一种本质、价值和目的，是合乎秩序和理性的，艺术的任务就是严格地再现他们；而在吴正这种非传统现实主义的作家看来，人与世界的理性关系业已结束，存在的合理性和意义值得怀疑，艺术的价值不再是寻找真实，而是在语言中结构自身的真实，通过建筑自身的时空制造另一个世界并从中发现意义。这种对客观时空与主观时空的描绘与跨越，在吴正的创作中具有相当的普遍的特殊的审美意义。

乡土情结的启悟

吴正的个性、气质全部渗透在他的作品中了。《上海人》中正之、乐美、晓冬都是标准的“上海人”，完全是上海这块土地养育了他们，启悟了他们。

人的本质力量，归根到底，是人对自然的征服能力，它在土地身上得到最充分的显现。人与自然关系的核心，就是人与乡土的关系。历史上一切生产革命，社会革命或动乱，无不紧紧围绕土地进行。人一方面怀着与生俱来的对故土的热爱，以及因此而产生的征服土地的渴望，一代又一代与土地搏斗，另一方面又常常因为人对局限性而带有盲动性而遭失败，或者在取得局部的胜利后，被胜利所异化，最终仍成为失败者。这种两极现象在与土地直接并紧密联系着，中国老百姓身上体现得最为鲜明突出。吴正把眼光投射于此，是颇具高度和战略性的。从这一点来说，《上海人》的创作完全是受故土的启发而造就的。上海的这片故土，有着深厚丰富的文化，作家紧抓住了这个根。

吴正先生虽然移居香港多年，但他始终恋着家乡这片土地，家乡的这块土地成了他的根，也成了他创作的力量源泉。他对这个根的描绘，是从人物塑造落笔的。他更多的是通过人物形象来体现根，又是根这条感情的纽带紧紧维系着一个个栩栩如生的人物命运。这是因为人与故土的这种感情恋结在中国的一段相当长的时期内，被人与人的冲突所干扰甚至完全隐蔽，作为整体意义上的人不得不首先去战胜局部异化为障碍的人。这种冲突有时甚至比人与故土的冲突更为艰巨激烈，以至也要用血肉和生命为代价，才能越过障碍，接近真正的目标。章晓冬和黄金富的这种冲突，章晓冬甚至为之付出的并不是“人化自然”，而是要“人化人”，清除障碍，填饱肚皮，创造能够去人化自然的先决条件。这种外围冲突在《上海人》中也是足见分晓的，人们终于面对土地这个渴望已久的对手。“一九七七年的隆冬，在上海，夜已深了，是一条景深而萧条的大街……”这里，左的影响和小生产者平均主义的思想仍然严重地存在，严重地影响着人们在与故土的较量中应有力量的发挥。“尽管外面的世界是寒冷的，而这里面永远温暖。外面的人群可能很奸诈，而这里面每一件细小的物品对他都是那么的忠诚，它们与他在一起分担过多少欢乐和忧患的日子啊！”正之对他所熟悉的环境，养育他的故土，是怀着一腔热情眷恋着的，尽管当时的社会还尚不平静，人们的心理上互相存在着程度不同的隔膜，但对身边哪怕是“细小的物品”都有割不断的情结。

当然，恋土情结在吴正的全部作品中，远不止是指中国老百姓的温床，也远不是指上海的街道。在我的感觉中，他心中的乡土情结有三种时空范围不同、内涵层次不同的意义。一是指我们通常所理解的上海街道、外滩，或者准确一点说，上海地区生活和溢漫于其中的中国传统文明。二是指一个大的形象系列，即与故土、与市民生活实践相关联的父兄、母亲、朋友、家庭，甚至一般青年的形象，可称之为故土—母亲—人民—实践系列等。三是指一个大的意识系列，如给人无限启示又引发无比亲情的江南水乡风情，那像历史老人一样全知全能而又沉默无言的高楼大厦和外滩，启动你心中哲人的睿智。那不舍昼夜奔涌的黄浦江、苏州河以及和黄浦江、苏州河一样浪涛滚滚的南京路、淮海路，震荡你生命激情的奔涌。那高耸入云的国际饭店，那万年复始的春种秋收，那如潮涌的上下班的人流，那夕阳中的店铺与叫卖声中展开的乡情士风，诱发你种种感慨、种种眷恋、种种忧患、种种焦灼……这一切，当吴正组合进他小说的总体气氛和抽象为哲理意象，蒸馏出这样的象征意味，形成这样那样的情绪磁场。

很明显，“乡土”在这里泛化为“大地”。他笔下许多人物和自己，便是从这块具有许多重内涵的大地走上来。用一句人们常说的然而很贴切的话来说，他们是江南大地和上海人民的儿子、女儿，是用无法甩脱的历史老人的儿女。大地、人民、历史文化，赋予他们许多美好的人格基因，传统也不能不带给他们这样那样的精神痛疾。作者以唯物历史观写出了历史真实。

这只是问题的一半，甚至是开始的一半。只有这一半，作者小说中那些如正之、乐美、晓冬等人物才涌现。我们注意到，这些从故乡走出来的人，几乎不约而同地在这几种情况的同时作用下开始了自己的业绩。第一，他们都从故土汲取了比别人更多的优秀气质和更强大的人格力量，成为大地精神优秀的传承者。第二，他们在新社会提供的机遇中，成为了现代文化知识的一代，这使他们有了一代所没有的新的眼光、襟怀和新的生活能力。这两点使他们具备了从故乡走出来的个人能力。这种个人能力是大地和时代给予他们的。第三，最重要的是，他们走向生活的初始，便有幸面临着一个历史转折时期。这个时期我们的党和国家刚刚粉碎“四人帮”，整个民族、整个社会才开始幡然醒悟，出现转机，崭新的历史实践正在他们面前缓慢而庄严地拉开帷幕。才使他们获得到香港定居的可能。正是这个新的历史实践，帮助他们洗去传统宗法文化留在心间的腌臜。正是这个历史实践，发育和成熟了他们心中新文化心理基因和作为新上海人在香港的方方面面的能力。无须加以说明，这两者都充满了艰难和痛苦。

于是，大地和时代提供的人格力量，历史和现实提供的社会力量，形成巨大的合力。正是这股合力将他们推上了新生活道路。他们的命运于是在一个宏大的历史背景中展开。个性被充分地历史化了，历史的进程则通过个性化、人生化、命运化得到了充分艺术的历史感和人生感的汇流，历史意识和人生意识的交融。我们在这里听到了什么呢？听到了作者反复地告诉读者：不是乡土文化造就了故乡人，正是新的历史实践、新的文化结构、新的人格力量使这些人从故乡走出来，和传统文化拉开了距离，才开始自己新的生涯，才开始了他们新的生活道路。

作者对社会生活进程和文化人格进程的历史唯物主义理解，作者的唯物史观在作品中呈现得何等清晰。

现在让我们回到“乡土情结”这个具体问题上来。如果从上述泛化了的土地含义即“大地”“人民”的意义上，吴正的“乡土情结”的确是存在的。这使每一个中国人心中应该有的情结。漫长的农业社会，使现代每个中国人的“故乡”都可以追溯到某一条小街小巷深处的某一座老屋。老屋在我们心中是永远也不会倒塌的。另外，从对故乡的伦理感性上，作为上海人，吴正当然也是有“乡土情结”的，没有倒不可理解了。这种乡土情结，渗透进他从唯物史观出发对继承与发展关系的理解，使他对上海、文化、心理上许多沉重的现实问题能以从矛盾的各个侧面去辩证地分析，比一些人少了一点空洞和激愤，多了一点切实的焦灼和恳挚的关切。

关键问题在于，吴正这种“故乡情结”是否从根本上模糊了他对社会文化、经济问题的判断。恰恰在这一点上，吴正作了明确又坚定的回答。这个问题主要存在于他的作品中。他的《上海人》事实上展现的恰恰是一代离开故土的历史进程，而不是相反。“离开故土”在这里并不仅仅具体指人物离开故土的社区生活，而包含着多重意义。正之就没有完全离开，他是“离乡不离土”。既指从大陆原有的封闭自然经济结构中剥离出来，也指从大陆残存的宗法色彩浓厚的社会结构中剥离出来，指从大陆传统的文化氛围的笼罩下剥离出来，我们在这里一连串用了多个“剥离”，是想强调它的艰巨。新生儿从母体中分离出来，那是伴和着连续不断的痉挛性阵痛，伴和着泪水和血水的流淌的。

在吴正的《上海人》中，老一代人物李圣清早年离开故土，到了70年代末期，李正之、吴乐美、章晓冬又相继离开上海这块土地，来到香港；尽管有时庄严如壮士远行，有时欢快如出笼小鸟，有时悲恸如生死别离，总体上，都反映了向传统的封闭的土地文化告别这一进程。

自然，一切都不像我们的概述这样简单，吴正的人物要克服许多现实的、心理的、社会的障碍，吴正自己也要克服许多现实的、心理的、社会的障碍。但作者理性的和感性的向度始终是明晰的。请你想想《上海人》，在这部作品生活、人物关系的总体设置中所表现出来的对传统社会结构和宗法文化深入腠理的剖析，代表着财富的强人李圣清，一个刚刚崛起的代表着新文化强人的李正之、章晓冬。再请你想想，为了人类的社会进步，作者不得不尊重生活的逻辑，让自己心爱的人物章晓冬付出相当道德的代价，负心地也是违心地嫁给了黄金富。李正之“小心地将对面的那只脚慢慢地抽回来。现在，他的两只脚并紧地站着——他知道：自己仍站在中国的土地上！”李正之明明双脚跨过去，实属意味着“告别乡土”。于是，他在中国农业文化的地平线上画出惹人注目的一道抛物线……想想你会明白，具有恋土情结的吴正，心里有着更高远更长远更重要的追求。

吴正爱自己的乡土，爱自己的乡亲父老，吴正更钟情于大陆的历史变革，钟情于大陆的社会历史进步。吴正是上海人民的儿子，是中华人民的儿女，更是时代的代言人，历史的书记员。伦理的感情便是这样溶入了历史的诗情，“乡土情结”便这样记入了“恋史情结”。它并没有消融，仅因历史内容的注入深化了自己。希望家乡在痛苦的嬗变中获得新生，难道不是对乡土深沉博大的爱恋?

灵魂的痛苦和焦灼

浩浩荡荡的黄浦江水，被历史的泥沙埋入河底的沉船虽然被重新挖掘了出来，再现了“上海人”的雄姿，但是上海正之能否重新扬帆远航，走向成功呢？这，正是吴正的《上海人》的整体意象向读者昭示的一个时代课题，也是吴正同志继诗歌创作之后又一更加深入的审美思考。

三四十年来，我们的民族内乱不熄，折腾不已，而今终于从长期的民族疯癫之中清醒了过来，当她睁开大梦初醒的睡眼重新打量世界打量自己的时候，吃惊地发现自己远远地落在了后面，社会和个人都面临着新的挑战和选择。围绕这一搅动着整整一代人的心灵的时代课题，每一个有良心的艺术家都投放进了自己的激情、才智和艺术思考，对历史进行反思，对自我进行审视。吴正先生无论在纵向开掘上还是在横向移植上，大目标只有一个，即调整健全或者重铸我们民族的社会结构和心理结构，以便以崭新的姿态走向未来。他显然有自己独特的艺术视野和独特的艺术把握世界的方式，因而面对同一时代的课题，《上海人》非常明显地显出了自己的艺术个性。

《上海人》写的是一段刚刚逝去的历史，这段历史与现实紧紧地交织纠缠在一起，同时它还带着古老历史的深深的烙印，是古老传统的发展的极端。现实承载着历史的重负，“诗人是提着他那颗鲜血淋漓的心魂，走完漆黑而死寂的长廊”。正是吴正心灵历程的真实写照。吴正与他的同辈不一样，他有着特殊的风雨历程，在十年浩劫中，他偷尝禁果，拼命欣赏柴可夫斯基，欣赏克莱斯勒；自己亲自演奏贝多芬的浪漫曲，演奏萨拉赛蒂的《流浪者》；他偷偷攻习英文，又厚又硬的狄更斯原版被他翻阅成片片散纸；他还冒着杀身之祸秘密写下了《不,还是沉默》《苦难还没流尽》等几百首诗；在被打成反动学生之后，他以精神分裂症患者的伪装巧妙地保护了自己，并抗衡和嘲弄真正疯狂了的世界。后来他又到香港定居，继承父业，但他牵魂般思念着上海。这些，都清晰地留在了《上海人》这部书里。在这部自传性很强的书里，他把自己的艺术触角伸进了作为传统文化心理的母体与现代文化意识的底层深处，但是不同的是，当他与他的审美对象对视的时候，选取的却是一个有别于他的同辈的审美视觉，他是把“上海人”放到一个更加广阔的平面内——历史与现实的、自然与社会的、感性与理性的、群体与个体的——进行观照的。作品中弥漫的是人类的苦难和耻辱，痛苦和焦灼，作家的思考已经提升到人类文化意识的哲学高度，他倾尽自己的艺术热情去透视的是人的心态，作品所昭示的选择方向乃是一种超经济、超政治、超伦理道德的人类选择。

在吴正的笔下，上海那些年的历史，不仅是一个缓慢流动的过程，而且还是一个巨大的社会实体，人们可能会这样那样地问他：“是这样的吗?”但是人们应该记住，正像任何事物都是多面体，是一个纷纭复杂的矛盾世界一样，历史，即使在历史学家的笔下也不会就是历史的原型，任何人笔下的历史都已经过了主观的选择、过滤和再创造，反映的只不过是历史的一面或几面，吴正是文学家，他笔下的历史是文学家脑中的历史，是对历史的审美化观照。他关注的不是历史事件，历史人物的功过是非，不是政治经济的荣衰消长，而是历史在人心上的投影。他努力发掘的正是人情的美和丑，善和恶。他将 1977 年至 1985 年以及更多的历史作为一个整体，放到人类文化史的坐标之内，考察的是这段历史中所表现的传统文化的整体功能与人类文化发展的基本指向的巨大差异，当人们惋惜这历史失去了它的原生面貌的时候，同时也因为作品为我们提供了人类文化意识的宏阔视野而高兴。

人类文明的发展史就是人类不断解放的历史，当人类从动物界分化出来的时候，就获得了第一次的伟大的解放。在这之前，人的肢体还是自然的一部分，而从此之后，自然界不过成了人们无机的肢体，这是人从自然中的解放，这次解放的标志即是在人的生命中，理智从本能中分化了出来，人作为理性的动物成了宇宙的精华，万物的灵长。理性一经产生，人类便把人的自由发展作为自己不断追求的目标，人不但要从自然中解放出来，还要从社会中解放出来，从自我中解放出来。正如人曾奴隶般匍匐在自然的面前，而后来成了自然的主人一样，人也要从机械零件一般组装在社会机器上的自我迷失走向自我实现，从自我身心的束缚中解放出来，使理性和感性都得到健康的自由的发展，从而以无限的生命创造力超越有限的生命存在。

大陆十年浩劫是一段荒诞的历史，其荒诞性正是根源于他与人类自由要求相比的反情悖理，它的突出特征即在于理性的丧失。人们仿佛中了什么魔法似的，在一架失控的社会机器中运转，本来严肃的事情却被当成儿戏，本来儿戏的事情，偏偏干起来又一本正经。群众运动无非是运动群众，历史的创造者却被历史随心所欲地创造着，扭曲着。面对这样的历史现实，吴正同志的灵魂是十分痛苦的，甚至是焦灼万分。

这是一段苦难的历史。人类最基本的生理需要和安全需要都失去了保证。饥饿、寒冷、杀戮、死亡时时在威胁着人的生存，吞噬着人的生命，人和人之间的关系发生了可怕的变化，相互之间撕来撕去，“血流成河”，在这巨大的灾难面前，人们或则悲观地叹息：“黄浦江啊，黄浦江啊!”或绝望地挣扎。吴正“凭着美美的机智，在精神病院里伪造了病历、开到了合法的证明，以他自己最为憎恨的虚假来虚假地对付令人憎恶的丑类，并痛苦地分裂着自我的人格，付出了精神上巨大的代价。庄严与滑稽并存，悲剧与喜剧同演。”

这是一段耻辱的历史。人的尊严遭到肆无忌惮的践踏，理性的丧失带来的并不是正常感情的弘扬，反而是兽性的膨胀。正是因为这段历史蕴含着复杂的内容，可悲可叹复可羞可厌，吴正描写这段历史时表现出了多种笔墨，当他的眼光投向荒诞可笑的一面，便往往将纷纭复杂的生活现象化繁为简，将轰轰烈烈的社会运动化为几个漫画式的过场或镜头。而一旦作家眼光投向苦难，投向作为苦难的承受者的生命个体，他的笔仿佛在蘸着血泪而下，人物、事件无不呈现出浓郁的悲剧色彩，使人悲、使人愤、使人的心头仿佛坠上沉重的铅块感到无比压抑。

痛苦比起欢乐来，更易与文学创作恋爱。欢乐之情常常是愿望的满足，人总是不会满足，所以欢乐总是短暂的，很快就会平静下来；且欢乐易于向人表达，一般情况下，无须借助文学创作，有时甚至振臂一呼，吐之于口，分享他人，就轻易“挥霍”掉了。更重要的是唯生命本能冲动受到了强烈阻抗所产生的情感才能上升到人的心理，这可以用来解释为什么欢乐难以积淀于心。深怀痛苦而又超越痛苦，在痛苦的心的土壤上结出深沉的爱和崇高的美的果实，这是一切杰出作家成功的秘密，也是吴正先生成功的秘密。

作家青少年的痛苦，它对于作家特有的心理机制的形成，对作品尤其是传世之作的生成，其作用是决不能低估的。这里有必要强调指出的是，作家艺术家心灵的深层意识——尤其是痛苦的青少年，它直接和作品的深层表现相通。吴正先生在“文化大革命”中被逼“疯”的那段历史，在他心灵上留下了永远去不掉的印迹，通过《上海人》可以清楚地看到，吴正在人类的心碑上镌刻下了自己的心声。

《上海人》中潜藏着吴正的痛苦的精神经历的烙印，他的痛苦渗透在作品的深层结构里，这是不以人的意志为转移的。更深刻的原因，可以从心理学上找到答案。在人类的心灵深处，潜藏着人类对自己早期痛苦的“记忆”。美国科学家卡尔·萨根认为，人类至今还保存着对低等动物时期的一些“记忆”，他指出：“我们起源于爬虫和哺乳这两类动物。白昼爬虫复合体受到抑制，夜晚飞龙在梦里搅动。我们每个人都可能重演亿万年前爬虫类和哺乳类之间的战争。”人类常见的梦境如从高处摔落、受害、受攻击等，“明显地同我们树上生活起源有关”（转自邓福星：《原始艺术魅力》，《美术》1985 年 11 月号）。如同人类保的存着自己早年的“记忆”，并且时时靠梦等形式重演“记忆”一样，作为单个的人，回忆早年的痛苦的生活经历，已经作为人的一种遗传的本能存在于人的生命个体中，这是人的一种天性。从这个意义上我们可以这样说，吴正创作的长篇自传性纪实体小说《上海人》，是他灵魂的痛苦和焦灼的显现，是他痛苦的青少年时代生活的必然形式。

现在，我们对吴正先生的灵魂的痛苦和焦灼这一命题确立的价值的认识似乎更清楚了。除了它在《上海人》中的特殊作用下，其普遍意义在于，既然吴正在“文化大革命”中生活的精神经历对他的创作心理机制和作品的深层意蕴有着不仅仅是偶然性（单个作品的艺术世界）而是必然性（单个作家的作品的艺术世界整体）的直接辐射作用，那么，对于吴正，无论其青少年生活经历如何，都有一个如何梳理和开掘自己生活记忆并且使之升值的课题。善良的人们不会愚蠢到因为意识到痛苦的经历对形成作家创作心理机制的特殊效用，而认为去给自己制造，一切有志于或已经成为作家的人们，也不必为自己未曾有这样一种天然的痛苦而遗憾，且不说它仅仅是部分作家成长为作家的一个重要原因，单就“后天”的“补救”而言，意识到必须细细梳理和深深开掘自己痛苦的情绪记忆，多少可以弥补一点不足和缺憾。

从纯粹的文艺现象学描述到文艺创作心理学基本理论的确立，必须等待充分理解人类大脑和神经细胞方面的充分解释。只有包括情感、记忆、思维、意识等在内的作家的创作心理机制在细胞水平上加以拆装并且运用数字进行定量分析，才能对灵魂的痛苦和焦灼这一命题作出完全合乎科学的阐明。

注释：

①《文艺理论译丛》(1),人民文学出版社,1957年,第371页。

②别林斯基:《在书店里偷听到的文学谈话》,《别林斯基选集》第三卷，上海译文出版社,1980年,第449页。

③④《罗丹艺术论》,人民美术出版社,1978年,第23页。

⑤⑥⑧莱辛:《拉奥孔》,朱光潜译,人民文学出版社,1979年,第39页、第56页、第76页、第86页。

⑦索绪尔:《普通语言学教程》,上海人民出版社,1988年。

⑨《老舍论创作》,上海文艺出版社,1980年,第93页。

⑩《艺术问题》,北京大学出版社,1986年,第79页。

⑪见《作家生活报》1987年7月25日3版。

⑫ 转引自《纪念爱因斯坦译文集》,上海科学技术出版社,1979年,第148页。

⑬见《文汇报》1992年5月15日。

[1994年7月—9月于银川风声楼。本文系论文《长篇小说〈上海人〉审美概观》一文之节选。]

人的沉思

——何满子杂文随笔集《虫草文辑》摭拾

十多年前，我读过何满子先生的一部杂文随笔集《虫草文辑》(宁夏人民出版社 1995 年版)，印象深刻。如今，先生已驾鹤西去，为了纪念他，我又重读此书。这应该是对先生最好的纪念。我读《虫草文辑》，有一种很亲切、很特别之感觉：盖因先生 1957 年被打成“右派”，发配至宁夏中卫劳动改造二十多年，此书恰逢又在宁夏出版等之原由，才使我读此书时有了一种别样之情绪。这是一部融思想、文学与学术为一体之著作。其中“人学手记”一编所传达的对于“人学”之现实叙述与价值判断，发人深省。

何满子在本编开篇即谈，人之所以能成其为人，是人能够站直身子走路，人有思想、有觉醒，人之一切，皆是一个觉醒与素质之问题，姑归之曰“人学”；既然是人，即“应有独立人格”。然而，一个被弱化了之“个人”，往往会觉得自己是无力的，因而也就有依赖他人之需要。中国人素有“在家靠父母，出门靠朋友”之说法。虽然，这不一定表现为对他人之过分依赖，但亦可足见中国人搞“和合”之做人方法。然而，它对一个独立人格之形成，却往往有着阻滞作用。一些年轻人结婚以后，还得伸手向父母要钱；当代社会之“拉关系走后门”似已制度化，如不坚持如此之规则，可能就寸步难行。使“出门靠朋友”这个传统精神，发扬到了前所未有之程度。何满子说：“若容我放肆说，则滔滔天下，有独立人格的人实在不多。”一个不发展的“个人”，即使为自己谋利，也会认为只有投人所好，才会使自己获得好处。他从来都不能想象：只有自己“是”什么，就表现什么，才会出现个性美。然而，在中国这个没有超越意向之羞耻感的文化下，人人都会遭到必须“做人”之压力，而且还要按长幼、尊卑，以及内外层次之渠道去做。在此种情形下，能够表现个性之人不是没有，但势必比其他之文化下少得可怜。作为整个文化主流，最欣赏的是一个人“不脱离大众”。因此，一个人“是”什么就表现什么，是吃不开的。在这种文化下，自然很不容易“见人说人话”，“见鬼说鬼话”。由这种倾向衍生的“阳奉阴违”之态度，却不足以作为民主事业之起点，它顶多是造成最终体制之瘫痪而已。

我们则倾向于每个人皆当作是一个“类型”，一个“工具”。在中国人的“良知系统”中，缺乏超越之因素。每一个人皆必须用“二人”对应之关系来定义自己。在这种互相由对方定义之设计中，又强调处处以对方为重。换言之，必须做到“毫不利己，专门利人”。亦即是说，必须以自己为工具，以他人为目的。这种对应关系之设计，自然是要求双方皆应做到这一点。于是，大家皆有变成对方之可能性。

个人从无可能完全站在自己之立足点上去抬高“个人”，而只有踏在“集体”之上才能这样做，做的方式也只有先将自己抹掉，正如老子所说的，“反者道之动，弱者道之用”。中国文化虽然是建立在“人”这个层次上的，却是世界上少见之不尊重人之文化。西方基督教文化崇尚“神”本位，却反而造成了尊重人之局面。因而，它把每一个“个体”皆当作是按上帝之形象创造的，因此是一个在地上之神物。在这个意义上，只有人之肉体是寄居在这个世俗中的，至于他之灵魂则只对超越界负责。因而，有利于体现人的完整性，并且尊重这种完整性。在这种神本位的文化中，“人”与“神”之关系却是“个体”自己决定的——他可以通过接近上帝而后“得救”，也可以选择反向而令自己“不得救”。于是，就产生了“良知自由”之观念，每一个人都被认为是一个“良知自由”之主体——他必须被允许有选择自己得救之方式，如果他不想得救，别人也干预不了。每一个人同时又是一个“自由主体”。至于中国之“天”，却不是一个超越之因素，而是“天地人”这个世界体系的一个组成因素。因此，中国人之“天理”其实就是“人理”。中国文化之“存天理，灭人欲”，就是要求“个体”不要发扬自我，而是去符合世俗关系。在这种情况下，单方面之“个体”就不可能是一个具有超越意识之“精神主体”，而只能成为一个必须在人情磁力场中安置之“身”，也是一个只有在世俗中发展之“身”。无论是哪一种情形，都很难导致人之超越。至于在目前，中国之“人”仍然是一个“苍白的囚徒”。因此，人口虽号称13亿，但却是一个“人”烟稀少之局面。何满子认为，在泱泱大国“有独立人格的人实在不多”，而且因为缺乏独立之人格，“于是才放弃独立思考，于是才有盲从、迷信，才有‘理解的执行，不理解的也执行’，才有自动或被迫骨头软化，才有明君清官的思想盛行。”这实在是实话实说。

人是什么同人指什么是两个紧密相连的问题。对这个问题从哲学上能给出正确答案无疑是一件很有意义之事情。然而，自从三千多年前古希腊德尔斐神庙前出现“认识你自己”之铭文以来，尽管无数哲人智者面对人类、反省自身，苦苦求索人之奥秘，但人类自我认识之历史看来仍然是刚刚开始，人同他之生命一道仍然是一个古老而又崭新之谜。要想全面给人下定义，而在今天看来仍然是一种理论冒险，古今许多哲学家皆回避这样做。但是，现在我们起码在历史观和认识论之领域内无法回避了，因为我们不仅要说到人之社会历史，说到人对自己的历史之认识，而且要说到人在这其中之意义，说到人在社会实践、历史发展与自我认识中扮演什么角色，等等。哲学地思考人，人是什么呢？简要地说，人首先是主体，认识与实践、社会与历史之主体；同时又是客体，自我认识、自我改造与自我确立之客体；因此，人是主体与客体之统一。说到这里，人类之进步、社会之发展，关键是发展科学技术。科学技术要靠人来掌握，人如何掌握科学技术，关键是人之素质问题。恩格斯曾经指出：“用整个社会的力量来共同经营生产和由此而引起的生产的新发展，需要一种全新的人，并将创造出这种新人来”（见《马克思恩格斯全集》第四卷270页）。人类社会之发展越来越证明恩格斯论断之正确性。生产的新发展就是科学技术之进步，而科学技术正是人的智慧之物化形态。何满子写道，人的素质关键是对人进行相应之素质教育，“对于人的正直、独立、勇敢、自尊、尊重他人、坚持正义、爱护自然的天职等等做人的基本品德的教育”皆要重视，“人的素质教育不受重视，一旦踏进社会，能够洁身自好就很不容易，大部分人只能随波逐流”，

“说是教育工作有失误，人的素质教育的漠视应是第一失误”。当然，人的素质是一个综合范畴，它包含的内容非常之多。长期以来，我们教育把品德教育压在政治标准之下，灌输一点下级服从上级、资本主义社会的基本矛盾之类的概念和当前政策之讲解，教育出来之人只是“听话”“服从”就行了。当然，一个人之创造性思维与独立之人格之形成，除主观因素外，主要还有一个客观的社会外部环境因素。从20世纪三四十年代之王实味、丁玲、罗隆基、王造时、储安平，到后来之胡风、马寅初、孙冶方、彭德怀、张闻天、顾准等个人之遭遇与人格扭曲无不证明了这一点。如今时代巨变，风尚渐优，愿我们的教育方式有利于每个人的创造能力之发挥与发展。否则，就会像爱因斯坦所说的那种局面了：“由没有个人独立创造性和个人志愿的统一规格的人所组成的社会，将是一个没有发展可能的不幸的社会。”是的，长期以来，工具理性造成的价值迷失，是我们应该彻底反思和面对的时候了。

［2006年3月27日于银川风声楼］

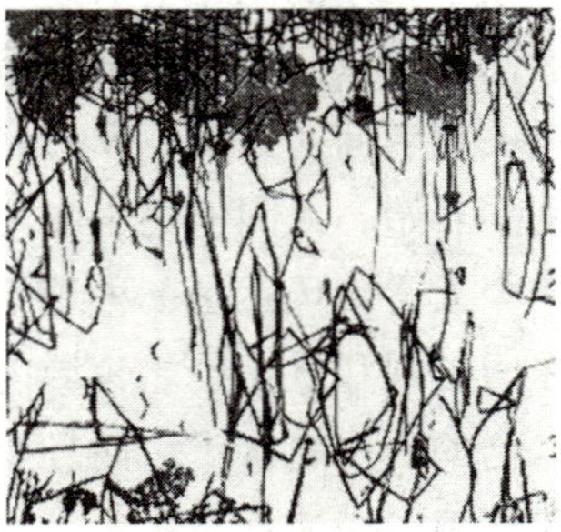

灵魂消解与学理眷注

——由《博士“直谏”陕西作家》引出的话题

世纪之交，陕西《三秦都市报》发表了《博士“直谏”陕西作家》的专访后，在省内外各媒体及全国文学界产生了较大反响。青年文学博士李建军的“直谏”要义有二。一是伟大的文学可以表现民族情感，但不能狭隘，而应该有更博大的人道情怀。在这一点上，《白鹿原》是不能令人满意的。二是《怀念狼》的基本性质是虚假和苍白的，它在叙事策略上的突出特点是拼凑和编造，而它对读者的态度则是戏弄和缺乏平易近人的诚意。

应该说，李建军博士的批评是一种非学术化的批评，它还没有上升到学理的层面，也没有达到我们所期望文学批评能及时揭示当代文学所包含的历史深度和时代精神，给作家的艺术探索以美学剖析的高度。给人的印象是只陶醉于自我感觉，而没有站在时代的或美学的总背景上去俯瞰作品的细部。当然，这仅仅是一篇访谈。我的意思是说，李建军的“直谏”倒不在于其本身的价值含量，而主要是在于他给中国文艺批评界所带来的冲击是有意义的。那就是当下中国文艺批评界出现了一种奇特的矛盾景观：一方面，文艺批评呈现着活跃而多样的态势；另一方面，人们越来越觉察到文艺批评的被动与窘境，正在不断走向贫困。对于前一种现象，许多人已经论及，对于后一种现象，我想略作分析。

在中国，多年来批评家与作家之间的对话、批评家与批评家之间的对话，基本是处于一种失衡的不正常状态。如果说在改革开放前一个时期，批评家是霸权话语的垄断者的话，那么批评家在新时期尤其是到了 1990 年代后期则失去了自己的批评重心，话语权力被文艺家或金钱所操纵。在市场经济还来不及在新的基础上合理地调整分配社会财富时，贪欲必然从不同路径奔向金钱。主要具有精神价值的文化艺术产品，自然也成为文化人追逐金钱觊觎的对象。一些批评家难以在物欲面前保持沉默，心理天平发生了倾斜。于是广告式、包装式、推销式的批评铺天盖地，文艺批评蜕变为吹拍炒的手段。自然，这里有的作品也可能有其艺术生命力，但被敬奉在吹拍炒的高台上，颂词必然会剥夺它的艺术价值。这种批评家已经失去了批评的题中应有之义，是批评家平等、自主地位的丧失，文艺批评必然被扭曲而走向衰败。

商业批评作为 1990 年代较为突出的当下性批评形态，其具体表现可谓斑驳陆离，我们在这里仅仅能够择举其要，以作为认识这一现象之参照。其一是文坛应酬式。就中国文学史而言，自古即有文人间迎往送答并以诗文酬唱的文化习惯，如初唐四杰的浪漫故事曾经使多少人心驰神往，那是一种诗性的交遇灵性的相拥。这种交遇和相拥至今还有其文化残存，但就其主要状况而言，1990年代意义上的“酬”则已非“心”而已经是“物”，所谓文坛应酬，即指为钱写作，谁出钱为谁写。其二是利益驱动式。某计划单列市的一家出版社，为了追求出版效应，从全国各地以各种手段收购一批文章，结果把一部由中学生撰写而且还很稚嫩的小说，吹捧成了第二部《青春之歌》，甚至有过之而无不及。其三是序跋广告式。自刘勰《文心雕龙》列序跋之体名称以来，自古及今，在汉语文章的煌煌历程中，有多少优秀序跋读来沁人心脾，或褒或贬，或引领或提示，或背景透露，或人心揣测，总之是各擅其辞，与本著构成得失的协调关系。但读我们今天的序跋，无论是批评家给作家写的序跋，还是批评家为批评家写的序跋，一律没有尺度没有原则立场，往往以一种广告的话语方式来进行序跋写作，有些写作甚至让人觉得不仅作者寡廉鲜耻而且评者更让人恶心。一种极为美好的传统写作方式，或曰特殊的批评表达方式，就这样在当代的序跋写作批评里走向语言深渊。读1990年代的某些文学批评，其中很大一部分文章是知识意义上的斩头去尾，不着边际，信口道来，逻辑混乱，在命名与评估之中尽见霸道风貌。在此种批评景观之下，我们读李建军的“直谏”文章即难免不失有清新之风的感觉。

当然，商业批评形式的背景缘由，毫无疑问是特定历史时代的合力形成。首先是现实的挤压。批评家不得不面对这样的尴尬局面，整个社会分配秩序的合理比例形成之前，他们的劳动报酬极低，甚至连最简单的劳动形式其价值换算率也要略高几等。批评家们在普遍的生存艰难之后，迫不得已放弃批评的形上唯一追求，逐渐达到形上与形下之有机统一，甚至最后的形下压倒形上。大势之下，文艺批评家之间之合谋，作家与批评家之间之酬答，更甚者则有高额利润稿酬，看不见的“红包”……批评家的主观位移当然负有不可推卸的责任。但是物质世界里的挤压无疑有其更大的责任。其次是心理逆反。1990年代以后，批评家们的文化精英情结渐渐散淡，长期坚守的结果竟然是坚守者的现实唐·吉诃德，边缘化已成不可改变的空白，以文学救社会之危以及救文学自身之危，似成了一个没有意义的游戏圈。耐力总是有限的，批评家们是人不是神，于是就开始出现松劲和溃败，就有批评的迎合与附着。问题在于，一旦迎合，即有对此前坚守的强大逆反心理，就会把事情推到另外一个极端，从相信一切皆是真实皆有真理，到看穿一切真实怀疑一切真理，到这个时候，批评性质及其操作方式的商业化，似乎已是再自然不过的事情了。再次是观念的解构。我们认为以德里达为代表的解构主义的文化影响，也是1990年代批评家走向商业批评的一个重要缘由。我们知道，德里达认为文学的意义只不过在“延异”之中，亦即是说，意义存在于意义差异，故确立延异也是一个过程，是一种阐释替代另一种阐释的游戏。故，语言不过是游戏之为，所要约束的实际上只不过是“游戏规则”，舍此便无其他真实意义可言。解构主义这种对意义真理观和语言真实观的颠覆，以及对游戏观的阐发，正恰到好处地匀合着刚刚从1980年代浴血奋战中过来的疲惫的中国批评家，并且不与商业文化氛围构成矛盾。于是，当中国批评家并不可能在彻底解构主义的后现代性层面上理解游戏之为时，即会相似性地把这种随意兴趣转移到批评的商业操作中去，虽然并无延异可言，可抛弃真实性却是彼此相仿的。实际上，每一种西方哲学思想或理论思潮传播到中国以后，都不会按其本来的学理脉络和精神结构在中国发生作用，它们往往会被一种中国式的本土理解转换功能和转移重心，解构主义的中国命运同样会是如此。

以上不仅对批评家的商业操作进行了点击，而且对其缘何生成找出了几点根由。现在的话题还得回到开头来说。批评家与批评家、作家之间的平等、自主，在于确立批评家之间批评话语自身的独立品格和独立地位。这种独立品格和独立地位，是各自讲清自己道理的过程，以达到增长批评的理论水平和分析作家作品的能力。他们之间的不同观点、见解，皆应是平等协商，取长补短。各方皆应尽力吃透对方的观点和依据，不断检讨深化自己的见解，把相互对话、相互磋商的过程变成相互学习、相互促进、相互提高的过程。在这方面，陈忠实、贾平凹和李建军之间的平等对话，为我们树立了标准。多少年来，文艺批评界恰恰缺少这种富有成效的苏格拉底式的对话。有的批评家唯我独尊，听不得不同意见，有的作家也听不得正常的批评意见，不像陈忠实那样，对李建军的“直谏”，不但表现出一种宽大的胸襟，而且促使其对文学有着更深刻更独特的见解。平等、自主的原则，是文艺批评活动的基本准则。对话的前提，是对话的各方自我实现的程度，李建军是话语的发动者，而且是以“直谏”的形式，具有主动性。但只要进入对话过程，李建军、陈忠实、贾平凹以及众多的参与对话者便皆有其积极主动的作用，并在相互间双向或多向地碰撞、沟通中确认自己，影响对方。这里有问有答，有来有往，有对有应，形成多方之间的互相矫正和耦合，实现信息、情感、思想资源的交流与交换。李建军不是纯粹的回答者，提问者向另一方发问的同时，也在受着另一方的提问。因此，批评家与批评家、作家之间的讨论是平等、自主原则，它昭示着对话任何一方皆具有独立的地位和独特的视界，并根据自己的需要决定拒斥什么，接受什么。对话双方或多方正是通过这种互斥才形成张力来限制各自的自我中心化的扩张，意识到各自的局限性从而容忍对方的存在，以解构霸权话语的垄断和支配，使对话的合理形式成为可能。李建军、陈忠实、贾平凹等众多参与对话者，正是在平等自主原则的统管下，才得以通过接触、交流而产生了能动的相互依赖、相互作用的关系，使这场讨论成为一个可控制的动态交流系统、一种共生共存的新型对话关系，实现了文艺批评理论与批评模式的整合与创新。

李建军博士“直谏”陕西作家以及引发讨论的意义正是在于与1990年代以来中国文艺批评界现状的格格不入，是对庸俗批评的有力回击，它对文学批评的未来走向提出了严峻的挑战。随着工业社会和后工业社会的不断深化，艺术生产方式如何在物化社会中确保其协调与独立性，文艺批评如何在审美价值的维度上保持其灵魂与血性，皆是深刻的人文话题，必须有待系统而缜密的研究。我在这里仅仅是因李建军的“直谏”及其讨论而忽发其想，对文坛的商业批评有所描述，虽然暗含着立场，但毕竟表达得不够充分，原因即在于它仍在进程中，希望能够获得全社会的公共性问题的解答。

［2001年1月6日于风声楼］

宁夏长篇小说概论

评价一个时代、一个地域的文学成就，首先要看这个时代、这个地域长篇小说的成就。由于长篇小说篇幅长、容量大、人物多，在表现重大事件、历史进程和民族命运等方面独具优势，能够对广大人民群众产生重大影响。因此，长篇小说不仅在所有文学艺术门类中占有举足轻重的地位，而且也是一个时代和国家的文学、文化成就的重要标志之一。所以，历来的文学研究，都把长篇小说的创作作为衡量一个文学时代的重要标尺。对一个省区文学状态的描述与评价当然也不能例外。

宁夏的长篇小说创作，始于 1978 年中国改革开放的初期，二十多年来所取得的实绩是醒目的，数十部长篇小说的发表及一批作家的涌现，是宁夏文学事业发展的一种重要标志。较之以往任何一个时期，确实令人欣慰。但是，我们在发展，兄弟省市区也在发展进步。因此，既不能妄自菲薄，也不能夜郎自大，应该是我们认识与发展宁夏文学的两个基本点。我们感到，较长时期以来，对于宁夏长篇小说创作的研究，大多习惯于作纵向的比较，而且局限于对具体作家与作品的评论，而缺少对其整体状态的理论梳理与把握，更缺少将其与周边省区及全国的长篇小说创作状态进行比较研究。因此，我认为，对宁夏新时期以来长篇小说创作进行比较分析，在肯定其进展的前提下，探讨其不足，对于宁夏文学创作在 21 世纪的全面繁荣与发展，是有积极意义的。

一、创作状况比较

从 20 世纪 70 年代末开始，中国长篇小说的创作和出版日渐繁荣，曾被文学史家称为新中国成立以来的第二次长篇小说创作热潮（第一次热潮出现于 50 年代末 60 年代初）；特别是 90 年代以后，更出现了令人难以想象的空前活跃局面。作家竞相写长篇，出版社争出长篇，读者青睐长篇，以至被评论家称为第三次热潮。长篇小说以每年数百部的数量问世，1992 年出版长篇小说 370 多部，与“文化大革命”前 17 年的出版总数量相等；据估计，“八五”（1991—1995 年）期间，全国共出版了 2500 多部长篇小说；1996 年以后平均每年出版 700 余部，这些数量中还不包括逐年增多的再版数量。特别是有一批直面时代、贴近生活、关注现实人生的长篇作品在社会上引起普遍关注。这在一定意义上反映出长篇小说创作在数量与质量上都有了长足的进步。数量多，基数大，可能产生优秀作品的概率也就大，但这并没有必然的因果关系。从设立茅盾文学奖的 1977—2000 年的 23 年间，共评出 24 部（包括两个荣誉奖）获奖作品，平均一年一部。在“八五”期间全国出版的 2500 余部长篇小说中，比例接近 1%。由此可见，长篇小说的数量与质量并不成正比。而尽管获奖并不是评判质量的唯一标准，但毕竟是一个较有说服力的事实。但与此同时，一个令人尴尬的事实是：震撼人心的长篇力作仍寥寥无几，优秀长篇少，史诗性精品则更少。长篇小说创作的质量尚待进一步提高。这种现状，已经引起了作家、评论家、出版者及有关部门的关注。

宁夏长篇小说创作的基本状况是：自1949年中华人民共和国成立至“文化大革命”前的17年中，没有创作和出版过一部长篇小说，在“第一次热潮”中无所建树。改革开放以后，宁夏作家开始涉足长篇小说创作，以在宁夏大学任教的河南籍教师亢彩屏1980年11月由河南人民出版社出版的《马兰草》肇始，实现了“零”的突破，至80年代末，宁夏共出版了十余部长篇小说；90年代以后，又有约70部长篇小说出版，数量上比80年代略有上升。令人欣喜的是，其中的几部作品曾在国内引起过广泛的关注，有的作品因改编为电影或电视剧而在全国获奖并享有较高的知名度。但这只是纵向的比较分析。宁夏的文学创作在发展，其他省市更在前进。如果我们作一种横向共时性的比较，即使与相邻或地位环境相类似的省区比较，宁夏在长篇小说创作的数量上明显偏少，“九五”期间所出版的长篇小说数量还不到全国总数的1%，目前恐怕则更趋少；在创作质量上，没有一部长篇小说在全国的重要文学评奖中获奖；我们的作家还没有拿出在思想、艺术上足以同当下优秀长篇小说相媲美的作品，贡献给我们的时代和人民。当然，高嵩的长篇历史小说《马嵬驿》(《中国作家》2001年第9期）是新世纪开端在宁夏长篇小说领域乃至全国长篇历史小说创作中堪称奇迹，是一部不可多得的优秀长篇历史小说，获2001年度《中国作家》“大红鹰杯”长篇小说奖，确系当之无愧。客观地说，新时期以来，特别是90年代以来，宁夏的长篇小说创作在总体质量上有了一定的提高。但是，当我们读过《许茂和他的女儿们》(周克芹著，1982年)、《芙蓉镇》(古华著，1982年)、《沉重的翅膀》(张洁著，1985年)、《平凡的世界》(路遥著，1991年)、《白鹿原》(陈忠实著，1997年）等作品之后，再读宁夏的一些相关题材的长篇小说，就不能不产生种种遗憾：如果宁夏的某些长篇小说在思想和艺术质量上能更精良一点，如果创新意识能够更强一点，也许就不至于让人产生一种始终“差一口气”“慢半拍”或“类似仿作”之印象。

我们的所长何在？我们的不足何在？宁夏的长篇小说创作如何能寻找到恰当的突破点？我们如何才能促进宁夏长篇小说创作的繁荣？如何创作出能够立得住脚、经得起检验的艺术精品？等等，这些显然都是我们无法回避的问题，也是我们对这一问题作出探讨的出发点。

二、现状分析

我们认为，为了深化对宁夏长篇小说创作问题的认识，首先应该分析90年代以来长篇小说创作发展繁荣兴盛之动因。长篇小说创作兴盛之动因，当然首先来自文学内部。经过80年代文学浪潮的积累，一批作家在创作了大量短篇、中篇小说并取得了一定成就之后，思想修养和艺术功力日臻成熟，开始了各自的长篇小说创作。如王蒙、从维熙、刘绍棠、刘心武、李国文、张洁、张贤亮、路遥、浩然等；紧接着就是后来的一批作家如陈忠实、贾平凹、韩少功、梁晓声、张抗抗、刘震云、张炜、王安忆、迟子建、邓一光、史铁生、余华、苏童、铁凝、阎连科、叶兆言、方方、周梅森、李锐、范小青、毕淑敏、刘醒龙、尤凤伟、格非等，都经过长期的文学实践，积累了艺术经验之后，而在90年代写出了他们自己的长篇小说代表作。如王蒙，尽管在50年代就出版过长篇小说《青春万岁》，但新时期复出后，仍是在写了大量的中短篇小说后，才写出《活动变人形》等代表性长篇小说；丛维熙也是先有著名的《大墙下的红玉兰》等作品后才写出长篇小说；铁凝有获奖的短篇小说《哦，香雪》，然后有《玫瑰门》等长篇小说；韩少功在"寻根文学"中推出了《爸爸爸》等中短篇小说后，才写了《马桥词典》等长篇小说；王安忆在写了《小鲍庄》等中短篇小说之后，才有了《长恨歌》等长篇小说……如此等等，都说明长篇小说的创作应是作家的厚积薄发、水到渠成，必须遵循文学创作的内在规律。

宁夏的情况是：一批作家在经历了较长时间的中短篇小说创作之后，也陆续在新时期开始了长篇小说创作，如张贤亮、张武、马知遥、南台、高耀山、查舜、王维堡等。但是，亦有一些例外。如高嵩、牛复奎、高树榆等，是在几乎没有发表任何有影响的中短篇小说的情况下，直接开始其长篇小说创作的，但这几位皆是中国古代文学、历史、戏剧等领域的专家学者，同样有着深厚的文化积累。应该说，宁夏的长篇小说创作从无到有，从少到多，正是作家们长期积累的必然结果。不过与其他省区相比，作品数量较少的问题甚为突出。大部分作家的长篇小说仅有1~3部。特别是进入90年代以后，一些有创作实力的作家因不同原因，或调走，或改行，或搁笔；后起的中青年作家因准备不足，较少涉足长篇创作领域。于是，当90年代在全国形成长篇小说创作热潮、作品的数量和质量日益攀升时，宁夏的长篇小说创作虽有一定数量但质量仍显颓势，给人的感觉仍是失去了繁荣长篇小说的大好时机。

其次，长篇小说创作的繁荣与文学市场的制约和驱动密切相关。在文学的"生产"方面，我们事实上告别了"计划经济"的时代。长篇小说的发行，往往比中短篇小说有更好的销路。好的长篇，不仅能使作者名利双收，而且也能让出版社获得可观的社会效益和经济效益。春风文艺出版社前些年精心策划出版的"布老虎丛书"，动辄以数十万元稿酬征集一部长篇书稿，可见其"双效益"之成功。出版发行商的积极介入，也是长篇持续增长的重要因素。比如前些年由出版者策划的《无规则游戏》（贾鲁生），发行量高达20万册，其利润不言自明；且有《读书》《中华读书报》等报刊发表名家评论。类似于"第二渠道"策划并注重"双效益"的好书，拨正了以前人们对此的偏见。自1998年10月在西安举行的第九届全国书市，在原国家新闻出版总署的认可下承认图书发行"第二渠道"之存在以来，此种出书发行方式有增无减。此外，长篇小说与影视作品的"联姻"，即长篇与影视之间相互的改写、改编，甚至是齐头并进，更使得长篇小说的影响极度放大，给"长篇热"再度加热。

再次，读者的需求是"长篇热"的又一重要动因。长篇小说作为满足人们扩大视野、认识生活、进行高层次审美活动的方式，几乎是其他艺术形式不可替代的。阅读长篇小说，已经成为许多读者不可缺少的生活内容。另一方面，许多有影响的影视作品，大都改编自长篇小说，这就使得一批观众萌发阅读原著的兴趣。此外，大批报刊需要刊载大量长篇作品，以连载方式吸引更多的读者，达到扩大发行量的目的，以满足读者的需求。试想，全国报刊究竟需要多少长篇作品，而报刊此举的根本原因，也正是读者的需求。

最后，各级政府和有关部门的重视与倡导，是长篇小说创作勃兴的又一重要动因。一个时代有一个时代的文学。一个世纪的沧桑巨变，为文学特别是长篇小说创作提供了最为丰富的创作源泉；要充分展现中国人民的历史创造活动和现实生活，确实也非长篇小说不足以表现。新时期以来，各级文艺部门倡导抓好长篇小说以来，各级领导都把长篇小说创作作为首先要抓的大件，特别重视，多方关怀和扶持，不只是一般性的号召，而且有切实的鼓励创作的措施。各省、直辖市、自治区也纷纷作出创作规划，用各种方式组织“生产”。如宁夏有关部门策划出版的“金骆驼丛书”和其他相关的长篇小说系列丛书，并在经费上予以支持。这些举措，都很有力地营造了促进长篇小说创作繁荣的文化环境。

事实上，长篇小说的突然繁荣是90年代国家文学领域相当重要的一个现象。首先是数量上的逐年递增之势，引起了人们的普遍关注。据中国作家协会统计，80年代长篇小说的年产量不超过100部，但到了1993年，就已经超过了200部，1994年接近300部，1995年则为790部，1996年已超过了1000部。世纪末的几年仍以1000多部的势头递增。其次是在大量兑了水分的小说中质量也有所提升，多少平抑了人们对于惊人数量的担忧。其中，一批年轻长篇小说作家的异军突起，也是一个尤其引人瞩目的亮点。他们的加盟，大大激发了长篇小说写作的活力；致使传统长篇小说写作之于生活阅历的苛求遭遇严峻挑战。此时的长篇小说，在篇幅上虽然并不比以往文本逊色，但在容量上却大多失去了以往文本具有的那种历史厚重感。不难看出，“长篇小说同风格在多数情况下被人们归之于‘史诗风格’这一概念”的既定准则，在此已经开始失效。作家的普泛历史意识淡化，同时遗忘了关于宏达叙事的文学诉求。他们用目光粘牢当下现实急切传达着自我身体对于它的刹那感受。长篇小说作为一种艺术形式，在他们那里已不再是某种永恒象征的追求，而仅仅表明的是此刻感觉到在有意延长。漫长的叙事话语不是出于历史现实本身之需要，而是由于写作主体自身的内在要求。亦即是说，90年代长篇小说相对于传统长篇小说而言，它不是一种能量的积累，而是一种能量的释放。当然，这只不过是90年代长篇小说现象的一个总体概括而已，至于它的细部，还需要结合宁夏长篇小说创作现象进行分析。

三、宁夏长篇小说现象管窥

新时期以来，宁夏有了长篇小说作品，且有一定数量。这是一个不小的进步。对此，宁夏区内外人士皆有共识。不过，笔者不想从“成就——不足”的模式进行分析，而是从作品文本与研究文本的视角，对宁夏的长篇小说创作现象予以观察分析。首先对全国长篇小说现象进行简要分析。

20世纪90年代以来，几乎所有活跃在中国文坛的作家的作品目录中都增加了一部或几部长篇小说，宁夏作家自然也不甘落后，甚至其中也不乏轰动一时的作品。可人们在评述长篇小说发展的时候，对宁夏作家似乎总是视而不见，是故意的遗漏还是缺乏必要的关注？当我们面对《九月的寓言》《马桥词典》《长恨歌》《活着》《中国一九五七》等作品的时候，我们必须认真思考的是，宁夏究竟有几部长篇可以理直气壮地与它们排在一起呢？这不能不让我们感到心虚。这些年来，全国一批作家在不断完善着语言和叙述的探索，然而，宁夏作家对此却表现得出奇的冷漠，他们宁愿执拗地咀嚼着自己烙出的又干又硬的饼，也不想琢磨人家烤出的面包是不是已经又香又软了。这无疑给人这样一种印象：宁夏作家的长篇小说总是笨重有余而灵秀不足。谈到小说叙述，人们总是首先提到贾平凹、张炜、铁凝、王安忆、格非、孙甘露、苏童等作家，而很少提到哪一位宁夏作家，这的确击中了宁夏文学创作的穴位。尤其是长篇小说创作，固有陈旧的叙述方式，缺乏自觉的文体意识，曾使很多宁夏作家和作品本应有更高的艺术水准却始终无法向上攀升。

大凡一位优秀的作家，对叙述文体皆会十分精心。据说列夫·托尔斯泰的《战争与和平》的手稿中，开头部分就有11种叙述方式；据说他在写《安娜·卡列尼娜》时，一直苦于无从下笔，直到有一天受到了普希金作品的启发，才写出了“幸福的家庭都是相似的，不幸的家庭各有各的不幸。奥勃朗斯基家里，一切都混乱了”这样的开头，作品才真正开始启动。大师在寻找的不是人物、事件和其他什么材料，可能这些早已烂熟于胸了，他在寻找适合于这部作品的叙述方式。长篇小说是对作家叙述能力的全面考验，过去我们经常说某人能否驾驭哪个题材的创作，我想这个“驾驭”在很大程度上说的就是他的叙述能力的程度。如果在叙述上走岔道，整个作品人仰马翻就在所难免了。不少女性作家的长篇小说创作常常因此被人抓住了小辫子而显得英雄气短。如王维堡的长篇小说《郎家巷子》，是被列入第一批宁夏“金骆驼丛书”出版的，是宁夏近年来长篇小说创作中一个较好的收获，作家对市井文化及社会风俗习性的熟练描绘，对旧城小街陋巷人的精神世界的质感把握，对人物内心的深刻揭示和流淌在作品中痛切的生命意识，皆曾给人们留下了难忘的印象。但是有人提出了不乏衷肯之见，认为《郎家巷子》“本身的杂芜不足以让任何一个真正意义上的评论家对它品头论足”；“《郎家巷子》松散的结构破坏了小说整体氛围的营造，这可能与作者对小说文体的认识有关”（见《六盘山》，2002年第1期）。是的，长篇小说创作要有整体结构能力，什么时候马不停蹄一日千里，什么地方一唱三叹、一步三挪，皆需要有清醒的把握，这也好似一个导游，不能所有的地方都让游客看半天，结果累得半死，游客对景点还是一塌糊涂。说来奇怪，人们好像已经习惯了那些作家的笨重叙述方式，仿佛宁夏这片土地上只能产生这样的小说。我倒是觉得没有什么是天生的，其实我在此论述中故意省略了一些名字，没有别的意思，只是为了叙述的方便。像对《郎家巷子》这样直言不讳的意见在我们宁夏还是显得太少了，应该有更多的“不同声音”发表出来；对宁夏目前的文学多泼一点冷水未必是坏事，否则，宁夏文学最多只能以地方文学的身份参与文学活动。如果再有自欺欺人的自负掺和进来就更可怕了，关起门来论老大，往往走不出画地为牢的怪圈。一部作品和一个作家的好坏需要放在他所使用的语言传统中进行评价，地域的屏障保护不了你的虚荣，鲁迅就是鲁迅，我们不用说浙江作家鲁迅，他属于整个汉语世界或者全人类，而不是一个文化区域，尽管他的作品可能比谁都更具有地域性特征。宁夏作家起码在文化心态上应当走出我们脚下这片土地，然后他的作品才有可能走得更远。

一个作家如果没有丰厚的精神资源和不懈的精神追求，就像一棵根基不牢的树，难以根深叶茂，也永远无法做到头顶一片天的大气。创作的最高层次需要气度和境界，这绝不是靠技巧所能完成的。强大的精神资源铸就了作家与外部世界相抗衡的武器，不懈的精神探索使他的内心始终处在临界状态，能够生机勃勃地敏锐地对外部刺激作出反应。历代优秀作家，除了有着良好的艺术天赋之外，哪一个没有广阔的精神空间？强大的精神支撑并非只是给作品涂上一点哲学的色彩，而是由“实”入“虚”，将从世俗生活中获取的信息投入精神的熔炉中，推动着写作不断向上攀升，推动着人类精神的车轮不断前行。而当信仰成为专制的武器或者是被嘲弄的对象时，中国作家的精神资源也就枯竭了。更为可悲的是作为“灵魂工程师”的作家，常常捡拾流行文化的残羹冷菜，而个人的精神丝毫没有吐纳力，这就难怪我们的文学时常面色苍白，失魂落魄了。

实有余而虚不足，也是宁夏长篇小说创作的一大不足。在生活经验与社会阅历上，宁夏作家并不逊于外省作家，但是作品总是给人以弱不禁风的感觉，这种单薄，我想很大程度上是精神厚度不够。好的长篇小说，应当写出精神探求的历程，就像胡风评价路翎的小说时所说的那样：“路翎所要的并不是历史事变的记录，而是历史事变下面的精神世界的汹涌的波澜和它们的来和去向，是那些火辣辣的心灵在历史命运这个无情的审判者面前的搏斗的经验。”感受作品的精神意蕴，要破除那种曲解的“思想深刻”——在许多人眼里的“深刻”就是认识和见解——小说不是法官的判词，也不是僵硬的观念，而是涌动的岩浆，是作者的灵魂和作品中人物的灵魂共同探险的过程。对此，米兰·昆德拉有过精彩的论述：“如果说我信奉在一部小说中应有思想的强有力存在，这并不是说我喜欢人们所谓的‘哲学小说’，喜欢小说对一种哲学的这种屈从，和将一些道德的或政治的思想‘进行讲述’。真正小说式的思想（比如自拉伯雷以来小说所经历的）从来是非系统化的；无纪律的；它与尼采的思想相接近；它是实验性的；它将所有包围我们的思想体验冲出缺口；它研究（尤其通过人物）反思的所有道路，努力走到它们每一条的尽头。”“实验性的思想不想去说服而是启发；启发另一个思想，将思想开动起来；所以一个小说家应当有系统地将他的思想非系统化，朝他在自己思想周围筑起的街垒踢上几脚。”米兰·昆德拉所说的这种“非系统化”，是要求作家的精神探索与创作同步，就如巴金所说的在创作中生活，与笔下的人物一起歌哭。然而，在《一朝县令》中，南台却进了他自己精心设计的凝固体系，作者无条件地接受了一个固定的历史框架，在这个框架中，什么时代的人该做什么和不该做什么似乎早已安排好了，作品的精神独立被取消了，人物也不可能有独立的灵魂，最多他们只是一些通行历史观念的道具。这样，人物反倒成了历史的背景，呆呆地站在舞台上，所有行动仿佛都是为了等待背后布景的变幻。除了剩下一堆故事之外，在作品中，看不到小说家对历史的独特理解。而缺了这些，单靠故事去演绎历史风云、几代人的命运，那真是铤而走险，南台也许不可想象肖洛霍夫怎么会让格里高利走上了《联共(布)党史》所认定的“历史潮流”相反的道路，并且作者还对他寄予了那么多的同情，也无法想象《静静的顿河》怎么会那样写十月革命。是的，这一切皆与历史课本不同，但恰恰是小说最丰富生动的地方。尽管肖洛霍夫也知道组织纪律是怎么回事，但文学的王国也有它的律令，这是一个忠实它的作者所无法改变的。比如人物不能成为观念的玩偶，甚至是作者本人的观念。在一部长篇小说中，作者要尽可能地展示人物独特而复杂的精神世界，这个世界也是不断变化的，只有写出了这个变化的过程，人物才能活现在我们面前。在《郎家巷子》中，顺儿、毛旦开篇还是一个活灵活现的形象，也显示着他们丰富的内心，然而随着情节的发展跌进，他们只是多走了些地方，多经历了些事情，而内心的成长我们却看不到，作者干脆甚至是关闭了他们内心的大门，锁住了他们的灵魂，让人物成了一堆传奇故事的闻见者与附体者。

在长篇小说中，精神的探求与观照还需要作家跟他表现的对象建立精神和感情上的血肉联系，而不是玩弄观念的外壳，也不是玩弄文字的游戏，任何不是从生命中喷涌出来的东西，均像油一样只能漂浮在水的表面。寻根文学的思潮曾让作家们在开掘地域文化方面不遗余力，神奇的传说，独特的历史，奇异的风情，甚至方言源源不断地进入作品，但我认为这些最多只是一些文化符号，而对文化的真正理解和把握，则必须要把握住文化精神，对于小说而言，还必须要将这些精神外化为人物的具体行动，否则，就只是抓住了一些文化的皮毛而已。文化不是作品外在的衣服，它是奔涌在作品内里中的血液。

强大的精神支持还会让作家摆脱束缚，获得完全的精神自由与创造力。对想象力的强调成了大家的口头禅，可是作家倘若没有精神独立和自由，想象力又从何而来？批评家陈思和说得好："精神性的因素是无法用定量与技术来达到的。神性观照下的西方长篇小说常常是大气磅礴无拘无束，根本不能用技巧和故事来规范。"精神支撑在当下长篇小说创作中的重要程度由此可见。在中国古代文论中所推崇的"思接千载"，"视通万里"的"深思"，就是指主观与客观的统一、精神高度自由的境界。如果自由精神被囚禁了，那就会沦为他人意志的奴隶，亦步亦趋地跟在别人的后面。"思想而不自由，毋宁死耳。……惟此独立之精神，自由之思想，历千万祀，与天壤而同久，共三光而永光。"越是面对先哲，我们越觉得自己惭愧；扪心自问，我们所最缺乏的就是独立精神的支撑。宁夏的一些长篇小说创作，往往是跟在别人后面走，比如全国有什么题材，我们随后也就有了什么题材；别人有反映寻根文化类的小说，我们紧接着也就有了这方面的小说，从文学创作的独创性来讲，这样的作品价值是要大打折扣的。为什么宁夏的创作要看着别人的脸色行事？为什么我们总是有意无意地在重复别人，而不是显出一个独特的自己呢？根子还在精神支撑方面，我们的作家还是缺少一个强大的个人精神空间，我们还是跪着的，还没有站起来，自然也谈不上独立行走。因为，一部作品真正烤炙着读者的毕竟是文字背后的精神火焰。不信你看张贤亮的长篇小说《习惯死亡》《早安！朋友》《我的菩提树》，以及描绘城市改革生活的《男人的风格》等，透过那遒劲、雄放、冷峻的文字背后，一股强烈的精神火焰在熊熊燃烧——那正是"自由之思想，独立之精神"。可以说，"自由的象征"的美学思想支撑着张贤亮的全部小说创作，即使是他的一些中短篇小说创作，如《男人的一半是女人》《绿化树》《土牢情话》《河的子孙》《灵与肉》《邢老汉和狗的故事》等也无不表征着这一美学特征。你可以有很多理由来指责张贤亮的作品，但在他作品强大的理想激情面前，我们不得不保持沉默。章永璘是一个典型的人物造型，在他的内心，一直不曾泯灭的是作为一个人的理想激情，那种与家族人文精神的传承关系，那与马缨花纯真的古典之爱，那对《资本论》的理性精神之恋，皆笼罩着理想的光辉。然而正是这种圣洁的理想在与现实交锋中，让章永璘一败涂地。几十年来，章永璘一直处在沉重而强大的现实压抑和打击中，时代的转变，理想主义成为一种压在心底的怀念和生命中摆脱不掉的胎记，斗争接连不断，生生死死多少回，《绿化树》等作品让你不安、焦灼和感叹；《习惯死亡》中带着西方现代文学气质的大段独白不断展示着人物的内心变化，文本背后的激情和强烈的现实批判精神让并不复杂的故事始终处在剧变中。张贤亮这些作品闪耀着古典而又现代的光芒，他的作品的精神火焰让那些雕虫小技顿失颜色，这恰恰是宁夏作家所缺少却又不应该缺少的。我们的作家太在意身边那一点琐事和小报新闻了，我们的作品太缺少博大的爱和更广阔的关怀了。然而，一部作品中如果没有一股超越世俗的力量，没有一个“彼岸世界”，那它只能是永远躺在橱窗里的摆设。

我们完全可以这样想，当你埋头钻研小说技术的时候，可能你的创作反而离真正的小说更加遥远了。因为，巨大的社会容量，强大的生命能量，皆不是文学技术本身所能解决的，因此，关于长篇小说的创作，在叙述之外，还必须强调写作的道德。这是作家在写作中的内心律令，它需要的是作家对文字的虔诚，写作的真诚和对内心的忠诚。如果不是这样，作家可能将才华浪费在油腔滑调之中，也可能将写作当做生命之外的功利手段，但在写作上要手腕，那一定也是逃不过时间惩罚的。我们有许多作家三天一部中篇，五天一部长篇，你只要有几日不见面，下一次一见面，准会说：“啊！我又写了一部长篇。”这些文字即使不速朽，也是文学史上最乏味的一章，真正的作家就应该像高嵩写长篇小说《马嵬驿》那样，积二十多年之功，从阅读历史典籍，到实地考察，从搜集资料到穿梭于漫漫的历史烟尘之中，非一日之功能写就《马嵬驿》这部优秀之作的。真正的作家也应该像法国作家纪德写作《从苏联归来》那样，忠实于自己的眼睛和内心感受，而不是为风气和舆论左右，哪怕是错了，至少还能留下一份真诚。美国作家和批评家苏珊·桑塔格曾在一篇演讲中强调“文字的良心”，在她那里，文字是有重量的，她说：“文字有所表。文字有所指。文字是箭。插在现实厚皮上的箭。”那作家和写作究竟又是什么呢？“作家的首要职责不是发表意见，而是讲出真相……以及拒绝成为诺言和假话的同谋。”“每一部有意义的文学作品，都体现一种独一无二的理想，独一无二的声音。”（《书城》2002 年第 2 期）我们每个作家皆应该感到这是一种文学道德。苏珊·桑塔格还说了一句意味深长的话，她说：“长篇小说是由作家对文学是什么或可以是什么的认识构成的。”（《书城》2002 年第 2 期）反过来说，就是让我们思考什么是长篇小说。也就是说，一个作家倘使对文学道德缺乏真正的信守，他是无法真正理解长篇小说的。

四、宁夏长篇小说创作中的民族性问题

这是宁夏文学创作中和文学讨论中经常涉及的问题。过去有一种意见认为，强调写少数民族的风情习俗，这就是民族特色。其实，真正的“特色”应当来自对人物心态的描写，对道德标准、价值观念、审美意识的显现。描绘奇山异水，节日习俗、饮食服饰等，固然可以表现民族特色，但这毕竟是表层的东西，只有透过生活的表层现象，挖掘出民族精神的深层内涵，才是体现民族特色的关键，因为只有内隐的东西，才是形成作品人物独特性格、独特心理的根本所在。

任何一个宁夏作家，都与宁夏少数民族有着割舍不断的文化血缘关系，但这并不等

于说他们就能天然地将民族特色呈现在作品之中，他们需要有对宁夏的民族历史文化的深刻领悟与理解，对宁夏民族生存状态的准确认知，对民族意识与民族精神的深切体察，才能写出真正具有民族特色的作品。

民族特色讨论了多年，但至今无论在理论上还是在实践方面都未能解决好。中国五十多个少数民族，除了风俗民情以外，谁也说不清他们中哪一个民族的特色到底是什么。在全国很多文学批评中，常用什么强悍或温顺，粗狂或深沉，坚毅顽强或忍辱负重之类的词语，以为就是民族特色，其实这是很不准确的。这类精神气质，并非哪个民族独有，也不是哪一个民族所共有；有一些文学作品，热衷于展现原始古朴甚至愚昧落后的东西，以为这就是民族特色，这也是一种误解，时代在发展，各民族都在进步。我认为，民族特色，应注重强调个性特色，注重民族心灵感应和精神结构的把握，把少数民族人物的内心、精神与个性写好了，其民族特色恐怕也就大体显现出来了。

宁夏是回族人口聚居区，毫无疑问回族特色是宁夏文学的一个重要组成部分。拥有丰富多样的回族民间口头文学遗产，其历史悠久、区域性影响广泛。宁夏文学的民族性不仅与全国，而且同中亚与西亚和世界历史文化有着密切的联系，同时拥有众多创作的作家书面文学传统，构成现代文学的雄厚基础，成为考察其回族现代民族性的前提与依据。华夏独特的地理自然环境形成的文化积淀，孕育了丰富多彩而又极具特质的物质与精神文化，从古代回族神话、口头文学一直延续到当代回族作家文学，期间浩浩乎经历了几百年之历史烟云，成就了璀璨的回族文化。尤其是晚近以来，回族作家文学浸润着古老的民族文化精神，凸显着一股蓬勃鲜活之气。回族文学在新时期以来的发展，基础扎实、步伐持重，故成就突出，百花满园。涌现出了一批强大的文学队伍，老中青三代回族作家形成了一个特殊的文学艺术共同体，共同体成员共同拥有丰富的遗产，并在文化想象与文化表达上具有一致性，皆能展现其独特的自我意识。他们共同努力，勤奋耕耘，一批叫得响、立得住、受读者欢迎的精品力作不断涌出，不仅在少数民族文学界形成优势阵容，即使在中国文学长廊里亦是一道亮丽的风景。

关于提高宁夏长篇小说创作的质量问题。我认为有三种创作视角：一是历史的角度，以社会历史流变为背景，或全景式的，或以局部反映全局，或以重大历史事件写个人悲欢；二是地域或民俗的角度，着重反映地域特色以及个人的生存方式，独特的地域文化特色，独特的文化传统，独特的人物个性及风俗、风情、习俗、习惯等；三是生命的角度，以边塞的历史文化和生活方式为三棱镜，来折射出人类普遍的生存困境与生命状态。这三种角度各有优长，希望能将几种角度融会贯通，写出既有史诗式的宏阔，又有独特的风情和美丽，又能从生命深处触动人心中最脆弱的痛处的作品。

当然，好的长篇小说，不仅需要波澜起伏的情感，引人入胜的故事和具有哲理深度的人生主题，还要具有时代深度意义的人物造型，并表现出独创性的艺术构思和语言风格。宁夏长篇小说创作中也存在“瓶颈”问题。一是艺术表现形式上的薄弱，往往出现结构性“内伤”。二是作家创作个性未得到很好发展，作家主体性未得到充分发挥。往往在强调“思想性与艺术性完美结合”的同时，将“主体性现实性的紧密融合”搁置一边。一些作家只是埋头写作，没能在写作之前很好地进行思考，来一番心理内化。三是创作境界问题，一些作家未能预期到接受者的三种心理境界：即宏观的时代性和哲理性；中观的故事性；微观的情绪性。四是作品中对想象虚构和创新的追求较为匮乏，而这恰恰是当下历史语境中所需求的。还有一个问题就是作家美学观的问题，当下的美学研究，已经建构起本体论——认识论——语言学“三个阶段”和特定意义的理性主义与经验主义，这“两条主线”的总体历史框架，人本主义与科学主义成为现代美学的两大主潮，在此基础上，文学理论的框架亦有新的变化，提问方式再也不是传统的“文学是什么”，而是一种新的提问方式，即“文学为何存在？怎样存在？”我们的长篇小说创作要想得以提高，这些理论上的问题不可忽视。

五、繁荣宁夏长篇小说创作的思考

宁夏长篇小说创作的基本状况，是自 1958 年自治区成立至“文化大革命”前的 17 年中，没有创作和出版过一部长篇小说。新时期以来，宁夏作家开始涉足长篇小说创作，实现了“零”的突破；进入 90 年代以后有些作家出版过好几部长篇小说，到目前为止，宁夏已有近 60 部长篇小说问世，但这只是纵向的比较。宁夏文学创作在发展，其他省区更在前进。如果我们作一种横向共时性的比较，即使与相邻或地位环境相类似的省区比较，宁夏在长篇小说创作的数量上，明显偏少，近年则更为趋少；在创作质量上，尚无一部长篇小说在全国的重要文学评奖中获奖；我们的作家还没有拿出在思想、艺术上足以同时代优秀长篇相媲美的作品，贡献给我们的时代和人民。由此我们可以清楚地看出：宁夏作家创作长篇的艺术思维并未摆脱传统的惯性，对于艺术创新的追求相当被动而迟缓。我们从已有的作品中，特别是在 90 年代后期的作品中，很难发现在长篇小说艺术上可与国内优秀长篇比肩的具有新质的重要探索和创造。

从我们作为因专业需要而阅读的质感上说，宁夏新时期的长篇中，思维空间逼仄，结构方式雷同，语言了无新意，人物似曾相识者，当不在少数。有的作品尽管一开始架构、场景拉得相当大，但实际上能够进行艺术创造的空间却很有限，能够让人开卷就欲罢不能的小说实在是寥寥无几。不少作品读过即忘，很难留下对于书中人物与情节的印象。实事求是地说，与国内已经出版的、获奖或并未获奖的优秀长篇小说目前已达到的思想艺术质量相比，宁夏的长篇小说创作，距离艺术精品尚有相当过程。在此，对于促进宁夏长篇小说创作问题，我想作如下强调：

（一）作家的责任

长篇小说写作上的难度，首先来自作者自己。长篇小说形式上的特殊要求及艺术上的表现力，使得它的创作不仅仅依赖于作家个人的操作性技巧，长篇小说是一种语言艺术上的鸿篇巨制，它必须面对整个时代的风云，面对历史和现实的重大矛盾，这就使得它不可回避地要与时代精神紧密地联系在一起。当作家的写作主题及形式与时代的理想高度契合的时候，其作品才有可能达到时代的理想高度，才会为时代所接纳。现在，我们所处的现实较之过去，显然更为纷繁、复杂、变幻、矛盾与动荡，作家要去具体而形象地理解、把握时代精神，难度会更大。这势必制约着作家的创造性和操作技能的发挥。这个时代的思维形式、语言形式等，都还在探索和实验当中。这是最需要创造性的时代。如果我们的作家不肯或不敢通过自己的努力，寻找到（创造出）自己的、能与时代精神契合的长篇小说形式，那么，我们所创作的一切，肯定都只能是前人作品的模仿而已。

现在，似乎不写长篇就不算是真正的作家。宁夏文坛还是显得浮躁，急于求成的创作倾向还相当浓郁。所有人都想一试身手。但长篇创作不可能一蹴而就。我主张循序渐进，静下心来，潜入生活。对一些作者而言，似乎还是应该先写好短篇和中篇。当然，如今长篇小说的无视创作规律、缺乏艺术砥砺的现象，已经成为创作的流行病。商业时代的写作，已经消解了一些作者对于“十年磨一剑”精神的崇敬和信念，使得长篇小说的创作也演化为即时性文学“快餐”的“流水线”生产。这种作家职业道德的倒退，应该引起作家们的警觉。

（二）批评家的责任

创作与评论，是文学起飞的双翼。宁夏是两翼均弱。对长篇小说的评论，“说好者”居多。这在我们报刊所发表的评论文字中不乏其例。这显然不仅不能够起到评论应有的推动创作的作用，有时可能反而会起到促进“夜郎自大”的消极作用。文学批评是一门科学，“捧杀”与“棒杀”都是非科学的态度。“有好说好，有差说差”是起码的原则。对于同一作品，评论者鉴别能力有强有弱，见仁见智，彼此见解有时相左，实属正常状态。宁夏长篇小说创作经历 20 年的路程，虽有了一定的数量，但并没有产生真正令我们满意并使外界关注的优秀之作。创作上有起有伏也是符合规律的现象。但是，文学批评，是整个文学流程的逻辑终端，位于接受之后。批评作为一种后审美效应，蕴蓄着一种对艺术感觉的理性超越，它应把自己流于对在脑海闪烁的审美光斑凝聚成思想的光束，照亮埋在媒介、语像外壳中的作品底蕴及其作品赖以产生或走运的文化背景。对于此种走向，是可以起到重要作用的。对于新时期国内出现的风格各异、杂花生树、标新立异的各种长篇小说，我们是希望有某一种好的创作方法来引导全体作家呢，还是觉得必须有一个大致的规范来重建有序呢？无疑，我们批评的方针，只能是现成的“双百”方针，只能是依靠这个方针使我们的长篇小说创作处于一种开放的、良性发展的环境之中。这才是有可能出好作品的最重要条件。

我们还应该认识到，目前宁夏文学中存在的问题，是前进和发展中遭遇到的新课题，有的问题并非宁夏独有。我们在进行公正科学的批评的同时，必须成为在作家与读者之间进行沟通的朋友式的批评者，而不应该自以为是真理在握的审判官。批评的责任在于努力维护文学良好的生态。而不能今天说这是一部精品，明天说那是一部妙品，天天都有“精品”的出现，岂不是自欺欺人么？

（三）领导和出版者的责任

要抓出真正有基础、有质量的作品，必须尊重长篇小说创作的艺术规律，必须按照其艺术规律来组织领导长篇小说的创作，特别是要尊重作家的艺术创造，重视长篇小说自己的问题特征和审美品格。

就宁夏目前的创作状况，长篇小说出版的数量偏少，出版界的实力（经济）较弱，就更不能只满足于出版；一些大部头的作品如没有经济支撑就很难出版，我们应该立足于能出好作品，出精品。因此，应制定切实的长篇创作规划，长期规划与短期重点相结合。“长期规划”应该是作家依据自身优势拟定的“计划”，与各级文学组织和出版机构的长远规划相结合。从长篇小说的创作规律看，这种规划的制定，应该以理论上的总结和创见为先导。宁夏小说作家向来有轻视理论的倾向。在纷纭的文学流派面前，宁夏的创作大体处于盲目应对、各自为政的状态之中。当然，创作从来都是个体性的精神劳动。但对一个基础并不厚实的地方文坛，忽视精神导向则会更加积弱。我们从近年来陕西、山西、湖南、广西、四川、重庆等省区市的文学创作状况来反省自身文学实际的一些举措中，可以更明了这个问题的必要。湖南坦言“要突破湘文化的负面影响”，无疑是需要理论勇气和真正的自信心的。

对于“短期重点”，则应该是适时地扶持。在这一方面，宁夏“金骆驼丛书”的计划与出版，已经打下了一个良好的基础。现在应该创造相互切磋的讨论氛围，应该大力繁荣理论以激活创作机制。宁夏至今没有一份文艺理论与批评的刊物或报纸；从来没有出版文艺理论与批评论著的计划，但愿这个局面在西部大开发的语境中能够尽快有所改变。

此外，在创作规划上，还必须考虑到现在那些作家所处的困难境地。虽然国内发表作品的园地不少，但“圈子”现象严重，这对于那些作家确实是一个考验。对此，一方面是作家应该有与他人竞争的胆识和实力，踏踏实实一步一个脚印地向前迈进；另一方面，领导机关和出版部门切实帮助解决一些实际问题，也很十分必要。

另外，全国一些省区已经把长篇小说创作纳入市场经济体制下的艺术生产轨道。在这方面，我们尚未有任何切实的思路与举措。我设想，根据宁夏实际，可以采取自愿结合，承担风险，谁投资谁受益的原则，由宣传和文艺部门牵头成立文艺作品的版权代理机构。由于经济杠杆的作用，宁夏的一些好小说稿件，将会越来越多地流向外省。因此，在制定长篇小说创作规划时，不能脱离市场经济的大环境。“布老虎丛书”在组织规划书稿时明确提出三点要求：一是城市题材；二是要有一个引人入胜的故事；三是要具有理想的光环。这是值得文艺宣传和出版部门研究借鉴的。

我认为，长篇小说应该是宁夏文学走向成熟的最高标志。但长篇小说创作是特殊的精神生产，说到底是个体创造性的劳动成果，我们不能想当然地一味追求数量，认为量变就一定会发生质变。我认为，从目前所掌握的宁夏作家的创作情况看，长篇创作还很难集结成足够实力的作家队伍，亟待解决的是后继无人的问题。自 1990 年代以来，宁夏的文学新人寥寥无几，从事文学批评的人则越来越少；80 年代涌现的一批作家，目前应该还有为之一搏的创作实力。现在，我们确实只能制定“新世纪”的计划了。如果以 5 年为期，提供各种条件，争取一些年轻的作者在此期间成熟起来；所谓成熟，是讲既保持创作势头，又不轻易“浪费”一个有价值的题材或故事，出版一部长篇小说就要达到一定水准。根据以往宁夏文坛 20 年左右出一批有影响的作家的“周期”，未来的五年应该是“出人才，出作品”的至关重要的时期。如果能在努力营造出更加宽松有利的文学环境的基础上，切实着眼于人才的培养，相信宁夏的长篇小说是能够为中国文学争光的。

注释：

①白春仁译:《巴赫金全集》第 3 卷,河北教育出版社,1998 年,第 43 页。

②《胡风全集》第 3 卷,湖北人民出版社,1999 年,第 263 页。

③米兰·昆德拉:《被背叛的遗嘱》,上海人民出版社,1995年,第162页。

④陈思和:《谈虎谈兔》,广西师范大学出版社,2001年,第30页。

⑤陈寅恪:《清华大学王观堂先生纪念碑铭》,《金明官丛稿二编》,三联书店,2001年,第247页。

⑥⑦耶尔·塔米尔:《自由主义的民族主义》,上海世纪出版集团,2005年,第59页、第80页。

[2004年6月28日于银川风声楼]

宁夏古代文学史话

秦汉魏晋时期的宁夏文学

撰佳构文人学士恋朔方　留名篇宁夏从此有文学

迄今的宁夏文学史还是一片空白，几乎没有人记述。在中国文学史中，所谓宁夏的或宁夏方面的文学，只是写到张贤亮的文学创作，而并非指宁夏或宁夏的文学。由于比较文学的发展，近年来，宁夏从古至今的文学已受到世人的注意。

据有关史料记载，以诗词咏颂宁夏，最早出现在《诗经》和《汉乐府》中。盛唐圣主李世民也在宁夏留下过著名的诗句。历经汉唐诗词歌赋文学之熏染，宋元明清文学之浸泡，文学中的宁夏或宁夏的文学有了最早的萌芽与发展。每当我们打开典籍，从历代的文学作品中，听到高亢吟诗的声音，嗅到文学中艺术美的气息，看到古代宁夏的文学幼芽在慢慢生长、繁衍，一直到今天。

《诗经·六月》中的“薄伐猃狁，至于大原”之“大原”，就是指现在的宁夏固原一带；汉乐府诗《上之回》一诗中的“回中道路险，萧关烽堠多”之“萧关”，就在现今宁夏固原之东南。汉武帝从元鼎五年（公元前 112 年）开始，到后元元年（公元前 88 年），连续 7 次巡视北方。第三次是在元封四年（公元前 107 年），据史书记载，此次首提“通回中道，遂北出萧关”。汉武帝后来几次北上巡边，只要是选择左、中两线上路，就有可能从回中道经过，并在回中宫驻足休整。名篇《上之回》是写汉武帝北巡中来到回中宫的事。《乐府古题要解》：“上之回，汉武帝元封四年冬十月，因至雍，遂通回中道，后数幸焉。”《上之回》属《汉乐府》诗，它是其中《饶歌十八曲》的一部，专门用作激励士气与宴享功臣时的《鼓吹曲》之一。诗的内容是记述武帝巡边驻跸回中宫与指挥军政，接受少数民族朝廷的盛况。另一首《饮马长城窟行》（又名《饮马行》），属乐府诗中相和歌辞中的《瑟调曲》。这首诗是叙述妻子在家中思念在北方戍边丈夫的凄苦心情。诗中提到的长城，当指汉朝京畿北部宁夏境内的秦长城。两首诗皆不记作者，可能是宫廷文人、乐师所创作。

古代的宁夏文学是一步一步地发展起来的，在每一个重要的历史时刻，一批古代文人学士、军事将领，皆从各个不同的方面，为宁夏文学的发展作出了重要贡献。在公元 25 年，班固的父亲班彪刚 20 岁时，时逢赤眉军攻入长安，天下割据势力并起，中原一片战火。班彪去甘肃武威市避乱，路过固原县一带，看见六盘山势嵯峨，景色绮丽优美，顷刻间，情思奔涌，诗兴大发，遂作《北征赋》一篇：“隮高平而周览，望山谷之嵯峨。野萧条以莽荡，回千里而无家。风猋发以漂远兮，谷水灌以扬波。飞云雾之杳杳，涉积雪之皑皑。雁邕邕以群翔兮，鹍鸡鸣以哜哜……”赋中的六盘山区秋末初冬的景色，跃然纸上。

两兄弟博通经书同著述　遭诬陷悲愤挥写“悼骚赋”

东汉时期，在宁夏固原市原州区境内就出了一对著名的兄弟文学家，名叫梁松、梁竦，兄弟二人皆是东汉名臣、成义侯（陵乡侯）梁统的儿子。梁松是东汉大臣，字伯孙，娶了光武帝的大女儿舞阴长公主为妻，成为当朝驸马，由郎将提升为虎贲中郎将。梁松自幼好学，熟读儒家经典，通晓诗词文赋，也深谙治国方略，皇上非常宠爱他。光武帝死后，曾奉遗诏，担当新帝汉明帝的辅政大臣，奉为太仆。明帝四年（61年），在窦皇后与权臣窦氏兄弟的操纵下，制造“飞书”（匿名信）事件，受到诬告而被拘审，死于监狱中。妻子儿女们皆被迁赶至交州九真郡（今越南国清化省境内）。梁松刻苦读书，勤于写作，是一位饱学之士的文学家，对历代典章制度颇有研究。《后汉书》记载他“博通经书，明司政事，与诸儒修明堂、辟雍、郊祀、封禅礼义”。可惜他的诗词著述大多皆已失传。梁松的弟弟梁竦也自幼勤奋刻苦，理解能力很强，所以在少年时代已经是才华横溢，闻名乡里，是当时著名的文学家。后来，他又对儒家经典《周易》下过很深的功夫，尤其对《孟氏易》的研究下工夫最多。并且招徒讲学，将自己的学习成果传授给更多的人。汉明帝永平四年（即公元61年），正当他准备施展抱负的时候，祸从天降，因兄长梁松遭遇匿名信的诽谤而下狱身死，梁竦与弟梁恭受到株连，全家被发配到交州九真郡（约在今越南清化、义静省内）。途径湘江时，触景生情，勾起了他对伍子胥（春秋楚、吴大臣）、屈原（战国时期楚国思想家、文学家）的无限怀念，并由他们无辜被贬而联想到自己的遭遇和处境，故产生了情感上的共鸣，挥笔写下了《悼骚赋》。在这篇著名的赋文中，他用悲愤的感情，优美的语言，精炼的文字，回顾了历史上具有代表性的忧国忧民先哲的杰出表现，借以抒发自己怀才不遇、报国无门与积极入世的思想和苦闷心境。文中表示，他将以死来抗争，以死来成“仁”，绝不苟且偷生。

后来，梁竦一家获赦回到故乡。在家乡，他发奋读书，研究历代名家经典，并且理论联系实际，把自己的思想感情，人间世态民情糅合在一起，创作出了一部新的著作——《七序》。新作的问世，立即在社会上产生了巨大的影响。著名史学家、文学家班固为《七序》作序，给予了很高的评价：“孔子著《春秋》而乱臣贼子惧，梁竦作《七序》而窃位素餐者惭。”可惜，《七序》这部著作已经失传。虽然原书已佚，但大致内容是当时梁竦仕途无望时的苦闷心境之写照。他曾登高望远而叹息：“大丈夫居世，生当封侯，死当庙食。如其不然，闲居可以养志，诗书足以自娱，州郡之职，徒劳人耳。”《七序》被当时的大史学家班固读后给予了很高的评价，把他与儒家先圣孔子儒学经典相媲美，这就足见其文学成就之高了，无论如何，梁竦奠定了古代宁夏文学在中国文学史上的坚实地位。亦因此，梁竦后半生对政治极为反感，毫无兴趣，专心文学写作，潜心学术研究，朝廷多次任他为官，他皆一一拒绝，终生不愿为官。同时，他对朝廷的昏暗、奸佞用事者进行了揭露与抨击。汉章帝建初八年（公元83年），梁竦再遭皇后窦氏陷害，终死狱中。直至和帝继承皇位，才为梁竦平反，并追封为褒亲愍侯。另外，梁竦还有三个女儿，其中有两个女儿被汉章帝看中，选入皇宫封为贵人，小贵人（小女儿）生刘肇，即后来的汉和帝。

皇甫氏文韬武略传薪火　三都赋洛阳纸贵颂左思

在东汉时期，有一位将领，名叫皇甫规(103—174年)，安定郡朝那县，即今天的宁夏彭阳县古城乡人。布衣时，亲见马贤用兵不当，上书言其必败，后果如所料，被郡将录为功曹。梁太后临朝，举贤良方正，入京策对触犯梁冀，又见朝政腐败，推病辞官回乡，一边教书，一边办教育。14年间，他坚持以儒家经典为教材，不断教授《诗经》《易经》等名篇，培养出了三百多名学生，自己也研读了大量的经典名著。因为他有“文韬武略”之才能，后来乃被朝廷重用，历任度辽将军、护羌校尉等职。皇甫规虽然后半生戎马倥偬，但仍然手不离卷，每天读书至深夜，不停圈点批注。累了就用凉水擦擦脑门，再继续坚持阅读。就这样，创作了大量诗赋、铭文、碑文、赞文、祷文、吊文与章表、教令、书、檄、笺等27篇，可惜大多均已失传。其实，皇甫规的续妻也是一位重要的文学家。当初，皇甫规娶她时，连姓名和出身都不知道。只知道她是一位知书能文善诗赋的知识女性，是皇甫规的得力助手与文学创作搭档。他们经常挑灯熬夜，一起读书，相互切磋，皇甫规写了诗词歌赋后，先让妻子看，妻子还帮着修改润饰；妻子写了作品让皇甫规看，并修改润色，成熟的作品妻子坚决不署名，所有作品均以皇甫规的名义出现。这些事直到皇甫规死后，世人才知道。故《后汉书》把她写进了《列女传》中。

在汉朝至魏晋时期，皇甫家族是西北一带的名门望族，“累世富贵”。除了先祖皇甫规、皇甫嵩有文学成就外，到后来的祖父与父亲这两代人中，还出了一位伟大的文学家，叫皇甫谧。他出生于东汉建安二十年（215年），字士安，自号幼宴先生。他是朝那即今天的宁夏彭阳县古城镇人。到了魏晋时期，皇甫谧就已经是名扬天下的硕儒名流与成就卓著的文学家了。

说起皇甫谧的文学造诣，还有一个脍炙人口的成语叫“洛阳纸贵”。据《晋书·左思传》记载，左思是一位酷爱文学的青年，但处于门阀世风的时代，他因出身寒微而怀才不遇，许多诗文也未被社会重视。他奋发图强，用了十年工夫，创作出了《三都赋》（吴都、蜀都、魏都）。在此之前，他在自己的门庭、院墙甚至厕所都放着纸和笔，灵感一来，大脑出现佳句，就立即写在纸上。于是用了10年时间的构思，终于写出了《三都赋》，但是却被当时许多文人所耻笑。皇甫谧则鼓励他，帮助他修改文章，最后又为《三都赋》亲笔写了序言。这部作品发表之后，因为文章艳绝，书前又有当代名流皇甫谧的序文与高度评价，此文立即在社会上产生了广泛的影响与社会各方面的重视，“豪贵之家竞相传抄，洛阳为之纸贵”。大家都想先睹为快，朝野官民各界人士一起争相抄阅，一时间把洛阳城中的纸都抢购一空了。由此左思也一举成名，成为当时文坛上的一颗新星。“洛阳纸贵”的新成语也因此而产生并流传至今。

其实，皇甫谧的文学成就也是来之不易的。他自幼过继给叔父做儿子，为了生计，不得不跟随叔父离开家乡到外地谋生。由于家境贫困，没有进学校读书的条件，就跟随叔父种地。20岁时，皇甫谧还是不好学习，“游荡无度”，“目不存教，心不入道，胸无大志”。但是他对叔母非常孝敬，家里有了好吃的东西都要先孝敬叔母。有一次，他拿着从地里采摘来的瓜果给叔母吃，叔母让他坐在身边，痛心地用《孝经·纪孝行章》记载的孔子的训导教育他，最后流着泪对皇甫谧说：“你要是能刻苦读书，将来干了大事，这才算是真孝啊。”皇甫谧听了叔母的教诲，难过地掉下了眼泪，跪地泣泪叩首，表示从此痛改前非，发奋读书，以实际行动孝敬二老。叔母的教诲对皇甫谧触动很大。于是，他下决心白天下地干活，夜间读书，甚至就连在田间劳动的休息时间也在看书。日积月累，他博览群书，通“典籍百家之言”。他在40岁时回到原籍今宁夏彭阳县奔丧，从此再也未离开过故土。在家乡由于气候不适应，不久，皇甫谧患上了风湿病，半身不遂，生活不能自理，但是他仍然坚持读书学习，“手不辍卷”，“批阅不怠”，被人称为“书淫”。他甚至把地方上能找到的书都读完了，还不得不大胆向皇帝写信求借书看。晋武帝司马炎，早就知道他的大名，非常敬重他，便赠给他一车书。普通布衣老百姓向皇帝借书，而皇帝又给民间一个读书人送书，这在中国历史上一直传为美谈。

在学而优则仕的封建社会里，凭皇甫谧的学识、文品、人品、文学成就和家庭背景以及道法、文章兼优的综合条件，的确是封建地主阶级理想的接班人。但是，无论是地方上的委任还是朝廷的选拔，甚至就连皇帝的亲自诏请，都被他坚决谢绝。对此，家乡的父老乡亲都非常不理解，也很失望。其实，那是人们不了解皇甫谧的心境与志向。皇甫谧生性“深静寡欲”，“时人谓之‘书淫’”，这就大体决定了他不很热衷于求仕成名。他的追求只能是：在读书中寻求人生寄托，以高士自名而获得心理慰藉。皇甫谧在入晋前写过几篇作品，并撰集过《高士传》，从中可以看出他不愿入仕的心理原因。如他在《释劝论》中，申明以古来隐遁之士为“师表”，自己立志追踪，这已成“难夺之节”、“不回之意”；即便因此“上招忤主之累，下致骇众之疑”，他也不会有所更改。这些话说得多么实在啊！再如他在《高士传》中自己讲，他所采古今八代高士90余人如传的标准就是：“身不屈于王公，名不耗于终始”。凡是一生中有过短暂做官经历的人，即便此前此后“执节若(伯)夷、(叔)齐，去就若两龚（龚胜、龚舍)”，也不能目为“高士”，故绝不采录。可见，皇甫谧以此标榜，纯是夫子自道，以此自许；他既给古人确立了严苛的裁判标准，也为自己设置了不可含糊的立志规则。所以，他自设藩篱，自愿入彀，永不答应出仕，不论朝廷以任何名义召他，也不论是谁来劝说他，他一概回绝。追步前贤后尘，做一名高士的愿望，强烈地吸引着皇甫谧，这也就是他自己所说的“神迷其心”。可见，他不愿去做官，与他的人生理想有很大关系。为了表明坚决不当官的态度，他先后还撰写了《释劝论》《让征聘表》《答辛旷书》《玄守论》等名篇佳作，充分表达了自己决心隐居山林，不图仕宦，不愿与统治阶级同流合污的志向。他写的这些被作为散文经典的文学作品，无论是在宁夏文学史上还是在中国文学史上，都是很值得大书特书的一笔。同时，皇甫谧还是继东汉刘向之后，大量撰述杂传的作家之一，见于书目著录及诸书征引的就有6部之多。他的杂传，在刘向杂传的基础上，更加远离了正统史传，读来别开生面，极有感染力。其为传技巧，大胆开拓，在人物传写及叙事建构等方面进行了许多新的尝试，小说性的艺术内蕴十分鲜明与突出。可以说，皇甫谧的杂传创作，为宁夏和中国古代小说的兴起与成熟提供了许多可资借鉴的实践。皇甫谧的文学贡献是多方面的，他的《皇甫谧集》《玄宴春秋》《鬼谷子注》《玄守论》《释劝论》《笃终论》《高士传》《列女传》《三都赋序》等，并诗诔赋颂，藏珍纳萃，字字珠玑，在文学领域独树一帜。提出了文学的思想性与社会教育作用，要比“美”与“丽”更重要，反对言过其实，浮夸竞兴，博言空谈。其许多文学作品中还保存了珍贵的历史资料，并且具有很高的艺术审美价值。作品风格犀利，对仗工整，语音铿锵，结构严谨，情节生动，形象独特，思想性艺术性融为一体，对后世文学的发展产生了深远的影响。

苦寒读博览群经无不通　文学情举案齐眉传佳话

东汉时期还有一位重要的文学家，名叫梁鸿，祖籍是今宁夏固原市原州区人，后来迁到陕西省兴平市境内，生卒年不详。出身名门，父亲梁让，封修远伯，迁居北地郡，在两汉相交的时候，由于战乱不断，城头不断更换大王旗，家遭战乱毁坏，从此败落不堪，便发愤努力，遂进入太学读书，“博览无不通，而不为章句”。很快，他的才学传遍四方，在当地成了一位很有名的人物。本县有一位姓孟的女子，长得又胖又黑又丑，但多年来，孟姑娘暗暗把梁鸿当作心中的“白马王子”，发誓今生今世非梁鸿不嫁，一直等到 30 岁，还待在家中。父母非常着急，就问女儿究竟是什么原因？女儿回答说：“欲得贤如梁伯鸾者”。梁鸿听到这个消息后，非常感动，主动求婚，很快就喜结良缘。梁鸿给爱妻起了一个名字叫孟光。后来夫妻俩隐居到山中，过着读书自娱、耕织自给的生活。其时，梁鸿创作了一些赞扬“四皓”以来 24 位高士的颂文。梁鸿的文学名气一天天大起来，请他出山的人越来越多，为躲避这些事，梁鸿一家迁到洛阳。在洛阳创作了一首著名的《五噫之歌》，作品讽刺了统治阶级的奢侈。不料，汉章帝看到这首诗后，非常赏识，专门派人前去寻访梁鸿。梁鸿得知后，马上又改姓易名为“运期耀”，很快移居齐鲁（今山东省），再转移到今江苏省。在江苏的生活虽然艰苦，但夫妻俩相敬如宾，“妻为具食”“举案齐眉”，不敢仰视，被后世传为佳话，成为一条成语。后因积劳成疾，贫病交加，客死于吴地。当地人非常尊敬他，将其埋葬在历史名人、吴国国王后裔吴要离的墓地旁。梁鸿一生创作了大量诗、赋、诔、颂等作品，脍炙人口，情感浓烈，颇具艺术感染力。是的，晋代的傅玄也是如此，他是著名的文学家、哲学家、思想家。他的祖籍是宁夏灵州人，是东汉名臣傅燮之孙、大臣傅干之子。傅玄担任过魏朝弘农太守等职。晋朝时期又担任过御史中丞、太仆、司隶校尉，晋爵鹑觚子。死后被追封为“清泉侯”。著有《傅子》《傅玄集》数十万字。傅玄以乐府诗见长，《豫章行·苦相篇》《秋胡行》《秦女休行》《西长安行》等代表作，体现了汉乐府和建安文学的风格特色。

唐朝时期的宁夏文学

“丝绸路”　边陲宁夏留佳构

盛唐时期，从长安至凉州的丝绸之路畅通无阻，文化、贸易等极为繁盛。自吐蕃占领河陇以后及晚唐时期的丝绸之路，主要通过灵州走向西域。敦煌文书中有五代时期的《西天路竟一本》记载了这条道路的走向，“东京(即洛阳)至灵州四千里地。灵州西行二十日至甘州（即张掖），是汗王。又西行五日，至肃州（即酒泉），又西行一日至玉门关，又西行一百里至沙洲（即敦煌）界，又西行二日至瓜州（即安西东南），又西行三日至沙洲界……又西行一日至高昌国，又西行一千里至月氏国，又西行一千里至龟兹国……”这条路线避开了凉州，直接抵达甘州，直至西域、西亚等国。

正是在这条世界著名的丝绸之路及其所经停的地域，一些伟大的唐朝诗人为边陲宁夏留下了千古不朽的佳构名篇，这些诗人与其佳构名句，如璀璨的星座光耀宇宙，传颂四海。尽管斗转星移，人世沧桑，社会经过数次巨变，而歌颂边陲宁夏的这些古典诗歌已经像血液融会于我们宁夏民族的精神文化而盛传不衰。它同样是我们宁夏地域民族的不朽的文学遗产，也是宁夏宝贵的精神财富。它为繁衍、发展、促进日后乃至今日宁夏的文学，起到了奠基作用。世人皆知，唐诗是中国文学史上的一座高峰，也是世界文学史宝库中一颗极其璀璨的明珠。令我们宁夏人既惊讶又高兴的是，在文学史高峰的唐诗中，竟然有数十位诗人写有咏颂宁夏的数十首诗。真是水涨船高。按说，在五万多首唐诗中，无需刻意亦可找到涉及某地某省的数量可观的诗篇。但宁夏毕竟地处边陲，而且一向被人们视为蛮荒不毛、文化欠昌明之地。故这就成为一个颇有意味的文学史现象。

唐代是一个诗的国度。唐诗是中国五七言古今体诗的高峰。自公元618年唐帝国建立后，最初三十余年，诗坛上仍旧弥漫着梁陈余风。形式上讲究调声、隶事与内容上沿袭宫体，是其主要美学特征。只有王绩在追踪晋宋间独来独往因而不免于寂寞的陶渊明。他虽然以此为后世所称叹，但在当时，也同样是寂寞的。武则天于公元655年立为皇后，在她当政时期，唐诗开始呈现了自己的面貌。一大批诗人与被称为唐朝边塞诗人的王勃、杨炯、卢照邻、骆宾王、沈佺期、宋之问、杜审言，以及王昌龄、杜甫、王维、高适、岑参、李益、张籍、贾岛、李昌符、卢汝弼、韦蟾、曹松等，相继登坛。这些人，在当时封建秩序以及道德规范、审美观念逐渐恢复正常的基础上，改造了宫体诗，并继承了南朝诗人对于诗形的研究，完成了五七言律体（包括律化了的绝句——小律诗），完善了七言古体。经过他们的努力，题材和主题由宫廷的淫靡改变为都市的繁华与正常的男女之爱，由台阁应制扩大到写江山之美与边塞之情；美学风格也由纤柔卑弱转变为明快清新。

大唐时节，诗人投笔从戎，纵马边疆，笑傲沙场是一种时尚。与此相关联的是写出脍炙人口的边塞诗篇，既是这类诗人的追求，也是那个时代美学风尚的一种意绪与追捧。当时的宁夏是西北边关重镇，西北九大节度使之首，边塞诗中有“宁夏文学”现象是顺理成章的事。在这些文学诗篇中，主要有王昌龄的《塞下曲》，王维的《使至塞上》，高适的《送刘评事充朔方判官赋得征马嘶》，岑参的《行军九日思长安故园》，李益的《盐州过胡儿饮马泉》《暮过回乐峰》《夜上受降城闻笛》，张籍的《送李骑曹灵州归觐》，李昌符的《登临洮望萧关》，卢汝弼的《和李秀才边庭四时怨》，曹松的《塞上》等，其中以王维的《使至塞上》最为有名，历代传唱，千年不绝于耳。诗曰：“单车欲问边，属国过居延。征蓬出汉塞，归雁入胡天。大漠孤烟直，长河落日圆。萧关逢后骑，都护在燕然。”王维是边塞、田园山水的两栖诗人，佳作极多，这一首是其书写塞上风光诗之精髓，他的“大漠孤烟直，长河落日圆”之诗句在中国文学史上可以说是非常耀眼的。他还有“贺兰山下阵如云，羽檄交驰日夕闻”的名句，那都是边塞诗之上乘。

岑嘉州　希望破灭铸佳篇

在兵荒马乱的岁月里，诗人卢汝弼的笔下掷地有声："朔风吹雪透刀瘢，饮马长城窟更寒。半夜火来知有敌，一时齐保贺兰山。"据说，他在晚唐边塞诗人中的领袖地位就是以这首诗得以确立的。另一位盛唐时期的边塞诗人陶翰的《出萧关怀古》，也是名噪一时。"驱马击长剑，行役至萧关。悠悠五原上，永眺关河前……"《唐诗别裁》评价此诗是"既多兴象，复备风骨。"岑参常被后人誉为盛唐边塞诗派的无冕之王。他在宁夏及西域从戎多年，留下名篇极多。"凉秋八月萧关道，北风吹断天山草……"时空交错，物我融一，表达了诗人胸怀天下的磅礴气质。他的另一首《初过陇山途中呈宇文判官》曰："一驿过一驿，驿骑如星流，平民发咸阳，暮到陇山头……"这是天宝八载(749年）诗人赴安西途中所作，当诗人行至今宁夏固原市南的关萧口，突发感慨，遂成佳构。全诗30句，将丝绸之路的繁忙景致尽收眼底；同时，也抒发了他出塞期间为国安边的豪情壮志。岑参在从军出塞期间，创作了不少具有鲜明时代色彩和独特艺术风格的诗作，这只是其中之一首。从诗中可以看出，戎马风尘的战乱生活，大大开拓了岑参的诗境。岑参出生的前二年，岑羲得罪伏诛，亲族放逐略尽，从此家道衰落。岑参幼年丧父，从兄受书，"能自砥砺，遍览史籍"；"十五隐于嵩阳，二十献书阙下"，此后十年，出入京、洛，为出仕而奔波，终一无所获。三十岁应举及第，授右内率符兵曹参军；此后五年，大约一直任旧职，始终未曾升迁。他对功名的追求是强烈的，一心想重整沦落的"世业"；然而总是事与愿违，希望一次又一次破灭。家门昔荣今悴的巨变与个人仕途失意之遭遇，使诗人感到"世路崎岖"，因而萌发了退隐思想。他早期的作品多表达了这一价值取向。自天宝八载冬至至德二载春，诗人两度出塞，其最出色的作品诗篇，多写于这个时期。第一次出塞是天宝八载冬至十载春赴安西，为安西节度使高仙芝僚属；第二次出塞是天宝十三载夏秋间至至德二载春在北庭，为安西、北庭节度使封常清僚属。岑参首次出塞，由于不习惯边地的荒凉景象与艰苦生活，情绪不十分高昂，作品多表现自己的苦闷与思乡愁绪。第二次出塞，情况有所不同。首先是诗人已经历过边塞生活的磨炼；其次是这时的主帅封常清，原是岑参在安西幕府任职时的同僚，岑参每写出诗作都要呈上给他征求意见，封常清也毫不客气地提出修改意见，有时还亲自动手替他修改润饰，其实，岑参的许多诗作都是特意献给封常清的；这一点，在岑参的诗中随处可见。故他的那些豪气横溢的七言歌行，皆创作于这个时期。

杜甫缘　诗痴"推敲"遇韩愈

杜甫写的《送灵州李判官》一诗，充分表达了诗人对安史之乱后人民遭受苦难生活，以及盼望朔方王师能早日挥军南下拯救国家的情怀。诗中这样写道："羯胡腥四海，回首一茫茫。血战乾坤赤，氛迷日月黄。将军专策略，幕府盛材良。近贺中兴主，神兵动朔方。"唐玄宗天宝十四年十一月历史上有名的安史之乱爆发了，身在鄜州的诗人杜甫心里十分着急。他听说玄宗逃往西蜀，肃宗已在灵州即位并率兵讨贼时，就决定去灵武。他把家属安置在鄜州城北的一个村庄里，只身踏上了北去的路程。一路上杜甫日夜兼程，想早日赶到灵武。不幸的是，在路上他被叛军俘虏，押解到了长安。此时的长安城已面目全非，一片荒凉，昔日歌舞升平的景象早已不见踪影。看到这些，杜甫心里异常难受。一天夜里，杜甫怎么也睡不着，他就来到院子里，仰望明月，思妻念子，出来这么长时间了，没有得到家人的任何消息，遂作《月夜》一首，将“遥怜小儿女，未解忆长安”的思念之情表现得淋漓尽致。不知何时才能到达灵武啊！想到这些，杜甫冒着生命危险逃出长安。此时的肃宗已进驻凤翔，杜甫便穿着麻鞋，袖露两肘去拜见肃宗，遂被肃宗任命为左拾遗。左拾遗是掌管供奉讽谏和举荐的，杜甫感到“主恩深厚”，决心尽忠职守。就在这时，当朝宰相房琯，因受人挑拨，与肃宗关系疏远，自己请求带兵去收复西京，肃宗批准。房琯率兵与叛军作战，不料有几员大将叛变，房琯大败而归。肃宗要治房琯的罪，杜甫冒死为房琯求情，说房琯有才，不宜罢免，此举震动了朝野上下，房琯被贬为刺史。杜甫这一举动惹恼了肃宗皇帝，于是，下诏三司审问杜甫，并把他从左拾遗降为华州司功参军，从此永别长安。事后，杜甫写了一首《旅夜书怀》曰：“细草微风岸，危樯独夜舟。星垂平野阔，月涌大江流。名岂文章著，官应老病休。飘飘何所似，天地一沙鸥。” 此诗上四句写旅夜，下四句写书怀，深切地表达了诗人自谦、自解、自伤漂泊的情怀。

贾岛的《送邹明府游灵武》：“曾宰西畿县，三年马不肥。债多凭剑与，官满载书还。边雪藏行径，林风透卧衣。灵州听晓角，客官未开扉。”该诗描述了一位清官为政清廉，却不得志而债台高筑，无可奈何去灵武的心情，表达了诗人揭露社会黑暗的强烈批判意识。贾岛是个“诗痴”，每时每刻都在推敲着他的诗作。据说，有一次贾岛骑驴外出，忽然得句：“鸟宿池边树，僧推月下门。”想想又觉得用“敲”比“推”字好。到底是用哪个字好呢？他斟酌不已，在驴背上反复用手作推和敲的姿势，不觉一头撞在了正好路过的京兆尹韩愈的仪仗队中，遂被抓了起来，接着被人押解到韩愈面前。此时的贾岛也清醒过来了，便如实禀告，自己是因为苦吟“推”“敲”二字未定，以致误闯了仪仗队。韩愈不愧是大诗人，将马立在街头，默思良久，对贾岛说：“还是用‘敲’字好。”从此两人成为朋友，而“推敲”二字也成了流传千古的成语典故。

皇甫枚　小说创作开山人

唐代宁夏还出了一位文学家，叫皇甫枚，他是魏晋时期著名文学家皇甫谧的后代。皇甫枚擅长撰写传奇小说，其作品既继承和发展了六朝志怪小说的传统，又对宋元以后的话本小说产生过较大影响，可以说他是中国小说创作的开山之人。皇甫枚的祖籍是今宁夏彭阳县古城镇，本人籍贯是三水县，唐朝的三水县就在今宁夏同心县境内。他在唐懿宗唐僖宗当皇帝的时候做过县官。他不问时事，不到处游历，只埋头读书，以写作打磨时光。他在山西的时候写了著名的传奇小说《三水小牍》三卷，这部小说对后世产生了很大影响。从名称看，小说主要是用以表达对故里的怀念之情。这部小说从一开始就在中国古代史册与文学书籍中出现，不断流传。《旧唐书·艺文志》《新唐书·艺文志》《宋史·艺文志》，以及南宋陈振孙编撰的中国古代私人藏书目录《直斋书录解题》《太平广记》，明朝的《古今说海》，清朝的《抱经堂丛书》《天一阁丛书》，现代作家鲁迅的《唐宋传奇集》等，皆收入了皇甫枚的传奇小说《三水小牍》，并作了介绍。《三水小牍》主要篇目有《王玄中》《王知古》《步飞烟》《怨翘》《却要》《王公直》《温京兆》等七篇，其中《步飞烟》一篇最为有名。它写的是一个凄惨的爱情悲剧。步飞烟是唐代咸通（860—874年）年间的一个美女，她精通诗文，懂得音律，但婚姻不幸，是历史上反抗封建包办婚姻的代表。她的丈夫在河南洛阳担任功曹参军。但步飞烟真正喜欢的是邻居家的一个书生，他们二人吟诗酬唱，相互问答，大概相好了两年多。婢女给主人告状，丈夫武公业把步飞烟绑在柱子上鞭打，步飞烟宁死不屈地说：“在世的时候曾有爱，死了也不悔恨。”最后，步飞烟硬是被武公业活活打死。皇甫枚的传奇小说《步飞烟》，生动地反映了当时封建社会婚姻不自由的现实。皇甫枚还有许多作品记述神仙怪异的事情，但他所写的很多内容都是他耳闻目睹或亲身经历的事情，对后世研究唐代社会具有相当重要的价值。

“塞之北” 贺兰山下果园成

在唐代的宁夏文学中，还有一位名叫韦蟾的诗人可谓贡献不小。因为他在诗中赞颂灵州为“塞北江南”，古人以“北”为“上”，故“塞上江南”之称谓流传至今。虽然最早把宁夏平原比作“塞上江南”是南北朝时期的北周，但当时的意思与现在的意思有所不同。后来北宋时期有一部军事经典著作《武经总要》，对“塞上江南”作了如是解读：有水田、果园，置堰汾河水溉田，地虽在塞上，风貌却似江南，故名“塞北江南”。我们现在说宁夏为塞上江南，基本上是取自《武经总要》的这个解释。当然，韦蟾的诗《送卢潘尚书之灵武》对“塞上江南”这一称谓的流传，无疑起到了推波助澜之作用。唐代的卢潘被派到宁夏做官，他的文友诗人韦蟾就作了这首诗为他送别。全诗后来收入《全唐诗》中，在宁夏地区流传至今，仍然脍炙人口。《送卢潘尚书之灵武》全诗曰：“贺兰山下果园成，塞北江南旧有名。水木万家朱户暗，弓刀千队铁衣鸣。心源落落堪为将，胆气堂堂合用兵。却使六番诸子弟，马前不信是书生。”卢潘也是一位文史学家，他虽然走遍大江南北，在好多地方任过官职。在来宁夏前，他以御史中丞身份出任庐州刺史。他曾在江西山水秀美的古城婺源灵岩洞，留下“御史中丞卢潘唐大中十一年游”的摩崖石刻字和“遥想钓鱼台上客，飘然驾鹤白云分”的石刻诗句。他还曾撰写过古代地理学作品《庐江四辨》《合肥辨》，考证了安徽首府“合肥”地名的来历，他还是广西南宁市的创始人，等等。晚年到宁夏出任朔方节度使，他为官清廉，家贫如洗，最后死于灵武。卢潘贡献突出，成绩巨大，才华横溢，最后殉职于韦蟾诗送的“塞北江南”的朔方节度使职位上，值得灵州后人——宁夏人纪念。

城盐州 诗史互证创获多

除此之外，单就文学的史料价值而言，白居易的叙事诗《城盐州》也很为人称道。白居易的诗一向以浅显易懂闻名于世，此诗亦不例外。全诗描述了中唐贞元年间修筑宁夏盐州城，为何引起吐蕃人的恐慌，以及边关人民得以安居乐业的生活景象。同时，全诗还揭示出了许多史料信息：唐代军马有赖于灵州、盐州的马匹贸易，盐州等地盛产的药材，占据了京城的药材市场。陈寅恪在其名著《元白诗笺证稿》中对白乐天的《城盐州》进行了相当深入精审之考证，并出示《旧唐书·杜希全传》记载盐州筑城的经过之证据，以此作为理解该诗之参证。由此可知白乐天《城盐州》一诗之史料价值不可低估，陈寅恪的“诗史互证”之研究方法，对我们准确把握和理解白居易这首诗起到了开启之作用。

为丰富唐代时期宁夏文学所作出贡献的诗人与篇目还有：后至中唐“大历十才子”郎士元、卢纶二人的《送李骑曹之灵武》与《送都尉归边》，晚唐诗人薛逢的《送灵州田尚书》，沈佺期的《被试出塞》，陶翰的《出萧关怀古》，张九龄的《奉和圣制送尚书燕国公说赴朔方军》，雍陶的《塞路晴诗》，李频的《闻北虏入灵州》，顾况之子顾非熊的《送邹明府游灵武》《送李骑曹》，无可的《送灵州李侍御》，以及女诗人刘云的《有所思》等，皆不失为名篇佳作，为我们宁夏文学的发展、演变，留下了一笔极其宝贵的美学遗产。

宋朝时期的西夏文学

昭明心曲　西夏文学显功力

宋朝的西夏文学，亦即宁夏文学，是以西夏建都今宁夏银川市兴庆府为其标志的。早在西夏立国之初，西夏人的汉文作品就已经达到很高的水平；而西夏文字的创制成功以后，西夏的作家又运用西夏文，进行了大量的文学创作。除此之外，还对汉文经典与佛教经典进行了翻译。西夏乾祐十八年（1187年）西夏文刻本《新集锦合辞》（又译作《新对偶谚语集锦》《新集锦成对谚语》等）的问世，便是富有代表性之例证。这本由西夏民间文学作品汇集而成的书，是由西夏作家梁德养编选。据原书绪论所说，当时在西夏，这种“优美的话语”非常普及，在民间处处皆是。梁德养不厌其烦，刻苦勤奋，从大量书籍中寻觅到这些“优美的话语”，并一一搭配成对，汇集成册。这一工作完成于乾祐七年（1176年）。在他去世以后，另一位作家王仁持继续了他的事业，又花了十年时间，做了进一步的整理与补充，手抄成西夏文字稿，采用雕版印行。收编在这部书中的西夏民间文学作品，多达360余种，以谚语为主，还有民谣、谜语、歇后语等。编选者特别看重整齐的排偶形式，所选作品大部分都具有这种优美的形式，书名中的“新”字，非常富有启发性。编选者之所以对这部书下那么大工夫，据说是担忧那些“优美的话语”被“曲解”，或遭流失，不能完好地保存下来。

西夏文学的产生，是以西夏割据政权之建立作为自己起点的。西夏统治者对文学很有兴趣，特别看重文学的实用性，运用文学，可以启迪、号召和唤醒民众，交际、联络朋友，抨击、警告敌国，这是他们深感得意的。西夏作家与文学的产生和发展，也有赖于西夏“蕃”“汉”文字教育的发达。一方面，他们需要“汉字”，尤其是与中原王朝的一切体面的表奏往来，舍此决然不可；另一方面，他们又需要“蕃字”（西夏文字），特别以此作为“国字”，来标榜自己民族政权独立之尊严。从元昊时，西夏便开始培养自己的文字专门人才。由于汉字教育的教材，直接采用汉文儒家典籍，而蕃字教育的教材，也以译成西夏文字的汉文儒家经典为主，故西夏的文字教育，实际上是儒家文化教育。而儒家文化教育，历来是培养各种人才——包括文学人才的摇篮。

西夏文学是围绕西夏宫廷的政治生活而产生与发展起来的，其作家主要是由西夏的历朝帝王及其朝中的官员构成。他们的作品，不但承续了北方文学固有的质朴之传统，也不断吸收了南方文学所谓的文雅之特色。这与其特定之地域环境、风土人情是切合的。今天，我们所能见到的西夏文学作品，数量极为有限，而且大多都是些散文作品。从文本上看，主要有公牍文（公文）、碑志文（碑文）与序文三种。这里主要说前二种。

所谓公牍文，是指古代朝廷、官府里通常使用的公事文，简称为公文。今存西夏的上行公文较多，这些公文是以西夏首领人物的名义，写给宋、辽、金等封建王朝的帝王们所看的表文。这些表文，继承了中国表文“对扬王庭，昭明心曲”（刘勰：《文心雕龙·章表》）之传统。一方面表示了对有关王朝的态度，另一方面也抒发了自己内心世界之感情。西夏统治者高度重视作为“既起身文，且亦国华”（刘勰：《文心雕龙·章表》）之表文，不仅尽力借此显示自己的文学功力，也借此显示西夏王朝的文学精华。

西夏的章表一似唐宋，均采用骈体而作。原因首先是因西夏受唐文化影响较深，且又极为推崇唐文化，西夏奉唐时已成定格的骈体公文作为本国章表之圭臬。其次是为了标榜与中原王朝的对等地位，西夏必须采用中原王朝无所不用的骈体公文，故西夏章表采用骈体，势在必行。李继迁(963—1004年）是西夏开国皇帝李元昊之祖，他羡慕中原文明，坚持学习与使用汉语言文字。他在拒宋自立的艰难过程中，写有许多章表，表白心态，非常真切。他的章表往往内容厚实，感情充沛，重在抒发保持民族传统的强烈愿望，以及实现民族自立的坚强决心。所用文辞，往往出入于汉文儒家经典，凿凿有据，风格雅正练达。早在宋太宗赵光义太平兴国八年(983年)，李继迁刚刚落脚夏州地斤泽，便奉表叙说自己“祖功”的历史，并表达了对自己民族无限热爱，一往情深；也不掩饰自己不肯官位显贵于大宋，而甘愿余生奉献于游猎之决心。宋太宗赵光义至道元年(995年)，李继迁为乞回夏州，上表于宋。表文故作谢恩颂德姿态，以求宋廷继续“慈爱”“宽仁”，应允其世宁守“首邱”“宗土”之地——夏州。文中所叙党项羌人自唐代以来与中原王朝“向化”之历史，撼人心魄，可歌可泣。行文之中，包含着强烈的民族自立意识与坚韧的创业精神。在大汉族主义的重压下，党项羌人为了追求自身之发展，付出了极为沉重的代价。这一篇表文，实在是一篇对民族压迫与民族侵略政策之血泪控诉。当宋真宗赵恒咸平元年（998年），夏、绥、银、宥、静五州重归党项后，李继迁又极为冲动，上表宋廷，抒情感恩。李继迁之所以感恩，最核心的原因是：党项羌民族的复兴，从此又有了希望。在“戎方”“夷落”“包荒”之地，“念祖弥之功”“承堂构之旧”，“堪依斯哭斯歌”，这些表达皆为肺腑之言，句句真实，字字情切！

李氏家族　通晓汉典著美文

（一）表文深藏文学魂

李德明(982—1032年）是李继迁的长子，自幼聪明，深沉机警，一直比较仰慕汉族文化，从小熟读中国传统经典，精研佛书，精通天文、法律。他写的表文多是以叙事带出说理，既能顾全应施之理，又能重在托出内心之情，在反映民族意愿方面，颇具个性特征。宋真宗赵恒景德二年(1005年)，李德明因蕃族内事，上请降表，以谋求与宋廷改善关系。他强调了继承父业之决心，认为这是任何力量也不可能动摇的。他从父亲李继迁身上学到了许多宝贵的东西，并倾注了极其深厚之感情。尊敬，爱戴，崇拜，自豪，诸种情感交织融会，给予了他巨大的精神力量。他是遵父亲李继迁之遗嘱，与宋廷提出交好之希望，争取获得和平的环境，作为发展良机。当然，对宋廷之伪善，他也毫不留情地予以揭露。宋宝元二年(1039年，西夏天授礼法延祚二年)，李元昊就上书对宋廷不仁不义之伪善，外强中干之虚弱，两面三刀之卑劣，钩心斗角之纷争，予以全面揭露。

行文在鲜明的对比中，驳斥了“跳梁井蛙”“旅据秋螳”等来自宋廷之诽谤，有力地肯定了西夏立国既是“众心之所推”的现实选择，又是“拓跋之远裔”的历史延续，是顺理成章的事情。其中所表达的对“统和之礼”“结好之恩”的追求，代表了党项民族之共同心愿。李元昊同样是自幼喜爱文学艺术，享有良好的家庭教育，他通晓图学，通晓蕃汉文字，能绘画，能写诗词文赋。他的表文情词兼善，形式内容完整统一，是西夏文学的经典表达。他的表文，文笔庄严，能将先祖之业绩，如数家珍般道出；能将自己称帝建国之理由，如演讲、朗诵般公布。从艺术表达上看，全文主旨突出，结构严谨，层次清晰；用语典雅凝重，论说层层推进，文气沉稳从容。这种文字抒写深受唐代以来骈体文的影响，十分讲究骈俪排偶之应用，使公文变成美文。此种表文，很能代表西夏文学之风格，并昭示了西夏作家在文学上的刻意追求。

乾顺（1084—1139年）是李元昊之曾孙，他即位时十分重视人才的培养，极力提倡汉学。本人热心学习儒家文化，好为风雅，有自己的文学创作风格。他的表文能吐露真情，文辞颇为讲究，表现了较为深厚的汉文学修养。比如他写的“谢章”，就不是一般意义上那种官样文章式的“谢章”，而是充满了走上亲政过程中的真切感受。其中所表达的对宋夏友好的恳求，对列祖前猷的继承，都是伴随着深思熟虑而积聚于内心的感情。可见，谢罪仅是外部形式，而陈情确是中心内容。据说乾顺每次上表前，他都思考好长时间。有时正在吃饭，他会突然停下来，在房间来回踱步，别人都不敢出声，以为发生了什么事情。忽然他又走进自己的房间，拿起笔写上几行文字，然后显得很高兴的样子出来。他的进誓表就是这样写出来的。此“誓表”有叙有议，兼及事理，遣词造语，精当难移。尽管有故作姿态之嫌，仍不失优美文笔。

（二）碑文撑起文学碑

至于西夏的碑志文，许多都是以佛事活动为中心而产生的，并往往将宫室庙宇碑文与记功碑文合二为一。其所涉及的宫室庙宇，是佛教之建筑；其所记之功，是佛事之功。这是由西夏人的实际生活方式所决定的。这种全然佛教化之碑志文，体现着西夏的民族特色，特别是那些同时用汉文与西夏文两种文字写成的全然佛教化的碑志文，更值得格外珍视，因为它们实在是极其富有价值的文学珍宝。这些美文，对后世宁夏文学创作，尤其是碑志散文之创作，产生了不可磨灭之影响。

首先，值得一提的就是《大夏国葬舍利碣铭》。这是现今所知道的西夏佛事活动碑碣中最早之一篇，是由元昊时之名臣、右仆射兼中书侍郎平章事张陟奉制而作，时间为西夏大庆三年(1038年)八月。李元昊笃信佛教，在即位后的第三年（1034年），他沉思良久，决定向宋朝献马求经。他亲自起草好信件，派最得力之大臣一行人马日夜兼程，来到大宋府，虔敬地献上了一批骏马。宋朝皇帝果然高兴，遂回赠佛经一藏。西夏大庆元年(1036年)，李元昊又亲自前去向羁留夏州的天竺僧人求贝叶梵经。佛经都一一到手了，他便在兴庆府大兴土木，修建佛教寺塔。塔修建好了，就要写一篇上乘之碣铭。为此，李元昊让手下颇费了一番周折。先是在儒臣中间进行讨论，究竟写什么内容好，采用什么样的语调，以及遣词造句等；最终反复讨论几次，方才决定要写之内容。碣铭的志文部分，盛赞了大夏国家之吉祥瑞英，皇帝陛下之杰出才华，以及舍利佛塔之宏伟建筑，佛事活动之浩大声势；作者的歌功颂德，几乎无以复加，这自然是夸大其词之吹捧。但其中也含有几分之真实。那就是：李元昊对民族独立之渴望，对佛教信仰之热情，对安定边塞之追求，对发展经济之信心，绝非“子虚乌有”。碣铭之铭文部分，结合对佛塔之形象描绘，对西夏以佛主国之美好前景，大力予以歌颂。

其次是《承天寺碑记》，碑文也是盛赞西夏立国之功业，描绘佛寺建筑之瑰丽，完全是一篇宗教之颂歌。《凉州重修护国寺感应塔碑铭》，据说这座护国寺，原是前凉王张轨的宫殿。传至曾孙张天锡(363—376年在位）时，于此处建庙造塔。传说因其地有灵异，其塔已多有神灵感应之事，故曰感应塔。西夏崇宗乾顺信奉佛教，于天祐民安四年(1093年)六月，命人修饰佛塔。至天祐民安五年（1094年)正月十五日完工，遂建碑刻铭，以示纪念。碑铭分阴阳两面，阳面是西夏文碑文，以宣扬轮回、流转、因果、知行等教义发端，带出了脱俗行善之劝说，以及印度阿育王为安置杏眼舍利而修建这座凉州佛塔之历史传说。期间，还穿插了诸如风夜之时塔首出现圣灯，灯光惶惶环绕宝塔，致使两支大军败走等极为奇异之“瑞魔瑞象”显灵之故事。读来令人神秘莫测。阴面应用的是汉文碑文之散体序文，以讲述印度阿育王起八万四千宝塔奉安舍利一事发端，介绍了这座塔充满奇异之兴衰历史。阴面汉文碑文的韵语铭文，全部采用四言之形式写成。四句一节，共16节，总计64句256字。如此之长的铭文，在我国碑文文学创作中本不多见，但竟被成功地用之于西夏碑文之中，这是非常值得我们重视的文学创作现象。而且整个碑铭语句整齐，描摹多彩，比喻形象，气韵流美；铭文气势之宏伟阔达，章法之谨严清晰，词语之雅正优美，风格之凝重庄严，堪称西夏铭文之最。也是西夏文学之最高体现。

对西夏文人的诗歌创作概况，至今难以描述，资料十分缺乏，只能简单叙说。从俄藏黑城西夏文献中，发现有西夏人的诗歌作品，如宗教劝谕性的《西夏诗歌作品选》，发愿人编著的《三世属明言集文》，长达千字的五言诗集《新集金碎掌置文》，以及《西夏宫廷诗》等。这些以西夏的民族文字创作而成的西夏诗歌，无疑是西夏文学艺苑中的珍品。可惜长时间以来被严酷地锁置于异国冷宫，而至今未能与中国人民见面，实为中外文学史上的一大憾事。

（三）银白肚子金乳房

据《宋史·夏国传》等文献记载，西夏崇宗乾顺曾于大德五年（1139年），因有灵芝出生而作《灵芝歌》一首。乾顺令中书相濮王仁中等唱和，并刻碑纪念。近年，在西夏陵发掘过程中，得到刻有《灵芝歌》的残碑，证实了史载之正确。从残碑所刻“俟时效祉，择地腾芳”，“得施率土，赍及多方”等韵律优美、词语雅正的诗句，不难看出作者深厚的文献修养。

西夏的七言诗具有深厚的文化内涵，对西夏社会的历史、民族、政治等各方面皆有所反映。这些见解深刻、文辞雅正的诗歌，当出自素养很高的文人笔下。如《颂祖先时》，讲述了有关西夏主体民族来源的传说，开篇即咏道：“黑头石城漠水旁，赤面祖坟白河上，高弭药国在彼方。”所谓“黑头”与“赤面”，是西夏主体民族对自己民族的称呼。据说原是对党项羌的古代先民所建立的两个部落的通俗叫法，“黑头”指代的是一个男子部落；“赤面”指代的是一个女子部落。是“黑头”与“赤面”之通婚，才繁衍出了西夏的主体民族，即被称作“弭药”之党项羌人。“弭药国”即指由党项羌人所建立之国家（西夏）。因为其祖先所在地是“漠水旁”与“白河上”，所以，在对新国家命名时，便特意加上意为“河之上游”的“高”字，以示纪念。诗中提到了西夏皇族之鼻祖“剌都”，其妻子是“西羌姑娘”，生有七子，成为西夏皇族之始祖母。“母亲阿妈起族源，银白肚子金乳房，取名嵬名俊裔传。”因为有“银白肚子”与“金乳房”，所以才生育、哺养出了一个优秀的民族；因为皇族当初就以“嵬名”（党项语音译，含有尊贵之意）为姓，故后代俊裔皆以此相传。

（四）张元诗才似魔法

在西夏的诗坛上，有一支值得注意的力量，即是由宋入夏的汉族诗人。据现有资料看，原宋华州（今陕西华县）人张元就是其代表。张元因科举考试屡试不第，深感失意，便于景宋元昊大庆二年（1037年），随身携带着自己创作的诗歌，前来投奔西夏。西夏这边听他反复叙说投奔缘由与志向，但还是疑惑不解。张元正在失意无望时，便随口自吟了几句诗，夏国人一听，认为此人并非一般凡夫俗子，并要求他再吟诵几首。张元随即又吟咏几首诗，并拿出了自己事先创作好的诗歌呈上，夏国人才刮目相看了，遂将其引进宫廷。张元投奔西夏后，在酒楼里吃饭时，随即吟诗一首：“太公年登八十余，文王一见便同车；如今若向江边钓，也被官中配看鱼。”所表达的是对积极从政、得遇贤主的称颂，和对怀才不遇、无主可依之激愤，皆是富有感染力的。天授礼法延祚四年（1041年），张元随元昊与宋将夏竦、韩琦交战于好水川（今宁夏隆德县北），大获全胜。遂吟诗一首：“夏竦何曾耸，韩琦未是奇；满川龙虎辇，犹自说兵机。”这首诗很妙，通过谐音字之巧妙使用，便风趣地表达了对气势汹汹的宋军的无情嘲讽。张元在去世前的七年间，他曾任中书令，国相等职。他还有一首《咏雪》诗，写的笔力雄健，想象奇特，颇得写景抒情之妙：“五丁仗剑决云霓，直取银河下帝畿。战退玉龙三百万，败鳞残甲满天飞。”诗中所用“五丁”之典，出自《华阳国志·蜀志》。传说秦惠王不知入蜀之路，乃刻石牛五头，置金于牛尾下，谓之天牛。蜀人派五壮丁搬走天牛，开出了入蜀之路。诗人借指具有巨大创造力之勇士，他们仗剑与云霓决斗，引发一场极其壮丽之帝畿飞雪。张元的这首诗由于描绘奇特瑰丽，颇为历代文人学士所推崇，对宁夏后世文学产生了不可磨灭之影响。

明清时期的宁夏文学

学问深　长诗文　朱㮵雄才聚骚客

明代宁夏的文学主要是诗歌作品，这些诗歌作品大多都是由江南流寓文人所创作，他们的创作，给宁夏这块土地的文学艺术市场带来了一股清新儒雅之风。仅银川平原就已经成为名副其实的塞上江南，呈现出“田开沃野千渠润，屯列平原百井稠”，“远近人家四路连，风光谁信是穷边”之江南风光。基于经济的繁荣，文学事业也有了兴旺之势头。尤其教育，出现了“文物蔚兴，甲第相望，彬彬乎诸镇称道”之盛况。迁五方之人，江左之士，文礼风俗，兴学办教，钟灵毓秀；词墨诗唱，民间诗歌，今载史志，可谓颇丰。故文学成就很高，仅《嘉靖宁夏新志》中收录的诗词歌赋就达300多首。在明代洪武年间，由于“文字狱”“湖蓝档案”与其他原因，一些江南官吏与文化人士被贬谪宁夏，成为流寓文人。他们文学素养较高，给斯地带来了一股清新的文学艺术之风。《弘治宁夏新志·流寓》中所列 13 人，所录之数，仅为是时百里挑一。诗赋中有状物写景，亦有抒情哀怨，更有哭诉长歌，从中窥见当时之社会与生活。他们有的“工诗文”“擅文名”，有的“词翰超卓”，是为“骚客之雄”。这些文人聚集在“学问宏深，好古博雅”的庆王朱㮵周围，与其交游吟咏，切磋文学写作，对后来的宁夏文学影响深远。

朱㮵“学问宏深，好古博雅”。长诗文，工草书，“其草书清放驯雅，绝无俗碍，海内传重，视为拱璧”。史载，朱㮵身为明朝皇室胄子，“孜孜勤学，寒暑不辍，且忘其王公轩冕之贵，躬为韦布操觚之士”，是一位多产的大文学家与诗人，一生创作了大量的文学作品与诗词。还编著有《宣德宁夏志》二卷，《文章类选》四十卷，《凝真稿》十八卷，《集句闺情》一卷等，并写了大量的文章、诗词歌赋，散见于历代宁夏地方志书中。他的诗词作品流传至今的有近四十首之多。他与其他文人学士聚集在一起谈诗论艺时，往往围绕一题，一人一句，方成一诗；有时一人吟诵一首，众者进行讨论；此时，大家皆愿意听朱枬多讲，但朱㮵为人谦虚，一般并不多说什么，只是听其他人讲。据说朱㮵经常挑灯夜战，不停地读书，写批注，眼睛打战时，就用凉水擦擦脑门，继续读书写作；夫人、佣人不停地催他早点休息，但他旁若无人，根本不听。他是明太祖朱元璋的第十六个皇子，13 岁时被册封为庆王，15 岁时从南京到西北来当亲王，因原封地为庆阳（今甘肃庆阳市境内），故称庆王。但他却偏偏看上了宁夏这个塞上江南的好地方，遂放弃庆阳，先到韦州城（今宁夏同心县韦州镇）修建临时王府，暂时居住了九年。建文三年（1401 年）十二月，迁居到今银川市，居住长达三十六年。朱㮵自韦州来宁夏镇城视事，一路上“历观经涉之所因，山川之胜概”，感慨万端。他为在宁夏镇城经营王府新宅，登高远眺，批阅图志，见宁夏形势“若黄河之襟带东南，贺兰（山）之蹲寺西北，天开地设，雄镇藩畿，亦可谓殊方之胜地矣”。朱㮵追思往昔，慨然兴怀，动于诗情，因宁夏古有八景咏题，遂作《西夏八景图诗序》，重新删修宁夏古八景咏题，曰：贺兰晴雪，汉渠春涨，月湖夕照，黄沙古渡，灵武秋风，黑水古城，官桥柳色，梵刹钟声，并随题赋诗，“以见风景自己佳，形胜之势，观游之美，无异于中土也”。永乐六年（1408 年）仲夏五月端阳节，朱㮵在丽景园大设宴席，宁夏“藩间将臣，兔园英俊，缙绅之士，缝掖之儒，咸济济而于丽景园矣。红莲藏果，开玳瑁之筵；翠柳荫中，列真肴之味”。宴席间，来宾纷纷赋诗助兴，朱㮵饮酒开怀，仿效唐代文学家王勃、骆宾王文体，作《端午宴集丽景园诗序》，以记一时之胜游云耳。同一年，朱㮵又在宁夏镇城东金波湖南，择爽垲之地，构建宜秋楼，并作《宜秋楼记》，详解楼名“宜秋”之意。宣德七年（1432 年），朱㮵以病中梦见城隍神，遂作《夏城城隍神应梦记》。

朱㮵所作诗，以七律见长，流传至今的有：永乐二年（1404 年）春，宁夏新建社稷山川坛完工后，朱㮵作《永乐二年春祭社稷山川礼成》诗；永乐年间，丽景园金波湖内，产合允莲一，朱㮵作《戊戌岁金波湖合欢莲》诗；还有《夏日游丽景园》《夜宿鸳鸯湖闻雁声作》《登韦州城北拥翠亭》《游高台寺经辛卯战场王骠骑阵殁处感伤而作》《拟古边城春思》《宁夏新建社稷山川坛》《秋日登楼》《芳林宫夜宿怀古》《望春楼避暑》《石沟驿》《登楼》《东湖春涨》《贺兰大雪》《登宜秋楼》《丽景园冬日》《总兵营》《晚登韦州城》，以及记题宁夏八景的《贺兰雪晴》《汉渠春涨》《月湖夕照》《黄沙古渡》《灵武秋风》《黑水故城》等诗作。朱㮵还写有很多的词作流传于世，今见有《念奴娇·雪霁夜色中登楼望贺兰山》《浪淘沙·

寒垣秋思》《青杏儿·秋》《长相思·秋眺》《风流子·秋日书还》《春云怨·与吴谦》《捣练子·西夏漫兴》《鹧鸪天·冬日漫兴》《朝中措·忆韦州拥翠亭》《临江仙·避暑韦州》《菩萨蛮·归思》等词作。

朱栴的上述诗词作品语言朴素畅达，多用白描手法，描画景物，抒发情怀，具有鲜明的地域色彩，表达了朱栴赞颂宁夏山川美景之情感，寄托了朱栴怀念皇家宫廷之情思。

正统三年（1438年）八月初三日，朱栴病逝于今银川，终年60岁，埋葬在韦州明庆藩王陵。

八景诗　精义深　嘉言宾予咏华章

明代宁夏文坛的一些流寓文人，经常聚集在一个雄藩胜地，吟诗作词。有一次，诗人朱栴、陈德武、静明、王逊、刘昉等聚集在一个风景秀美的景园中，朱栴提议：诸位闲聊了这么多，不胜感慨唏嘘，何不各自吟诗填词一首，聊以自慰。众皆相应，遂各自吟咏一阙；相互寓目，有博大精深，胜义缤纷者，有瑕瑜互见，仅涉猎一周者。结果，每个诗人之作品皆不相同：陈德武的诗抒发了思念故乡之情，静明的诗抒发了思念亲人之情，王逊的诗直接描绘了边关之多事，刘昉的诗描写了民不聊生的现实疾苦，朱栴的诗直接赞美了大漠风光与塞上江南之美景，不一而足。诗人聚会，促使了一些诗人诗性之迸发。如陈德武就创作了“宁夏八景”诗：贺兰晴雪，月湖夕照，官桥柳色，梵刹钟声，汉渠春涨，灵武秋风，黑水古城，黄沙古渡；还有朱栴的《西夏八景图诗》，静明的《丽景园八咏》，王逊的《旧西夏八景》，刘昉的《韦州八景》等，诗的艺术风格鲜明地表达了“流寓诗派”与“大漠诗派”之特色。这些诗歌创作，为明代宁夏文学开辟了道路，为后世的宁夏文学发展打下了坚实之基础。

清代宁夏儒将俞益谟（1653—1713年），字嘉言，号澹安，别号青铜，乃今宁夏青铜峡广武人。曾在湖南、广西、贵州等地做官，后遭贬谪回到宁夏，遂开始埋头读书写作，创办义学，捐置义田，扶助孤幼，惠泽桑梓。主持编修家乡首部志书《康熙朔方广武志》，是现存宁夏历史上唯一的县级以下的基层地方志，至今仍不失为编修新方志之参考范本。他喜欢舞文弄墨，写诗讲学，著有《道统归宗》《青铜自考》《办苗纪略》等诗文集，并撰写了大量诗词歌赋，可惜大多已失传。广武百姓为了纪念他为家乡所作的贡献，特在城中建立牌坊，上有康熙皇帝御书钦赐的“焜耀虎符”四个大字，还在牛首山专为他修建了一座“青铜君祠”。世人称誉他为“一代名将，千古文人”。

清朝康雍年间，在今宁夏盐池县惠安堡镇出了一位文学家，叫谢王宠（1671—1733年），字宾予，号观斋。他自幼天资聪颖，勤奋好学，受人喜爱。乡间传说，有一年春天，下雨路滑，小小的谢王宠放学回家，走到街心，不慎滑倒摔了一跤，跌得浑身泥水。此时，有几个调皮的小青年看见了，拍掌大笑。小王宠很生气，从地上爬起来随口吟诗一首：“春雨贵如油，下得满街流。滑倒小学童，笑傻一群猴。”后来，谢王宠在家乡办起了一所私塾，招收了一些乡间弟子，当起了教书先生，以读书讲学，立言著述为乐，一干就是20年。雍正皇帝登基不久，得知谢王宠学识渊博，便特旨召见。到了京城，他给皇帝讲解《太极图说》。皇上听后大喜，夸奖他深得太极之奥妙，并有自己独立之见解，就封他为翰林院讲读，但没等上任，即改授山西雁平道道台。谢王宠一生在教书，从政之余，还潜心儒学研究，勤奋笔耕，主要著作有《孝经择要明伦录》《善利图说补理学入门》《荒政录》《学要治要》《四书遵注指要》《知性录》《何事易学指要》《反经录》等，但限于当时之印刷条件，他的著作大多没有刊印成书，故流传下来的极少。

诗是史，也是文，推开事实长卷，展现一幅数百年来的文学图画，欣赏明清时期宁夏美丽图景，咏叹隽永佳句之后，耐人无穷咀华的依然是文学诗章。

参考文献：

1.《宁夏百科全书》，宁夏人民出版社，1998 年。

2. 吴忠礼主编：《宁夏历史图经》上下册，宁夏人民出版社，2009 年。

3. 佘贵孝编著：《固原历史名人》，宁夏人民出版社，2008 年。

4. 刘文英、王凤刚主编：《走进皇普谧》，宁夏人民出版社，2007 年。

5. 宁夏区党委宣传部编：《宁夏古今名人故事》，2007 年。

6.［清］.仇兆鳌注，《杜诗详注》第一册，中华书局，1979 年。

7.［清］浦起龙：《读杜心解》第二册，中华书局，1961 年。

8. 陈铁民、侯忠义校注：《岑参集校注》，上海古籍出版社，1981 年。

9. 中国社会科学院文学所编：《唐诗选》上下册，人民文学出版社，1978 年。

10. 陈寅恪：《元白诗笺证稿》，三联书店，2001 年。

11. 陈育宁主编：《宁夏通史》古代卷，宁夏人民出版社，1993 年。

12. 李文华主编：《话说宁夏》，宁夏人民出版社，2008 年。

13. 张欣毅：《朔之方》，宁夏人民出版社，1998 年。

14. 张迎胜主编：《西夏文化概论》，甘肃文化出版社，1995 年。

15. 张复兴主编：《银川文化史》（古代卷），中国社会出版社，1998 年。

［2011 年 5 月至 7 月写于风声楼］

卷三　艺术论评

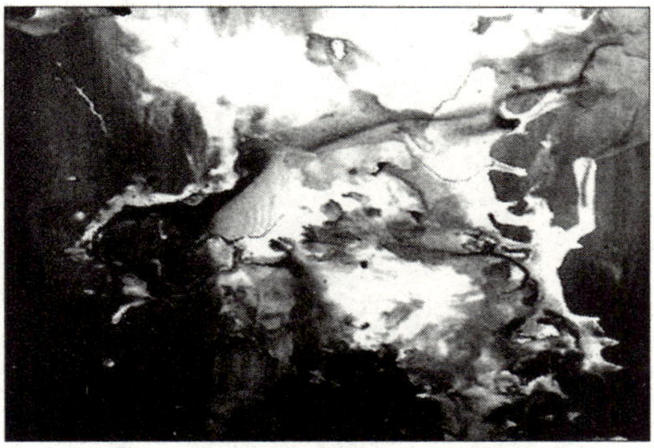

书法艺术的审美体验与审美品格

——中国传统书法美学思想意义阐释

纵观中国书法美学的学术谱系，其美学品格是书法家作为主体对其所从事的书法创作世界的本能体现，是书法家同书法美学世界发生联系的必然反映。但是，不同的书法家对于书法美学世界又确有其不同的审美体验形态。尽管通过审美体验形态所折射出来的书法美学品格遵循着一些最基本的感觉分解、知觉完型、统觉融合等一般法则，但由于书法家在不同时空语境中活动的个体差异性，他们的书法美学品格又不可避免地具有个体性与独特性。书法家往往比常人有着更强烈的审美体验能力，故其书法的美学品格的个体性与独特性也就更为明显。解读书法家，了解其书法思想的美学品格当是一个必要之前提。我以为，对于书法前贤从事的书法艺术创作，以及通过创作所彰显出来的书法美学品格做一必要梳理，对当今书法美学的发展具有重要意义。

那么，中国书法美学学术谱系究竟如何建构？书法美学学科发展应该走什么样的道路？此当不能定于一尊，但却是笔者在此将书法家美学思想作为整体书法美学学术谱系资源来予以关照的。这也许会引起同仁之讥哂，或以为这不过是“九斤老太”之心态，其实我的着眼点主要是想通过对前贤书法美学品格的勾勒，是出于自己对书法美学性质及学术谱系的理解。牵强之处在所难免，但确实是一个特殊的视角。换言之，前贤书法美学资源仍是我们当代书法创作的宝贵财富。在当下，现代文化艺术或后现代文化艺术似乎成为最具人气的艺术形态，艺术的内涵与外延也发生了很大变化，在很多时候，一些书法艺术家的书法规矩与日常性情之界限漫漶不清，但由于对书法艺术创作之审美经验提升出的书法学理，仍然是书法美学发展的重要路径。在此种价值理性的意义上，探寻前贤书法艺术的美学品格与书法学理之间的关系，即可见出此一学术命题之价值所在。

一、书法的审美意象与人格造型

单就书法家的书法美学思想来说，究竟它在何种价值理性上能够成为中国书法美学的学术资源？此命题是否有着伪命题之险？此处需要给出一个差强人意之答案。这就需要对前贤的书法美学思想加以阐释，并指出其对书法美学学术谱系之裨补与建构价值。

当代书法家的美学思想多数出自对中国传统书法经典的品藻与梳理之中，通过对中国传统书法理论的剖析而展示其各个时代的艺术思潮、审美趋向和批评方式。著名书法理论史家王镇远在他的《中国书法理论史》(上海古籍出版社,2009 年)专著中认为，中国的书法是一种极为特殊的艺术，“它是具体的造型艺术，通过点画的组合而构成千变万化的图像，表现出人们对平衡与倚侧、协调与矛盾、统一与变化、整齐与错落、疏散与紧密等种种形态美学的认识；它又是抽象的表意艺术，仅凭着线条的流动而展现作者的情感心绪与品格修养。它是实用的，每个文明社会的成员都依靠它交流思想、传递感情；它又是超实用的，历来论书者往往强调书家淡泊无为的心态和超乎名利的品格”。（《中国书法理论史》，第 1 页）这一论点，为我们研究书法美学思想品格提供了颇有价值的学术视角，为建立中国书法美学理论与方法体系，有着不可忽视的重要价值。王镇远自幼酷爱书法，治学之外，临池不断。他专修文学史与文学批评史，师从著名文学批评史家郭绍虞、朱东润等，他认为自己是用研究文学批评史的方法来研究中国书法美学理论史的，他在研究中国书法美学思想时的材料来源，除了一些关于书法的专论与专著外，也在大量的前人诗文集、笔记、题跋、杂著中去搜罗剔抉，意在清理出一条我国书法美学理论发展的线索和揭橥各家书法美学之特点，从而将书法美学理论的长河汇入到整个中国艺术和文化发展的洪流中去。因此，中国书法的魅力不在表现真实的物象，而在图像所造成的美感以及由此而体现的韵味意趣，故它比绘画更具有含蓄深蕴之美，更直接地展现作者的心灵气质与审美趋向。因此，“美感”之于书法审美活动，是最为本质的状态，它是主体与客体之沟通，也是对主体与客体之超越。对于书法艺术创作与鉴赏而言，美感是获得其中三昧之关键。没有美感也就无从谈论书法艺术创作。当杜甫吟“感时花溅泪，恨别鸟惊心”时，并非反映“花”“鸟”之本身特性，而是通过一花一鸟呈现诗人当时忧国伤怀之独特心理体验。所以，书法作品的品格，本身亦并非是对所书写对象内容之再现，而是书法家在其审美体验中对书写内容之再创。虽然在审美体验中包含着对内容之再现，但其呈现或折射的是书法家对内容之审美体验关系，而非仅仅是再现。

所以，从审美体验入手探寻书法家的书法作品之美学品格，也许是一条可行之路。审美体验是主体感受客体时大脑皮质层从抑制到兴奋之过程，是相对稳定的审美经验之激发流动、重新组合之过程，其高级形态往往表现为通过笔墨传达心志的审美体验时所达到的无穷意味的心灵战栗与人格震动。亦即它借助于固定的笔法和字形，在其中变幻出千姿百态的图像和体现繁复纷呈的个性心态，它是有依傍而又超越依傍的“心手合一”（朱长文语，《中国书法理论史》第 2 页）之状态。此种状态，是书法家在审美活动中产生的对于审美客体价值的心理体验。审美体验直接产生审美意象并经艺术家外化为艺术造型。书法家通过审美体验状态之后的书法意象造型之美感效果，关键点在于它有生命意趣，它能唤起人们获得具有生命意识的美感享受，也就是说，它是生命之意象。书法创作，无论从认识功能还是从美感功能来说，皆不以再现原始之象为手段与目的。它是一种生命意识促使书法家从运笔、结体到成行成篇，从不同层次与环节，力求捕捉恰似现实生命意象构成之形、质、意、理，乃至生命形态之筋骨血肉意味，从而使抽象之文字符号变为有生命意识之品格。说抽象，并非说书法作品只存在于逻辑维度关照之中，而是说，书法作品只抽取宇宙间各种事物之形质意理，使文字书写变为有生命意趣之形象。书法作品作为二度空间存在，它是具体的，可由视觉把握的。但是，它只是一种凭借点画挥写而成的符号结构，却能唤起人们种种具有某种对应性之联想，当联想到的东西能反映出某种生命意趣，表达出现实的人之生活情意，激发振奋人们的生命活力，它就能唤起人们的美感。它是书法家审美体验之迹化，能使人以生命的神采与形质的意味去品赏。而此种审美效果，却往往在恍惚之意味中。这也许就是“心手合一”之精髓。

朱长文(1039—1098年)的“心手合一”说，意谓审美体验首先是一种心灵的、精神的与总体的情感体验；它往往由对象形式美的愉悦进入到对人生未来之感悟，并能直接进入到人之潜意识深层领域，是照亮人格心灵内海之光。其次，审美体验乃一种心理震撼之强效应，“心手合一”乃一种深度审美体验，它可以唤醒蒙蔽的自我意识，达到一定高度的精神自觉。再次，“心手合一”乃审美体验过程中始终相伴相随的一种心理愉悦状态与心理沉思状态，并在意象纷呈中获得美感享受，或审美反思。“心手合一”之本质，乃在于审美体验对自身局限之不断超越，它是超出常规的直觉，乃心灵之味觉，亦乃内在之眼睛。“心手合一”，必须超出日常经验而心驰神往，即在生活表层上那连绵不断的因果链条中之断处探测进去，做超越时空之探索。此刻，获得审美体验之主体也许暂时失落了常态或日常之平衡心理，找不到安置激情玄思之秩序与归宿，但正是在这表面之失落中才获得了本质的人生境界之升华，诞生了书法审美意象，建构了美的世界与美的人生。“心手合一”，就是说审美体验是以过去的审美经验为基础而又超越它进入当下语境之中，并在当下书写气氛中直接悟到永恒和未来。这是一种过去、当下与未来之瞬间合一。

“心手合一”，就是在书法艺术的审美体验中，重在主体心理感受。就是用审美态度去把握书法传统，把握书法世界，把握书法对象，有了“心手合一”的审美状态以后，具体的审美对象也就凸显了出来。不难看出，书法家“心手合一”的美学思想，因其注意到了书法家在审美活动中的主体能动性，故在审美体验的主体性建筑方面具有相当的价值。因为“心手合一”的主体审美体验张力场，随着感知、情感、想象、感悟等多种心理层次交融，重叠，震荡，回流而出现各个不同之形态。故又可以说，“心手合一”乃一种特殊的书法艺术的审美体验，是书法审美经验强烈而充分、丰富而高妙之动态形式。书法审美经验重在主体心理感受，而书法艺术的审美体验除了美感心理学上个体亲历性以外，还有其实践性与总体性意味。处在审美体验中的书法艺术家不仅能表现自我意志，方能提升无我之境，而且还能超越人生；不仅能忘我地去体味，而且还能从书法美感那里获得快乐；书法忘我地投入到传统的审美活动中，去身体心验，以心换心，在“心手”体验中超越。超越，就是书法家在鉴赏前贤经典书法时所说的：源于碑帖，脱胎于碑帖。褚遂良的一笔骨肉匀停，风神具足、宽绰大度、瘦润清朗、刚柔相济之楷书不仅启立自家门户，更是脱胎于前代楷书趋于成熟之标志。也可以说是盛世景象在书法艺术中之投射，褚氏受前代之影响，由此可见一斑。但楷书到了颜鲁公之手方才写出了盛唐气象，写出了顶天立地之大性情。颜体者，唐楷之极则也。故所倡言之书法美学思想，就是要在书法艺术创作中先要“心手合一”，然后在激情中超越，在灵与肉的俱释中升华，使自己在“技巧熟练”中窥见人生之奥秘，将自己深蕴的内在生命力融入于历史与社会之中，在个体与总体、自我与社会的双向建构中，完成自身人格造型，承担起所肩负的时代使命，创造出书法艺术本真的审美价值。东坡论书即以神为上，李之仪也以精神为书法之根本，故他于前代书家中特重杨凝式，因杨氏之书貌似无法而尤以神韵见长。故其论书法创作则提倡“神遇”。“神遇”就是指作书时心手两忘，不经意而自然工妙之境界，苏轼的《兰皋园记》能乘兴而书，纯以意行，故为“神遇”之作。（《中国书法理论史》第170页）此乃历代书法家思想中的主要美学规律，它关涉到在书法艺术创作中审美主体与审美客体两个方面。书法家必须以书法世界的审美信息为基础，受一个直观对象性质的制约。但书法家并不沾带于对象，而是在多种心理功能如审美动机，审美感知，审美想象之不断整合中，产生出对书法作品的一种特定态度与超越性本能，使审美体验的超越性在主客体交互过程中得以实现。我对书法家这一美学思想的理解是，一般来说，这种主客体相生相发相感相合之审美体验过程，大致可分为如朱长文所表达的“心手合一”(初级直觉)、“心手两忘”(想象)、“神遇”(灵感)几个不同层面。这几个层面不同、深浅有异的审美形态，构成了一个完整的书法艺术审美体验共同体，它呈现出书法家在从事书法创作时由初级层次向高级层次，由书法外部观照体验（机体觉）向书体内部观照体验（心意状态与人格结构），由浅层感触到深层感悟之层递性。《庄子·人间世》中说：“无听之以耳，而听之以心；无听之以心，而听之以气。”这就告诉我们，可以将书法的审美体验划为三个层次：一是“耳目”感官之初级体验；二是“心意”情感之中级体验；三是直觉精神人格之“气”的高级体验，是全部身心、灵魂与人格之震动。南朝宗炳在《画山水序》中也用“应目”“会心”“畅神”三个层次来阐明自己对审美感知进程之看法。对于书法艺术创作来说，“应目”是指书法家的视觉与临或写之字(对象)的接触，“会心”是指书法家之眼睛一接触到欲临或写之碑帖(物象)时，内心立即就有了感应，把自己的心灵世界融入到书写对象中去。这时，书法作品就成了书法家心灵世界之寄托。所以说，对书法美学思想中以上几个范畴的划分，在书法艺术创作审美体验动态发展中有着不可忽视的重要价值，但当联系到书法创作过程中更深层次的审美体验问题时，就感到这个问题仍有继续深入探讨之必要。在此方面，宋人论书的共同特点是都重视书法创作中的主观因素，即以“意”的作用。欧阳修提倡学书为乐，重在自然兴会，以为书宜出自胸臆，真实地表现书家人格。朱长文的《续书断》则体现了人本主义的思想，将书法的成败归结为人的精神与学养。苏轼则标举“意造无法”，要求作书须能“寓意”，以“意”为书法创作之灵魂。黄庭坚则强调“得妙于心”；晁补之则以为“学书在法而其妙在人”；李之仪主张“神遇”；米芾提出“意足我自足”之说法；董逌则认为学书在于发挥“笔意”二字；《宣和书谱》在对历代书家的评述中也体现了以“心画”为本，极重视胸次学养的祈尚（王振远：《中国书法理论史》，第135页）。

当然，书法艺术创作不是单纯临摹碑帖或率性而就，也不是单纯表达主观之情思，而是面对古贤圣哲，要将书法中超乎笔墨蹊径之外的意趣归结于书家的天赋才情与修养品格。在书法创作或临帖之情感体验中将客观书写变为书家之创化，然后以完美之形式将这一“神遇”(李之仪语)之人格意象表达出来，成为以“神气”(蔡襄语)为核心之心灵妙品。先贤强调“韵胜”（黄庭坚语)与提倡“真趣”（米芾语)，就是意在表达书法作品是与人之道义学养有关的风神萧散的美学理想，欲于自然率真的书法创作中表现真情雅趣。（《中国书法理论史》，第135页）这是书法家由客观书写变为主观创作这一过程，所要表达的“本真”之义之妙品过程。究其实，所谓“神遇”“韵胜”“真趣”过程似乎可分为三个层级。首先是书法家面对纸墨笔砚将要书写或临摹之对象，为其字势形态（对象）所动，悠然会心。这是对客观书写对象外形之审美感受，可称之为表层体验（或初级直觉）。其次是书法家从字势形态之美感中体验到一种气韵与力量，所产生的已不同于客观的字势形态，已经有书法家的审美态度与审美评骘融入其中，已经突破了对“形似”之体验层次，而进入到对“神遇”之体验的中级层次。最后是书法家眼中之字势形态与心中之本真与“真趣”之字势形态相激相荡，主体将自己的感觉分解、知觉完型、统觉融合等统统融入字势形态之想象之中——它那千岩竞秀之气象，灵趣飞动之意表，冲虚简静之精神与书法家自己的胸襟抱负、高尚人格与精神气质同构。正如颜真卿那宽绰浑厚、气势雄伟的书法作品顿时直立在人的面前一样，成为书家自身人格造型的襟怀之外现，于是审美主客体瞬间融一，从而达到“化境”之感悟——高级审美体验层次，诞生出心灵之妙品这一审美意象。生命是整体的，能把握到字势形态之整体，就能把握到书法艺术作品之生命。书法家面对的点画、笔墨、字形、偏旁、字体，是以枯补润、以小补大、以欹补正，皆是面对的整幅书法作品世界，从而使书法家从现实的书写时空中超越出来，再对书法作品的审美观照中看到自己，甚至在此种“神遇”之境界中，不但忘却审美对象以外之世界，而且忘记自身之存在，“意境两忘，物我一体”（王国维语），达到一种悠然意远之境界。只有如此，书法作品才能成为一个有筋骨血肉之生命意象，一个具有大美之书法整体。

我们应该看到，古代圣贤所强调的“神遇”，“韵胜”，“真趣”之美学思想，就是要让书法家达到高度的审美体验时，使所孕育成熟的书法审美意象能获得自身之生命与勃勃生气。此时，书法审美意象所表现的书法对象之本质，已经不完全是客观的字势形态本身，它同时也是书法家人格主体之本质。书法审美意象是客体本质与书法家人格主体本质之精神融化。一旦形成此种“神遇”，书法审美意象就不完全是对客体之再现，亦非全是人格主体之自我表达，而是主客融一，产生一种审美新质。亦即是说，书法审美意象是书法的形式与书法家的内在情感达到统一，达到共鸣与同构，然后由书法家在审美体验过程中将自己独特的体验转嫁予字势形态，使书写对象具有原来所没有的情感色彩与生命韵律。故书法家审美体验的直接成果就是书法美感意象之诞生。没有此种深度的审美体验，书法家就不可能从字势形态上获得情感共鸣与心理同构，就只能是原生态的看碑是碑，看帖是帖，产生不出美感新质，诞生不了书法审美意象，当然也就无法创造出书法与人格造型完美统一的艺术作品。

二、书法美学的“无声之乐”境界

通过以上对一般书法美学思想之解读，现在可以对一些书法审美体验的动态过程稍作概括。书法创作中的审美体验过程表现为相互独立而相互依存的三个方面。

首先是书法家对书写对象产生积极的审美注意，这是求真“神遇”所表征的一种极端兴会之生命状态。根据书法家的审美体验过程，书法家的审美注意力主要是以感官注意焦点之转移为最基本表现形式。这不但是因为书法家的审美活动是从感官到对书写对象的感觉分解开始，而且是因为在书法审美体验过程中，随着书法家的感官注意力的转移，会使书法家的自我感受发生质的变化。这种变化一般体现为：当书法家的注意力的焦点集中在自身某一感官对象时，此时所获得的感受就带有明显的生理快感之特征，类似于意境美学中之“有我之境”；而当书法家注意力的焦点集中在字势形态即书写对象（包括临摹）时，此时书法家获得的感受则是更多的带有非功利性之美感，相当于意境美学中之“无我之境”。

书法家的审美注意力与书法作品的审美价值之间的此一必然联系向我们揭示，当书法家将自己置身于具体之审美环境，与书写对象建立起审美关系之后，书法家的注意力在关系两端所搭成的视线上游移时，实际上就已经决定着书法作品的审美效果。当书法家的注意力的焦点越接近自身，他所获得的感受就越接近快感；当书法家的注意力离自身越远，书法家所获得的感受就越倾向于审美感受。在书法创作的审美体验中，书法家注意力焦点的不同所产生的书法作品审美价值的不同，为研究书法家的书法创作实践与书法思想的美学品格提供了思路。在书法审美体验活动中，书法家自觉调整自己的注意力，不但有助于自己获得不同的审美感受，也有助于我们从实现快感到美感的跨越，从而去享受书艺的真正美感。

其实，在书法创作的审美体验过程中，能决定审美注意力转移之因素不是别的，正是书法家的人格主体之情感状态。这是因为，书法家对书写对象以及字符信息的认识皆从感官与其建立联系开始，即书法家必须通过自身之书法创作实践与审美体验，将自己的感官对应于来自不同书写对象和不同层面的字符意义之刺激，并通过这些刺激形成感觉分解、知觉完型、统觉融合之表征，再经大脑之消融，最终内化为书法家对书写对象的总体认识（消化）。在这种认识（消化）过程中，书法家依凭之书写对象与认识及吸纳的信息不同，其作品之价值也就不同。当书法家的此种认知方式停留在借助感官知觉外物之刺激，而不带入任何人格主体之情感状态时，目的只是获得对字符形似之认识，此种认知方式就是感性的；此种认知方式如果借助感官知觉，同时又借助逻辑思辨而取得对书写对象的更深层之认识，也不带入人格主体情感状态时，此种认知方式方可称之为理性认识；当书法家认知方式借助感官知觉，不借助逻辑思辨，却强调人格主体情感之积极参与时，书法家对书写对象与自身所体验获得的认识，既不是感性的，亦非理性的，而是美感。由此可见，书法前贤所说的“神遇”“韵胜”“真趣”乃一种带有人格主体情感状态之认识，而只有具备人格主体情感状态，才是书法家的美感认识。如果要给感性认识（消化）、理性认识（吸收）、美感认识（化为己有）三者划清界限，那么感性认识（消化）与理性认识（吸收）的区别，主要在于是否运用了抽象的逻辑推论；而前两者与美感认识（化为己有）之不同，则在于是否具有人格主体情感态度之融入。从这个意义上来说，只要书法家的认知过程有明显的情感体验相伴相随，那就是美感体认。美感体认必须有书法艺术家的情感融入作基础，当这个基础被确立为美感生成之基础时，书法作品的审美价值所依赖的许多属性便显露出来。此种书法艺术作品必须有可感可知的生动形象；书法作品也必须带有明显的情感（化为己有）状态等。我认为在这三个要素中，书法作品的形象要素既是基础，也是关键。基础，就是要继承传统。继承传统，就是要以书写汉字为基础，通过布局、结构、用笔、用墨及点画运动来表达情感和意蕴。关键就是要普遍重视书法作品的风神意趣而不断断断点画形似，由此去把握书家的内在精神气质。如何才能继承传统？就是要把书法创作当作一个生命形象来创造，把书法艺术形象当作主体感悟的生命形象来营构，把书法艺术作为民族文化、民族哲学和美学精神的直观形态来表现，把书法作为时代的人的精神品格的对象来观照。正是从这一根本点出发，才能将前贤成果继承下来，化为己有，才能有中国书法的艺术生命，才能派生出一系列法度（基础）。基于此，不仅书法家之本能生命意识，而且民族特有之时代伦理、人文风采、人格理想，亦皆反映在书法创造与审美要求中。所以，当人们发现书法作品确实可以“达其情性，形其哀乐”时，便要求书法反映出性情之率真、修养之高尚、宗趣之雅洁与形式之完美。故对书法艺术有“尽善矣又尽美矣”（李世民：《王羲之传论》）的理想。当书法家片面追求形式、忽视美感性情之真时，书法作品就会出现刻意做作。所以，我们在强调继承中国传统书法成果时，同时还应强调“生中求熟，熟中求生”（黄宾虹语）的真挚艺术变幻之美感。人们常说的书法艺术的审美即是书法生命意象之美，无生命意象则无书法艺术之审美，也就更谈不上所谓的书法家之审美体验了。书法家对书写对象进行审美把握，离开了视听感官也无法完成，可以这么说，书法家的视听感官是为捕捉书法意象神韵而设的，即便是我们通常所说的书法的心象、意象，也是书法家视听意象之扩展和延伸，世上不存在视听意象之外而独立存在的书法造型。刘勰说：“陶钧文思，贵在虚静，疏瀹五脏，澡雪精神。”（《文心雕龙·神思》）唐代书法家虞世南也说：“欲书之际，当收视反听，绝虑凝神，心正气和，则契于妙。……故知书道玄妙，心资神遇，不可以力求也。机巧必须心悟，不可以目取也。”（《笔髓论·契妙篇》）齐梁时王僧虔在《笔意赞》中陈述他书法创作之感受时也说过：“书之妙道，神采为上，形质次之，兼之者方可绍于古人。以斯言之，岂易多得？必使心忘于笔，手忘于书，心手达情，书不忘相，是谓求之不得，考之即彰。”（《中国美学史资料选编》上册，中华书局 1980 年版）这里所讲的“虚静”“凝神”“神采”“神遇”“韵胜”“真趣”“化境”等，皆为一个意思，即是说，书法的审美体验要真正悟得真义才行。真义之目的就在于使书法家能够虚心澄怀，摆脱日常经验中之各种名利杂念，对书写之作品精细入微，独到殊相之审美观照。同时，书法家之心为书写对象所独占，即视听感官。遂在凝神之瞬间，书法家对书写的对象之外在形式产生直觉的审美愉悦，勃然而起一种兴发感动之情，这种感物起兴之情感激荡，使书法家迅速进入一种激情之中，这是书法艺术创作审美体验之第一阶段。

其次是当书法家迅速突破对书写对象之外的形式掌握，而以其心灵之味觉去体验形式之意蕴。此时，书法家就已进入“凝神”之域，进入“神遇”之境界。人书交融，情感重叠，书法家遂在交融中“寂然凝虑，思接千载，悄焉动容，视通万里”（刘勰：《文心雕龙·神思篇》），从而“观古今于须臾，抚四海于一瞬”（陆机：《文赋并序》）达到对时空之超越。这种“收视反听，耽思傍讯，精骛八极，心游万仞”（陆机：《文赋并序》）之对自身局限不断超越之特征，使书法家能将自己统摄的宇宙之气与内在生命之气融入书写对象之中，建立一个生气灌注的完整的书法艺术世界，达到书法艺术家在具体的生命意识中，抉发出道德之根源与人生价值之根源，使书法之生命意象纷至沓来，达到不可遏止之境界。

再次，书法家最深层的体验表征为物我互化之境界，主客体之间所有对立面皆化为动态之统一，书法家各种体验皆归融到艺术的审美体验这一生命诗性体验之中，这就是所谓“凝神”“神遇”之“化境”状态。“化境”，是说书法家在物（字)我互化中，由于思维极端活跃，书法家有时可能处于物(字)我难辨之精神状态，物(字)有情思是一种必然。我们书写汉字，不是要求再现文字之原貌，而是说书写之对象只是书法家格物之对象，用对象之形，寄书家之浩然之气。此时的书法作品会哭、会笑，能够与人对话，成为人的知己。这不仅是一种修辞手段，而是书法审美创造的表达形式。总览古代先贤的书法创作实践，无不达至物(字)我互化、物(字)我同一之境界。他们的书法作品之物化，就往往包含着华夏民族深层之文化心理，有着独特的文化内涵。如果将前人书法思想的美学品格与当下主体间性的理论联系起来看，书法的物(字)化过程中的物(字)也同书法家本人一样，乃一种主体间性之存在，书写对象不完全受书法家之支配，有时还左右着书法家思想情感之运演。当然，单独的物(字)又没有意义，它必须与书法家产生主体间性之心灵共振才有意义。

物(字)我互化的另一个表征，就是书法家心灵的超越。这在字义论中之地位相当重要。如果说，物(字)我难辨，物(字)有情思，是物(字)化之外在表征形态，那么，心灵之超越就是物(字)化之精神意义了。物(字)化所追求之神妙与忘我之艺术境界，自然是为了更好地表征书法艺术家之心灵，追求主观情思与客观物(字)象相融合之统一。正如我们在宋代欧阳修、蔡襄、黄庭坚、米芾等人的理论中均可见出：他们均寓于古代法书中，特别是晋、唐人之书法作品中吸取自己创作之养料，化古人为己有，主张学习古人之神气，而黄伯思的理论更重在尚古守法，与当时普遍之风尚不侔。如朱长文、苏轼等人则强调道与艺合一，以为道便寓于艺中，艺可通于大道，故主张神与法之结合，法由神出，神以法显，故求无法之法。（《中国书法理论史》第135页）这里的“化古人为己有”“道”与“艺”“神”与“法”，均讲的是书法作品的互化。所有书法创作中之“道”与“艺”，“神”与“法”，皆要彰显书法家之道德人格生命意识，彰显书法作品的美学生命意识，只有如此，才能实现对心灵一隅之超越；只有“求无法之法”，才能达到书法艺术创造之最高境界。书法家也即在书写对象中融入进自己的人格与生命，也就打上了书法艺术家主观精神世界之印痕，甚至主体化为客体、物(字)我不分。书法家与书写对象之间消除了疏远与陌生，产生出一种忘怀一切之自由感，获得高度的精神解放，达至那悠远无限之境界。书法艺术的最高境界乃“无声之乐”的境界，亦即《老子》中所说的“大音希声，大象无形”之境界。故见人之所未见之“大象”，听希声杳冥之“大音”，以一瞬凝千古，以一字存乾坤。这种对宇宙人生之瞬间感悟乃一种“至乐”之境，乃书法艺术对现实时间与宇宙空间之超越所呈现的心灵空间与精神实践之自由融一。此时，书法艺术家往往感到一种极为强烈的情感与意绪在心中跃动并统摄整个身心，一股汹涌的心潮迫使自己去表现。故处于深度审美体验的书法艺术家往往情不自禁地用字符、线条、墨色等媒介将自己所获得的深度审美体验传达出来。此时的书法家会产生一种心灵之感叹，也会在书写过程中产生一种无形的张力场，即作品与内涵之间造成的中间地带，既融会了书法家审美体验的澎湃激情，也留出了可供观赏接受者再度体验之广阔空间。此时，书法作品字面表现出的东西越少，观赏者接受的东西就会越多。故“法由神出，神以法显”，此乃前贤通过长期书法创作实践后产生的书法艺术创作经验之结晶。这个结晶，就是书法艺术审美体验的物化品，亦即书法艺术作品的再度体验是书法家审美体验整个过程中不可缺少之一部分，这是前人书法思想美学品格中最宝贵的体现，也是他们书法作品审美价值实现之关键。同时，也是他们书法人格精神境界的升华与整个书法艺术作品高度统一之结晶。

三、书法的审美思辨性品格

以上，从书法艺术的审美体验路径，对书法美学品格进行了初步的分析与梳理。书法史家王镇远虽不以书家闻达，但就从其所刊行的书法史专著《中国书法理论史》一书，也颇可观。其书论的运思方式，也多从对具体书法作品的实践或品鉴中升华的审美判断或理论命题。书法家创作的审美体验是纯个体心理不断深化的过程，是由耳目感官愉悦向心灵的精神沉醉之拓进过程，乃一种融合宇宙精神、把握人生境界、渗透自然之气、追求灵肉内修之流动过程，从而获得书法艺术创作中真正审美体验的深度。

当然，书法美学思想所凝结的许多重要学术命题，皆可从审美体验之层面上予以解析，如历代书法家高度的审美思辨品格。这种审美思辨品格，所体现出来的不是纯然的逻辑思辨方式，而是由审美思辨与逻辑思辨相融合的一种认知方式。这种认知方式因其创作的体验性质，而更多地将书法美学思想蕴含其中，在审美思辨的认知方式上更显独特的概括力。其“法由神出，神以法显”的书法美学思想，就已经充分地表达了这一思辨概括力与认知方式。前人的这些书法论语，既有对书法创作的切身体验，又有关于书法创作关系及书法创作形态的理论提炼，其美学价值相当高。这对中国当代书法创作具有普遍的导向价值。因为出自古代书法家直接的具体的审美体验，故这些书论蕴含着非常丰富厚实的美学价值；而古人的书论多不走逻辑推论路径，只从具体书法作品与书法形态的审美品格中直接发出感叹，而此感叹正是书法美学的学术命题。这就使他们的书论所凝结的学术命题，有着更加鲜明的审美思辨性质，同时又与逻辑思辨相融合。它最为突出的体现就是，以有充分的自明性与完整性的书法理论命题形式而凸显。所谓自明性，指无须进一步论证和解释，就可以使人明确理解命题之含义。所谓完整性，是指在前人的书法美学思想体系中得以凸显的经典化命题，本身就很完整自足，在语法上也是一个完整的结构，而无须后缀、补充和演绎。自明性与完整性，只是两个角度的说明，其实在形态上完全一致，并形成了经典性的书法美学命题。这其实是与前贤书法思想由审美思辨而获致理论命题的认知路径紧密相连。“审美思辨”，乃笔者对前贤书学思想以及延伸至整个书法艺术领域的认知方式的一种概括，纯属自创。可以说，中国书法美学的范畴与命题，在相当多的时候也是由审美思辨而得来，但其最后之产物，则是理论凝结之形态。前贤的书法美学思想品格的最终体现就是如此。易言之，由审美思辨而获得理论命题，这是前贤书法美学思想的一个基本致思路径。这种由审美思辨而获取的认知方式，对于当今中国书法美学理论的构建与发展，也有着相当的可操作性。如果以书法艺术作为书法美学的主要土壤，那么，审美思辨也是美学学术谱系构建的可能性途径。我以为，书法艺术的审美思辨可以导致两种结果：一种是在书法创作中之意义蕴含，另一种则是书法美学理论的有关命题。这里除以上论述的审美体验特征的品格外，另一种美学品格就是由这种审美思辨而升华的学术命题。此处不赘。

四、书法的人生境界与理性自觉

书法美学思想品格的另一个表征，就是其书法与人生。在前贤看来，书法乃人生之一部分，是人的生命活动之超越形式与创造形式。书法依附于人生，又影响着人生。书法作为人的生命活动，或是欣赏、创造，或是教育、修养，皆可以直接导致个体人格心理结构之建立与不断完善，以及个体人格完整、自由之发展与实现。朱长文的论书贯穿了以人为本的思想，他以为书法之优劣取决于人品的贤与不肖，故其首重书家的道德品格。他说："夫书者，英杰之余事，文章之急务也。虽其为道，贤不肖皆可学，然贤者能之常多，不肖者能之常小也。"（《续书断序》，王镇远：《中国书法理论史》，第 143 页）朱氏认为书法本乎人品，贤者与不肖者同样学书，然贤而能工者多，古往今来留名后世的大书法家，无不人品高尚，气节超拔，因而他在评骘具体书家极重其人格品行。我们引述朱长文有关书法与人本思想之体现，并非扬古抑今，而是重在讨论书法与人生本就是理性之自觉。我的意思是说，一方面书法作品的高度的开掘与锻造，不独是对书法形态之自由观照，而是对书法形态自由之创造，从而导向书法艺术家人格的全面发展。这主要是由于书法艺术创作使感性介入并融合于理性，并导致理性向感性回归，从而呈现对书法形式的自由直观与自由创造。一方面是书法作品需要向人生理想提升，强化人生境界之锻造，导致一种超越实在意识的人生态度之形成。另一方面则是由于书法创作活动使人生信念介入并渗透于感性，导致感性再向理性升华，从而呈现为对人生实体存在之自由超越状态。书法作品不能仅仅被理解为导致理性向感性之积淀，使感性成为人生理性化之感性，也应当被理解为感性向理性之冲击，从而对人生具有重要价值和意义。朱长文即从其个性精神上去解释其书风："张长史，苏州吴人也。为人倜傥闳达，卓尔不群，所与游者，皆一时豪杰。李白诗云：'楚人尽道张某奇，心藏风云世莫知。三吴郡伯皆顾盼，四海雄侠争追随。'太白，奇士也，称君如此，君之蕴蓄浩博可知矣。主荒政庞，不见抽擢，栖迟卑冗，壮猷伟气，一寓于毫牍间，盖如神虬腾霄汉，夏云出嵩华，逸势奇状，莫可穷测也。虽庖丁之刲牛，师旷之为乐，扁鹊之已病，轮扁之斫轮，手与神运，艺从心得，无以加于此矣。又其志一于书，轩冕不能移，贫贱不能屈，浩然自得，以终其身。"（《中国书法理论史》，第 143 页）由于张旭为人倜傥闳达，心藏风云，所以产生逸势奇状之书法，故朱氏得出"手与神运，艺从心得"之结论。朱氏十分重视书法之优劣关键取决于人之精神品格，其实质就在于提高与拓展书法人格对书法形式的自由观照力，在于提高、强化、延伸书法人格对书法形式的自由操作与创造能力，从而创造一个书格与人格浑然一体之审美世界。更为重要的是书法人格主体可以把这种书法的自由创造形式的能力融入并转化为改造社会的物质造型活动中，创造一个现实的物化的书法文化世界，从而去鼓舞和推动人类文明进程。换句话说，书法艺术作品给予或赋予人格主体以审美能力，即自由操作与创造形式的能力，可以直接促进人格主体掌握和改造社会形式之实践能力，逐步转化为伟大的物质实践的造型力量，创造一个书法文化世界，创造历史，推动人类社会进步。书法艺术可以导向创造，书法艺术的合目的性可以走向人类对自然的创造这个终极目的，这正是把书法之目的引入书法美学品格之原因。如此的书法目的论，之所以为我们所取，就是因为朱氏把书法与人生的终极目的联系了起来。朱氏以人为本的书法思想贯穿于《续书断》全篇，如他评虞世南：“世南貌儒谨，外若不胜衣，而学术渊博，论议持正，无少阿徇，其中抗烈，不可夺也。故其为书，气秀色润，意和笔调，然而合含刚特谨守法度，柔而莫读，如其为人。”评柳公权揭出其答穆宗“人正则笔正”之语，称赞其笔谏。(《中国书法理论史》第144页)凡此皆说明朱氏注重于人品对书品之影响，因而人生之终极目的不是自然给予人的慈善，即满足人的欲求之幸福，亦非对自然所使用的人之能力倾向与熟练技巧，而是能够成为“识锐于内，振华于外”的君子之器，“天下之事唯有心灵的悟通”(《中国书法理论史》，第144页)之审美理性；亦即康德称之为的“文化”，亦称之为最高的“善”。(《判断力批判》下卷，商务印书馆，1996年版，第95~100页)故从这个意义来说，书法之于人生，不仅能给人生以自由快乐，而且还能赋予人生以自由创造。书法人生，应该是创造的人生。前贤将人生境界与书法境界看成是融为一体的作品，这在本质上是一回事，即超越功利的心灵自由活动。所不同的是，人生境界是主体人格内在心灵的一种自由状态，一种超越性的体察，书法境界是主体人格自由心灵的外显意向，一种超越性的情感形态。书法艺术家如果具有这种人生境界，以一种超越功利之态度去对待生活，就会超脱一点，就不会时刻为追求功利的书法目的所左右，就会减少乃至解除烦恼、焦虑、痛苦，就会以“天下之事唯有心灵的悟通”的审美理性为需要，为目的、乐趣、进取，从而达到“道与艺合一”(朱长文语)的人本主义思想之目的。如果以此种超越功利之书法人生态度去对待他人与自己，就会摆脱因意欲而引起之个体内在心理矛盾与不平衡，就会摆脱因利害计较而引起的人际关系之矛盾与不和谐，严于律己，宽以待人，淡远、旷达，有助于人际关系之和谐与社会之有序。如果以此种超越功利之书法人生态度去对待困难、艰险乃至不幸与死亡，就会不计利害得失，不顾艰难险阻，不怕不幸与死亡。但这并非感性冲动，而是书法人生之自由选择，知难而进，显示一种超越性之无畏状态。无私才能无畏，超越功利之书法人生就是走向无私，从而对困难与不幸就会高扬一种从容乐观之精神。书法融入道德行为，可以净化行为中感性冲动之盲目性，走向理性之自觉；弱化行为中理性冲动之刻板性与强制性，走向感性与理性融合之自由，从而提高与完善人格之道德行为，变书法即所谓“心通”之自由选择。就这个意义说，书法之于人生，就是净化与提升人的生命活动中意欲——冲动机能，提高与完善书法人格的超道德之自由选择能力。书法给予人生的不独是创造，而且是超越。书法人生，应该是超越的人生。书法对个体人格造型之培育，使之走向完整而自由，对社会文化之建构与提高，使道德走向自由自律，使道德、习俗、制度走向和谐有序，使科学技术走向自由直观与自由创造，其功能独特而彰显。这也是中国书法思想美学品格中的一个重要特征。

五、书法的道与艺合一和人格内省

朱长文关于中国书法美学思想中“道与艺合一”的人本主义思想具有很重要的理论价值。朱氏在评价欧阳询说：“其正书，纤浓得中，刚劲不挠，有正人执法、面折廷净之风”；评怀素的草书“如壮士拔剑，神采动人”；形容沈传书的书法“如许迈学仙，骨轻神健，飘飘然欲腾霄云”；比况韩择木的分书“如山东老儒，虽姿宇不至峻茂，而严正可畏”(《中国书法理论史》，第144页)等等。这些以人喻书之风气虽在南朝的书评中已可见出，然在朱长文之书论中大量复现，也足以说明他的论书中“道与艺合一”的人本主义思想。他“道与艺合一”的书法人本主义思想，还含有在书法创作中达到（获得）与推行的双重含义。从“达到”这一维度看，书法与人的精神统一之目标首先指向内在之德行良知，这一点同样体现于道与艺合一之功夫。当然，内在德行良知作为一个哲学范畴最早见于孟子：“人之所不学而能者，其良能也；所不虑而知者，其良知也。”(《孟子·尽心上》)这里的良知，就是指先天之道德良知意识。后经程(颐、灏)朱(熹)陆(象山)王(阳明)大加发挥，将其引入心学体系，并赋予多种含义。朱长文不但继承发展了这些思想，而且从书法美学角度，进一步拓展并注入了新的内涵。他讲“道与艺合一”，就是书法实践活动要将道与艺融为一体，就是一种把手与心融为一体的高度统一，就是强调精神与实践的统一。这是朱氏对中国传统经典文化之深度挖掘与高度融合之产物。故他用“道与艺合一”之思想来概括书法艺术创作，有其非常独到的价值。这也是构成中国书法美学思想品格的独特之点。

正因为朱氏强调书法与人的精神的高度统一，故他对书法认识不再视其为一艺之阶段上，而以为书法是可以通于道的，他在《续书断》中说：“书之至者，妙与道参，技艺云乎哉！”他在《墨池编》卷一《徐浩书法论》说：“技之至精者，父子所不能教；理之至妙者，文字所不能传，盖目击而道存，志专而神凝，乃可以至矣。”(《中国书法理论史》，第144页)可见成功的书法是体现道与艺合一的，因为书通乎人心，心而妙契于道，故道通过人而表现为艺，这就是中国艺术论中道与艺合、天与人一的理论在书论中的表现。在中国传统书法美学中，从达到、获得之角度，道与艺的合一并不表现为一个动态之转化过程：它以预设的先天之审美(含道德)感知为出发点，通过后天的书法创作践履，最后达至书法与人的精神、道与艺合一之目的状态。作为出发点的人，虽然具有先天之普遍必然性，但尚未取得现实的理性意识的形式，作为终点之道与艺合一之完型，固然仍以“艺”为内容，但这种“艺”已扬弃了自在性而获得了自觉之品格。朱氏书法与人的精神、道与艺合一的创作过程，可以简要地概括为书法(本然形态)、人(实际践履)、精神(终极形态)是一个自足的逻辑/诗学之统一体。书法乃是一种经验性活动，人则是先天之本体，通过后天的践履以达到对先天本体的自觉意识，升华为至高境界、道与艺合一之完型，无疑涉及先验之知与经验活动之关系。在书法本体与书法功夫之辩中，朱氏在赋予书法本体以先天性的同时，又强调书法本体唯有在后天之功夫中才能获取“道与艺合一”的审美品格，故将道与艺合一可看作是对中国以前书法美学思想之引申、拓展。道与艺合一作为一个过程，以书法—人—精神为其内容。从达到对道之自觉意识这一角度看，重要的首先是书法与人精神总过程中的后两个环节。朱氏强调“心通”，其内在意蕴即在于将“心通”纳入书法与人的精神、道与艺合一之过程。在论证人获得自觉意识离不开精神时，朱氏借助日常书法经验事实，即“手与神运，艺从心得”。从严格意义上讲，手与神运，属经验领域之知识，这些知识由践履而获得。朱氏在此似已超出了该阈限而旁及一般意义上的认识活动，并注意到了这一领域的认知对实践之依赖性。“手与神运”作为“艺从心得”过程的一个环节，还在于其构成了判断“心通”之准则。这一书法思想的突出点乃在于神与心之不可分离，不过，其侧重点在于以“道与艺合一”来判断知识：唯有付诸实践，才能“浩然自得”。道与艺关系的此一面，拓展了“艺”与“心”之辩的另一价值内涵：艺应当落实于心。按朱长文的理解，学书“字必有象，象必有意”，他所谓“象”乃指每个字的表达形式，这种表达形式并非随意，而须符合一定原则与意图，这就是“意”，或称之为“义理”，因而所谓的“意”，并非指书法创作时的主观意志，而是指合乎造字之原则，故朱氏认为学书须先通其意，而道与艺合一使眼光之视角会更高，而这一永无止境的“书法与人的精神”，“道与艺合一”，“手与神运，艺从心得”之关系表达，辄真正包含着运用于“心通”之向度，并且只有在付诸“心通”时才具有现实性。在此意义上，神运不仅是达到（理解）道与艺合一之中介，而且构成了道与艺合一完型之具体存在，所谓道与艺合一，便同时包含了以上之双重含义。

从书法人格之角度看，道与艺合一，同时意味着人格境界培育与书法实践之统一。冯友兰说过，中国传统文化之核心价值，简要地说就是“仁学”，中国传统的学问皆是围绕着如何做人展开的。中国的书法艺术正是朱长文所倡导的人本主义思想的价值取向，就是以人的标准作为书法的审美标准，以人格标准作为审美价值取向。我们之所以将学书视作是书法主体人格之内省状态，其着眼点即在于精神上的畏谨与收敛。中国历代书法大家一般均强调学书侧重于人格培养中理性之自觉这一向度。在前贤看来，书法与人格乃一回事，本质上皆是“心通”的。楷者，乃人生之楷模也。恰似书法必须从临摹楷书开始乃一个道理。书法与人生境界本身即形成于实践之中，书法与人生理想也只有在具体实践中才能化为现实，离开了现实的人生与书法实践而囿于虚寂之玄思，则很难使书法与人生成为实有诸己之品格。朱长文认为张旭之所以能见担夫争道和观公孙大娘舞蹈而悟通书道，乃由于“积虑于中，触物以感之，则通达无方矣，天下之事不心通而强为之，未有能至焉者也”。他以为人的内心涵养与积累乃第一位的，外物之感召只是一种触机，要使这种触机能发挥效用，其关键还在于心灵之悟通，即所谓“心通”。可见朱长文的论书均是以人为本，特别注重人格实践在书法培养中之作用。因此，书法人格造型之形成，关联着人的精神展现与心灵贯通。道与艺合一，不仅意味着在书法实践中成就人生，铸造人格，而且以化书法为人生旨归，此乃中国传统书法美学思想在书学实践中的具体表现。

总之，在中国书法美学的学术谱系构建中，我们要善于运用中国历代书法美学思想，创变属于自己，同时也属于中国书法美学的辉煌。前贤的许多书论话语，就是表达了中国历来书法艺术创作和书法艺术鉴赏中的美学思想，因其来源于他们自己本身的审美体验，并形成了中国传统书法美学学术谱系的独特篇章。这些书论，有着与中国当代书法艺术创作内在之相通性与一致性，它能给我们以深刻的理论启迪。前贤的书论散发着墨香四溢的美学魅力，其中所升华出的书法美学理论命题，对我们今天的书法家有着“画龙点睛”之作用。或许说，这些书学思想，皆有着鲜明独特的美学属性，乃是书法美学思想之天然养分。他们的许多书论话语与书法创作中所显现的书法美学思想，能调动起我们强烈的审美宗趣，其内容凝练而思想明晰，我之所以从朱长文的书法美学中，择其目而提起要，摭其言而释其义，就是与朱氏的书法美学思想品格直接相通有关。总的来说，中国的书法美学思想内容丰富，意涵深邃，是历代书法家人生心路历程之体现，也是历代书法大师生命之印痕。故中国传统书法美学思想就像江水一样，经胸中激荡，一波一波，滔滔不绝。笔者很难取其一勺，说清这一波与另一波之关系。但是，从朱氏书法美学思想实践中，以及人格精神等方面来做一审美品读，仍可抉发出中国书法美学的走向与书法思想创变之路径。当我们站在中国当代书法美学的话语立场来观察时，就会感到中国传统书法美学思想的思维路径与理论形态，很值得深入反思与品鉴。

［2015年11月8日于银川风声楼］

书学之魂

——胡介文书法美学卮言

每一代书法家皆有属于他们自己的人生宿命和美学归途。跋涉在漫长而悠远的书法艺术之旅上的游子，皆无法拒绝灵思的跃动和随之而来的各种意味和书学精神层面上的心理检验。也许，真正的书法家心中永远存在一个精神家园，唯其如此，他们略显倦意的漂泊才有了走出迷茫雾海的晨光。是的，“举贤而授能兮，循绳墨而不颇”（《离骚》）。胡介文先生生前最后一篇谈书学的论文题目用的就是“循绳墨而不颇”。先生对屈原的经典阐释指出了中国艺术的本体含义，即真正的艺术不是人的意念的主观占有，而是艺术的独特规律性自在的呈现，所以艺术总是高于人，人在艺术之前，哪有君临的颐指气使可言，我们所有的作者不过是在聆听艺术本身的律动。一个“循绳墨而不颇”，不知会吓走多少心态浮躁之伪艺术家，而也正是这个“循绳墨而不颇”，又让人们看到了真艺术家的鲜明个性与忘我沉迷。

毋庸置疑，胡介文先生是一位把自己的精神家园交给了书神主宰的性情中人，繁杂的社会活动与忙碌的人生遭际，不仅没有遮掩住他蓬勃的书艺之心和灵动之情思，反倒使其更加沉稳、内敛和生动。胡介文先生说：“作为艺术的书法，本质上是一种心灵的创造活动，需要激情和灵感，而支撑这种激情、灵感内涵的表现的一个重要因素恰恰就是技术。书法有笔法、笔势、笔意诸要素。笔法是书法的根本大法。对笔法中技术的掌握程度，直接关系到创作的层次和高度”（论文《循绳墨而不颇》）。胡介文先生对书道的定义，就是建筑在这种精神的美学分析之上。我们应当注意的是书法家胡介文先生关于书法是主体精神修养、情性气格的对象化的眼力。他在这些书学论析中，首先看到的是“心灵”，是“激情”，是“笔法”，是“笔意”，是“笔势”，而不是像理学时代的迂儒们，先看点、画。即是说，介文先生是从整幅作品的抒情气氛上，把握书意的美学内涵。这是极为正确的审美方法，可谓是研究书学的第一关。介文先生讲的书法是“一种心灵的创造活动”，是指书法作为精神产品，需要书家以尽可能深厚的修养来创造。就是讲求学问知识对情性的修养陶熔、变化器识，化为书法意识，化为创造精神。这分明是说，把书法看做是功力技巧、人格品性、学问修养的综合体，以尽可能扎实的功夫技能为书力，以尽可能充实的学问见识提升心灵之境界，以尽可能完美的精神气格铸造书法之灵魂。这就是介文先生的书家修养观。讲究主体的精神修养，当然也就讲究书写时的心灵状态即心灵的创造活动。艺术与心灵，是一切艺术具有共性的不在话下的问题。作为书法家，书写是每日常事，不能像演员创造角色那样，每次皆要捕捉一种激情，带着激情上场。故，以现实唤起激情入书，是一种“心灵的创造活动”；非因现实世情激起，而由文辞唤起书写之情，亦是一种“心灵的创造活动”。甚至作为一种“有以乐其心”的活动，“未尝一事横于胸中，故不择笔墨，遇纸则书，纸尽则已，亦不计较工拙与人之品藻讥弹”（黄庭坚语），也是一种心灵的创造活动。无论是哪一种，皆在于以纯净之心灵入书，勿刻意做作，这几种心态是相辅相成的，是辩证的统一。这就是规律，就是“循绳墨而不颇”，无论书法家与观赏者是否意识到这一点，书法作品皆是书写者心灵的对象化。从本质意义上讲，书法作品就是对象化的人，书法作品所显示的精神，就是主体的精神：书法作品所展示的气象、格调，就是主体的气象、格调。故，胡介文先生所说的“书法艺术本质上是一种心灵的创造活动”，就是指书法形式对象化了的创作主体的精神、气格、功力、修养、情志的整体创造活动。介文先生还谈到了笔法、笔势和笔意诸要素，特别强调了“笔法是书法的根本大法”这一层。所谓“法”“势”“意”，皆有相应之法度，皆有“书必有神、气、骨、肉、血，五者缺一不为成书”（苏轼语）的因素，介文先生的意思是说，要做一个书家，就要重视法度，能够将法度得心应手地运用，那才是书家的基本功夫。“法度”，就是说“法”是有“度”的，无“度”也就无“法”。胡介文先生所说的“法”“势”“意”，我们需要认真思考，如果不遵守这几点，字就不美。因为胡介文先生提出的这些法度，皆符合中国书法艺术的美学思想，也能体现出中国书法特有的一种美学精神。胡介文先生说：“法，就是通过眼的精察和手的熟练摹仿，要写到形似神似。”那么，如何才能达到“形似”和“神似”呢？我的理解是，把书法当做一个抽象的生命形象来创造，把书法形象当做人的、人所感悟的生命形体来创造和营构，把书法作为民族文化、哲学、美学精神的直观形态来表现，把书法作为一定时代的人的精神气格的对象化来观照。正是从此一点出发，乃有中国书法的艺术生命，乃派生出系列法度。基于此，不仅人本能的生命意识，而且民族特有的伦理观念、人文风采、人格理想，亦皆能反映在书法创造和审美要求中。故，当人们发现书法确实可以“达其情性，形其哀乐”（孙过庭语），便要求书法反映出情性之真率，修养之高尚，意趣之雅致和形之完美时，书法作品就可以达到“形似”与“神似”了。介文先生为什么特别强调这一点呢？这是因为，“形”与“神”的美学意义和它的审美效果的确认，在于书法接受了传统哲学和美学思想的哺育与孕化，从具象到抽象，以抽象观具象：从无形中看有形，从有形中体味无形；从有限中得无限，以有限展示无限；以无生命的工具材料，做有生命的艺术创造；以无情性之符号，表现有情性气格之主体；以特质形象，表现精神内核。形象，具体而抽象；内核，丰富而朦胧。这正是中国书法的美学追求。从美学上概括书法写意的本质，是胡介文先生的成就。

在胡介文先生眼里，书法所创造的不仅仅是表音表意文字，不仅仅是有生命意趣之形象，而是真正的大写的“人”的形象，是“人”的精神形象。所以他说怎样写传统书法和现代书法不是保守与不保守的问题，而是个体精神深度的问题，书法艺术的魅力也不在于风格上的新与旧，而在于内涵价值的高与低。可谓一语中的。说到底，书法形态，体现了人的形态、资质、结构规律乃至人的群体性生活所显示的种种规律：一个字是一个独立的生命，整幅字是彼此照应、完整统一的生命群体。笔势相连的草书，一字、一行、一篇，形成了血脉贯通、气韵生动之生命总体。点画结构，相互生发，前后左右照应，充满了俨如一个群体的和谐统一。介文先生所强调的“精神深度”“内涵价值”，就是强调书法创造中的人格化观照问题。这虽然是一个古老的命题，但这些年被一些所谓“现代”的丑书冲击而不被人们所重视。所以说，介文先生的这一倡言，是一个了不起的美学识见，由此，人们对书法的生命形象观照意识，似乎重新被唤醒。使人们在创作和品赏方面，皆应把书法当做具有生命的人的形象来把握和观照。的确，世上没有任何事物比人的音容笑貌，内在精神更丰富、更富有“内涵价值”、更具有审美意义了。人，从精神到形体，从共性到个性，皆可化为艺术；书法是人的对象化，书法是人的精神的凸现，是人的本质力量的显现，有人昨天以为丑今天又以为美，常被一些事物所迷惑，原因皆在于思考美学现象时，离开了人和人的生存发展的现实和需要与审美对象的关系这一根本。其实，事物之所以能唤起人们的美感或者相反，最终必归结到这一根本点才能顺理成章地解决。如果人不具有平衡对称的躯体，或缺少健实的盘骨血肉，就谈不到人的生理形态的美，书法也不会以有“神、气、骨、肉、血”为美。人对书法形体的一切审美要求如平衡对称、变化统一，乃至神采、韵度、气象、境界等，皆是人的生命形象意识的反映。书者与观赏者是否自觉到这一点，事情皆是如此。这也是介文先生书法美学精神的实质。

总之，我们不妨将胡介文先生的书学论文《循绳墨而不颇》称为一篇美学“绝论”。除它感慨深沉，在当今又是不可缺少的以外，更重要的这是先生毕生书法创作的经验总结。“绝论”可起到“启后学、开未来”之效。如果说，介文先生能在九泉之下听到，也会感到欣慰的。这应是我们共同探讨的书法美学理想的一个珍贵的纪念。

［2007年6月26日于银川风声楼］

郑歌平书法美学思想阐释

引言

纵观中国书法美学的学术谱系，其美学品格是书法家作为主体对他们所从事的书法创作世界的本能体现，是书法家同书法美学世界发生联系的必然反映。但是，不同的书法家对于书法美学世界又确有其不同的审美感知形态。尽管通过审美感知形态所折射出来的书法美学品格遵循着一些最基本的感觉分解、知觉完型、统觉融合等一般法则，但由于书法家在不同时空中活动的个体性差异，他们的书法美学品格又不可避免地含有个体性与独特性。书法家往往比常人有着更强烈的审美感知能力，故，其书法的美学品格的个体性与独特性也就更为明显。解读一位书法家，了解其书法美学思想的品格当是一个必要的前提。我以为，对于书法家郑歌平长期以来从事的书法艺术创作，以及通过创作所彰显的书法美学思想品格作一个必要之梳理，对于当今书法美学的发展会有重要的意义。

中国书法美学学术谱系究竟如何建构？书法美学学科发展应该走什么样的道路？这当然是不可能定于一尊的，但却是笔者在此文章中将郑歌平的书法美学思想作为中国书法美学学术谱系建设之重要资源的。这也许会引起同仁一哂，或以为这不过是“九斤老太”之心态，其实我对郑歌平书法美学思想品格之简要勾勒，主要是出于自己对书法美学性质及学术谱系的理解。牵强之处在所难免，但的确是一个特殊的视角。换言之，书法美学学术谱系的基本资源仍应当是书法艺术。在当下，现代文化艺术或后现代文化艺术似乎成为最具人气的艺术形态，艺术的内涵与外延也发生了很大变化，在很多时候，一些书法艺术家的书法规矩与日常性情之界限漫漶不清，但由于对书法艺术创作的审美经验提升出的书法美学学理，仍然是书法美学发展之主要路径。在此种价值理性的意义上，探寻郑歌平书法思想之美学品格与中国书法美学学理之间的关系，即可见出命题之价值所在。

一、书法审美意象的营构

单就郑歌平的书法美学思想来说，究竟它在何种价值理性上能够成为中国书法美学的学术资源？此命题是否有着伪命题之危险？此处需要给出一个可以令人差强人意的答案。这就需要对郑歌平书法美学思想的品格加以阐释，并指出其对书法美学学术谱系之裨补与建构价值。

郑歌平书法美学思想大多源自对中国传统文化经典的品藻与体验之中，也包括他的部分书学札记。2009年，由中国书法家协会楷书专委会编辑出版的《当代中国楷书名家作品集郑歌平》卷，就是其中之一。该书汇集了郑歌平的部分楷书精品力作与学书散记，为我们研究他的书法实践和书法美学思想的品格提供了颇有价值的学术资源，为建立中国书法美学理论与方法体系，也具有不可忽视的理论价值。这部作品集凸现着鲜明的审美体验性质。“体验”之于审美活动，是最为本质的状态，它是主体与客体之沟通，也是对主体与客体之超越。对于书法艺术创作与鉴赏而言，体验是获得其中三昧之关键。没有审美体验也就无从谈论书法艺术创作。当杜甫吟“感时花溅泪，恨别鸟惊心”时，并非反映“花”“鸟”之本身特性，而是通过一花一鸟呈现诗人当时忧国伤怀之独特心理体验。故，在我看来，郑歌平书法作品之品格，本身亦并非是对所书写对象内容本身之再现，而是他在其审美体验中对书写内容之再创。虽然在审美体验中包含着对内容之再现，但其呈现或折射的是他对内容之审美体验关系，而非仅仅是再现。

所以，从审美体验入手探寻郑歌平书法美学思想之品格，也许是一条可行之路。审美体验是主体感受客体时大脑皮质层从抑制到兴奋之过程，是相对稳定的审美经验的激发流动、重新组合之过程，其高级形态往往表现为聚精会神体验时所感受到的无穷意味之心灵战栗与人格震动。亦即郑歌平在《书学散记》中所说的“专心静虑，全神贯注，纵而能敛”之状态。此种状态，是书法家在审美活动中产生的对于审美客体价值之心理体验。审美体验直接产生审美意象并经艺术家外化为艺术造型。郑歌平通过审美体验状态之后的书法意象造型之审美效果，关键点在于它有生命意趣，它能唤起人们获得具有生命意识的审美感受，也就是说，它是生命之意象。他认为书写，无论从认识功能还是从审美功能来说，皆不以再现原始之象为手段与目的。它是一种生命意识促使书法家从运笔、结体到成行成篇，从不同层次与环节，力求捕捉恰似现实生命意象构成之形、质、意、理，乃至生命形态之筋骨血肉意味，从而使抽象之文字符号变为有生命意识之品格。说“抽象”，并非说书法作品只存在于逻辑维度关照之中，而是说，书法作品只抽取宇宙间各种事物之形质意理，使文字书写变为有生命意趣之形象。书法作品作为二度空间的存在，它是具体的，可由视觉把握的。但是，它只是一种借点画挥写而成之符号结构，却能唤起人们种种具有某种对应性之联想，当联想到的东西能反映出某种生命意趣，表达出现实的人的生活情意，激发振奋人们的生命活力，它就能唤起人们的美感。它是书法家审美体验之迹化，能使人以生命的神采与形质的意味去品赏。而此种审美效果，却往往在模糊之意味中。这也许就是郑歌平所说的“得意忘形”之精髓。

郑歌平所说的“专心静虑，全神贯注，纵而能敛”，就是说，审美体验首先是一种心灵的、精神的与总体的情感体验；它往往由对象形式美的愉悦进入到对人生未来之感悟，并能直接深入到人之潜意识深层领域，是照亮人格心灵内海之光。其次，他认为审美体验是一种心理震撼之强效应，“专心静虑”，是深度审美体验，它可以唤醒蒙蔽的自我意识，达到一定高度的精神自觉。再次，“专心静虑”，是审美体验过程始终伴随着一种心理愉悦，或心理沉思，并在意象纷呈中获得审美享受，或审美反思。“专心静虑”之本质，就在于审美体验对自身局限的不断超越，它是超出常规的直觉，是心灵的味觉，也是内在的眼睛。“专心静虑”，必须超出日常经验之常规而心驰神往，即在生活表层上那连绵不断的因果链条之中断处探测进去，作超越时空之探索。获得审美体验之主体也许暂时失落了常态或日常之平衡心理，找不到安置激情玄思的秩序与归宿，但正是在这表面的失落中才获得了本质的人生境界的升华，诞生了书法审美意象，建构了美的世界与美的人生。“专心静虑”，就是说审美体验是以过去的审美经验为基础而又超越它进入现时语境之中，并在现实书写气氛中直接悟到永恒和未来。这是一种过去、现实与未来之瞬间合一。

郑歌平所说的“虚心居静”，就是在书法艺术的审美体验中，重在主体心理感受，就是用审美态度去把握传统，把握世界，于是对象就成为美，有了“虚心居静”的审美态度以后，具体的审美对象也就出来了。不难看到，郑歌平“虚心居静”的美学思想，因其注意到了书法家在审美活动中的主体能动性，故在审美体验的主体性建筑方面具有相当之价值。因为“虚心居静”的主体审美体验张力场，随着感知，情感，想象，感悟等多种心理层次交融，重叠，震荡，回流而出现各个不同的形态。故又可以说，“虚心居静”是一种特殊的书法审美体验，是书法审美经验强烈而充分、丰富而高妙之动态形式。书法审美经验重在主体心理感受；而书法艺术的审美体验除了审美心理学上个体亲历性以外，还有其实践性总体性意味。郑歌平说，处在审美体验中的书法艺术家不仅能“磨炼意志，提升境界”，而且还能“完善人生”；不仅能“全神贯注”地去体味，而且需要以身体之；书法家“专心静虑，全神贯注”地投入到中国传统审美文化活动中，去身体心验，以心换心，在体验中超越。超越，就是郑歌平在论述比较颜鲁公与褚登善书法时所说的：“颜出于褚而异于褚，然其神一也。”褚遂良的一笔骨肉匀停，风神具足，宽绰大度，瘦润清朗，刚柔相济之楷书不仅启立自家门户，更是唐一代楷书趋于成熟之标志。可以说，是盛世景象在书法艺术中之投射。颜氏受褚氏之影响，由此可见一斑。但楷书到了颜鲁公之手方写出盛唐气象，写出顶天立地之大性情。颜体者，唐楷之极则也。故郑歌平所倡言之书法美学思想，就是要在书法艺术创作中先要“虚心居静”，然后在激情中超越，在灵与肉的俱释中升华，使自己在“熟临精思”中窥到人生之奥秘，将自己深蕴的内在生命力融入于历史与社会之大潮，在个体与总体、自我与社会之双向建构中，完成自身人格造型，承担起所肩负的时代使命，创造出书法艺术本真之审美价值。“虚心居静”，“遗貌取神”，“专心静虑”，是郑歌平书法思想中的主要美学范畴，它关涉到在书法艺术创作中审美主体与审美客体两个方面。书法家必须以书法世界的审美信息为基础，受一个直观对象性质的制约。但书法家并不沾带于对象，而是在多种心理功能如审美动机，审美感知，审美想象之不断整合中，产生出对书法作品的一种特定态度与超越性本能，使审美体验的超越性在主客体交互过程中得以实现。我对郑歌平这一书法美学思想的理解是，一般来说，这种主客体相生相发相感相合之审美体验过程，大致可分为他自己所表达的“虚心”(初级直觉)、“静虑”(想象)、“取神”(灵感)几个不同层面。这几个层次不同、深度有异的体验形态，构成了一个完整的书法艺术审美体验共同体，它呈现出书法家在从事书法创作时由初级层次向高级层次，由书法外部观照体验(机体觉)向书体内部观照体验(心意状态与人格结构)，由浅层感触到深层感悟的层递性。《庄子·人间世》中说：“无听之以耳，而听之以心；无听之以心，而听之以气。”这就告诉我们，可以将书法的审美体验划为三个层次：一是“耳目”感官之初级体验；二是

“心意”情感之中级体验；三是直觉精神人格之“气”的高级体验，是全部身心、灵魂与人格之震动。南朝宗炳在《画山水序》中也用“应目”“会心”“畅神”三个层次来阐明自己对审美感知进程之看法。对于书法艺术创作来说，“应目”是指书法家的视觉与临或写之字（对象)的接触，“会心”是指书法家之眼睛一接触到欲临或写之碑帖（物象)时，内心立即就有了感应，把自己的心灵世界融入到书写对象中去。这时，书法作品就成了书法家心灵视界之寄托。所以说，对郑歌平书法美学思想中以上几个范畴之划分，在书法艺术创作审美体验动态发展中有着不可忽视的重要价值，但联系到当下中国书法创作过程中，更深层次的审美体验问题时，就感到这个问题仍有继续探讨之必要。在此方面。郑歌平在《学书散记》中有着相当精微之见解与感悟，不妨录以备考：

虚心居静。学书应专心静虑，全神贯注，纵而能敛。朱子云：“阳气发出，金石亦透，精神一到，何事不成。”

熟临精思。熟临者，多次重复，把字临得滚瓜烂熟也。精思者，反复思索玩味，寻求真义也。

继承创新。得意忘形，遗貌取神，是学书字的本义和正道。颜出于褚而异于褚，然其神一也。故应透过形异而求得神一。能意会者神也，即规律；形乃神之外化也，虽千变万化不离其宗。没有字应该是哪样的最好，只要表达了你所理解的本真就是好的。(《中国楷书名家郑歌平》卷，河北教育出版社，2009 年 6 月版）

他认为，书法艺术创作不是单纯临摹碑帖或率性而就，也不是单纯表达主观之情思，而是面对古贤圣哲，要“虚心居静，专心静虑，全神贯注”，在书法创作或临帖之情感体验中将客观书写变成书家之创化，然后以完美之形式将这一“书家之创化”表达出来，成为“得意忘形，遗貌取神”之心灵妙品。郑歌平用“专心静虑”“全神贯注”来概括书法家由客观“书写”变为主观创作，用“熟临精思，遗貌取神”来表达创作“本真”之义之妙品过程，实际上是将“静虑”“取神”过程分为三个层级。首先是书法家面对纸墨笔砚将要书写或临摹之对象，为其字势形态（对象）所动，悠然会心。这是对客观书写对象外形之审美感受，可称之为表层体验（或初级直觉)。其次是书法家从字势形态之美感中体验到一种气韵与力量，所产生的已不同于客观的字势形态，已经有书法家的审美态度与审美评骘融入其中，已经突破了对“形似”之体验层次，而进入到对“神”的体验之中级层次。最后是书法家眼中之字势形态与心中之“本真”之字势形态相激相荡，主体将自己的感觉分解、知觉完型、统觉融合等统统融入字势形态之想象之中——它那千岩竞秀之气象，灵趣飞动之意表，冲虚简静之精神与书法家自己的胸襟抱负、高尚人格与精神气质同构。正如郑歌平自己那宽绰浑厚、气势雄伟的书法作品顿时直立在人的面前一样，成为他自身人格造型的襟怀之外现，于是审美主客体瞬间融一，从而达到“化境”之感悟——高级审美体验层次，诞生出心灵之妙品这一审美意象。生命是整体的，能把握到字势形态之整体，就能把握到书法艺术作品的生命。书法家面对的点画、笔墨、字形、偏旁、字体，是以枯补润、以小补大、以欹补正，皆是面对的整幅书法作品世界，从而使书法家从现实的书写时空中超越出来，在对书法作品的审美观照中看到自己，甚至在这种“静虑”之境界中，不但忘却审美对象以外之世界，而且忘记自身之存在，“意境两望，物我一体”(王国维语)，达到一种悠然意远之境界。只有如此，书法作品才能成为一个有筋骨血肉之生命体，一个具有大美的书法单位。

我们应该看到，郑歌平所强调的“专心静虑，全神贯注”，“熟临精思”，“得意忘形，遗貌取神”之美学思想，就是要让书法家达到高度之审美体验时，使所孕育成熟的书法审美意象能获得自身的生命与勃勃生气。他所引用的《朱子语类》中的“阳气发出，金石亦透，精神一到，何事不成”的几句话，就是想说明这个问题。此时，书法审美意象所表现的书法对象之本质，已经不完全是客观之字势形态本身，它同时也是书法家人格主体之本质。书法审美意象是客体本质与书法家人格主体本质之精神融化。一旦形成此种“融化”，书法审美意象就不完全是对客体之再现，亦非全是人格主体之自我表达，而是主客融一，产生一种审美新质。亦即是说，书法审美意象是书法的形式与书法家的内在情感达到统一，达到共鸣与同构，然后由书法家在审美体验过程中将自己独特之体验转嫁予字势形态，使书写对象具有原来所没有之情感色彩与生命韵律。故，书法家审美体验之直接成果就是书法审美意象之诞生。没有此种深度审美体验，书法家就不可能从字势形态上获得情感共鸣与心理同构，就只能是原生态的看碑是碑，看帖是贴，产生不出审美新质，诞生不了书法审美意象，当然也就无法创造出书法与人格完美统一之艺术作品。

二、书法的有我之境与无我之境

通过以上对郑歌平书法美学思想之解读，现在可以对他的书法审美体验的动态进程稍作概括。书法艺术创作审美体验进程表现为相互独立而相互依存的三个方面：首先是书法家对书写对象产生积极地审美注意，这是求真“静虑”所表征的一种极端聚精会神之生命状态。根据郑歌平的书法美学思想，在书法审美体验过程中，书法家的审美注意力主要是以感官注意焦点之转移为最基本表现形式。这不但是因为书法家的审美活动是从感官到对书写对象之感觉分解开始的，而且是因为在书法审美体验过程中，随着书法家的感官注意力的转移，会使书法家的感受发生质的变化。这种变化一般体现在：当书法家的注意力的焦点集中在自身某一感官时，此时所获得的感受带有明显的生理快感特征，类似于意境美学中之“有我之境”；而当书法家注意力之焦点集中在字势形态即书写对象(包括临摹)身上时，此时书法家获得的感受则是更多地带有非功利性之美感，相当于意境美学中之“无我之境”。

书法家的审美注意力与书法作品的审美价值之间的这种必然联系向我们揭示，当书法家将自己置身于具体之审美环境，与书写对象建立起审美关系之后，书法家的注意力在关系两端所搭成的视线上游移之时，实际上就已经决定着书法作品的审美效果。当书法家的注意力的焦点越接近自身，书法家所获得之感受就越接近快感；当书法家的注意力离自身越远，书法家所获得之感受就越倾向于美感。在书法艺术审美体验中，书法家注意力焦点之不同所产生的书法作品的审美价值的不同，为研究书法家郑歌平本身之书法创作实践与书法美学思想品格也提供了思路。在书法审美体验活动中，书法家自觉调整自己的注意力，不但有助于自己获得不同的感受，也有助于我们实现从快感到美感之跨越，从而去享受真正之高级美感。

其实，在书法艺术的审美体验过程中，能决定审美注意力转移之因素不是别的，正是书法家的人格主体之情感状态。亦即郑歌平所说的："出新，即充分消化吸收，将前人体验和成果化为己有"（见《学书散记》）。如何"消化吸收"和"化为己有"，这是一个相当深层次的问题。这是因为，书法家对书写对象以及字符信息的认识皆从感官与其建立联系开始的，即书法家必须通过自身之书法创作实践与审美体验，将自己的感官对应于来自不同书写对象和不同层面的字符意义之刺激，并通过这些刺激形成感觉分解、知觉完型、统觉融合之表征，再经大脑之消融，最终内化为书法家对书写对象的总体认识（消化）。在这种认识（消化）过程中，书法家依凭之书写对象与"消化吸收"的信息不同，其作品之价值也就不同。当书法家的此种认知方式停留在借助感官知觉外物之刺激，目的只是获得对字符形似之认识，而不带入任何人格主体之情感状态时，此种认知方式借助感官知觉，同时又借助逻辑思辨而取得对书写对象的更深层之认识，并且也不带入任何人格主体情感状态时，此种认知方式可称之为理性认识；当书法家认知方式借助感官知觉，不借助逻辑思辨，却强调人格主体情感之积极参与时，书法家对书写对象与自身所获得的认识，既不是感性的，亦非理性的，而是美感。由此可见，郑歌平所说的"消化吸收"是一种带有人格主体情感状态的认识，而只有具备人格主体情感状态之"化为己有"，才是书法家的美感认识。如果要给感性（"消化"）认识、理性（"吸收"）认识、美感（"化为己有"）认识三者划清界限，那么感性（"消化"）认识与理性（"吸收"）认识之区别，主要在于是否运用了抽象的逻辑推论；而前两者与美感（"化为己有"）认识之不同，则在于是否有人格主体情感态度之参与。从这个意义上来说，只要书法家的认知过程有明显的情感态度相伴相随，那就是美感体认。美感体认必须有书法艺术家的情感参与作基础，当这个基础被确立为美感生成的基础时，书法作品的审美价值所依赖的许多属性便显露出来。此种书法艺术作品必须有可感可知的生动形象；书法作品也必须带有明显的情感（"化为己有"）状态等。郑歌平认为，在这三个要素中，书法作品的形象要素既是基础，也是关键。基础，就是他所强调的要"学习传统"。学习传统，就是以书写汉字为基础，通过布局、结构、用笔、用墨及点画运动来表达情感和意蕴。关键就是他所强调的要"将前人体验成果化为己有"。如何才能化为己有？就是要把书法创作当作一个生命形象来创造，把书法艺术形象当作主体感悟的生命形象来营构，把书法作为民族文化、民族哲学和美学精神的直观形态来表现，把书法作为时代的人的精神气格的对象来观照。正是从这一根本点出发，才能将前人成果化为己有，才能有中国书法的艺术生命，才能派生出一系列法度（基础）。基于此，不仅书法家之本能生命意识，而且民族特有的时代伦理、人文风采、人格理想，亦皆反映在书法创造与审美要求中。故，当人们发现书法作品确实可以"达其情性，形其哀乐"时，便要求书法反映出性情之率真、修养之高尚、宗趣之雅洁与形式之完美，也就有了要求书法艺术要有"尽善矣又尽美矣"（李世民：《王羲之传论》）的理想。当书法家片面追求形式、忽略美感情性之真实时，书法作品就会出现刻意做作之痕迹。因此，郑歌平在强调了"将前人体验和成果化为己有"时，同时还强调了"不知有变而自变，变得毫无斧凿之痕"的真挚美感性情。人们常说的书法艺术的审美即是书法生命意象之美，无生命形象则无书法艺术之审美，也就更谈不上所谓的书法家之审美体验了。书法家对书写对象进行审美把握，离开了视听感官也无法完成，可以这么说，书法家的视听感官是为捕捉书法意象神韵而设的，即便是我们通常所说的书法的心象、意象，也是书法家视听形象之扩展和延伸，世上不存在视听形象之外而独立存在之书法形象。刘勰说：“陶钧文思，贵存虚静，疏瀹五脏，藻雪精神”（《文心雕龙·神思》）。唐代书法家虞世南也说：“欲书之际，当收视返听，绝虑凝神，心正气和，则契于妙。……故知书道玄妙，必资神遇，不可以力求也。机巧必须心悟，不可以目取也”（《笔髓论·契妙篇》）。齐梁时王僧虔在《笔意赞》中陈述他书法创作之感受时也说过：“书之妙道，神采为上，形质次之，兼之者方可绍于古人。以斯言之，岂易多德？必使心忘于笔，手忘于书，心手遗情，书笔相忘，是谓求之不得，考之即彰。”（以上引文均见于《中国美学史资料选编》上册，中华书局 1980 年版）这里所讲的“虚静”“凝神”“神采”，与郑歌平所说的“专心静虑，全神贯注”，“得意忘形，遗貌取神”，以及“化”前人“成果”为己有，皆是一个意思，说明郑歌平对“传统挖掘的深度”达到了“精思”“烂熟”之程度，真正悟得了真义。真义之目的就在于使书法家能够虚心澄怀，摆脱日常经验中之各种名利杂念，对书写之作品精细入微，独到殊相之审美观照。同时，书法家之心为书写对象所独占，即视听感官。遂在凝神之瞬间，书法家对书写的对象之外在形式产生了直觉的审美愉悦，勃然而起一种兴发感动之情，这种感物起兴之情的激荡，使书法家迅速进入一种激情之中。故可以说，郑歌平的“专心静虑，全神贯注”，“得意忘形，遗貌取神”，是书法艺术创作审美体验之第一阶段。

其次是当书法家迅速突破对书写对象的外形式掌握，而以其心灵之味觉去体验内形式的意蕴。此时，书法家就已进入“神思”之域，按郑歌平的话说，就是“透过形异而求得神一”之境界。人书交融，情感重叠，书法家遂在交融中“寂然凝虑，思接千载，悄焉动容，视通万里”（刘勰：《文心雕龙·神思篇》），从而“观古今于须臾，抚四海于一瞬”(陆机：《文赋并序》)，达到对时空之超越。这种“收视反听，耽思旁讯，精骛八极，心游万仞”(陆机:《文赋并序》)之对自身局限不断超越之特征，使书法家能将自己统摄的宇宙之气与内在生命之气融入书写对象之中，建立一个生气灌注的完整的书法艺术世界，达到书法艺术家在具体的生命意识中，抉发出道德之根源与人生价值之根源；使书法之生命意象纷至沓来，达到不可遏止之境界。

第三，书法家最深层的体验表征为物我互化之境界，主客体之间所有对立面皆化为动态之统一，书法家各种体验皆归融到艺术的审美体验这一生命诗性体验之中。这就是郑歌平书法思想中所表达的“形异而神一”之美学品格。“形异而神一”，是说书法家在物(字)我互化中，由于思维极端活跃，书法家有时可能处于物(字)我难辨之精神状态，物(字)有情思是一种必然。我们书写汉字，不是要求再现文字之原样，而是说，书写之对象只是书法家格物之对象，用对象之形，寄书家之浩然之气。此时的书法家的作品会哭，会笑，能够与人对话，成为人的知己。这不仅是一种修辞手段，而是书法家审美创造的表达形式。郑歌平的书法创作实践，尤其是他的颜体字，即达到了物(字)我互化、“形异而神一”之境界。郑歌平自己的书法作品之物化，就往往包含着华夏民族深层之文化心理，有着独特的文化意义。如果将郑歌平书法美学思想的品格与当下主体间性的理论联系起来看，书法的物(字)化过程中的物(字)也同书法家本人一样是一种主体间性之存在，书写对象不完全受书法家之支配，有时还左右着书法家思想情感之发展。当然，单独的物(字)没有意义，它必须与书法家产生主体间性的心灵共振时才有意义。

物（字)我互化的另一个表征，就是书法家心灵之超越。这在字义论中的地位相当重要。如果说，物(字)我难辨，物(字)有情思，是物(字)化之外在表征形态，那么，心灵之超越就是物(字)化之精神意义了。物(字)化所追求之神妙与忘我之艺术境界，自然是为了更好地表征书法艺术家之心灵，追求主观情思与客观物（字)象的融合统一。郑歌平说得好："有意不为法缚，纯任自然；无意又不失规矩，合乎准绳。资学兼长，神融笔畅"(见《学书散记》)。这里的"意"与"法"就需要互化。所有之书写"规矩""准绳"，皆要融入书法家之生命意识，融入了书法家的生命意识，才能实现心灵一隅之超越；"神融笔畅"了，才能达到书法艺术创造之最佳境界。书法家也就在书写对象中注入了自己的人格与生命，也就打上了书法艺术家主观精神世界之印痕，甚至主体化为客体，使物(字)我融一。书法家与书写对象之间消除了疏远与陌生，产生出一种忘怀一切之自由感，获得高度的精神解放，达到那悠远无限之境界。书法艺术的最高境界是"无声之乐"的境界，亦即《老子》中所说的"大音希声，大象无形"的境界。于是，见人之所未见之"大象"，听希声杳冥之"大音"，以一瞬凝千古，以一字存乾坤。这种对宇宙人生的瞬间感悟是一种"至乐"之境，是书法艺术对现实时间与宇宙空间之超越所呈现的心灵空间与精神时间之自由融一。此时，书法艺术家往往感到一种极为强烈的情感和意绪在心中跃动并统摄整个身心，一股汹涌的心潮迫使自己去表现。故，处于深度审美体验的书法艺术家往往情不自禁地用字符、线条、墨色等媒介将自己所获得的深度审美体验传达出来。此时的书法家会产生一种心灵之感叹，也会在书法作品中产生一种无形的张力场，即作品与内涵之间造成的中间地带，既融会有书法家审美体验的澎湃激情，也留出了可供观赏接受者再度体验之广阔天地。这时，书法作品字面表现出的东西越少，观赏者接受的东西就会越多。正是在这个意义上，郑歌平才概括地说："不知有变而自变，变得毫无斧凿之痕。有意而不为法缚，纯任自然；无意又不失规矩，合乎准绳。资学兼长，神融笔畅"(见《学书散记》)。这段话，是郑歌平通过长期书法创作实践后产生的书法艺术创作经验之结晶。这个结晶，就是书法艺术审美体验的物化品，亦即书法艺术作品的再度体验是书法家审美体验整个过程中不可缺少的一部分，这是郑歌平书法美学思想品格中最宝贵的体现，也是他书法作品审美价值实现之关键。同时，也是他书法人格精神境界的提升与整个书法艺术作品高度的统一。

三、书法的审美思辨性品格

以上，从书法艺术的审美体验路径，对郑歌平书法美学思想的品格作了初步的分析与梳理。郑歌平是中国实力派书法家，系中国当代楷书名家，他有着丰富的创作经历，即便他不以书论家闻名于世，其实他也是能论书的。他的《学书散记》就是明证。虽不以书论家闻达，但就目前所印行之书法作品与《学书散记》，也颇可观。其书论的运思方式，也多是从对具体书法作品的实践或品鉴中升华的审美判断或理论命题。他书法艺术的审美体验是纯个体心理不断深化的过程，是由耳目感官愉悦向心灵内海沉醉的拓进过程，是一种融合宇宙精神、把握人生境界、渗透自然之气、追求灵肉内修之流动过程，从而获得了书法创作中颇具深度的审美体验境界。

当然，郑歌平书法美学思想所凝结的许多重要学术命题，皆可从审美体验之层面上予以解析，如他高度的审美思辨品格。这种审美思辨品格，所体现出来的不是纯然的逻辑思辨方式，而是由审美思辨与逻辑思辨相融合的一种认知方式。这种认知方式因其创作的体验性质，而更多地将书法美学思想蕴含其中，在审美思辨的认知方式上更显出其独特的概括力。其《学书散记》就已经充分地表达了这一思辨概括力与认知方式。他的这些书法论语，既有对书法创作的切身体验，又有关于书法创作关系及书法创作形态之理论提炼，其美学价值是相当高的。这在中国当代书法美学中具有普遍的意义。因为这是出自郑歌平书法艺术直接的具体的审美体验，故这些书论蕴含着比较丰富的美学价值；而郑歌平的书论不走逻辑推论路径，是从对具体书法作品与书法形态的审美体验中直接发出的感叹，而此感叹正是书法的学术命题。这就是郑歌平书论所凝结的命题，有着更加鲜明的审美思辨性质，同时又与逻辑思辨相融合。它最为突出的体现就是，以充分的自明性与完整性的书法理论命题的形式产生与凸显。所谓自明性，指无须进一步论证和解释，就可以使人明确理解命题之含义。所谓完整性，是指在郑歌平的书法美学思想系统中得以凸显的经典化命题，本身就是完整自足的，在语法上也是一个完整的结构，而无须后缀、补充和演绎。自明性与完整性，只是两个角度的说明，其实在形态上是一致的。如他的“得意忘形”“遗貌取神”“形异而求得神一”等，皆有完整的语法结构，并在郑歌平的书法美学思想系统中形成了经典性之命题。这其实是与郑歌平书法思想由审美思辨而获致理论命题的认知路径紧密相连的。“审美思辨”，是笔者对郑歌平书学思想以及延伸至整个书法艺术领域的认知方式的一种概括。也可以说，中国书法美学的范畴与命题，在相当多的时候也是由审美思辨而得来的，但其最后之产物，则是理论凝结之形态。郑歌平的书法美学思想品格的最终体现就是如此。易言之，由审美思辨而获得理论命题，这是郑歌平书法美学思想的一个基本的致思路径。这种由审美思辨而获取的认知方式，对于当今中国书法美学理论的发展，也许会有重要的操作意义。如果以书法艺术作为书法美学的主要土壤，那么，审美思辨也是美学学术谱系构建的可能性途径。我以为，书法艺术的审美思辨可以导致两种结果：一种是在书法创作中之意义蕴含，另一种则是书法美学理论的有关命题。郑歌平书法思想除以上论述的审美体验特征的品格以外，另一种品格就是由这种审美思辨而升华之学术命题。此处不赘。

四、书法人生与理性自觉

郑歌平书法美学思想品格的另一表征，就是其书法与人生。在郑歌平看来，书法乃人生之一部分，是人的生命活动之超越形式与创造形式。书法依附于人生，又影响着人生。书法作为人的生命活动，或是欣赏、创造，或是教育、修养，皆可以直接导致个体人格心理结构之建立与不断完善，以及个体人格完整、自由之发展与实现。郑歌平在《学书散记》开篇就说：“书法是终生的事业，是磨炼意志、提升境界、完善人生的有效途径。修业敬德。端正学书目的：一是养心自律，二是成教化、助人伦。”郑歌平的意思是说，一方面是书法作品高度的开掘与锻造，不独是对书法形式的自由观照，而是对书法形式自由之创造，从而导向书法艺术家人格的全面发展。这主要是由于书法艺术创作使感性介入并融合于理性，并导致理性向感性回归，从而呈现对书法形式的自由直观与自由创造。一方面是书法作品需要向人生理想提升，人生境界的锻造，导致一种超越实利意识的人生态度的形成。另一方面则是由于书法创作活动使人生信念介入并渗透于感性，导致感性再向理性升华，从而呈现为对人生实体存在之自由超越状态。书法作品不能仅仅被理解为导致理性向感性之积淀，使感性成为人生理性化之感性，也应当被理解为感性向理性之冲击，此亦冯友兰先生所说“共相与殊相”之辩证关系，从而对人生具有重要价值和意义。郑歌平说的“书法是终生的事业，是磨炼意志、提升境界、完善人生的有效途径”，其实质就在于提高与拓展书法人格对书法形式的自由观照力，在于提高、强化、延伸书法人格对书法形式的自由操作与创造能力，从而创造一个书格与人格浑然一体之审美世界。更为重要的是书法人格主体可以把这种书法的自由创造形式的能力融入并转化为改造社会和“成教化、助人伦”的物质造型活动，创造一个现实的物化的书法文化世界，从而去鼓舞和推动人类文明进程。换句话说，书法艺术作品给予或赋予人格主体以审美能力，即自由操作与创造形式的能力，可以直接促进人格主体掌握和改造社会形式之实践能力，逐步转化为伟大的物质实践造型力量，创造一个书法文化世界，创造历史，推动人类社会前进。书法艺术可以导向创造，书法艺术的合目的性可以走向人类对自然地创造这个人类的最终目的，这正是郑歌平把学书目的引入书法美学之原因。郑歌平的学书目的论，之所以为我们所取，就是因为他把书法与人生的终极目的联系了起来。他认为，人生的终极目的不是自然给予人的慈善，不是满足人的欲求之幸福，亦非对自然所使用的人之能力倾向与熟练技巧，而是能够成为“养心自律”，“成教化、助人伦”之审美理性，亦即康德称之为的“文化”，亦称之为最高的“善”（《判断力批判》下卷，商务印书馆，1996年版，第95—100页）。因此，从这个意义来说，书法之于人生，如郑歌平所说的可以“磨炼意志、提升境界”，也是“完善人生的有效途径”，也能提高与完善人的自由创造形式的能力。书法艺术不仅能给人生以自由快乐，而且还能赋予人生以自由创造。书法人生，应该是创造的人生。郑歌平将人生境界与书法境界看成是一个东西，它们在本质上是一回事，即超越功利的心灵自由活动。所不同的是，人生境界是主体人格内在心灵的一种自由状态，一种超越性的体察，书法境界是主体人格自由心灵的外显意向，一种超越性的情感形态。书法艺术家如果具有这种人生境界，以一种超越功利的态度去对待生活，就会超脱一点，就不会时刻为追求功利的书法目的所左右，就会减少乃至解除烦恼、焦虑、痛苦，就会以“养心自律，成教化、助人伦”的审美理性为需要，为目的、乐趣与进取，从而达到“修业敬德”（郑歌平语）之目的。如果以此种超越功利之书法人生态度去对待别人与对待自己，就会摆脱因意欲而引起之个体内在心理矛盾与不平衡，就会摆脱因利害计较而引起的人际关系的矛盾与不和谐，严于律己，宽以待人，淡远，旷达，有助于人际关系之和谐与社会之有序。如果以此种超越功利之书法人生态度去对待困难、艰险乃至不幸与死亡，就会不计利害得失，不顾艰难险阻，不怕不幸与死亡。但这并非感性冲动，而是书法人生之自由选择，知难而进，显示一种超越性之无畏态度。无私才能无畏，超越功利之书法人生就是走向无私，从而对困难与不幸就会高扬一种从容乐观之精神。书法融入道德行为，可以净化行为中感性冲动之盲目性，走向理性之自觉；弱化行为中理性冲动之刻板性与强制性，走向感性与理性融合之自由，从而提高与完善人格之道德行为，变书法为“养心自律”的自由选择。就这个意义说，郑歌平所说的书法之于人生，就是净化与提升人的生命活动中意欲—冲动机能，提高与完善书法人格的超道德的自由选择能力。书法给予人生的不独是创造，而且是超越。书法人生，应该是超越的人生。书法对个体人格造型之培育，使之走向完整而自由，对社会文化之建构与提高，使道德走向自由自律，使人伦、习俗、制度走向和谐有序，使科学技术走向自由直观与自由创造，其功能独特而彰显。这也是郑歌平书法美学思想品格中的一大特征。

五、知行统一与人格内省

郑歌平书法美学思想中关于“致知力行”的论述也颇具有理论价值。他说：“致知力行。唯眼高手才可高，学书应做到学与习结合，知与行统一。楷者，典范规矩也，样板人生从此开始。”（见《学书散记》）“致”有达到（获得）与推行双重之含义，从达到这一维度看，致知之目标首先指向内在之良知，这一点同样体现于知行之功夫。当然，良知作为一个哲学范畴最早见于孟子：“人之所不学而能者，其良能也；所不虑而知者，其良知也。”（《孟子·尽心上》）这里的良知，主要是指先天之道德意识。后经程（颐、灏）朱（熹）陆（象山）王（阳明）大加发挥，将其引入心学体系，并赋予多种含义。郑歌平复将其引入书法美学领域，进一步拓展而注入了新的内涵。他讲“知与行的统一”，就是书法实践活动要将知与行融为一体，就是一种把手与心融为一体的高度统一。就是强调精神与实践的统一。郑歌平自己的书法作品高度与他的书法美学思想一样，是对中国传统经典文化之深度挖掘与高度融合的产物。故，他用“知与行统一”来概括书法艺术创作中的知行关系，的确有其独到之处。这也是构成他书法美学思想品格的独特之点。

在郑歌平的书法美学里，从致知（达到、获得）之角度，知与行的统一并不表现为一个动态之转化过程：它以预设的先天之知为出发点，通过后天之实际践履，最后指向明觉形态之知。作为出发点的知，虽然具有先天之普遍必然性，但却尚未取得现实的理性意识的形式，作为终点之明觉之知，固然仍以知为内容，但这种知已扬弃了自在性而获得了自觉之品格。郑歌平知与行统一的这一过程可以简要概括为知（本然形态之知）—行（实际践履）—知（明觉形态之知）。行是一种经验性的活动，知则是先天之本体，通过后天的实际践履以达到对先天本体的自觉意识，无疑涉及先验之知与经验活动的关系。在书法本体与书法功夫之辩中，郑歌平在赋予书法本体以先天性的同时，又强调书法本体唯有在后天之书法功夫中才能获得现实的审美品格，故知与行统一，可以看作是郑歌平这一思路在书法美学中之引申。知行统一作为一个过程，以知—行—知为其内容。从致知（达到对知之自觉意识）这一角度看，重要的首先是知—行—知总过程中的后两个环节（行—知）。郑歌平强调不“行”不可以为学，其内在之意蕴即在于将“行”纳入致知之过程。在论证知之获得（或自觉意识）离不开行时，郑歌平借助日常书法经验事实，即“眼高手才可高，学与习结合”。从严格意义上讲，知味、知路属经验领域的知识，这些知识是由行而获得。郑歌平在此似乎超出了致知之域而旁及一般意义上的认识活动，并注意到了这一领域的认识对“行”的依赖性。“行”作为致知过程的一个环节，还在于其构成了判断真知的准则。郑歌平这一书法思想之中心点仍然是知与行的不可分离，不过其侧重点在于以“行”判断知识：唯有付诸行之知，才是真知。知行关系的此一面，拓展了知行之辩的另一内涵：知应当落实于行。按郑歌平的理解，学书“唯眼高才能手高”，而手高以后使眼光之视角会更高，而这一永无止境的“知行”关系的表达——即是说，真正之知辄包含着运用于“行”之向度，并且只有在付诸于“行”时才具有现实性。在此意义上，“行”不仅是达到（理解）知之中介，而且构成了知的具体存在方式，所谓知行统一，便同时包含了以上双重含义。

从成就人生之角度看，知与行统一，同时意味着人生境界培养与人生实践之统一。冯友兰说过，中国传统文化之核心价值，简要地说就是“仁学”，中国传统的学问皆是围绕着如何做人展开的。中国的书法艺术就是以人为本体的，就是以人的标准作为审美标准，以人格标准作为审美价值取向的。郑歌平谙熟此中之理，故他认为，凡人皆具有先天之本体，此种本体构成了人生内在之依据。他将学书过程视为人生培养之第一要义，并且相应地将人生涵养与学书联系起来：“楷者，典范规矩也，样板人生应从此开始。”这就将学书表现为书法主体人格之内省状态，其特点即在于精神上的畏谨收敛。郑歌平更多强调学书侧重于人生培养中理性之自觉这一向度。在他看来，书法与人生是一回事，本质上皆是实践的。楷者，乃人生之楷模也。欲成为“样板人生”，就得从点点滴滴的小事做起；恰似书法必须从临摹楷书开始是一个道理。书法与人生境界本身即形成于实践之中，书法与人生理想也只有在具体实践中才能化为现实，离开了现实的人生与书法实践而囿于虚寂之玄思，则很难使书法与人生成为实有诸己之品格。郑歌平要求通过日常学书践履而成就“样板人生”，这无疑更加重视人生实践在书法培养中之作用。

人生之形成关联着人生之展现。知与行的统一，不仅意味着在实践中成就人生，而且以化书法为人生旨归。这是郑歌平“知行统一”说在书法美学中的具体表现。

六、生命意识与文化命脉

与以上相关的郑歌平的另一书法美学思想的品格，就是文人与书法家的关系。郑歌平告诉我们，做文人不一定要做书法家，但做书法家必须要做文人。他认为，中国历代书法家与文人高度统一，基于此，历代书法家的知识结构便完全等同于历代文人，即工于诗文，熟悉历史，通晓哲学，亦即经史子集与小学皆应精通。唐以后，文人又必须精通音律，善于属对，能诗善文已成为一个读书人的基本素质。郑歌平说：“作品的高度，在于对传统挖掘的深度。”何谓对传统挖掘的深度？简言之，就是对传统国学的严重依赖与钻研的深度。亦即是说，书法家必须具备中国古典语文的修养，有欣赏古诗文甚至创作古诗文的能力，应该了解华夏历史，通晓中国文化历史，通晓中国哲学，了解金石文字学，精通古典书学理论等。书法作品要有高度，这应该是书法家最起码的知识结构。那么又怎样判别一个书法家的作品所达到的艺术高度呢？郑歌平说，主要“在于对传统挖掘的深度”。此话甚是。中国历代书法家皆有“诸体兼善”之记载，而且又有自己擅长之书体。楷书庶几成为所有书法家比较精通之书体，楷书书写水平之高低已成为区别真伪书法家之分水岭。即是说，作为一个书法家，他的楷书必须严格师承，并学有所宗。对传统挖掘的深度，首先就是能够忠实地继承古代先贤书法，能做到像米芾那样的“集古字”；其次是在继承先贤之基础上又能形成自己的风格，自立门户，自成一家；再就是学识渊博，阅历丰富，见解深刻，具备自己艺术方面的学术思想及至人生哲学，兼收百家，熔铸古今，成一定风范，开一代风气，领衔群伦，遂成大家。这就是郑歌平说的书法作品之高度。亦即是说，书法作品之内质又决定了书法家必须同古代先贤大书法家一样，首先是一个脱胎于中国传统经典文化的中国式的文人，然后又立足于传统书法技艺，才有可能成为一名合格的书法家。郑歌平本人就是一位熟悉中国传统文化的学者型书法家，他的知识结构基本等同于真正的文人。他具有较深厚的文史哲与文字学素养，他对整个中国书法史了如指掌。他熟知每一种书体之演变过程以及与整个历史演变过程关系；他熟知每个朝代书法家总体特征，重要书法家之人生经历与艺术成就；他熟知历代重要书法家之师承关系，重要书法家流派之形成与演变过程；他能熟悉地叙述与区别历代重要书法家之书风与书迹，等等。他平时卷不离手，每有会心，便随手记于书案。他的阅读范围大体不离子史庄骚、唐诗宋词一类。他凭着生命之反省读出了中国传统“践形尽性”之真趣，读出了人格主体者的生命自然流畅之道。他以深切的生命感受去契接中国传统文化之命脉。因为他接上了这条命脉，所以我们在读他的书法作品时，就感到弥漫着一层活生生之历史文化气息，郑歌平无形也因此就成了我们这个时代的渊默中的民族心灵的代言者。他是善于在中国传统经典中作审美品题的书法艺术家，也是善于从传统经典中寻找美趣的书法艺术家，他的书法作品文质互渗，也赋有终极意趣与人生眷注。他的书法作品与人格高度统一，相互辉映，故在他的生命气质中多了一份独特的美感。他的书法创作可谓诸体兼擅，尤精楷行。他的书法创作底气，既来自书学理方面之酝酿，也来自生命体验之真切。他是当代中国楷行书法名家。他的书法作品最能体现他自己的才情，最能表达他的个性，最能抒发他的情感，最能显示他的功力，最能反映他的人格修养。笔者曾见他送朋友的一幅行书字是这样写的：“指麾文府才思盛，冠冕人伦道德尊”，的确是精美绝伦，堪称一绝。从形式到内容，真真切切就是他自己的人格写照，灵动多姿，变幻无穷，形成了强大的包容性。不像我们有些书法家，传统文化修养较薄，正书功底不够扎实，性情大于规矩。郑歌平深知当代中国书法的文化环境并不理想，故特别提出“作品的高度，在于对传统挖掘的深度”。由于郑歌平的中国传统文化积淀较为深厚，继承古代先贤书法名家，熟临碑帖，精思与挖掘传统，楷行草隶皆擅，甚至兼及书画等，并且“天天规定日课，总得写几页字，习以为常”。（见郭绍虞为沈尹默《书法论丛》写的序言，上海教育出版社，1979 年 11 月版）故他的书法艺术作品已达到了艺术与人格的高度统一，达到了庄子所谓“技近乎道”之境界。

总之，在中国当代书法美学的学术谱系构建中，郑歌平用他自己的书法美学思想与书法实践，创变了属于他自己，同时也属于中国书法美学新一波的图景。故，他的书法美学思想在整个中国书法美学学术谱系的格局中，有着重要地位。他的书论话语，已表达了他的书法艺术创作和书法艺术鉴赏中的美学观念，因其是来自于他自己本身之深切审美体验，又加之他独特的书法创作才情，形成了在当代中国书法美学学术谱系中一些篇章或自成一体之论断。这些书论，有着与中国当代书法艺术创作内在之相通性与一致性，给人以强烈的理论启迪。他的书论所升华出的理论命题，对我们起着画龙点睛的作用。或许可以说，郑歌平的书论，以及他在书法创作内容中所表达的书学理念，皆有着鲜明浓郁的美学理论属性，与书法美学思想有着天然不可分割之渊源。他的书论话语与书法创作中所显现的书学思想，能调动起读者强烈的审美宗趣，其内容凝练而思想明晰，我之所以从他的书法美学理论中，择其目而提起要，摭其言而释其义，就是与他的这种书论话语与人(格)书(品)之美学直接打通有关。总的来说，郑歌平的书法美学思想，主要集中在他的《学书散记》、学术讨论、谈话，以及他几十年来的书法艺术创作实践中，这应该是郑歌平人生的心路历程，也是他的书法历程和生命的印记。故，他的书法美学思想就像江水一样，经胸中激荡，一波一波，滔滔不绝；笔者很难取其一勺，说清这一波与另一波之关系。但是，从他的书法美学思想，书法创作实践，书法与人生实践，以及人格造型等方面来作一审美品读，仍然可以抉发出中国书法美学的走向与郑歌平书法美学思想创变的品格。当我们站在中国书法美学之话语立场来观察，就感到郑歌平书法美学思想的思维路径与理论形态，很值得反思与借鉴。

[2008年4月18日于银川风声楼]

遵循生活　有行有思　境界乃大

——刘文西绘画美学阐释

引　言

当我们穿越时间之隧道，站在历史高度审视刘文西绘画创作的时候，当我们回眸检视中国美术史的时候，我们自然而然地会得出这样一个结论：刘文西是当代中国画坛开宗立派之人物，他的绘画代表着中国画写实主义风格的发展方向，他的绘画创作贯以民族性与现代性并重，他的艺术精神就是中华民族自强不息的精神，他是中国当代美术史上的一颗璀璨明珠。

我之所以强调刘文西绘画作品历来以“民族性”与“现代性”并重，乃基于他绘画作品所展现在人们面前的精神风貌与艺术个性方面的认知。此感受皆来自刘文西绘画作品的审美特征、精神显现与绘画技巧——他的画弥漫着一种恢弘的气势、粗犷而又细腻之笔墨与雄浑之美学风格，犹如浑厚而完整的交响曲，让人心中油然生发一种诗性之审美感触。让人一面欣赏、一面求解，解读大自然与天地精神往来之艺术传达。刘文西潜心描绘的陕北黄土高原的情景，不仅使观者体会到他作品的内在神韵，从心灵深处去接近生活的本质，而且感到他的艺术能量在作品中获得了一种释放，展现其生命之趣与审美感受。那画面浑厚优雅淡定之气度，那笔笔相生之气韵，闪动着色调的淡墨；有润含春雨，干裂秋风，更有那种胸有成竹之层层墨色渲染与反复铺水而形成的似透非透似黑非黑之迷人质感……其独特之造型洋溢着灵气，和谐的墨色与韵味透着人类生存之自信，灵动而又厚重之笔墨透出生命的昂扬之力，泛起生命不息之光泽而征服观者。我此种对刘文西绘画的感受正是来自于他作品的主要美学特征——他的作品有别于中国传统绘画作品之显著特色。

一、绘画史识与民族心路

中国山水画，如果从新石器时代之刻画纹算起的话，已有三千多年的历史。即使从现存最早之卷轴山水画、隋代展子虔的《游春图》算起，亦有一千五百多年的历史了。它经历了一个从孕育、发展到成熟之运演阶段，同时也经历了一个从表现事物到表现情感，从讲求技法到纯粹以笔墨论优劣之阶段。我的意思是说，中国的山水画从人物语境中独立出来，经历了“人大于山，水不容泛”之幼稚阶段，在隋以后开始有了“咫尺千里之趣”，认识到了“丈山尺树，寸马分人”之比例关系，使山水画日臻成熟。从唐代李思训、王维，到五代董源、巨然、荆浩、关仝，再到北宋李成、范宽、郭熙、燕文贵、王诜、张择端等一大批山水画家的出现，加上南宋李唐、刘松年、马远、夏圭、萧照之继起，把中国山水画推向了艺术高峰。中国山水画在经历了元代极具个性张扬的时代之后，以倪瓒“逸笔草草，不求形似”之理论为终结。虽然明代少数有作为的画家苦苦挣扎，但是中国山水画仍然坠入了清代数百年间毫无生气的深渊，这就是以清初“四王”为代表的食古不化的保守派占统治地位之时代。当然，这仅仅是一个大概的线条，并不意味着我们会因此而湮灭像石涛、八大山人、“扬州八怪”等画家的功劳与民间绘画之生命力。恰恰相反，我们看到了在迷茫深海中亮起的盏盏孤灯。尽管他们皆或多或少地受制于时代之束缚，但毕竟有他们卓有成效的个人努力，才会使我们今天看到的中国美术史在明季清初那段时期不至于灰暗一片。尤其是石涛“借古开今”“我有我法”与“笔墨当随时代”振聋发聩之声音，以及“搜尽奇峰打草稿”之美学主张，仍深深惠顾于当世无数画家。20世纪初，西学东渐，给中土画坛注入了一股美学新风。西画中之色彩、透视、解剖、素描等从自然科学中引入之方法，对传统的中国画产生了巨大之冲击。面对西学东渐之冲击，中国画坛产生了激烈的震荡与裂变。1935年《国画月刊》发起了“中西山水画思想”大讨论，为的就是寻求中国画振兴之路。真正使中国山水画走向振兴之标志，是近现代山水画坛出现的一大批卓有建树的画家。他们中的佼佼者当数吴昌硕、黄宾虹、张大千、傅抱石、潘天寿、李可染、刘海粟、吴冠中等一代大师。他们的作品皆具有鲜明之时代特征，同时也具有鲜明之艺术个性。他们不仅互不雷同，而且也不重复自己。在表现手法上，他们皆是传统的继承者，但同时又是革新者。他们皆具有各自创造的一整套表现技法，为中国画传统技法的推陈出新，做出了可贵的贡献。黄宾虹画富春山水，观夜山而体味出积墨法，并在黑团中求得宽广之天地。张大千在敦煌石窟中研习多年，从传统之技法中扩展出泼彩，独辟蹊径，再以所创技法表现真山真水，敢为天下之先。潘天寿以篆籀笔法入画，如高山坠石，如绵里藏针，笔墨上具有丰富的审美情趣。李可染观察逆光山水，创造了积墨手法，为华夏河山立传。刘海粟与吴冠中则借鉴西画手法，融汇中西，在山水画上不拘一格，生面别开。到了当代，刘文西在绘画创作中，融史识与诗心于一炉，勇于突破中国画已有的审美形式，创造性地吸纳了中国传统绘画的优秀成果与西方现代艺术成就，在东西方艺术交汇中开拓中国水墨画的崭新领域。他以李可染的绘画方式，继承并发展了传统中国人物画以形写神、形神兼备的美学思想；采用中西合璧、古今兼容、循序渐进、科学严谨的造型方法；秉持车尔尼雪夫斯基的“美在于生活”的美学主张，反映时代，走超越性的现实主义绘画创作道路；重视笔墨，重视创新，从现实世界中发现美，在绘画艺术创作中反映黄土高原文明与审美情趣。刘文西的绘画技法，皆从“美是生活”中悟出，在刘文西本人看来，美的事物包括客观世界的本质与现象、人与客观世界的关系。植物的丰美、动物的壮健、风景的绮丽、太阳的光芒、云霞的变幻、黄土的裂变……自然的现象均具有美的本质，社会生活中的庄严和伟大、正义和崇高、爱情和友谊、生产与实践……总之，生活中充满了美的事物。在此种唯物论的基础上，刘文西认定艺术的第一目的在于反映现实；但反映现实并非巧妙地模拟自然的把戏，而是为了说明现实生活。因此，他在绘画作品中强烈地表达了这一艺术法则，在体验丰富多彩的生活世界中创造出了斑斓多姿的绘画艺术作品。刘文西秉持这种“美在于生活”的理性、表现生活实感的创作方法，正是中国现代山水画之标志与审美价值尺度。刘文西继承了中国古近现代绘画史上的这一美学成果，以此为师，独辟蹊径，开宗立派，走出了一条属于他自己独有的绘画之路。

二、人文襟怀与艺术向度

刘文西从小受到绘画艺术熏染，青年时代陶醉于山水画艺术创作，痴迷于色彩艺术世界，学古人不仅追求表面貌合，从中西各家笔墨特点入手，直达神似，体会作品内在神韵，从心灵深处接近古典艺术本质。他长期专攻中国水墨画、人物画与花鸟画，对传统技法下过扎实的工夫。他多用水墨或浅绛法来保持那种浑然完璞之美感，依赖有骨力的笔画支撑画面，这是中国传统绘画之优秀部分。更重要的是，刘文西不辞辛劳，特别注重到生活中仔细体味观察。1959 年，二十多岁的刘文西为采访陕北刘志丹的事迹，深夜被炭火熏昏过；他扎根于陕北农村，与农民同吃同住，吃包谷面、住窑洞，与老乡一起过年，不间断地画素描，素描之法贯穿了他绘画艺术生命之始终。刘文西一生尤其注重人物素描，他留存的各类人物素描达两万多张，为创作积累了大量素材。素描，乃刘文西这一代画家的未知之追求，乃环境之转移，乃经验之累积；归纳起来就是艺术之拓展，画本之翻页。刘文西把扎根生活与素描相结合，他每深入一次生活便有一次不同的感受，艺术上也产生一种新的变化，发现新的事物，体验新的生命，展现新的创造，决不闭门造车。他开阔的胸襟，使他看得更高、更广，容纳更多。当然，他也希望通过素描来不断获得新的艺术灵感，产生新的艺术生命；刘文西对深入生活与素描一生从未间断，最终创造出了独特的绘画技法。他秉持“美在于生活”（车尔尼雪夫斯基语）的艺术理性，从现实生活中捕捉形象、捏紧动感，投入绘画造型的本质；他以博大的人文襟怀，拓宽艺术向度，寻找心灵栖息之地，犹如贞洁高尚之童贞圣女，永不倾颓；他把自己的心灵洗得雪一般洁白，坚信真正的艺术美仍然在大自然中、在生活中，裹挟在古老的传统文化中。他从古典绘画中汲取营养，在水墨画方面取得了举世公认之成就。只要我们仔细研究他的绘画，就会发现他在传统基础上创造出来的绘画技法，已有鲜明的独创性，并且发生了本质性的变化。从点睛之笔墨与人物的描绘上，让我们感受到了现代艺术的审美气息。他极力变法，重视创造，尝试众多技法，为我们展示了一位艺术家应有的敢于创新的可贵品格，形成了一种既有崭新的美学风貌，又只属于他自己的绘画艺术语言特色。他以形神兼备作为自己最高的艺术目标，运用独特创作思维，追求“迁想妙得”之艺术效果，他将中国画的工笔重彩和水墨写意结合起来，在造型上吸取西画中素描和色彩的精华，加进民间艺术中清新健康的朴素格调，巧妙地融为一体，形成了自己独特的艺术风格。刘文西的绘画艺术表现手法游刃有余，他能够根据不同对象采用不同的处理方法。刘文西画老农形象多用焦墨干皴皱纹，染以淡墨表现结构，最后赋彩润色之，色墨结合恰到好处；画年轻女性形象侧重染色，能够用不露笔痕的饱色表现面部皮肤的新鲜圆润。他的人物画与一般国画人物大不相同，有的寄托了他对杰出人物之仰慕，对他们的理解与想象；有的表现了对正义，对真理，对真情，对光明幸福与未来之憧憬；有的是对劳动者创造世界的热情讴歌；有的是对人生、对社会的深刻理解与关注。他以高瞻远瞩之襟怀，以高屋建瓴之智慧，以“语不惊人死不休”之精神，创作出了一幅幅关注社会、关注人类、关注生命的陕北系列作品。他沿着中国传统既定之路径，寻求“天人合一”之表现途径，欲通过对水墨画艺术造型更深入的探索，获得实实在在“创新”的审美效果，让观者的内在精神受到激励，进入一种真实、和谐、愉悦之审美状态。

三、美的生命向力与人生辐辏

刘文西不仅是中国当代美术界黄土画派的创始人，而且被誉为中国当代绘画艺术大师。在他的带动下，形成了以刘大为、杨晓阳、陈光健、王有政、罗平安、戴希斌等60多位画家为骨干的黄土画派。他们活跃在黄土高原大地的山山水水和沟沟峁峁，为黄土高原和西部的崛起挥彩泼墨、擂鼓放歌。刘文西的作品独特完美，绘画风格独具魅力，艺术境界深邃幽远。他的绘画表现了由此产生的生命哲学意识。他的绘画源于对人类生命历史过程的洞察和对艺术生命向力的透视，当代画坛理当有这样一种深刻的新发现：刘文西的绘画美在于生命。

刘文西一生寒暑于笔端，铁砚磨穿。绘画既是他的终身事业，也是其生命的重要组成部分。中国画是最讲究传统的艺术。传统既是技巧，更是精神，其中有小技更有大道。得技艺者与古人貌合神离，是为小道；用笔墨精神与古人对话，师古人之心、夺造化之功者方入大道成大器。而刘文西注重传统，技道并进，他的绘画，以描摹陕北黄土高原鲜活的生命而享誉海内外。在艺术思潮泛滥之当下，刘文西始终把坚持扎根底层，摄取民间生命活力，视为自己绘画创作之根本信念。1958年，25岁的刘文西从浙江美术学院毕业后，带着满腔热忱，开始了以人民生活、革命历史和黄土地为艺术生命的人生辐辏。从1957年他第一次到陕北，60年来刘文西已去过六七十次之多，几乎走遍了陕北的山川土地，走访了上千个村庄，结交了数百个农民朋友，画了两万多张速写，对那里的山山水水、父老乡亲均充满了深厚的感情。如果说战争年代美术界与人民血肉相连的代表人物是古元（古元，字帝源，广东人，擅水粉、水彩、版画。1938年赴延安，先后在陕北公学与延安鲁艺学习。历任中央美术学院教授、院长，中国美术家协会副主席，中国版画家协会主席等）的话，那么新中国成立以来坚持走这条路的人就是刘文西。

扎根民间要有相对固定的基地，半个多世纪里，刘文西始终把陕北高原视为自己的生活基地，始终把陕北的二十里铺、周家湾和四十里铺，作为自己寻找艺术美的生命栖息之地。每年用很多时间泡在这块浩瀚而浑厚的黄土高原上，与陕北人民建立了深厚的感情，并在作品中力求描写陕北人民特有的个性和气质，以及陕北的革命历史与风土人情。在陕北，他走东家，串西家，不仅为大家作画，还帮助农民解决家庭纠纷；到了工地，他挽起袖子，就与大伙儿“杭育杭育”地干；到了老乡家就热乎乎聊天，与老乡盘腿而坐一起吃香喷喷的饭；春节到了，他跟着陕北秧歌队，看串串花灯映红黄土高坡。刘文西深深地爱着这片黄土地，更爱着这里的人们，他曾说他最喜欢陕北人的性格，他们不畏艰难困苦，很坚强，所以他乐于生活在他们中间。

刘文西终生坚持画素描，他所强调的“素描”，就是坚持扎根民间。刘文西坚持“美在于生活”之艺术理念，将扎根民间这一行为凝结在“美在于生活”的理性中。

"美在于生活"，不仅显示他扩展了的行为能力在绘画艺术创作中之体现，也更加独特地带有陕北高原文明日益强盛的民族生命欲望。这对刘文西的绘画创作有着不同寻常的意义，这已成为刘文西绘画艺术创作之重要资源，而且和他的精神探求与美学追求紧密联系在一起。刘文西以画陕北而成为当代绘画大师，可以说陕北成就了刘文西，刘文西也塑造了陕北。大量的作品使他以独创的面貌与风采，在中国画坛上形成了以他为代表的黄土画派。数年来，他在国内外发表作品千余幅，出版画册十余部。中国美术馆收藏25件，获国家级奖7件，人们不会忘记，20世纪60年代初他创作的《祖孙四代》带给人们的震撼。在这幅永载史册的作品中，刘文西以思想深刻、人物造型生动和笔墨技巧的创新而确立了自己在中国当代美术史上的地位。他从《毛主席和牧羊人》至《同欢共乐》，从《支书和老贫农》到《沟里人》，每幅作品之诞生均会引起人们一片赞叹之声，无不给人留下深邃隽永之回味。可见，"美在于生活"的理念，以本源之形态表达着他的高屋建瓴、创作智慧、审美情趣和价值判断。在刘文西那里，中国画传统之积淀与现代绘画艺术理念之融入，使他的绘画创作具有了鲜明独特的优势，"美在于生活"之理念以其独有的审美意蕴与人生辐辏，诗意地栖居在他的绘画艺术世界里。"美在于生活"的理念，已成为刘文西绘画创作的原创性美学特征，成为他艺术生命向力的重要构件，成为他艺术风格形成与审美价值认同之标尺，或者说，已成为他从事绘画创作的一种力量源泉。美在于生活，是刘文西绘画创作之灵魂，是他审美思维、艺术人生与精神境界内在的辐辏。他所秉持的这一美学思想，既是从李可染之美学主张中获得，也是从张大千、傅抱石等前辈大师"古法之佳者守之，垂绝者继之，不佳者改之，未足者增之，西方绘画可采入者融之"（徐悲鸿语）的绘画美学中"拿来"，融会贯通，化为自己的艺术生命。他从黄宾虹、吴昌硕、徐悲鸿、潘天寿、刘海粟等艺术大师的经典作品中，学习和掌握中国画民族气派之内在精神结构与艺术流程，用平静之心态对待艺术造型之建构与嬗变。他深知艺术创作应耐得住寂寞，更需要经历一个漫长而艰难之探索过程，他对中国现代绘画艺术瑰宝深入研究与悟解，从中探察中华民族绘画艺术传统之精髓。显然，刘文西对"美在于生活"之理念有着极其深刻的理解与认知，这就决定了他认定的艺术作品的灵魂就是美在于生命之展现，就是画家自己心灵结构之自觉显示。刘文西试图通过他的绘画创作呼唤人类艺术应该返璞归真，重现原始生活之生命质感，从而使艺术生命获得一种质的转换，从自然生命存在转换为艺术生命之存在，并从绘画创作展现人类生命历史过程中，去寻找精神家园之栖居。刘文西所坚守的"美在于生活"之理念与艺术信念，在他的绘画创作中得到了无与伦比的释放。他的绘画之精心概括与黄土高原文化交融互渗，足以表征他对绘画艺术之路之选择乃是他"美在于生活"理念的沉潜与升华，他的画笔流淌出来的不仅仅是对陕北大地之深切同情，更是站在人类民族化立场，用大地的眼睛对世界、对人生予以审视。但是，身在黄土地心在全天下的刘文西的精神境界与艺术世界，受到现代艺术哲学与传统美学的影响，作品的意境已远远超越了黄土地，作品的同物之境与超物之境在此"自树立耳"（王国维语）。刘文西坐在土窑洞前静观陕北黄土高原，从高原（对象）中静观出"神遇迹化"（理念）来，顿悟艺术生命浮现眼前，表之于绘画作品中；此时以"我"观山，则大山染上主观之色彩，经过意志之努力，日臻境界。因为艺术并非单纯描绘客观黄土高原，亦并非单纯表现主观情思，而是面对黄土高原丘壑，“望秋云神飞扬，临春风思浩荡”，在绘画之情感体验中将“自然丘壑”变成画家之“胸中丘壑”，然后以完美之形式将这“胸中丘壑”表现出来，成为“画上丘壑”。清代石涛谓画家变“自然丘壑”为“胸中丘壑”这一过程用“神遇”之范畴概括之；用“迹化”来表述将“胸中丘壑”物化为“画上丘壑”过程，刘文西十分认可古人的此一美学思想。他认为画家面对一山一水、一草一木，皆是面对的整个世界，从而使自己从现实之时空中超越出来，在对山川之审美观照中看到自身，甚至在这种“凝神”之境界中，不但忘却审美对象以外之世界，并且忘记自身之存在，“意境两忘，物我一体”（王国维语），达到一种悠然意远之“化境”。可见，美在于生活是刘文西绘画创作之唯一源泉，他坚持了这一理念，故他的绘画创作才进入了一种神奇的运思状态与最佳的审美状态。

四、艺术人格与现实重构

刘文西始终坚持美在于生活的艺术路径不变之原因，就是欲达至艺术人格之“自我”重塑，即重构和谐优美之现代性人格，重塑充盈着理想人性之自我人格；他身怀历史使命感、人民意识和人文思想坚守，重构现代生活世界，这是他绘画艺术链条上牵引出的新的美学思考，也是他绘画创作之重要艺术使命。他的画，表达了他的审美理想与审美境界，记录了陕北黄土高原之原始风貌。这种秉持“美在于生活”之基点，就是艺术世界与生活风貌在绘画中之重现，从而达到绘画艺术的原创性效果。由此掀开他在脑海深处那些似乎经历过的生活经验、民族记忆，并展开无边无际之视觉联想。做出如此之判断，乃基于刘文西在艺术人格上显示出来之情感逻辑，以及对绘画图像或形式赋予生命状态之表达，因而展示出了他雄阔、真实、多彩之造型艺术世界。这个判断犹如艰苦的大漠探宝，它既是来自刘文西对人类生存体验之个人记忆，也是来自刘文西作品之神性品质与灵感指数。刘文西以陕北黄土高原的历史人物、历史事件，以及村镇、农民、牧羊姑娘等为创作背景的系列水墨画作品之意绪，连接着人类历史生命与现实生命，连接着种族生命与个体生命。在他的绘画背后是源远流长的人类血脉生命之河，在他的画外是与世界同在的生命的无限延伸之可能性。这就是他的绘画能够唤醒人的内在潜伏着的意绪与审美价值。他的绘画是一个庞大的艺术话语结构系统，象征人类游牧文化与民族精神；欲表达一种带有普遍性和永恒性之审美景象，也是一种对人类农耕文明的美学透视。他的绘画作品始终表达着一种对自然与人类自身之依恋和欣赏之情怀，这是人类与大自然和谐相处的美学表达，是一种寻找人类精神家园之另一传达方式，或谓之艺术生命之自由显现。刘文西淡泊名利，视艺术为自己的生命本身，如今 80 多岁的他，仍坚持不断地在陕北高原与各地深入生活和写生。那些高山厚土，窑洞内外，没有高贵的特征，平平淡淡的高原村镇风貌，干旱的山丘，甚至缺少湿润之空气，缺少茂密之森林，阳光一览无余地洒落在高原黄土上。那里的人们与大自然融为一体，终日过着人背驴运之生活。然而在那里，刘文西的生命意识获得了延伸，艺术的精神获得了张扬与释放，使刘文西实地表达了他在人生辐辏与审美体验过程中心灵之激荡。他从不同视角对自己的艺术形式进行价值取舍与判断，他的绘画作品之所以成功，正是坚持美在于生活的理念这一艺术行为孕育之结果，他的绘画作品在中国画坛别开生面，独树一帜。

多少年来，刘文西把对现实生活的影响力，看成是艺术的本质力量之显现，由此决定了他艺术的力量和审美价值。令人惊异的是，仔细解读刘文西的艺术人格与作品，不难发现他艺术心灵之崭新姿态。他的主观性控制，使绘画结构与笔墨色彩在总体和谐之中随着情感的变化起伏跌宕，用笔墨色调来表现内心之激情，展现生命之喜悦。他的意绪、情感转换为笔墨意痕，信笔生、顺势生，生出情态、情调和意境。形式秩序上大有意趣，组织结构，巧用心思折射“自我”智慧，“超以象外，得其环中，持之匪强，来之无穷”（司空图《二十四诗品·雄浑》）；举笔落色，流变交织，这一切定格为他心中之自我人格。刘文西在绘画中既倾情于创作之过程，又注重绘画作品之最终效果。宽阔之笔触，潇洒而苍劲，色彩之点画皴笔法，斑驳而淋漓，在笔墨设色交替出现中，那种充满韵味之技法之变换，那种恣肆豪放的富有节奏之用笔，那种以浓郁之情与散淡色调来表达的实体与力度，皆淋漓尽致地发挥了出来。肌理厚薄，笔墨浓淡，被不拘一格地重新组织为新的构成要素。情感的随机性效果之合理控制，将无意识之流变纳入有意识之秩序，刘文西似乎有意识地需要观者仔细意会其内心之体验。艺术作品之产生，总是包含着艺术家对生活的感受、体验与理解，灌注着艺术家之人格智慧与心声。刘文西真情地生活着，更真情地创造着，他把自己的主观情思，深深地融入绘画之中。作为一名当代美术大师，刘文西看到了艺术在现实性的历史语境中所起到的特殊作用。一旦扑到生活漩涡之中，返回艺术本身，回到自然本身，他的心灵与艺术精神就会更加沉稳淡定。此乃日臻“素处以默，妙机其微，饮之太和，独鹤与飞”（司空图《二十四诗品·冲淡》）之境界。他的作品视野开阔，画面气势恢宏，色彩散淡而强烈；作品里的黄土高原与各色景物、人物与窑洞，表现出画家的清澈、透明；用写意般之色彩去表现大自然潜在之生机。生命运动的旋律变成他画面流动之线条笔触，他时厚时薄地用笔墨，或薄色轻揉，或团块勃起。刘文西力图捕捉自然浩瀚之气势与黄土高原之原始力量；他用点线去结构画面，凭生活之积累与经验去补充，给自己留下更多抒情之余地。刘文西绘画作品整体厚重、灵动，以自由微妙之变化，与心绪相对应，此种厚重与灵动牵引着画家本人，同时也感动着我们。这就是画家面对时代变迁，心灵在场的一种艺术态度。此种态度，表征了刘文西绘画的艺术使命，以及绘画作品的永恒性。

五、笔墨灵魂与精神境界

面对20世纪90年代的中国画坛，刘文西洞贯喧豗，矩矱自持，以其严谨的绘画态度、美学品格与笔墨高度，兼具深厚的传统精神和独特的现代意识稳坐当代中国画坛。笔墨是中国画的灵魂，他对“山水”与“笔墨”之理解，应该可以比肩中国现代史上许多山水画大师，而大大超越了同时代相当一批画家，使他成为中国绘画从古典传统向现代转型的绘画大师，开启了中国当代绘画之新气象。是的，刘文西着力于山水自然景物在特定时空中的意境表达。我们只要在他的画前伫立凝神，便总会有一种精神性的东西弥漫其中之感觉——具有显而易见之超越性品质，这是刘文西的绘画作品与众不同之地方。对笔墨色彩范畴本身进一步探究，使他探索出了独创性的绘画技法。他将感性与理性、艺术与哲学、历史与文化、体验与实践、传统与现代皆糅合在一起，成功地把错综复杂的文化记忆表现得意趣丛生，默默地昭示着他的美学思想。他的绘画自成一格，用笔洒脱自然，墨色重击轻出，绵密味浓，在具象的描绘中，融入笔意与肌理，并带有浓厚的哲理意味。解读刘文西的绘画作品，让我们有一种久别重逢之激动，高原画面的庄严与神秘、质朴与厚重扑面而至。点与线、笔墨皴法皆处理得天衣无缝，画面耐品，意远幽邃，不露痕迹。优秀的绘画作品是由画家的学识、修养、气质、人格构成。刘文西的绘画中弥漫着深厚的学识与修养、敏锐的认知与鲜明之个性，皆已构成他绘画艺术语言的独特价值。刘文西的画在质朴与厚重中还有一种抒情之诗意溢于画面，追求一种东方气韵生动之美，让人从中领略中国文化之浑厚与精致。诗意尽显的画面宛如一团墨色之璧玉，重峦叠嶂之黄土高原，沉重庄严之大山，茫茫浩瀚之苍穹，给人以深邃与凝思、宁静淡远与梦一般的迷离之感。他的作品融自然情调与人文情怀于一炉，笔墨灵魂与精神境界融为一体，情景互现，诗哲交融，生机勃发。他的人物画既继承发扬传统的造型艺术规律与笔墨表现力，又汲取西洋画严格深入的造型基本功，力求在表现人物的内心世界和个性的同时追求强烈的民族地域特色，创造出具有深刻思想内涵与鲜明时代感，能打动人心、催人奋进的人物画；同时也重视山水、花鸟画之创新，创作了具有浓郁民族地域特色、鲜明个性与时代精神的崭新的山水与花鸟画。他的山水花鸟画视野开阔，题材重大，既有传统功力，又具有时代新鲜感，有极其浓厚的民族地域色彩与时代色彩，创造出了具有感染力的山水花鸟新作品。刘文西熟悉人，重造型，讲笔墨，求创新，植根黄土画人民，创造出时代精品。这是刘文西的笔墨灵魂与精神境界使然。这里有自由之精神向往，有对失去情怀之追忆，有对田园牧歌之恋慕，有对宇宙洪荒之咏叹，还有对生活、自然、人文思辨之感怀，有对现实人生的哲思和对未来理想之憧憬与遐想，只要我们细细品读刘文西的绘画作品，就可以进一步发现其中之奥秘。刘文西认为，任何脱离生活实际之艺术行为，皆具有短暂、易逝与偶然性之特点，只有与现实生活、传统文化、中国现代山水画艺术精髓相互吸纳、融会贯通之作品，才具有永恒之审美价值。

六、外师造化与中得心源

刘文西意欲将生活、自然、人文作为绘画艺术创作之终生追求，以此消弭当代画坛之噪音，为人们提供一个明确而清晰的激发美感的绘画视觉群像，这也是他始终坚持不变的创作目标。当下中国美术界五花八门，乱象丛生，一是炒作手段泛滥。不少书画家利用各种途径不着边际地吹嘘自己的作品。二是官本位思想的左右与影响。有的人争一个美协主席或副主席、秘书长、理事等身份的职级，只为自己作品的价格飙升。三是媒体有失公正的误导。四是优劣美丑审美价值判断标准的混乱等。面对这些咄咄逼人之各色现象，刘文西心智淡定，毫不动摇。对刘文西而言，自然—生活—人文，乃心中之明灯。刘文西是一位很古典的现代男人，浑身有一种老庄处世哲学的气质。他信奉中国传统“人法地，地法天，天法道，道法自然”的哲学理念。此意乃地给人树立了榜样，天给地树立了榜样，道给天树立了榜样；地要遵从天之规律，天要遵从道之规律。老子提出世界的五个最大的方面，也可以说是五个维度——人、地、天、道、自然，总结了人类五个方面的师法关系与五个方面的规律。刘文西在此方面心领神会，顿悟深透。他经常躲开闹市，到陕北大山深处，到农家窑洞，去寻求恬静，寻求智慧。他主张清心寡欲，把苦恼化为快乐。他在日常人际伦理中，大智若愚，以少胜多，融入亲情。他的绘画代表作《同欢共乐》《祖孙四代》《转战陕北》《知心话》《奠基礼》《沟里人》《北斗》《解放区的天》《山姑娘》《虎娃》《黄土情》，以及近年来创作的《东方》《基石》《老百姓与人民同在》《春天》《陕北小姑娘》《黄河子孙》《黄河汉子》等，这些作品深刻地反映了他的这一美学信念。他既喜欢现实(生活)世界，也喜欢精神(理念)世界，他始终认为现实、精神皆是绘画创作的美学之源。这个信念，让刘文西感到了陕北高原的温馨之乐，让他陶醉于对陕北“生活—自然”之崇拜当中，有力拓展了他绘画艺术创作之表现空间。这位出生于浙江越剧之乡的绘画大师，自从扎根于陕北生活基地，他就已经不再是一个江南人的形象了。如今谁人见他，仅从外形模样看，就认定他是一位地道的陕北人。所以，刘文西非常热爱陕北那片热土。他曾深情地谈了他对绘画艺术创作的思想源泉。他说人的精力是非常有限的，外面的世界那么大，根本了解不完，文艺工作者生活在这里，还是要扎根在本地，扎根在群众中间，要和人民交上朋友，了解人民，了解他们的灵魂，了解他们的行为，了解他们的整个所作所为，还有他们的历史，特别是革命的历史，认识他们的重要性，静下心来，好好创作，全心全意为人民创作，创作出人民喜闻乐见的作品来。我所理解的刘文西的“扎根本土”，可用古人“外师造化，中得心源”(张璪语)之概念来解读。所谓“外师造化，中得心源”，与车尔尼雪夫斯基的“美在于生活”的理念同构同质，一脉相承，亦即从生活中获得一种艺术精神，并作为自己绘画艺术创作之生命源头——运用于绘画创作实践中。在刘文西看来，造化即宇宙自然，乃艺术创作之客体；心源乃作者自身，即主体。艺术生命乃从主体获得对客体审美感受那一刻开始孕育。宇宙是一个无所不包之生命系统，乃是包括人与艺术在内的一切生命之源。它以永不停歇之运动为其生命形式。宇宙和一切的自然运动形式皆表现为节律性。此节律性反映在艺术中就是具有审美意味之韵律。韵律，亦即艺术生命之形式。艺术的韵律与宇宙和人的节律有着对应关系；艺术的生命与宇宙和人的生命有着同构性质。艺术生命中也包含着宇宙与人的生命信息。自然之生命信息在人的心灵中，与人的生命信息——感情、气质、人格、审美理想等一起化合、溶解、结晶、升华，从而创造出新的艺术生命。当然，刘文西也不否认学院派。他认为学院派的基本功是比较全面的，解决了造型问题。学院派可能有弊端，如课堂教学实践久了，到人民中间去的时间就少了，但是对中国人物画的发展是有功劳的，他说自己也是从学院里出来的。故，刘文西也不拒绝凡高、塞尚、毕加索、达利、康定斯基、夏加尔等大师的抽象艺术绘画作品与理念，同样能从中获得绘画艺术创作之灵感，而且经由审美思考，认知西方古人之“旁观话语”与“迷狂话语”，与中国古人之“道法自然”有相通性与相融性。因为再抽象的艺术美学攀登，皆离不开生活、自然、人文等审美经验。刘文西以自己质朴之语言方式和绘画结构，让观者在其作品面前，一层又一层地渐近自然；同时，又一层一层地破解审美壁障，使人的心灵在天籁中得以舒展。此乃人类心灵深化之过程，更是民族历史文化情怀之袒露。刘文西独特的绘画语言，深厚的人文关切与深远意境，令世人震撼。显然，这与他对“外师造化，中得心源”与“美在于生活”的理解和实践有关；与他勤于实践，深入思考，以及真诚为艺术献身之绘画创作活动相关联；也是他丰富的人生阅历、深厚的艺术积累、不懈的审美追求，共同成就了他的绘画艺术创作。

绘画是无言之诗，画中之笔墨、构图与意境是画家为人之精神体现。身在闹市，却能心系黄土地，那是自然之魂魄，亦为画家本人之灵魂，刘文西的绘画即是如此。刘文西扎根陕北，与农民相交60载，农民也熟知刘文西为人极其简单、率真、性情，亦能保持内心纯正。他的绘画映现了他的人格，而他的人格亦在绘画中挺立。以上列举他的绘画代表作品，就是他对生活实感的一种真情表达，也是一种中国民族气派的显现，更是一份精神之诉求与表达。他创作的反映陕北高原生活中的那些农家姑娘与牛、羊等作品，自由轻盈，嬉戏追逐之心态，传达的是他对从容简单、况味悠然生活之推崇。中国水墨画传统讲求情景交融，追求意境，“澄怀味象”“得意忘象”皆旨在“畅神”“怡情”，乃画家将自然、生活、艺术领悟高度融合之体现。牛、羊在传统文化中象征吉祥美好，灵动悠游。生活中的刘文西即是如此，他的绘画，不为名利，只为那份因画带来的内心宁静，只为能在画中留下朴实美好的回忆。他的画，让我们愉悦，让我们激动，让我们深思……他的作品是“外师造化，中得心源”“美在于生活”“倒映”出来的自然中美的事物，是对于人类生活的一种暗示，以及使人们回忆起生活的事物。刘文西的绘画艺术价值就在于此。

七、人本情怀与审美形式

仁者乐山，智者乐水，山水用具体形态展现人的精神追求，形神兼备，成为中国传统绘画千年不变之思想。刘文西的绘画创作极具此种情怀。他的绘画尽显人本精神，时而轻暖透明，安然温馨；时而沉思冥想，从容淡定。他的笔墨是意气之淋漓流露，大胆用水，层层积墨，厚重虚灵，有意无意间，尽显舒畅、朦胧、缱绻留恋之神态。在刘文西笔下，无论是陕北黄土高原，还是汹涌的黄河波涛，皆来自他丰富之生命体验与深厚的人本情怀；是他行万里路，搜尽奇峰，画出了他心中之高原厚土，倾诉出了他人生的真性情，倾吐出了他胸中的浓情深意。他的绘画创造了独有的审美形式，画中之高原厚土，常常充满佛意禅味，此源自他对生活之细腻体味与深刻洞察。看山是山，看山亦可不是山，佛意禅味在刘文西富有诗情之心中，在现实生活的真诚感悟中，在一幅幅精致的绘画作品中，处处闪现。

对于绘画的创新，刘文西付出了巨大之心血，对于绘画创作如何融入传统精神与现代精神等问题，他曾说过，中国传统文化是国画艺术的宝库，但若能恰当地融入现代艺术理念，或许能够得到更多的启迪。他不仅这样认为，而且也不断地实践着自己的美学主张。他画中之“陕北人家”，不仅仅延续了中国传统绘画语言，亦有西方现代艺术的元素。源于西方结构主义叙事的抽象绘画中普遍采用几何图式与色彩绘画，讲求对称、平衡与内在秩序。传统水墨画往往感性，西方绘画则多了一份约束和理性。刘文西绘画作品中线条的精确运用，色彩晕染中节制与放松的自如拿捏，恰是西方绘画精髓之体现。故刘文西的绘画世界不仅仅是叙述古老的中国式记忆，还增添了几分具有现代审美特征之艺术特质。

总之，解读刘文西的绘画是一场心灵之旅，他的画往往深藏着一种陕北高原文明特有的质朴、憨厚、勤劳、厚重的大美境界。线条分明的乡村原始民居，若隐若现的延河溪流与“陕北小姑娘”的沿山小路，凝思苦想的“东方”“基石”与“山姑娘”，还有那些神情各异之牛、羊、鸡、狗等，无不是他个人心性之写照。刘文西绘画中有一个想象之栖居地，用眼过滤之世界，那里有最真实的情感与灵魂，欣赏与解读他的绘画，仿佛可以获得一种精神之安慰与暂时之安居，这是当代人之渴望与共鸣。对于当代生活之敏锐感触以及陕北高原生活之经验，让刘文西的绘画在表现陕北黄土高原文明时，形成了属于他个人独有的审美形式与风格。画中缭绕山间之清晨色调，散落窑洞前之金色落叶，重彩淡墨之笔法，空灵悠远之意境，唤起的是当下人精神上之归宿感；一种完全不同于都市生活的浮躁与喧嚣情境，那是画家博大的情怀与对人类精神自由之向往。

生活本身，远不是那样的富有戏剧性。艺术家不动声色的时候，往往真正震撼人心的也恰恰就在这个时候，观者不是被你的画面所震撼，而是透过你的画面，被自己重新发现的生活所震撼。思想、情感、精神之力量，从来不是因为它可以取代生活，而是它通向生活。“要散布阳光到别人的心里，先得自己心里有阳光。”（罗曼·罗兰语）刘文西正是这样一位心中充满阳光的艺术家。更重要的是，刘文西善于为自己铸造一种完全适合他思想情怀的审美形式，借助于精心选择的画面与蕴含真挚情感的形象来喻理抒情，其间流淌出诗一般之凝练与娴熟厚重，并给观者留下极为广阔的想象空间和获得永恒性的价值与意义。

［2016年10月29日于银川风声楼］

理性深处的艺术造型谱系

——罗贵荣版画创作摭论

在宁夏画坛，罗贵荣是一个寂寞者。在中国画坛，罗贵荣却是一个被广泛高度关注的画家。他为人低调，不甚张扬。他不像有的画家，甫一起步，即被封为“著名画家”了。他淡泊名利，志存高远，默默无闻，埋头创作，脚踏实地，勇往直前。

从20世纪90年代初至今，罗贵荣在国内美术界核心期刊《美术》《中国版画》《美术文献》《中国美术报》《江苏画刊》以及《中国文化报》等报刊上发表了一系列以西部地域民族特征为题材的版画艺术作品达百余件次；曾先后在国内外展览中获金、银、铜等各类大奖达二十多次。2006年2月至5月，他的首次个人画展在美国纽约协和艺廊开展，这是美国协和文化基金会在中国历时一年多进行遴选后向美国观众和收藏界推介的中国实力派画家之一；2009年5月，在杭州山海星云画廊举办个展；2010年4月在海南大学艺术学院举办个人画展。20年来，他先后曾有30余幅作品被中国美术馆、中国国家画院、神州版画博物馆广东美术馆，以及美、英、日、德、韩、新加坡、马来西亚、立陶宛、中国香港等国际国内与地区的二十多家艺术机构收藏；其作品在国内艺术拍卖市场颇受青睐，多次拍卖成功。他的丰硕成果与艺术创作经历早已被写入中国版画艺术史册。特别是在2007年摘取了首届观澜国际版画双年展观澜国际版画奖、2010年中国第九届艺术节全国美术优秀作品展览、观城——上海国际版画邀请展、北京国际美术双年展等大奖桂冠后，罗贵荣更加引人注目，不断引起中国画坛的广泛热评，其凸显的价值不言而喻。

一

别林斯基说：“用言辞、声响、线条和色彩把大自然一般生活的理念描写出来，再现出来，这便是艺术的唯一的永恒的课题！……艺术是宇宙的伟大理念在其无限多样的现象中的表现。”(《别林斯基选集》第一卷，上海译文出版社1979年版，第21、24页)罗贵荣的版画艺术作品正是表达了这一“永恒的课题”与“伟大理念”，因而才获得了新的艺术生命的质感。在他的刻刀、色彩、方格与图式变化中，形式不再是约束，不再是限制，而是自由的、多变的，充满了张力之对比。材质、方格间之微妙对应，复杂而丰富，宁静而细腻；使单纯之版画艺术造型更显意味深长。线条、刻刀、画板在直面交锋与对话，流泻之情绪激荡着观者之心。罗贵荣沉甸甸的版画艺术成果，以其现代理性之敏锐视角，以一种人本诗性的思辨、悲悯精神刻画人生，叩问人的生存命运，把塞北这块古老神秘土地，连同千百年来寄生于这片丰饶而又艰辛土地上之生灵摆在现代人性之面前，使我们有幸在当下全球化语境中看到了一个古老民族之灵魂。毫无疑问，罗贵荣是中国版画艺术界的佼佼者、奠基者与领军者。他的版画艺术创作具有一股扑面而来的浓郁深邃的土地气息与民族格调，他把土地—穆斯林生活与文化整体比较全面地带进中国画坛，填补了土地与华夏穆斯林版画艺术的空白。罗贵荣在创造土地与自然美之同时，为我们展现了穆斯林民族独异的性格与文化特征。他注目于塞北土地文化形态之嬗变与理性思考，他持守民间理性，大量发掘民族生活中的艺术母题，构筑了他版画生命的造型谱系。对此，国内一些著名艺术家和评论家对罗贵荣的版画艺术创作给予了深入之分析与高度评价。代大权认为，罗贵荣的创作“弃用版画的刀具，也弃用了传统的语言，他用方格的组合和色调的律动来表述，是企图找到语言更个性的特征……在解构了影像的传统惯性后重新释放出造型的意义，使艺术语言的多义性，语境的节奏感，时空的逻辑性，审美的层次感都获得了新的生机”。尚辉认为，罗贵荣之版画作品“改变了一般套色油印由浅至深的印制程序，用一块独版从深刻印到浅。这是一个富有数字化时代特征的理性过程，它的图式具有极强的预设性，在实现预设图式的过程中，容不得丝毫的懈怠，它是对一个创作者的耐力、毅力和理性精神的挑战”（见《版画聚焦》2010年10月，总第6期）。以上两位著名艺术家和评论家对罗贵荣版画艺术作品给予的高度评价，使我们猜测一条不无规律性的认识：绘画造型生命的质感与理性深处的审美透视或艺术发现如同一盏明灯，能够照亮储存于脑海中有关之信息材料，并在瞬间环绕着此种独特发现将信息材料予以有序之排列组合，然后凝成独特的富有人本关怀的艺术生命造型。而这些造型文本纵深层即艺术意蕴层，不论现实内容、历史内容还是哲理内容或审美品质，只要创作主体之人本艺术思维作用于其中，它就蕴含着丰富的人文理性精神与现代审美意识，这就是人类艺术本质的深度所在。罗贵荣版画艺术造型之斑斓、丰富、厚重，使他有资格独立于中国画坛之上。他的版画艺术作品给中国画坛带来的是一场审美惊奇。在当下画坛，他以自身的生命体验与艺术探索，突破了实与虚、灵与肉、现实与未来之边界，突破了人性与道统之边界；实现了从现实体验到审美体验之跨越，实现了从传统到现代之跨越，是当下中国版画艺术创作的一个特殊标本。他的《世纪之光》《林深风轻》《远方无雪》《美丽的秋天》《祝福》，以及《我和我的土地》《东方国里的穆斯林》《飘》等三个系列版画作品，几乎每一幅作品皆引起很大反响，并给人以审美震撼。在当下的艺术创作中，我们很多富有生命力的价值皆被遗忘，如温暖、善良、坚韧、勇敢、毅力、神思、虚静等。但这些重要价值，在罗贵荣的版画艺术创作中却被浓墨重彩地重现了。哪怕是最普通的一匹马或一只羊，一棵树或一棵草，皆成就了他最摄人心魄之一幅版画作品。古典美学精神依然保留在画家的心灵深处，经过当代理性精神之晕染，树木花草亦能沾染幽微心绪，表达出早已不同别人之艺术姿态。罗贵荣之版画作品皆是艺术生命之大命题，展现出了人类生命意识中之苍茫与壮美。

罗贵荣的版画语境面对的是中国塞北这块土地。这是一块雄伟、瑰丽、神奇之土地。罗贵荣给自己选择了一个真实的创作平台，用刀具与方格创造了一个又一个发人深思之造型艺术生命。作品围绕人类的生命与精神这一沉重话题，将人文精神融于人与土地、自然之和谐等问题。他关怀底层民众，表达了一个在土地与现实之间交错，充满人本忧思与人本情怀、理想信念与生存希望之奇特张力，充满了对普通劳动者精神之关怀，对美好未来之憧憬与现实忧扰之批判，展示了中国西部劳动者在历史与现实中之处境，在人与土地之间博弈。其中的甘苦与追求，生存与希望，精神与命运，尊严之守护与家园意识，这些关爱、悲悯、正义与良知在呼唤着我们这个时代，其版画的艺术生命质感与审美价值具有永恒性。

二

罗贵荣之版画艺术作品，继承了中国艺术创作中“民间理性”之美学传统，比较于同类画家之创作，罗贵荣的创作更突出“土地”这一具有民间意义之文化定位，人与土地决定了特殊的人格造型与文化意味深长之艺术风格。对于罗贵荣的版画艺术创作来说，土地往往与田野、古朴之民风民俗联系在一起，又与一种现代文明之理性透视联系在一起，对土地中国之文化批判，对于民族命运之深切关注，构成了他版画艺术创作之理性精神，呈现出了对土地与穆斯林之虔诚情怀。对民族命运之关注，对穆斯林精神世界与土地与人性之挖掘，既是画家罗贵荣借助于现代理性精神之哲学沉思，又是画家罗贵荣从故土民间升华出的民间理性之艺术生命呈现。从这个意义上说，罗贵荣版画作品所具有的民间思想意义与审美特征，是民间理性与现代科学理性、人文理性之遇合，也是民间理性在现代社会之美学升华。回眸土地，从民间理性视角表达民众之命运，这对罗贵荣来说是一个巨大的创作诱惑。以“人与土地”与“东方国里的穆斯林”为主要选材，以原生态素材为母本作为主要造型对象，庶几成为罗贵荣创作之使命。正如作者自己所言“我坚持以写实主义的态度表达我对宗教精神的静穆崇高”。（见《塞上独步——罗贵荣绝版画展》）这种自觉倾向土地的民间理性创作态度暗含着画家之自觉选择。对土地之选择与认同是罗贵荣民间理性之沉潜与升华，画家在刀刻与方格图式间流淌出来的不仅是对穆斯林兄弟儿女之深切同情，而更是以土地的眼睛对世界对人生之重新审视。思想已经“走”出黄土地的画家罗贵荣，在情感上、理性上已经超越了土地世界，他的思维意识与审美感知方式已经不再拘囿于那片土地，他以土地为主要题材之作品，其审美视角已经发生了重要位移，而且受到现代哲学与美学影响的他，其民间理性也同样发生了变化。罗贵荣之版画创作，一方面他要坚持“植根于生活沃土”，一方面又要“直面人类的普遍情感”。（见《塞上独步——罗贵荣绝版画展》）具象中之创作固然有更纯厚之感情，但作为一种理性精神之民间意识却发生了变异。对于追求着现代审美意识，受到人类现代文明巨大诱惑的罗贵荣，他的土地绘画叙事语言皆可被认定为“鸟瞰式”绘画叙事语言，无论曾被中组部“西部之光访问学者培养计划”选拔，还是曾在中央美院油画研究生工作室进行访问学习与研究，他的版画作品中之土地是“鸟瞰式”土地，他的穆斯林造型是也是“鸟瞰式”穆斯林造型，这些被画家本人居高临下之目光重新打量过的造型，与画家已经深蕴于思想根底之民间理性融为一体。从这个意义上说，画家罗贵荣的“民间”已不再是本源意义上之民间，其民间理性也不再是本源意义上之民间理性，而是经过现代理性之光的烛照，是现代哲学思想与文化启蒙之理性烛照而放射出的思想光辉，是“植根于生活沃土”的文化之光在现代文明精神语境下的“人类的普遍情感”之回眸式辐射。

画家罗贵荣的土地情怀与民间理性之孕育并不是一次简单的对土地之认同，而是在情感认同基础上之一次理性孕育与现代提升。当画家之思想从相对落后之西部“走”出来，一俟被人类现代文明之光照亮精神内海时，那种从故土民间带来的基本人生理念及其地域性民族文化意识，便获得了反思与升华之机会，民间理性从沉重的历史积淀中释放出来，升华为认识土地人生之哲学思想，民间理性也从固定之常态转化为流动之常态，土地社会在画家之理念世界中，由一个局部空间而成为人类时空关系的扩大了的世界，这个世界甚至不再仅仅是土地自身，而是成为“土地”之具象化，成为人生哲学之故土缩影。因此，深蕴于民间底层之理性在画家之生活变迁中，随着故土之情感依恋之深化而愈加明晰，并成为主导画家艺术创作之核心理念，成为他版画创作思想意蕴之主体审美结构。

三

罗贵荣的版画艺术生命是在现代西方美学思潮与中土美学思想撞击融合之语境中诞生的，这一撞击融合之过程，是画家面对本土文化思想受到严重挑战并在新的话语模式中重新选择之过程，也是在现代理性精神冲击下重塑民间理性、回归民族精神之过程。在这个过程中，著名画家罗贵荣所坚持的审美感知方式与创作理念是民族文化主体地位之重新确立，画家的主体意识与价值取向在这个过程中不断加强，主体意识的深层理性底蕴充分展示了迷人之风采，这也正是他版画艺术创作的民间认知理性超越实践、超越土地之价值意义。我所说的民间认知理性，是指罗贵荣的版画所表现出来的土地文化意识，以及土地文化中关于故土社会之人生理念与命运意识。他的版画创作所持之民间认知理性具有对整个民间社会之超越性，以及对故土人生价值的现实洞察力。正是如此，罗贵荣的创作并不仅仅是站在民间立场上刻画劳动者造型，而是站在当今时代人类主体精神之原点，在观照土地-穆斯林社会之同时，沉入社会底层，发掘土地民间之人本诗性哲学。在这里，穆斯林-民间是他现实认同中之民间，是经过现代科学理性洗礼之民间，也是经过诗性哲学思考与人本关怀之民间，创作主体从而根据民间自身而获得了必要之有关土地-社会之可靠知识、理念与人生方法。由此而升华之民间认知理性极大地提升了画家之主体地位，升华了版画艺术造型的文化意味，在原生态意义上之穆斯林生活与当下人类理性精神之间进行了必要的置换。罗贵荣作为当代中国版画艺术创作的实力派画家，从一开始就表现出土地-民间理性之现代精神，并为以后之创作发展奠定了坚实的思想基础。他所具有的超越意识与认知理性之特点，使他的版画创作既超越了一般意义上之题材领域，又具有土地-民间博大的理性主义精神；无论是他的《东方国里的穆斯林》系列，《我和我的土地》系列，《飘》系列，还是他的《美丽的秋天》《往事》《林深风轻》《远方无雪》《阳光地带》《祝福》等艺术生命，皆立足于民间；面对故土穆斯林社会真实的生存状态与现实境遇，雕刻出了一幅幅表达民间情怀的艺术生命，从而展示了具有现代意义之土地认知理性与民间文化特征。毫无疑问，罗贵荣的版画艺术造型是当今时代理性深处幻化出来的真实场景。惟其是幻化出来的真实场景，所以才成为他认知理性与主体精神之形象化。罗贵荣是用现代版画语言的叙事进入到土地民间生活的，是以现代理性精神激活土地民间理性精神，以土地民间理性精神点化土地艺术造型，使之超越了造型本身具有之意义，由此涵盖了造型隐喻之象征意义。罗贵荣的版画艺术创作的意义，还在于他更关注穆斯林儿女及其普通劳动者应该真正认识自身之生命意义与生存价值，从形而上之角度对故土民间之生命哲学与生存境遇进行了文化反思，从而表达了民间理性精神对现实语境之穿越，获得了人类主体理性精神之价值命题。

民间理性是罗贵荣版画艺术创作之命脉与基石，它对作者的“土地”与“穆斯林”艺术主题意蕴、审美感知方式起到了决定性作用。从主题意蕴层面来看，民间理性直接构成罗贵荣版画艺术创作之造型。艺术生命主题之形成是画家认识世界之感知方式，“主题就是个人对世界独特的态度。一个诗人心目中主题的范围就是一份目录表，这份目录表说明了他对自己生活的特定环境的典型反应”（[美国] 乌尔利希·韦斯坦因：《比较艺术与艺术理论》，辽宁人民出版 1987 年版，第 121~125 页）。罗贵荣的“土地”与“穆斯林”造型主题是他对世界的“独特态度”，是对土地民间人生理念之艺术呈现。这就决定了他的这一主题所具有的理性内涵之丰富性与多义性。但是，过分强调这一主题的多义性特征，还是不能发掘罗贵荣版画艺术的美学价值。一个画家的一定艺术阶段与一定题材领域的审美创造，总是形成于一定的造型谱系。罗贵荣受民间理性精神之影响，他的版画造型深深植根于民族文化传统，也深深植根于“我和我的土地”。弗莱认为“原型是一些联想，与符号不同，它们是复杂可变化的”，“某些原型深深地植根于传统的联想之中，几乎无法使它们与那些联想分开”（[加拿大] 弗莱：《作为原型的象征》，《神话·原型批评》，陕西师范大学出版社 1987 年版，第 155 页）。原型与造型有着密切之联系，造型产生于原型之演化，甚至会在一些艺术批评中把原型与造型作为大致相同之概念。无论怎样，造型谱系也是我们考察罗贵荣版画创作之重要范畴，由此可以进一步探究他的版画艺术造型演化及其深层结构。

四

从民间理性之原始形态来看，从罗贵荣创作的《我和我的土地》与《东方国里的穆斯林》等版画艺术作品来分析，他所表达的一般性思维方式、土地人性之生命观、生存观及其文化态度，基本可以认定是回眸式造型谱系之主要内容。所谓回眸式造型谱系，主要是指罗贵荣创作对精神家园之回眸，对民间文化本源意义之回眸，对土地自然人性之回眸，并在回眸中所创造的相关造型。罗贵荣之回眸式造型谱系是土地民间理性之自身呈现，是更加注重形而上之人生哲学，注重民间生命本质与生存困境之探究。从主体层面来看，罗贵荣回眸式造型是对其他相类题材造型之超越。故，这类造型只是文化相对活跃自由之历史时期，是画家罗贵荣充分挖掘民间理性精神的哲学内涵之条件下形成的，甚至可以说，只有在罗贵荣之作品里，回眸民间、还原民间——返回东方民族本体之艺术造型话语才真正体现了出来。罗贵荣的这一造型谱系，包含了人性回眸造型、生存回眸造型、现实回眸造型和寓言化回眸造型。他的这些艺术造型谱系，在努力展现民族灵魂之同时，更关注着民间底层劳动者的生存境遇与生存状态；他对穆斯林人群生活展示时的人本关怀，在《林深风轻》时对人性深处之寻找，刻画出的不仅是田园风景，更是大美、大爱与自由之人性世界；《美丽的秋天》里女性右手支着头而侧卧栖息在“土地”上，这富于韵味的造型叙述节奏中伴随着画家主体的满腔柔情纷纷涌出，这种“温柔女性”之造型表达，更是一种博大的民间情怀；还有充满理性与诗性的《远方无雪》《阳光地带》《我和我的土地》等版画作品，带给我们一种来自远方的精神慰藉。对罗贵荣来说，没有什么比土地的抚爱更可贵的了。我们知道关于土地的“阳光”“无雪”，以及万物生命，在当下喧嚣躁动的词语王国里也许很难有一个显要的位置，但是罗贵荣这样的版画词语无论什么时候皆会激活人心中某种未死之灵性，唤起对土地那份热烈与赤诚，这将是土地最终不会从地球上消失的根本保证。将土地诗化，辐辏为具有人类主体精神本源意义之象征体。20 世纪 90 年代初以来，罗贵荣把土地人生概括为“一个灵魂高地”，对土地理性进行了更深刻的精神还原。罗贵荣的这一生命造型谱系，基本涵盖了他全部创作的艺术思考。他的“土地”系列艺术造型，不是作为土地之上的一个可对象化的制造物而生存；他的存在和土地本身融为一体。我们阅读他的版画作品，追寻它的存在，自然而然地就走到了我们自己存在的本源处。他的版画引我们融入土地的宽广怀抱。土地之上，我们与作品没有间隔。他的版画作品之意义，不啻是在帮助我们感悟土地之意义。作为民间思想史意义之本土艺术造型，同样表达了画家思想之风采。长期以来，他的一些具有思想意义的版画造型引起了人们的广泛关注，尤其是几个“系列”作品的艺术造型，鲜明地体现着写实主义的美学传统，作品深刻地表达着本土民族情感的话语价值。他的作品思考深入，风格厚重，使我们看到了他不断寻找民族精神源头与审美感知方式之努力。

在罗贵荣的版画艺术造型谱系中，首先是智慧老人型。《东方国里的穆斯林》系列造型，可以说是体现了民间社会“老者多智”的人生观。“老者多智”恰恰是思想意义上之故土人物造型，这些艺术造型不是作品个体生命之存在者，而是作为东方国里的穆斯林智慧之象征，宗教神秘诗学之象征。在罗贵荣之《东方国里的穆斯林》之八的《阳光·阳光》中，智慧老人以纯洁善良有着旺盛生命之天真少女陪衬，作为故土人性与生命力化身之少女造型，映衬着人生智慧的象征造型——老者的光辉。智慧老人深邃之眼睛洞察着世间人生，悟透人生的过程积淀了民间深层之生命哲学，而少女造型则以自己的纯朴旺盛的生命力映衬着祖父们之生命强力。在罗贵荣的版画作品中，这一类生命造型几乎形成了东方民族文化意义上之原型，将中国版画艺术创作推向了一个意味深远之审美境界。

其次是生命强力型。这也是罗贵荣民间理性的一种理想状态，在《飘》系列中，似乎是在叙说着一个民间化之故事，年少的人物造型对自由生命之向往与生命之自由形式，好像表现为一种非理性状态，但实际上是通过生命的飞扬而获得一种生命之强力，呈现不同的人生，传达的是一种生命观，这种想象的空间景地有时更接近民间人生之真实。它是建立在民间理性之上的一种高尚生命力的价值取向，是对民间生命观的价值认同。

再次是母亲型。母亲是苦难与爱之化身。在《我和我的土地》之一，《美丽的秋天》与《东方国里的穆斯林》系列中，母亲的造型谱系隐喻着当下中国底层民众之困苦，也象征了大地所承受的所有爱。母亲造型的民间文化意义极富于象征色彩，联结着土地、生命等重要价值。从某种意义上讲，母亲是土地叙事之关键词，是罗贵荣版画“故事”的中心，也是生命哲学与土地哲学之连接点。其哲学意义体现为生命价值与人类之起源，容纳苦难之同时也支撑着民间的精神大树。他“对生活的观照与审美追求”，在“多年的艺术创作中，始终觉得只有关注生活，具有社会良知，追求向善、向真、向美的艺术理想，才会创造优美而有品位的艺术作品”（罗贵荣:《塞上独步——罗贵荣绝版画展》，第25页）。这是罗贵荣版画艺术创作的美学信条，也是他的审美感知方式。在这一信念支撑下，他对土地与劳动者命运之关注，对土地之诗意领悟，由“土地之子”之感性认识上升到哲学思想之理性认识，民间智慧与画家之精英意识融为一体，确立了自己版画艺术深厚之主题意蕴。

五

民间理性在艺术思维及其民族化造型认同方面，对罗贵荣的版画艺术创作产生了深刻的影响。民间理性与现代审美意识是他版画艺术生命的共同体，也是具有现代美学特征与本土化特征的艺术造型。在罗贵荣的版画艺术创作中，其造型承载着比较厚重的现代启蒙主义思想，也体现着画家的理性精神与美学情怀。故，作为东方民族化艺术造型，它们蕴含着深刻的思想性，或者说，这些造型主要是作为民间理性精神之载体而存在。以思想为美是罗贵荣版画艺术造型的重要审美特征，他的版画艺术造型，不仅承载了画家本人的创作理想与高度概括了人的思想特征，而且艺术生命造型自身也呈现出一种思想的美，其丰富而深邃之思想内涵与审美特质密切联系在一起。从前述的艺术造型谱系来看，作为思想载体之版画艺术系列与作为民族文化意义之造型系列，皆具不同之审美价值取向，二者体现了罗贵荣不同的艺术追求。作为思想意义之造型谱系，主要被画家本人当作启蒙对象而处于被批判之位置，正如画家本人所说：“版画艺术的审美性与其所具有的批判性和实践性是协调统一的”（《塞上独步——罗贵荣绝版画展》第25页），亦即是说，作者的这一类艺术造型的审美质感，主要是通过“批判性”与创作“实践性”的“协调统一”而表达出来的，即所谓的思想之美。在这里，版画作品之思想性特征与其审美特征是相辅相成的，或者说，版画的审美特征与其自身之思想性是相一致的。民族化造型艺术的审美价值不仅是通过其版画作品本身之思想力量，而且也是通过画家本人所赋予艺术造型的思想批判力量而体现出来，作品的思想穿透力往往就是主体民间理性在作品造型上之渗透。这些风格各异之版画作品，不仅是作为民族精神之体现者，而且是作为一种永久性审美价值的体现者，在发掘其人类思想性特征之同时，还展示其灵魂世界作为启蒙者的批判对象。正因为如此，才使罗贵荣版画作品的美学之光不断扩张辐射，显现出一种不灭的思想魅力。或者说，故土艺术造型的思想理念之惰性与生产力之落后性特点是通过画家的理性批判而获得美学价值的。故，此类版画作品造型之思想意义与作品之现实之美是融为一体的，作品的强势表现力发散着永恒性审美价值。由此我可以这样认为，罗贵荣的版画艺术创作，参与并丰富了当下中国绘画艺术的本土化、民族化与现代化进程，较之其他形态的绘画艺术，他的版画作品似乎更接近于中华地域性民族特征，这是他版画艺术创作在以“土地”表达民族精神情感时，不仅以题材取胜，而且更是对民间理性精神本质的发掘。当我们考察罗贵荣的版画艺术创作时，对其作品所把握的写实主义美学传统，不能作狭义之理解或者只是理解了民间文化与民族风格之一面，则需要探究罗贵荣版画艺术造型的地域性、本土性之差异，更需探究民间理性在他的版画艺术创作中之作用，或者说，着重于民间社会之理性精神力量。在这里，他的版画造型之灵魂是东方民族化之灵魂。鲁迅在评价陶元庆的绘画时说："他以新的形，尤其是新的色来写出他自己的世界，而其中仍有中国向来的灵魂——要字面免得流于玄虚，则就是：民族性。"(《鲁迅全集》第三卷，人民文学出版社1981年版，第549页)可见，作品的思想灵魂对艺术的民族性会起到决定性作用。罗贵荣从对版画独特语言的理解与把握出发，对大量的地域性民族民间元素之借用，从对土地的生命体验出发—审美感知方式—艺术生命造型之营构，以极富有民族智慧与宗教性的虔诚精神，从而使他的版画造型构图语言在民间理性之还原过程中，具有了诗性哲学之思辨特征，也使他的版画艺术文本充满了诗哲交融意味与理性之强大魅力。

总之，罗贵荣的版画艺术作品对自然属性的释放与弘扬取得了思想之原动力，为进一步的人性解放与文化精神之掘进提供了前提与可能，并使得这一精神维度与人性发展越至一个永无止境的解放与上升之链条上。这就意味着，罗贵荣的版画艺术作品经过自然属性之释放与弘扬之后，对华夏民族文化精神与人本主义情怀之探索与提升，将达到一个新的制高点。这正是他版画审美创造精神之演进与发展之美学景观。罗贵荣之思想审美张力催生了他的思想情感风貌与对现实世界之理解。他在版画艺术创作中敏锐地捕捉到了这一思想状态，他的版画作品文本背后既有内隐的新思想情感——星火燎原般之生命活力，也有掩藏着人们的灼热而强烈的未来梦想、土地情怀及其现实诉求，情感与理性意识始终交融激荡着作者的思想界限。他的版画作品之理性意识最为浓郁深邃，正是这种恢弘高超之气质为他的版画艺术作品，烘托出了云蒸霞蔚之超凡气度与悲天悯人之高贵情怀，发散出形而上之光芒。他的版画艺术造型之最突出特点，即在于他以反思者的目光与理性思辨能力，从中国画坛一般简单、明晰、庸俗社会学的文本桎梏中解脱出来，追寻中国西部土地深邃之历史文化力量，从时尚潮流中溢出了苍茫浩大之时空感、命运感与深切之生命意识，并且在宗教精神、人本诗性和以科技现代性之间注入了内隐之主体精神。这种主体精神构成了罗贵荣整个版画文本独特之理性激荡与审美张力，并随着近年来的新型版画艺术之探索而更加凸显，日臻化境。是的，罗贵荣的版画艺术创作正是在这种精神助推下，显现着生命质感与理性的光辉进入下一个逻辑轨道。

[2011年3月23日于银川风声楼]

论花儿音乐

在叙述花儿音乐之前，为便利起见，让我们先看看中国最古老的音乐定义是什么。中国最古老的音乐定义，见于《尚书》的二十四字："诗言志，歌咏言，声依永，律和声，八音克谐，无相夺伦，神人以和。"从这个定义，可见中国自古以来的音乐内涵是极为丰富的，差不多中国音乐之定义，就是中国所有文学艺术之定义。因此，中国的艺术特征，就是所谓中国音乐。中国儒家学派，在其创立学派理论之同时，也相应地创立了比较完整的音乐理论。他们认为，音乐是人们对客观世界之主观反映。音乐是人们受外界事物之刺激，引起内心情感之波动，然后按一定之规律组合成声音而表达出来的。人们受外界之刺激不同，音乐所表达之情感也就不同。随着心境的喜、怒、哀、乐、敬、爱之变化，其声分别为"发以散"，"粗以历"，"噍以杀"，"啴以缓"，"直以廉"，"和以柔"。六者并非人之天性，是"感物而后动"。音乐对政治非常敏感，"治世之音安，以乐其政和；乱世之音怨，以怒其政乖；亡国之音哀，以思其民困，声音之道，与政通矣"。音乐的能动反映，产生了对现实政治的赞扬或批判作用。由此，音乐被列为"礼、乐、刑、政"四者之中，成了"以同民心而出治道"之政治工具。

礼是封建主义思想之核心，乐常与礼并提。"乐者为同，礼者为异。同则相亲，异则相敬"。又"礼义立，则贵贱等矣；乐文同，则上下和矣"。提倡以乐维系封建社会之贵贱等级。音乐可以辅助政治之清平，政治决定音乐之哀乐。进步之思想家认为："若君政骄而荒，人心动而怨"，则"哀淫之声不散"；"若君政善而美，人心平而和"，则"安乐之音不流"。这就说明，音乐之安乐与哀淫，社会风俗之好坏，全在于政治之得失，君主之善暴。所以它主张："销郑卫之声，复正始之音者，在乎善其政，和其情。"

中华民族是多民族之集合体，民族音乐发展过程中，汉民族吸取了许多少数民族音乐。元末明初人说："俗乐多胡乐也，声皆宏大雄厉；古乐声皆平和。歌调且因今之曲调，而谐之雅辞。庶乎音韵和而歌意美，则得矣。"

花儿是广泛流传于中国西部地区特别是甘肃、青海、宁夏、新疆等西北地区的民歌，也是西北地区与民族对自己喜爱的一种山歌之共同称谓（有的地区也有"少年""野曲""山花儿""干花儿"等不同之称谓）。西北地区与民族中间，除了花儿之外，还有其他种类之山歌流传，如信天游、爬山调、拉伊、塔合也尔等，但皆未被冠以花儿之称谓，其原因就在于花儿艺术风格、演唱方法、演唱环境以及艺术结构等方面皆独具一格，不同于其他山歌。它之所以不同于其他山歌，是因为它是一种杂有之"虚声"与"和声"，在曲式上极为丰富，既是一种典型之问答式的填词，又是一曲多用之高腔山歌。西北各地区、各民族花儿在文学上共同使用汉语，分为七字句民歌体与长短句的两种，虽然也有差别但不很突出。所以，西北地区的花儿音乐既有共性，也有区别和差异。无论从花儿的内容上看，还是从花儿音乐的曲式上看，西北各地区、各民族的花儿皆反映了当地的生活、风情与民族文化之心理状态，这本身就具有了地方与民族之特点。宁夏花儿也与其他地区的花儿一样，在广泛流传中不断与其他民族的民歌品种进行交流，在曲调上衍生出了一些变体。由于其音色独特、歌词格律与流传地区之不同，花儿的音乐演唱所以又被分为河湟花儿、洮岷花儿与六盘山花儿等流派。宁夏花儿又分为六盘山山花儿与河湟花儿两大类，主要在宁夏南部地区与黄河以南之吴忠、灵武、中卫、中宁、同心、盐池等回族聚居之地流传。1958 年以来，多次在宁夏各地普查的千余名花儿歌手中，回族占 95%以上。据著名音乐理论家刘同生先生研究，宁夏六盘山回族花儿，主要是在古代陇山徒歌山曲之基础上，吸收融合信天游、爬山调、小曲子、河湟花儿，以及周边地区的山歌小调与伊斯兰教诵经赞圣音调等多种元素，加以“花儿化”之后形成发展的。因而调式丰富、曲调风格变化繁多，是花儿族中最具有独特色彩之地方品种。宁夏回族中广泛传唱的河湟花儿，是在与甘肃两省共生共存、相互交流之历史背景下形成发展的，因此，二者之风格特点、传承方式、语言习俗等方面，在具有共同属性与相同文化基因之基础上，又因人文环境、历史渊源、心理素质、信仰习俗等不同而存在一些殊异。宁夏河湟花儿，除了原有的固定衬词衬腔之小调化、曲牌化之花儿调名以外，其他民间俗称为“干花儿”或“阿哥的肉调”，习惯以主句或关键句做调名，没有以地名或族属做调名之习惯。长期在回族聚居区域自娱自乐之方式流传，其生命力经久不衰。宁夏回族河湟花儿与山花儿一样，是即景生情、因事即兴填词演唱之山歌野曲，一般多带有较强的即兴性与随意性，正如回族花儿歌手所唱的“花儿本是心上的话，不唱是由不得自家”“男人有愁唱一场，女人有愁哭一场”“愁烦时喝上个花儿，开心时唱上个小曲”“心里有事胡喝呢，你当我是开心者唱呢”。像和政《二牡丹令》这类花儿，很明显有小调化之倾向，其他像白牡丹令、呛啷啷令、山丹花令等也是这样，皆是工人的花儿令调，花儿大都是即兴唱的徒歌，像南方叫喊山歌、打山歌一样，北方叫漫花儿或喝花儿。而甘肃和政有些南乡花儿与新疆昌吉部分回族花儿是用乐队伴奏的并有小调化之倾向。杜亚雄、方斌武介绍昌吉回族花儿时特别强调了逐渐向小调与宴席曲靠拢，节奏整齐划一，用原生态演唱，由“野曲”变为“家曲”，并且用丝竹相和等特点，花儿在新疆还吸收了维吾尔族民歌套曲《赛乃木》之曲式与演唱方法，把若干首花儿曲调连缀起来形成套曲形式。这毫无疑问是一种进步与发展，走出了一条新路。还比如甘肃庄浪、静宁等地与宁夏西海固等地区的部分花儿或山花儿有与信天游爬山调等山歌交融之现象。卜锡文在《花儿的体系与流派》一文中举例列为陇中花儿、西海固花儿，他是在经过实地考察、尊重群众的传统习惯之基础上用约定俗成之方法分类的。在山野田间随口喝上几句，虽然大都有所宗与传承，但也有不合规范与体例的，形成调性曲式富于变化、风格色彩丰富多样之地方特色。

虽然史料中关于宁夏音乐之记载比较丰富，但是关于回族音乐之记载则是凤毛麟角。宁夏回族以“大分散、小集中”方式与全国各地的回族一样，是公元 7 世纪以来陆续迁徙到中国经商、传教的波斯人、阿拉伯人，与中国汉族、蒙古族等长期相处交融过程中形成的一个民族。其宗教、精神、思维、经济、文化等虽然保留了一些伊斯兰国家的影响，但却以中华民族的传统为主体的。公元13世纪之元代开始，中国官方文书中开始有“回回”之称呼，但一般大多泛指信仰伊斯兰教的各民族。明清以来，有时泛指信仰伊斯兰教的民族，有时专指回族，将其分为“西域回回”（缠回）与“散居回回”。唐代，由于大量吸收中国少数民族音乐与外国音乐，形成了中国古代音乐之黄金时代。中亚之乐曲与舞蹈通过“丝绸之路”传入中国。“波斯乐”成为唐代宫廷所备十部乐中之一种，回族音乐的真正黄金时代是元代，《新元史·乐志》载：元礼部仪风司“负责掌管汉、回、河西三色细乐，每色个三队，凡三百二十四人”，其中设“常和署”“管领回回乐人”。《元史·百官志》对此也有记载：“常和署，初名管勾司，秩正九品，管领回回乐人，皇庆元年（公元1312年）初置。”等等。元代是中国音乐吸取大发展大繁荣之时代，一些有影响的回回音乐家与表演艺术家，像贯云石、马九皋、高克恭、萨都剌、吉成甫等，皆发挥过作用。

回族通用汉语，住在哪里就说哪里的方言，但在宗教活动与日常生活中仍使用少量古波斯语或阿拉伯语。过去，回族因受中国传统封建思想之影响，认为在公开场合或家里当着小辈或老辈人之面大唱情歌乃失礼之举，但作为自娱性活动或为解闷遣情，一人在外或几个同龄人在山野劳动中则可以任意之歌唱，这就是花儿有野曲之称之由来。事实上无论是过去还是现在，音乐与回族人民生活同样有着极为密切与广泛之联系。在过去，即使被禁锢得最厉害的回族妇女，也将“口弦”作为必不可少的饰物戴在胸前，在劳动之余，叮叮当当地弹唱起来，充分显示她们爱好音乐、需要娱乐活动之本性和既娴熟文静又奔放热情之性格。随着时代之发展，当收音机、收录机进入回族家庭之后之情况自然就不用说了，即使在以前回族地区也是歌的海洋。著名记者范长江在长篇报告文学《中国的西北角》中就对回族“筏子客”唱花儿之情景形象有过描述。著名历史学家顾颉刚的《河州视察记》中也有记述：“……入夜，有弹唱者过门，换入者，问所歌，则有新编之记叙十七年乱事长诗。今歌之，其中述‘尕司令事最多……’”这样的记述非常之多。宁夏花儿可以说与宁夏回族民歌是融为一体的，无论内容还是形式都是相当丰富的，就其源流来说，既受到伊斯兰教传统音调之影响，又受到邻近汉族与其他少数民族之影响。在民族杂居之地区，民族间之文化交流乃历史之必然。尤其是通用汉语，回族在音乐上受汉族之影响自然会更多一些。此类花儿民歌有两种情况，一种是由于演唱习惯与审美趣味不同，在回族中长期流传之后，逐渐地域化了的；另一种虽脱胎于汉族或其他少数民族，但在长期流传过程中之不断润色、改变，在调式、旋律、节奏等方面变化较大，已经难以辨认了的。“民歌十唱九不同”，这是非常符合民族文化交流实际情况的经验之谈。当然，在回族聚居地区，也有相当一部分民歌是回族民间歌手智慧与创造之结晶，虽然从中可以找出它们与其他民族民歌之间之联系与影响，但事实上它们已经脱胎换骨成为新的花儿民歌了。如宁夏回族中盛传的“山花儿”“牛佬佬调”等，其结构与风格和当地汉族以及其他少数民族民歌迥然相异，而且它们只在回族中传唱，在其他民族中是不流传或很少流传的。

在宁夏回族花儿中，也有一些小调化与信天游化之情形，从中我们可以看出花儿在发展过程中向其他民歌品种借鉴与融合之痕迹。宁夏回族花儿歌手经常在打碾、犁地、放牧、驮运等劳动中，喜欢唱花儿，以此来解心中之烦闷，达到自娱自乐之目的。因而山花儿即兴而歌，心口吆喝，自唱自娱之特点非常明显。花儿在宁夏主要流传在南部山区的回族聚居区域，少数汉族也有会唱花儿的，但当你问他们时他们说是“跟老回回学的”，宁夏回族花儿就因此而得名。宁夏回族中还流传着一种被称为土花儿、山花儿或干花儿。这种花儿吸收了小曲子与其他山歌之特点，衍生出一些变体。在音乐上自成体系，与其他地区与民族的花儿区别也极为明显。首先它的调式较为丰富多样，除五声徵调外，五声羽、角调较多，宫、商调次之。大部分令调皆具有抒情短歌之性质，多采用级进与小三度跳进混合之迂回进行，旋律起伏较小，曲式、节奏较为规整，较少使用衬词、甩腔手法，结尾的主音常向上作纯四度或小六度滑进。总之，它以其柔和、流畅、委婉、抒情之特质见长，而高原山歌那种高亢、豪爽之特色不再是突出之特点了。这类花儿令调较多，情况也较为复杂，除受民间小调与其他山歌之影响外，有些令调很明显受到伊斯兰赞圣诵经音调之影响。宁夏自元代以来就是回族聚居之地，回族群众全民信仰伊斯兰教，男子们从小就要学习阿拉伯语，诵读《古兰经》及赞主诗词，伊斯兰之音调影响很深。因而他们唱小调、喝花儿时，很自然地就把自己极为熟悉的某些音调揉了进去。从中我们还可以发现花儿的一些调式与旋法与西北一些地区古代的少数民族之传统调式和旋法有密切之血缘关系，而与徵调七声燕乐音阶占统治地位的四省汉族传统调式与旋法之联系较少，我们只要听花儿的徵商调曲调与汉族地区同类调式之小曲与信天游，就可以发现是两种截然不同之结构与风格。

所以说，关于花儿源流之研究中，有一个非常值得关注的问题，就是“源”与“流”的问题。我们应该辩证地、科学地进行研究，谈“源”与“流”的问题时，应实事求是地对待，不应该抱着“我的是我的，你的也是我的”之态度。各民族之间的交流与融合现象是正常和必要的，汉族吸收少数民族的，少数民族学习汉族的是历史事实，要一分为二地来对待，不能只许我有，不许你有。另外，也不能笼统地以源代流，一种声腔或板式可以演化出无数不同种类、不同风格的曲子来，这是音乐不同于其他艺术品种之地方，例如使用梆子腔之剧种有数十种之多，究其源大都来自秦腔，用古老的民间乐曲《八板》演化而成的民间器乐曲与戏曲牌子也不下数十种，我们绝不能不加分析地说它们都是一个味儿，源自一个母体。

总之，关于花儿音乐，花儿音乐之源与流之研究，应是一个多角度、多元化的全方位之研究，只有这样，我们才有可能取得事半功倍之效果。因为手头资料缺乏，加之本人缺乏深入的研究，因听花儿音乐有些感想，遂写出一点想法，向各位专家与同行求教，希望批评教正。

［2013 年 1 月 10 日于银川风声楼。本文写作参考并采用了著名音乐研究专家刘同生先生的部分研究成果，特此注明并深表诚挚谢意］

卷四　文化研究

王国维美学思想纵论

一、《红楼梦评论》

《红楼梦评论》凡五章：第一章人生及美术之概观；第二章《红楼梦》之精神；第三章《红楼梦》之美学上之价值；第四章《红楼梦》之伦理学上之价值；第五章余论。其开篇便引了老子的“人之大患，在我有身”和庄子的“大块载我以形，劳我以生”之名言，点出了人类生死忧患之共相，亦即“夫生者，人人之所欲；忧患与劳苦者，人人之所恶也”（傅杰编校:《王国维论学集》，中国社会科学出版社，1997 年版，第 350 页）。全篇运用西洋哲学——主要以叔本华哲学来探讨《红楼梦》，这在人类刚刚迎来 20 世纪曙光之时，当是独辟蹊径之作。叔本华的思想资源主要凭借德国哲学大师康德的学说。叔氏一生敬重康德，而康氏哲学亦是他的哲学之出发点与基石之一。叔本华在其名著《作为意志和表象的世界》第二版《序言》中写道：“康德的哲学，只要是掌握了它，就会在每个人头脑中产生一种根本的变化，真可当作一种精神的再生看待。只有康德哲学才能够真正排除掉头脑中那天生的、从智力的原始规定而来的实在主义……谁要是没有掌握康德哲学，那么，不管他在别的方面读了些什么，他总是好像在天真状态中似的，即总是拘囿于那自然而然的、幼稚的实在论中……因此，谁要是向往哲学，就得亲自到原著那肃穆的圣地去找永垂不朽的大师。”（《作为意志和表象的世界》，商务印书馆 1982 年版，第 16、17、19 页）由此看来，在叔本华之心目中，康德算得上是到他那个时代为止欧洲哲学的集大成者，不过，叔本华取消了康德哲学中之“自在之物”，代之以“意志”，用意志来说明世界和人的本质。叔本华的哲学把人的存在和人生的意义作为哲学的首要任务，他的哲学将唯意志主义、唯我主义、悲观主义和虚无主义融为一体。他哲学的基本意图是，把世界观与人生观统一起来进行阐释，从而建立一种没有宗教的信仰。他的意志哲学把世界的本质看做是意志，把事务看成是意志的现象或表象，把意志与表象的诸种关系又建立在人与世界的关系的基础上。从此一前提出发，叔氏创立了一种新型的人生观，对人生的一系列问题提出了发人深省之见解。叔本华认为，生命意志在本质上就是痛苦，人的本质就是悲观，因为一切欲求皆是由于匮乏，是由于对自己现状不满。欲求得不到满足，就产生痛苦；每一次欲望的满足皆不可能持久，并且皆是新的欲望之起点。在此一点上，王国维与叔本华有同感。但王国维不是从世界哲学史，而主要是从人生体验去读叔本华的，当他将叔本华作人本主义解读时，叔本华无形中亦即成了他期待中的人生哲学向导了。王国维二十二岁时已深深地陷入人生的夹缝，苦无出路，一方面，他坚持天生我材必有用，不时瞥见理想的月桂在朝他笑；另一方面，世间的困窘逼迫他不是因贫扰学，便是因病辍学，天才梦一次次被捣碎，理想与现实总是在发生激烈冲撞，使那颗早慧之心蕴含过许多苦水，俾他不时唏嘘、沉郁（见夏中义：《世纪初的苦魂》）。在这种万般无奈之情况下，王国维求助于美术，美术有优美与壮美之分。人生在痛苦之时，在美术中却可以愉快地欣赏，这便使美术与生活乃至生存发生了密不可分之关系。王氏以此为出发点，借助叔本华之力量，开始了《红楼梦》之研究。

王国维的《红楼梦评论》是用叔本华思想来予以剖析的，其推论极为大胆：宝玉之玉即叔氏之欲，欲所以幻化为女娲补天剩下的最后一块通灵顽石，并附身宝玉至尘世潇洒走一回，本是为了艺术地印证"人类之坠落与解脱，亦视其意志而已"，"而《红楼梦》一书，实示此生活此苦痛之由于自造，又示其解脱之道，不可不由自己求之者也"。宝玉也就沦为叔本华欲念赖以显现自身的文学傀儡，他衔玉入世是为了展示纵欲之痛苦本相，他弃玉出世是为了昭示禁欲之超脱大境，其啼笑痴迷、心态风神皆是在围绕欲念转。王国维之所以对《红楼梦》赞不绝口，就是因为他认定名著的价值，正在于宣传了欲念之自我解脱。（参见夏中义《世纪初的苦魂》）不过，王国维有关解脱之观念仍沿用叔本华之观点，主张解脱之道在于出世，而不在于自杀。王国维论述道：

> "而解脱之道，存于出世，而不存于自杀。出世者，拒绝一切生活之欲者也。彼知生活之无所逃于苦痛，而求入于无生之域。当其终也，恒干虽存，固已形如槁木，而心如死灰矣。若生活之欲如故，但不满于现在之生活，而求主张之于异日，则死于此者，固不得不复生于彼，而苦海之流，又将与生活之欲而无穷。故金名钏之堕井也，司棋之触墙也，尤三姐、潘又安之自刎也，非解脱也，求偿其欲而不得者也。彼等之所不欲者，其特别之生活，而对生活之为物，则固欲之而不疑也。故此书中真正之解脱，仅贾宝玉、惜春、紫鹃三人耳。而柳湘莲之入道，有似潘又安；芳官之出家，略同于金钏。故苟有生活之欲存乎，则虽出世而无与于解脱；苟无此欲，则自杀亦未始非解脱之一者也。如鸳鸯之死，彼固有不得已之境遇在。不然，则惜春、紫鹃之事，田亦其所优为者也。"（傅杰编校:《王国维论学集》第 356 页）

众所周知，叔本华在一般情况下是反对自杀的。解脱是由于消弭生活意志，消弭生活欲望，而自杀者却在肯定生存意志，肯定欲求，想逃避苦难。意志乃自在之物，为人类所共有，个人之自杀与人类这个共同意志相比微不足道，并不能消弭这个意志。而王国维之关键在于取消欲望，只要没有欲望，本身亦即解脱矣；而有了欲望，则无所谓解脱，其不在于表面之出世和自杀行为。这一点，与叔本华在精神上基本一致。王国维论述道，在《红楼梦》中真正之解脱者只有三人：宝玉、惜春、紫鹃。宝玉是属觉于自己之苦痛的解脱，惜春和紫鹃属观于他人之苦痛的解脱。宝玉之解脱，属非常之人，非常之人用非常之智力洞观宇宙人生之本质而彻悟而解脱，故高出于后者百倍，亦复杂于后者百倍。这是超常的、灵魂的、虔诚而又平和之解脱。惜春、紫鹃之类之解脱，则是属于自己亲历痛苦而觉悟，人类可能普遍是如此。故《红楼梦》之主人公则只能是宝玉而非惜春与紫鹃。王国维之论述十分明晰，思辨力极强，写到这里，他情不自禁地大发感慨。他写道：

> 呜呼！宇宙一生活之欲而已。而此生活之欲之罪过，即以生活之苦痛罚之，此即宇宙之永远的正义也。自犯罪，自加罚，自忏悔，自解脱。美术之务，在描写人生之苦痛与其解脱之道，而使吾侪冯生之徒，于此之桎梏之世界中，离此生活之欲之争斗，而得其暂时之平和。此一切美术之目的也。（傅杰编校：《王国维论学集》第 357 页）

王国维的思考是中国式的人本主义精神，是乐天的精神。该篇学术著作的中心议题是《红楼梦》之“厌世解脱”之悲剧精神。由于王国维的研究是发自灵魂深处之声音，故“忧人”“忧世”极为深邃。一旦落笔，流丽光昌，仪态万方，恰如他征引“格代（歌德）之诗”所言：“凡人生中足以使人悲者，于美术中则吾人乐而观之。”（同上注，第 353 页）“美术”乃王氏早期译语，包括戏剧、音乐、绘画、文学在内的艺术之统称。王氏之所以论“悲”，则是为了探“美”。这个美无关善恶，超脱功利，按康德的话说是不涉及任何利害计较，完全是要使人进入“无希望，无恐怖，非复欲之我，而但知之我”（同上注，第 352 页）之境界。此境界简直像痛饮美酒，令人心醉。王氏用诗一般之语言写道：

> 此犹积阴弥月，而旭日杲杲也；犹覆舟大海之中，浮沉上下，而飘着于故乡海岸也；犹阵云惨淡，而插翅之天使，赍平和之福音而来者也；犹鱼之脱于罾网，鸟之自樊笼出，而游于山林江海也。然物之能使吾人超然于厉害之外者，必其物之于吾人无厉害之关系而后可，易言以明之，必其物非实物而后可。然则非美术何足以当之乎？（傅杰编校：《王国维论学集》第 352 页）

冲出世网之困扰，像脱罾之鱼，出笼之鸟，悠游江海，穿梭山林，便是王国维追求的至高无上之美学境界。从王氏《红楼梦评论》可以见出他的基本思路是，融通中西美学思想，并以其蕴含宇宙、人生。其美学思想在于探索艺术之崇高与悲剧精神，其价值自期在于兼及文学之美学与伦理功能。最后指出了《红楼梦》之研究方向。毫无疑问，王氏是运用西方美学理论研究中国文学的第一人，用艺术与人生作为价值准则来剖释《红楼梦》可能也无第二人。《红楼梦评论》可以说奠定了王国维在学术界的基础性地位。

王国维研究西方哲学，深受叔本华之影响，叔本华近承康德，远绍柏拉图，旁于印度佛说，遂自创为一套完整的、独特的一家之学说。但王氏思想极具东方色彩，谓人生乃凌乱忧苦，故持悲观主义之解脱。王氏取精用宏，以其西方哲学方法与思想以阐释《红楼梦》。这是人所皆有的生活之意志，因而即有欲望，有欲望则求满足，其实人类的欲望永远没有满足之时，所以人类的痛苦也就与人生相伴始终。欲免痛苦，惟有否认生活之欲，而求其解脱，此即王氏评《红楼梦》所持之价值理念。王氏认为男女之欲为人生生诸欲中之最大者，《红楼梦》一书即写人生男女之欲而示所以及如何解脱之道，其中人物多为此欲所困苦，贾宝玉初亦备尝男女之欲的痛苦，其后弃家为僧，否认生活之欲，是为解脱。所谓“此生活此苦痛之由于自造，又示其解脱之道不可不由自己求之者也。而解脱之道，存于出世，而不存于自杀。出世者，拒绝一切生活之欲者也”（傅杰编校：《王国维论学集》第356页）。此前，中国学界对《红楼梦》的研究，多从事于作者本身之考证，而纯从文学、人本—艺术美学角度研究《红楼梦》者，并力图揭示其所蕴含人生真理者，洵不多见。而且，王国维以西方哲学（美学）原理来探索《红楼梦》，独辟蹊径，摆脱了旧的文学批评框架，这是对晚清以降中国红学史上模式化研究的首次美学清算，在中国美学史上占有极为重要之地位。

二、戏曲源流考

王国维在学部工作时，交游之范围亦在逐步扩大。经罗振玉之引荐，他结识了以军机大臣领学部尚书之荣庆。王氏的学部总务司行走、图书编译局编译之职，乃荣庆赏识其才学而委任之。加上结识的柯绍忞、缪荃孙、傅增湘、刘世珩、吴昌绶等人，对于王氏由西学转入国学之学术转向期，相互切磋，相互问学，或借阅藏书，尤其是对学术研究帮助甚大。此时之王国维，除自号“人间”外，又名其书室曰“学学山海居”，开始了词曲特别是戏曲史资料之搜集与研究。

王国维由西学转为国学研究的一个显著标志，即是开始了他的词曲研究。罗振玉在为王国维的《观堂集林》作的《序》中说：“戊申以后，与君同客京师，君又治元明以来通俗文学，时则有《曲录》之刻，而《宋元戏曲史》亦属草于此时。然君治哲学，未尝溺新说而废旧闻；其治俗文学，亦未尝尊俚辞而薄雅故。”（《观堂集林》外两种，上册，第3页）罗氏所谓“通俗文学”对王国维而言，即是指他由词而曲。王氏既熟悉中国诗词歌赋，即所谓“雅故”，又广涉西方学术，他深知，自古及今由中而西，大诗人复往往乃大剧作家。在西方，有莎士比亚、歌德、席勒；在中国，有王实甫、关汉卿、马致远、汤显祖、孔尚任等，无一不是诗人兼剧作家。关于曲，在王氏同一时代人中关注者非他一人，如梁启超、吴梅等，吴梅还是曲学大师。但明确提出“戏曲”这一概念名称，并用西洋之戏剧来反观中国之曲，复用“戏曲”来称呼西洋之剧者，则是王国维。此说法起始于王氏1904年撰著的《红楼梦评论》中第三章“《红楼梦》之美学上之价值”，开篇便说：“吾国人之精神，世间的也，乐天的也，故代表其精神之戏曲小说，无往而不著此乐天之色彩。始予悲者终于欢，始于离者终于合。始于困者终于亨；非是而欲厌阅者之心难矣！”（《王国维论学集》第358页）1905年，王国维又在《论哲学家与美术家之天职》一文中论述到抒情叙事之作品时说：“甚至戏曲、小说之纯文学，亦往往以惩劝为旨，其有纯粹美术上之目的者，世非惟不知贵，且加贬焉。于哲学则如彼，于美术则如此，岂独世人不具眼之罪哉，抑亦哲学家、美术家自忘其神圣之位置与独立之价值。而葸然以听命于众故也？”（同上注，第296页）王国维从19世纪末20世纪初便登上了学术舞台，从撰著《哲学辨惑》一文开始，以及后来的一系列学术研究皆注意正其名，非常重视与强调范畴之准确与科学。他把小说与戏曲并列，则是从文学出发，并作为“纯文学”之一个门类提出，故强调“神圣之位置与独立之价值”，此乃以前及王氏同时代之“曲学家”

从未使用过之新范畴。

从1908年起，可以说王国维的全部精力皆投入词曲尤其是戏曲研究之中。王氏有志于戏曲研究之雄心完全可以由他自题其书室“学学山海居”窥见。此名称之典出自西汉著名辞赋家、哲学家、语言学家杨雄的《法言·学行》一文：“百川学海而至于海，丘陵学山不至于山。”（《诸习集成》第十册，杨雄著《法言·学行卷第一》，河北人民出版社，1992年版，第3页）意思是学海有涯而学无止境。经过几年之深入研究，王国维于“壬子（1912年）岁末，旅居多暇”（《宋元戏曲考》自序，《王国维论学集》第349页）时，寓居日本京都期间写成了中国戏曲史专著《宋元戏曲考》学，这是王氏一生中影响巨大的一部学术专著。此专著在发表之初，题为《宋元戏曲史》，连载于1913—1914年上海《东方杂志》，旋列入商务印书馆《万有文库》。为此，在1913年1月5日，王国维给好友缪荃孙写信谈到：“近为商务印书馆作《宋元戏曲史》，将近脱稿，共分十六章润笔每千字三元，共五万余字，不过得二百元，但四五年中研究所得，手所疏记心所储藏者，借此得编成一书，否则荏苒不能克期告成。惟其材料皆一手搜集，说解亦皆自己所发明。将来仍拟改易书名，编定卷数，另行自刻也。”（《王国维全集·书信》，中华书局1984年3月版，第33~34页）王国维撰著《宋元戏曲考》只用了两三个月时间，但酝酿之过程是长期的。王国维在《自序二》中写道：

余所以有志于戏曲者，又自有故。吾中田文学之最不振者，莫戏曲若。元之杂剧，明之传奇，存于今日者，尚以百数。其中之文字虽有佳者，然其理想及结构，虽欲不谓王幼稚至拙劣，不可得也。固朝之作者，虽略有进步，然比诸西洋之名剧，相去尚不能以道里计。此余所以自忘其不敏，而独有志乎是也。（《王国维论学集》第411页）

由此可知，假若没有长时期之搜集整理工作，这些“幼稚”而又“拙劣”之材料怎能变成有用之学术资源呢？通过整理准备阶段，王氏亦深感中国戏曲之“不振”，根本不能去与西洋名剧相比；其原因亦在于中国戏曲曾长期被排斥在“正统”文学大门之外，故王氏有“不振”之感慨。王国维是大学者，他以科学的思维与渊博之学识，对中国的戏曲史资料进行深入的研究，做出了中国戏曲史与中国文学史发展相适应之判断。这是王氏深层人文情怀在审美文化中的直接反映，亦是人本—艺术美学价值观念的重大转折。关于此种转折，王氏在《宋元戏曲考》自序中有着独到的见解。王国维写道：

凡一代有一代之文学，楚之骚，汉之赋，六代之骈语，唐之诗，宋之词，元之曲，皆所谓一代之文学，而后世莫能继焉者也。独元人之曲，为时既近，托体稍卑，故两朝史志与《四库》集部均不著于录，后世儒硕皆鄙弃不复道。而为此学者大率不学之徒，即有一二学予以余力及此，亦未有能观其会通、窥其奥者。遂使一代文献，都堙沈晦者且数百年，愚甚惑焉。往者读元人杂剧而善之，以为能道人情、状物态，词采俊拔而出乎自然，盖古所未有。而后人所不能髣髴也(《王国雄论学集》第349页)。

王国维对戏曲艺术形成的此种看法，是建立在深厚的学术基础之上的。王氏是通过占有大量戏曲史料并加以研究分析才认清了一个事实：那就是在中国戏曲史上，绝不缺乏与西洋名剧相媲美的优秀作品，之所以形成戏曲“不振”之看法，那实在是由于“后世儒硕”之偏见。“儒硕”们站在“正史”之价值立场上，“鄙弃不复道”。对历朝历代之戏曲不屑一顾，故“正史”从来不记载戏曲作家，文学史也从来不论及戏曲作品。再者，王氏通过对《曲录》六卷、《戏曲考源》一卷、《宋大曲考》一卷、《优语录》二卷、《古剧角色考》一卷、《曲调源流表》一卷等史料之整理研究，王氏发现元剧实在乃一代之绝作。那么元曲之佳处究竟何在呢？“一言以蔽之，曰：自然而已矣。”（《宋元戏曲史》第十二章《元剧之文章》。载《王国维文集》，北京燕山出版社 1997 年 2 月版，第 153 页）王氏评价汤显祖才思敏捷，为一时之冠，“然较之元人。显有人工与自然之别。”（同上注，第 185 页）王氏认为，古今之大文学，无不以自然胜，而莫著于元曲。“盖元剧之作者，其人均非有名位学问也；其作剧也；非有藏之名山传之其人之意也。”（同上注，第 153 页）王氏的意思说，大概元代写剧之人皆不是有“名位”之人，故才写戏；若是有“名位”就不写戏了，而是去写诗词歌赋了。但王氏认为，恰恰是这些没有“名位”之人才写出了与西洋名剧相媲美之佳作。故王氏评价说：“彼但摹写其胸中之感想，与时代之情状，而真挚之理，与秀杰之气，时流露于其间。故调用元曲为中国最自然之文学，无不可也。”（同上注，第 153 页）此乃王国维怀抱振兴戏曲之愿望，决心治戏曲史之发现与学术转折。他从中国传统戏曲史料中探其源流，边搜集、边整理、边研究、边写作，潜心研读历代诸家剧本，以崭新的艺术美学观究其特色，为最终撰写《宋元戏曲考》而奠定了雄厚之学术基础。

三、《宋元戏曲考》

前引王国维、缪荃孙之信已透露了王氏写《宋元戏曲考》之本意，是书被命名为“考”。“改易书名”之遗愿，是在他去世之后才得以实现。中国戏曲史乃梁任公之专史，王氏为何要将此书名之为“考”呢？这说明，王氏此专著之特色是“考”而非“史”，此开创性即建立在其考证之学上。此书为中国戏曲研究之开山之作，除开头之《自序》外，凡十六章，后附录《元戏曲家小传》。该书主要作了这么几个方面之考证：首先是考证戏曲之起源，即第一章《上古至五代之戏剧》，认为戏剧起源于歌舞。“歌舞之兴”，则始于“上古之世”，亦即上古之“巫”，“古代之巫，实以歌舞为职，以乐神人者也”。（《王国维文集》第 51 页）并分析和概述了自汉至唐五代之歌舞戏之历史发展与变迁。王国维说：“自汉以后，则演故事；而合歌舞以演一事者，实始于北齐。顾其事至简，与其谓之戏，不若谓之舞之为当也。然后世戏剧之源，实自此始。”（同上注，第 56 页）通过周密之考证，王氏将戏剧起源说得一清二白。其次是王氏认为中国戏剧基本上是形成于宋代。从第二章至第七章，依次是《宋之滑稽戏》《宋之小说杂戏》《宋之乐曲》《宋官本杂剧段数》《全院本名目》《古剧之结构》。王氏考证“滑稽戏始于开元，而盛于晚唐”，至宋金之戏剧则完全大不一样了。从结构上进行分析，宋代之戏剧实在是综合了此前所有之滑稽戏及杂戏和小说，故才有了真正之故事剧之发端，但是，王氏又认为，宋代之滑稽戏虽然以托故事来嘲讽时弊，但亦并非以故事为主，宋之戏实在是以包含之意义为主。这就说明，宋金二代，确实将中国戏剧之发展向前推进了一步。王氏还进一步考证和分析了诗词与戏曲发展之关系及不同特征。王国维分析道：宋之歌曲，其最通行而为人人所知者，是为词，亦为之近体乐府，亦谓之长短句。其体始于唐之中叶，至晚唐、五代，而作者渐多，及宋而大盛。（同上注，第 84 页）可见，中国戏剧之发展，与历代诗词结合得相当紧密。宋人宴集，多以歌为主，大率徒歌而不舞，其歌亦以一阕为率；有时亦往往以一曲连续歌之，每一首咏一事，共若干首，则咏若干事，当然，有时亦有合若干首而咏一事者。(同上注，第 84 页)王氏说："此种词前有勾队词，后以一诗一曲相问，终以放队词，则亦用七绝，此宋初体格如此。"（同上注，第 86 页）总之，王氏考证十分精审，并运用非常翔实之史料以佐证，令后世者叹为奇观。王氏在分析研究中，运用近代新的艺术美学发展观，得出令人信服之考证结果：一是中国真正之戏剧，起始于宋代；二是宋金二代之戏剧"其结构与后世戏剧迥异，故谓之古剧"；三是元以前虽有"演剧之结构"的记载，然无传世之作，放中国之真正戏曲，当从元杂剧开始。

第三是王氏考证了元杂剧之崛起以及它在中国戏剧与文学史上之位置。从第八章至第十三章，乃全书之主体，亦乃王氏在此领域研究之精粹部分，依次顺序是：《元杂剧之渊源》《元剧之时地》《元剧之存忘》《元剧之结构》《元尉之文章》《元院本》。王国维从元杂剧发展之渊源上考辨始，由此及彼，由表及里地进行分析论证，王氏认为元杂剧是继承和发展了前代之戏曲。宋杂剧用大曲者遍数较多，通前后为一曲，其次序不能颠倒，字句亦不能增减，格律亦较严格，所以，运用亦颇为不便；元杂剧则不然，每剧皆用四折，每折易一官调，每调中之曲，必在十曲以上，比起宋杂剧来说，要开阔自由得多。王氏进一步分析道，宋人之大曲，就其现存者观之，皆为叙事体；金代诸宫调虽有代言之处，而其大体还只是叙事；而独元杂剧于科白中叙事，而曲文全为代言；虽宋金时或当已有代言体之戏曲，而就现存者言之，则断自元剧始，可以说，这是中国戏剧上之一大进步。这两者之进步，一属形式，一属材质，二者兼备，这才是中国真正之戏曲之开始。接着，王国维从元剧产生之时代背景、时间地点、经典剧目、经典作家，综论考证元剧兴盛之由来及其演变。此处不加详细考绍，只想说明的是，王氏之精彩分析考证，至少为中国戏曲史研究提供了以下几个重要方面。其一，从中国文学史上看，元杂剧之兴旺发达，标志着中国戏曲艺术取得了划时代之进步。尤其是从一些经典剧目来看，新兴之文学形式在刻画人物、描写环境、结构布局、曲白结合诸方面，皆达到了相当高之水平，使元杂剧与南戏之产生有了坚实之美学基础。其二，从中国戏剧艺术之发展看，元杂剧之所以能成为中国戏剧发展史上之高峰，其原因即在于元杂剧之独创方面较多，其中之一即是"合动作、言语、歌唱三者而成一"（同上注，第 149 页），使三者融为一体；另外，便是王氏所指出的"意境"在元杂剧中独一无二之表现。王国维写道：

然元剧最佳之处，不在其思想结构，而在其文章。其文章之妙，亦一言以蔽之曰：有意境而已矣。何以谓之有意境？曰：写情则沁人心脾，写景则在人耳目，述事则如其口出是也。古诗词之佳者，无不如是，元曲亦然。明以后，其思想结构，尽有胜于前人者，唯意境则为元人所独擅。(《王国维文集》，北京，燕山出版社 1997 年 2 月版，第 154 页)

王国维还列举了关汉卿的《谢天香》《窦娥冤》，郑光祖的《倩女离魂》，马致远的《任风子》《汉宫秋》等作品加以佐证与分析。王国维真不愧为创造艺境学说之大师，即便是元剧这一艺术形式，他也能用"意境"这一美学范畴加以分析研究，此正应了他那句话："凡诸材料，皆余所搜集；其所说明，亦大抵余之所创获也"。(同上书，第 51 页)此话不虚，王氏的确有独特之学术创获。其三，从中国戏剧创作之角度来看，元杂剧能与唐诗宋词并称为中国文学，即在于其作品能写当时社会及时代之真实情状，能揭露社会矛盾，能反映底层民众之心声，其作者亦是普通作者，并非有“名位学问”之人，其剧作也非。“藏之名山”传之后世之意，但却能“摹写其胸中之感想，与时代之情状”，使“真挚之理，与秀杰之气，时流露于其间”，所以，元曲成为“中国最自然之文学”。（同上注，第 153 页）

第四是王国维考证了南戏与元杂剧之渊源关系，亦即是第十四章《南戏之渊源及时代》，第十五章《元南戏之文章》和第十六章《余论》。王国维通过对南宁及元、明之际江南戏剧及其代表作《荆钗》《白兔记》《拜月亭》《杀狗记》之深入考查与分析，得出了十分精辟之见解。首先，王氏认为南戏之曲名，出于古曲者多，亦乃综合旧曲而成，并非出于一时之创造。另外，考证出了元剧与“南北二戏”之共同点与差异性。认为“元南戏之佳处，亦一言以蔽之，曰自然而已矣。申言之，则亦不过一言，曰有意境而已矣。故元代南北二戏，佳处略同。唯北剧悲壮沈雄，南戏清柔曲折，此外殆无区别”。（同上注，第 176 页）这里，王氏反复运用“自然”“意境”之范畴分析戏剧作品，说明王氏从《人间词话》至《宋元戏曲考》，他的美学观基本上没有什么变化。

所变化的是由西学转向了国学，由纯思辨哲学转向了文史考证之学。《宋元戏曲考》正是他运用乾嘉考证之学所研究之结果，钩沉故实，探赜索隐，多有所发明创造。当然，王国维超过前人之地方很多，不限于考证方法，主要还在于王氏有着与前人不同的近代的新科学思维方法之运用。

［2004 年 3 月—9 月于银川风声楼］

陈寅恪诗文释证

——论《柳如是别传》

一、对古人"应具了解之同情"

陈寅恪治史非常重视事实之比较，既注意与同一事件相关系的历史上某一事件之对比，又注意与历代文学作品中的形象有相关的方面的比较。在《柳如是别传》中，陈寅恪为了从多方考察柳如是之形象，常常以古代文学作品中之女性形象为依托，反复论证河东君形象构成之要素。故，《红楼梦》中之黛玉及《西厢记》中之莺莺即常被他论及，在《柳如是别传》中他指出：

> 清代曹雪芹糅合王实甫"多愁多病身"及"倾国倾城貌"，形容张崔两方之辞，成为一理想中之林黛玉。殊不知雍乾百年之前，吴越一隅之地，实有将此理想而具体化之河东君。真如汤玉茗所写柳春卿梦中之美人，杜丽娘梦中之书生。后来果成为南安道院之小姐，广州学宫之秀才。居然中国老聃所谓"虚者实之"者，可与希腊柏拉图意识形态之学说，互相证发，岂不异哉！（《柳如是别传》中册，北京，三联书店，2001年版，第583页）

在陈寅恪看来，《红楼梦》中之林黛玉乃曹雪芹糅合了不同人物性格之特点后而雕刻成的人物造型，具有不朽之典型性；而河东君则是历史上实有之真实人物，当比文学作品中之林黛玉更加可亲可爱。在陈寅恪看来，河东君不仅多情美丽，而且聪慧多才，故亦可称得上是才子加美人之典型，如此在现实生活中曾经有过而非虚构之人物，岂不更加令人惊羡。陈寅恪在《柳如是别传》中写道：

> 吾国旧时妇女化妆美容之术，似分外用内服两种。属于外用者，如脂粉及香熏之类，不必多举，属于内服者，如河东君有服砒之可能及薛宝钗服冷香丸（见《石头记》第七及第八两回）即是其例。前引卧子为河东君而作之《长相思》诗云："别时余香在君袖，香若有情尚依旧。但令君心识故人，（寅恪按，此句用后汉书列传肆肆杨震传，'故人知君，君不知故人'之语，甚为巧妙，足见卧子文才之一斑）绮窗何必长相守。"然则河东君之香乃热香，薛宝钗之香乃冷香，冷香犹令宝玉移情，热香更使卧子消魂矣。（中册，第572页）

陈寅恪在论及河东君陈卧子与钱牧斋之爱情婚姻离合时，他认为如果河东君能与陈卧子结合那其实是最完美之结合，但事实之发展令陈寅恪感到十分的惋惜。由此他当然叹息《红楼梦》中黛玉与宝玉之悲剧，并将相互描写运用于自己的历史研究中，真正做到了对古人有“应具了解之同情”（《冯友兰中国哲学史上册审查报告》见陈寅恪《金明馆丛稿二编》，北京三联书店 2001 年版，第 279 页），冷冰冰之历史在陈寅恪笔下变得诗意盎然，一派生机，情景交融，意美结合，请看陈寅恪的优美抒情文字：

……但卧子是时则转抱林黛玉过梨香院墙下，听唱牡丹亭“良辰美景奈何天，赏心乐事谁家院”及“则为你如花美眷，似水流年”之感恨矣。（见《石头记》第二十三回）……此时河东君即寓居横云山，岂谓河东君乃舒章之娇艳宾从耶？卧子自注云：“舒章招予游横云，予病不往。”不知是托病，抑或真病？若托病者，则其故虽不能确知，但必有河东君复杂之关系在内。若真病者，则崇祯八年首夏，卧子因河东君离去南园及南楼而发病，事后虽痊愈，然亦有所感触，时复卧疾。如《秋居杂诗》第一首《药饵日相谋》者，即是其证。实世所谓“心病”，而非“身病”也。（上册，第 324 页）

关于《红楼梦》中黛玉听曲及《西厢记》《牡丹亭》中之唱词，陈寅恪在《论再生缘》中亦多次引用过，此处不赘，俟后再谈。

陈寅恪在《柳如是别传》中在考释汪然明、钱牧斋诗中“芳辰”一词含义及与河东君之关系时，陈寅恪还说：“至若《石头记》第六十三回‘寿怡红群芳开夜宴’中妙玉祝宝玉生日纸帖云：‘槛外人妙玉恭肃遥叩芳辰’。其以‘芳辰’为生日之别称，未知所出。岂栊翠主人亦目怡红公子为群芳之一芳耶？呵呵！”（中册，第 357 页）此处，陈寅恪运用《石头记》之凡例，将汪然明、钱牧斋诗中“芳辰”一词之涵义考释得相当清楚。从此段的语体修辞上看，陈寅恪的心情是非常愉快的，“呵呵”二字，当可映透出陈寅恪此时此刻之心灵感应。

对中国文化传统之继承与发展的关注和对社会变迁、沧海桑田之感慨，陈寅恪即使在考证一些看来十分琐细之事物时，亦擅长以小见大，见微知著。比如他在《论再生缘》《柳如是别传》中尝二十多次引用《红楼梦》，在我们不细加思考时常常以为是看似可有可无，但若细细品味，则不难体会其内心情感和良苦用心。在《柳如是别传》中，陈寅恪对人参作为药品和作为贵重物品甚至货币代用品进行了考证，为此他专门写道：

可知人参在明季非仅限于药物之性质，亦可视为货币之代用品矣。渔仲于明季由北京至南方，挟此后起外来之奇货以当多金，岂为行侠救贫耶？抑或求利自济耶？寅恪非中医，且无王夫“卖油的娘子水梳头”之感叹。（见《红楼梦》第七十七回）故于人参之功效，不敢妄置一辞。但就此区区药物，其名实之移转，价格之升降言，亦可通知古今世变矣。（中册，第 717 页）

王夫人之感慨由何而生？就是因为家中没有优质之人参为王熙凤配药，昔日之贾府，人家白送给他之人参不知有多少，如今自家要用时反而却没有了，虽然从贾母处找到一大包，却因年代已久而变得已经无效。曹雪芹在写了王夫人带人搜寻大观园，赶走晴雯等人之前写下如此一段关于人参之情节，是颇有深涵的。从此之后，大观园已非昔日之乐园，贾府亦日趋破败。人参之事虽小，亦可透出今昔之世变矣。诚如陈寅恪所言，“可以通知古今世变”。此前曹雪芹写了黛玉与湘云联诗，其诗句亦已透悉悲音，果然顷刻间就是搜寻大观园风波。在这两个情节之间，夹着找人参这一事件，也就有了隽永深长之意味了。陈寅恪当然对此有着深切之感受，故他似乎只是略举其要，稍微提及，却将人参在明清数百年间之作用及变迁演化，以及由人参所折射的社会变迁、演化之历史、现实社会中之作用却勾勒得相当清晰，真正是能“见一叶而知秋”。此乃大师之笔也。照此看来，陈寅恪凡在其学术著述中提及运用《红楼梦》之二十多处，皆有其深意所在，绝非闲笔。

二、异代知己与理性判断

在《柳如是别传》中，陈寅恪对于传主柳如是怀有异代知己之感情，对卧子、牧斋与柳如是之间之因缘离合，感受颇深。陈寅恪也尝直言自己“披寻钱柳之篇什于残阙毁禁之余，往往窥见其孤怀遗恨，有可以令人感泣不能自已者焉。”（上册，第4页）其实，这强烈之感情表达，在《柳如是别传》中随处可见。如关于考释柳如是“春日我闻室作，呈牧翁”诗之今典时，考证出了诗中表达之柳如是感怀身世及卧子、牧斋二人之间之复杂感情，为此，陈寅恪写道：

故“珍重君家兰桂室”之句与“裁红晕碧泪漫漫”之句互相关涉，诚韩退之所谓“刳肝以为纸，沥血以书词”者。吾人今日犹不忍卒读也。（中册，571页）

莫非陈寅恪感同身受，而至于如此。其实，陈寅恪撰著《柳如是别传》时，如此“痛哭古人”，所希望“留赠来者”的，决非一己之情感。笼罩在深厚感情背后的却是一代宗师之冷静思考与理性著述，诗性与思辨交融，使后人能体验出某种审美思考之学术意境。在《柳如是别传》中，陈寅恪作为“中立旁观者”之态度随处可见，他尝指出历来记载柳如是事迹者有两类，一类是“虽具同情，颇有隐讳”；另一类是“因怀恶意，遂多诬枉”。进而申明自己的研究，是“欲考河东君生平事迹，其隐讳者表出之，其诬枉者驳证之”。（上册，第38页）陈寅恪也深知要做到“不漏不谬，始终完善”，是“势所不能”的，但终以旁人难以企及之功力与史识，达到了钩索沉隐，洗冤辩诬之目的。以陈寅恪对柳如是的爱怜与尊慕之情，加之历史上对柳氏之记载多属诬枉之词，《柳如是别传》之最大贡献当是替柳氏辩诬，还其历史之本来面目。

陈寅恪在写《柳如是别传》时移情至深，为学界所熟知，但人们却有意无意混淆了作为史家之“了解之同情”与作为古人异代知己的“倾慕之同情”。这其实是很不应该的。陈寅恪在“忽庄忽谐，亦文亦史。述事言情，悯生悲死”（下册，第1250页）的《柳如是别传》中所表达的这两种情感是有明显区别的，在对待钱谦益之诗文及其性情行为的分析论证上固然表现得尤为突出。对杨陈钱柳之因缘离合不时表露出来的伤感抒怀，并没有妨碍陈寅恪冷静而理性的考释论证。即使是对河东君之赞美，陈寅恪同样也没有失去理智，而是作为史学大师在考证其本末时，将诗性与思辨融为一体，跃然纸上。陈寅恪在指出《初学集》删去了钱谦益与陈卧子之间之诗书赠答之后，毫不留情地指出：

似因避去柳陈关系之嫌所致。此点若非出自牧斋，则必由于瞿稼轩之主张。瞿氏于此未免拘泥春秋“为尊者讳，为亲者讳”之旨。（见《春秋公羊传》闵公元年）遂为师母讳耶？（见中册，第620页）

陈寅恪能够尖锐不留情面地揭露瞿稼轩“为师母讳”之作法，自然也就有不为传主柳如是讳之自觉。陈寅恪从不隐讳自己对柳如是的感情，在《柳如是别传》中关于柳如是之论证，既多怀同情之心，抒怜爱之情，又仍具冷眼旁观之自觉。在考释论证钱牧斋之《合欢诗》与《催妆词》皆无柳如是唱和之原因时，陈寅恪说：

河东君之决定舍去卧子，更与牧斋结缡，其间思想情感痛苦嬗蜕之痕迹，表现于篇什者，前已言之，兹可不论。所可论者，即不和合欢诗催妆词之问题。盖若作欢娱之语，则有负于故友。若发悲苦之音，又无礼于新知。以前后一人之身，而和此啼笑两难之什，吮毫濡墨，实有不知从何说起之感。如仅以不和为藏拙，则于其用心之苦，处境之艰，似犹有未能尽悉者矣。由此言之，河东君之不和两题，其故傥在斯欤？傥在斯欤？（中册，第 662 页）

这是陈寅恪“移情”于河东君心境之典型例证。陈寅恪对柳如是心灵之探寻，此可谓至深微之程度，但这种同情，与其说发自对柳如是之倾慕之情，不如说是基于一位史学大师之冷静分析与诗性、哲理之敏感自觉。事实上，陈寅恪在《柳如是别传》中对所笺释诗文之“移情”，并非他自己对柳如是、陈子龙、钱谦益等人的情感产生出来的态度，此种情感固然使陈寅恪可以真切地体验着传主内心深处之情怀与心理感应，但陈寅恪笺释诗文时之“移情”，并非依赖对文献作者之倾心与认同，而是作为史学认识所必取之态度。在《柳如是别传》中，即使对于他所讥讽之徐三公子、所怜悯之程孟阳、所鄙视之谢三宾等人，也同样是力求与之处于同样一情景中，“表一种之同情”，如陈寅恪在考释到程孟阳《云诗》第八首时说：“今日吾人读至‘一朵红百谥争’之句，不禁为之伤感，想见其下笔时之痛苦也。”（上册，第 215 页）这种理解之同情在关于谢三宾与柳如是关系之论析中表现得也非常充分。总而言之，史学研究中之同情或曰移情，非独谓移情于个人之心境，而更基本的是要移情于研究对象所处的场景之中。陈寅恪在《柳如是别传》中之开始，已经特别提到本书“于时地人三者考之较详”，虽直接的理由是“盖所以补遵王原注之缺者”，但之所以有必要补此“缺”，是因为史学家欲求得对史料之通解，“必神游冥想，与立说之古人，处于同一境界”。在《柳如是别传》中，我们正是通过陈寅恪详细缜密之考证，才真切地体验到字里行间所流淌出的感情及其意蕴。或许有人会说，这种“移情”会不会妨碍史学家在研究中之理智判断？事实证明，这种想法肯定是多余的。反过来说，如果一个史学家不能与他所研究之对象处于同一情景下去体验其情感意蕴，那么所谓的“理智判断”又以什么为对象呢！在这里我们需要小心地区分史学研究中之“移情”与以一己之感情任意解读史料之根本区别，陈寅恪尝在《冯友兰中国哲学史上册审查报告》中写有一段非常著名的话，完全可以说明这一问题，陈寅恪写道：

“凡著中国古代哲学史者，其对于古人之学说，应具了解之同情，方可下笔。盖古人著书立说，皆有所为而发。故其所处之环境，所受之背景，非完全明了，则其学说不易评论……吾人今日可依据之材料，仅为当时所遗存最小之一部，欲藉此残余断片，以窥测其全部结构，必须备艺术家欣赏古代绘画雕刻之眼光及精神，然后古人立说之用意与对象，始可以真了解。所谓真了解者，必神游冥想，与立说之古人，处于同一境，而对于其持论所以不得不如是之苦心孤诣，表一种之同情，始能批评其学说之是非得失，而无隔阂肤廓之论。……但此种同情之态度，最易流于穿凿傅会之恶习。……著者有意无意之间，往往依其自身所遭际之时代，所居处之环境，所薰染之学说，以推测解释古人之意志。……其言论愈有条理统系，则去古人学说之真相愈远。”（《金明馆丛稿二编》，北京三联书店，2001年7月版，第279-280页）

从陈寅恪的论述中我们可知，史学研究中之“移情”与个人一己之情感穿凿附会之区别，恰恰还在于史学研究者是具有真正之“移情”的。在《柳如是别传》中，陈寅恪并非以20世纪一位国学大师之身份对三百多年前党社胜流与江南名姝之感情去考释钱柳因缘之诗文，而是神游于古人诗文之审美意境中，将自己的美学情思投射于三百多年前之历史舞台。这是一种不乏有与当代“心解史学”“心态史学”与“心智史学”相通之思想（姜伯勤语）。陈寅恪之诗心神游于三百多年前之江南舞台，并以哲思、史心之卓识作冷静之观照，故所谓“移情”不外乎此。王国维在《人间词话》中说：“诗人对宇宙人生，须入乎其内，又须出乎其外。入乎其内，故能写之，出乎其外，故能观之。入乎其内，故有生气。出乎其外，故有高致。”（郭绍虞、罗根泽主编《中国古典文学理论批评专著选辑》《蕙风词话人间词话》，人民文学出版社1984年版，第220页）此种审美境界，陈寅恪在撰著的《柳如是别传》中可以说是真正达到了。陈寅恪尝谓：“自来诂释诗章，可别为二。一为考证本事，一为解释辞句。质言之，前者乃考今典，即当时之事实。后者乃释古典，即旧籍之出处。”（上册，第7页）若不能像陈寅恪那样得心应手地运用古典和今典参互求证，融会贯通，固不能真正通解古人诗文之遣词用意，欲神游于古人之同一情感意境之中，恐可望而不可即矣。

三、古典与今典相互映照

吴宓尝作《落花诗》八首请教于陈寅恪，陈寅恪在评语中有这样一段话，说：“大约作诗能免滑字最难。若欲矫此病，宋人诗不可不留意。因宋人学唐，与吾人学昔人诗，均同一经验。故有可取法之处。”（吴学昭：《吴宓与陈寅恪》，清华大学出版社1996年4月版，第71页）另据俞大维介绍，古代诗人中，陈寅恪最喜欢陶渊明、杜甫、白居易、苏轼、韩偓等，由此我们也可推知陈寅恪视为好诗之圭臬。至于词，他赞赏陈卧子、柳如是、龚自珍和王国维等人之作，特别是柳如是的《金明池·咏寒柳》，以致将其晚年住所取名为“金明馆”，并把该词之题目作为自己论文集之名称。带着如此的审美意趣，陈寅恪在笺释陈杨钱柳诗作中首先极为注重诗词中之用典，除“古典”外，他又提出“今典”一说。他尝在讲授“元白诗证史”专题课时说过，宋代江西诗派有古典，也有今典，理解今典更不容易。他认为在解释诗词时，古典并不难理解，只要懂得用何典故及典故出自何处，即不难领会诗人之用意。但要理解“今典”则洵非容易，因时过境迁，今人已很难理解诗人当时之具体情境及具体人事，故常会导致对古人作品之误解。

鲁迅当年批评过的“学衡派”诸人已经注意到两点，一是典故是文学遗产之一部分，要创造新文学必须在继承这些遗产的基础上进行。二是典故本身无所谓好坏，关键在于是否能恰当运用。陈寅恪不仅认为诗中应当用典，而且对于典故的美学价值要有深刻之理解。一个典故，从它产生之时起，历经漫长之岁月，其中已经负载了丰富的文化意蕴与审美价值，相对于普通词汇，一个典故虽只寥寥数字，但却有很多的内容包含其中，相当于一个信息板块，它使每一个懂得该典故者皆会霎时触动其对历史之追思，对一系列有关该典故之诗人及其作品之联想，从而导致读者审美情感之产生。《柳如是别传》中的“红豆”一典，该典出自王维之诗，后经历代文人之使用，遂成为表示相思和爱情之典故。至明季清初，钱牧斋在其住所植有红豆树，三百年后，陈寅恪因偶然之机会，得到一粒他人从钱牧斋旧园中拾得之红豆，竟萌生笺释钱柳因缘诗之想法。又二十年后，陈寅恪仍珍藏此豆，并终于在极艰难之条件下撰成巨著《柳如是别传》，并赋有与红豆相关之诗数首。小小红豆竟有如此丰厚之内涵，确实是极有价值之典故。正因为如此，陈寅恪认为要能正确理解古人所用之典故并非容易，他说：“解释古典故实，自当引用最初出处。然最初出处，实不足以尽之，更须引其他非最初，而有关者，以补足之，始能通解作者遣辞用意之妙。”“凡考释文句，虽须引最初材料，然亦有非取第二第三手材料合证不可者。”（上册，第11页，中册，第614页）陈寅恪进一步指出：“凡诠释诗句，要在确能举出作者所依据以构思之古书，并须说明其所以依据此书，而不依据他书之故。若仅泛泛标举。则纵能指出最初之出处，或同时之史事，其实无当于第一义谛也。”（《元白诗笺证稿》，北京三联书店2001年4月版，第135页）

其实，陈寅恪更重视诗中之“今典”，即当时之事实，因为这对理解诗词之涵义及诗人创作之动机更加重要。他在《柳如是别传》中对钱牧斋与河东君二人之生平与创作关系的分析正是善于运用“今典”之典范。陈寅恪通过对钱牧斋和河东君及相关之文人生平创作及明季清初江南地区反清复明活动之考证，洗刷了过去人们对河东君之不实之辞，也对牧斋之降清给予具体分析。他在《柳如是别传》中对钱牧斋所写的《西湖杂感》序文时说：“此序中‘侮食相矜，左言若性’之句……牧斋用此典以骂当日降清之老汉奸辈，虽已身亦不免在其中，然尚肯明白言之，是天良犹存，殊可哀也矣。”（下册，第1044–1045页）能够把对历史人物之考释论析放到当时的生存环境与生存空间去进行，而非以今人之标准去苛责古人，这就是前面所提到的“了解之同情”和“移情”。要做到此一点，即是要以对“今典”之准确论证分析与缜密把握为前提。而且古典与“今典”又是相互联系与相互转化的，今日之“今典”，乃他日之古典也。故若不能准确理解诗文中之各种典故，就谈不上对诗文之理解。陈寅恪十分看重古典与“今典”重叠使用时的复合意义，有些作品虽似用典故，实又含有“今典”，二者并用，相互映照，强化了诗之暗示性和审美色彩。在《柳如是别传》中之“缘起”，陈寅恪专门为此举证：河东君尝有“莫为卢家怨银汉，年年河水向东流”之句，其出典为《玉台新咏》中“河中之水向东流，洛阳女儿名莫愁”及李义山之“本来银汉是红墙，隔得卢家白玉堂”等句。然若只明了此点，并不能算了解河东君此句，因其中还暗藏“今典”，即钱牧斋之相关诗句：“银汉红墙，浮云隔断，玉箫吹裂。……单栖海燕，东流河水，十二金钗敲折。”陈寅恪指出：“今之读者，若不循此披寻，得其脉络，则钱柳因缘之诗，必不能真尽通解矣。”（上册，第12、13页）陈寅恪力倡“今典”之说，不仅在于他要以此去考释诗文，更在于他要从“今典”去进行“以诗证史”之研究，反之也可“以史证诗”。陈寅恪能如此自如地往来于文学与史学两个领域，在很大程度上当与他之“诗史互证”有关。据吴宓日记记载，早在五四时期，他与陈寅恪在讨论中国文学时，陈寅恪就注意到中国诗多有写实因素，实用倾向明显。后来陈寅恪在第一次讲授“元白诗史证”专题课时就明确指出：“中国诗与外国诗不同之点——与历史之关系：中国诗虽短，却包括时间、人事、地理三点。”又说：“唐诗有很多材料，可补充唐史料的缺乏。”（《讲义及杂稿》，北京三联书店 2002 年 5 月版，第 483、476 页）此种观点可视为陈寅恪以诗证史之理论依据，也符合中国古典诗词之实际状况。正如陈寅恪在《柳如是别传》“缘起”中所言，有关钱柳之资料多入乾隆违碍书目，而有关柳如是之本末，尤佚散不全，难窥全豹。故陈寅恪以钱柳诗为主要史料，而以官私书志为辅。陈寅恪以诗证史，久已闻名，而于此书尤亟尽其能事。章实斋所谓“六经皆史”（《文史通义》，辽宁教育出版社 1998 年 3 月版，第 1 页）之后，陈寅恪更立下“诗词皆史”之典范。虽然，诗词不仅可以露其“事”，尚可达其“情”，但诗词意存隐晦，非通儒硕学难以为之。尤难者，文学家释证诗词探其古典即可，而史学家必须兼及今典。所谓今典者，“即当时之事实，”（上册，第 7 页）亦即是历史。古典既系旧籍之出处，博览如陈寅恪，自易知晓；惟今典常须比旁观通，否则难以索解。如钱牧斋《有美诗》中有云：“百两门兰咽，三刀梦寐羶；苏堤浑倒踏，黟水欲平填。”三刀之古典出自元稹《艳阳词》中“纷纷词客皆停笔，个个君侯欲梦刀”，以及晋书王传中之“濬夜梦三刀于卧屋梁上，须臾又益一刀。濬惊觉，意甚恶之。主簿李毅再拜贺日，三刀为州字，又益一者，明府其临益州乎？及贼张弘杀益州刺史皇甫晏，果迁濬为益州刺史”。虽知古典，仍难理解，后陈寅恪见唐人写本往往书州作形，乃知“州”“刀”二字，古代音义俱近之故(州即岛也)，始豁然通解。(中册，第 604-605 页)又诗中“黟水”一词，亦难索解，后陈寅恪读河东君尺牍，始知“黟水”仍指汪然明，因汪乃新安人之故。（中册，第 391 页）由此可见释诗之难。陈寅恪所释，即其本人视之，亦多有“殊无自信”之处，然大体而言，已颇得以诗证史之佳境。至如释“林风却立小楼边”，与“潦倒玉山人似月”二句，实为描述河东君当时醉酒之情状，（上册，第 175 页）亦甚佳妙。大凡释诗之道。不外分析结构，讲究其技巧，探索其意境。陈寅恪以诗证史，所取之途径自以探索意境为主。探索意境每易失之于“自由之联想”，以及断“句”取义。陈寅恪能以其他可资信赖之史料与缜密之考证方法，驾驭其对诗境之探索，可谓“有规范之联想”矣。

四、发皇心曲　以诗证史

陈寅恪的《柳如是别传》是其晚年心血所聚，志向所寄。它对于陈寅恪前半生之史学，大略有三方面之转移，即由中古历史研究转向明清之交之历史研究，由文化交汇、社会升降史之研究转向知识分子心灵史之研究，由问题研究上大尚友境界。陈寅恪早年标榜“不古不今”之学，以魏晋隋唐作为基本治学领域，似有安身立命之意。周一良曾转述陈寅恪之语，表示这一选择在于“材料多少适中”。陈寅恪在此一领域之研究，从持观念、学术体例、释证方法皆可谓开辟草莱，示人以则。他之名声亦由此而立。到了上世纪 50 年代，双目失明之陈寅恪却转向明清之际，“捐弃故技，用新方法，新材料”。这一转变，与他对中国当代之现实关注有关。明清之交，被黄宗羲称为“天崩地解”，王夫之称为“裂天维，倾地纪”；而陈寅恪对于民国以降社会激烈动荡之现实，亦痛心疾首，称为“值数千年未有之巨劫奇变”。1949年后所感甚剧。明季清初对于陈寅恪来说，便更为“亲切有味”。可见他对于明季清初之兴趣，正与他对当时形势之感慨融为一体。他在《柳如是别传》之“缘起”中有诗云：“岁月犹余几许存，欲将心事寄闲言。推寻衰柳枯兰意，刻画残山剩水痕。”（上册,第6页）“心事”也者，应是他对中国传统文化沉思后之当代感慨。但陈寅恪对于“材料适中”仍是非常认真谨慎的，他并非立志搞明清断代史，而是把主要的学术空间建立在明清之交——江南地区——钱牧斋河东君及其周边诸多名士上。这与他的另一个史学转移相表里：这时，他所关注的主要不在政治制度、社会升降之上，而更多的是处于“天崩地解”之中的知识分子灵魂史。他在此前之《元白诗笺证稿》中，紧紧锁定一些主要细节，以此作为中国学术文化史料、社会政治史料而详加引申，但在《柳如是别传》中，此类“细节”往往“不欲多论”。孰轻孰重，可见是有选择的，不仅有选择，而且其学术视角亦各有差异。前引陈寅恪在“缘起”中所说的“夫三户亡秦之志，九章哀郢之辞，即发自当日之士大夫，犹应珍引申，以表彰我民族独立之精神，自由之思想”。对河东君之“天下兴亡，匹‘妇’有责”赞叹之至，而于钱牧斋则有所责，有所恕，于汪琬等则痛诋不置。陈寅恪向重士节，早岁对洪宪间士人之丑行已痛恨不已。1953年，陈寅恪“怒斥”了一些尝与他相熟之友，并称之为“无气节，可耻”等，他的《柳如是别传》，我们完全可看作是上承“欧阳永叔少学韩昌黎之文，晚撰五代史记，作义儿冯道诸传，贬斥势力，尊崇气节，遂一匡五代之浇漓，反之淳正”（《寒柳堂集》，第182页）之深意的一部巨著。正如余英时在《陈寅恪的学术精神和晚年心境》一文中所指出的，陈寅恪的不今不古之学是以“问题”为中心的。“考订”尤为基本。而考订的末流在短钉琐碎，得考订之正，则在钩沉发覆，实事求是，而考订极致则在“发皇心曲”。（冯衣北《陈寅恪晚年诗文及其他》，花城出版社1998年3月版，第60页）能达此极致，其《柳如是别传》欤？正是在“发皇心曲”四个字上，有别于前此之以诗证史的“问题研究”。以钱柳陈杨为中心的江南诸才士留下了大量之诗篇，其间幽微隐曲，即如张岱所说的“笼戏法锦”一样，有待后人之剥蕉抽茧，一旦解开，则其心血尚热，其声吻尤真。陈寅恪之功夫，即在于他解诗中之“今典”以及各人诗简交酬之间之照应上。达到“尚友古人”之境界。从《柳如是别传》中，使我们对《孟子·万章下》中“以友天下之善士为未足，又尚论古之人；颂其诗，读其书，不知其人可乎？是以论其世也，是尚友也。”（《诸子集成》第二册，河北人民出版社1992年4月版，第428页）孟子的这一段话，可谓读出其史学意味矣，有“新相知”之感。可以说，“解皇心曲”之方法，“尚友古人”之境界，是历史科学与诗文艺术在其巅峰之相聚。陈寅恪早岁即景仪于此，他在《冯友兰中国哲学史上册审查报告》中，已述及史艺之通，和对古人之“了解之同情”皆是这个意思。而只有在《柳如是别传》中，这种“了解之同情”才在实践上达到极致。为了考证钱柳因缘诗及钱柳杨陈等人之关系，陈寅恪耗费十年之功，对颇为混杂、真假难辨的三百年来的有关材料，进行反复甄别，相互比证，最后才可使用。即使在对河东君表示同情之材料中也真伪并存，如顾苓所撰《东涧遗老钱公别传》，其中有“戊子五月为人牵引，有江宁之逮。讼系逾年，复解”一条。陈寅恪根据钱牧斋《和东坡西台诗韵六首·序》，考订钱氏事实上是丁亥三月晦被急征至南京下狱，历时四十日始出狱，但仍被管制，直至己丑年春，才被释放返常熟，显然顾苓所记有误。(下册，第895~910页)陈寅恪尝对其晚年之助手黄萱教授说过，人家研究理科的，是分秒不差的，而他的文史研究，是年、月、日不差。也就是说，他写的某人某事，在历史上发生在何处、何年、何日，是不会相去太远的。(《追忆陈寅恪》，社会科学文献出版社1999年9月版，第34页)在陈寅恪的学术研究中，被人们往往看似无用甚至被视为无聊之举之人或事，他却从中能看到某种深意或难以了解的今典蕴涵其中，他是不轻易否定和放弃材料的。在《柳如是别传》中，陈寅恪尝数次提及河东君之脚的大小以及她穿什么鞋、鞋的款式以及是何人为她制作等，并旁征博引，对此进行考证。

五、史识深邃渊博　考释精微绝伦

综上所述，陈寅恪治史之目的是在历史中寻求历史之教训。他回国以后，致力于史学研究，实希望提高国人在中国史学上之地位，他在《吾国学术现状及清华之职责》一文中指出：

> 近年中国古代及近代史料发现虽多，而具有统系与不涉傅会之整理，犹待今后之努力。今日全国大学未必有人焉，能授本国通史，或一代专史，而胜任愉快者。东洲邻国以三十年来学术锐进之故，其关于吾国历史之著作，非复国人所能追步。昔元裕之、危太朴、钱受之、万季野诸人，其品格之隆重，学术之歧异，不可以一概论；然其心意中有一共同观念，即国可亡，而史不可灭。今日国虽幸存，而国史已失其正统，若起先民于地下，其感慨如何？(《金明馆丛稿二编》，第361-362页)

陈寅恪为了寻求历史教训，在政治稍安及助手协助之下，完成了《元白诗笺证稿》，并开始撰写《论再生缘》和《柳如是别传》。后书考证繁多，征引广泛，若非陈寅恪有深湛学养，固然不易撰写；若非陈寅恪具坚毅不屈之献身学术的精神，及怀抱撰述高水平之国史著作以提高中国在国史研究地位之崇高理想，更难坚持十一年之悠长岁月，去完成这部学术著作。陈寅恪之苦心孤诣，由《柳如是别传》可窥全豹。陈寅恪治史，本以史识深邃，史学渊博，考释精微而饮誉海内外。他中岁以后，在漂泊不安之环境下，饱尝精神和肉体之苦痛。但在离乱中研读古史，却令他对历史有更深入之体会和反省，他在《陈述辽史补注序》中说：

> 回忆前在绝岛，苍黄逃死之际，取一巾箱坊本《建炎以来系年要录》，抱持诵读。其汴京围困屈降诸卷，所述人事利害之回环，国论是非之纷错，殆极世态诡变之至奇。然其中颇复有不甚可解者，乃取当日身历目睹之事，以相印证，则忽豁然心通意会。平生读史凡四十年，从无似此亲切有味之快意，而死亡饥饿之苦，遂亦置诸度量之外矣。(《金明馆丛稿二编》，第264页)

陈寅恪毕生致力于中国学术研究，是一个纯粹的学人，在20世纪之中国学界似无人能比肩，但他绝非埋首故纸堆中，不问世事，他始终坚守知识分子之学术传统，不因个人之情感之爱憎，影响自己从事冷静而理智之学术研究。在战乱流离之中，他对中国历史有更贴近更深刻之体验，历史与现实是相关但亦有区别的，反省历史可以增进我们对过去的了解，反省现实亦同样可以提高我们对历史之认识。这种切身之体验使陈寅恪忘记现实之困苦环境，也令陈寅恪更注视中国的现实问题。

陈寅恪早岁即立志于学习历史，研究历史，本有意利用自己通识多国语言文字，注意中外文化之交流，特别是外来文化在输入中国后，如何演变及发展。中岁以后由于受环境之局限，只好专注于中国传统学术文化及中土中古民族历史之研究。但目睹时艰，对人心风俗影响历史之发展有着切身之体验。陈寅恪晚年在其论文《读吴其昌撰梁启超传书后》中忆述洪宪称帝时，“其时颂美袁氏功德者，极丑怪之奇观。深感廉耻道尽，至为痛心。”（《寒柳堂集》，第166页）中岁以后，感时伤事，深知人心风俗影响国运，典章制度之变更改革仍为次要。故他自谓“余少喜临川新法之新，而老同涑水迂叟之迂。盖验以人心之厚薄，民生之荣悴，则知五十年来，如车轮之逆转，似有合于所谓退化论之说者。是以论学论治，迥异时流，而迫于事势，噤不得发”。（《寒柳堂集》，第168页）但他在学术研究方面，因双目失明，难以开展新的研究。陈寅恪本兼通文史哲之学，晚岁无法直接阅读史学著作，只好从古人之诗文中，凭其湛深之史识，发掘史之问题，商讨前人之注释与解说。不过陈寅恪考证之诗文与自己撰著之文，除以历史视角讨论问题外，更注重人心与风俗之重大问题。此方面除《论再生缘》《柳如是别传》中有深刻之论析外，在《元白诗笺证稿》中也有详细之分析，此不赘述。

在史学研究中，重视人心与风俗问题，在陈寅恪看来似乎是一个很重要之方面；风俗与人心之良窳，直接关乎社会政治制度变革及社会历史发展，但这并非是自然演化出来的，而是与中国学术文化相关联的，前引陈寅恪《赠蒋秉南序》一文中之话即是鲜明之一例。陈寅恪还在《邓广铭宋史职官志考证序》中对此问题亦作了深入之分析，他期望宋代学术之复兴或新宋学之建立，正是因为宋代社会学术文化发达，社会重视民族气节之故。正是因为陈寅恪相信学术有益世道人心，及要提高国人在历史研究上之地位，他在年老体衰、目盲膑足之艰难岁月与困苦条件下，仍能以惊天地泣鬼神之气魄，完成八十余万言之巨著《柳如是别传》。

总之，陈寅恪的《柳如是别传》是其一生熔史笔诗心于一炉之巨著，人们在赞美陈寅恪的诗心之时候，更不可忘其史笔之根本。他在《柳如是别传》中所寄托之情怀，不但绝非徐三公子、程孟阳之流所能理解，即便陈子龙、钱谦益之辈，亦不可达至同一境界，此种境界是一个将“家国兴亡”和“思想自由”融为一体，集思辨与诗性于一体的历史巨著，更是集理性主义与浪漫主义于一身之国学大师之至高境界。我们今天读此“病史”，虽难于与大师同处于一境界，但亦应求得一种了解之同情。我们相信，在人类思想和学术文化宝库中，有了《柳如是别传》这样一部“亦文亦史”之巨著，“以表彰我民族独立之精神，自由之思想”，乃是中国文化之幸，也是中华学术之福；既是华夏文化之光，也是中国思想和学术文化之光。

［2003年7月10日—23日于银川风声楼］

吴宓诗文释读

——吴宓的学术灵魂与生命之托

吴宓先生是20世纪中国人文学术史上誉满中外的一代宗师。他博古通今，学贯中西，集文学、史学、哲学于一身；他是中国传统文化的薪火传人和坚执守护者，是中国比较文化（文学）研究的先驱之一；他造就培养出了像王力、吴其昌、姜亮夫、徐中舒、贺麟、钱钟书、吕叔湘、季羡林等一代大师，可谓是大师之大师矣。

吴宓（1894—1978年），字雨僧，陕西泾阳人，美国哈佛大学文学学士、硕士；曾在东南大学、东北大学、清华大学、西南联合大学、武汉大学、燕京大学、西南师范学院等多所院校任教授；创办《学衡》杂志并任总编辑11年，任《天津大公报·文学副刊》主编6年。吴宓在赴美留学前所选学的是化学工程专业，他选择此专业的动机是为了实业救国，这可能是受当时时代风气之影响。幸亏当时清华学堂校长周诒春发现吴宓有天赋才能和文学修养，给他选择了留美的学校弗吉尼亚大学和深造之专业英国文学。弗吉尼亚大学是一个老牌的保守的大学，该校的英国文学专业以严格之语文训练和坚实的文史基本功训练著称。但吴宓误以为校长看不起自己，才让他到弗吉尼亚大学去读普通文科。后来复因他体育考试不及格，校医查出眼疾而须治疗，故校长批示让其留校一年，练习体育，医治目疾。吴宓不禁伤心之至，凄然泪下，遂挥笔写下《感事》诗一首：

> 苦恨今秋压线忙，为谁遣嫁制罗裳。年时织就鸳鸯锦，羞向床头启故箱。（《吴宓诗集》，商务印书馆，2004年11月版，第87页）

吴宓在此诗题下自注道：“予毕业，未得游美。任清华学校文案处翻译及文牍职事，凡一年。”谓其留校除练习体育外还需兼做文案。吴宓在诗中将自己喻为一个就要出嫁之人，婚期既定，何以突变?！哪还有心境走向床前，启箱赏嫁衣！此一心境，在稍后撰作的《佳人》一诗中表露得更加直接，视自己为绝代佳人，贤惠能干，美丽贞洁。此诗畅达清晰，不妨录以备考：

> 绝代有佳人，容光二十许。澹服采花供幽居，颦眉敛怨弄机杼。时衰时乱嫁难成，抱璞怀贞空自守。量色更乏玉绳尺，无盐娇好西施丑。慧心能织璇玑图，纤腰难耐锄犁苦。欲加之罪患无辞，如妾弃置何足数。昨朝女伴寓书来，画眉新欢情堪妒。菀枯升沉贵随缘，凫胫鹤膝忽有悟。茫茫后果思前因，冉冉流年感迟暮。

月明4rp素愁不眠，独宿空房泪如雨。(《吴宓诗集》，商务印书馆，2004年，第87页。以下凡引该书诗文只注页码——笔者注)

吴宓抱怨情绪很大，愤愤不平，抱怨将美女西施当成丑妇，而将丑妇当美女。此乃颠倒黑白，不讲标准；丑妇嫁出去（出国）而西施偏留在家（留国内）；诗中还说同学从美国来信，谓其在美国样样皆好，这使得吴氏更加妒火燃烧。

事实证明，吴氏之愤怒洵属多余。1917年6月，清华学堂宣布：吴宓与丁巳级（1917级）学生一同游美。于是，吴宓高兴地走进了风景秀丽的弗吉尼亚大学。他选修了英国文学、经济学、近代史、哲学、法文。吴氏在弗吉尼亚大学求学虽然只有一年，但对他日后之提高与深入学术研究大有益处。只是吴氏不满足于那里的安稳、古板，渴望扩大自己的学术视野，博通中外古今之学问，遂转入哈佛大学比较文学系，师从人文主义大师白壁德教授。白壁德教授之专业乃法国文学，他擅长于西方思想史与文学批评，同时推崇东方文化，尤其对天竺佛学与中土儒学备加崇拜。白壁德强调必须从传统中求取立身行事之道方可建构新人文主义的内省之思想文化体系，从传统中求取之规范复必须多具普遍性，非能偏守一隅，新人文主义者必须集一切时代一切民族之智慧以对抗近代崇尚功利之智慧。白壁德对在哈佛大学之吴宓、陈寅恪、汤用彤等人期望甚高，曾以“东西各国之儒者应联为一气，协力行事。则淑世易俗之功或可冀成”(《吴宓与陈寅恪》，吴学昭著，清华大学出版社，1992年版，第22页)相嘱。吴宓在哈佛，每个学期，皆在白壁德教授指导下选修各门课程。白氏之学说远承柏拉图、亚里斯多德之精义微言，近续文艺复兴诸贤及英国约翰生、阿诺德等之遗绪，采撷西方文化之菁英，考镜源流，辨章学术，卓然自成一家之言。在东方学说中，独近孔予。吴宓认为：白氏之人文主义学说“综合古今东西的文化传统，是超国界的”，“立论宏大精微，本为全世界，而不为一时一地”；他认为自己能由梅光迪先生导谒白先生，受其教，读其书，明其学，传其业，深感荣幸。吴氏表示一定要努力多读、细读先生著作，并通过课堂亲聆先生讲授，悉心学习先生之精神与人格。(参见《吴宓与陈寅恪》，第21页)吴宓治学走的就是白壁德之路子，力求博大精深。

吴宓到哈佛大学，是由清华校友梅光迪催促转学的。梅光迪（1890—1945年），字迪生，安徽宣城人，1911年公费留学美国，先毕业于西北大学，后复转哈佛大学，获文学批评硕士。曾在南开大学、东南大学、浙江大学、哈佛大学等多所院校任教授。梅光迪力促吴宓转学哈佛大学，主要是两人志同道合，在一起可有更多的学术交流；再则，哈佛大学自由民主之学术空气更为浓厚，学校声望要高于弗吉尼亚太学。梅氏复引领吴氏亲谒当时哈佛最有学问与思想之大师白壁德教授，遂投入白氏门下。在哈佛三年，白壁德始终是吴宓之导师。吴氏在哈佛所选修之课程主要是比较文学：卢梭及其影响；16世纪以来之文学批评；19世纪浪漫主义运动；法国文学批评；法文；英语小说；浪漫主义时期诗人研究；抒情诗；丁尼生（19世纪后期英国维多利亚时代诗坛之领袖）；18、19世纪各体小说；法国文学史概览；公元6世纪至16世纪欧洲学术史；各体戏剧；莎士比亚时代之英国戏剧；16、17世纪英国文学；等等。吴氏主攻英国文学，旁涉欧洲大陆文学，主要以法、德为主；还有历史、宗教、哲学与政治学皆在选修之内。在哈佛大学，吴宓除了刻苦钻研，潜心学术以外，最重要的一件事是结识了对其一生产生重大影响的陈寅恪先生。

吴宓与陈寅恪相交，是经自费来美留学之俞大维介绍的。俞大维（1898—1993年），浙江绍兴人，曾就读于上海圣约翰大学、哈佛大学与柏林大学。曾任国民政府兵工署长、交通部长、台湾“国防部长”等职，为著名数理逻辑学家。俞大维之父乃俞夷，母亲曾广珊乃曾国藩之孙女，能画擅诗。俞大维之叔伯俞明震乃著名诗人，有诗集《觚庵诗存》行世。俞大维与陈寅恪，在美国哈佛大学、德国柏林大学连续同学七年。陈寅恪之母乃俞大维唯一嫡亲之姑母，胞妹是俞大维之内人。陈寅恪之父亲陈三立（散原）乃晚清著名诗人，祖父陈宝箴（右铭）乃戊戌湖南维新时之巡抚。陈宝箴有才气，有文名，在江西修水办团练时，即为曾国藩所器重，数次邀请加入他之幕府，并送其一副对联，以表仰慕。上联陈寅恪不复记忆，下联为“半杯旨酒待君温”，可见对其之推崇。曾国藩复有与陈宝箴论文书，此文收入王先谦的《续古文辞类纂》中。故俞大维说他本人与陈寅恪先生是“两代姻亲，三代世交，七年同学”（见《怀念陈寅恪先生》，《追忆陈寅恪》，社会科学文献出版社，1999年1月版，第3页）。吴宓与陈寅恪相识后，相往十分密切。吴宓认为陈寅恪不但学问渊博，而且对中西文化、政治、社会之内幕极为熟悉。“其历年在中国文学、鸣学及诗之一道，所启迪、指教宓者，更多不胜记也。”（《吴宓与陈寅恪》，第4页）与陈寅恪交往不长时间，吴宓即发现陈寅恪之学问比自己要高出很多倍。曾坦言，与陈寅恪虽是终生好友，但洵为亦师亦友，就学识而言纯属两个档次。所以，吴宓对陈寅恪佩服得五体投地，经常上门请教学问。陈寅恪经常写诗填词，每写完后必当面展示给吴宓看，并有言在先，只许看，不许抄，立即撕掉。但吴宓过目不忘，一看便能背下来，回去后立即抄出，并写入当日之日记中。陈寅恪早期的一些诗就是这样才被保存下来的。吴宓在日记中记述道：“陈君学问渊博，识力精到，远非侪辈所能及。”“陈君中西学问，皆甚渊博，又识力精到，议论透彻，宓倾佩之极。”（《吴宓与陈寅恪》，第3、7页）他在给国内友人通信时，亦高度赞赏陈寅恪是全中国最博学之人。1919年3月2日，吴宓应哈佛大学中国留学生会之邀做了一次演讲，题目是《红楼梦新谈》。主要是运用西方小说原理，对《红楼梦》进行了拆解分析，结论是：《红楼梦》乃一部伟大之作，世界各国文学中未见其比。最早从西方文艺美学角度审视《红楼梦》的是王国维先生，然而在西方系统介绍《红楼梦》并指出其在世界文学史上卓越地位的，大约即是吴宓的此篇著名演讲。演讲之后，陈寅恪以诗奉赠吴宓。诗题为《红楼梦新谈题辞》。全诗云：

等是阎浮梦里身，梦中谈梦倍酸辛。青天碧海能留命，赤县黄车更有人。世外文章归自媚，灯前啼笑已成尘。春宵絮语知何意，付与劳生一怆神。

吴宓得到陈寅恪赠诗后，兴奋不已，喜悦之情溢于言表。吴宓深深感到，自己今生不仅得一知音，而实得一师长。就在这年5月，陈寅恪游威尔士雷，尝作一诗赠给梅光迪之知友汪懋祖先生，题为《游威尔士雷赠汪君典存》。诗云：

五月清阴似晚春，从芦高柳易曛晨。少回词客哀时意，来对神仙写韵人。赤县云遮非往日，绿窗花好是闲身。频年心事秋星识，几照湖光换笑颦。

据《吴宓自编年谱》介绍，汪懋祖，字典存，江苏吴县人。毕业于美国哥伦比亚大学，回国后任苏州中学校长，晚年任国立东方语言学校校长，为“学衡社同道、同志之友”。汪懋祖留美时，未婚妻乃袁世庄，清华1916年级留美威尔士雷女校。威校临湖，风景极美。汪懋祖暑假屡往居湖上旅馆中，俾与袁女士多聚晤（《吴宓与陈寅恪》，第6页）。时至1920年5月16日，吴宓亦同友人游威尔士雷女校，遂即景成诗一首，步陈寅恪去岁游此赠汪懋祖诗之原韵。诗题为《春日游威尔士雷女校步去岁陈君寅恪赠汪君典存诗原韵》。诗云：

柳岸莺声送暮春，镜湖嘘雾变昏晨。双摇画桨同心侣，终古桃源异国人。胜地偏饶书卷气，天香合住绣罗身。排云殿外山容改，漆室哀时几啸颦。

吴宓曾收读过袁世庄女士之一封英文函，诗中表露袁女士忧心国事，媲美漆室。且诗思横溢，文字简练而雅洁。以作文之章法论，亦冠侪辈。在留美学生中，能如袁氏者，则寥寥无几也。诗中“排云殿”乃指北京颐和园之景点；“山容”似暗喻中国当时之局势，“山容改”是谓中国局势千变万化，有可能不断恶化；最后一句乃附和袁女士信中之喟叹。

吴宓在哈佛大学的留学生涯即将结束，1921年5月，接到挚友梅光迪从南京师范学校（即将改为东南大学）来函，谓“尤以1920年秋，即已与中华书局有约，拟由我等编撰杂志（月出一期），名曰《学衡》，而由中华书局印刷发行。此杂志之总编辑，尤非兄归来担任不可”。（《吴宓与陈寅恪》，第24页）吴宓略加沉思，遂回电接受聘约。1921年7月20日，吴宓乘船，经过141天海上航行，平安抵达上海。8月10日，吴宓乘车赶往杭州。这天正值阴历七月初七，他写了一首题为《阴历七月七日沪杭火车中作》的诗。诗云：

夹岸迢迢绿树流，夕阳飞下乱山收。莼鲈几载遐方梦，牛女今宵天上俦。浩劫犹存安乐土，全身耻作稻粱谋。独怜终岁辛勤者，覆稿堆泥屋似舟。

吴宓深深感到，国家动荡，频遭蹂躏，中国文化在经历一场浩劫，自己不能贪图安逸，只顾享乐；自己学了那么多东西，如果只是为了养家糊口，那实在是一种耻辱。吴宓很快即到了陈心一女士之家，叩见岳父岳母。这是吴宓在哈佛时就订下的一门亲事。很快，吴宓与陈心一举行了婚礼，新婚10天后，吴宓即把陈心一留在沪上家中，自己去了南京，直奔高等师范学校。1921年开学时，南京高师正式改名为东南大学，第二年升为国立东南大学。吴宓到东南大学第一年在英语系，按照梅光迪商定院系排定吴宓讲授英国文学史、英诗选读、英国小说、修辞原理四门课程。第二年和第三年在新成立之西洋文学系，复增授欧洲文学史。据《吴宓自编年谱》1921年篇记载：“宓以备课充足，兼以初归自美国，用英语演讲极流利畅达；故上课后深受学生欢迎。盖自新文化运动之起，国内人士竞谈‘新文学’，而真能确实讲述西洋文学之内容与实质者则绝少（仅有周作人之《欧洲文学史》上册，可与谢六逸之《日本文学史》并立），故梅君与宓等，莅此三数年间，谈说西洋文学，乃甚合时机者也。”（《吴宓与陈寅恪》，第27-28页）当时，东南大学学生特别勤奋用功，尤其是吴宓第一年所教的英语系二年级、国文系四年级，学生皆非常优秀，使吴宓深受鼓舞。他曾这样写道：“宓按‘教学相长’。以东南大学学生之勤敏好学，为之师者，亦不得不加倍奋勉。是故宓尝谓‘一九二一至一九二四的三年中，为宓一生最精勤之时期’者，不仅以宓编撰之《学衡》杂志能每月按期出版，亦以宓在东南大学之教课，积极预备，多读书，充实内容，使所讲恒有精彩，且每年增开新课程。”（《吴宓与陈寅恪》，第28页）是的，在东南大学的几年，的确是吴宓状态最好的几年。他讲授英国小说时，重点讲授了萨克雷的《名利场》，此书名之翻译即是吴氏定的，后来之翻译家沿用了这一书名。吴氏授课细而精审，条分缕析，英语标准畅达，内容新颖而多有创获，深受学生之欢迎。在清华大学档案里保存着梁实秋先生写的一份调查研究报告，梁实秋当时还是一名清华学堂之学生。清华学生对于当时给他们讲授英国文学之美籍教师之授课十分不满，向学校反映，学校派学生代表梁实秋去兄弟院校调研外国文学教学之情况。梁实秋来东南大学听了吴宓先生讲授的“世界文学史”课后，写报告说，他听了吴先生之课，感到十分满意，因为内容非常充实，条理非常清楚，而且教师之英语讲得十分流畅，很有感染力和说服力。梁实秋还说吴宓先生是清华毕业生，为何清华不请他回母校教书，代替那个无能的、不称职的美籍教师？这是梁实秋对吴宓的外国文学教学之印象。这个早期印象被吴氏后来之教学与演讲更加充分地证实了。吴宓在东南大学用英语讲授世界文学，包括西欧、北美、俄罗斯、印度、埃及、波斯、日本等国文学，此在中国高校恐属最早之外国文学教学实践。

在吴宓一生的学术履历表上，还有一件最重要的事情，那就是《学衡》杂志之创办及其编务工作。据说《学衡》之创办乃一篇无法发表的文章而缘起——即胡步曾（1894—1943）在1920年写的《评〈尝试集〉》的文章。文章完成后曾投寄全国多家报刊，均无人愿意刊载，他们唯恐惹怒名噪一时的大人物胡适。众所周知，《尝试集》乃胡适之第一本诗集，亦乃中国新诗史上之第一本。胡步曾是哈佛大学植物分类学博士，历任南京高师、东北大学、北京大学、北师大等校教授，系中央研究院院士，庐山植物园创办人。在气愤难忍之情况下，与梅光迪决定创办一份杂志，开辟自己的学术言论阵地。此即《学衡》杂志问世之缘由。该杂志之宗旨在《简章》中写得十分明白：“论究学术，阐求真理，昌明国粹，融化新知。以中正之眼光，行批评之职事。无偏无党，不激不随。”（《国故新知论——学衡派文化论著辑要》，中国广播电视出版社，1995年12月版，第494页）此简章系吴宓亲自撰写，吴氏自己担任总编辑及全部编务。梅光迪决定编辑部就设在吴宓家里，吴氏亲自制作木牌，上书“《学衡》杂志社”，白底黑字，悬挂在家门口。《学衡》杂志可谓是吴宓一生学术事业之寄托，多年梦想完全变为现实，其学术灵魂与生命完全融入其中。别的不说，他为杂志所付出之时间、精力与金钱，比任何一位同人皆要多得多。吴宓在《学衡》上翻译发表的文章很多，主要是《白璧德之人文主义》《白璧德论民治与领袖》《白璧德论欧亚两洲文化》《白璧德论今后诗之趋势》《但丁〈神曲〉通论》《葛兰坚新论》《摩尔论现今美国之新文学》《摩尔论自然主义与人文主义之文学》《希腊之留传》《罗马之留传》《世界文学史》《韦拉里论理智之危机》《韦拉里说诗中韵律之功用》《孔子、老子学说对于德国青年之影响》《中国与欧洲》与《中国、欧洲文化交通史略》等。还用五、七言体翻译了不少外国诗，东西方皆有之。如英伦有《钮康氏一家》第一回中之《酒店主人歌》，莱慈女士之《牛津尖塔》；赫里克之《古意》(吴芳吉译为《告女儿》)，安诺德之《挽歌》与《书中世界》，克罗之《壮往》，罗色蒂女士之《生日》，希拉克之《日光》等；还有意大利米开朗基罗之《信仰》，古印度《薄伽梵歌》与《畎陪经》中之颂神诗，波斯俄马开亚姆之《四句诗集》等。(部分诗参见《吴宓诗集》卷五，《金陵集》，商务印书馆，2004年11月版)吴宓在《学衡》上发表的文章与诗作当然不止这些，以上是笔者为了叙述之方便而略举其要。从中亦可见出，吴氏所选择之文章诗作之大概其貌：一为哈佛大学老师之学术观点，如白壁德、摩尔、葛兰坚等；二为文哲史并重；三为文化与文学比较并重；四为大而笼统多且精微细小之作少，此乃五四时代学术之通病也。此外，为《学衡》杂志撰稿之人多为学界名流及国学大师。如刘伯明、梅光迪、柳诒徵、胡先骕、萧纯锦、张其昀、刘永济、汤用彤、王国维、陈寅恪、何达、张萌麟、汪典存、吴其昌、叶玉森、孙德谦、袁同礼、王思洋、李思纯、郭斌禾、吴芳吉、林损、刘朴、刘盼遂、瞿方梅、浦江清、蒙文通等。很快，《学衡》杂志即奠定了自己之学术地位，学术声望日益攀升，中外学界宿将不断来信，表示了极大之赞赏。吴宓还将经常在《学衡》上发表文章的缪风林与景昌极推荐给沈阳东北大学，前者任历史系讲师，后者任哲学系讲师。吴宓将每期《学衡》皆寄给大英博物馆、牛津大学图书馆、剑桥大学汉学教授严灰山、巴黎大学东方汉学院汉学家伯希和、美国哈佛大学教授白壁德等。英国人庄士敦曾任威海卫总督，清朝灭亡后任废帝宣统之师傅，专管颐和园，并著有《佛教中国》一书。庄氏初见《学衡》，便向吴宓写信汇款索购。1923年，香港大学副校长沃姆教授见到《学衡》杂志后，遂写信给吴宓大加赞赏，并说退休后返回英伦，但有一心愿尚未了结，即想到金陵专程拜谒《学衡》诸公，并有三位入门弟子毕业后予以介绍，一为胡稷咸，二为朱光潜，三为郭斌和。是年8月沃姆抵达南京。吴氏请沃氏给东南大学学生作了讲演，吴氏当场作详细记录，后来整理发表在1923年、10月第22期之《学衡》上，题为《沃姆中国教育谈》。《学衡》从1922年1月创刊至1926年，每期皆能按时出版，共发行60期。1927年因战事停刊，次年改为双月刊复刊，至1929年底出至72期。1930年再度停刊，次年1月复刊，此后时断时续，直到1933年亦因各种原因终刊，共出79期。《学衡》之栏目除“文苑”“杂缀”“书评”外，最重要的是“通论”与“述学”。“述学”部分多收研究古代文史哲之论文、译文，“通论”部分则刊出大量介绍美国新人文主义之著述、译文以及评介新文化运动的文字。

当然，《学衡》创办前后11年，亦不仅仅是一片赞美之声，它同样遭到学界同行之学术围攻。其主要论敌乃上海的文学研究会与创造社。文学研究会以茅盾、郭绍虞等为代表，创造社以郭沫若等为代表。值得一提的是，1922年2月9日时任北京大学教授的鲁迅刚看到《学衡》第1期，就写了篇《估〈学衡〉》的短文，发表在1922年2月9日《晨报副刊》上，署名风声。鲁迅写道：“所谓《学衡》者，据我看来，实不过聚在‘聚宝之门’左近的几个假古董所放的假毫光，虽然自称为‘衡’，而本身的秤星尚且未曾钉好，更何论于他所衡的轻重的是非。所以，决用不着较准，只要估一估就明白了。”（《鲁迅全集》第1卷，人民文学出版社1981年版，第377页）鲁迅在写此文时只看到《学衡》第1期，当时第2期在沪宁已与读者见面，但鲁迅尚未见到。单凭一期杂志即估价全部，未免失之偏颇。但由于鲁迅在中国现代史上至高无上之地位，此评价长期以来仍有着重大影响。据说吴宓看了鲁迅的这篇文章后，说鲁迅骂得对。然而，在新中国成立后的50年代，吴宓在西南师院任教时，有人说吴宓曾疯狂攻击新文化运动之旗手，还给他加上反对毛主席和共产党之罪名。吴宓说他从未参加过与鲁迅的笔仗，从《吴宓诗集》中亦找不出一条诬蔑鲁迅之证据。这是后话，此处不赘。1982年由上海文艺出版社出版的王瑶的《中国新文学史稿》中仍赫然写道：“《学衡》杂志，以胡先骕、梅光迪、吴宓等为主，写了很多攻击新文化与文学革命的文章。……打着复古主义和折中主义的旗号，向新文化运动进攻。”（上册，第39页）一直到1995年出版的《中国现代文学思潮史》中，仍然认为学衡派是“穿着西装的复古派”，是“在向新文学的反扑中，最能迷惑人的”，是“用外国学的本领为中国旧文化保镖”。（马良纯、张大明主编：《中国现代文学思潮史》上册。北京十月文艺出版社1995年版，第115页）但是，随着历史的发展与社会的进步，近年来学界对“学衡派”已有了引人注目之评骘，乐黛云教授明确肯定《学衡》杂志“代表五四新文化运动另一潮流”（汤一介编：《国故新知：中国传统文化的再诠释》，北京大学出版社1993年版，第30页）。王泉根认为：“吴宓与学衡派人物并不排拒西方文化，也不反对中国文化需要变革，只不过他们对西方文化的理解及对中国文化变革的思路与五四新文化派的思路不同而已。”王泉根说，从《学衡》创刊宗旨出发，吴宓“和他的学衡同仁始终贞定在‘吾国文化有可与日月争光之价值’的立场上，对中华传统文化大生命有着深切的体识，又有着开放的文化心态；他们是以一种民间性、独立性、与现实权势疏离性的角色活跃在本世纪的历史舞台，始终是从文化意义上看待现代中国社会的种种及瞻望其未来的”。（王泉根主编：《多维视野中的吴宓》，重庆出版社，2001年2月版，第184、196页）由此可见，在中国近现代文化史上，“学衡派”有着无可置疑的学术地位。

吴宓到清华以后，《学衡》遂兵分两路，编委南北各居一处。编辑部设在南京，由东南大学汤用彤负责，总编辑吴宓远在北京。《学衡》乃吴宓之灵魂与生命之寄托，无论他在什么地方，杂务缠身，不可开交，但从未停止过编辑工作。可世间之万事万物，皆很复杂，许多事并不由人之意志而转移。《学衡》杂志内部人心分移，矛盾重重，经费困扰；外界亦评价不一，毁誉参半，造成杂志时停时办。吴宓又听说西安被围，亲友音信中断，一时内心焦躁不安，于1927年1月开始了西北之行，并写了一百多首诗，总题为《西征杂诗》。（见《吴宓诗集》卷八，商务印书馆，2004年11月版）吴宓在该诗题叙中说：“民国十六年一月，予由京赴西安，留住十日，旋即回京。时西安二百三十五日之长围甫解，予为省父，兼迎碧柳（吴芳吉）外出。取道山西，往返共约四旬。行途及在西安之所闻见，辄以诗记之。作成率易，未久思索。切实描叙，不务词章。共得百零五首，合为一篇。分寄亲友，用代函扎。可云篇中无一字无来历，然不足语于诗也。”（第149页）一到西安，吴宓立即赶到西北大学，看望平生最为亲密的小兄弟吴芳吉，并创作七律一首。全诗云：

半年消息断围城，执手相看啼笑并。是我送君来死路，惟天佑善信生平。未妨骨相贫中瘦，却喜诗囊乱后盈。连袂明朝京国去，两吴诗卷待斟评。

吴宓这首诗写得非常平实畅达，情真意切。在此诗里叙写了西安被困，半年竟无音信，今日相见，激动得又哭又笑；吴宓推荐吴芳吉来西北大学任教，西安遭困，吴芳吉亦颇危险，令吴宓很担心；让“二吴”携手共赴京城，将诗卷亮出，让别人来好好欣赏。其实，丁卯年（1927年）冬日，吴宓与吴芳吉二人即有诗作共刊之，并有国学大师柳诒徵题写了《两吴生集》之弁言。弁言云：“两吴生春，陕吴宓（雨僧）川吴芳吉（碧柳）也。两人者，貌不同，迹不同，遇不同，诗亦不同。合刊之者，其本同也。诗之格律声调色泽神韵宗派家法，末也。性情本也。无其本，袭其末，羊质虎皮，牛头马脯，无当也。本其天赋之特性。昌之桄之滂之扬之，孕茹万象，出入百国，而一一不失吾之真性情。乃真诗也……一嚬一叹，一波一磔，皆吾肺腑，于人无与。人知之，可也。人不知之，亦可也。此两吴生之诗也。”（见《吴宓诗集》卷首）吴芳吉与吴宓同岁，在清华园留美预备学校时二人同班，不久，便成莫逆之交。吴芳吉家贫困，一直受到吴宓的援助，1932年回四川江津担任中学校长，因积劳成疾，误于庸医，不几日便去世。吴芳吉去世后，吴宓与友人编辑了《吴白屋先生遗书》，用湘版线装书出版。吴宓在西安还曾独自三度去探访表妹，抚今追昔，心绪难平；表妹陈贞一哭着向吴宓诉说这些年的酸甜苦辣，吴宓好像初恋别后重逢，情意绵绵，感慨系之，遂写下《过土地庙什字感旧》两首七律，其中一首这样写道：

独来深巷访红妆，绕膝先惊儿女行。昔别君犹垂发女，良缘我似负心郎。蓬门生计新欢好，电影楼台旧梦长。惘惘余情何可说，但询亲友叙家常。

吴宓诗之大意非常明白，说远游归返故里，独访深巷，眼前境况令人吃惊，膝前儿女成行；咱俩从小青梅竹马，突然离去的我真是对不住你，让你过如此艰辛之日子，幸好夫君很好；昔日之影子难以抹去，追忆起来不免怅惘，还是让我们叙事拉家常吧！吴宓西安之行，诗作委实不少，恕不赘举，俟来日，详细评说。

吴宓从西安甫返北京，即迅速赶往天津。他是应《大公报》之请，与该报主笔老友兼老乡之张季鸾去谈西北之行的境况。同时，吴氏毛遂自荐，欲主持副刊，张氏立即回应，欢迎加盟《太公报》。吴氏之友陈寅恪、浦江清、赵万里、张荫麟等亦表示赞成。《学衡》停办，但学术事业不能中断，要寻觅新的路径，故吴宓把此次选择当作是又一次大显身手的机会。

［2005年春节期间于银川风声楼］

赵元任的文学渊源叙论

赵元任（1892—1982年），江苏常州人。赵元任是清华国学研究院第二批留美公费生，1918年，年仅26岁即获得了哈佛大学哲学博士学位。汉语言学界誉称他为中国语言学之父。赵元任是清华国学研究院四大导师之一，在四位导师中，赵元任是最年轻的，年仅34岁。同时，他又是最“多专多能”的。赵元任既是卓越的语言学家与教育学家，也是哲学家、物理学家、数学家、音乐家和文学家。一生会讲33种汉语方言，会说英语、法语、德语、日语、西班牙语等多种外语。他是我国全面利用现代语言学理论方法研究中国语言并取得世界性声誉之第一人，赵元任作为我国现代语言学之奠基者和推动者，被傅斯年称为汉语语言学之父。在音乐艺术文学方面，1987年上海音乐出版社出版的五线谱版的《赵元任音乐作品全集》(这是在上海音乐学院院长贺绿汀提议并推动下，由其长女、美国哈佛大学教授赵如兰编辑的)，收有歌曲83首、编配合唱歌曲24首、编配民歌19首、器乐小品6首，凡132首作品。赵元任谱曲的《教我如何不想他》，作为中西合璧乐曲经典之作，被传唱久远。萧友梅称赵元任是中国的舒伯特（舒伯特被誉为抒情歌曲之王），并说他的艺术歌曲“替我国音乐界开了一个新纪元”。（《乐艺》1930年第一卷第一期）赵元任出版的歌集有《新诗歌集》(1928年)、《儿童歌曲集》(1934年)、《晓庄歌曲》(1936年)、《民众教育歌曲集》(1939年)、《行知歌曲集》与《赵元任歌曲集》（1981年）。赵元任在世90年，还为后人留下了76年之日记，4000张他自己拍摄之照片，以及写给朋友的展现其研究新得、学术思想和心路历程之5次通报性质的长信(跨度从1921年到1978年，被称为《绿信》之小册子)。这些珍贵资料记录并反映了整整一个时代，忠实地反映了大师之风采，对后人影响很大。大师教育学生之名言“言有易，言无难”，至今被学术界奉为老老实实做学问之圭臬。

如此之文学艺术素养，与其家世之关系并非无关紧要。赵元任之家谱可溯至宋朝，它是宋太祖之后第31代，其之世祖赵翼（瓯北，1726—1813年），精于史学，著有《廿二史论》《陔余丛考》《瓯北诗集》等传世。其祖父赵执诒，号仲固，是个州一级之官员，先后任职于磁州、祈州、保定、冀州，但每到一处，均设私塾，甚至聘请的是常州家乡之先生任教，4岁开蒙，其祖父一开始就教赵元任《大学》、次念朱子《小学》，接着读《论语》。其父亲赵衡年，则教过他左传。其母亲冯莱荪，是当过山西抚台之冯光适(字仲梓)之二女儿，出身书香门第，非常重视家学，对少年赵元任影响很大。现在引他一段回忆为证：“……晚上多半儿还要念诗。诗全是我母亲教的。母亲是那时候儿很有点才的女人。能写诗，能填词，写的一笔好字，还有昆曲也好，又能唱又能吹。虽然他没教过我昆曲，可是我想我后来喜欢弄音乐多半儿是从我母亲传下来的。可是吹笛儿倒是我父亲教我的。不知道怎么样儿母亲不教我吹唱，只教我吟诗，大概因为唱唱是玩儿，吟诗是念书，不过诗比别书轻松一点儿，所以让我们晚上念。我倒的确觉着比白天的书好玩儿一点儿，并不拿他太重的功课。我念的是《唐诗三百首》。我哥哥跟姊姊们还会《千家诗》跟别的诗集，我就只念了《唐诗三百首》。可是有别的诗我虽然没念也背得出来了。怎么回事儿呐？因为我们在家里念诗也像白天在书房里似的大伙儿同时念，你念你的，我念我的，有时候儿我停下来就听见他们念的东西。我顶记得他们念的圆圆曲，我连字都没看见就背熟了。还有白居易的《长恨歌》，虽然是唐诗里头的，可是他们比我先念。赶我起头儿念到《长恨歌》的时候儿都已经听得半熟了……”（《早年回忆》）

由这段回忆中，不仅能看到家学之潜移默化作用，而且可以学到家教的方式方法了。是不是还能有些其他启示呢？是不是像当今之应试教育那样，只有将学生之作业压得喘不过气来，才能有人的高素质呢？才能造就出未来之大师人才呢？

赵元任出生在一个三代同堂的大家庭中，时父亲赵衡年（号君权，生于1869年11月27日）24岁，居祖父赵执诒家中，准备科举考试。赵衡年遗留事迹可考者不多，大约在1901或1902年中举人，未进仕途，继续读书，准备更高的科举考试，不幸于1904年夏得急病逝世，年仅35岁。母亲冯莱荪（又名妮芬）出生于1868年10月27日，对赵元任影响很大。幼年启蒙识字，描红写字，读诗写诗等多是母亲教会的。可惜赵元任的母亲健康不佳，长年累月，积劳成疾，得上了肺病，在1904年父亲去世三个月后，也不幸去世了。

赵元任的祖父赵执诒（字仲固），同治举人，官至冀州知州，辗转在磁州、祈州、保定、冀州等地任职。赵元任说：“我一小儿跟祖父跟的很多。……因为我是孙子辈最小的小孩儿，所以常常儿跑到爷爷屋里去玩儿书桌上的文具什么的，他每天晚上总喝一杯虎骨酒。有时候儿他给我抿一口，我觉得辣的简直咽不下去，我就不懂为什么人要喝酒。祖父跟我们说话都说北边话，可是总带点儿南方口音，我们孩子们有时候就学他，他就假装生气。可是他很少真骂我们的”。（《赵谱》第28页）赵执诒亲自教幼年的赵元任（5岁）与堂兄赵元成读书。1900年，赵执诒在冀州染疾病去世。

赵元任之六世祖赵翼（1727—1814），字云崧又字云松或耘松，号瓯北，阳湖县（现并入武进县）安尚乡西干圻村人，清乾隆进士，是清代著名诗人与史学家，一生著述繁富。著有《瓯北诗钞》17卷、《瓯北诗话》，又名《十家诗话》10卷，续二卷、《廿二史札记》36卷，续增诗集3卷，并曾主讲于安定书院。瓯北诗与当时袁枚、蒋士铨齐名，合称“乾隆三大家”，强调“争新”，反对复古，论诗主张独创，力反模拟，所作五、七言诗中有嘲讽理学，隐寓对时政不满。他论诗强调变化，主张创新。他不满于明代前后七子的复古理论，也不赞成“神韵说”与“格调说”。他认为，“诗本性情”（《瓯北诗话》），“诗文随世运，无日不趋新”（《诗论》），“诗文无尽境，新者辄成旧”（《删改旧诗作》），“必创前古所未有而后可以传世”（《瓯北诗话》）。并在《论诗》中说：“李杜诗篇万古传，至今已觉不新鲜。江山代有才人出，各领风骚数百年。”然而，在如何创新之问题上，他仍是茫然的，以至于说：“拙句点金成巧句，古书翻案成新书”（《即事》），“诗家径路都开尽，只有求工稍动人”（《诗家》）。尽管赵翼之文学观有一定之局限性，但还是对清诗如何突破僵化之格局，力求有所发展变革，作出了突出贡献。赵翼诗歌创作数量甚丰，有4800余首。题材极为广泛，或第品历史人物，纵谈古今，凭吊古迹；或嘲弄理学，抨击时弊，讥讽人情世态；或写景抒怀，阐述人生哲理；或论诗谈文，阐发自己之文学见解。体裁上以五古、七古为主，艺术上以议论见长，善为谐谑之词。如《偶得十一首》之一“文人逞才气”一首，力举了众多读书人纸上谈兵之史实，说明这种迂腐论兵无不失败：“如何纸上谈，辄欲见施行？君看云台上，何曾有书生？”诗中文辞犀利，议论精当。又如《后园居诗六首》之一，写有人出资乞求他作墓志铭，让世人多说奉承赞美之词。于是，诗人由墓志铭之溢美，进而感慨史书所载亦多不实之词：“乃至清史上，大半亦属诬。”见解深刻，笔调幽默风趣，颇能给人以启迪。还有《论诗五首》之一，表现反对摹古、主张创新之文学观：“只眼须凭自主张，纷纷艺苑漫雌黄。矮人看戏何曾见，都是随人说短长。”造语浅近通俗，痛快精彩，妙不可言。此类诗，在赵翼诗中比比皆是。袁枚说：“《击壤集》《读书乐》，一经儒家说理，便有头巾气，瓯北此等诗，穿天心入月肋，说理愈精，英光愈迸露，真足为天地间另辟一境。”赵翼著述甚多，有《瓯北诗集》53卷，《瓯北诗话》10卷，续诗话2卷，史学著作有《廿二史札记》《陔余丛考》《檐曝杂记》《皇朝武功纪盛》等。

《陔余丛考》与《廿二史札记》成于乾隆六十年（1795年）。所考史系二十四史，因《旧唐书》《旧五代史》未计入数内，故称二十二史。作者意在忠贯群史，对每史先述著作沿革，评价得失，然后考核比较，提出自己见解，成为史学重要著作，被日本史学家票选为“中国史学家十杰”之一。加拿大汉学家浦立本说：“18世纪迄于19世纪初，史学界最驰名的史学家是王鸣盛、钱大昕与赵翼。前二人局促于狭义的考证，纠史籍原文之误，或以新资料补其不足。赵翼虽然学问不及二人渊博，然或许是三人中最令人感兴趣者。因为他在向着克服中国史学的传统缺陷而进步。他能触及真正使近代史学家感兴趣的问题，近代史学家读其作品，确能获得益处。”又说：“赵翼能超越孤立的繁琐事实之上进行观察，自其中归纳出社会史与制度史发展趋势的通则，此类通则，为近代史学家所试图建立者。”（见《赵谱》第29—30页）

赵翼学问好、文学贡献也大。赵元任出身于一个崇尚诗书的家庭。他幼年时与父母一直跟随在北京、天津、河北一带为官之祖父宦游各地。他9岁时，祖父去世，举家迁回常州。赵元任之父亲赵衡年，字君权，也中过举人。母亲冯莱荪，能诗擅词，并写得一笔好字，还精通昆曲，赵元任后来喜欢音乐主要受母亲影响。赵元任大约在4岁的时候，就开始随哥哥姐姐一起跟母亲识字读书，学习内容先教《大学》，但因年幼学习有困难，又改为《小学》。6岁元任进私塾，与堂兄赵元成及远房亲戚童子三人随家庭教师陆轲轩先生读书。到7岁在冀州之时，开始天天上书房读书。陆先生虽然很严厉，但反对“读书不求甚解”，不像当时一般私塾教师强迫学生死记硬背，而且经常讲解课文生字，使学生尽可能多理解，懂得所学内容，因而很受学生爱戴，也受到元任祖父的喜欢。学习四书原来应该按照《大学》《中庸》《论语》《孟子》进行。由于《中庸》很难学，陆先生改按《大学》《论语》《孟子》《中庸》顺序进行教学，效果很好。当时，有句俗话说“中庸中庸打得屁股通红”。就是说《中庸》难读，读不好会挨打的意思。四书中赵元任最喜欢《孟子》，其后开始读《诗经》。赵元任从此随陆轲轩老师学会了用常州方言诵读，并坚持此习惯多年未改变。陆先生病故后，赵家又请了一位张先生来教书，教元任读《诗经》后半部，父亲从此开始教他《书经》《左传》。10 岁的时候，元任开始在描红印本之基础上开始临帖写大字。他临过欧阳询的碑帖，柳宗元的玄秘塔，颜真卿的家庙碑等。他自幼喜欢搜集玩耍古钱币。有一次误吞了三枚古钱，卡在喉咙，幸而母亲急忙用手指将钱掏出，否则恐怕就有生命危险。祖父在他 7 岁进私塾时亲自授以《大学》，母亲用晚上的时间教他吟诵《唐诗三百首》。父亲还教他吹笛子。后来在苏州、常州时，赵元任在私塾里学了《论语》《孟子》《中庸》《诗经》。这为他以后治学奠定了很好之基础。赵元任幼年时代，周围的语言环境也非常有意思。祖父、伯父与父亲原本讲常州话，平时讲起“官话”来，也常常是带有常州口音。母亲冯氏能说很好的北京话，来自保定的用人周妈平常说保定话。9 岁回到常州老家后，周围人大都说的是常州话。在丰富的语言环境中他渐渐学会了北京话、保定话与常州话等。赵元任幼年时代就有模仿他人方言之兴趣，与常州之表弟一起玩耍时学过常熟话，与苏州的表哥一起读书时又学会了苏州话，丰富的语言资源历练了他的语言能力。他同时潜心学习过音乐，对听辨能力更是起到了很好之辅助作用。这些都为他日后研究、学说各种方言、语言提供了必要之条件。

赵元任 12 岁时，父母双双病故，之后的两年里，赵元任没有很好地接受正规教育，但是他经常动手做一些实验，甚至用竹筒与细绳做了一个他听说过但没见过的电话，这些活动，培养了他的动手能力。14 岁时，赵元任进常州溪山小学读书一年，这是一所新式学校，校长是溪山小学的创办人朱少堂。课程设有国文、历史、英文、代数、几何、体操等。教师中，国文与历史教师吕思勉（诚之）最受元任爱戴。英文与体操老师是沈问梅（上海圣约翰大学毕业生）等。赵元任学习成绩优异，在夏季的期末考试中，他英语第一，各科平均第二。此时的赵元任，与同学组织了“青年集益社”并成立了图书室，买书供社员借阅。在这里，亦即 1906 年 4 月 15 日起，赵元任开始写日记，此后一直坚持到 1982 年去世不久（元月 26 日），竟长达 76 年之久。在这超过四分之三世纪之漫长岁月里，赵元任从幼年、青年、中年至老年，一生所有的主要活动，所接触之主要人物，自己之观点与见解，历经世界许多国家地区之印象及感受等，皆扼要而忠实地记在日记上。七十多年之日记本身就是一部伟大的纪实之作，是极为珍贵之史料。这些日记先珍藏在美国加州大学柏克莱的图书馆。日记体裁与文字也颇有特点，开始时用文言书写，随着英文程度的加深，英文词句逐渐增多，并出现许多中文谐音之英语。在 1908 年 4 月 27 日那天，赵元任的日记中第一次出现英文词句。20 世纪 20 年代，赵元任推行国语罗马字，日记便使用国语罗马字书写，此后中国人之姓名在他的日记中基本上皆用国语罗马字书写。赵元任还喜欢在日记中使用只有自己才看懂的缩写。这种习惯自幼即如此。赵元任晚年曾开玩笑说，日记中有些缩写几十年后自己也记不清代表什么了。后来之日记全部用英文，有时附加中文注解或提纲。以至于他的后人或子女整理他的日记时，也感到工作量极大。据日记记载，此时之元任曾借阅了《新故事集》《鲁滨逊漂流记》二卷，梁启超主办的《新民丛报》《儿童心理学》《家庭卫生》，还有《教育歌曲》《音乐教科书》等，可见幼年时的赵元任就对音乐有着十分浓厚之兴趣。从其日记里我们可以看出，赵元任在这一时期开始对自然科学发生兴趣。自己创办了《课余杂志》，并担任科学编辑。虽然赵元任在这里学习只有一年，但是他把这一年称为身心发展之转折点。因为这一年之学习，使他开始走出私塾给他划定之狭窄圈子。他不仅学习了自然科学知识，系统学习了英文，还参加了丰富多彩的课余活动。

从 15 岁到 18 岁，赵元任入南京江南高等学堂预科，相当于高中。江南高等学堂有学生三百余人，校长为著名教育家李梅庵。学习条件优越，校区宽阔，教室宽敞明亮，设置的主要课程有国文、英文、数学、物理、生物、图画、体操等，还有体育馆、操场、实验室等，国文老师为丁孟舆，课本用的是《古文辞类纂》，每周六下午为作文课。在课外时间，赵元任经常阅读《马氏文通》，并对该书发生了浓厚之兴趣。当时，国文课并不要求学生作诗，但赵元任在以前母亲与姐妹们游戏之基础上，仍对作诗有着浓厚的兴趣。在他的《早年自传》里就记有咏雨的一首小诗："恼人最是雨绵绵，忽忽光阴又七天；转念明朝泥路泞，挑灯独坐小窗前。"英语老师先是周先生，后来是卡弗尔先生，卡弗尔先生是美国人，发音略带南方口音，教学方法好，对学生和蔼可亲而且有耐心，深受学生们的喜欢与爱戴。卡弗尔对赵元任的英语学习帮助很大，他不但纠正了赵元任过去所学的中国式英语的一些毛病，而且还指导掌握正确之学习方法，并常邀赵元任、同学章元善等到他家中做客。赵元任还从卡弗尔老师那里借世界名著丛书课外阅读，他借到了《林肯传》《富兰克林自传》《通史》等，很受影响。读《富兰克林自传》后，决心想做一个完人；读《通史》后，为人类的理想所吸引，一心想成为一个合格的世界公民。英语水平已达到能用英语写诗之程度，上举那首咏雨诗就是用英语写的。卡弗尔夫人善于弹钢琴与唱歌，赵元任随她学唱过《可爱的家庭》与《离别歌》等歌曲，这是赵元任接受西方音乐之开始。数学有代数、几何与三角，由一位崔老师授课，图画老师为日本人，因为难于找到中国老师教铅笔画，讲课时需要翻译。物理老师为美国人查理斯先生。赵元任在生物课上曾看过死狗解剖，留下深刻印象。赵元任还选修了德文作为第二外语，又和同学互学方言，他学会了福州话，还经常做科学实验。这一时期，赵元任学习勤奋，兴趣广泛，决心做一个完人，戒除一切恶习，如吸烟、喝酒等，并开始认真进行体育锻炼，进行深呼吸，哑铃操练，竞走与长途跑步，跳高、单杠、双杠、冷水浴等等，其中竞走与冷水浴后来坚持很久。据说赵元任先生后来在美国康奈尔大学运动会上，一英里竞走项目多次获冠军，最好成绩为 9 分 51 秒，当时世界纪录为 9 分。盲肠手术后，不再参加竞走比赛。对冷水浴，赵元任先生几乎坚持终生。晚年两次回北京，仍然每天清晨坚持冷水浴，据说冬夏一样。这一时期，赵元任还曾在教室门廊偷听胡敦复讲课，故他受胡敦复影响很大，后来选择专业，曾接受了胡敦复之指导，并逐渐显露出他的语言天才。凭着中小学时期的勤奋学习与自身之天赋，赵元任三年预科没有完全读完，就到北京住了一个春天，准备报考清华的留美官费生。为了应付考试，他在考试前几个星期自修了拉丁文。1910 年 7 月 21 日，他参加了在北京举行的第二批留美考试（第一批在 1909 年举行），在录取的 70 名学生中，赵元任之成绩名列第二。同榜中第一名是杨锡仁，竺可桢是第 28 名，胡适是第 55 名。有关这个榜，胡适曾在 1934 年写道："民国二十三年二月我在南京竺可桢先生家中看见他保存的这张榜文。我托他抄一份，寄给我。寄来之后，我又托章希吕先生重抄一份保存在我的日记里。中国政府最早派遣留学美国的学生四批，其姓名履历都保存在徐雨之的年谱里。我盼望这张榜也可以长久保存，为后人留作一种教育史料。当时规定留学生年龄不得超过二十岁，所以榜上诸人所报岁数往往有以多报少的”。（见《赵谱》第 64 页）由此可知，文明中外的一代语言学大师赵元任的文学渊源非常深厚。

［2009 年 5 月 6 日于银川风声楼］

论农耕文化与中国文学

若用一个比喻，我们可以说建立一种新理论不是像毁掉一个旧的仓库，在那里建起一个摩天大楼。它倒是像在爬山一样，愈是往上爬愈能得到新的更宽广的视野，并且愈能显示出我们的出发点与其周围广大地域之间的出乎意外的联系。

——爱因斯坦·芙费尔德

一位历史老人从远古蹒跚走来，在华夏古老的文明场合中投下一串串文化的基因。它们以信码载体形式物化为："北京人"的打制石器，西安半坡村的彩陶盒，商代的甲骨卜辞，曾侯乙墓编钟，唐诗、宋词，《红楼梦》……不仅如此，这种文化基因还作为一种文化精神，融化在炎黄子孙的思想、意识、风俗、习惯、行为方式之中，尤其是作为一种"集体无意识"积淀在我们的民族心理结构之中。这位老人早熟而又长寿，步履滞重却又执着。她，就是绵延了几千年的中国农业文化，而农业文化渗透了自古以来的中国文学，成了中国文学之主轴。

一

拉开中国历史的帷幕，我们就会发现，约在六千年前，我们炎黄先民的主体就逐渐超越狩猎与采集经济阶段，进入以种植业为基本方式的农业社会。从此，农业一直是负载民族经济的主要支柱、农民是社会物质和精神财富的主要生产者和民族文化结构的基础。中国俗称"以农立国""重本抑末"是历代的治国之道。这种以农业为本意求长治久安的社会历史，在世界闻名古国中是很独特的。几千年来以自给自足的自然经济的生产方式为基础的农业社会的形成、巩固与发展，整个社会构架始终以农村、农耕和宗法制为主，这就注定了中国古代文化是一种农业文化。这无论是从哪个角度来透析，都是用不着再费笔墨去论证的。

从地理环境上来看，我国属于大陆民族文化，炎黄先民自古生活在东西大陆。这里西北横亘着漫漫戈壁，东南环绕着茫茫大海，西南耸立着险峻的青藏高原，造成了一种与外部世界相对隔绝的状态。在这块大陆上，内部回旋余地开阔，土地资源丰富，水源充足，气候温暖，特别适宜于发展农业生产，所以中华民族文化心理比较内向，文化系统某些时代处于相对稳定和封闭状态。一种民族文化的性质固然不是民族的地理条件决定的，但地理环境作为民族生存的一种生态基础，毕竟在一定程度上影响着这种文化的发展趋向。中国农业文化就是一种与这种地理环境相适应的民族文化模态。

再从社会意识形态看，中国古代哲学、历史、伦理、文艺等各种具体的文化形态，都具有强烈的农耕意识。自孔子至淮南王的儒学时代，自董仲舒至康有为的经学时代，都从农业文化汲取营养，都是农业文化发展的必然结果。仅以先秦诸子思想为例，孔老墨庄荀韩等，他们的经世之术各异，学术思想有别，但目的都是有补于中国农业社会的稳固与发展，都具有大体相似的农耕文化观。可以说，从农业社会现实出发的农耕意识，是古代一切学术思想的逻辑起点。孔子以“仁”学为核心的德治教化，孟子省刑薄赋的“民贵君轻”之说，墨子的兼爱、非攻、非乐、节用等为农民和小生产者利益的呼号，老子的小国寡民的社会理想，庄子的道法自然、是非双遣、万物齐一的主观超脱境界，荀子的理本借用、“省工贾、众农夫”的经济主张，韩非子提出的“刑过不避大臣，尝善不遗匹夫”的王霸之术等基于他们的农耕意识是农业文化的出发点，那么诸子的农耕文化观就是中国文华的基础。

中国古代文化基本上完成了氏族文化的主要特征而成为宗法农业文化。封建自然经济的长期延续，又给这种文化提供了丰厚的土壤。这样农业文化不仅始终处于古代文化的核心，而且始终保持着一以贯之的风俗与传统。在世界古代五大文化系统中，古希腊、罗马文化因日耳曼野蛮民族入侵而中绝；古埃及文化因亚历山大占领而希腊化；古印度文化因雅利安人入侵而被摧毁；古巴比伦文化因先后被赫梯王国和波斯王朝所灭而仅存出土文物。惟有中国文化未遭兵燹折夭之灾而被完整地保存了下来，没有出现过文化的断层。这一特殊的状况使中国农业文化得以超稳态地向前发展，形成了自己难以改变的文化模式。在秦汉和隋唐时期，这种文化虽与中亚、西亚的草原文化以及南亚次大陆的佛教文化进行颇有声有色的交流，但最终都是融化了对方，并没有改变自身的性质。

文化是一种历史现象，是和一定经济基础相适应的社会意识形态，是人类的精神产品及其总和。我们权且对它作如下界定：中国农业文化是在氏族宗法制自然经济基础上萌生的，以几千年的农业社会为历史母体的大陆氏族文化。它由中华民族世代劳动人民和统治阶级中的有识之士共同创造。儒家文化是她的核心。民本思想和农耕意识是它的逻辑起点。恋土乐耕，务实守成，重血亲人伦与群体和谐以及道德为准则的理性精神，是这种文化的基本特征。

二

农业文化的主要艺术载体是中国古代文学。这种文学如果从文化精神上看，是一种农耕文学。文学也是一定文化的规范的符号载体。中国农业文化作为一种社会意识，已经渗透并积淀在该文化圈内人们的心理结构之中，然后通过人们的社会实践活动，以精神的或物质的信码形式表现出来。农耕文学就是这种信码的一种，就是农业文化自我意识的艺术表现。

中国古代文学，主要是一种农耕文学，主要是与这种文学深深打上了它的文化母体——农业文化的精神品格与价值取向的鲜明胎记。中国文学的一切主要特征与风范，都可以在传统的农业文化中找到它的思想源头与精神依据。中国农业文化的基本精神与它所滋生的文学之间，如果进行宏观审视，起码有几种观念上的内在联系。

其一，农业文化中的民本思想与作家创作动机的危机意识与忧患意识。民本思想起源于氏族宗法制社会对农业与农业劳动力的重视。孟子是民本思想的集大成者，此后，他不仅成为儒家文化的重要内容，而且成为整个中国农业文化的理论支点，从认识和主体性方面铸造了作家的使命感，强化着历代进步作家创作动机中社稷人生的危机意识和忧患感，形成了文学长河中人民性的优良传统。我们看到，在历代文人如屈原、司马迁、曹植、李白、杜甫、苏轼、陆游、文天祥、龚自珍、曹雪芹等人的作品中，无不渗透着忧国忧民的危机意识。

其二，农业文化思维方式上的实践理性和时空模式与文学观念上的言志传统和崇古倾向。中国农业文化在思维方式上，是一种有别于西方文化思辨理性的实践理性。这种实践理性是一种纯粹的、不依赖于任何经验内容的伦理意识，注重意志、社会人伦、自我反思和道德的自觉践履，中国古代哲学中的宇宙论、本体论和认识论都离不开伦理尺度。在美学观上就表现为以主观的情志和心态去把握对象，这使我国抒情文学特别发达，“诗言志”成为中国诗歌“开山的纲领”。又由于实践理性注重主观的内省、意志和修身，使得我们民族在生活态度上有一种节制、持中、平正的重用心态，在文学上就表现为“温柔敦厚”“怨而不怒”的中和之美，所以中国古代几乎没有严格意义上的悲剧这一美学样式。

在实践理性思维方式的支配下，我们民族在时空上形成了这样一些思维模式而与西方人大异其趣：如在空间上，西方人的空间意识是无理的，用数理逻辑计算；而中国人的空间意识是心理的，靠阴阳八卦推演。这使得中国传统艺术偏重于象征、表现、写意，而不像亚里斯多德《诗学》所强调的模仿、再现、写实。在时间意识上，西方人总是着眼于未来，中国人多半缅怀过去；西方人长于横向比较，在竞争中求进取，而中国人惯于纵向类比，在崇古中求守成，先人之道、祖宗之法、古人之训便是万世师表。中国文学从内容到形式抗变式的发展，就是因为对传统的依附和因袭造成了思维模式的历史惯性的结果。

其三，农业文化的眷恋乡土和血亲意识与文学表现对象上的崇尚自然和恋土怀乡，相对封闭的大陆地理环境和内向的民族性格，使炎黄子民世代生活在自己的山村土地上，山水乡土不仅是物质财富的来源，也是精神寄托的对象。由实用转向审美，由热爱土地扩展为崇尚整个大自然，是农耕意识发展的必然结果。同时，基于氏族社会的血亲意识和群体观念，民族心理中的家园宗族观念很容易和恋土怀乡意识融为一体，这使得中国成为世界上离别诗歌特别发达的国家，以汉族为主体的中华民族，没有海洋民族的探险热情，也没有游牧民族的流动性生活，而是以家庭为生产单位定居一乡。他们不相信上帝与神灵，只相信土壤能生万物，大地可纳万粮。他们求稳怕乱，一旦动荡的现实或求生的需要使他们不得不离乡背井、辞亲去友的时候，乡土观念、血亲意识便会在心底升腾骚动，一经以审美方式表现出来，就成为吟唱离愁别恨的文学作品。恋人离愁，少妇哀思，游子之寄，朋友之酬，在历代诗词曲赋中比比皆是。

三

一种文化形成以后，常常具有顽强的历史延续性和超长的历史再生力。即使它赖以生存的经济基础被变革，它还可以幻化为一种民族精神，积淀在一个民族的文化心理结构之中。新中国成立以来，农业文化已经发生了很大的变化，古老的文化模式正经历着痛苦的蜕变与历史的优化，但它的基本精神已经成为一种内在隐秘的精神品格与行为模式，渗透在社会意识的各个领域，潜沉在民族的潜意识之中，形成了人与文化精神的互相占有。

20世纪以来，中国农业文化层受到三次大的撞击，这使它得到了一定的过滤和筛选，但还远远没有达到断代的程度。第一次是马克思主义的传入从思想体系和历史走向上对农业文化的撞击，但马克思主义是在现代化机器大工业文明的基础上产生的，它的主要斗争对象已经不是封建主义，而是资本主义，我国革命战争年代的首要目标又是夺取政权。所以，当我们给政治上的主要敌人以毁灭性打击的时候，封建的农业文化却在斗争的夹缝中留存了下来，更何况农业文化中的精华理所当然还要作为民族文化遗产被继承下来。第二次撞击是西方文化的渗透，在价值观、人生态度、思维方式、情感取向等各个领域对中国农业文化进行了冲击。中国文艺领域中的白文活动、新体小说、新诗、话剧的产生等，都是这一冲击的产物。然而，由于资本主义在中国一直声名狼藉，也由于我国民族文化心理中“华夷之辨”所产生的认同感和排外思想，西方文化的局部冲击，只为我们改造传统文化提供了新的参照系，还不足以动摇传统文化。第三次冲击，是摧毁封建经济基础铲除传统农业文化的土壤，而建设现代文明必须要有与之相适应的文化建树。人们看到了中国传统文化的累累弊端和西方文化的深深隔绝，从而产生了文化信仰危机。当今出现的文学“寻根”意识就是在这样的失控坐标上应运而生，哲学、历史领域里的“文化热”亦由此而起。但是，寻根者是带着传统文化心态，站在传统文化的基础上去反思传统文化的，他们不可能抓着自己的头皮离开地球，只能在清理、批判的过程中改造传统文化去适应现代文明的现实。

农业文化作为中国文学之根，不仅是中国古代农耕文学的文化母体，而且也是滋养社会主义文学的文化土壤。从新中国成立后直到新时期以来的中国文学，渗透着农业文化的液体，虽然有着西方现代文学和外国新方法论的冲击，那也只是使自身系统开放而增强了活力，文学的精髓仍是从民族的农业文化中脱胎出来的，文学的“根”仍没有离开农业文化的土壤。如在文学的社会作用问题上，我们还是习惯于扼守“经国之大业”的古训，注重作家的社会责任感和作品的社会效果，要求文学有益于社会，有益于人生。屈原、杜甫的危机意识和忧患精神仍是支配着绝大多数作家的重要创作动机。还如传统农业文化中的哲学思想对新时期的文学也有直接影响。张承志的《北方的河》其要点就在于作品主人公在与大自然的交融中，领悟了古老的民族精神并融化为新一代的进取意识。作品中北方的五条大河已经消融了它的地理学上的意义，而与人物的性格内涵相对应，具备了人的感觉、身心、情感、意志，与人物的整个身心互相占有、互相补充、互相融汇了。真是“天地与我并生，万物与我齐一”，这不正是体现了传统文化中“天人合一”的哲学观吗？还有恋土乐耕的土地观念，安贫知足的重用心态，价值观念上的伦理尺度，人与人关系中的血亲意识，在陕西、山东、河南、山西等地相当多的一部分重要作家的作品中，都有突出的表现。路遥的《人生》是这方面的典型代表。高加林在他与命运抗争的道路上碰得头破血流后返乡的路上，人们忘不了那个德顺爷爷关于“这山、这水、这土地”的一番教育。高加林经过指点迷津，终于幡然醒悟，扑倒在德顺爷爷的脚下，两只手仅仅抓着两把黄土，沉痛地喊着：“我的亲人哪！”作品的结局就是以这种方式完成了两代人对农业文化精神的衔接。我们还可以看到农业文化中的群体意识和道德尺度，在新时期文学中也变为可以增加作品保险系数得到屏障，而对于个人感情与独立人格在生命中丢失却可以弃之不顾。如在反映婚姻爱情的热门作品中，一篇《爱，是不能忘记的》引起轩然大波，一声《啊，人……》也在一片“向什么挑战”的责难声中败下阵来；相反，《美的结构》对三角关系的曲意拆卸，《爱之上》让事业对神圣初恋的粗暴扭曲，《感情危机》让婚外恋者的深痛忏悔，《雪落黄河静无声》对矫情割爱的艺术礼赞，《东方女性》对感情“基督”的高高赞扬，等等，确实那么容易引起击节者的共鸣。群体和谐与道德规范既然已经化为人们文化心理的灵与肉，艺术要得到自己的合法席位，作家笔下的艺术形象也就只好委曲求全了。

总之，从新时期整体文学的河流来审视与观照，都可以在农业文化中找到它的渊源，尤其是农业文化的劣根性给文学带来的戕害，真需要我们认真去总结。它是让中国文学难以走向世界，与别国交流、为他国理解的根本原因。如价值观上的急功近利导致的文学与生活进程的狭隘同步，群体意识带来的文学主体性的弱化，守成观念造成的艺术观上的墨守成规，“华夷之辨”带来的排外情绪，实践理性产生的道德尺度等，都使新时期文学难以超越自身、超越现实、超越国界。事实上，中国作家可能不是缺乏福克纳、加西亚·马尔克斯、克洛德·西蒙那样的才气与灵感，可能缺乏的是像他们那样的文化背景与文化精神。我们要实现文化的自我超越，升华文化的全球意识，这就必须冲破农业文化的重重帷幕，有分析、有批判地接纳西方世界文化“橄榄枝”。就要以开放的心理定势拓展全民族的文化心态，把握农业文化在世界文化交汇中的横向坐标。文化本是全人类的共同财富，民族文化只是人类文化的不同表现形态。中国农业文化虽扎根在东方古老帝国的土壤里，而阳光却是世界的，这挡不住的。文化时空的思维性，总是逃不脱民族历史时态与世界共时态的主体交叉。农业文化那苍茫而深沉的历史感怎样才能走出自己的深宫曲廊，同睿智而开化的世界文化握手言欢，是世界性的课题。把中国农业文化放到世界文化中去观照，境况并不十分美妙：农业文化，在总体上还是封建性的文化，农耕小生产文化，而不是机器大工业文化。当西方从工业文明向后工业文明转化的时候，我们还面临着从农业文明向工业文明的转化，而近半个世纪的历史文化比起几千年的文化储存来毕竟是微不足道的。以此来看，对农业文化的认同与回归比对西方文化的接纳更为有害。在“20 世纪中国文学”与“世界文学”的双重背景下，农业文化如果不在历史蝉蜕的嬗变中开始对外的雕窗锈门，只会是在文化古都中抱残守缺，拉大中国同世界的差距，阻塞新时期文学走向世界的道路。所以，文学寻根者在低头清理祖宗的文化馈赠的时候，还应抬头看看它们的枝叶能否吸收到天空的雨露与阳光。民族文化在外来文化的挑战面前，将迫使文学寻根者反省自己的艺术把握世界的方式，调整自己的审美选择。

中国农业文化正面临着挑战与困惑，文化寻根也面临着选择与开拓。传统农业文化与当代新文化的纵向反馈正在发出文学的裂变，中国文化与世界文化的横向交叉将孕育文学新生。冯友兰先生在《中国哲学史》中写道：“中国民族若真衰老，则即因其太文明也。”这句话很值得我们深刻思考。代表中国古老文明的农业文化是我们登高望远的起步阶梯，也是我们实现腾飞的沉重翅膀。但文化古老，人们的心灵并不衰老；我们民族厚重的农业文化必将会在历史进程中，蜕掉自身的劣根性而获得新的生机与活力。

［1987 年 6 月 27 日于银川］

乡土：文学的生命之根

在宁夏，近年来的文学创作出现了较繁荣的局面，除了短篇小说在全国获奖外，中篇小说、长篇小说亦破土而出，使文坛一片新绿。特别是长篇小说，已经出版多部，令人眼花缭乱。总的来讲，出现了较好的势头。我大体翻阅了几部，略有所感。有作者在作品“题记”与“扉页”上皆表明是“故乡的苦难传奇经历”与“乡村的悲欢离合的命运之歌”；并在关于自己书写过程中，就作品的内容与创作过程予以交代，可谓作品主题鲜明，意蕴明确。

有的作者所说的“乡村苦难”，其实一直是20世纪中国农村题材文学的基本叙述母体之一。鲁迅就是中国文学史上第一个以平等友善的态度书写乡村苦难的作家，他怀着“哀其不幸、怒其不争”的启蒙主义情怀，深刻揭示了封建制度及文化对农民政治上的压迫、经济上的剥削，尤其是精神上的奴役。20年代的乡村小说、问题小说，在很大程度上细化了鲁迅的书写。30年代左翼文学在此基础上延伸，强化了不堪苦难的反抗。40年代延安文学进一步描绘了反抗后的翻身，新中国成立后17年间，翻身后的喜悦取代了苦难的书写，这是中国现代政治革命进程在文学中的必然反映。新时期以来，一批作家如路遥、高晓声、陈忠实、贾平凹等人的表现乡村苦难题材的作品呈现多样化风格。有对乡村苦难历史的描绘，也有对乡村现实困境的挖掘；有对体制原因的反思，也有对传统文化病因的揭示；有愤激的情绪化表达，也有冷静客观化的描述。后现代式的游戏化狂欢化手法也进入到乡村题材领域。

我们应该看到，在20世纪中国社会整体进步的大背景下，中国乡村生活和乡民心灵的巨大进步，尤其在国家统一之后的下半叶时期，乡村命运的积极变化。但是，苦难之所以能作为一个母题不断延续，不断被书写，绝不是作家们凭空的臆造，而是现实生活的必然反映。农业现代化之步履维艰，身居底层的农民背负最重，他们喘着粗气，流着黑汗，拖着历史的车轮前行；他们受系统的文化教育的程度远不如城市市民，传统文化的负面因素，对他们的影响更多；体制和政策在某些时期的某些失误，他们“抗争”的可能性与成功几率几乎不存在；再加上自然灾害，如2008年的四川汶川大地震等因素，决定了他们不得不与苦难相生相伴。苦难，是他们命运的一部分。

当我们在面对乡村题材中颇有成就的一些作家的创作时，既可以看到他有别于其他作家的某些特色，也可以看到一些作者与当代乡村题材创作的其他作家的某些共性。他们的创作特色主要表现在题材领域的独特性与创作追求上的某些特征上。宁夏黄河平原的乡俗与风光描写，这与有的作者描绘的高山峡谷还不同，黄河沿岸与南部大山是有一些可以挖掘的文学矿藏。另一点是语言的特色，一些作者显然使用的是一些地方色彩的语言。当然，在基本不影响外地读者顺畅阅读的前提下，不免夹杂些方言土语，歇后语等，这是属于地域文学的特殊“胎记”。第三点是直面苦难的态度和精细客观的书写。第四点是以悲悯的情怀进行书写，这里虽然是很苦，生活十分艰苦，但不乏温情与美好的一面，表达了人性中的温存友善的那一面。

一些作者为了表现黄河流域纯朴而浑厚的民风民俗，缓慢而沉重的生活节奏，辽阔而粗犷的山川河流，从总体上形成了几点审美追求。一是在笔法上注重写实性。许多本来虚构成分很大的故事情节，由于直面乡村的苦难和沉重，不粉饰太平，不掩饰愚昧，着力凸显人的命运的本色，亦让读者在接受过程中忘记了作家的虚构。二是细节上注重风俗性。特异的地方风俗，往往是一个地域政治经济的投影和历史地理特征的结晶。有的小说把风俗描写放到了一个突出的位置。如藏猫儿、野菜风味、天神地鬼的宗教风俗、庙会敬香许愿、三寸金莲等风俗细节，这些风俗，在当地老百姓来说，已经是日常生活中司空见惯的组成部分，是世代相传的生活方式。而经作者在特定语境中描绘出来，便出现绮丽的审美光彩。面对一幅幅黄河两岸的风情画，使读者感到赏心悦目。三是在氛围上崇尚自然性。与城市相比，黄河两岸尤其是广大乡村保留着较多的非人工自然风貌。于文学来说，大自然对于它怀抱中的人有双重的含义。它也意味着这里的人，保留着更纯真的人性、人情。基于这样一种关系，写黄河流域的人，就不能脱离黄河流域的自然氛围。四是在视角上注重伦理性。如果把中国、西方和印度三大文化系统作一大致比较，西方文化在总体上具有鲜明的哲学特征，印度文化在总体上具有强烈的宗教情调，而中国文化在总体上则具有浓厚的伦理色彩。中国文化，以汉民族文化为代表。汉民族文化，又以其发祥地——黄河流域的文化最为典型。在黄河流域，人性的善恶，始终是广大乡村百姓对生活中的方方面面进行价值判断的主要尺度。描写黄河流域的人，抒写黄河儿女的心灵世界，就不可能不注重挖掘他们的伦理情感，表现他们的道德冲突。不可能不把善与美的联系放在比真与美的联系更优先的位置。当然，伦理生活虽说在黄河文化中占有突出的位置，但作家的描写却不能拘泥于单一的伦理视角。如果把一切事变的缘由都归结为人情的冷暖和人性的善恶，难免会影响文学的历史深度。在这方面，宁夏的小说皆不免给我们留下一点遗憾。五是在意蕴上作家有追求史诗性的愿望。黄河文化的历史这样悠久，呼唤黄河史诗的产生自然成为黄河流域作家的心愿。以至于，这种心愿成为作者“心路历程”的主要表述之一。人们呼唤的史诗，并非本来意义上的史诗。史诗的本意指古代叙事诗中的长篇作品，它述说古代人民对宇宙和人类起源的猜想，述说民族历史上的重大事件，歌颂同自然、同异族浴血奋斗的英雄，其审美特征是充满了幻想和神话的色彩。人们现在呼唤史诗，并不是希望这种古代史诗（如《格萨尔王传》）的重现，而是希望从我们当代作家手中诞生具有深厚的历史感和巨大的历史概括力的扛鼎之作。因此，现代史诗的审美特征主要是高度的历史感。在这方面，望有志于此的作家做出努力。

总之，农业文明几千年，而农民没有真正走进叙事文学，农民在叙事文学中始终是处于边缘地位。前边已经说过，乡村文学受到关注，应当是从新文学开始的。从鲁迅到茅盾，都没有让“乡村”这块土地从他们笔下滑过，他们是从改造中国社会与改造国民性的意义上审视乡村，从乡村发现了这个民族积淀下来的“病因”。上世纪20年代的新文学中几乎形成了一个“乡土文学”的流派，许多作家的笔都延伸到了乡村，叩动农民的心扉，悲悯农民的处境，同情农民的痛苦。在他们的笔下，文学把中国社会进步这样的一个历史的主题与农民联系在一起，这是很了不起的识见。从20世纪40年代起，农民大踏步走进了叙事文学殿堂，从丁玲、周立波这样一些由城市走向乡村描写农民的作家，到赵树理、柳青等一些与农民有天然血肉联系的作家对农民的描写，到五六十年代，农民几乎成为文学描写的主体。梁斌、陈登科、李准、马烽、西戎、王汶石、刘澍德、陆地、陈残云、刘绍棠、浩然等，这些作家都以描写农民与乡村生活而著称。到八十年代，农民仍然是重要的描写对象，描写乡村生活仍然成就了一批作家，如高晓声、周克芹、路遥、陈忠实、何士光、古华、韩少功、贾平凹、成一、李锐、张炜、李杭育、莫言、张一功、邹志安等。九十年代以来，乡村生活与农民从文学视野中淡出，原来专注于农民的一些作家文路不断拓展，拓展到了都市；另一方面，九十年代崛起的作家中，以描写乡村见长的作家显然不如描写都市的作家阵容大。九十年代到现在也快20年了，农民在文学中的辉煌或许大势已去，逐渐失去了在文学中的主体地位，传统农民及其文化在现代的进程中渐渐转变。

或许，文学就是这样，谁红就青睐于谁，哪里热闹，就描写哪里。到九十年代，城市的灯红酒绿，五光十色，红尘滚滚，显然更受文学的青睐，更多地吸引了文学的目光。人人都想发财，人们更想看看发财的故事，谁还关心“扶贫纪实”一类？

传统的农民、农业、乡村，正在消失，随着传统“农具”与耕作方式的改变，农业正在成为现代农业，成为一种生产食品的“工业”，乡村的文化形态也必然发生变化。从这个意义上来说，乡村的变化才真正标示着中国社会主体的现代化。中国作为一个农业国家，其实无论是“革命”还是现代化，重心皆在于农民，虽然农民在这两个不同历史时期的角色不同，作用不同，但作为主体与重心并没有改变。所以，真正的伟大的当代作家，我以为应当把目光放到这一社会主体与重心的演变上来，真正表达他们的生活与命运，心灵与精神，为历史留下一份文学书写的经典记载。中国社会与中华民族在20世纪所经历的动荡、灾难、巨变、阵痛，以及新生活的热望和理想、幻灭和追求，可以说是千载难逢，是非常值得作家们深思与书写的。

中国是大陆国家，我们西北是依托黄河流域而形成的高原黄土文明，是以黄土构筑的文明，如果说这一条黄河就是乳汁、血液和眼泪，那么，它的乳汁、血液、眼泪皆被黄土染成了“黄土色”。黄土地孕育出了辉煌的农业文明，所以我们传统文明的核心是“土”，也就是农业文明。近现代以来，中西的差异本质上是农业文明与工业文明的差异，由这种差异而带来的文化观念、意识形态等冲突，导致的是一个悲剧的演变过程，这是痛苦与艰难的过程，是伤感与再生的过程。也就是说，中国传统文化价值必须在适应现代化的过程中转化与再生，才能以新的姿态、新的意义发生作用。如果说现代化使人们离“土”越来越远，那么，越远就越使人们思念故土，思念远离了的精神家园。这也就是高学毅所说的“故乡是什么？故乡是我们的母亲。是母亲给了我们生命”这样的切身感悟。土地作为人类的母亲，使人们永远摆脱不了这种“恋母”情结，摆脱不了对故土的追寻。也许，土地的消逝才真正意味着中国人精神家园的丧失，土地之“母”被资本、利润、商品、技术等任意的宰割，对土地品质与精神的疏离、背叛，将预示着人在精神上的无家可归，乡村与乡土在这样喧蹙中变成了城市，人的故乡不仅从土地上消失，也从精神上消失。当历史进入九十年代之后，文学对于乡村、土地的描写，应当具有一种新的情感与眼光——这就是对土地的情感与眼光，这样的眼光看到的不会仅仅是贫穷、落后、闭塞、愚昧，而且还会看到一种人类必能轻率丢弃，而今天人们正在轻率丢弃甚至毁坏的正规遗产——“土”的品质与精神。文学在当今这个工业化、现代化潮流中，想要从乡下发现一点价值，首先会遇到偏见的阻挠——乡村还有什么呢？除了愚昧、落后、原始和野蛮还有什么呢？正是这样一种偏见，也导致了某些作家对乡村的疏离，导致乡村题材作品的薄弱。

在这些方面，宁夏作家作出了较大的努力，大胆尝试，很多作者敢于用多部长卷来反映这一内容，用他们自己的话来说，是“展现一幅波澜壮阔动荡的社会生活画卷，……谱写一曲世态炎凉悲欢离合的命运之歌”。我读了他们的作品以后感到：文学如何才能走向乡村或农民？到目前为止，仍然是一个困扰着我们的问题。思考这样一个题目，我觉得赵树理对我们仍然有着极大的启示性作用。

1925年，19岁的赵树理考入山西省立第四师范学校，开始大量阅读书籍。包括鲁迅的《阿Q正传》、郁达夫的《沉沦》等，还读了《新青年》《小说月报》等杂志。赵树理含着眼泪读完了祥林嫂、闰土、阿Q的悲剧，想起了家乡农民相似的遭遇和命运、农民的麻木和不觉悟。1926年暑假，赵树理带着一大包书籍回到家乡，他想向家乡的父老兄弟讲述鲁迅的小说，让农民为改变自己的命运而抗争。首先，给父亲念《阿Q正传》，刚念到阿Q与小D在钱府的照壁前展开“龙虎斗”时，父亲就没兴趣了，扛锄头下地了，临走时顺手拿了一本旧文艺书籍。这一次碰壁使赵树理第一次对新文学产生了困惑与迷茫，但他依然沉迷于新文学世界之中。到了1933年夏，赵树理在小学任教时写了一篇小说《金字》。这是他第一篇反映农民生活的小说。但他念给农民朋友听并不受欢迎。因为《金字》小说句子太长，语言啰唆，有欧化句式。1934年，28岁的他创作了长篇小说《盘龙峪》，这是他对农民文学的一次自觉尝试，从语言结构上，已经克服了欧化句式，开始用简短、精炼、口语化的语言和传统文学结构来进行创作。1943年，他写的《小二黑结婚》，出版后供不应求，又被地方剧团改编成各种戏进行演出。当然，《小二黑结婚》开始出版并不顺利，太行山区文联并不怎么愿意出版，还是在当时的杨献珍、彭德怀等人的干预下才出版。书出后很受欢迎，仅在太行区就发行达三四万册。所以，乡土文学，在那个时候，就有着不同的争论。以新文学为代表的乡土文学，实际上是流行于知识分子中间的乡土文学，这种乡土文学，实际是知识分子对中国乡土的想象和记忆，是经验的叙述与描绘，所以，被现代文学史所称之为的那个“乡土文学”，实际在乡土上是不受欢迎的。所以，赵树理的“乡土文学”在乡村农民中颇受欢迎，但受到知识分子的冷遇和蔑视。赵树理对文学大众化的坚定追求，为我们当代作家提供了丰富的思想启迪。我的意思是说，我们写农村，写故土，要么是知识分子式的，对乡土要作出深刻的思考，写出深度，超越时代。要么，像赵树理，干脆为农民写作，知识人不一定不接受，与农民血脉相通，写出他们的典型形象。《阿Q正传》中对农民革命者阿Q的革命心理、动机进行描述，展现了农民头脑中的愚昧、落后的统治阶级剥削思想——对“子女、玉帛、威权”的追求，对“主子”地位羡慕追逐的奴才意识。在革命后，农民翻身的解放区，“阿Q”式的封建剥削思想的幽魂依然还在翻身农民心灵中游荡。赵树理的《李有才板话》中的小元、丁玲的《太阳照在桑干河上》中的张正典，都是蜕化变质的新农民干部，是翻身革命时代的“阿Q”。赵树理的传统，在周立波、柳青、高晓声、何士光、刘玉堂、乔典运、赵德发等作家那里得到了继承和发扬，当代文学也出现了一些如陈奂生、冯幺爸等典型农民形象。但1990年代以后就凤毛麟角了。1970年代和1980年代的新一代作家对乡土中国大地更是疏离的很，纷纷追求玄思、玄想的后现代了。所以，新世纪中国乡土的现代化转型，无疑对作家提出了新的要求。

文学，应该找到自己生命植根的土地。大地，是一种空间，也是一种深度，与这块大陆之土地及其文化建立了一种情感交流，深刻地理解了这块土地，文学就必然会承载这块土地的深厚与丰富，这块土地的精神与品质就会在文学中流动。厚土不仅是庄稼树木的植根之所，也是文学的一种生命源泉。但看看我们的文学，与这一生命源泉的联系似乎越来越薄弱，文学随着技术的发展也越来越“技术化”，如同“绢花”“纸花”“塑料花”一样，不需要土壤也能绽放的“绚烂多姿”，文学创作似乎没有生命情感的投入，而面对“电脑”编织程序、输入文字也能沛然成章。文学受到“技术”的影响是显而易见的，文学会发展到哪里去很难预料，但真正有生命的文学，我想还是“制造”不出来的，而只能是从心灵中生长出来，从“大地”中生长出来。

［本文系2008年5月22日在宁夏一次文学研讨会上的发言］

文化与文学的泛本文结构

人是一个整体，一个多方面的内在联系着的能力的统一体。艺术作品必须向人的这个整体说话，必须适应人的这种丰富的统一整体、这种单一的杂多。

——歌德

文明的精致与自然的粗粝

当代青年作家汇聚于人与大自然的宏大背景之中，甚至在每一个具体而细致的哲理沉思中都有一种超越的意向，透视着与人类的基本生存活动、方式及环境等总体命运主题的理解。这种文化趋势，是他们在参照世界文化图景下的一种选择。他们清醒地尝试着与世界文化的总体发展相同步，使古老的民族文化获得当代世界性的意识。

20 世纪的世界文化呈现着饱和与变革的态势，科学的发展似乎为人类展示了一幅美好的文化图景，视野越开阔，就越是感到自己能力的有限。既然整个宇宙是无限的，那么地球就不过是浩渺之中一粒可怜的尘埃，显得脆弱而不可靠。因此，古典时代对人类万能的盲目自信已成为一个动人的神话了。同时，以科学为主体的文化世界对原生质自然的破坏，又使人类作为自然的一个物种，面临着严重的生态危机。这恐怕是 20 世纪后半叶人类困惑的深刻根源之一。文明的精致与自然的粗粝的激烈冲突，使这两个世界的相互协调显得日益迫切。以至人类试图重新把自己归入自然序列，来公允地测出自己的能力范围究竟有多大。我们从中国当代文学的总体态势中，已经看到了这种渗透着当代意识的文化意向，作家们在专注于民族文化传统的同时，已经大致把握了世界总体文化图景，并作为文学的观照系统。这种能动地反应具有某种超前的性质，使我们这个民族在文化饱和的精神危机到来的时候，有一个良好的文化心理素质来顺应和改造自己的生存方式、环境和命运。这是中国当代文学努力的方向，也可能是尚未被认识到的深刻价值所在。

人与文化

在中国新时期文学的变革中，作家们提出应感谢马尔克斯的《百年孤独》的翻译和出版，它给中国作家提供了文学应如何思考民族整体的历史、命运和思考人类的基本精神命题的范本，同时也在审美思维的方式、技巧上提供了一种崭新的视读经验。那么，在对民族整体文化的反思中，我们似乎也应当感谢 E.卡西尔的《人论——人类文化哲学导引》的翻译和出版，从现实的意义上说，它为我们对文化的探寻提供了一个基本的理论模型。这位本世纪最伟大的哲学家之一，触及了当代哲学中最引人注目的基本问题。人、文化、符号。这三者融为一体，勾勒了人与大千世界关系的一个总体结构。这三位一体的总体结构，对我们具有极为有益的启示，不仅对哲学，而且对文学亦然。今天的文学，已经不仅仅是依靠获取一些生活的表象来设计一个惊心动魄的故事，而是要求作家通过沉积的作品文本深处的文化层面来传达一种对于自然、人生和历史的深刻体验与理智。

“我们从哪里来？我们是谁？我们到哪里去？”这个永恒的司芬克斯之谜，即使在遥远的未来，人生本身仍然是具有魅力的哲学问题。但每一个时代的哲学、文学都在顽强地试图作出一个满意的解释，尽管答案本身未必能够超越历史，但至少对自己的时代是有魅力的。20 世纪人类对自己的观照显得更为全面。应当说，文学呼应和赞许了哲学对人的基本认识。人首先是文化的创造者，同时又被文化所陶铸，这充分地说明了人作为文化生物而存在这一事实。

当一个人呱呱着地之时就处于一定的文化系统之中，并且此后永远被一定的文化环境所包围，被它铸造成一定的模式。美国著名人类学家露丝·本尼迪克特说：“个体生命史首先是适应他的共同体世代相传的方式和标准。从他出世的时候起，他注入其中的风俗习惯就塑造了他的经验和行为。到他会讲话时，他已经成为他所属文化的小小创造物，到他长大并且能参加它的活动时，它的习惯就是他的习惯，它的信念就是他的信念，它的不可能就是他的不可能。”（见詹姆士·克里斯提安《哲学——探奇术入门》第 267 页）本尼迪克特所揭示的这种现象是普遍存在的。

在现代社会，各种不同体系的文化之间进行交流的机会相当多，一个人长大后能够接触多种文化影响，个人有较大的选择余地。但是，一个民族历史形成的，渗入到文化各个领域的传统观念，仍然可能成为一个人深层心理结构中的基本部分，在较长时间内对他的思想感情、言论和行为发生作用。维特根斯坦说过：“文化是一种习惯，或至少是一种先前规定的习惯”。（《文化与价值》）此话说明了文化对人的一种难以觉察，但却是不可抗拒的作用。这里所谓的“习惯”，当然不单是指“风俗习惯”的意思，而主要是指人生活的环境中被视为天经地义、理所当然的东西，是那些人们不愿、不能、或者说从未想到过要加以怀疑、否定、动摇的内容。中国家长对于子女的教育、前途，以及他们的婚姻等方面的关心，以至于干预的传统等就是如此。文化作为一种习惯显示了它塑造人的精神的巨大力量。正如卡西尔所认为的，人的本性，并非仅仅如柏拉图所认为的那样，是以大写字母印在国家的本性上，人的本性是以大写字母印在文化的本性上的。因此，与其像亚里斯多德那样认为“人是政治的动物”，不如说“人是文化的动物”（政治也不过是文化的一种组织形式而已）。这种解释至少是和近年来文学对人性基本层次的开掘相吻合的，人物内在的心理矛盾，人与人之间的对立冲突，在作品中基本上体现为不同的文化层次和文化意识的差异和斗争，尽管由于作家们各自所处的具体文化背景不一样，由此形成文学主题意向交点的复杂状态，并聚合为不同的意向群落。但把人作为特定文化的构成物，通过新时期各种文化意识的冲突和变革来展示人性的丰富内涵和层次的倾向是基本一致的，是和当代哲学从文化——心理的角度对人的理智相对应的。因此，中国新时期文学前所未有地获得了一种巨大的包容性、不同生活方式和文化传统养育而成的人们的不同气质与心态(路遥《人生》、贾平凹《腊月·正月》等)，积淀于人心深处的复杂交错的伦理、人生意识及价值观念(阿城《棋王》、张承志《黑骏马》、王安忆《小鲍庄》等)，以及具有隐喻和象征意味的自然地理、民俗风情、古老文化的历史积层(张承志《大坂》《北方的河》、李杭育的葛川江系列等)，在作品中浑然一体，有如通体透明的琥珀，结成互为观照的层面，从整体上体现着作家们对自然、人生、历史、伦理等基本主题的探索与思考，并上升为一种高度自觉的文化意识。

我们可以这样说，中国新时期文学中对人性丰富性的揭示，为哲学的沉思提供了重要的参考值。文学生动表现了特定的文化情境是如何内化为人的独特心理素质，并受其规范和制约的。人的本质，不外是一种文化的过程和结果，而不是形而上学的先验原则和实体性的生物本性。人的文化怎样，人的本质也就怎样；人的创造如何，人性的面貌也就如何。因此卡西尔说："作为一个表体和人类文化，可以被称作人不断解放自身的历程!"

文化是一个独立的世界，是人类第二自然；文化是一个系统的功能表体；不断为人类开拓新的领域。它又是一个自我相关的怪圈，不断地把人束缚起来，使人在规范中盘来绕去，有如一条咬住自己尾巴的恼怒的巨龙。

人类在文化中观照自己。人从第一自然（原生质自然界）通过劳动迈入第二自然(文化世界)，就获得了自己的本质。一个民族，一个时代都是从自己的文化中透视它的风貌。因此，文化是一部大作品，是一种泛本文结构，是一种预言。它围裹和包容了(民族和时代的）人，一方面是人的作品，反过来人也是文化的作品。每一种具体的文化形式——语言、神话，宗教、艺术、科学、历史等，都"各自开启了一个新的地平线并且向我们显示了人性的一个新的方面"（卡西尔语）。从这个意义上说，人与文化是深深地叠印在一起而不可分离的，文化成为人的一切创造活动的不可替代的背景。

文化是一个有序的世界，潜藏着人类活动的基本结构。它不仅是一种物质化的外观(物化形态的文化产品)，而且是人类的一种主体功能（心理能力)。在与原生质自然界的碰撞中，文化测出了自己的有限边界，提醒人类公允地估量自己的主体能力，但局限于特定文化规范中的个体，却常常不能清醒地意识到自己的文化背景的边界，而是现出某种盲目的完满和自足状态。这种理智差距在文学作品中，是由作家的清醒意识与人物的盲目自足之间产生的反讽效果来体现的。如在乌热尔图的《琥珀色的篝火》中，对一个行将解体的民族的忧患意识与作品中人物内心的安详，精神上的完满自足在某种程度上有一种感伤的反讽效果。

中国当代作家在变革自己文学观念的同时，产生了对文化的自觉，即意识到了横亘在自我之上的、作为泛本文的文化系统与结构，

感觉到了它的巨大的整体性和包容性，便自觉地把作为自己创作的参照系统。作家们更注重从整体文化的其他部分吸取精神营养，从而发现，在对人和世界的理智上，语言、神话、艺术、历史、哲学等文化形式，尽管有诸多的差异和对立，但都将在文化的整体性中，结成一体，而且各自都展示着人性的不同侧面，为文学从总体上把握人和生活提供启示。同时，由于文化意识的觉醒，作家们理知世界的范围和层次顿然扩大和加深，生活表象的迷人硬壳被打穿，文化塑造和养育成新的社会心理世界呈现出眩人的色

彩。由此作为外部形态的民族、地域的文化环境和风情，被作家们与相应的文化心理特征联系起来，从而通过文学复原出生命的文化形态。如贾平凹作品中的陕西商洛古地的民风与人，古华作品中的湘南五岭山区与这一封闭环境养育出来的人物，以及王安忆近年来对淮北地域的民情人事的专注，都有一种更高的超越的意向，传导着对人生、自然、历史的当代意识，现实的层面上升为形而上的意义，呈现着鲜明的主体意识。

以语言为核心的符号问题成为本世纪西方文化中最引人注目的课题之一，而在我们以往的观念中，它却显得那么单薄和无足轻重。现代科学的发展已经向我们证明，人类所生活的这个文化世界，主要是由各种复杂的符号系统构成的，符号能力已经成为人的最主要的主体功能。人必须凭借符号这种“利器”，才能介入理智和整理外在的陌生的世界，而使它显得那么秩序井然，符合人类的目的和需要。当今的人们已无法设想，如果离开了符号系统和它所建构的这个文化世界，人类将陷入怎样一种尴尬和惶惑的境地。因此，“符号思维和符号活动是人类生活中最富有代表性的特征，并且人类文化的全部发展都依赖于这种条件”（卡西尔语）。维克多·雨果说：“人的精神中有三把开启一切的钥匙：数目、文字和音符。认识、思考、梦想全在这里。”（《雨果论文学》，上海译文出版社 1981 年版，第 123 页）

一个民族，一个时代的符号系统是一个相对稳定的模式，是相应文化系统的基础和核心，各民族文化的不同形态，一定程度上是由符号系统和差异切分而成的，并且文化的特征也充分地反映在相应的符号结构之中。特定的文化以符号系统为核心展开为一种基本的文化关联域，即一种泛本文结构，从总体上制约着各种具体的文化形式，尽管各种文化形式都有自己的符号编码原则和方式，但都有基本的泛本文结构映现在其中，间接地呈现着一种内在整体性，这就是文化符号系统的“卡农变换”原则。（见《CEB——一条永恒的金带》）

抽象符号体系是人类思维最伟大的发明创造之一。不凭借它，人类要取得今天的进步是不可能的。当代人类生活在一个充满各式各样符号的世界，或者说，当代人类所生活的世界系由自然符号和人工符号所组成。树叶颤动是刮风的符号，发烧是生病的符号，这是一些典型的自然符号。但是对我们来说，非常重要的却是人类怀有意图创造出来的人工抽象符号体系。在本质上，科学、艺术和哲学都是人工抽象符号体系。

任何被称得上是一门精确科学的东西，都是一种构造得很完美的抽象符号体系。因为符号是高度浓缩了的信息。数学方程是每一种成熟的物理理论的核心和标志。如在经典力学中牛顿方程是核心；麦克斯伟和薛丁谔方程则分别是电动力学和量子力学的核心。因为这些简洁、优美的方程是抽象符号运算经历了一条漫长、复杂的道路，负荷着大量的对自然界深层奥妙的真知灼见所达到的一个较大“驿站”。不能设想，没有抽象的数学物理符号体系，依靠笨重的普通日常语言进行演绎推理，量子力学会取得今天的成就。

中国当代文学越来越呈现出符号组合系统的丰富性，与特定的泛本文结构相对应的叙述体式和语式，立体的、完整的隐喻框架的形成，极具文化含量的主题、意象向文化关联域中的有机延伸，民族、地域的文化风情与人物心理、观念等隐性文化层次在作品中的有序组合等等，都在表体上改变着人们的基质与核心——符号系统的自觉所带来的观念变革。

破译“死去”的密码

泛本文的文化系统是一个宽泛的概念。文学对整体文化的自觉，在于了解和把握隐蔽于繁复的生活现象世界深处的这种功能性的泛本文结构，并使之清晰地浮现出来，成为文学之上的一个调节、范导系统，即文化关联域。一般说来，文化作品本身是一个自足、自主的符号系统，它通过自身的各种因素之间的协调和影响来达到本身内部的有序化。俄国形式主义曾通过引进“功能”的概念，来研究文学本文的特殊建构原理，并主张本文与文学之外的各种因素至少没有直接的联系。但是到了捷克结构主义时期，却最终认为，文学本文仍然与外在的社会关联域和文化关联域有某种功能上的联系。

社会关联域作为一个物质化的基础层级，是有决定意义的。包括文学在内的所有文化形式，除了作为一个整体系统具有内在的自主性之外，最终必须在社会关联域中找到解释。但由于它与文学本文（甚至整个文化系统）是经过诸多中介层次（其中最主要的是弹性极强的社会心理）才发生作用的，所以是间接性的。直接对文学本文发生作用的是文化关联域，把文化系统称为泛本文结构的意义即在于此。这种观点甚至能够彻底改变那种传统的文学观念，文学作品不必直接与外部现实相参照，它可以含有一种与现实间接的或隐喻的关系，但绝不能成为社会学和历史学的资料。外部的感性材料在作品本文中必须被清理并进行虚幻化处理，才成为参加本文建构因素。在传统文学观念中，作品中的人物、情节、环境早就在社会背景中被确定，而只是在不改变其现实意义和价值的前提下通过“典型化”反映出来而已。它常常使文学成为社会现实表象的一种机械反映，同时，也培养了接受者的一种顽强地要把作品本文与现实生活相比附，单纯地把作品中所投射出的“世界”当作现实世界的完整复制，却对文学应有的虚幻性美学情致和品格毫无感受力，这种普遍心理应当说，是一种在新时期文学的影响和冲击下正趋解体的传统审美心理，而且文学的进一步成熟和发展，也有待于这种普遍审美心理的改变，也就是社会心理在文化上的普遍自觉与提高。

当自然景观、民俗风情在宏观的历史文化视角的透视下被认定为一种文化形态的同时，作家们发现了隐伏于山林河谷、礼仪习俗背后的独特文化心理状态：对自然、人生及历史的素朴、直观的理智观念，及由此生发的乐观、豁达、自信、惶惑、痛苦、缺憾等相交错的各种矛盾心态，把握了民族、地域的复杂的文化差距和心理断层。这是文化泛本文结构统摄着的广阔疆域，是作家进行作品本文建构的主体性背景。但是影响和制约着作家的审美思维方式和特性的，是整体文化系统中具有当代性的文化意识，否则他无法对素朴、直观的文化形态进行高层次的历史的和哲理的观照。

文学与文化系统的基本联系是在语言符号的层次上发生的。符号系统是一种文化规范理智世界的基本框架，并划定着文化泛本文结构的大致边界。从这个意义上说，文学本文是不可能超越相应的文化泛本文所划定的自我相关的怪圈的。这使我们在把文学本文看作一个自足的符号系统的同时，可以参照一个更大的、更基本的符号体系来研究它的建构原理。从最基本的意义上看，作品本文是一种语言建构，而这种建构则肯定是在文化泛本文的符号系统范导下进行的。泛本文符号系统的构成原则及意义阈限被作家有意识或无意识地内化到心理深层，影响文学本文的建构，这样作家一方面极力要把作品本文的符号编码方式处理得独具特色，同时又与泛本文符号系统紧密关联，相互同构。作品所表达的意义的基本内涵，便延伸到泛本文系统的阈限中，形成在特定民族、时代的文化心理中普遍交流的功能。这也是接受者把一个本文作为文学本文来接受的前提，即作家与接受者必须处于同一种共时或历史的文化领域中，必须掌握共同的语言符号系统，作品本文才能被接受者充分地译释。否则，作品就成为一套不可破译的“死去”的密码。

文化泛本文中的多种文化意识，同样对作品本文的建构具有范导作用。作家在通过作品来传达对自然、人生和历史的理智时，与同一文化领域中的其他文化意识显示出深刻的同源性和整体性。但是，文化系统内部的各种文化意识的发展常常是不平衡的，有时哲学成为先导，有时文学率时代风气之先，但无论哪一种具体的文化形式，都不可能超越作为泛本文的文化系统所具备的思维力和解释力。在对新时期思想文化作整体思考的时候，是否可以这样说，由于多种文化意识的交融并汇，形成了泛本文结构的复杂和多元状态，文化、心理的断层是明显的。在当前哲学尚未到达的层面上，文学已经捷足先登了。在当代中国思想文化界，无论从哪方面看，文学都无愧于成为思想文化的开先河者，而且，也是最先参照世界总体文化图景来自觉地进行自身的主体性建设的。

[1986年9月19日于银川]

跋：无用之用

本集所选文字的时间跨度相距三十多年。如今回过头再看三十多年前自己的文章，当初所思考的有关艺术、美学、语言、思想史等问题，至今学界仍在思考讨论。从初试锋芒到在学界留点痕迹，这炎凉自知的笔墨生涯不乏难熬之季节，但平心而论毕竟给了我生命的充实——就是在有生之年，觅一桩自己很想干、也能干的事做，既有益于自我实现，又有助于人类文化积累。这样，在弥留之际，有权问心无愧地闭上眼睛。

我之所以傻傻地厮守这清贫书斋，纯粹是因为情有独钟，似乎除了买书、读书、写书，我尚未发现世间还有其他诱人的活法；若有，想必也不适合我。一个健全的现代社会，除了亟需大多数人"经世致用"外，也需有一小拨人搞点"无用之用"。学术研究便属"无用之用"，但能为精神王国提供若干创意或启迪。现代人除了体肤、肠胃外，还有心灵与精神。"经世致用"满足前者为"务实"，"无用之用"应付后者为"务虚"，两条腿走路才会稳健。所以学术研究之价值，不只是为学人带来生命之欣慰，同时也是表征人类精神发育健全与否的标志。此亦当为学术尊严之所在耳。

我偏爱美学的种子，最早似乎是马克思、恩格斯无意播下的。记得在 20 世纪 70 年代初，毛泽东说要读马恩原著，我随军在西安、铜川、延安等地居住，颇爱读《〈黑格尔法哲学批判〉导言》和《费尔巴哈与德国古典哲学的终结》。我是用两只眼睛来读马恩的：当一只眼睛读出马恩的革命家本色时，另只眼睛却执拗地探寻马恩埋在字里行间的思辨暗线。我恍惚觉得自己在追随马恩的逻辑足迹，踉踉跄跄地跟在后边，将自己的脚伸进先驱巨大的脚印里，似乎还能感到其脚印的坚实与温热。正巧那时，一位部队首长的公子朋友带来了《费尔巴哈哲学著作选集》上卷与车尔尼雪夫斯基的《生活与美学》，顿时，我仿佛看见了我将要走的路，我向他吐露：我想当"中国的车尔尼雪夫斯基"。而今再看车氏之所以成为我的偶像，实是艳羡他年轻时便能用马恩式的思辨去言说费尔巴哈式的人本诗性。充满诗意的《生活与美学》是其 27 岁时的硕士论文。我当时才 18 岁，十分仰慕。后来算是圆了美学梦，但也就告别了车氏。

恩格斯说，学哲学的最佳方式是读哲学史，我举一反三，认准学美学的最佳方式是读美学史。后来，我就觅得朱光潜的名著《西方美学史》，从公元前 4 世纪的柏拉图啃到 19 世纪的克罗齐。啃者，硬读也，天分不高，锲而不舍。五十多万字的两卷史论，我先后通读不下四遍，且留下十多万字笔记。如今，我闭门读书的矮屋已建起现代高楼大厦，但那些珍藏在我内心深处的撩人幽思的学涯掌故，任何力量也无法抹掉。

最后，对本书出版付出心血和劳动的宁夏文联主席郑歌平，宁夏文学艺术院诸位同仁，前期帮我扫描、录入部分文稿的朋友，以及出版社、印刷厂的同志，表示我最诚挚的谢意！

2017 年 2 月 14 日于风声楼